SUSAN KING

SCHWARZER DORN

Aus dem Amerikanischen
von Christine Roth

Deutsche Erstausgabe

WILHELM HEYNE VERLAG
MÜNCHEN

HEYNE ALLGEMEINE REIHE
Nr. 01/10295

Titel der Originalausgabe
THE BLACK THORNE'S ROSE

Umwelthinweis:
Das Buch wurde auf
chlor- und säurefreiem Papier gedruckt.

Redaktion: Werner Heilmann

Printed in Germany 1997
Umschlagillustration: Donald Case / Agentur Schlück
Umschlaggestaltung: Atelier Ingrid Schütz, München
Gesamtherstellung: Ebner Ulm

ISBN 3-453-12466-9

Für David, in Liebe

VORWORT

England, Sommer 1207

Im gestreckten Galopp preschten fünf Reiter die staubige Straße entlang. Ihre Umhänge bauschten sich wie schwarze Flügel, die Kettenhemden darunter schimmerten im fahlen Mondlicht. Vor ihnen lag, einer dunklen Höhle gleich, der Eingang in den Wald, dessen nächtliche Stille vom Getrampel der Pferdehufe zerrissen wurde.

In der Mitte der Gruppe ritt ein junger Mann in einem derben Lederhemd. Sein langes, dunkles Haar fiel ihm bis über die Schultern. Nach vorne gebeugt, um dem harten Tempo standzuhalten, zerrte er an den Stricken, die ihn an den Sattel und seine Hände hinter den Rücken fesselten.

Ohne die Gangart zu wechseln, tauchten die Reiter in die Dunkelheit des Waldes ein und zügelten ihre Pferde nur an den engsten Biegungen des Waldweges ein wenig. Die dichten Baumkronen, die sich wie ein Baldachin über den Weg spannten, verdunkelten den Mond und ermöglichten es einer anderen Gruppe, sich im Schatten vor den Soldaten her durch den Wald zu schleichen, ungehört und ungesehen. Ein Mann und zwei Kinder schlüpften an den dicken Stämmen der Eichen vorbei, die den Pfad säumten, hielten dann unvermittelt inne und lauschten dem rasch näher kommenden Trampeln der Pferde. Eine ausgestreckte Hand gab dem weißen Hund, der sie begleitete, ein Zeichen.

Auf ein geflüstertes Kommando hin duckte sich der Hund und schoß davon, eine Böschung hinab, ein schemenhafter Blitz im milchigen Licht, erreichte den Waldweg und baute sich knurrend vor der heranpreschenden Reiterschar auf.

Das Pferd des Anführers scheute, bäumte sich auf und

kam zur Seite gerissen vor den anderen zum Stehen. Von Panik ergriffen, zerrten die Gefolgsleute an den Zügeln, um ihre Pferde ebenfalls zum Anhalten zu zwingen. Der Gefangene drehte den Kopf und spähte aus seiner gekrümmten Haltung heraus um sich, sorgsam darauf bedacht, im Sattel zu bleiben. Der weiße Hund, groß und kräftig wie ein Wolf, patrouillierte indessen gemessenen Schrittes vor ihnen den Weg auf und ab.

»Tötet das Biest!« hallte die bellende Stimme des Anführers durch die nächtliche Stille. Drei Schwerter wurden aus den Scheiden gerissen. Der vierte Krieger hob seine Armbrust. Dann ertönte ein schriller Pfiff. Mit einem gewaltigen Satz stürzte der Hund sich ins Gebüsch, gerade als das Geschoß der Armbrust an der Stelle einschlug, wo er eben noch gestanden hatte.

Unbemerkt schlich ein Mann in geduckter Haltung an den nervös tänzelnden Pferden vorbei auf den Gefangenen zu. Die scharfe Klinge eines Dolches blitzte in seiner Hand auf, dann durchtrennte ein präziser Schnitt die ledernen Fesseln. Der Gefangene wirbelte überrascht herum, kaum daß er den nachlassenden Druck an seinen Handgelenken spürte, doch außer dem zitternden Blattwerk eines nahen Gebüschs konnte er nichts ausmachen.

Der Anführer der Truppe gab das Kommando zum Weiterreiten, doch die Pferde hatten ihren früheren Rhythmus verloren und drängten jetzt als ungeordneter Pulk vorwärts. Die Hände noch immer hinter dem Rükken verschränkt, schlug der Gefangene seinem Pferd die Fersen in die Flanken, worauf dieses unvermittelt einen Satz zur Seite machte und hinter den anderen zurückblieb.

Der Weg verjüngte sich zwischen den aus der Erde ragenden dicken Wurzeln zweier mächtiger Eichen, deren Äste sich dicht über den Köpfen der Reiter trafen. Als die Truppe in langsamerem Trab unter dem natürlichen Torbogen hindurchritt, richtete der Gefangene sich mit einer schnellen Bewegung auf und griff nach einem der unteren Äste. Mit den Füßen stieß er sich am Sattel ab, zog sich an dem Ast hoch und war auch schon in dem dunklen Laubwerk verschwunden. Arglos ritten seine Bewacher weiter, bis sich einer von ihnen umdrehte, einen Schrei ausstieß, sein Pferd herumriß und so die Truppe zum Halten zwang. Währenddessen stieg der Flüchtende immer höher hinauf in seinen sicheren Horst.

»Die Bestie, die uns vorhin aufgehalten hat, die gehört bestimmt einem dieser Waldgeister aus den Bergen«, bemerkte einer der Männer, als sie wieder zu den überhängenden Ästen der Eichen zurückkehrten.

»Möglich, oder es war ein verzauberter Wolf«, mutmaßte ein anderer. »Ich wette, dieser Black Thorne steht mit den Waldgeistern im Bunde.«

»Geister oder nicht, ich wette jedenfalls, daß Lord Whitehawke uns alle einen Kopf kürzer machen wird, wenn uns dieser Thorne erneut entwischt«, brummte ein dritter.

»Ganz recht, Thorne ist Whitehawkes Jagdtrophäe«, stimmte der Anführer zu und drehte sich um. »Wir müssen ihn unbedingt finden. Etienne, Richard – ihr geht in diese Richtung.« Er deutete in den Wald. »Nehmt die Armbrüste und schaut nach oben. Er sitzt bestimmt irgendwo in den Bäumen.«

»Das ist doch Wahnsinn, den Schwarzen Thorne nachts in diesem finsteren Wald zu verfolgen«, schnaubte Richard verächtlich. »Wir befinden uns viel zu weit südlich von unserem eigenen Territorium.«

»Ja, an einem Ort wie diesen wimmelt es bestimmt nur so von bösen Geistern«, setzte Etienne hinzu.

»Greinende Jammerlappen!« knurrte der Anführer. »Er muß sich hier irgendwo in der Nähe versteckt halten. Findet ihn!« Damit wandte er sich ab.

Bleichen Fingern gleich fiel das Mondlicht durch die Baumkronen des nachtschwarzen Waldes und zauberte die gruseligsten Schatten. Vom sicheren Pfad aus spähten die Krieger ins Dunkel und schlichen sich vorsichtig in verschiedene Richtungen, die Schwerter gezückt und die Armbrüste im Anschlag. Jeder von ihnen hatte zuvor ein flüchtiges Kreuzzeichen über seinem Helm oder vor der Brust geschlagen. Wenig später fanden sich die Männer wieder am Saumgang des Waldes zusammen, standen neben ihren Pferden und debattierten aufgeregt.

Hoch oben in der Eiche begann Thorne jetzt seinen Abstieg und ließ sich bald lautlos auf den weichen Waldboden fallen. Da sich hinter einer der Eichen eine Lichtung auftat, verharrte er zunächst einmal reglos in gebückter Haltung nahe des wuchtigen Stamms. Auf der anderen Seite des mondbeschienenen Zirkels stand der weiße Hund, beobachtete ihn aufmerksam und ließ dabei ein leises, doch furchterregendes Knurren hören.

Einen Augenblick schien es ihm, als hätten die Wachen so unrecht nicht gehabt mit ihrer Befürchtung: Das hier war kein gewöhnlicher Hund, sondern einer aus den Bergen, eine dieser weißen Bestien, die angeblich die Waldgeister begleiten. Der Gedanke kam ihm, als er eine Elfe neben dem Hund stehen sah – eine zierliche, anmutige Gestalt aus silbernen und goldenen Spinnfäden.

Sie trat auf die Lichtung und kam mit leichten, federnden Schritten auf ihn zu. Ihr feines Haar, das ihr über die Schultern fiel, glitzerte im Mondlicht.

Thorne blinzelte verwirrt und atmete dann erleichtert auf. Unsinn, das war kein Geistwesen, sondern ein Kind, ein etwa dreizehnjähriges Mädchen. Es war klein für sein Alter und trug einen weiten Umhang, unter dem weiche, geschnürte Stiefel zu sehen waren. Der Hund, der neben ihr hertrottete, reichte ihr bis zur Hüfte.

Langsam richtete Thorne sich auf, ein schmaler Schatten, der mit dem knorrigen Stamm der Eiche verschmolz. Das Mädchen blieb vor ihm stehen, legte den Kopf in den Nacken, sah zu ihm hoch und musterte ihn mit einem offenen, neugierigen Blick aus großen, strahlenden Augen. Als der Hund wieder leise zu knurren begann, legte sie ihm ihre Hand auf den Kopf. »Still, Catgil«, wisperte sie. »Er ist ein Freund.«

Der Hund verhielt sich einen Moment ruhig, schaute

sich dann um, spannte seine Muskeln und fletschte die Zähne.

Von der anderen Seite der Lichtung her drang ein raschelndes Geräusch zu ihnen herüber. Behutsam legte Thorne dem Mädchen seine Hand auf die zarte Schulter.

»Auf den Baum!« flüsterte er und hob es im gleichen Moment auf einen der unteren Äste der Eiche. Leichtfüßig und behende wie eine Elfe kletterte es höher, und Thorne folgte ihm.

Da der Hund unruhig unter dem Baum hin und her lief, beugte sich das Mädchen zu ihm hinunter und flüsterte leise: »Catgil! Lauf – such Wat!«

Plötzlich vernahmen sie rings um sich herum das Surren von Armbrustbolzen. Der Ast über Thornes Kopf erzitterte, als einer der Geschoße durch das Laubwerk fuhr. Auf den unterdrückten Angstlaut des Mädchens hin griff Thorne nach seiner kleinen, ausgestreckten Hand und zog es neben sich auf den dicken, stabilen Ast.

Kurz darauf folgten zwei weitere Bolzen, die hinter ihnen in die Bäume und Äste einschlugen. Thorne legte den Arm um den Kopf des Mädchens; er wollte die Kleine vor jedweder Gefahr beschützen, gleichzeitig aber auch ihre schimmernde Haarflut vor den Augen der Verfolger verbergen. Obgleich ihre schmalen Schultern zitterten, gab sie keinen Laut von sich. Als der Bolzen einer Armbrust genau über ihnen einschlug, zersplitterte ein Ast, und Blätter regneten auf sie nieder. Thorne und das Mädchen zogen die Köpfe ein und drückten sich eng aneinander wie eine Glucke und ihr Küken.

Auf einmal senkte sich wieder nächtliches Schweigen über die Lichtung. Als kein weiterer Schuß erfolgte, richtete Thorne sich vorsichtig auf und suchte die unmittelbare Umgebung nach verräterischen Schatten ab.

Durch die Blätterdecke hindurch konnte er die Umrisse zweier Krieger zu Pferde ausmachen, die genau unter ihnen standen. Und während er das Mädchen fest an sich gedrückt im Arm hielt, kam ihm ein Gebet in den Sinn, das er seit seiner Kindheit nicht mehr gesprochen hatte.

Unwillkürlich formten Thornes Lippen die Worte des Psalms, doch ließ er dabei die Männer nicht aus den Augen, die leise miteinander sprachen, dann ihre Pferde wendeten und aus dem Wald hinausritten.

Einen Augenblick lang lehnte er seufzend und erleichtert seine Stirn gegen den knorrigen Stamm, um sofort wieder hochzuschrecken, als er leise Stimmen von der Lichtung her vernahm.

»Wat!« rief das Mädchen und lächelte dabei. Sie hangelte sich so schnell von dem Baum hinunter, daß Thorne sich, obwohl erst Mitte Zwanzig, vorkam wie ein alter Mann, als er ihr nachkletterte. Unten angekommen, sah er den weißen Hund freudig um das Mädchen herumspringen; zwei andere Personen kamen über die Lichtung auf ihn zu: Ein großer, blonder Junge, der um die fünfzehn sein mochte und dem Mädchen so ähnlich sah, daß die Vermutung nahelag, sie seien Geschwister, und ein stämmiger Mann in einer Kettenweste.

»Dem Himmel sei Dank, du bist wohlauf«, sagte der Mann leise und berührte das Mädchen an der Schulter. Ihr Bruder strich ihr mit einer Geste schweigender Betroffenheit zärtlich übers Haar.

Thorne zugewandt, flüsterte der Mann: »Wir stehen tief in Eurer Schuld.«

»Keineswegs, ich bin Euch zu Dank verpflichtet«, entgegnete Thorne. »Ohne den Hund wäre ich immer noch ein Gefangener. Wart Ihr es, der meine Fesseln durchgeschnitten hat?«

»Ja. Mein Name ist Walter von Lydell. Und wenn Ihr derjenige seid, den sie Black Thorne, den Schwarzen Dorn, nennen, so habe ich eine Nachricht für Euch.«

Der Vogelfreie neigte in gespannter Erwartung den Kopf. Sein dunkles Haar, das im Mondlicht wie Ebenholz schimmerte und das er nach Art der Sachsen schulterlang trug, streifte dabei seine bärtigen Wangen. »Ja, der bin ich.«

Walter nickte. Der scharfe Blick seiner dunklen Augen und sein kräftiges Kinn gaben ihm ein grimmiges, unerbittliches Aussehen. »So hört mir schnell zu, denn Eure Eskorte mag gleich zurückkehren. Mein Herr, der Baron de Ashbourne, befahl mir, Euch aufzufordern, unverzüglich in den Norden zurückzugehen und dort Eure Aufgabe wie geplant zu erledigen«, sagte er. »Bewahrt Schweigen über unser Zusammentreffen, aber wisset, daß andere mit Euch gegen Graf Whitehawkes Greueltaten kämpfen.« Er stieß angewidert den Atem aus. »Die Wachen haben gewiß Weisung, Euch im königlichen Kerker von Windsor abzuliefern, junger Herr. Das ist ein stinkendes Rattenloch, in dem bislang noch jeder den Verstand verloren hat.«

»Das habe ich mir schon gedacht, als wir den Weg nach Süden einschlugen. Meinen besten Dank also, Walter. Bestellt bitte dem Baron, daß ich sein Vertrauen in mich zu schätzen weiß.« Dann warf Thorne einen Blick auf das Mädchen und ihren Bruder. »Diese Kinder – sind das die Euren?«

»Nein, das sind die Kinder des Barons de Ashbourne. Sie sind mir schon eine ganze Weile gefolgt, aber das habe ich erst vor kurzem bemerkt. Ihr Hund, glaube ich, hätte auch keinem anderen gehorcht.«

Thorne nickte. »Ich danke euch für das, was ihr heute nacht für mich getan habt«, sagte er leise. »Ich stehe tief in euer aller Schuld. Und Gott ist mein Zeuge, wenn ich hier verspreche, notfalls mein Leben einzusetzen, um mich dafür zu revanchieren.«

Walter legte Thorne die Hand auf die Schulter. »Wir müssen weiter. Hinter der Lichtung, dort« – er deutete mit dem Finger – »steht, an einem Haselstrauch angebunden, ein gesatteltes Pferd für Euch bereit. Einen Bogen nebst Köcher findet Ihr ebenfalls.«

»Gott sei mit Euch, Herr«, sagte das Mädchen. Thorne blickte in ihr kleines, zart geschnittenes Gesicht. Das Mondlicht verwandelte die Farbe ihrer Augen in ein verwaschenes Silber, als sie mit einer Mischung aus kindlicher Neugier und ernsthafter Besorgnis zu ihm hochsah.

Das Klicken eines auf eine Armbrust gelegten Bolzens

drang durch die Stille. Walter griff nach dem Arm des Mädchens und zog es mit sich ins Farndickicht; der Junge und der Hund folgten ihnen. Thorne wirbelte herum und lief auf das wartende Pferd zu. Als der Bolzen durch die Luft sauste, war die Lichtung bereits verlassen.

Thorne rannte, so schnell er konnte, sein schlanker, muskulöser Körper bewegte sich mit unglaublicher Geschmeidigkeit. Bolzen zischten durch das Dickicht hinter ihm, als die Wachen durchs Unterholz brachen, und gleichzeitig hörte man das schrille Surren von Pfeilen, die krachend in Baumstämme oder dumpf im Erdboden einschlugen. Unversehrt bahnte sich Thorne seinen Weg durch das dichte Gestrüpp, das er wenn möglich mit weiten Sätzen übersprang, um schneller zu dem Pferd zu gelangen.

Mit einem hastigen Handgriff band er die Zügel los, schwang sich in den Sattel und preschte mit dem Pferd einen schmalen Pfad entlang, der zum Hauptweg hinunterführte. Ein Bogen und ein mit Pfeilen gefüllter Köcher waren wie versprochen am Sattel befestigt, aber er nahm sich nicht die Zeit, davon Gebrauch zu machen.

Pfeile und Bolzen zischten gefährlich nahe an ihm vorbei. Ein Pfeil streifte seine Wange, ein anderer traf sein Ziel, bohrte sich durch das dicke Lederwams und blieb unterhalb seines Schulterblatts stecken. Ohne sein Tempo zu verlangsamen, griff er mit einer Hand nach hinten und zerrte an dem Schaft, die Zähne zusammengebissen, um dem brennenden Schmerz zu trotzen, bis es ihm gelang, das Geschoß mit einem brutalen Ruck aus der Wunde zu ziehen.

Hinter sich hörte er die donnernden Hufschläge seiner Verfolger, doch sein gut ausgeruhtes Pferd galoppierte unbeirrt vorwärts. Thorne, der ein hervorragender Reiter und dazu noch frei vom hinderlichen Gewicht einer Rüstung war, hatte bald einen sicheren Abstand zu den Kriegern gewonnen und kam schnell auf den alten Straßen Richtung Norden voran. Bei Sonnenaufgang hatte er seine Häscher weit hinter sich im weißen Morgennebel zurückgelassen und schlug einen Viehtreiberweg über die Berge ein.

Obwohl der Pfeil tief in seinen Rücken eingedrungen war, ritt er zwei Tage fast ohne Unterbrechung. Verbissen kämpfte er gegen die Schmerzen und seine nachlassenden Kräfte an, bis er die heimischen Moore im Norden erreicht hatte. Dort, in der Mitte einer Ansammlung aufrecht stehender Steine, stürzte er vom Pferd und blieb ohnmächtig am Fuß eines uralten Monolithen liegen, als habe er sich diesen zum Grabstein erkoren.

1. Kapitel

England, April 1215

Ihr letzter Pfeil fiel einer Laune des Windes anheim. Von der Sehne freigesetzt und von einer Bö erfaßt, beschrieb er einen hohen Bogen und flog weit über sein Ziel hinaus. Als er in einer Gruppe dicht belaubter Bäume neben dem Waldweg verschwand, stieß Emlyn de Ashbourne einen mißmutigen Seufzer aus und schulterte ihren Bogen. Mit einer Hand hielt sie den grünen Umhang zusammen, um sich vor der Kälte zu schützen, zog mit der anderen die Kapuze über die flachsblonden Zöpfe und marschierte auf die Baumgruppe zu.

Etliche ihrer Übungsschüsse waren heute danebengegangen, was jedoch weniger dem Wind als ihrer Unerfahrenheit zuzuschreiben war. Von dem Dutzend graugefiederter Pfeile steckten nur noch vier in dem ledernen Köcher, der an ihrem Gürtel hing. Diesen hier mußte sie suchen gehen, wenn sie mit ihren Schießübungen fortfahren wollte.

Behende bewegte sich Emlyn unter dem dichten Blätterdach des Waldes voran; das von der Morgensonne getüpfelte Laub raschelte in der würzigen Frühlingsbrise. Sie war froh, daß sie nach dem monatelangen öden Eingesperrtsein das Risiko gewagt hatte, sich in den Forst davonzustehlen.

In einem Wald wie diesem war ihr Bruder Guy, der junge Baron de Ashbourne, im letzten Herbst von König Johns Häschern gefangen worden. Und da sie vom Haushofmeister der Burg, der um ihre Sicherheit fürchtete, eindringlichst gewarnt worden waren, hatten Emlyn und ihre drei jüngeren Geschwister den ganzen Winter über nicht einen Fuß vor die Mauern der Burg Ashbourne gesetzt. Bis heute wußte niemand, wo Guy gefangengehalten wurde und ob er überhaupt noch am Leben war.

Ans Bogenschießen, das Guy ihr kurz vor seinem Verschwinden versucht hatte beizubringen, hatte Emlyn bis zu diesem Nachmittag überhaupt nicht mehr gedacht. Und als Meisterin in dieser Kunst durfte sie sich wahrlich nicht bezeichnen; ihre Haltung und ihr rechter Arm waren viel zu steif, und ihre Finger nicht geschmeidig genug, wenn sie die gewachste Hanfsehne spannte. Sie war auch nicht zum Jagen in den Forst entwischt, sondern um ihre Übungen wieder aufzunehmen.

Obgleich der kurze Damenbogen sich wegen seiner geringen Spannkraft nicht besonders gut dazu eignete, Kleinwild zu erlegen – welches in diesen Tagen auf Burg Ashbourne weiß Gott willkommen gewesen wäre –, faszinierte Emlyn die Eleganz dieser Waffe und die zu ihrer Handhabung erforderliche Geschicklichkeit schon seit ihrer Kindheit. Das Zielschießen im Burghof hatte sie seit jeher zu begeisterten Bravorufen hingerissen, wenn die Männer auf Heuballen und Strohpuppen in französischen Rüstungen schossen, oder wie jüngst auf solche, die König John darstellten.

Auf der Suche nach ihrem vermißten Pfeil gelangte Emlyn an einen einsamen Waldweg, wo sich das dichte Laub ein wenig lichtete. Plötzlich wurde sie von einem metallisch klirrenden Geräusch aufgeschreckt und flüchtete sich ängstlich hinter den mächtigen Stamm einer Eiche. Mit klopfendem Herzen drückte sie sich eng an die borkige Rinde.

»Bei den heiligen Gebeinen der Götter!« schallte der von einer grimmigen Männerstimme ausgestoßene Fluch durch den Wald. Emlyn stützte sich auf ihren Bogen und lugte vorsichtig hinter dem Baumstamm hervor.

Nur wenige Schritte von ihr entfernt sah sie einen Ritter in voller Rüstung auf einem mächtigen schwarzen Streitroß sitzen, den Kopf von ihr abgewandt. Der elegant und weit geschnittene blaue Mantel des Mannes reichte dem Pferd bis über die Flanken. An der hochgezogenen

Hinterpausche des Sattels hing ein weißes, mit einem Wappen verziertes Schild.

Obgleich Emlyn die Insignien – ein weißer Falke und ein grüner Zweig – unbekannt waren, sagten ihr das Schild und das wertvolle Zaumzeug des Pferdes, daß sie hier einen Ritter von hohem Stand vor sich hatte. Einen Königstreuen möglicherweise, schoß es ihr durch den Sinn. Wat hatte sie vor jenen gefährlichen Männern gewarnt, die häufig durch diesen Wald ritten. Eiligst suchte sie wieder hinter der Eiche Deckung.

Langsam ließ der Unbekannte sein Pferd im Kreis über den breiten Waldweg traben. Emlyn fragte sich, weshalb der Ritter so wachsam um sich spähte, das gezogene Schwert zum Angriff bereit in der Hand. Das verhaltene Klappern der Pferdehufe, das leise Klingeln der Eisenrüstung und die tiefe Stimme des Mannes, der unentwegt vor sich hin fluchte, machten Emlyn die Einsamkeit des Waldes nur noch bewußter.

Von dem Gedanken alarmiert, daß sich möglicherweise noch andere Ritter in der Nähe aufhalten könnten, machte sie spontan ein paar Schritte zurück ins Dickicht. Unter ihrem Fuß zerbrach mit lautem Knacken ein morscher Ast.

Augenblicklich fuhr der Ritter herum und entdeckte sie auch schon zwischen den Bäumen. Mit einer schnellen Handbewegung hatte er den schwarzen Hengst herumgerissen und kam auf Emlyn zugaloppiert. »Halt! Stehenbleiben!«

Emlyn rührte sich nicht vom Fleck. Einige Fußlängen vor ihr brachte er das riesige Pferd zum Stehen. Mit angstvoll geweiteten Augen sah sie zu dem mächtigen schwarzen Kopf des Streitrosses hoch, dann wanderte ihr Blick über die Brust und die muskulösen Schultern des Pferdes zu den gepanzerten Beinen des Ritters.

Und da entdeckte sie ihren vermißten Pfeil. Er steckte mitten im ungeschützten Oberschenkel des Fremden, hatte sich durch einen der Ringe des Kettenpanzers gebohrt.

Wie hypnotisiert starrte Emlyn den zitternden Pfeilschaft an, der in einem seltsamen Winkel aus dem Bein herausragte. Geronnenes Blut hatte einen karminroten Kreis um die Stelle beschrieben, wo der Pfeil ins Fleisch eingedrungen war. Ganz langsam tastete sich ihr erschrockener Blick hinauf zu dem Gesicht des Ritters.

Seine Augen unter den dunklen, kaum gewölbten Brauen funkelten genauso grau-metallen wie seine Rüstung. »Kommt raus da!« herrschte er sie mit einer tiefen Stimme an, deren Echo in der scharfen, klaren Luft widerhallte.

Emlyn zögerte, sie konnte den Blick nicht von dem Pfeil lösen. Und als ihr plötzlich die ganze Ungeheuerlichkeit ihrer Tat bewußt wurde, erfaßte sie schiere Panik. Sie holte tief Luft und machte ein paar Schritte auf den Unbekannten zu. Ihr Herz raste, als sie vor der hoch aufragenden Gestalt stehenblieb.

Er musterte sie einen Augenblick schweigend und schob dann sein Schwert zurück in die Scheide. »Ich muß den Pfeil aus meinem Bein ziehen«, sagte er, »und brauche dazu Eure Hilfe.«

Emlyn starrte ihn verdutzt an. Sein von der engen Kettenhaube umrahmtes Gesicht wirkte trotz der feinen Züge grimmig und hart, ein Eindruck, der durch die dunklen Bartstoppeln noch verstärkt wurde. Erwartungsvoll hob er eine Braue.

Die Stirn in Falten gelegt, betrachtete Emlyn den Pfeil. »Sire«, begann sie dann mit dünner Stimme. »Ich glaube, ich komme nicht an ihn ran.«

»Meine Rüstung ist äußerst hinderlich«, erwiderte er knapp. »Wenn ich von meinem Pferd absteige, werde ich ohne fremde Hilfe kaum wieder hinaufkommen, um so weniger mit einem verwundeten Bein. Zieht mir dem Pfeil also heraus, Jungfer, und bitte schnell.« Er deutete auf einen Baumstumpf. »Stellt Euch dort drauf.«

Emlyn gehorchte seiner Anordnung schweigend und fragte sich, ob andere seinen Befehlen ebenso unterwürfig nachkamen wie sie. Nun ja, schließlich war sie es gewesen, die ihn verwundet hatte, dachte sie dann, sprang auf den Baumstumpf und wartete, bis er sein Pferd an die richtige Position dirigiert hatte.

»So, nehmt den Pfeil fest in die Hand«, wies er sie an, worauf sie gehorsam ihre Finger um den Schaft schloß. Nachdem er den Panzerhandschuh abgestreift hatte, schob er seine Hand unter die ihre und preßte sie auf sein Bein. Emlyn empfand die Berührung als angenehm kühl. »Wenn ich ›jetzt‹ sage, zieht Ihr kräftig an.«

»Sire, ich . . .«, stammelte sie und biß sich auf die Lippen.

»Ich hätte es auch allein getan, wenn ich Euch nicht zufällig hier angetroffen hätte.«

Sie nickte eifrig, verstärkte ihren Griff um den Pfeilschaft und holte tief Luft. Dabei hörte sie, daß auch der Ritter tief einatmete. Als sie daraufhin zu ihm hochsah, bemerkte sie, daß er sie beobachtete. Der Blick aus seinen stahlgrauen Augen war durchdringend und hart.

»Jetzt!« kommandierte er, und Emlyn zog so kräftig, wie sie nur konnte. In das Geräusch seines langen Ausatmens mischte sich ein unterdrücktes Stöhnen, als die Pfeilspitze aus der Wunde gerissen wurde. Warmes Blut spritzte über ihre zitternden Hände.

Zu ihrem Entsetzen merkte Emlyn, daß sich die breite Pfeilspitze nicht so einfach aus dem Kettenpanzer und den dicken Lederhosen darunter ziehen ließ. Behutsam führte sie die Widerhaken durch das Netz von Metallringen, wobei ihr das verbissene Schweigen des Ritters förmlich in den Ohren dröhnte.

Sobald es ihr gelungen war, den Pfeil ganz zu entfernen, preßte sie ihren Handballen auf die blutende Wunde und zog ein frisches Leinentüchlein aus dem Ärmel. Wortlos nahm ihr der Ritter das Tuch aus der Hand, um die Blutung selbst zu stillen, und verzog dabei stöhnend das Gesicht. Wie eine schwarze Mondsichel lag der untere Wimpernkranz seiner Augen auf den unrasierten Wangen, seine Lippen waren vor Schmerz zusammengepreßt.

Unsicher hielt Emlyn den blutigen Pfeil in der Hand. Sie konnte ja schlecht die Spitze abwischen und den Pfeil zurück in den Köcher stecken, den ihr Umhang verbarg.

Da beugte sich der Ritter zu ihr herab und nahm ihr den Pfeil aus der Hand, um den Schaft zu inspizieren. »Hm, ich kann keine eingeritzten Zeichen entdecken, die auf den Besitzer schließen lassen. Der breiten Spitze nach zu urteilen handelt es sich jedenfalls um einen Jagdpfeil, mit dem man auf Kleinwild schießt«, murmelte er, wobei er Emlyn scharf musterte. »Sagt mir, was Ihr über diesen Anschlag wißt, Jungfer. Wer ist der Kerl, dem ich diese Wunde zu verdanken habe?«

»Anschlag?« Sie nagte wieder nervös an ihrer Unterlippe.

»Nun, es folgte kein zweiter Schuß, ich habe keine Banditen gesehen und auch keine Wilderer.« Er beugte sich näher zu ihr vor; der Blick seiner grauen Augen war so hart und kalt wie Frost auf einem Stein. Dann legte sich eine schwere Hand auf Emlyns Schulter. »Was habt Ihr denn hier in diesem Forst zu suchen, Jungfer?«

Obwohl sie am liebsten seine Hand abgeschüttelt und sich in den Wald geflüchtet hätte, rieten ihr die Umstände und ihre jahrelange Erziehung in einem Kloster dazu, alles zu gestehen. Doch als sie den Mund aufmachte, um zu sprechen, brachte sie nur einen hohen, heiseren Ton zustande, kaum lauter als das Quieken einer Maus. Die berechtigte Angst, wie dieser Unbekannte auf die Wahrheit reagieren würde, lähmte ihre Zunge. Es waren skrupellose Ritter gewesen, die Guy festgenommen hatten, erinnerte sie sich. Dieser hier mochte ihr Gewalt antun oder sie vielleicht sogar für das Verbrechen töten, das sie begangen hatte.

In der einen Hand hielt er lose die Zügel und balancierte gleichzeitig den blutigen Pfeil zwischen zwei Fingern, die andere ruhte noch immer schwer auf ihrer Schulter. »Sprecht! Seid Ihr mit Eurem Vater oder Bruder auf der Jagd, um das Rotwild des Königs zu schießen?«

»Nein, Sire. Das hier ist ein Nutzwald, der zur Burg

Ashbourne gehört – eine Hecke und ein Wassergraben halten das Rotwild von hier fern.«

Er spähte in die Richtung, in die sie mit ihrer freien Hand deutete. Von den Baumstämmen größtenteils verdeckt, konnte er die Umrisse einer dichten, doch seltsamerweise niedrigen Hecke ausmachen, die um das Waldstück herumführte. Sorgfältig instand gehalten, waren solche Hecken durchaus geeignet, das Wild, insbesondere Rehe und Hirsche, daran zu hindern, in den Forst einzudringen und die Rinde von den Bäumen zu nagen sowie junge Setzlinge abzuäsen.

»Da der König kürzlich verfügt hatte, alle Hecken zu stutzen«, erklärte sie auf seinen verwunderten Blick hin, »wurde auch diese getrimmt. Zudem ist ein Teil der Hecke den letzten Winterstürmen zum Opfer gefallen. Daß bald das Rotwild hier frei in unserem Nutzwald herumspazieren kann, haben wir nur König John zu verdanken. Dies hier ist ein alter, kaum benutzter Pfad, der zur Burg führt.«

»Ein Nutzwald«, wiederholte er trocken. »Und außer dir ist sonst niemand hier?«

Emlyn holte tief Luft, entschlossen, jetzt endlich die Wahrheit zu sagen. Das Herz schlug ihr bis zum Halse, als sie ihr Geständnis hervorstieße. »Es hat weder ein Bandit noch ein Wilderer auf Euch geschossen, Herr. Es war mein eigener Pfeil, der Euch traf.« Jeden einzelnen Muskel im Körper angespannt, wollte Emlyn sich zur Flucht wenden, doch seine Finger schlossen sich so fest um ihre Schulter, daß sie sich den Arm ausgerenkt hätte, wenn sie tatsächlich losgerannt wäre.

Einen Moment lang standen sie sich schweigend gegenüber, dann zerriß sein dröhnendes Gelächter die Stille des Waldes. »Ich wüßte nicht, daß wir miteinander im Hader liegen. Black Thorne, der Outlaw, ist doch tot, sagen die Leute, und niemand sonst würde es wagen, meine Familie anzugreifen!« Sein Kinn schoß vor, als er sie jetzt anbrüllte: »Versuche nicht, deine Sippe, deinen Geliebten oder deinen Ehemann zu schützen! Sag mir, wo der Kerl steckt, der auf mich geschossen hat!« Dann wurde seine Stimme gefährlich leise: »Treib kein Spiel mit mir, Jungfer. Ich bin äußerst schlechter Laune, habe Schmerzen und müßte schon längst ganz woanders sein!«

Emlyn zuckte angesichts der unverhohlenen Wut des Mannes zusammen und preßte erschrocken ihre zitternde Hand vor den Mund. Durch diese unbedachte Bewegung öffnete sich ihr Umhang, und der Lederköcher an ihrem Gürtel schlug gegen ihre Hüfte. Darin klapperten vier identische Pfeile.

Der Ritter starrte erst den Köcher an, dann sie. »Es ist also tatsächlich wahr?«

»Jawohl, Mylord«, wisperte sie ängstlich.

»Warum hast du mich angegriffen?« Seine Stimme klang jetzt mehr wie ein Knurren.

»Ich hatte nicht die Absicht, Euch zu verletzen, verehrter Ritter«, entgegnete sie aufrichtig. »Es war ein Mißgeschick. Ich habe Schießübungen gemacht.« Er musterte sie schweigend. »Eine Windbö hat den Pfeil abgelenkt. Ich habe auf den Stamm einer Rotbuche gezielt«, fügte sie lahm hinzu.

Er sagte immer noch nichts, aber sein Griff um ihre Schulter lockerte sich ein wenig. »Fürwahr, ich bin keine gute Schützin.«

»Hm«, brummte er. »Das scheint mir auch so.«

Sie nickte kleinlaut. »Bei der heiligen Mutter Gottes, ich bitte Euch ergebenst um Verzeihung. Obwohl das mein schweres Vergehen nicht mindert.«

»Nein, das tut es in der Tat nicht.« Er ließ unvermittelt ihre Schulter los, und Emlyn massierte mit ihrer Rechten die schmerzende Stelle. Während der Ritter sie mit zusammengekniffenen Augenbrauen dabei beobachtete, atmete er langsam und geräuschvoll aus. »Nun«, brummte er dann. »Ich muß leider Gnade vor Recht ergehen lassen, da ich in Eile bin und dich nicht entsprechend bestrafen kann. Obgleich ich das gerne täte, dessen sei versichert.« Er hielt ihr den Pfeil hin. »So, und jetzt mach, daß du wegkommst, und zwar schnell.«

Nachdem Emlyn zögernd das Corpus delicti an sich genommen hatte, stieg sie von dem Baumstumpf herunter und blickte über die Schulter zu dem Ritter hoch. Die Wangenpartie über den Bartstoppeln war rot gefleckt, und in der Sonne glühten seine Augen wie Stahl. Doch selbst die scharfen Linien, die Schmerz und Wut in sein Gesicht gezeichnet hatten, konnten seine feinen Züge nicht verbergen. Ob er wohl noch weit zu reiten hatte mit dieser Verwundung? fragte sich Emlyn.

»Eins noch, Jungfer«, rief er ihr zu. »Ich würde zu gern den Namen der Attentäterin erfahren!«

Bevor sie antworten konnte, gellte ein Ruf durch den Wald.

Der Ritter drehte sich im Sattel um und brüllte eine Antwort zurück. Von einem nicht einsehbaren Stück des Waldweges her näherten sich Hufschläge. Emlyn wurde nervös. Sie wollte am liebsten davonrennen. Niemals hätte sie allein und schutzlos durch den Wald streifen und sich so weit von der Burg entfernen dürfen, schalt sie sich im stillen.

»Geh jetzt«, forderte sie der Ritter auf, als habe er ihre Gedanken gelesen. »Und überlaß ab jetzt das Bogenschießen Männern, die sich auf diese Kunst verstehen.« Damit wendete er sein Pferd und trabte den herankommenden Reitern entgegen.

Emlyn hatte eben noch tiefe Reue und ehrliches Mitleid mit dem verwundeten Ritter empfunden, doch dieser Abschied versetzte sie in Wut. Sehr unfreundliche Worte vor sich hin murmelnd, die besser ungehört blieben, stapfte sie durchs Unterholz, um ihren kleinen Bogen zu holen, dann schlug sie den Weg nach Ashbourne ein. Befand sie sich erst einmal innerhalb der Schloßmauern, war sie der Gefahr enthoben, in die man geriet, wenn man mit Pfeilen auf junge Ritter schoß. Vor dem schrecklichen Gezeter ihrer Amme Tibbie jedoch konnte sie nur sicher sein, wenn diese gerade irgendwo in einem anderen Winkel der Burg beschäftigt war.

Als sie schließlich atemlos die Diele betrat, die an die große Halle angrenzte, schob sie vorsichtig den roten Vorhang zur Seite, der den Durchgang zur Halle verdeckte, und spähte hinein. Verdammt, dachte sie, ich habe zu allem Überfluß auch noch das Abendessen verpaßt! Jetzt erwischen sie mich bestimmt.

Sie sah einige Diener die Holztische und schmalen Bänke zur Seite schieben, an denen das frühe Nachtmahl eingenommen worden war. Ein Mädchen kehrte den Boden, während ein anderes die übriggebliebenen Brotlaibe einsammelte, die am nächsten Tag an die Dorfbewohner verteilt werden sollten. Ein langer, schwerer Eichentisch, dessen polierte Oberfläche man bereits saubergewischt hatte, stand neben dem großen Kamin, der am entgegengesetzten Ende der Halle in die Mauer eingebaut war.

»Lady Emlyn! Da seid Ihr ja endlich!« Die kräftige, warme Stimme schallte durch die große Halle. In ihrer Aufregung hatte Emlyn ihre Amme Tibbie gar nicht bemerkt.

Wie eine heranziehende Gewitterwolke schob sich die kleine, stämmige Person durch den Saal, wobei sich ihre diversen Röcke und Überröcke raschelnd um ihre kurzen Beine bauschten. Emlyn, die den Vorhang jetzt ein Stück weiter öffnete, gab sich geschlagen. »Ja, Tibbie?«

»Laßt Euch den Umhang abnehmen, M'lady!« rief Tibbie und schoß, eine Hand ausgestreckt, auf Emlyn zu, um ihr das Cape von den Schultern zu ziehen. Emlyn wich zurück in die Diele und fummelte mit zitternden Fingern an der bronzenden Nadel, die den Umhang zusammenhielt.

Tibbie zerrte an dem dicken Wollstoff und schnaubte gequält. »Emlyn de Ashbourne, dieser Umhang ist ja patschnaß! Gebt ihn her!«

Emlyn schälte sich aus den voluminösen Stoffbahnen. »Er ist nur ein wenig feucht.«

»Pah! Feucht! Von oben bis unten mit Schlamm bespritzt ist er, und überall voller Blätter und Tannennadeln.« Tibbie inspizierte den Umhang und zupfte mit ihren plumpen Fingern einzelne Blätter und Nadeln ab. Dann fixierte sie Emlyn mit einem unheilvollen Blick. »Ihr habt Euch außerhalb der Schloßmauern herumgetrieben, ohne Begleitung, selbst ohne Hund, völlig schutzlos, habe ich recht?«

»Ja«, seufzte Emlyn. Die Erfahrung hatte sie gelehrt, daß man vor Tibbie keine Geheimnisse haben konnte.

Den Umhang unter den Arm geklemmt, verschränkte Tibbie die Hände vor ihrem dicken Bauch und wartete, den Blick streng auf Emlyn geheftet. Keine der beiden Frauen war groß, doch während Emlyns zart gebauter Körper aus Gold und Elfenbein geformt zu sein schien, ließ einen Tibbies plumpe und beinahe doppelt so breite Gestalt eher an Bronze und Eiche denken.

»An manchen Tagen komme ich mir hier vor wie in einer Gruft«, erklärte Emlyn kleinlaut. »Und deshalb bin ich heimlich ausgegangen. Wat hätte mir niemals die Erlaubnis gegeben, und du auch nicht. Außerdem war ich nur im Forst.«

»Sir Walter ist kein alter Trottel, und Ihr solltet auf ihn hören. Was, wenn Ihr den Männern des Königs in die Hände gelaufen wäret? Wat sagt, daß sie sich jetzt ständig da draußen herumtreiben. Nicht auszudenken, wenn sie Euch oder uns alle verschleppen sollten. Dann sei uns Gott gnädig.« Tibbie schlug hastig das Kreuzzeichen über ihrem gewaltigen Busen und stemmte dann die Faust in die Hüfte.

Eisige Schauer rieselten Emlyn über den Rücken, als sie an den Ritter im Forst dachte. Sie konnte sich noch gut an den Ausdruck in seinen Augen erinnern, als sie die Hand um den Pfeilschaft schloß, der in seinem Oberschenkel steckte. Die Angst, die sie in diesem Augenblick verspürt hatte, ließ sie noch im nachhinein zusammenzucken.

Tibbie und Wat, der Oberhofmeister, nahmen die Aufgabe, sie und die jüngeren Ashbourne-Kinder zu beschützen, seit Guy bei einem Jagdausflug verschleppt worden war, peinlichst genau. Den ganzen langen Winter über hatte angstvolles Warten die Stimmung im Schloß beherrscht, das sich noch steigerte, als der König von ihnen eine unverschämt hohe Zahlung verlangte; eine Strafe, wie der Bote erklärt hatte.

Als Schloßherrin hatte Emlyn sich nach besten Kräften um die Erziehung der Kinder und die Führung des Haushalts bemüht. Sie hatte es sogar fertiggebracht, dem König einige Silberstücke zu übersenden, obgleich sie dafür die Schatztruhe plündern mußte; doch Geld war die einzige Hoffnung, Guy jemals lebend wiederzusehen. Während des Winters hatte Emlyn sich ernsthaft bemüht, auf Gott zu vertrauen und statt Wut Versöhnlichkeit zu empfinden. Doch diese edlen Gedanken zu hegen, war leichter gesagt als getan.

Obwohl ihre Eltern und die älteren Geschwister nicht mehr bei ihnen waren, was im ersten Fall dem Willen des Herrn zuzuschreiben war, im zweiten dem eines anderen Mächtigen, befanden sich ihre drei jüngeren hier in ihrer sicheren Obhut. Nach Guys Gefangennahme hatte Emlyn vor der Heiligen Jungfrau das Gelübte abgelegt, die Kleinen niemals im Stich zu lassen und ihnen den Kummer zu ersparen, den sie hatte erfahren müssen. Als ihre Schwester und Beschützerin konnte sie zumindest darauf in gutem Glauben vertrauen.

Tibbie ließ nicht locker. »Und was bitteschön habt Ihr allein im Wald verloren?« erkundigte sie sich in scharfem Tonfall. »Und warum habt Ihr Catgil nicht mitgenommen?«

»Ich habe geübt«, antwortete Emlyn. »Und Catgil wird allmählich zu alt und träge.«

»Ach, doch nicht etwa mit Pfeil und Bogen, wie?« Tibbie machte ein finsteres Gesicht. »Seit Kindesbeinen an seid Ihr davon besessen. Dieser Black Thorne, dem Ihr fatalerweise einmal begegnet seid, der hat Euch diesen Floh ins Ohr gesetzt.«

»Ach, Tib«, seufzte Emlyn. »Guy fand nichts Ungehöriges am Bogenschießen. Er hat es mir beigebracht. Außerdem jagen viele Ladys mit dem Bogen.«

»Pah! Diese sogenannten Ladys, die mit Jagdgesellschaften durch die Wälder trippeln, sind auf größere Beute aus als Kaninchen, müßt Ihr wissen. Viele von denen scheren sich einen Teufel um die hohe Kunst des Bogenschießens, denen ist viel mehr an den jungen Lords gelegen, die selbige praktizieren! Hättet Ihr nicht die letzten Jahre in diesem Kloster zugebracht, dann wüßtet Ihr über derartige Dinge Bescheid.«

Tibbie holte tief Luft, dann fuhr sie fort: »Findet Ihr es wirklich richtig, denjenigen Sorge zu bereiten, die versuchen, Euch vor dem Zorn dieses grausamen Königs – der Herr möge mir vergeben, aber das ist er, und wir alle wissen es – zu schützen und Jagd auf winzige Vögelchen zu machen? Ihr solltet lieber für unseren armen Baron Guy beten. Gott schütze ihn.« Wieder schlug sie das Kreuzzeichen und schüttelte dann so entrüstet den Kopf, daß ihr gestärkter weißer Schleier hüpfte. »Aber eigentlich kann ich Euch keinen Vorwurf machen.«

Emlyn blinzelte verdutzt. »Tib?«

»Ja, ich kann es Euch nicht verdenken, daß Ihr dieser Gruft, wie Ihr Euer trautes Heim nennt, an einem so herrlichen Tag wie heute entflohen seid. Habt Ihr mit diesem Schießgerät wenigstens ein Stück Wild erlegt, das sich in der Küche verwenden ließe?«

Nach über zwanzig Jahren, die Emlyn mit Tibbies Geplapper und ständigen Vorhaltungen verbracht hatte, war sie an deren plötzliche Stimmungsschwankungen und Gedankensprünge gewöhnt. Tibbies Gedanken glichen wilden Windböen, die ihre Worte hierhin und dorthin bliesen wie trockenes Laub. Emlyn kannte niemanden, der liebenswerter und fürsorglicher gewesen wäre als sie, doch diejenigen, die Tibbies Obhut anvertraut waren, litten bisweilen schrecklich unter ihrem unaufhörlichen, lautstarken Geplapper.

»Emlyn, Liebe, habt Ihr uns ein Kaninchen geschossen?« wiederholte Tibbie.

»Ein Kaninchen? N ... nein, nicht direkt. Ich bin eine miserable Schützin.« In der Tat, dachte sie und sah wieder den blaugekleideten Ritter vor sich. Schwarzbraune

Wimpern, dunkle Augen, warme Hände und scharfe Worte kamen ihr in den Sinn.

»O weh! Obwohl wir in diesen Tagen weiß Gott eine Extraportion für unsere Abendtafel gebrauchen könnten, zumal kaum Männer da sind, die auf die Jagd gehen können«, klagte Tibbie.

»Die Zahlung an den König hat fast unsere ganze Barschaft aufgebraucht. Demnächst müssen wir einige Jäger aussenden, denn die Fässer mit eingesalzenem Fleisch sind beinahe leer.«

Emlyn seufzte ebenfalls, denn an Tibbies Aussage gab es nichts zu rütteln. Trotz der üblichen Geschäftigkeit eines Burghaushalts, mit Dienern und Handwerkern, die im Burgfried, den Küchen, Brauhäusern, Stallungen und Schmieden arbeiteten, wurde die Versorgung allmählich knapp. Und die Abwesenheit der eigentlichen Burgbesatzung war deutlich spürbar.

Nur eine Handvoll Bewaffneter bewachte noch den Burgwall. Nach Guys Gefangennahme hatten Ashbournes Söldner bis auf wenige die Burg verlassen; fast alle waren von den Boten des Königs abgeworben worden. Bei einer so geringen Anzahl von Männern, die hätten jagen können, kam jedes Stück Wild gelegen. Der Mangel an Kriegern bedeutete außerdem, daß Ashbourne einem etwaigen Angriff nicht lange würde standhalten können.

»Wir haben bis jetzt ganz gut überlebt, Tibbie«, erklärte Emlyn, »und irgendwie werde ich auch noch den Rest von Guys Erbschaftssteuer aufbringen. Unsere Schafherden sind prächtig gediehen dieses Jahr, und die Wolle wird einen guten Preis erzielen.«

»Betet nur, daß der Erlös diesen habgierigen König zufriedenstellt«, brummte Tibbie.

»Bestimmt wird er eine weitere Ratenzahlung akzeptieren.«

»Hmm«, schnaufte Tibbie säuerlich. Emlyn lächelte, wußte sie doch nur zu gut, daß Tibbies Kommentare ebenso mit Honig wie mit Essig gewürzt sein konnten.

Emlyn verließ sich aber auch auf die Weisheit und die

Erfahrung von Walter von Lydell, der schon der Oberhofmeister ihres Vaters gewesen und der Familie treu geblieben war, als Guy nach dessen Tod Burgherr wurde. Dank Wats Unterstützung war Emlyn in der Lage gewesen, den Haushalt der Burg weitgehend unbeeinträchtigt weiterzuführen, was sie sehr befriedigte. Sie wollte die jüngeren Geschwister so weit wie möglich vor den Folgen der momentanen Zwangslage bewahren, betrachtete sie doch die Sorge um sie als ihre wichtigste Verantwortung. Ihr Vater hatte die Kleinen Guy und ihr anvertraut, als er starb.

»Der Ruhe im Haus nach zu schließen, müssen die Zwillinge ja bestens beschäftigt sein«, sagte sie zu Tibbie.

Tibbie warf ihr aus ihren sommerblauen Augen einen belustigten Blick zu, zog ihre struppigen Augenbrauen hoch, und auf einer ihrer runden Wangen erschien ein Grübchen. »Ruhe setzt Ihr mit bestens beschäftigt gleich? Bei Kindern? Meine hochverehrte Lady, ruhige Kinder können sich bisweilen als die teuflischsten aller Kreaturen erweisen! Ihr und Euer Bruder Guy, Gott sei mit ihm – der König ist ein Bastard, vergib mir, o Herr –, ihr wart zwei Früchtchen, auf Euch aufzupassen war kein Honiglecken, und Eure Schwester Agnes und Euer Bruder Richard vor Euch – der Herr sei seiner Seele gnädig und wache über Lady Agnes in ihrem Konvent!« Sie schnappte kurz nach Luft und fuhr in ihrem Redeschwall fort: »Aber damals war ich noch jünger, und als die beiden Großen aus dem Gröbsten raus waren, habe ich mich um Euch gekümmert, genau wie ich jetzt für die Zwillinge und dieses goldige Geschöpf sorge, den kleinen Harry.«

Emlyn lächelte. »Christien und Isobel sitzen bestimmt bei einer spannenden Partie Dame.«

Belustigt über diese unwahrscheinliche Vorstellung ging Tibbie durch die kleine Diele und hängte Emlyns Cape zu den anderen auf einen hölzernen Garderobenständer. »Ich habe die beiden vor einer Weile in die Küche geschickt – sie hatten nach dem Abendessen immer noch Hunger, und der Koch hat jedem von ihnen ein

Stück Pastete versprochen. Klein-Harry schlummert bereits tief und süß, Gott sei's gedankt.« Kaum hatte sie das ausgesprochen, da gellte ein durchdringender Schrei durchs Haus.

»Bei allen Heiligen und Engeln, die Sarazenen kommen zurück!« kreischte Tibbie und schüttelte den Kopf.

»Ich kümmere mich um ihn«, sagte Emlyn und rannte bereits die Treppe hinauf, die in die Schlafkammern über dem großen Saal führte. Das Tappen ihrer weichen Lederstiefel auf den unebenen Steinstufen mischte sich mit dem schrillen Echo des Kindergebrülls.

2. *Kapitel*

Auf dem Kamm des Hügels zügelte Baron Nicholas de Hawkwood sein schwarzes Streitroß und studierte von dort die Burg Ashbourne mit einem scharfen, analytischen Blick. Die kalte Frühlingsluft verlieh den Konturen die Genauigkeit geschliffener Juwelen, und die Burg vor ihm leuchtete wie eine vergoldete Reliquie auf einem Bett aus grünem Samt. Die hohen Kalksteinmauern, die sich inmitten weiter Wiesen und junger Nadelwälder erhoben, schimmerten golden in der späten Nachmittagssonne.

Unbeeindruckt von dem romantischen Bild kreuzte der Baron seine in Kettenhandschuhen steckenden Hände über dem Sattelknauf und fluchte lauthals vor sich hin. Jede Bewegung des Pferdes spürte er als stechenden Schmerz in seiner Wunde. Bereits seit über einer Stunde wartete er schon auf diesem Hügel, doch Graf Whitehawke schien es zu gefallen, ihn hier tatenlos herumstehen zu lassen. Erschöpft rieb er sein schmerzendes, inzwischen schon ziemlich steifes Bein. Diese Mission war keineswegs so einfach, wie der König versprochen hatte.

Er ließ seinen Blick noch einmal über die quadratisch geschnittene Burganlage schweifen und kam zu dem Schluß, daß sie von den Normannen erbaut worden sein mußte, schlicht, aber solide. Die simple Architektur des Burgfrieds, des Verteidigungswalls und der vier Ecktürme konnte wohl Jahrhunderte überdauern. Doch er wußte, daß diese Burg in ihre Hände fallen würde wie ein reifer Apfel.

Innerhalb der Burgmauern befanden sich die Dienstboten, einige wenige Söldner und eine Handvoll Kinder: kein Hindernis also für seinen Auftrag. Die Burg würde schnell und ohne viel Federlesens fallen, nicht durch Waffengewalt, sondern allein durch einen Federstrich. König

Johns handschriftlicher Erlaß war an die Innenseite seines blauen Umhangs geheftet. Kraft der mit schwarzer Tinte geschriebenen und mit dem königlichen Siegel versehenen Anordnung ging die Burg Ashbourne nebst ihren umliegenden Ländereien in den Besitz seines Vaters, des Grafen Whitehawkes, über.

Verächtlich verzog Nicholas die Lippen; er wollte nichts davon.

Auf das rhythmische Geräusch von Hufschlägen hin drehte er sich um und blickte über die Schulter. Ein Ritter im grünen Umhang kam auf ihn zugeprescht und brachte seinen Schecken dann lässig neben dem schwarzen Hengst zum Stehen.

»Wo ist Graf Whitehawke?« verlangte der Baron ungeduldig zu wissen.

Der junge Ritter sah ihn an und zuckte die Schultern. »Auf der südlichen Straße jedenfalls nicht, Herr. Ich bin einige Meilen zurückgeritten. Doch Eure Männer sind auf dem Weg hierher und mögen vielleicht mehr wissen.«

Leise fluchend schob Nicholas seine eisengeflochtene Kapuze zurück und drehte sich um. Mit zusammengekniffenen Augen suchte er noch einmal die Gegend ab. Sein langes, dunkles Haar flatterte dabei in der kühlen Frühlingsbrise um seine Schultern. »Das sieht Graf Whitehawke und dem König ähnlich, im letzten Moment noch die Route zu ändern.«

Sein Gefährte rieb sich den rotgoldenen Schnauzbart und schnaubte dann zustimmend. »Ja, Mylord, genau wie es Euch und Graf Whitehawke ähnlich sieht, wieder einmal miteinander im Hader zu liegen.«

»Schweig, Perkin«, knurrte Nicholas. »Mir steht der Sinn weiß Gott nach etwas anderem, aber ich muß dem Befehl des Königs Folge leisten.« Als er sich im Sattel zurechtsetzte, fuhr ihm ein stechender Schmerz durch den Oberschenkel.

»Beruhigt Euch, Mylord. Ihr seid ja noch nervöser geworden, seit ich weggeritten bin. Was macht Eure Verletzung?«

»Nicht der Rede wert, wie ich schon sagte.«

»Wir sollten den Jäger dingfest machen, dessen Pfeil Euch erwischt hat.«

»Ach was, das ist doch nur ein Kratzer, ein kleiner Unfall«, wehrte Nicholas ab und drehte sich mit zusammengepreßten Lippen um. Niemals würde er zugeben, daß ihn ein junges Mädchen aus Versehen angeschossen hatte, als er ahnungslos durch den Wald geritten war. Er und Peter von Blackpoole – Perkin, wie er ihn schon als Kind genannt hatte – waren zusammen im Hause seines Onkels aufgewachsen und so vertraut wie Brüder. Peter war ein ausgesprochener Witzbold und hatte stets einen markigen Spruch auf der Zunge; diese Geschichte wäre ein gefundenes Fressen für ihn gewesen.

Peter kratzte sich das stoppelige Kinn. Sein Bart leuchtete wie Kupfer in der tiefstehenden Sonne, als er hinüber zur Burg Ashbourne blickte.

»Was meint Ihr, ist das junge Ding in der Burg da schon alt genug zum Heiraten?«

»Das junge Ding ist alt genug«, erwiderte Nicholas knapp. »Die vier jüngsten Sprößlinge von Rogier de Ashbourne leben noch auf der Burg. Das Mädchen ist die älteste von ihnen. Die anderen sind so um die sechs, sieben Jahre alt, vermute ich.«

Er vermutete noch mehr, behielt es aber für sich. Jahre zuvor hatte er um die Hand der zweitältesten Tochter angehalten, da er Rogier de Ashbourne noch eine Gegenleistung schuldig war. Doch der Baron starb völlig unerwartet, bevor noch ein Ehevertrag besiegelt werden konnte. Und Nicholas hatte gerade erfahren, daß König John eben dieses Mädchen seinem Vater versprochen hatte.

»Nun, sich mit mutterlosen Kindern zu beschäftigen, das ist nichts für Graf Whitehawke«, bemerkte Peter zynisch. »Er zieht sich lieber eine junge Braut und eine prächtige Burg an Land. Ihr, mein Lord, habt es nicht so gut getroffen.«

»Kaum«, brummte Nicholas. Der König hatte ihm das

Sorgerecht für die drei jüngeren Ashbournes übertragen. Beinahe hätte er laut aufgestöhnt: Kindermädchen von königlichen Gnaden, was für eine Schmach für einen Ritter.

»Wo zum Teufel steckt er bloß«, knurrte er und suchte noch einmal die Straße ab. »Es ist schon später Nachmittag.«

»Vielleicht hat ihm ein Feind am Wegesrand aufgelauert«, sinnierte Peter und zwinkerte dabei fröhlich mit seinen azurblauen Augen.

»Spar dir deine Spötteleien, Perkin. Dazu bin ich heute nicht aufgelegt«, kanzelte ihn Nicholas ab. »Außerdem weißt du ganz genau, daß mein Vater keinen Fuß in einen Wald setzt, solange es einen Weg außenherum gibt. Er verspätet sich ständig wegen seines dämlichen Aberglaubens. Der Krieger, der er einst war, wird langsam zu einem alten Mann.« Er streckte sich auf seinem Pferd. »Wenn er nicht demnächst auftaucht, werde ich die ganze Geschichte hier abblasen, und zwar mit Freuden, das versichere ich dir.«

»Und Ihr werdet mit zunehmendem Alter immer ungeduldiger, Mylord. Aber für ein ausgeglichenes Wesen seid Ihr ja noch nie bekannt gewesen«, feixte Peter. Dann drehte er sich unvermittelt um und kniff die Augen zusammen. »Seht! Dort auf der alten Römerstraße nähert sich Euer erlauchter Vater.«

Die alte Handelsstraße schlängelte sich wie ein blasses Band durch das weite, grasbedeckte Hügelland. Eine Gruppe Reiter näherte sich in leichtem Galopp. An der Spitze, auf einem mächtigen weißen Streitroß, ritt ein großer Mann in schwarzer Rüstung, sein langes, schlohweißes Haar wehte in der Luft wie ein seidenes Banner.

»Na endlich!« brummte Nicholas.

»Wer reitet denn da mit ihm? Ein Trupp von dreißig Männern – nein, vierzig sind das mindestens. Ha, wenigstens hattet Ihr soviel Anstand, nur mit acht Leuten zu kommen. Und – verflucht, da ist . . .«

»Hugh de Chavant.«

»Dieser froschäugige Bastard«, schnaubte Peter. »Was hat der denn hier zu suchen?«

»Wie kannst du dir erlauben, so von meinem Herrn Cousin zu sprechen? Er ist jetzt der Anführer der Soldaten meines Vaters.«

Peter warf ihm einen angewiderten Blick zu. »Dann hat er sich also das Vertrauen von Graf Whitehawke erschlichen.«

»Das hat er schon immer gehabt. Mein Vater hat ihm erst kürzlich eine kleine Baronie an der walisischen Grenze vermacht, doch da wohnt kaum einer. Daher muß er sich seinen Lebensunterhalt immer noch als Söldnerführer verdienen.«

»Nun, da tut er mir ja direkt leid. Als Euer Söldnerführer habe ich bis jetzt noch kein Vermögen angehäuft, Mylord«, meinte Peter nachdenklich. »Ja, als grundbesitzloser jüngerer Sohn bin ich eben gezwungen, mein Glück in der weiten Welt zu suchen«, fügte er hinzu und verdrehte dabei die Augen gen Himmel, eine jener dramatischen Gesten, die er so liebte.

»Du könntest zum Beispiel auch ins Kloster gehen und Mönch werden«, gab Nicholas zurück.

»Mein Schwert ist viel zu glücklich an meiner Seite«, lachte Peter. »Und ich sehne mich nach einem eigenen Stück Land. Die Turniere haben mir bisher nur zwei kleine Rittergüter eingebracht. Ich muß mich wohl härter ins Zeug legen, wenn ich meinen Lebensabend in Luxus und Reichtum verbringen möchte.«

»Ich würde dir liebend gerne meine Position als Whitehawkes Erbe abtreten. Erst neulich kurz vor Weihnachten hat er mich mal wieder enterbt. Aber letzten Monat, als wir wegen des Königs mit lächelnden Gesichtern gute Miene zum bösen Spiel machen mußten, erklärte er mir, daß ich nun doch auf alle Zeiten sein Erbe sein würde. Zumindest bis er wieder einen anderen Dämon in mir zu entdecken glaubt, schätze ich mal.«

Peter warf ihm einen ernsten Blick zu. »Laßt uns hoffen, daß er nicht den wahren Teufel in Euch entdeckt, Sire.«

»Ja.« Nicholas' Miene verhärtete sich, als er sein Pferd antraben ließ. »Geb's Gott, daß es dazu nicht kommt.«

Die gellenden Schreie kamen aus einer kleinen Schlafkammer und mischten sich jetzt mit einem noch lauteren Wutgebrüll. Emlyn blieb auf dem oberen Treppenabsatz stehen und stieß dann eine Holztür auf. Obwohl Isobels Gezeter aus einer tiefen Fensterlaibung heraustönte, stellte Emlyn mit geübtem Blick fest, daß sich das Kind nicht in Gefahr befand. Weiteres Gebrüll kam aus dem Bett. Emlyn schob die Vorhänge zur Seite und holte zunächst einmal den kleinen Harry heraus. Sie setzte ihn sich auf die Hüfte, schnalzte beruhigend mit der Zunge und wandte sich dann den zwei anderen Schreihälsen zu.

»Christien! Isobel! Hört sofort auf mit dem Gekreische«, befahl sie mit strenger Stimme. Klein-Harry schluchzte in ihren Armen und schlang seine warmen, dicken Beinchen um ihre Hüfte.

Christien, mit einem Holzschwert bewaffnet, hatte sich vorsorglich in eine Ecke verzogen, als seine ältere Schwester das Zimmer betrat. Mit einem einfältigen Schafsblick ließ er jetzt das Schwert sinken. Emlyn ging wortlos an ihm vorbei.

Isobel lag zusammengeringelt in der tiefen Fensternische und brüllte mit der Inbrunst einer Sechsjährigen, den Rücken an die kreuzförmige vergitterte Maueröffnung gepreßt, die im Falle eines Angriffs als Schießscharte diente. Die Öffnung in der Mauer war groß genug, um Luft und Sonne hereinzulassen, dabei aber so schmal, daß ein Kind höchstens einen Arm oder ein Bein durchstekken konnte. In früheren Jahren hatte ihr Vater dort das eiserne Kreuz anbringen lassen, zum Schutze der Kinder, die gemeinsam mit Tibbie in diesem Zimmer schliefen.

»Komm raus da«, sagte Emlyn und half der schniefenden Isobel aus dem engen Loch, worauf diese sich sofort umdrehte und ihrem Bruder einen anklagenden Blick zuwarf.

Christien stand jetzt mit gespreizten Beinen und vor

der Brust verschränkten Armen mitten im Zimmer. Er war stämmiger als seine zartgliedrige Zwillingsschwester, sein honigbraunes Haar schimmerte um etliches heller als ihre glänzenden, dunklen Locken, doch beide hatten sie dieselben kornblumenblauen Augen. Harry, der sich inzwischen ein wenig beruhigt hatte, starrte neugierig von einem Geschwister zum anderen; seine weißblonden Locken hüpften dabei im Takt seines Schluckaufs.

»Sie ist meine Gefangene«, erklärte Christien mit ernster Miene. »Weil sie eine sarazenische Kriegerin ist!«

Isobel, die sich erstaunlich schnell erholt hatte, stampfte wütend mit ihrem kleinen Fellschuh auf. »Ich bin eine Sarazenenprinzessin! Außerdem erheben Ritter niemals ihr Schwert gegen Damen und schubsen sie auch nicht aus Fenstern!«

»Ich hab' dich nicht geschubst! Du hast gebrüllt, weil ich dich besiegt habe. Und du bist auch keine Prinzessin!«

»Dann bist du König Richard, und ich bin deine Königin!« ereiferte sich Isobel.

»Ich will aber keine Königin!« maulte Christien zurück.

Emlyn trat zwischen die beiden Streithähne. »Schluß jetzt, ihr zwei! Das hier ist keine Bühne, sondern ein Schlafzimmer. Ihr habt Harry aufgeweckt. Und ihr wißt genau, wie gefährlich Fenster sind. Christien, du bist für deine Schwester verantwortlich. Du bist der Ältere von euch, um einige Minuten wenigstens, und wirst eines Tages zum Ritter geschlagen werden. Kein Ritter behandelt eine Lady derart respektlos. Nicht einmal eine sarazenische Lady.«

»Kriegerin«, schmollte Christien trotzig.

Emlyn sah ihren kleinen Bruder an und seufzte: »Du brauchst wirklich dringend ein paar Jungs zum Spielen. So, jetzt entschuldige dich bei deiner Schwester und vergiß nicht, deine Schandtaten in dein Nachtgebet einzuschließen.« Sie strich ihm eine weiche Haarsträhne aus der Stirn. »Und bitte den heiligen Georg, daß er dir ein bißchen mehr Anstand beibringt.«

»Jawohl, Emlyn«, brummte er und murmelte eine Entschuldigung.

In diesem Augenblick rauschte Tibbie mit wogendem Busen ins Zimmer. »Beim Horn des Moses! Was treibt ihr zwei denn hier oben? Sarazenen gegen Christen hetzen und dabei den armen Harry aufwecken! Und wo ist die kleine Dienstmagd, die ich euch mitgeschickt habe, als ihr ins Backhaus gingt?«

Isobel und Christien warfen sich einen schuldbewußten Blick zu und stellten sich Schulter an Schulter nebeneinander. »Die haben wir dort gelassen. Sie stopft sich mit Honigkuchen voll.«

»Ich werde sie mit in mein Zimmer nehmen, dann kannst du den Kleinen in Ruhe schlafenlegen«, sagte Emlyn und übergab ihr Harry, der sogleich sein Köpfchen an Tibbies Schulter bettete und den Daumen in den Mund steckte.

Emlyn scheuchte die beiden größeren hinaus, einen kurzen Korridor entlang in ihr eigenes Zimmer. »Wenn ihr leise seid, dürft ihr mir bei der Arbeit zusehen.«

Begeistert stürmten die beiden in Emlyns Schlafkammer, einen kleinen Raum mit dicken Steinmauern, und ließen sich auf eine gepolsterte Bank vor dem Fenster fallen, während Emlyn ihr nasses Gewand auszog und in ein blaues Wollkleid schlüpfte. Dann legte sie einen bestickten Gürtel an und kniete sich hin, um unter dem Bett nach ihren Fellschuhen zu suchen.

Tibbie mißbilligte die Unordnung in Emlyns Schlafzimmer zutiefst, sie aber liebte ihr kleines Tohuwabohu. Selbst die Jahre im Konvent hatten ihr ihre Neigung zur Schlamperei nicht auszutreiben vermocht. Sie hatte sich nie ganz der rigorosen Disziplin des Klosters fügen können, weshalb ihr die Nonnen oft Ungeduld vorwarfen und rieten, sie solle Gott um mehr Gleichmut bitten. Obwohl die klösterliche Abgeschiedenheit Emlyns Bedürfnis nach Ruhe und Frieden gefördert hatte, konnte sie jedoch gegen ihren mangelnden Sinn für Ordnung nichts ausrichten.

Nachdem Emlyn fertig angekleidet war, setzte sie sich ebenfalls ans Fenster und öffnete ihre dicken Zöpfe, um sich die Fichtennadeln auszukämmen. Die vom Flechten gewellten seidigen Strähnen schimmerten in verschiedenen Farbtönen: Mattes Flachsgelb mischte sich mit goldenem Weizenblond, aufgelockert durch walnußbraune Glanzlichter, dem Farbton ihrer schnurgeraden Augenbrauen. Ausgekämmt fiel ihr das Haar nun in duftigen Kaskaden über den Rücken bis zu den Hüften. Sie nahm sich nicht die Zeit, es neu zu flechten, sondern legte nur einen hauchdünnen weißen Baumwollschleier um den Kopf, der von einer seidenen Kordel gehalten wurde. Tibbie, dachte sie, würde bestimmt wieder über ihr offenes Haar meckern.

Die späte Nachmittagssonne fiel durch die bogenförmigen, mit Pfeilern versehenen Fenster und griff mit ihren goldenen Fingern nach den weinroten Brokatkissen auf der Fensterbank. Eine leichte Brise wehte herein und brachte den süßen, würzigen Duft der Obstbäume mit sich.

Emlyn atmete die kühle Luft ein, lehnte den Kopf an den Fensterpfosten und ließ den Blick über das grüne Blätterdach des Waldes und das sanft gewellte Hügelland schweifen, das die Burgmauern umschloß. Dort draußen, dachte sie, lag die unbeschränkte, wilde Freiheit, die nur wenige Männer und noch weniger Frauen erleben durften. In der Gewißheit, daß sie diese Freiheit nie würde genießen können, fragte sie sich oft, wie ein Leben ohne Mauern, Wächter und die einengenden Pflichten wohl sein mochte.

»Du hast das Nachtmahl verpaßt«, stellte Isobel fest.

»Ja, ich war im Forst und habe Bogenschießen geübt.«

»Im Forst? Allein? Eine Lady sollte nie ohne Begleitung ausgehen!«

»Es ist Frühling, und da geht der Grüne Mann um«, setzte Christien mit ernster Miene hinzu. »Paß auf, sonst haut er dir den Kopf ab mit seiner Axt.« Dazu schielte er gräßlich und ließ die Zunge aus dem Mund hängen. Isobel quiekte auf.

»Ich sollte euch in Zukunft nicht mehr so schaurige Geschichten erzählen wie die vom Grünen Ritter. Vielleicht besser die von Bevis von Hampton. Er hat gegen einen Drachen gekämpft.« Christien riß die Augen auf und nickte begeistert. »Aber fürchtet euch nie vor dem Wald, meine Lieben. Das ist ein wunderbar friedlicher und schöner Ort.«

Meistens, korrigierte sie sich im stillen, obgleich sie beschlossen hatte, demnächst wieder in den Forst zu gehen, um ihre noch so klägliche Fertigkeit im Bogenschießen zu vervollkommnen. Ganz gleich, ob ihr wieder so ein Ritter in die Quere kam oder nicht.

»Wirst du jetzt arbeiten?« erkundigte sich Christien. Emlyn erhob sich nickend und ging zu dem Pult, auf dem ein loses Blatt Pergament lag, das an den Ecken mit kleinen Kieseln beschwert war. Auf einem Holzbord über dem Pult standen mit verschiedenen Farbpulvern gefüllte Tontöpfe, Muschelschalen zum Mischen der Farben, Pinsel, ein Horn mit Tinte und diverse Federkiele. Emlyn wählte einen der Töpfe und zwei Pinsel aus und nahm dann auf dem dreibeinigen Hocker vor dem Pult Platz.

Das Pergament war mit sorgfältig gemalten Buchstaben in Rot und Schwarz beschrieben. Der Text stammte nicht von ihr, aber Emlyn konnte ihn lesen und auch schreiben. Das hatte sie der Äbtissin des Konvents zu verdanken, die die Ansicht vertrat, daß Adelsfrauen sowohl ihren Geist als auch ihre Hände beschäftigen sollten. Zusätzlich zu den üblichen Handarbeiten lernten Emlyn und die anderen Mädchen deshalb Lesen und Schreiben und wurden in die Grundbegriffe der Mathematik, Philosophie und Theologie eingeführt.

Das Kloster verfügte über eine kleine Schreibstube, in der die Nonnen einige wertvolle Bücher zu ihrem eigenen Gebrauch abschrieben und ornamentierten. Nachdem sie herausgefunden hatten, daß Emlyn sehr geschickte

Hände besaß, mußte diese stundenlang in der Schreibstube sitzen und Briefe abschreiben, bis die Buchstaben vor ihren übermüdeten Augen zu tanzen begannen. Allein der Gedanke daran ließ die Finger ihrer rechten Hand zusammenzucken, als habe sie einen Krampf. Aber das Malen bereitete ihr immer noch große Freude.

Ihr Vater hatte diese Beschäftigung gutgeheißen und sie ermutigt, sich weiterhin darin zu üben. Sein jüngster Bruder, ihr Onkel Godwin, lebte als Mönch in einem Kloster in York. Er war ein hochgeschätzter und sehr talentierter Kunstmaler, dessen Werke die Wände etlicher Kirchen und Burgen der nördlichen Regionen zierten. Godwin war aber nicht nur Künstler, sondern auch ein Gelehrter; sie wußte, daß er gegenwärtig eine Chronologie der Könige Britanniens verfaßte, die er selbst illustrierte.

Als Emlyn noch ein Kind war, hatte Godwin sie an einem Julfest besucht und ihr gezeigt, wie man mit Pinsel und Farben umgeht. Die leuchtenden Farben auf dem dikken Pergament zu verteilen, hatte sie damals ungeheuer fasziniert, und seither malte sie.

Ein Luftzug blies ihr eine Locke von der Schulter, als sie mit ihrer Arbeit begann. Während sie mit der linken Hand den weißen Schleier zurückhielt, tauchte ihre rechte den Pinsel in den mit Grisaille gefüllten Farbtopf, ein Graubraun, mit dem sie die Rüstung eines Ritter kolorieren wollte. Die winzigen Kettenglieder des Panzerzeugs der Ritter bei Schlachtszenen auszumalen war eine knifflige und langweilige Arbeit, und sie wollte sie schnellstens hinter sich bringen. Schon bald war Emlyn zufrieden mit der Zeichnung und fand, daß die angeschrägte Komposition des Bildes das Schlachtengetümmel ausgezeichnet zur Geltung brachte.

Christien und Isobel standen dicht hinter ihr, bliesen ihr ihren warmen Atem in den Rücken und verhielten sich ungewöhnlich ruhig, während sie ihr beim Malen zusahen. Emlyn zwirbelte die feinen Haare ihres Pinsels zu einer Spitze zusammen und erklärte den beiden dabei, daß dieses Bild sowie die anderen, die auf dem Regal standen, das Heldenepos des Franzosen Sir Gui de Warwyck illustrieren sollten. Sie las ihnen ein Stück des französischen Textes auf dem Pergament vor. Die Kinder hatten einen Teil dieser abenteuerlichen Geschichte bereits gehört, da Emlyn es sich zur Gewohnheit gemacht hatte, ihnen vor dem Schlafengehen oder bei schlechtem Wetter alte Sagen oder Geschichten vorzulesen.

»Mir gefällt der Teil am besten, wo Sir Gui mit dem Drachen kämpft«, sagte Christien.

»Ja, du magst nur Drachen, Schwerter und Schlachtrösser«, entgegnete Isobel verächtlich.

»Schaut, jetzt habe ich die letzte Rüstung ausgemalt und kann mit den Schabracken beginnen«, lenkte Emlyn ab. »Hier sind zwei verschiedene Blautöne. Welchen soll ich nehmen, was meint ihr?« Sie entfernte die Bienenwachsstöpsel von zwei kleinen Tontöpfchen, und die Kinder beugten sich neugierig vor, um den Inhalt zu inspizieren.

Das satte, kräftige Ultramarinblau war aus gemahlenem Lapislazuli hergestellt worden, aus dem Heiligen Land importiert und daher sehr wertvoll und extrem teuer. Emlyn besaß nur eine kleine Menge dieses Farbpulvers und ging dementsprechend sparsam damit um. Das andere Blau war ein dunkleres Indigo, das aus den Blättern der Färberwaid gewonnen wurde. Beide Farbpulver waren mit geschlagenem Eiweiß angerührt. Anderen Farben, Rot und Grün zum Beispiel, so hatte Emlyn gelernt, mischte man außerdem noch andere Ingredienzien bei: Eigelb, Honig, Wein oder Bier. Die Maler ihres Onkels Godwin, wußte sie, fügten gewissen Rottönen sogar Ohrenschmalz zu, wodurch diese noch an Brillanz gewannen.

Isobel und Christien hatten sich für das Indigoblau entschieden, und Emlyn malte damit einen Umhang und eine Schabracke aus, während sich rechts und links ein Kinderkopf über ihre Schulter reckte.

»Guy wird dieses Manuskript zu schätzen wissen«, sagte Isobel.

»Das will ich hoffen«, entgegnete Emlyn lachend. »Ich arbeite immerhin schon seit über einem halben Jahr an diesem Geschenk.« Sie hatte trotz der Gefangennahme ihres Bruders mit dem Kolorieren der Handschrift weitergemacht, da sie der Meinung war, diese Arbeit aufzugeben, könne auch bedeuten, die Hoffnung auf seine Rückkehr gänzlich zu verlieren.

Vor einigen Monaten hatte sie durch Vermittlung ihres Onkels Godwin dieses unfertige Manuskript erstanden, als Neujahrsgeschenk für Guy. Godwin hatte ihr ein Paket mit losen Pergamenten geschickt, eine Abschrift des Epos von Gui de Marwyck, das aus der Schreibstube seines Klosters stammte. Einige Blätter enthielten leere, schwarzgerahmte Rechtecke, die sie mit ihren Illustrationen füllte. Das fertige Manuskript wollte sie dann Godwin zurücksenden, um es in Leder einbinden und mit einem goldenen Vorsatzblatt, sofern sie es sich leisten konnte, versehen zu lassen.

Nachdem sie den blauen Umhang fertig ausgemalt hatte, stellte sie den Pinsel in einen kleinen Topf mit Wasser und nahm einen sauberen Kaninchenhaarpinsel zur Hand. Sie wählte ein Töpfchen Zinnoberrot aus, das aus Metallsalzen gewonnen wurde, erlaubte Isobel, den Wachsstöpsel abzupokeln, und bat Christien, eine Muschelschale für die neue Farbe zu suchen.

Es klopfte, und beinahe gleichzeitig erschien Tibbies Gesicht in der Tür. »Oh, M'lady«, begann sie, die Stirn in sorgenvolle Falten gelegt.

»Was gibt es denn, Tibbie?« fragte Emlyn.

»Sir Wat wünscht Euch im großen Saal zu sprechen. Im Augenblick ist er draußen auf dem Burgwall, und wenn Ihr Euch beeilt, trefft Ihr ihn dort noch an. Ein Trupp Bewaffneter kommt auf die Burg zugeritten«, stieß sie hervor.

Der Ritter in dem blauen Umhang, dachte Emlyn entsetzt, sprang auf und flog nahezu die Wendeltreppe hinunter in die Diele. Dort riß sie eine Tür auf und rannte über die überdachte Holzbrücke, die den Wohnturm mit dem Burgwall verband, auf Wat zu; neben ihm blieb sie stehen, um über die Brüstung zu spähen.

Auf der Straße, die auf die Burg zuführte, näherte sich eine durcheinanderwirbelnde Collage aus Farben und blitzendem Metall, die sich im rotgoldenen Licht der Abendsonne zu einer Truppe bewaffneter Soldaten ordnete.

»Heilige Mutter Maria im Himmel!« Emlyn sog scharf die Luft ein. Über die Brüstung gebeugt und die Finger in den rauhen Stein gekrallt, überkam sie die eigenartige Vorstellung, soeben mitzuerleben, wie eine ihrer Miniaturen zum Leben erwachte.

Vierzig oder mehr Helme hüpften und blitzten rhythmisch im Sonnenlicht. An der Spitze der Truppe ritten zwei Männer, ihre Banner flatterten hinter ihnen im Wind. Der eine, auf einem hellen Pferd, war ganz in Schwarz gekleidet, sein langes weißes Haar wehte, weder von einem Helm noch einer Kappe geschützt, um seine Schultern. Der andere, auf einem schwarzen Streitroß, trug einen blauen Umhang und darunter einen Kettenpanzer.

Ihr Magen verkrampfte sich, als sie den Mann erkannte.

Die Truppe hatte nun die große Wiese erreicht, die sich vor Ashbourne ausbreitete. Die Hufe der galoppierenden Pferde rissen Grasnarben und Blumenbüschel los, die hinter ihnen durch die Luft flogen, als sich die Reiterschar zielstrebig dem Burgtor näherte. Zwei Standarten wehten an der hölzernen Stange, die am Sattel des Bannerträgers befestigt war: Die oberste Fahne trug das königliche Wappen, einen grünen Falken auf weißem Hintergrund.

Emlyn trat von der Balustrade zurück und ließ sich gegen die harte Steinmauer sinken. Ein leises Stöhnen entrang sich ihren Lippen, und ihr wurde vor Angst ganz übel.

Ihr Pfeil hatte einen Kurier des Königs getroffen.

3. Kapitel

»Der Mann ganz in Schwarz? Ja, den kenne ich. Den anderen im blauen Umhang, bei dem bin ich mir nicht sicher«, beantwortete Walter von Lydell Emlyns Frage, wer die beiden Männer an der Spitze seien. Sie standen nebeneinander auf dem Burgwall, den Blick auf die angekommene Reiterschar geheftet. Der Bannerträger hatte im Namen des Königs Einlaß verlangt und wartete nun auf die Antwort des Torwächters, der seinerseits erst die Zustimmung Lady Emlyns oder des Haushofmeisters einholen mußte.

»Das ist Bertran de Hawkwood, Graf von Graymere, auch Whitehawke genannt wegen seines schlohweißen Haars«, fuhr Wat fort. »Ein ebenso mächtiger wie grausamer Mann, soviel ich gehört habe. Er hat mehr Barone, die nach seiner Pfeife tanzen, als man zählen kann, und steht obendrein in der besonderen Gunst des Königs. Ein nettes Paar, diese beiden schleimigen Kröten.«

Emlyn legte eine Hand auf Wats Arm. Die alte, inzwischen nur noch matt schimmernde Kettenrüstung fühlte sich schwer und kalt an. Groß und breit von Gestalt, mit Augen von der Farbe reifer Walnüsse, die aus dem grauen, zerfurchten Gesicht leuchteten, trug Wat den dunkelrotem Umhang, der ihn als einen von Baron de Ashbournes Gefolgsleuten auswies. Wat war der engste Freund ihres Vaters gewesen und bekleidete das Amt des Haushofmeisters bereits seit zwanzig Jahren. Sein Blick ruhte mit väterlicher Nachsicht auf Emlyn, die jetzt nochmals ängstlich zwischen den Zinnen der Burgmauer hindurchlugte.

»Was mag Graf Whitehawke von uns wollen, Wat?« fragte sie.

»Es scheint, als überbringe er eine Botschaft des Königs, M'lady.«

»Und was sollen wir machen? Was schlägst du vor?« fragte Emlyn mit beklommener Stimme. Sie war nur von dem einzigen Wunsch erfüllt, der Mann in dem blauen Umhang möge umgehend wieder verschwinden.

Wat zog scharf die Luft ein und legte seine Stirn in nachdenkliche Falten. »Sie fordern uns nicht zum Kampf auf, sondern begehren nur Einlaß. Ich schlage vor, den gewähren wir nur dem Grafen und dem Mann an seiner Seite. Sie werden ihre Waffen am Tor ablegen; ihre Leute können auf der Wiese kampieren, während sie die Botschaft des Königs überbringen.«

Emlyn nickte steif. »Ich werde sie nicht im Burghof willkommen heißen, obwohl das eigentlich meine Pflicht wäre. Ich – ich kann nicht. Die Begrüßung überlasse ich dir.«

Wat murmelte sein Einverständnis und rief dann der Torwache einen Befehl zu. Die Rollen der Flaschenzüge quietschten, als die dicken Seile langsam das erste eiserne Fallgitter hochzogen. Emlyn raffte ihre Röcke und rannte zurück in den Wohnturm.

Sie fand Tibbie und die Zwillinge im großen Saal. Tibbie stand, die Kinder knieten auf einer Holzbank vor einem der großen, dreibogigen Fenster, die oben mit Buntglas und unten mit hölzernen Läden versehen waren. Christien beschwerte sich lauthals darüber, daß seine Schwester den besten Platz vor dem einzigen geöffneten Fensterflügel ergattert hatte.

»Das bunte Glas eignet sich zwar nicht besonders gut zum Durchschauen, dafür zaubert es aber schöne bunte Ornamente auf den Fußboden«, sagte Tibbie und deutete auf die bernsteinfarbenen und roten Flecken auf dem mit Binsen bestreuten Boden. »Rutsch ein bißchen zur Seite, Isobel, bevor ich nachhelfe«, kommandierte sie und wandte sich dann an Emlyn. »Werdet Ihr sie hier empfangen, M'lady?«

»Ja«, murmelte Emlyn und ging hinüber zum Kamin am entgegengesetzten Ende des langen Raumes. Der Saum ihres blauen Kleides schleifte dabei raschelnd über die trockenen Binsen. Catgil lag dösend, den Kopf zwischen die Pfoten gelegt, auf der warmen Kaminplatte und winselte leise, als Emlyn näher kam. Sie beugte sich kurz nieder, um ihn hinter den Ohren zu kraulen, und nahm dann in einem der hohen, geschnitzten Lehnstühle Platz, entschlossen, die Boten huldvoll zu empfangen.

Tibbie kam auf sie zu, das runde Gesicht von Sorgenfalten durchzogen, die Augen rot gerändert. »Laßt uns hoffen, daß sie gute Nachrichten bringen, und gleichzeitig beten, daß der König jetzt nicht auch noch Euch gefangennehmen will.«

»König John hat keinen Hader mit mir, Tibbie. Ich besitze nichts von Wert – nur das bißchen Land, das mir meine Mutter hinterlassen hat. Meine gesamte Mitgift hat sich der König ja bereits unter den Nagel gerissen.« Emlyn seufzte laut. »Weißt du, ich werde bestimmt auch in einem Kloster enden wie meine Schwester Agnes.«

Tibbie schüttelte den Kopf. »Der König ist ein ganz Verschlagener, das sage ich Euch, Lady Emlyn. Eigentlich sollte Euch das schon die Tatsache, daß Guy nicht hier bei uns ist, deutlich machen.«

Emlyn kniff schweigend die Lippen zusammen. Sie wußte, daß Tibbie recht hatte. Dem König durfte man nicht über den Weg trauen. Sie zitterte innerlich. Wenn diese Botschafter die Nachricht von Guys Tod überbrachten, dann war Christien der nächste Baron.

Sie unterdrückte den spontanen Drang, die Zwillinge und den schlafenden Harry an die Hand zu nehmen und wegzulaufen, irgendwohin, nur weg von hier. Obwohl sie bereits so viel verloren hatte, gab es noch sehr viel mehr zu verlieren. Ihr ältester Bruder, Richard, war vor Jahren als zwanzigjähriger Ritter in Poitou gefallen, wo er an der Seite anderer englischer Ritter für König John gekämpft hatte. Vor knapp zwei Jahren war ihre Mutter, durch die späte Schwangerschaft geschwächt, kurz nach Harrys Geburt gestorben. Im letzten Spätsommer hatte ihr Vater eine tödliche Auseinandersetzung gehabt, und im Herbst hatten sie Guy gefangengenommen.

Der Schock und der Schmerz über jeden dieser Verluste lasteten auf ihr wie schwere Bleigewichte auf einer feinen Goldwaage. Es gab Zeiten, da sie unter dieser Bürde kaum atmen oder einen klaren Gedanken fassen konnte. Außerdem hatte sie die bedauerliche Erfahrung machen müssen, daß Frauen wenig Einfluß auf die Entscheidungen von Männern zugestanden wurde. Bald würde sie den nächsten Befehl des Königs verlesen bekommen, und dann wurde von ihr erwartet – nein, sie war dazu gezwungen –, diesem Folge zu leisten. Ein leichtes Schwindelgefühl bemächtigte sich ihrer. Sie klammerte sich an den mit Holzschnitzereien verzierten Armlehnen fest und spürte, wie ihr Herz raste.

»Emlyn!« rief Isobel an ihrem Fensterplatz und hüpfte aufgeregt auf der Holzbank herum. »Sie kommen!«

Das dumpfe Geräusch eisenbeschlagener Stiefel war auf der äußeren Treppe zu hören. Emlyn zwang sich so gelassen zu reden, wie sie ganz und gar nicht empfand. »Tibbie, bring die Kinder in ihre Schlafkammer und bleib bei ihnen«, ordnete sie an. Tibbie nickte, hob die Zwillinge von der Bank herunter und scheuchte sie vor sich her aus dem Saal wie Enten. Geräuschvoll trampelten die beiden die Wendeltreppe hinauf, die hinter der offenen Feuerstelle in das obere Stockwerk führte.

Die geschnitzten Ornamente auf der Armlehne fühlten sich unter ihren bebenden Fingern beruhigend kühl an. Ein tiefes Schweigen, greifbar wie dichter Nebel, lag über dem großen Saal. Da öffnete sich der Vorhang am anderen Ende des Raumes, und zwei Männer in Begleitung von Wat traten ein. Mit großen, entschlossenen Schritten kamen sie auf Emlyn zu.

Langsam erhob sie sich aus ihrem Stuhl und verschränkte sittsam ihre zitternden Hände. Der blaugewandete, hochgewachsene Ritter schritt schwungvoll auf sie zu, ohne dabei im geringsten zu hinken. Vielleicht war die Verletzung letztendlich doch nicht so schlimm, dachte sie erleichtert und verdrängte dabei das viele Blut, das sie gesehen hatte.

Der Blick aus den Augen des Ritters traf sie kalt und hart wie Stein. Und da wußte Emlyn, daß er sie als die Bogenschützin aus dem Forst wiedererkannt hatte. Mit dem Anschein kühler Beherrschung, die man von ihr erwartete, trat Emlyn einen Schritt vor.

»Gott grüße Euch, verehrte Lordschaften«, begann sie. »Ich bin Lady Emlyn de Ashbourne, die Schwester des Barons. Seid willkommen in meinem Haus.« Wat stand neben ihr. Seine kräftige Gestalt beruhigte Emlyn ein wenig.

Whitehawke war nur wenig größer als sein Begleiter, dabei aber sehr viel massiger gebaut. Seine tiefliegenden blaßblauen Augen unter den elfenbeinfarbenen Brauen blickten stechend aus winzigen Pupillen. Das glänzende weiße Haar reichte ihm bis zu den Schultern. Er verbeugte sich vor Emlyn und ergriff mit Fingern so dick wie Würste ihre angebotene Hand.

»Ich bin der Graf von Graymere, Bertran de Hawkwood, Mylady«, stellte er sich mit dröhnender Baßstimme vor. »Genannt Whitehawke.« Dann deutete er mit einem leichten Kopfnicken auf den jüngeren Mann an seiner Seite. »Mein Sohn, Nicholas de Hawkwood.«

Die Vorstellung traf Emlyn wie ein Schlag ins Gesicht. Heiliger Himmel! Der Mann, den sie mit ihrem Pfeil getroffen hatte, war nicht nur ein Kurier des Königs, sondern zudem auch noch der Sohn eines Grafen. Wenn diese Herren nur eine Spur von Einfluß besaßen, war das Leben ihres Bruders in ernster Gefahr.

Der wütende Gesichtsausdruck des jüngeren Ritters beim Betreten des Saals war einem eher nachdenklichen gewichen. Behutsam verlagerte er sein Gewicht von dem linken verletzten Bein auf das rechte, während er den Blick aus seinen stahlgrauen Augen fest auf sie geheftet hielt. »Seid gegrüßt, Mylady«, sagte er. »Ich bin der Baron von Hawksmoor. Wir überbringen eine Botschaft von König John. Doch zunächst möchten wir Euch um eine Erfrischung bitten.«

Emlyn fiel auf, daß Whitehawke seinen Sohn nicht mit

Rang und vollem Titel vorgestellt hatte. Heilige Jungfrau! Ein richtiger Baron! Ihr Kopf zitterte wie eine schwere Blüte auf einem dünnen Stengel.

»Mylord . . .«, preßte sie hervor. Ihr war, als hätte sich eine Hand um ihre Kehle gelegt. Sie ging zu der kleinen Anrichte, entnahm ihr einen glasierten Krug und zwei silberne Becher, die mit Goldornamenten verziert und so geformt waren, daß sie bequem in eine große Männerhand paßten, stellte die Becher auf den großen Eichentisch am Kamin, schenkte einen guten Rotwein aus Frankreich ein und reichte die Trinkgefäße den Besuchern mit einem gemurmelten »zum Wohl«.

Mit ängstlich verschränkten Fingern beobachtete Emlyn, wie der Graf und sein Sohn die Becher leerten. Nicholas de Hawkwood schob seine gepanzerte Kappe zurück, rieb sich das bärtige Kinn und musterte sie dabei schweigend mit einem kühl abschätzenden Blick. Ein Hitzeschwall kroch ihr den Nacken hoch, und sie wandte sich ab.

Der Graf stand am offenen Fenster und unterhielt sich leise mit Wat. Die untergehende Sonne färbte sein weißes Haar rotgolden, und sein dunkles Kettenzeug glänzte matt unter dem schwarzen Umhang. Mit seinem kräftigen, muskelbepackten Körper und dem Kopf, der an einen Löwen erinnerte, war er trotz seines Alters immer noch ein gutaussehender Mann, obgleich seinen Zügen etwas Herbes anhaftete. Er erinnerte Emlyn an einen dieser alten, mythischen Könige, die als Götter in Menschengestalt dargestellt wurden.

Zaghaft trat Emlyn auf Whitehawke zu. »Mylord, obgleich ich sehr gespannt auf Eure Botschaft bin, möchte ich Euch doch zuerst eine Mahlzeit servieren lassen. Da wir keine Gäste erwarteten, haben wir bereits gegessen.« Ihr Magen vibrierte vor Nervosität, zudem hatte sie seit dem Morgen nichts zu sich genommen. »Das Mahl wird einfach, aber heiß und sättigend sein. Auch Eure Männer draußen werden wir verköstigen.« Emlyn war dankbar für die vorgeschriebenen Rituale, mit denen Besucher auf einer Burg empfangen wurden und die sie jetzt ein wenig von ihrer Angst ablenkten: Speis und Trank und der Austausch von Höflichkeiten gingen stets den geschäftlichen Angelegenheiten voraus – außer in Notfällen.

»Wir danken Euch, Mylady«, brummte der Graf mürrisch und wandte dann den Blick ab, um sich bei Wat nach dem Bestand der Pferde zu erkundigen.

»Lady Emlyn«, sagte Nicholas de Hawkwood und winkte sie zu sich. Er lehnte am Tisch und kraulte Catgil hinter den Ohren. Emlyn runzelte mißbilligend die Stirn. Sie wunderte sich, weshalb Catgil, der sich gewöhnlich von niemandem, der nicht zur Familie gehörte, von seinem behaglichen Platz am Fenster weglocken ließ, zu dem Baron getrottet war. Ihr war nicht sehr wohl in ihrer Haut, als sie seiner Aufforderung folgte. Obwohl er bislang über seine Verwundung geschwiegen hatte, rechnete sie damit, daß er sie zumindest versorgt haben wollte.

Der Baron beugte sich zu ihr und begann mit so leiser, samtweicher Stimme zu sprechen, daß Emlyn gezwungen war, sich noch ein Stück näher zu ihm hinzulehnen, um ihn verstehen zu können. Ein würziger Duft von Holz, Rauch, Metall und Leder ging von ihm aus, und ein leichter Geruch von Müdigkeit und Schweiß. Zu ihrer Verwirrung empfand sie diese männlichen Gerüche als überaus angenehm, und obwohl sie wußte, daß sie sich jetzt eigentlich von ihm wieder entfernen sollte, hielt sie irgend etwas zurück.

»Falls Ihr eine Mahlzeit für uns anrichten laßt, Mylady«, sagte er leise, »solltet Ihr wissen, daß Graf Whitehawke kein Fleisch ißt.«

»Aber die Fastenzeit und Ostern sind vorbei«, entgegnete Emlyn verwundert.

»Das hat nichts mit Fasten zu tun. Er ißt grundsätzlich kein Fleisch.«

»Kein Fleisch? Wie kann ein Mann leben, ohne Fleisch zu essen?« Unfähig, ihre Überraschung zu verbergen, musterte sie Whitehawke über die Schulter hinweg. Er sah keineswegs unterernährt aus.

»Fisch ist die einzige Sorte Fleisch, die er zu sich nimmt.«

»Und weshalb tut er das?« fragte sie neugierig und preßte sofort einen Finger auf ihre Lippen. Sie mußte sich für diese persönliche Frage umgehend entschuldigen, dachte sie.

Den Baron hingegen schien ihre Neugier nicht zu stören. »Es ist eine Art Buße«, erwiderte er und zuckte gleichgültig mit den Schultern.

Was für einer Sünde muß ein Graf sich wohl schuldig gemacht haben, um ein solches Gelöbnis abzulegen? fragte sie sich im stillen. »Hat ihm ein Priester diese Buße auferlegt?«

»Nein, das tat er selbst, vor vielen Jahren«, gab der Baron bereitwillig Antwort. Als er den Kopf abwandte, fiel einer der letzten Sonnenstrahlen über sein Gesicht und verlieh seinen Augen eine eigenartig graugrüne Transparenz. Lange schwarze Wimpern blinzelten gegen den hellen Lichtstrahl an. Seine mit kurzen schwarzen Bartstoppeln gesprenkelten Wangen überzog eine leichte Röte, und der kräftige Kiefer lag unter edel geschwungenen Lippen. »Eine wohlverdiente Buße«, murmelte er.

Obgleich sie darauf brannte, weitere Fragen zu stellen, wußte sie, daß sie ihre Neugier zügeln mußte, und hielt den Mund. Der Baron lehnte noch immer an der Tischkante, ruhte sein verletztes Bein aus und kraulte den Hund. Catgil glotzte vor lauter Wohlbehagen dümmlich vor sich hin. »Soll ich jemanden schicken, der Euch versorgt, Sire?«

Er warf ihr einen verständnislosen Blick zu. »Pardon?«

»Ich meine, jemanden, der sich um Eure ... äh, Bequemlichkeit kümmert, Mylord.«

»Ja, ein heißes Bad später am Abend nehme ich gerne an, Mylady.«

Sie nickte. »Ein Diener wird Euch das Bad in der Kemenate richten.«

Daraufhin beugte er sich wieder nahe zu Emlyn und flüsterte ihr zu: »Ich würde es vorziehen, wenn Ihr Euch persönlich um mich kümmert, Mylady.« Sie spürte, wie seine tiefe Stimme in ihrer Brust vibrierte.

Emlyn starrte ihn mit weit aufgerissenen Augen an, er hingegen hob fragend eine Braue. »Mylord«, entgegnete sie steif, »es ist mir eine Ehre, Euch, wie es der Brauch ist, ein Fußbad anzubieten und Euch aus der Rüstung helfen. Falls Ihr weitere Hilfe benötigt, steht Euch der Knappe Jenkin zur Verfügung. Ich werde auch einen Wundarzt holen lassen . . .«

»Was diese Angelegenheit betrifft, Mylady«, fiel er ihr in ruhigem Tonfall ins Wort, »so erscheint es mir richtig, daß Ihr Euch persönlich um mich kümmert. Da sonst nur ein Mann von meiner . . . äh, Behinderung weiß und ich keinen meiner Ritter vom Feld hereinholen kann, um mir beim Baden zu helfen, werdet Ihr mir wohl selbst zur Hand gehen müssen, wie es ohnehin üblich ist.«

Emlyn nickte. Unwillkürlich regte sich wieder ihr Schuldbewußtsein. Sie machte Jenkin ein Zeichen, der am anderen Ende des großen Saales wartete, gab ihm Order, das Bad vorzubereiten, und wies ihn an, den Koch dahingehend zu unterrichten, daß er ein Fisch- und ein Eigericht für den Grafen zuwege bringen möge. Mit einem gewissen Gefühl des Stolzes konnte sie davon ausgehen, daß das Essen bald serviert werden und trotz der knappen Vorräte von ausgezeichneter Qualität sein würde.

Jenkin entfernte sich mit seinem üblichen schlaksigen Gang und wirbelte hinter sich die Binsen auf, als er den Saal durchquerte und die Treppe hinunterstieg, um nach dem Tafelmeister zu rufen.

»Eure Dienstboten scheinen mir schlecht erzogen«, stellte Whitehawke fest.

Bestürzt sah Emlyn ihn an. »Er ist kein Dienstbote, Sire, sondern ein Schildknappe, der hier großgezogen wurde, erst von meinem Vater, dann von meinem Bruder Guy. Er ist noch jung und zeigt die Übereifrigkeit der Jugend.«

»Für die ungebührliche Art und Weise, wie er den Raum verlassen hat, gehört er ausgepeitscht«, brummte Whitehawke.

»Ich habe noch nie einen Dienstboten oder Knappen schlagen lassen, noch haben das mein Vater oder meine Mutter jemals getan«, gab ihm Emlyn knapp zu verstehen.

»Gestattet mir die Hinweise, Graf Whitehawke«, schaltete sich nun Wat ein. »Der Junge ist kaum zwölf und eigentlich ein guter Kerl. Er ist der Sohn eines Vetters von Graf Percy. Obwohl Lady Emlyn jegliche Züchtigung von Dienstboten untersagt, entbieten sie ihr höchste Loyalität und Respekt.«

»Ich würde ein solches Benehmen auf meiner Burg keinesfalls dulden«, beharrte Whitehawke knurrend. »Ein Graf muß mit fester Hand regieren.«

»Ja, das ist die Philosophie Eures Hauses, Mylord«, bestätigte sein Sohn. »Ah, seht! Hier kommen schon die Diener, um die Tafel zu richten. Und die ersten Gerichte sind auch schon fertig.« Er deutete auf den geöffneten Vorhang, durch den Jenkin gerade mit drei Dienern, die Platten und Schüsseln vor sich hertrugen, den Saal betrat. Mit einer leichten Verbeugung zu Emlyn und einem Augenzwinkern meinte Nicholas: »Schönheit und Grazie triumphieren über die Peitsche.«

Verunsichert von seinem spöttischen Ton entschied Emlyn, daß es am besten wäre, wenn sie die Aufgabe selbst in die Hand nähme. Sie begann, das Decken der Tafel und die Anordnung der Speisen zu überwachen, die auf einem kleinen Beistelltisch angerichtet wurden.

Eine Dienerin breitete ein gebleichtes Leinentuch über den Tisch, stellte ein silbernes Salzgefäß in die Mitte, dessen Deckel die Form eines Schwans hatte, und legte zwei Silberlöffelchen dazu. Kastenförmige Brotlaibe wurden neben abgedeckte Platten gelegt und hölzerne Teller mit Äpfeln und Käse auf dem Tisch verteilt.

Jenkin stellte sich ans Ende der Tafel, um die Gäste zu bedienen, und die anderen Dienstboten verließen den Saal, wobei sie sich steif vor Whitehawke verbeugten, offensichtlich nicht gewöhnt, derartige Reverenzen zu erweisen. Nachdem die beiden Männer sich zu Tisch gesetzt und ihre Hände in Rosenwasser gewaschen hatten, entschuldigte Wat sich mit dem Hinweis, er wolle sich vergewissern, daß Whitehawkes Truppe vor Einbruch der Dunkelheit entsprechend versorgt sei. Emlyn hatte es höflich abgelehnt, sich mit den Herren zu Tisch zu setzen.

»Ist der Fisch auch frisch?« wollte Whitehawke wissen.

»Selbstverständlich, Mylord, gerade eben erst in unserem eigenen Fischteich gefangen«, antwortete sie. Whitehawke nickte und ließ sich eine Portion Forelle vorlegen; sein Sohn entschied sich für ein Stück Wild mit Gemüse. Als Jenkins geröstete Zwiebeln und Bratäpfel anbot, deutete Whitehawke genüßlich kauend auf die Zwiebeln.

»Mit großem Bedauern habe ich vom Tod Eures Herrn Vaters erfahren, Lady Emlyn«, wechselte Whitehawke das Thema und griff dabei mit den Fingern in das Salzfaß, um sein Essen nachzuwürzen. Ohne den Löffel zu beachten, der neben seinem Gedeck lag, spießte er die Zwiebeln, Karotten und Bohnen auf seinem Teller mit seinem Eßmesser auf. »Sein Tod und die Gefangennahme Eures Bruders haben die Burg Ashbourne in eine prekäre Lage gebracht. Sollte irgendein gieriger Baron einen Angriff starten, so seid Ihr ohne die Protektion des Königs erledigt.«

»König John hat uns keine Protektion angetragen, Mylord«, entgegnete Emlyn verwirrt.

»Aber er zeigt höchstes Interesse an Ashbourne.« Whitehawke tauschte einen kurzen Blick mit seinem Sohn.

Nicholas de Hawkwood signalisierte Jenkin, obgleich er nur wenig gegessen hatte, daß er fertig sei, worauf dieser dienstbeflissen herbeieilte, um das Gedeck abzuräumen.

»Mein Vater und ich haben etliche Wochen am königlichen Hof verbracht«, bemerkte der Baron. »Dort haben wir vom Tod Eures Vaters und der Inhaftierung Eures Bruders erfahren. Man stellt sich nun allgemein die Frage, wer wohl diese Liegenschaft übernehmen wird.«

»Diese Liegenschaft!« Emlyn straffte indigniert die Schultern. »Mein Bruder ist der rechtmäßige Baron von

Ashbourne. Er hat die Nachfolgesteuer bezahlt, doch der König ließ ihn verhaften, weil die Ablösesteuer plötzlich höher angesetzt worden war. Steuern, Abgaben und Geldbußen haben die Rücklagen von Ashbourne erschöpft, und jetzt beansprucht der König sogar noch die zu erwartenden Gewinne aus dem Verkauf der Frühlingslämmer und der Wolle. Aber wenn die letzten Schulden beglichen sind, wird mein Bruder aus der Haft entlassen. Diese Abgaben sind genaugenommen ein Lösegeld, aber wir werden sie bezahlen. Niemand wird uns dieses Land wegnehmen, Mylord.«

»Aber Euer Bruder ist jung«, warf Whitehawke ein. »Und ein junger Baron ist oft den Pflichten, die dieser Titel mit sich bringt, gar nicht gewachsen. Außerdem verdächtigt der König Euren Bruder des Hochverrats.«

»Hochverrat!« stieß sie hervor. »Von einer solchen Anklage ist mir nichts bekannt.«

»Er hat mit diesen rebellischen Baronen sympathisiert, die seit vergangenem Herbst gewisse Privilegien verlangen«, erklärte Whitehawke betont ruhig. »Es ist bekannt, daß er sich mit anderen Baronen in Bury St. Edmunds getroffen und über die alte Verfassung von König Henry debattiert hat, die ihrer Meinung nach als Grundlage für eine neue Charta dienen soll. Euer Bruder hat die volle Ablöse nicht bezahlt und es im vergangenen Jahr auch abgelehnt, den Schildpfennig zu entrichten, eine Gegenleistung für seine Weigerung und die etlicher anderer Barone, für den König in Frankreich zu kämpfen.« Wieder tauschte er einen schnellen Blick mit seinem Sohn, in dem diesmal unverhüllte Gehässigkeit lag. »Es obliegt dem König zu entscheiden, wie mit dem Erbe Eures Bruders zu verfahren ist, da üblicherweise der Besitz von Verrätern der Krone zufällt.« Er schnitt mit dem Messer ein großes Stück von dem gebratenen Apfel ab und schob es sich in den Mund.

»Ich wünsche den Inhalt der königlichen Botschaft zu erfahren«, stieß Emlyn zwischen zusammengekniffenen Lippen hervor. »Ist mein Bruder wohlauf?«

»Bis jetzt schon, Lady Emlyn«, gab Whitehawke zur Antwort und stopfte den Rest des Apfels in den Mund. »Ich danke Euch für das vorzügliche Mahl.« Er tauchte seine Finger in die Schüssel mit Rosenwasser und trocknete sie an dem dafür vorgesehenen Leinentuch ab. »Ihr werdet den Inhalt des königlichen Schreibens in Kürze erfahren. Doch jetzt entschuldigt mich. Ich möchte mich mit meinen Männern besprechen.« Er stand auf, deutete eine Verbeugung an und durchquerte mit dröhnenden Schritten den Saal.

Emlyn erwartete, daß sich der Baron ebenfalls erheben würde, doch dieser blieb sitzen und beobachtete mit nachdenklicher Miene den Abgang seines Vaters. Das flackernde Kaminfeuer ließ goldene Flecken über seine bärtigen Wangen und seinen schmalen Nasenrücken tanzen. In seiner Rüstung erinnerte der Baron Emlyn an eine mit gedeckten Farben bemalte Skulptur eines grübelnden St. Michael, die sie kannte, streng und schön zugleich. Nur die mahagonifarbene Fülle seines Haars, das sich weich um sein Gesicht und den muskulösen Nacken schmiegte, milderte den harten Gesamteindruck seiner Erscheinung ein wenig.

Er wandte den Kopf zu ihr um. Seine Augen unter den dunklen Brauen hatten den verschwommenen Schimmer von Rauch, der sich in einem silbernen Becher spiegelt. »Gestattet, Mylady«, sagte er mit weicher Stimme und erhob sich nun ebenfalls. Kaum wahrnehmbar hinkend ging er auf den Vorhang zu, schlug ihn zur Seite und war verschwunden. Auf seinem Platz vor dem Kamin hob Catgil kurz den Kopf, sah dem Baron verschlafen hinterher und ließ ihn dann wieder auf die Pfoten sinken.

»Du treuloser Schuft«, murmelte Emlyn, als sie an ihm vorbeiging, um dem Baron zu folgen.

Die schmale Diele wurde von Harzfackeln beleuchtet, die in schmiedeeisernen, in Kopfhöhe an den Mauern angebrachten Halterungen steckten. Der Baron drehte sich gerade um, als sie durch den Vorhang kam, und wäre um ein Haar mit ihr zusammengestoßen. »Diese Botschaft enthält mehr als nur eine neue Geldforderung«, stellte Emlyn fest. »Sagt mir, was drinsteht. Ich möchte es jetzt wissen.«

»Nein«, entgegnete er. Er trat keinen Schritt zurück, und sie auch nicht.

»Geht es um meinen Bruder? So sprecht doch, Herr.«

»Ich glaube nicht.« Er hob das Kinn und sah sich ausgiebig in der Diele um, die Hände in die Hüften gestützt. Im Schein der Fackeln trat sein Profil scharf hervor. »Diese Mauertreppe ist ein hervorragender Platz für Gemälde, Mylady.«

Die Diele mit dem Treppenaufgang war eine einfache Plattform, von der wuchtigen Steinstufen hinunter zum Außentor führten und eine weitere Treppe hinauf zu den Schlafkammern.

Die Seitenwände der Treppe waren mit Gemälden dekoriert. Geschmeidige, fließende Figuren in hübsch verzierten Rahmen waren direkt auf die mit feinem Mörtel grundierte Mauer gemalt, und der Schein der Fackeln brachte die kräftigen Farben erst richtig zum Leuchten. Den Durchgang zum großen Saal flankierten zwei Ritter in vollem Harnisch, die sich auf ihren mit roten Schabrakken bedeckten Pferden gegenübersaßen. Weißgewandete Erzengel schwebten vor einem in Rot- und Blautönen gehaltenen Hintergrund den seitlichen Treppenschacht hinab.

»Diese Wandgemälde zeugen von einer begabten Hand«, bemerkte der Baron nach einer Weile. »Sind das die Arbeiten eines Künstlers aus der Umgebung?« Er sah sie erwartungsvoll an.

Emlyn, deren Gedanken noch immer bei dem königlichen Schreiben weilten, zögerte und suchte nach einer angemessenen Antwort. Auf die Wandgemälde deutend, wiederholte er seine Frage. Sie schürzte die Lippen und zog die Stirn kraus. Diese Bilder stammten teilweise von ihr selbst. Sie hatte sie vor einem Jahr gemeinsam mit ihrem Onkel Godwin gemalt, kurz nach ihrer Rückkehr aus dem Konvent. Eine Schlechtwetterperiode im letzten

Winter hatte einen von Godwins ohnehin seltenen Besuchen auf der Burg unerwartet in die Länge gezogen. Damals hatte er mit den Wandgemälden begonnen: Die beiden Ritter waren als Geschenk für ihren Vater, die Engel zur Erinnerung an ihre Mutter gedacht.

Stolz auf die Begabung ihres Onkels, war sich Emlyn jedoch sehr unschlüssig über den künstlerischen Wert ihres eigenen Beitrags zu den Friesen. Sie hatte die dekorativen Rahmen gemalt und die Hände, Füße und wallenden Gewänder der Engel. Bislang hauptsächlich im Zeichnen von Miniaturen auf Pergament geübt, hatte Emlyn in jenem Winter die Kunst der großflächigen Wandmalerei erlernt.

»Nein, sie stammen von meinem Onkel, Godwin von Wistonbury Abbey«, antwortete sie schließlich ein wenig unwillig, da sie viel lieber das Schreiben des Königs erörtert hätte. »Er lebt als Mönch in York und ist ein ausgebildeter Maler. Er hat bereits etliche Pfarrkirchen mit Fresken ausgestattet und auch in einigen Burgen sind seine Arbeiten zu sehen. Die Einnahmen fließen seinem Orden zu, doch dafür gewährt man ihm Dispens, das Kloster gelegentlich zu verlassen. In Wistonbury steht er außerdem einem gut ausgestatteten Scriptorium vor.«

»Er hat ein gutes Auge für Farben und einen entschlossenen Strich. Ich kenne das Kloster. Es liegt in der Nähe von Hawksmoor Castle, meinem Zuhause«, sagte er. »Vielleicht sollte ich mir dort eine Handschrift bestellen.« Er drehte sich von ihr weg, um in der diffusen, flackernden Beleuchtung die Darstellung der beiden für ein Turnier gekleideten Ritter eingehend zu studieren. Bei jeder Bewegung klingelten leise die Kettenglieder seiner Rüstung. »Ich werde mir diese Gemälde morgen früh vor unserem Aufbruch noch einmal genauer ansehen«, meinte er dann.

Emlyn durchfuhr plötzlich ein eisiger Schauer, der sie nicht körperlich traf, sondern kurzzeitig ihr Denken erstarren ließ. Es hatte sich so angehört, als meinte er, sie würde mit ihm die Burg verlassen. Heftig blinzelnd verscheuchte sie diesen seltsamen Gedanken. Gewiß hatte er nur von sich, seinem Vater und dem Begleittrupp gesprochen.

Wieder sah er sie an; die Enge des Raumes ließ seine Nähe schon fast unschicklich erscheinen. Mit seinem Atem, der sanft ihr Haar berührte, wehte der Geruch nach Wein und Zimt herüber. Als sie sich abwandte, folgte er ihr und legte seinen schweren Arm auf ihre Schulter, als sie Seite an Seite vor dem Fries standen und die Wandmalereien betrachteten. »Vielleicht werde ich sogar darum ersuchen, daß Euer Onkel nach Hawksmoor kommt«, überlegte er laut.

Sie blickte zu ihm hoch. Der prägnante Schritt seines Gesichts, der dunkle Glanz seines Haars und das sanfte Licht, das sich in seinen Augen spiegelte, verliehen ihm ein derartig attraktives Aussehen, daß Emlyn kurzzeitig Mühe hatte, sich auf die Unterhaltung zu konzentrieren. Seine grüblerische Ausstrahlung gründete sich auf mehr als nur dunkle Eleganz, stahlharte Augen und reserviertes Benehmen. Jedes Wort, jede Bewegung schien eine Unterströmung zu besitzen wie ein Fluß, still, verschwiegen und mächtig.

Sie wußte nicht, was sie von ihm zu erwarten hatte. So ernst und humorlos, wie er sich bislang gab, hatte sie eigentlich damit gerechnet, daß er sie lautstark und in aller Öffentlichkeit für ihre Schandtat tadeln würde. Doch bislang hatte er nur am Rande auf die Verletzung angespielt, an der sie schuld war. Seine Diskretion verunsicherte Emlyn.

Sie fragte sich, ob sein bisheriges Schweigen Ausdruck eines ritterlichen Ehrenkodex war oder ob er nicht vielleicht eine geheime Rache plante. Wie das Damoklesschwert in der antiken Sage, so würde diese Bedrohung über ihrem Haupt schweben, solange sich die Hawkwoods auf Ashbourne aufhielten. Lieber Gott, laß sie die Botschaft verlesen und dann verschwinden, betete sie im stillen.

». . . in religiösem Stil?« Sie starrte ihn an, ihre Augen

weiteten sich verwundert. Was hatte er gerade gesagt? Sie runzelte die Stirn und versuchte angestrengt, sich seine letzten Worte in Erinnerung zu rufen. Er hatte weiter über seine Burg Hawksmoor gesprochen, aber sie hatte überhaupt nicht zugehört.

Er beugte sich näher zu ihr. Das dunkle, liebliche Vibrato seiner Stimme dröhnte Emlyn in den Ohren. »Ihr seid blaß und scheint mit Euren Gedanken ganz woanders zu sein, Mylady. Ich werde es noch mal wiederholen.« Er sprach jetzt laut und deutlich, als wäre sie taub. »Wir haben eine neue Kapelle in Hawksmoor. Glaubt Ihr, Euer Onkel wäre bereit, sie mit Darstellungen in religiösem Stil zu bemalen?«

»Da müßt Ihr den Abt fragen«, entgegnete sie spröde, peinlich berührt ob ihrer Unaufmerksamkeit. Hoffentlich tut ihm seine Wunde ordentlich weh, dachte sie säuerlich, als Strafe dafür, daß er so lange neben mir steht.

»Das werde ich.«

»Sagt mir bitte, was das Schreiben des Königs beinhaltet«, begann sie von neuem. »Und was Ihr über meinen Bruder Guy wißt.«

»Nichts«, war die knappe Antwort.

»Warum seid Ihr dann mit einem so großen Gefolge hier?« bohrte sie weiter. »Braucht Ihr eine Streitmacht gegen ein Mädchen und drei Kleinkinder?«

»Drei Kleinkinder?« wiederholte er perplex.

»Ich habe zwei jüngere Brüder und eine Schwester«, erklärte Emlyn. »Der kleinere ist gerade aus den Windeln. Wir werden Euch keine Schwierigkeiten machen, solltet Ihr beschließen, unser Heim mit Gewalt zu nehmen.«

»Niemand hat etwas von einem Kleinkind erwähnt.« Er runzelte die Stirn. »Und Gewalt anzuwenden, sieht unsere Mission ebenfalls nicht vor.« Die Hände rechts und links auf ihre Schultern gelegt, drängte er Emlyn rückwärts gegen die Wand. Der Schein der Fackeln zauberte grelle Lichtreflexe auf die Ärmel seines Kettenhemdes, und sein Atem roch nach Zwiebeln und Wein, als er so nahe vor ihr stand.

»Ihr habt mir heute bereits einige kleinere Ungelegenheiten bereitet, verehrtes Fräulein«, erinnerte er sie. »Weitere möchte ich nicht erleben. Zügelt Eure Neugier und wartet ab, was auf Euch zukommt.«

Emlyn hatte das Gefühl, als durchbohrten sie die Blicke des Barons; sie spürte seine Stärke und Männlichkeit beinahe körperlich. Einen Augenblick lang glaubte sie, er würde seinen Kopf senken und sie küssen. Erschrocken preßte sie ihren Hinterkopf an die Mauer und biß die Zähne zusammen, während sie seine volle, weiche Unterlippe betrachtete und die ebenmäßigen weißen Zähne dahinter.

»Mit dem Schreiben des Königs habe ich nichts zu tun«, sagte er. »Weiß Gott, wenn man mich zu Rate gezogen hätte, würde sich der Inhalt erheblich anders lesen.«

»Erzählt mir etwas von meinem Bruder«, sagte sie.

Er musterte sie mit einem langen Blick. »Nach dem wenigen, was ich gehört habe, ist Euer Bruder am Leben und wohlauf«, entgegnete er schließlich, nahm die Hände von ihren Schultern und trat einen Schritt zurück. »So, und jetzt bringt mich in die Kemenate, Mylady. Ich möchte mich ausruhen, bis mein Vater zurückkommt.«

»Diese kleine Tür dort hinten führt über einige Stufen hinauf zur Galerie. Dort findet Ihr die Kemenate.« Der Baron nickte kurz und machte auf dem Absatz kehrt.

Emlyn, die es inzwischen fröstelte, nahm ihren grünen Umhang von dem hölzernen Haken nahe der Treppe, warf ihn sich über die Schultern und ging in den leeren Saal zurück. Vor dem Kamin blieb sie stehen und kniete sich neben Catgil, der an ihrer Hand schnupperte und ihr dann auffordernd den Kopf aufs Knie legte. Sie kraulte ihn zärtlich unterm Kinn und starrte dabei nachdenklich ins Feuer.

4. Kapitel

Whitehawke sprach mit einer tiefen Stimme, die einen arroganten Unterton besaß und mitunter laut donnerte. Emlyn saß in einem Lehnstuhl vor dem Kamin und lauschte den Eröffnungsfloskeln des königlichen Schreibens. Ihre Hände und Füße waren eiskalt, ihre Kehle trokken wie Stroh.

In dem Lichtkreis, den das prasselnde Kaminfeuer in den Raum warf, lehnte Nicholas de Hawkwood an dem schweren Eichentisch. Neben ihm stand Wat, ein grimmiger Wächter, die stahlharten Kiefer fest zusammengepreßt.

»Es erging der Beschluß, der auf diesem Wege zu Gehör gebracht wird«, las Whitehawke, »daß der gesamte Besitz der Baronie Ashbourne von der Krone eingezogen wird. Guy de Ashbourne verbleibt weiterhin in Haft, da der Betrag von fünftausend Silbermark, die er der Krone noch schuldig ist, bislang nicht entrichtet wurde.«

»Fünftausend!« rief Emlyn erregt aus. »Vergangene Weihnachten waren es nur zweitausend.«

Whitehawke bedachte sie mit einem scharfen Blick und las weiter. »Die jüngsten Nachkommen Rogier de Ashbournes werden der Pflege von Nicholas de Hawkwood unterstellt, bis die fällige Zahlung an die Krone erfolgt ist.«

Emlyn rang nach Luft. Der König wollte ihr die Kinder wegnehmen! Alles hatte sie erwartet, nur das nicht. Sie grub die Fingernägel in ihre Handflächen und warf einen Blick auf den Baron, dessen Gesicht im Schatten lag und keine Regung erkennen ließ. So kalt und kriegerisch, wie dieser Baron wirkte, konnte man ihm doch keine Kinder anvertrauen. Ihre beiden Brüder und ihre Schwester waren noch sehr jung; Christien war noch nicht einmal alt genug, daß man ihn in einen Ritterhaushalt geben konnte,

Isobel furchtsam wie ein Kaninchen, und Harry lernte gerade laufen. Heilige Mutter Maria, steh mir bei! betete sie.

Sie wußte, daß der König schon anderen die Kinder weggenommen hatte, vorgeblich als Mündel, in Wahrheit jedoch als Geiseln. Von manchen hatte man nie wieder etwas gehört. Vor einigen Jahren hatte er etliche kleine Buben, walisische Prinzen, als politische Häftlinge gefangengenommen. Man hatte sie gehängt! Sie löste ihre verkrampften Finger, atmete tief durch und zwang sich, ihre Gedanken nicht abschweifen zu lassen. »Fahrt fort, Mylord«, sagte sie.

Whitehawke neigte den Kopf und übergab das Dokument seinem Sohn. Nicholas de Hawkwood erklärte zusammenfassend, daß die Burg Ashbourne als Schenkung Whitehawke zufiele und daß er diese nach freiem Willen nutzen könne. »Zusätzlich wird von Ashbourne erwartet, dreißig Ochsen, respektive zwanzig Mann, der Krone zur Verfügung zu stellen.«

Emlyn hörte mit wachsender Betroffenheit zu. Sie bezweifelte, daß sich im Augenblick überhaupt fünfzehn Männer auf Ashbourne befanden, und die Ochsen waren alle bei den Leibeigenen untergestellt.

»Lady Emlyn«, fuhr der Baron fort. »Der König erklärt Euch außerdem hiermit zur Verlobten Lord Whitehawkes.«

Sie riß ihre bis dahin niedergeschlagenen Augen auf und begegnete Nicholas de Hawkwoods ausdruckslosem Blick. Im Schein des Feuers beinahe durchsichtige Haarsträhnen lockten sich schimmernd um ihr blasses Gesicht. Jegliche Farbe war aus ihren Wangen gewichen.

Verbissen kämpfte sie gegen die aufsteigenden Tränen an. Ihre Kehle schnürte sich zusammen, und ihr Atem kam stoßweise. Das hier ist nicht der richtige Moment, um in Tränen auszubrechen, ermahnte sie sich im stillen. Du mußt einen kühlen Kopf bewahren. Selbst wenn sie diese Situation vorausgeahnt hätte, was könnte sie schon gegen einen königlichen Befehl unternehmen?

König John kämpfte mit grausamer Unerbittlichkeit, wenn er einen Baron zu Fall bringen wollte. Nur mit Hilfe dieses Stücks Pergament hatte er ihre Familie zerrissen wie eine Bestie ihre Beute. Guy würde in Haft bleiben und dort vielleicht sterben, und sein ganzer Besitz fiel an einen Fremden; die Kinder würden vielleicht nie wieder in ihre Obhut zurückkehren, und sie war ohne ihre Einwilligung einem alten Mann, der einen abscheulichen Ruf genoß, als Gemahlin versprochen.

Die unsägliche Gemeinheit des Königs, die wie ein Gewittersturm über sie hereinbrach, drohte die letzte verbliebene Ordnung ihres Lebens zu zerstören. Ihr wurde schwindlig, doch dann spürte sie, wie sich Wats Arm stützend um ihre Schulter legte.

Die Augen schließend, atmete sie langsam durch. Ihr war, als hülle sie ein kalter, alle Geräusche dämpfender Nebel ein. Ein weiterer Atemzug und noch einer, und dann war sie in der Lage, einigermaßen würdevoll ihren Kopf zu heben und de Hawkwood anzusehen. Unverwandt hielt sein stahlharter Blick dem ihren stand.

»Kann der König dies tun?« fragte sie ihn mit brüchiger Stimme, worauf er bedächtig nickte. Emlyn versuchte, seinem Blick auszuweichen und wandte sich Wat zu. »Genau betrachtet liegt dem doch ein eher geringfügiger Anlaß zugrunde. Ich verstehe die Reaktion des Königs nicht. Was hat Guy denn verbrochen?«

Wat schnaubte verächtlich. »König John handelt, wie es ihm beliebt, Mylady. Offenbar betrachtet er diese Angelegenheit nicht als geringfügig, zumal sie ihm eine hübsche Menge Geld einbringt. Seine Taschen müssen schon wieder leer sein, und die Barone, die ihm in jüngster Zeit wegen einer neuen Verfassung zusetzen, seinen Zorn aufs höchste erregt haben. Es würde mich nicht wundern, wenn zukünftig auch andere seinen giftigen Stachel zu spüren bekommen.«

»Solange Euer Bruder des Hochverrats beschuldigt wird, hat der König das Recht, ihn und seine Familie zu bestrafen. Argumentieren ist in so einem Fall völlig sinnlos, Mylady«, sagte Whitehawke. Emlyn brachte es nicht über sich, seinem eisigen Blick zu begegnen.

»Gewiß rechnet der König damit, daß er von Frauen und Kleinkindern keinen großen Widerstand zu erwarten hat«, bemerkte Wat bitter.

Auf einem niedrigen Tischchen neben ihrem Stuhl stand ein Schachspiel; die Partie war eröffnet, aber nicht zu Ende gespielt worden. Mit wütend zusammengekniffenen Augenbrauen beugte sich Emlyn vor und berührte mit ihren schlanken Zeigefinger eine der Alabasterfiguren. »Wir Frauen sind die Bauern in dem Spiel, das die Männer überall in England spielen«, murmelte sie. »Nicht etwa Königinnen, nein, nur Bauern sind wir, die man einfach hin und her schiebt, um Land zu gewinnen.«

Sie hob den Kopf. Auf ebenso unwiderstehliche wie unerklärliche Weise zog sie der intensive, ruhige Blick des jungen Barons an. »Ihr könnt Euch einer vom König angeordneten Verehelichung nicht entziehen, Lady Emlyn«, erklärte er gelassen. »Noch könnt Ihr die Kinder bei Euch behalten, wenn man sie offiziell Eurer Obhut entzogen hat.« Emlyn, der sein leiser, besänftigender Tonfall nicht entgangen war, fragte sich, ob er für ihre mißliche Lage vielleicht doch so etwas wie Mitleid empfand.

»Für eine Hochzeit bedarf es meiner Einwilligung«, erklärte Emlyn trotzig.

»Eine Einwilligung von Eurer Seite ist nicht erforderlich«, beschied ihr der Baron knapp. Was immer sie gerade aus seiner Stimme herauszuhören geglaubt hatte, war in diesem Augenblick hinfällig geworden. Trotz Wats Nähe fühlte sie sich mit einemmal sehr einsam. Von einer plötzlichen Müdigkeit übermannt, sank sie noch ein wenig tiefer in ihren Stuhl.

»Am besten packt Ihr schon mal Eure Sachen und die der Kinder zusammen, Lady«, brummte Whitehawke. »Wir brechen im Morgengrauen auf.« An Nicholas gewandt setzte er hinzu: »Ich werde den Männern draußen noch Anweisungen geben, bevor ich mich hinlege. Solltest du die Nacht in der Burg verbringen, dann sieh zu, daß du mich mit meiner Braut nicht zum Hahnrei machst.« Damit wirbelte er herum und verließ eiligen Schritts den Saal.

Durch den Nebel ihrer aufgewühlten Gefühle nahm Emlyn das bittere Mißtrauen wahr, das in Whitehawkes letzten Worten an seinen Sohn zum Ausdruck kam. Doch als sie Nicholas de Hawkwood ob dieser Beleidigung einen fragenden Blick zuwarf, schwieg dieser, als wäre nichts geschehen.

Emlyn griff nach einer Schachfigur und ließ sie über ihre Handfläche rollen. Die angenehme Kühle der Alabasterfigur trotzte der Hitze, die sich in ihr aufgestaut hatte. Sie kochte innerlich vor Wut über die himmelschreiende Ungerechtigkeit des Königs. Und Whitehawkes boshafte Verhaltensmaßregel an seinen Sohn war für sie wie ein Schlag ins Gesicht gewesen.

Ihre Erziehung zwang sie, solche Situationen als das Los der Frauen zu akzeptieren. Doch die Jahre strikter religiöser Disziplin, die unerwünschte weibliche Charakterstärke bezwingen sollte, kollidierte plötzlich mit der freien und sehr liebevollen Erziehung, die sie in früheren Jahren unter der Obhut ihrer Eltern erfahren hatte. Die natürliche Lebensfreude und spontane Beherztheit, zwei Wesenszüge, die ihre Jugendzeit bestimmt und die man ihr mittlerweile abgewöhnt hatte, erwachten plötzlich wieder zum Leben, als sie so dasaß und die Schachfigur zwischen den Fingern drehte.

Wie ein Blitz durchfuhr sie die Gewißheit, daß sie sich dem Befehl des Königs nicht widerstandslos beugen konnte und wollte. Unschlüssig darüber, was sich konkret dagegen unternehmen ließ, hatte Emlyn in diesem Augenblick jedoch zumindest eine ungefähre Absicht vor Augen: impulsiver und bitter notwendiger Widerstand. So aussichtslos es auch sein mochte, sich einem königlichen Befehl zu widersetzen, wuchs doch mit jeder Sekunde der Zorn in ihr und forderte vehement Ausdruck.

Emlyn erhob sich, der grüne Umhang fiel zu Boden und blieb unbeachtet dort liegen. Ihre schlanke Silhouette wurde vom Schein des Fensters hervorgehoben, das Haar fiel ihr in goldenen Kaskaden bis zu den Hüften. Die Schultern gestrafft, die Wirbelsäule gerade wie ein Pfeil, hob sie das Kinn und sah Nicolas de Hawkwood direkt in die Augen.

»Der König erwartet von seinen Untergebenen absolute Ehrerbietung«, begann sie. »Aber diese Verlobung kam ohne meine Einwilligung zustande. Derartige Ehen sind aus der Sicht Gottes und der Kirche nicht legal.«

»Darüber diskutiert die Kirche noch. Zudem ficht das meinen Vater nur wenig an«, entgegnete er, ohne ihrem Blick auszuweichen.

»Und Ihr, Herr, Ihr werdet der Vormund der Kinder, und zwar gegen meinen ausdrücklichen Willen als ihre rechtmäßige und von Gott gewollte Hüterin.« Sie atmete heftig gegen den Zorn an, der in ihr loderte. »Wenn es einen Weg geben sollte, um diesem Verbrechen gegen meine Familie Einhalt zu gebieten, so werde ich ihn finden, dessen seid versichert.«

Ihre Hand hatte sich fest um die alabasterne Schachfigur geschlossen. Aus einem plötzlichen Impuls heraus schleuderte sie die Figur ziellos gegen die Mauer. Sie flog knapp an Nicholas Kopf vorbei, prallte am eisernen Rauchabzug des Kamins ab und fiel zu Boden. Emlyn wirbelte auf dem Absatz herum und flog förmlich aus dem Saal.

Nicholas hob die Figur auf und wog sie in seiner Hand. Dann warf er sie Wat zu, der sie geschickt auffing.

»Es scheint, daß selbst ein kleiner Bauer einem Mann ein Loch in den Schädel schlagen kann«, meinte Nicholas mit einem schiefen Grinsen. Wat nickte zustimmend und sah ihn dabei mit großen Augen an.

De Hawkwood nahm den Weinkrug vom Tisch und schenkte sich nach. »Lady Emlyn ist fürwahr eine Schönheit, Sir Walter«, sagte er. »In dieser Beziehung hat mein Vater Glück gehabt.« Er trank einen Schluck Wein. »Aber sie hat ein hitziges Temperament. Zuerst, das muß ich zugeben, glaubte ich, sie sei ein Dummchen. Und in gewisser Weise wäre es nicht schlecht, wenn sie eines wäre, denn ein Weib mit Verstand kann gefährlich sein.« Er nahm noch einen Schluck. »Das ist zumindest die Meinung meines Vaters«, setzte er dann leise hinzu.

Mit einem lauten Knall, der Tote aufwecken konnte, fiel die schwere Eichentür ins Schloß. Laut schimpfend stapfte Emlyn in ihre Schlafkammer und machte dabei so viel Wind, daß die beiden dicken Wachskerzen zu flakkern begannen. Wütend marschierte sie auf und ab und hielt nur gelegentlich inne, um eine erneute Schimpftirade loszulassen und mit dem Fuß gegen den Bettpfosten, die Tür oder wie bei einer besonders resoluten Kehrtwendung gegen die Steinmauer zu treten.

Als sie leises Klopfen vernahm, riß sie die Tür mit einer solchen Wucht auf, daß Tibbie beinahe kopfüber ins Zimmer gestolpert wäre. »Sir Walter kam persönlich, als ich die Kleinen gerade ins Bett steckte«, keuchte Tibbie.

»Hat er dir gesagt, was in dem Schreiben des Königs steht?«

»Ja, das hat er«, sagte Tibbie, ging zielstrebig auf eine der Holztruhen zu, kniete sich mit einem tiefen Seufzer davor hin und ordnete erst einmal ihre Röcke. Dann klappte sie den schweren Deckel hoch und begann, in den Tiefen der Truhe herumzuwühlen.

»Daß Ihr Eure Sachen auch nie zusammenlegen könnt«, brummte sie. »Und jetzt soll ich da etwas Ordentliches für Eure Hochzeit finden.« Sie förderte ein malvenfarbenes Kleid aus Zindeltaft zutage, dessen schimmernde Falten ganz zerdrückt waren. »Das wird gehen, wenn man es ein Weilchen ans Feuer hängt.«

»Ich werde mich nicht herausputzen, um diesem Schergen des Königs zu gefallen«, schrie Emlyn und ließ sich schmollend auf ihr Bett fallen.

»Ganz recht, meine kleine Lady, es ist völlig unwichtig, was Ihr tragt«, gab Tibbie mit sanfter Stimme recht. »Aber diese Männer werden Euch im Morgengrauen mitnehmen. Deshalb packe ich Euch so viel wie möglich für die

Reise ein.« Ihr Blick blieb einen Moment an Emlyns zusammengesunkener Gestalt hängen. »Bei der Heiligen Jungfrau! Mir bricht das Herz bei dem Gedanken, daß Euch ein Fremder so was antut und daß Ihr Euch nicht dagegen wehren könnt. Aber so ist das Leben. Wir müssen das Beste daraus machen.«

Emlyn schwieg. Tibbie, die vom Schweigen außer in der Kirche nicht viel hielt, schnatterte unermüdlich weiter. »Ich weiß, die Jahre im Konvent haben Euch nicht gelehrt, Eure Sachen in Ordnung zu halten. Aber Ihr werdet trotzdem eine edle Gräfin werden, eine vornehme Lady wie Eure Mutter oder Eure Schwester Agnes, die es in Roseberry Abbey bis zur Priorin gebracht hat.«

Emlyn strich sich nachdenklich die Haare aus der Stirn. »Einst war ich der Heiligen Jungfrau dankbar, daß Agnes' Wahl mich aus den Klostermauern befreit hat. Und jetzt denke ich, ach wär' ich doch nur dort geblieben . . .«, fügte sie matt hinzu.

»Unsinn, Euer Vater wußte, daß Ihr nicht für das besinnliche Klosterleben geschaffen seid und hat Euch da rausgeholt.«

Emlyn nickte niedergeschlagen. »Ja, an einem Schreibtisch sitzen und stundenlang zeichnen, das macht mir keine Schwierigkeiten, aber im stillen Gebet versunken so lange am Boden zu knien wie Agnes und ihre Nonnen, das könnte ich nie.«

»Graf Rogier hat Euch auch deshalb zurückgerufen, damit Ihr Euch um die Kleinen kümmert und die Stelle Eurer lieben Mutter einnehmt.« Tibbie lehnte sich zurück und bedachte Emlyn mit einem versöhnlichen Blick. »Und eine fürsorglichere Mama hätten sie sich nicht wünschen können. Es ist grausam, Euch die Kinder wegzunehmen. Nun, vielleicht können sie bei Euch in Eurem neuen Heim leben, wenn Ihr verheiratet seid, obgleich mir dieser Whitehawke ein saurer alter Knochen zu sein scheint. Euer Vater hätte schon dafür gesorgt, daß Ihr einen anständigen Ehemann bekommt und nicht so einen Griesgram.«

Während sie so dahinplauderte, holte Tibbie immer mehr Kleidungsstücke aus der Truhe, strich sie glatt und faltete sie zu ordentlichen Stapeln aus Seide und Wolle zusammen: Lange Kleider mit schmalen Ärmeln, lockere Hemden und Umhänge. Ihr Arm tauchte wieder in die Truhe und bekam einen seidenen Schleier zu fassen.

»Ich werde die ganze Nacht hier sitzen, bis alles gepackt ist. Nerven haben diese Männer! Wie soll man das in der kurzen Zeit schaffen? Ihr braucht Bettwäsche und Möbel und Gott weiß wie viele andere Dinge für die Kinder . . .« Tibbie unterdrückte ein leises Schluchzen.

Emlyn strich sich wieder eine Strähne ihres schimmernden Haars aus der Stirn. »Ach, Tibbie«, seufzte sie. »Bei allen Heiligen, aber was heute passiert ist, ist einfach zuviel. Guy, die Burg, die Kinder – alles weg.« Auch sie unterdrückte jetzt ein Schluchzen. »Und ich muß einen alten Mann heiraten.«

Tibbie schüttelte bedächtig den Kopf. »Ja, und nur wegen des lieben Geldes. Unser verehrter König mit seinem schwarzen Herz ist keinen Deut besser als ein dahergelaufener Taschendieb, meine ich, Gott möge mir verzeihen«, sagte sie und blickte kurz himmelwärts. »Doch hört: Viele Mädchen haben schon einen älteren Mann geheiratet und sind glücklich dabei geworden«, fuhr sie so betont aufmunternd fort, daß Emlyn ihr einen mißtrauischen Blick zuwarf. »Denkt doch nur einmal an Marshall William und seine junge Frau.«

»Whitehawke kommt mir vor wie ein Eisblock mit seinem weißen Haar und der blassen Haut. Und er hat die Augen eines Toten«, murmelte sie.

»So was dürft Ihr niemals sagen!« rief Tibbie und bekreuzigte sich sofort. »Ihr wißt nicht . . .« Sie hielt erschrocken inne.

»Was weiß ich nicht?« hakte Emlyn nach, und als Tibbie nur den Kopf schüttelte, bohrte sie weiter: »Sag mir auf der Stelle, was du weißt.«

»Ach, Herrin. Man sagt, Lord Whitehawke habe vor langer Zeit eine schwere Sünde begangen und müsse jetzt seine Seele läutern, wenn er nicht auf ewig im Fegefeuer schmoren will.«

»Was hat er denn Schlimmes getan?« wollte Emlyn wissen. »Und wer sagt das?«

»Der Tafelmeister und auch Wat haben vorhin erwähnt, daß der Graf kein Fleisch ißt, als eine Art von Buße . . .«

»Das weiß ich. Aber wofür?«

»Und er hat ein Kloster gegründet, in dem man für ihre Seele betet . . .«

»Für wessen Seele?« rief Emlyn aufgeregt und beugte sich vor.

»Man berichtet, daß der Graf seine erste Frau umgebracht hat. Die Mutter des Barons«, flüsterte Tibbie und sah Emlyn dabei mit großen, ängstlichen Augen an.

»O Gott.« Emlyn ließ den Kopf sinken. »Mein Gefühl sagt mir, daß da etwas Wahres dran ist. Der Graf und sein Sohn, die beiden verbindet ein tiefer, bitterer Haß. Ich will keinen Mann aus einer so niederträchtigen und sündigen Familie heiraten, Tibbie. Wie kann ich diese Verlobung nur lösen? Außerdem, die Kinder brauchen mich, die können nicht bei diesem . . . Baron bleiben.« Emlyn war aufgestanden und lief jetzt wieder wie eine Tigerin im Käfig im Zimmer auf und ab, nicht wütend diesmal, sondern nachdenklich.

»Der König befiehlt, Mylady, und Ihr müßt gehorchen. Und für die Kinder wird es am besten sein, wenn Ihr nachgebt. Bei all den Bußen und Gebeten ist die Seele des Grafen bestimmt geläutert.«

»Mir kann keiner helfen, nur ich selbst«, sagte Emlyn gedankenschwer. »Aber es muß einen Weg geben, diese Ehe zu verhindern.«

»Emlyn, so hört doch: Gehorcht der Kirche und dem König. Das ist eben Euer Los als Frau, obgleich Ihr in letzter Zeit wirklich eine Menge habt durchmachen müssen«, sagte Tibbie mitfühlend. »Eure jugendliche Frische ist wahrscheinlich genau das, was Whitehawke jetzt braucht. Und was er getan hat, liegt lange zurück. Außerdem glaube ich fest daran, daß Ihr nur kurze Zeit von den Kindern getrennt sein werdet.«

Mit finsterem Gesicht setzte Emlyn ihren Marsch durch die kleine Schlafkammer fort; ihre schwingenden Röcke warfen dabei tanzende Schatten an die Wände. Dann hielt sie unvermittelt inne und erklärte in bestimmtem Tonfall: »Ich werde eine Möglichkeit finden, die Kinder zurückzuholen, und wenn ich sie entführen muß.«

»Seid nur vorsichtig, sonst werdet Ihr es bereuen«, murmelte Tibbie.

»Mir ist es völlig egal, was Whitehawke von einer Frau erwartet. Wenn ich keinen Weg aus dieser Ehe finde, dann werde ich eben die Tage mit Malen, Zeichnen und Bogenschießen verbringen wie hier. Und ob das dem gnädigen Herrn behagt oder nicht, ist mir völlig schnuppe. Vielleicht hat er bald die Nase voll von mir und steckt mich in ein Kloster.«

»Nun, das ist nicht gerade die feine Art, eine Ehe zu beginnen, aber Ihr macht Euch«, seufzte Tibbie und rollte dabei mit den Augen.

Ein kurzes, energisches Klopfen an der Tür unterbrach sie. Tibbie öffnete und ließ eine junge Dienstmagd ein.

»Was gibt es, Jehanne?« erkundigte sich Emlyn.

»Der junge Baron, Mylady. Er schickt mich, Euch zu holen, damit Ihr ihm beim Baden behilflich seid.«

»Was!« entrüstete sich Tibbie. »Bestellt Seiner Lordschaft, daß Lady Emlyn sich bereits für die Nacht zurückgezogen hat. Tz, tz, tz, die Lady soll ihm beim Baden helfen, bei allen Heiligen, ich . . .«

»Jehanne«, unterbrach Emlyn die Tirade Tibbies. »Sag dem Baron, daß ich komme.« Die Magd starrte sie mit offenem Mund an und rührte sich nicht. »So geh schon, Jehanne, bevor deine Zunge noch ganz austrocknet.«

Als die Tür ins Schloß fiel, baute sich Tibbie, die Hände in die Hüften gestemmt, vor Emlyn auf. »Was habt Ihr vor? Keine Burgherrin muß einem Ritter beim Baden helfen. Das war früher einmal üblich, aber jetzt nicht mehr. Wenn Ihr glaubt, daß man ihm die Füße abtrocknen sollte, so kann das auch jemand anderer tun. Ihr bleibt hier und laßt Euch entschuldigen.«

»Ich muß gehen, Tibbie. Und du sei bitte so nett – hol saubere Leinenbinden und bereite einen Schwarzwurzumschlag oder etwas anderes für eine Fleischwunde vor; dann komm bitte nach. Aber laß niemanden den Verband sehen. Versteck ihn unter einem Handtuch. Bitte, Tibbie, tu das für mich.«

Tibbie glotzte sie verständnislos an. »Sir Walter sagte, daß Ihr eine Schachfigur nach dem jungen Lord geworfen habt, aber nicht, daß er ein Loch im Kopf hat.«

»Komm nach, Tibbie«, sagte Emlyn und war schon verschwunden.

Die Schlafkammer, die ihre Eltern geteilt und wo Emlyn und ihre Geschwister geschlafen hatten, als sie klein waren, wirkte selbst bei Nacht angenehm luftig. Ein großes, dreigeteiltes Bogenfenster, dessen Läden jetzt geschlossen waren, beherrschte den Raum. Duftende, mit Kräutern vermischte frische Binsen bedeckten den Boden wie ein dicker Teppich, und im Kamin brannte ein flackerndes Feuer. In der Mitte des Raumes stand ein großer, mit heißem Wasser gefüllter Holzzuber. Jehanne faltete auf dem großen, breiten Bett linnene Handtücher zusammen.

Nicholas de Hawkwood, der neben der Feuerstelle stand, drehte sich um, als Emlyn hereinkam, und warf der Magd einen kurzen Blick zu. »Das ist alles«, sagte er. »Geh.«

Emlyn seufzte. »Ja, danke, Jehanne. Du kannst jetzt gehen.« Kaum hatte die Magd die Tür hinter sich geschlossen, warf der Baron seinen blauen Überwurf ab, den aufzuheben er sich nicht die Mühe machte.

»Helft mir mit der Rüstung, Mylady.« Emlyn trat näher zu ihm und mußte sich strecken, um die Lederriemen zu lösen, die die eisenverstärkte Lederhaube mit dem Nakkenschutz und diesen mit dem Kettenhemd verbanden. Bewegungslos stand der Baron vor ihr. Sein Atem strich sanft über Emlyns Haar. Als ihr Handrücken seine stoppligen Wangen berührte, drehte er sein Kinn zur Seite, ohne dabei den Blick von ihr zu wenden.

Sie half ihm aus dem kurzärmligen Kettenhemd, das so schwer war, daß sie unter seinem Gewicht einen Schritt zurückstolperte. Er faßte mit an, und zusammen legten sie das schwere Eisenzeug auf eine Bank. Als nächstes wies er sie an, ihm die gesteppte Weste auszuziehen, die er unter dem Kettenpanzer trug, und die Lederstiefel.

»Ihr könnt Euch die Anweisungen sparen, Herr«, sagte sie schließlich. »Ich weiß, wie man eine Rüstung ablegt. Schließlich habe ich einen älteren Bruder, und hatte bis letztes Jahr einen Vater, und denen habe ich des öfteren beim Entkleiden geholfen.«

Der Baron setzte sich wortlos aufs Bett, begann die Leistenriemen zu lösen und entfernte die Rüstung von seinem rechten Bein. Als er sich dann hinabbeugte, um die des verwundeten Beins abzustreifen, kniete sie sich vor ihn, um ihm zu helfen. Nur noch mit einem langen weißen Leinenhemd und den gesteppten wollenen Beinhosen bekleidet, machte er sich daran, letztere auszuziehen.

»Helft mir, der Stoff ist an der Wunde festgeklebt«, sagte er. Sie zögerte und wich einen Schritt zurück. »Kommt her. Warum so schüchtern plötzlich? Schließlich brauche ich dieses verdammte Bad wegen Euch. So, und jetzt helft mir endlich aus den Dingern.«

Emlyn kniete sich gehorsam vor ihn hin und begann, die Hosenbeine abzustreifen, zunächst das rechte, was keine Mühe bereitete, dann das linke. Er hatte lange, muskulöse Beine, die ein dunkler Haarflaum bedeckte, und er roch nach Stahl, Leder und Schweiß.

Als sie an dem linken Hosenbein zog, kam ein blutdurchtränkter Stoffetzen zum Vorschein, den er auf die Wunde gepreßt hatte und der jetzt an der Haut festgeklebt war. Sie stand auf, um ein Leinentuch in dem heißen Badewasser naß zu machen, weichte dann damit den verkrusteten Verband auf und löste ihn vorsichtig ab.

Als sie sich die Wunde näher ansah, hielt sie erschrokken die Luft an. Ein häßliches Loch klaffte in seinem

Oberschenkel, gut so breit und tief wie der Daumennagel eines Mannes, und die Wundränder waren bereits entzündet. »Oh! Das sieht aber nicht sehr gut aus, Mylord«, stieß sie hervor, während ihre Hand sanft auf seinem Oberschenkel ruhte.

»Hmmm«, brummte er. »Da werden wohl einige Stiche vonnöten sein.«

Emlyn biß sich auf die Lippen, als sie die Wunde genauer inspizierte. Ohne eine sachgemäße Versorgung würde die Verletzung nicht ordentlich zuheilen, zudem bestand die Gefahr einer Blutvergiftung. Das Auflegen einer starken Knoblauch-Zwiebel-Packung über Nacht war unbedingt nötig. Sie mußte sich wirklich über seine Stärke und Ausdauer wundern, hatte er doch kaum gehinkt und sich auch sonst nicht die geringsten Schmerzen anmerken lassen.

Dazu erzogen, einen Haushalt zu führen, hatte Emlyn auch einiges über Heilkunst gelernt. Sie hatte schon etliche kleinere Verletzungen und Fieberanfälle in der Familie und unter den Dienstboten kuriert, war bei Geburten dabei gewesen und hatte an den Krankenbetten ihrer Eltern Wache gehalten, aber eine Wunde genäht, das hatte sie noch nie.

Er stöhnte leise, als sie den nassen Leinenlappen auf die Wunde preßte, und als sie diese gereinigt hatte, begann er, sein Hemd aufzuschnüren. »Ich weiß, es wäre einfacher, wenn einer meiner Männer mir beim Baden behilflich wäre und Ihr mir nur die Füße waschen müßtet. Aber«, fuhr er mit gedämpfter Stimme fort, während er sich das Hemd über den Kopf zog, »ich komme direkt vom Hof des Königs und habe keinen Knappen dabei. Außerdem braucht sonst niemand etwas von meiner Verwundung zu erfahren. Und nachdem ich Euch diese Unannehmlichkeiten zu verdanken habe, könnt Ihr mir ruhig helfen, meine ich.«

Sprach's, stand auf, zog sein Hemd aus und ließ es lässig zu Boden fallen. Emlyn schnappte nach Luft und drehte sich verlegen um. Sie hatte einen kurzen, aber sehr deutlichen Blick auf seinen langen, muskulösen Oberkörper mit der dunkelbehaarten Brust und den glatten Bauch geworfen. Darunter umrahmte ein schwarzes, lockiges Haarbüschel sein nicht zu übersehendes Geschlecht.

Emlyn wurde feuerrot. Noch nie hatte sie einen vollkommen nackten Mann gesehen, obgleich sie wußte, daß es für viele Frauen, auch unverheiratete, ganz selbstverständlich war, männlichen Gästen und Verwandten beim Baden zu helfen oder sie medizinisch zu versorgen. Schamgefühl kannten die meisten Männer nicht, hatte sie gehört. Und dieser hier war der beste Beweis für diese Behauptung.

Hinter ihrem Rücken hörte sie es jetzt planschen und spritzen, als der Baron in den Zuber stieg und sich mit einem lauten »Aah« in das heiße Wasser gleiten ließ.

Beschämt und unsicher, wie man sich in so einer Situation schicklich verhielt, und keineswegs gewillt, noch längere Zeit mit diesem Mann allein in diesem Raum zu bleiben, sandte Emlyn ein stilles Stoßgebet zum Himmel, daß Tibbie bald mit dem Verbandszeug und den Kräuterumschlägen erscheinen möge. Geheimhaltung hin oder her, Emlyn dachte jedenfalls nicht daran, die Verwundung vor Tibbie zu verbergen, die ebenfalls etwas von der Heilkunst verstand – und Wunden nähen konnte.

Von dem Tischchen neben dem Zuber nahm sie einen Waschlappen und ein Stück Kräuterseife und reichte ihm beides mit sittsam abgewendetem Blick. Als er ihr die Seife abnahm, streifte er ihre Hand. Dann hörte sie es wieder planschen. Er hatte den Kopf untergetaucht, um sich die Haare zu waschen.

Kurz darauf lehnte er sich zurück, zog die Knie an und legte beide Arme auf den Rand des großen, ovalen Holzzubers. Sie gestattete sich einen raschen Blick. Das flakkernde Kaminfeuer tauchte sein Gesicht und seine breiten Schultern in ein bernsteinfarbenes Licht. Seine Augen strahlten wie Silber, und sein glänzendes nasses Haar klebte an seiner hohen Stirn. Er hatte den hellen, klaren Teint seines Vaters. Verstohlen wanderte ihr Blick zu seinem Mund mit der vollen, weichen Unterlippe, weiter die klare Linie seines Unterkiefers entlang, die von einer kleinen Narbe auf der linken Seite in Höhe des Kinns unterbrochen wurde, hin zu seiner Brust, die mit einem schwarzen, nassen Haarpelz bedeckt war.

Für einen so groß und kräftig gebauten Mann war er gertenschlank, hatte breite, gerade Schultern und feste, wohlproportionierte Muskeln. Sie hatte schon geahnt, daß sich unter der schweren Eisenrüstung und dem weiten Umhang ein starker, und doch graziöser Körper verbarg.

Plötzlich wurde Emlyn bewußt, daß sie den Baron anstarrte, als sei er ein Festmahl für ihre hungrigen Augen. Wie schwach, wie lüstern von ihr, auch nur einen kurzen Moment den optischen Reizen seines Gesichts und seines Körpers zu erliegen! Er war keineswegs ein willkommener Augenschmaus, schalt sie sich. Seine Schönheit war klassisch, aber er besaß rauhe Kanten und ein recht unangenehmes Temperament.

Wären seine Manieren so erfreulich gewesen wie sein äußeres Erscheinungsbild, hätte er in der Tat einen edlen Mann abgegeben. Aber solche Männer – gut aussehend, freundlich, mit einem Sinn für weibliche Empfindungen – traf man selten. Die kamen, abgesehen von ihrem Vater, nur in den Märchen und Sagen vor, die sie so gerne am Kaminfeuer gelesen oder angehört hatte. Das ungehobelte Benehmen dieses Mannes, überhaupt seine Anwesenheit in ihrem Haus, irritierten Emlyn über die Maßen.

Seufzend nahm sie ein Handtuch von dem Tischchen. Nun, immerhin war sie für seine Verwundung verantwortlich, rief sie sich ins Gedächtnis. Und er hatte sie im großen Saal nicht kompromittiert. Seine Bitte, ihm beim Baden zu helfen, war bescheiden, verglichen mit der Schande und der Schmach, die sie hätte ertragen müssen, wenn sie vor seinem Vater bloßgestellt worden wäre.

Er beobachtete sie unter halb gesenkten Lidern, worauf sie augenblicklich wieder errötete. »Soll ich nach jemandem schicken, der Euch rasiert, Herr?«

Er schüttelte den Kopf und seifte dabei seine Haare ein. »Nein, heute abend nicht. Und obwohl es sicherlich sehr angenehm wäre, bitte ich Euch auch nicht, mir den Rükken zu schrubben«, entgegnete er. Dann drückte er den Waschlappen über seinem Kopf aus und kniff die Augen zusammen, als ihm das Seifenwasser übers Gesicht rann. »Aber Ihr könnt mir die Haare spülen.« Er deutete blind auf den Kübel mit frischem Wasser neben dem Zuber. Emlyn nahm ihn auf und hielt ihn über seinen Kopf. Je schneller diese Prozedur vorüber war, desto besser.

Sie schüttete den Inhalt des Kübels über seinem Kopf aus, und das Wasser rann ihm in dampfenden Strömen über Gesicht und Schultern. Ein Schrei, und er saß aufrecht in der Wanne.

»Verdammt, zum Teufel!« brüllte er und spuckte dabei aus. »Habt Ihr nicht gemerkt, daß das kochendheißes Wasser ist? Ihr habt mich beinahe verbrüht!« Er schüttelte den Kopf, rieb sich das Wasser aus den Augen und funkelte sie dann wütend an.

»O Gott, das tut mir schrecklich leid, Herr«, stammelte sie und legte ihm eiligst das Handtuch über den Kopf. Es tat ihr wirklich leid.

Er riß sich das Handtuch herunter und trocknete sich zuerst das Gesicht und dann die Haare damit ab. »Teufel auch, Frau, Ihr scheint wirklich alles daranzusetzen, mich heute noch umzubringen! Erst war ich das Ziel Eurer Schießübungen, dann habt Ihr mich nur knapp mit einer steinernen Schachfigur verfehlt, und jetzt werde ich gebrüht wie ein gerupftes Huhn. Habt Ihr auch nicht vergessen, den Wein zu vergiften, der mir heute abend von Euch kredenzt wurde? Soll ich die ganze Nacht wach bleiben oder dieses ungastliche Haus besser gleich verlassen, um mein Leben zu retten?«

Emlyn schnappte sich ein frisches Handtuch und wollte es ihm ins Gesicht werfen, doch es landete auf seiner Brust und sank langsam ins Wasser. »Gewiß, Mylord, niemand hindert Euch daran, auf der Stelle mein Haus zu verlassen. Ich werde Euch sogar höchstpersönlich das

Burgtor aufhalten!« Damit drehte sie sich um in der Absicht, ihn in seinem Badezuber sitzen zu lassen. Er streckte jedoch schnell seine Hand aus und bekam sie am Arm zu fassen, als sie an der Wanne vorbeirannte.

»Halt, meine Liebe. Ich werde hierbleiben, bis ich den Befehl des Königs ordnungsgemäß ausgeführt habe. Und Ihr habt anscheinend Eure Pflicht mir gegenüber schon vergessen, wie?«

Emlyn funkelte ihn wütend an, während sich ihre Brust heftig hob und senkte. Der heiße Wasserdampf hatte ihre Wangen rosa gefärbt. Das Haar kräuselte sich wirr um ihr Gesicht, und feuchte Strähnen klebten ihr im Nacken. Sie wußte, daß sie eher wie eine Dienstmagd denn wie ein Edelfräulein aussah, aber das war ihr völlig gleichgültig. Wenn sie ihre Wut nicht schleunigst unter Kontrolle brachte, dann würde er sie auch noch als Furie erleben.

»Eure Wunde wird versorgt werden, Herr«, preßte sie zwischen zusammengebissenen Zähnen hervor. »Und eine andere Pflicht bin ich Euch wohl nicht schuldig.«

Der Griff seiner nassen, warmen Hand verstärkte sich. »Nein? Wirklich nicht, Mylady? Wie schade«, murmelte er. »Ihr erfüllt Eure Pflichten mit soviel Hingabe.« Seine Stimme troff vor Sarkasmus.

Sie versuchte, sich ihm zu entwinden, geriet dabei aber nur mit ihrer Hand in das heiße Seifenwasser. »Würdet Ihr Eurem eigenen Vater wirklich Hörner aufsetzen?« fragte sie.

Seine Finger drückten noch fester zu. »Ihr habt die Zunge einer Natter.«

»Und Ihr das Herz derselben. Ein Mann, der kleine Kinder stiehlt . . .« Sie zerrte an ihrem Arm, um sich freizumachen.

Er drehte sich mit dem Oberkörper zu ihr hin. »Wie gesagt, ich habe dieses Schreiben nicht verfaßt, Mylady. Wir sind beide Opfer dieses Befehls.« Während er sprach, zeichnete sein Daumen langsam die Linie ihres Handgelenks nach. Heiße und kalte Schauer rannen ihr durch Arm und Brust und bahnten sich den Weg in ihre Magengrube.

Mit einem Aufschrei machte sie sich frei, und er ließ es geschehen. »Wenn Ihr mit Eurem Bad fertig seid, liegt dort auf dem Bett ein Nachthemd bereit«, meinte sie in arrogantem Tonfall und deutete mit spitzem Finger auf das weiße Gewand, das Jehanne vorhin auf dem Bett ausgebreitet hatte.

Das Klopfen an der Tür war kaum verklungen, da stand Tibbie schon mitten im Zimmer. »Mylady«, keuchte sie atemlos, »ich habe Bandagen und Umschläge gebracht.«

Mit großen Augen starrte der Baron aus seiner Wanne zu Tibbie hoch, die mit energischen Schritten auf ihn zugestürmt kam. »Dann zeigt mir mal Euren Kopf, Herr.«

»Meinen was?« fragte er verblüfft.

»Die Beule, wo meine Herrin Euch getroffen hat.« Sie beugte sich über ihn. Der Baron bedeckte eiligst seine Blöße mit dem nassen Waschlappen und deutete mit dem Finger dann auf die Wunde in seinem Oberschenkel, die das Badewasser bisher verdeckt hatte.

»Heiliger Himmel!« entfuhr es Tibbie. »War das Lady Emlyn mit der Schachfigur?«

»Nein, Tibbie«, sagte Emlyn. »Mit meinem Pfeil.« De Hawkwood warf ihr einen bitteren Blick zu, den sie mit einer hochmütigen Grimasse beantwortete. »Ich werde Euch jetzt verlassen. Meinen Teil der Abmachung habe ich erfüllt, Mylord. Tibbie wird Eure Wunde versorgen. Ihr wollt gewiß nicht, daß ich heute abend noch einmal Hand an Euch lege.«

»Gewiß nicht«, hörte ihn Emlyn noch knurren, bevor sie die Tür hinter sich zuknallte.

5. Kapitel

»Demoiselle, Eure Diener haben die Wagen eindeutig überladen«, schallte Nicholas de Hawkwoods tiefe Stimme über den Burghof, als er mit energischen Schritten auf Emlyn zukam und dabei auf zwei Karren deutete, auf denen sich Holztruhen, zusammengerollte Matratzen, Wandbehänge und einige in Rupfen eingeschlagene Bündel türmten. Und die Diener schleppten noch weitere Gepäckstücke herbei.

Nichts am Gang des Barons ließ auf eine Beinverletzung schließen. Und wenn man von den dunklen Ringen unter seinen Augen und dem angespannten Gesichtsausdruck absah, die seine Erschöpfung verrieten, war er wieder ganz der imposante Ritter, dem Emlyn tags zuvor im Wald begegnet war. Jetzt trug er über seiner Rüstung einen azurblauen und mit goldenen Falken bestickten Wappenrock, der ihm locker über die Schultern fiel. Sein langes dunkles Haar, das diesmal nicht von einer Kettenhaube verdeckt wurde, wehte in der Morgenbrise.

»Auf Hawksmoor und auf Graymere, der Burg meines Vaters, gibt es Möbel im Überfluß«, erklärte er ihr. »Ich werde das Gesinde anweisen, den zweiten Karren unverzüglich wieder abzuladen.«

Emlyn bemühte sich, ihren wachsenden Unmut hinter einer besorgten Miene zu verbergen. »Verehrter Baron«, entgegnete sie, »die armen Kinder verlieren schließlich ihr Zuhause, und ich möchte sie nicht zusätzlich noch von all ihren persönlichen Habseligkeiten trennen. Alles, was ich habe packen lassen, das brauchen sie.«

Schweigend beobachtete de Hawkwood das Beladen der beiden Wagen. Einer seiner Begleiter, der den dunkelgrünen Waffenrock seiner Garnison trug, kam gerade mit einem grell bemalten Kindersattel aus dem Stall und warf diesen auf den zweiten Wagen.

Verächtlich schüttelte Hawkwood den Kopf. »Kinder mögen ja das eine oder andere benötigen, das gebe ich zu, Ihr jedoch scheint ihnen den gesamten Haushalt mitgeben zu wollen.«

»Ihr verfügt doch über genügend Männer, die mit anpacken können, Herr.«

»Soldaten sind eigentlich nicht dazu da, die Arbeit des Gesindes zu verrichten, obwohl ich feststellen muß, daß meine Mannen Euren Befehlen bereitwillig Folge leisten. Doch um das ein für allemal klarzustellen, Lord Whitehawke und ich werden nur einen Karren mitführen. So, und jetzt entschuldigt mich, Mylady.« Er nickte kurz und wandte sich zum Gehen.

»He, so wartet doch!« rief Emlyn. Ihr respektloser Ton veranlaßte ihn augenblicklich innezuhalten. Er warf ihr einen herrischen Blick über die Schulter zu, während sie ihm wutentbrannt hinterherrannte. Doch dann schlug sie rasch die Augen nieder, wie es sich geziemte, und öffnete die zu Fäusten geballten Hände. Sie wollte sich nicht noch einmal von ihm als Natter titulieren lassen.

»Ich bereite ebenfalls meine Abreise vor, Herr«, erinnerte sie ihn. »Und da meine Kleidertruhen und mein Bett gepackt und die Fenster noch ausgebaut werden müssen, bitte ich Euch, Eurem Vater auszurichten, daß wir nicht vor heute nachmittag oder morgen früh aufbrechen können.«

»Beim heiligen Kreuz, Fenster!« rief der Baron aus und drehte sich ganz zu ihr um.

Emlyn schob trotzig ihr Kinn vor, unfähig, noch länger Zurückhaltung zu üben. »Wir haben gute Glasfenster hier auf Ashbourne. Ich werde sie auf jeden Fall mitnehmen und in meinen neuen Gemächern einbauen lassen. Bleiben sie nämlich hier, werden die Soldaten Eures Vaters sie ohnehin nur kaputtmachen.«

»Mylady, wir verreisen nicht, weil es hier zu kühl oder das Wild zu knapp wird«, erklärte de Hawkwood mit einem zynischen Unterton. »Wir ziehen auch nicht um, weil es Euch hier zu langweilig ist oder die Minnesänger nach Süden wandern. Wir befolgen den Befehl des Königs, und der lautet, unverzüglich aufzubrechen.«

»Bei allen Heiligen! Ihr wollt drei kleine Kinder wie Leibeigene abziehen lassen, mit nichts als ihren Mänteln auf dem Leib?« gab sie hitzig zurück und funkelte ihn dabei zornig an.

Sein Blick war nicht weniger wütend, als er ihr entgegenhielt: »Die Lasten, unter denen die Achsen der Wagen beinahe brechen, könnt Ihr wohl kaum als ›nichts‹ bezeichnen, Mylady. Es wird nur ein Wagen beladen, und damit Schluß! Dieser ganze unnötige Ballast hält uns sowieso schon genug auf.«

Ihre bebenden Finger, die sich jetzt in den Kragen ihres Mantels krallten, verrieten die Wut, die in ihr kochte. »Euer Herr Vater hieß mich, die Kinder und mich selbst heute reisefertig zu machen. Die Sonne ist eben erst aufgegangen, und Ihr wollt schon abfahren!«

Sein rechter Wangenmuskel zuckte heftig. »Versucht nicht, den Aufbruch noch länger zu verzögern, Lady Emlyn. Graf Whitehawke wartet ungeduldig darauf, daß wir losreiten können.« Nicholas war kurz davor, die Beherrschung zu verlieren. »Sonst noch Wünsche, Mylady? Wenn ja, dann bringt diese lieber gleich vor.«

Emlyn bedachte ihn mit einem finsteren Blick. »Ich halte es für gut, wenn Walter von Lydell sich während meiner Abwesenheit weiterhin um Ashbourne kümmert. Er ist mit Land und Leuten hier bestens vertraut.«

»Selbiges habe ich Graf Whitehawke bereits vorgeschlagen. Sir Walter ist ein fähiger Mann, und Ashbourne wird von seiner Anwesenheit hier nur profitieren. Noch etwas?«

»Die Base meiner Mutter, Mistress Isabelle – Tibbie, wie wir sie nennen –, sollte die Kinder nach Hawksmoor begleiten.«

»Meine Tante wird sich dort um sie kümmern.«

»Aber Tibbie sorgt für sie, als wären es ihre eigenen Kinder«, beharrte sie trotzig. Unversehens schossen ihr die Tränen in die Augen, und als sie zu ihm hochsah, löste sich eine schimmernde Perle aus ihrem Augenwinkel und kullerte ihr über die Wange.

De Hawkwood wandte den Blick ab und nickte dann mit einem resignierten Seufzer. »Also gut. Dann soll Eure Tibbie in Gottes Namen mitkommen.«

Sichtlich überrascht ob de Hawkwoods Nachsicht blinzelte Emlyn den Baron an, auf dessen unrasierten Wangen sich plötzlich eine tiefe Röte ausbreitete. Seine sonst so grauen Augen leuchteten jetzt in einem hellen Blaugrün. Verwirrt beobachtete Emlyn diese seltsame Veränderung. Keine Gefühlsregung konnte diesen steinharten Mann erweichen, dachte sie, nur die kalte Morgenluft vermochte seine Wangen zu röten. Sein Vater besaß ebenfalls die Veranlagung, unversehens rot zu werden, hatte sie bemerkt. Doch davon abgesehen gab es anscheinend nichts, was die de Hawkwoods anrühren konnte.

»Haltet uns jetzt nicht weiter auf, Mylady«, beschied ihr der Baron knapp, drehte sich um und ging mit großen Schritten über den Burghof auf den Graf zu.

Gedankenverloren sah Emlyn ihm hinterher. De Hawkwood hatte gewiß bemerkt, daß sie nur Zeit zu schinden versuchte. Sie wollte einfach so lange wie möglich mit ihren Geschwistern zusammensein. Außerdem gab es tatsächlich noch etliche Dinge, die ihre Aufmerksamkeit verlangten, bevor sie die Burg verlassen konnte. Es war schlicht unmöglich, unverzüglich aufzubrechen.

Mindestens ein Tag, wenn nicht mehrere waren nötig, um alle Lehensleute vom Wechsel der Besitzerschaft in Kenntnis zu setzen, überlegte sie und seufzte. Whitehawke würde sicherlich nicht dieselbe Großzügigkeit und Fürsorge gegenüber den Pächtern walten lassen wie bisher die Ashbournes.

Von klein auf waren Emlyn und ihre Geschwister mit vielen der Familien der benachbarten Dörfer und Güter bekannt. Wilhelm der Eroberer hatte dieses Land den Ashbournes übereignet, die nun schon seit Generationen ihre Besitztümer mit Milde und Nachsicht verwalteten. Zum Dank hatten die Pächter stets willig beim Pflanzen,

Bestellen, Ernten und Verkauf der landwirtschaftlichen Erzeugnisse geholfen, selbst jetzt noch, da die von König John geforderten Steuern und Abgaben die einst wohlgefüllten Schatztruhen von Ashbourne empfindlich geleert hatten.

Der Burgvogt und seine Familie waren den Leibeigenen immer freundlich begegnet, hatten deren Mithilfe mit Landabtretungen, Geld- und Sachgeschenken belohnt und auch die Armen nicht vergessen. Als die Klöster im Zuge des päpstlichen Interdikts, das als Strafe für die Greueltaten des Königs England aus der Kirche ausschloß, ihre Pforten schließen mußten, hatte Rogier de Ashbourne die Verantwortung für die Armen übernommen, die früher von den Klöstern getragen worden war. Im letzten Winter hatte dann Emlyn dafür gesorgt, daß die ärmeren Familien und die Alten in den Dörfern ausreichend versorgt wurden.

Sie wußte, daß der Beschluß des Königs das gute Verhältnis zwischen den Dörflern und ihrem Lehnsherrn zerstören würde. Blieb jedoch Wat als Haushofmeister auf Ashbourne, konnten die traditionellen Pflichten weiterhin erfüllt werden, das hieß, solange Whitehawke nicht dagegen intervenieren würde.

Emlyn ging über den Burghof zu den Stallungen, wo sie Whitehawke antraf, der dort mit einigen Männern zusammenstand, darunter auch seinem Sohn. Die große, breite Gestalt des Grafen in der auf Hochglanz polierten Rüstung, dem schwarzen Umhang und mit seiner schlohweißen Haarmähne, die ihm über die zusammengefaltete Kapuze fiel, überragte alle anderen. Nicholas de Hawkwood deutete gerade mit der Hand auf einen der beiden Wagen, worauf sie seinen Vater einige knappe Befehle bellen hörte.

Als Emlyn näher kam, fuhr Whitehawke abrupt herum und funkelte sie unter den zusammengekniffenen weißen Brauen böse an. »Wie ich gerade höre, muß noch einiges erledigt werden, bevor die Lady zum Aufbruch bereit ist.«

»Jawohl, Herr . . .«, stammelte Emlyn und duckte sich unter seinem eisigen Blick. »Da gibt es noch diverse Dinge, die meine Aufmerksamkeit erfordern, Mylord.«

»Ihr irrt Euch, Mylady. Auf Ashbourne gibt es nichts mehr, das Eure geschätzte Aufmerksamkeit erfordern würde.« Er starrte sie mit bebendem Unterkiefer an. »Und bei den Gebeinen aller Heiligen, die verdammten Fenster bleiben hier!«

Emlyn zog scharf die Luft ein und straffte entschlossen die Schultern. Diese Männer hatten offenbar noch nicht viele Umzüge getätigt, ansonsten wüßten sie um den Wert solider Bleiglasfenster, dachte sie bei sich. Und sie waren bei Gott leicht zu transportieren. Je vehementer Whitehawke und sein Sohn sich gegen ihren Wunsch sträubten, desto entschlossener wurde Emlyn, Ashbourne nicht ohne diese Fenster zu verlassen. Zumal es noch Stunden dauern würde, selbige auszubauen und sachgerecht zu verpacken – Stunden, die ihr so unendlich wichtig waren.

»Ich möchte meine Ehe nicht mit ein paar hastig in einen Sack gestopften Kleidern beginnen«, gab sie zu bedenken. »Ich benötige Bettwäsche, Möbel und die Fenster meiner Mutter. Und auch die Kinder brauchen ihre persönlichen Sachen.«

»In meinem Wohnturm wird es keine bunten Kirchenfenster geben!« brüllte Whitehawke zurück, worauf sich zwei, drei seiner Soldaten eiligst aus dem Staub machten.

Die Aufregungen des vergangenen Abends und dieses Morgens hatten Emlyns Geduld auf eine harte Probe gestellt. Jetzt konnte sie nicht länger an sich halten. »Wenn Ihr mich schon unbedingt zur Frau haben wollt, Sir, dann müßt Ihr auch mit den Fenstern und allem anderen vorliebnehmen«, erklärte sie nicht minder lautstark.

Nicholas de Hawkwood wandte sein Gesicht ab, um ein Schmunzeln zu verbergen. Emlyn streifte ihn mit einem kurzen Seitenblick und wandte sich dann wieder Whitehawke zu, der wie ein Berg vor ihr stand. Seine blauen Augen unter den halbgeschlossenen Lidern blitzten wie Eisstücke in dem geröteten Gesicht. Seine unverhohlene Wut und dieser kalte Blick hätten Emlyn fast dazu gebracht, einen Schritt zurückzuweichen, doch sie beherrschte sich.

In die Stimme des Grafen mischte sich ein tiefes, bedrohliches Grollen, als er entgegnete: »Verfahrt, wie es Euch beliebt, Mylady, bis Ihr meine Burg und mein Schlafgemach erreicht habt. Dann werde ich Euch schon lehren, wer Herr in meinem Haus ist.«

Emlyn erbleichte, und Whitehawke drehte sich zu Nicholas um. »Wir werden nicht länger auf eine Braut warten, die sich wie eine rotznasige Göre aufführt. Ich werde dein Gefolge den größten Teil des Weges begleiten. In einer halben Stunde brechen wir auf.« Nicholas' Antwort bestand aus einem brüsken Nicken.

»Ihr könnt meinetwegen auf Ashbourne bleiben und packen lassen, soviel Ihr wollt, aber Ende der Woche verlaßt Ihr unwiderruflich die Burg«, beschied er Emlyn. »Hugh de Chavant, der Anführer meiner Garde, wird Euch dann nach Graymere begleiten.«

Unfähig, auch nur ein Wort zu entgegnen, starrte Emlyn zu Whitehawke hoch. Ihre Bemühungen, die Abreise zu verzögern, waren total gescheitert. Die Kinder würden in einer halben Stunde mit Nicholas' Eskorte aufbrechen müssen, zusammen mit Whitehawke – aber ohne sie. Indem sie erklärte, noch nicht reisefertig zu sein, hatte sie sich von Whitehawke mit ihren eigenen Waffen schlagen lassen.

»Eine Woche, Mylady. Zeit genug, um selbst die Aborte abmontieren und einpacken zu lassen, falls Ihr auch ohne diese nicht leben könnt«, bellte Whitehawke, machte auf dem Absatz kehrt und stolzierte über den Burghof davon.

Nackte Panik schnürte Emlyn die Kehle zu und legte sich schwer wie ein Felsbrocken auf ihre Brust. Sie wollte Whitehawke hinterherrennen, doch da stellte der Baron sich ihr in den Weg und hielt sie mit beiden Händen an den Schultern fest, als sie gegen sein gepanzertes Brustschild taumelte.

Nach Luft japsend versuchte Emlyn, sich seinem Griff zu entwinden. »Heiliger Herr im Himmel! Ihr wollt mir also tatsächlich die Kinder wegnehmen«, stöhnte sie. »Laßt mich gehen. Ich muß mit ihm reden.«

»Immer mit der Ruhe, Mylady. Ihr seid mitnichten in der Lage, gegen einen Drachen wie Graf Whitehawke zu kämpfen. Hört mir gut zu. Hütet Euch vor ihm und reizt ihn nicht noch mehr. Begreift endlich, daß Ihr Euch seinen Befehlen beugen müßt.«

Ein Schluchzer entrang sich ihrer Kehle, und sofort preßte sie die Lippen aufeinander. Sie wollte vor dem Gesinde und all den fremden Leuten nicht losheulen wie ein Kind. Und am allerwenigsten wollte sie sich vor diesem Mann in ein hilfloses Tränenbündel verwandeln. Die Wut, die in ihr kochte, gab ihr, im Augenblick jedenfalls noch, die Kraft, sich zu beherrschen.

»Der Herr verfluche Euren Vater!« zischte sie zwischen zusammengebissenen Zähnen und entwand sich seinem Griff. »Und Ihr, mein Herr, Ihr solltet mehr Ehre im Leib haben, als Kleinkinder als Geiseln zu nehmen. Das ist nun wirklich die billigste Art und Weise, eine Burg zu erobern!«

»Mylady, ich befolge nur den Befehl des Königs«, entgegnete der Baron knapp. »Die Kinder sind in der Tat noch sehr klein, und mir wäre es weiß Gott lieber, sie nicht am Hals zu haben.«

»Sagt Eurem König, daß ich mich dieser Heirat verweigere und Euch als Vormund für meine Geschwister ablehne.« Ihre Augen schossen ihm himmelblaue Blitze entgegen. »Ich verspreche Euch, ich werde die Kinder zurückholen, wenn es Gottes Wille ist.«

»Starke Worte für eine so junge Lady«, brummte Hawkwood. »Wenn Ihr schon so gehässige Gedanken hegt, so lernt zumindest, Eure Zunge zu hüten.« Er senkte die Stimme. »Es sind schon so manche für geringere Unarten im Kerker gelandet.«

»Die Foltern im Kerker, Mylord, können auch nicht grausamer sein als die Qualen, die meine Familie in letzter Zeit hat erdulden müssen!« Als sie sich nach dieser Antwort umdrehte, streifte einer ihrer goldblonden Zöpfe seinen Arm und verfing sich in den engen Maschen seines Kettenhemdes. Wutschnaubend zerrte sie an dem Zopf, bis sie ihn frei bekam, und stürmte dann davon.

»Das müssen ganz besondere Trottel sein, diese Herren Ritter, wenn sie so einem idiotischen Befehl des Königs gehorchen«, brummte Tibbie verdrossen.

Emlyn nahm Tibbie den kleinen Harry ab und setzte ihn sich auf die Hüfte. Isobel stand neben ihr, und Emlyn streichelte ihr mit der freien Hand über die glänzenden, dunklen Locken. »Geh, Tibbie«, seufzte sie, nachdem sie ihr die neue Situation erklärt hatte, »und pack deine Tasche.«

Nickend drehte Tibbie sich um und stapfte über den Burghof davon, nicht ohne dabei einen von Whitehawkes Männern absichtlich mit dem Ellbogen anzurempeln, damit er ihr Platz machte. Mit bedrohlich wehenden Röcken erklomm sie die Außentreppe, die in den Wohnturm führte, und tat dabei lauthals ihre Meinung zu der ganzen Angelegenheit kund.

Christien, der gerade aus den Ställen kam, zupfte Emlyn am Mantel. Seine braune Locken standen wirr in alle Richtungen ab, und seine saphirblauen Augen suchten aufgeregt die ihren. Harry streckte seine kleine Patschhand aus, um seinen Bruder an den Haaren zu ziehen.

»Emlyn«, begann Christien und versuchte, Harrys Attacken zu entgehen, »darf ich auf Sir Peters Schlachtroß mitreiten? Er hat es erlaubt. Ich mag nicht mit den Weiberleuten und Kindern im Wagen fahren«, setzte er naserümpfend hinzu.

»Die meiste Zeit wirst du im Wagen mitfahren, aber wenn es Sir Peter recht ist, kannst du meinetwegen ab und zu bei ihm aufsitzen.« Unwillkürlich mußte Emlyn über Christiens unschuldige, abenteuerlustige Vorfreude lächeln. Isobel dagegen hatte den ganzen Morgen über verschreckt an Tibbies oder ihrem Rockzipfel gehangen.

Harry machte sich jetzt an ihrer Kapuze zu schaffen und zerrte so lange daran, bis sie ihr über den Augen hing und sie nichts mehr sehen konnte. Christien und Isobel lachten fröhlich über ihren Versuch, den dicken Wollstoff aus Harrys Fingerchen zu befreien – ein Lachen, das ihr das Herz vor Liebe zu ihnen schwer werden ließ.

»Müssen wir wirklich mit diesem gräßlichen alten, weißhaarigen Mann mitfahren?« nörgelte Isobel. »Heute morgen beim Frühstück war er so gemein zu Catgil.«

»Sind wir Gefangene? Stecken die uns später in den Kerker?« wollte Christien wissen.

Emlyn versuchte, ihre Stimme ganz locker klingen zu lassen, um ihre eigene Ängste zu verbergen. »Ach was, meine Lieblinge. Keiner von uns ist ein Gefangener. Graf Whitehawke wird anschließend zu seiner eigenen Burg, Graymere heißt sie, weiterreiten. Ihr werdet eine Weile bei Baron Nicholas auf Hawksmoor bleiben.« Da sie nicht wußte, wie sie den Kindern ihre Verlobung mit Whitehawke beibringen sollte, hatte sie ihnen bisher noch nichts davon erzählt. Die Ärmsten haben im Moment genügend Verwirrungen und Veränderungen zu verdauen, dachte sie bei sich.

»Den Baron, den kann ich ganz gut leiden«, meinte Christien. »Er ist groß und stark und sieht irgendwie aus wie ein König. Sein schwarzes Schlachtroß heißt Sylvanus. Syl-va-nus«, wiederholte Christien und war sichtlich stolz, den Namen richtig ausgesprochen zu haben.

»Warum fährst du nicht mit uns?« fragte Isobel.

»Weil ich hier noch einiges zu erledigen habe«, erwiderte Emlyn freundlich. »Ihr werdet es euch auf Hawksmoor einstweilen hübsch gemütlich machen, meine Lieben, bis ich komme und euch abhole.«

Harry begann jetzt wie ein Wilder auf ihrem Arm herumzuzappeln, weil er herunterwollte. Emlyn hielt den Kleinen fest, ging in die Hocke und schloß alle drei Kinder in die Arme. Sie drückte sie zärtlich an sich und atmete dabei ihren Geruch ein, eine Mischung aus Milch, feuchter Wolle, Apfelkuchen und warmer Kinderhaut.

»Seid tapfer«, ermahnte sie liebevoll. »Und Christien, denk immer daran – ein wahrer Ritter beschützt seine Familie. Du und Isobel, ihr kümmert euch beide um Harry und seht zu, daß immer einer von euch in seiner Nähe ist. Habt ihr verstanden?«

Die beiden nickten mit feierlicher Miene. »Benehmt euch wie echte Freunde.« Sie gab jedem von ihnen einen zärtlichen Kuß auf die Wange. »Ich komme so bald wie möglich nach.« Niemand, nicht einmal der König, kann euch mir wegnehmen, dachte sie im stillen.

»Kommt, meine Küken, wir bauen uns ein behagliches Nest im Wagen!« rief ihnen Tibbie im Näherkommen zu, worauf die Zwillinge begeistert losrannten, um ihr zu helfen.

Der Wagen stand zur Abfahrt bereit, das Gepäck war fest verzurrt, die Pferde angeschirrt und das Verdeck aufgespannt. Als Emlyn den kleinen Harry zum Wagen trug, sah sie, daß der heftig schwankte. Kein Wunder, Christien und Isobel tobten wie die Wilden unter der Plane herum.

Wat kam nun auch zum Wagen, und sofort warfen sich die beiden in seine Arme. Er hielt sie einen Augenblick fest an sich gedrückt, hob sie dann zurück auf die Ladefläche und streichelte Harry über sein kleines Köpfchen. Um seine blauen Augen zuckte es heftig, als er Emlyn und Tibbie kurz zunickte und sich dann abrupt abwandte.

Nachdem Tibbie sich mit ihrer Leibesfülle auf einer der hölzernen Querbänke eingerichtet hatte, küßte Emlyn Harry ein letztes Mal und setzte ihn Tibbie auf den Schoß. Ihre Augen schwammen in einem See von Tränen. Wie in Trance küßte sie die Zwillinge zum Abschied, fuhr ihnen mit der Hand durch die seidigen Locken, zupfte ihre Mäntel zurecht und ermahnte sie noch einmal, zu gehorchen, zu beten, ihre Teller immer sauber leer zu essen und auch das Waschen nicht zu vergessen. Zuletzt umarmte sie Tibbie.

Schaukelnd setzte sich der schwere Karren in Bewegung, zu beiden Seiten von Bewaffneten eskortiert, die nun paarweise in größerem Abstand ihre Pferde antraben ließen. Whitehawke ritt vorneweg. Nicholas de Hawkwood und Peter von Blackpoole folgten dem Wagen. Der Baron bedachte Emlyn im Vorbeireiten mit einem kurzen, scharfen Blick.

Langsam durchquerte die Eskorte den Burghof, in dem sich die gesamte Dienerschaft versammelt hatte, um dem Zug mit ernster Miene nachzuschauen. Die Räder knirschten auf dem Pflaster, und der Aufbau des Wagens begann rhythmisch zu schwanken, als dieser unter den wuchtigen Fallgittern des Burgtors hindurchrumpelte.

Als die Eskorte vier Tage später die Kammlinie des weiten Tales entlangritt, das sich unterhalb von Hawksmoor erstreckte, war Nicholas am Ende seiner Kräfte. Der schwerbeladene Karren hatte ihr übliches Reittempo erheblich verlangsamt, und die zahlreichen Pausen, die der Kinder wegen eingelegt werden mußten, waren Grund dafür gewesen, daß die Reise noch zusätzlich in die Länge gezogen wurde.

Die nördliche Route durch die Grafschaft York auf der alten Römerstraße hatte sie viel Zeit gekostet, doch Whitehawke hatte darauf bestanden, dieser Straße zu folgen, die durch Niederungen, ehemalige Gehöfte und enge Dörfer führte. Mehr als einmal hatte Nicholas verärgert mit den Zähnen geknirscht, wenn sie die Wälder weitläufig umfuhren, anstatt den direkten und viel kürzeren Forstweg zu nehmen. Wenigstens war das Wetter gut gewesen. Und die Kinder hatten sich seinen Befürchtungen zum Trotz, abgesehen von ihren ständigen Fragen, ob dieses Herrenhaus oder jene Burg schon Hawksmoor seien, als wackere Reisegefährten erwiesen.

Jetzt endlich tauchten die Umrisse von Hawksmoor in der Ferne auf. Drei der sechs Türme glänzten blaßgrau im fahlen Dämmerlicht. Von Süden aus betrachtet wirkte der wuchtige Verteidigungswall, als sei er direkt aus dem Felsen herausgehauen, der sich aus einem Fluß erhob.

Sie mußten diesen Fluß an einer seichten Furt durchqueren und um den Burgwall herum zum westlichen Tor reiten, während Whitehawke und seine Männer am anderen Ufer die östliche Richtung nach Graymere einschlagen würden.

In Erwartung ihrer sich endlich trennenden Wege stieß Nicholas einen erleichterten Seufzer aus und blickte zu seinem Vater hinüber, der neben ihm ritt und offensichtlich seinen eigenen Gedanken nachhing.

»Zum Teufel noch mal, dieser Ashbourne-Fratz ist eine wahre Wildkatze«, brummte er nachdenklich. »Aber glaub mir, bald wird sie sich fügen wie ein anständiges Weib. Habe ich sie erst einmal im Bett, wird sie schnell lernen, ihrem Mann Respekt zu zollen.« Er warf Nicholas einen überheblichen Blick zu. »Alles, was ein aufsässiges Weibsstück braucht, ist ein richtiger Kerl im Bett«, fügte er grinsend hinzu.

Nicholas preßte die Lippen aufeinander, und seine Wangen röteten sich vor unterdrückter Wut, während sein Vater dröhnend lachte.

»Immer noch besser, sie heiratet einen wie mich als so einen jungen Spund wie dich«, fuhr er fort. »Ich bezweifle nämlich ernsthaft, daß du ihrem Dickschädel Herr werden würdest. Ich hingegen lasse mich bei keinem Weib auf irgendwelche Widerreden ein.«

»Ich denke, Lady Emlyn hat uns nur deshalb die Krallen gezeigt, weil wir ihr Heim und ihre Geschwister genommen haben, Sir«, entgegnete Nicholas gelassen, während sich seine Finger krampfhaft um die Zügel schlossen.

Whitehawke ritt eine Weile schweigend neben ihm her. »Die Hochzeit findet in einem Monat statt«, sagte er dann. »Zeit genug für jedermann, nach Graymere zu reisen, einschließlich der holden Braut.« Und mit einem schnellen Seitenblick auf seinen Sohn fuhr er fort: »Aber laß bloß die Gören zu Hause, wenn du kommst. Ich möchte keine heulenden Gesichter auf meiner Hochzeit sehen. Die Lady wird sonst mit Sicherheit darauf bestehen, daß die Kinder bei uns bleiben.«

»Schließlich ist es ihre Familie. Und wenn sie erwartet, daß die Kinder der Obhut ihres Ehemannes übergeben werden, ist das doch nur zu verständlich, meine ich.«

»König John hat das Sorgerecht dir anbefohlen, nicht mir. Behalte sie auf Hawksmoor, bis der König über ihr weiteres Schicksal entscheidet – falls er sich überhaupt noch an sie erinnert.«

Nicholas seufzte bei dem Gedanken, auf unbestimmte Zeit für drei Kinder sorgen zu müssen. »Ich kann Eure Einladung zur Hochzeit leider nicht annehmen, verehrter Vater.«

»Und warum nicht?« Whitehawke funkelte seinen Sohn wütend an.

»Weil ich demnächst nach London aufbreche.«

»Zusammen mit den Baronen, die vorhaben, den König zu stürzen?«

»Nein, Sir, aber ich werde in London mit ihnen reden.«

»Nein, sagst du? Ich weiß, daß du mit diesen Baronen sympathisierst. Mit diesen Rebellen, die den König absetzen wollen, der es mir ermöglicht hat, jenes Erbe zu mehren, das einmal das deine sein wird!« Der Graf wurde puterrot im Gesicht. »Bei Gott, ich werde einen neuen Sohn zeugen und dich zum Teufel jagen! Das junge Weib scheint mir gesund genug, um jede Menge Söhne zu gebären.«

Nicholas hörte sich die Worte seines Vaters mit ausdrucksloser Miene an. Die Diskussionen um Graymere, sein Erbe, dauerten nun schon Jahre. Wie oft hatte er gedacht, daß es besser wäre, gar kein Erbe in Aussicht zu haben als so eines, das man ihm hinhielt wie einem Hund die Wurst und dann wieder wegnahm, ganz nach den wechselnden Launen seines Vaters. Seinen eigenen Besitz, Hawksmoor, hatte Nicholas von seiner Mutter geerbt und in der Zwischenzeit in ein prosperierendes Landgut verwandelt. Graymere konnte nach dem Tod seines Vaters verrotten oder den Mönchen übereignet werden, ihm war das völlig gleichgültig.

Nicholas bemühte sich um einen gelassenen Tonfall, als er entgegnete: »Die Barone treffen sich in London nicht, um den König zu stürzen, sondern um die Formulierung der neuen Charta in die Wege zu leiten, die wir fordern. Und diese Barone, die dem König nach dem Leben trachten, wie Ihr sagt, das ist nur eine Handvoll rauhbeiniger Abtrünniger.« Das alles hatte er seinem Vater schon wiederholt auseinandergesetzt: »Es ist die absolute Mehrheit, die mit Verstand und Logik eine höchst notwendige Neuerung in Angriff nehmen will.«

»Du warst auch einer dieser Abtrünnigen und bist sicherlich immer noch genauso fanatisch in deinen Protesten gegen den König wie Eustace de Vesci und seine Anhänger«, entgegnete Whitehawke mit einem verächtlichen Schnauben. »Den König zu stürzen, genau das ist deren Ziel. Ja, wir sind an einem traurigen Wendepunkt angelangt. Meine Generation hielt noch etwas auf die Loyalität gegenüber dem Souverän. Die deine nicht mehr.«

»Es sind viele, die sich eine Reform des englischen Rechts wünschen, Sir. Ihr freilich zählt nicht dazu.«

»Ganz recht. Und meine Mitstreiterschar ist groß. William selbst ist strikt gegen die Bestrebungen dieser Barone. Und er ist nicht der einzige.«

»Ich habe großen Respekt vor dem Marschall. Er ist einer der fähigsten Politiker im Lande. Aber ich glaube, er lehnt die neue Charta nur aus Treue zu seinem König und aus Sorge um ihn ab. Auf jeden Fall können wir uns glücklich schätzen, einen Mann seines Verstandes und Einfühlungsvermögens in der Nähe des Throns zu wissen.«

»Und dennoch bist du mit der Meinung dieses Mannes nicht einverstanden, der über weit mehr Erfahrung und Urteilsvermögen verfügt als du!« beharrte Whitehawke.

»Ich finde, wir brauchen eine neue Ordnung für die Machtbefugnisse der Baronien, Sir. Wir alle müssen für unsere Besitztümer eine rechtliche Grundlage haben. Auf König John ist kein Verlaß. Wer von uns kann sich seines Besitzes noch sicher sein, wenn den König der nächste Anfall von Wut oder Habgier befällt? Das Schicksal des Ashbournes könnte eines Tages ebensogut das meine sein – oder das Eure, Sir.«

»Er ist immerhin unser König!«

»Er ist engstirnig und borniert, und obwohl er einen scharfen Verstand besitzt, läßt er jederzeit seinen Launen freien Lauf. Ohne eine rechtliche Grundlage sind wir seiner Rachsucht ungehindert ausgeliefert.«

»Eustace de Vesci und Robert FitzWalter denken doch nur an Rache«, konterte Whitehawke.

»Das ist wahr. Beide haben die Boshaftigkeit unseres Königs zu spüren bekommen, und daß sie ihn hassen, ist nur verständlich. Sie sind gute, starke Führer, aber sie haben leider nur diese rebellischen Splittergruppen unter sich. Doch es sind auch ruhigere Gemüter in dieser Bewegung aktiv. Mit einer Handvoll Rebellen kann es der König aufnehmen und sie in die Knie zwingen, aber gegen eine vereinte Liga nahezu aller englischer Barone hat er keine Chance.« Nicholas brachte sein Schlachtroß zum Stehen und sah seinen Vater an, der sein Pferd ebenfalls parierte.

»Die Zeit ist reif für neue Gesetze in England«, fuhr Nicholas fort. »John ist nicht der König, der sein Vater war. Zugegeben, er hat einen brillanten Verstand, aber er hat kein Herz. Unter seiner Hand gleitet das Land ins Chaos. Wir müssen unsere Ländereien und unsere Familien vor dieser Art Machtmißbrauch bewahren. In England gab es zu allen Zeiten Gesetze, die das Volk schützten. Wir können keinen König dulden, der diese Rechte ignoriert.«

Whitehawke war durch die Worte seines Sohnes sichtlich verwirrt. Seine Brust hob und senkte sich wie ein Blasebalg, und die Röte kroch ihm bis unter die Haarwurzeln. »Was mich betrifft, so habe ich keine Schwierigkeiten mit John. Gegenüber solchen, die für das Wohl

Englands kämpfen, zeigt er sich stets äußerst großzügig und fair.«

»Für das Wohl der Krone, meint Ihr wohl«, schnaubte Nicholas abfällig.

Whitehawke bedachte seinen Sohn mit einem eisigen Blick aus seinen stahlblauen Augen und schnaufte erregt. »Wenn diese jungen Barone ihrem König wahre Ehrerbietung zollen würden – wie ihr alle es geschworen habt, als man euch das Schwert auf die Schultern legte –, dann würden wir uns heute nicht in dieser mißlichen Lage befinden. Du wirst verlieren. Alle von euch werden verlieren. Warum bestehst du so vehement darauf, diese verfluchte Charta zu unterstützen? Gott gibt den Menschen ihre Freiheiten, und zwar durch die Kirche und den König. Die Menschen deklarieren ihre Freiheiten nicht einfach selbst.«

»Möglich. Doch diesmal versuchen sie es.«

»Ich habe dich völlig falsch eingeschätzt. Ich hatte gehofft, du würdest deinen Fanatismus und dein aufsässiges Temperament im Laufe der Zeit verlieren. Das Blut deiner Mutter hat dich verdorben. Nun ja, vielleicht wirst du mit den Jahren doch noch ruhiger und weiser.«

Auf Nicholas' Wange zuckte ein Muskel, doch er schwieg. Schon lange hatte er es aufgegeben, mit seinem Vater zu debattieren, nachdem er weder mit logischen Argumenten noch Protesten weitergekommen war. Whitehawke schien sich zeitweilig in seinen steinharten Ansichten zu sonnen: Die Welt hatte genau so zu sein, wie er sie sah. In seiner persönlichen Welt hatte keine andere Meinung eine Berechtigung, und nicht einmal der tragische Tod von Nicholas' Mutter hatte ihm die Schwachpunkte seines arroganten Weltbildes aufzeigen können. Letztendlich hatte Nicholas die Sinnlosigkeit seiner Bemühungen, Whitehawke seinen Standtpunkt nahezubringen, einsehen müssen. Jetzt versuchte er nur noch, so wenig wie möglich von sich selbst preiszugeben und, wenn ihn die Kirche oder der König nicht in dessen Gesellschaft zwang, Abstand zu seinem Vater zu halten. Leider lagen Graymere und Hawksmoor nur elf Meilen voneinander entfernt.

»Vielleicht brauche ich wirklich noch einige Jahre des Älterwerdens«, bemerkte Nicholas trocken.

»Ja, das Alter hat oft einen beruhigenden Effekt«, stimmte ihm Whitehawke überraschend wohlwollend zu. »Und den erwarte ich unter anderem auch von dieser Ehe«, fügte er breit grinsend hinzu – ein Grinsen, das Nicholas an einen zähnefletschenden Wolf erinnerte. »Obgleich ich davon überzeugt bin, daß ich noch über genügend Vitalität verfüge, um die Reize meiner jungen Braut in vollen Zügen zu genießen.«

Die schier unerträgliche Vorstellung, wie die gierigen Hände seines Vaters hinter zugezogenen Bettvorhängen über den zarten Körper Lady Emlyns wanderten, ließ Nicholas innerlich vor Zorn erbeben. Doch er unterdrückte diese Gefühle. »Ich möchte mich mit Euch über eine bestimmte Angelegenheit unterhalten, Sir«, lenkte er ab.

»Und die wäre?«

»Mein Seneschall hat mir kürzlich berichtet, daß Ihr Steinmetze zum nördlichen Talende geschickt habt«, sagte er. »Der Platz, an dem sie arbeiten, liegt teilweise auf meinem Land. Ich muß Euch daher auffordern, die Arbeiten unverzüglich einzustellen.«

Whitehawke warf seinem Sohn einen kalten Blick zu. »Das ist nicht dein Land.«

Nicholas seufzte. »Kommt, laßt uns nicht wieder über dieses Thema streiten. Ihr besitzt keine einzige Elle Land in diesem Tal, und doch erhebt Ihr darauf Anspruch und wollt es jetzt sogar bebauen. Ob der Rest des Tals Euch oder den Abteien von Wistonbury und Bolton gehört, das steht hier auch gar nicht zur Debatte. Befehlt Euren Arbeitern, einen anderen Bauplatz auszuwählen und regelt das übrige mit den Äbten, wenn Ihr wollt.«

»Ich bin es endgültig leid, mich mit diesen Äbten und dir über diese Sache zu streiten. Das Tal gehört mir, Punktum. Es war die Mitgift deiner Mutter, und das werde ich auch noch beweisen«, grollte er.

»Baut nicht auf meinem Boden, Sir«, sagte Nicholas betont ruhig. »Ansonsten sehe ich mich gezwungen, die Arbeiten zu behindern.«

»Hawskmoor gehört ebenfalls mir, vergiß das nicht«, gab Whitehawke zurück. »Und da ich in dieser Gegend einen Standort brauche, bietet sich Arnedale einfach an.«

»Ich warne Euch, Sir. Gebt diesen Plan auf.«

»Würde Hawksmoor nicht von einem wohlbefestigten Nachbarn profitieren? Es gab doch schon genügend Ärger in dieser Gegend. Überleg es dir gut.« Damit gab er seinem Pferd die Sporen und preschte davon.

Mit zusammengebissenen Kiefern drehte Nicholas sich im Sattel um. Sein Blick, ausdruckslos und leer, war auf den langsam dahinrumpelnden Wagen gerichtet. Die Kinder winkten ihm fröhlich zu, und Nicholas' Hand fuhr unwillkürlich in die Höhe, während sich sein Herz schmerzhaft verkrampfte. Er seufzte mehrmals, bis die Anspannung allmählich nachließ, die das Gespräch mit seinem Vater ausgelöst hatte, und beobachtete dabei die Kinder.

Gerade erst der familiären Vertrautheit ihres Heimes entrissen, tobten sie doch ausgelassen und unbeschwert auf dem Wagen herum. Immerhin hatten sie ja noch einander, und Tibbie – und eine Schwester, die geschworen hatte, sie zurückzuholen.

Er erinnerte sich wieder an Emlyns schlanke Hände, die sich zum Wagen emporgereckt hatten, um dem Mädchen die Kapuze zurechtzuziehen und dem Jungen über die Stirn zu streicheln. Die Liebe, die zwischen diesen Geschwistern herrschte, war beneidenswert. Was würde er nicht dafür geben, dachte er, wenn eine solche Liebe auch einmal sein Leben erhellen würde, und sei es nur für eine kurze Weile.

Nur seine Mutter, die starb, als er sieben Jahre alt war, hatte ihm diese reine Liebe geschenkt. Die Erinnerung an sie lebte wie ein süßer, von Silberglocken gespielter Refrain in seinem Herzen fort: ihre zärtliche Umarmung, die sanfte Stimme, ihr dunkles, nach Rosen duftendes Haar.

Erst viele Jahre nach ihrem Tod war ihm klargeworden, was sein Vater ihr angetan hatte, und allmählich begriffen, welch tiefen Haß dieser gegen ihn hegte. Und die Erwiderung dieser Gefühle hatte auch sein Herz hart werden lassen.

Den Blick auf den Wagen gerichtet, hob er die Zügel und ließ Sylvanus langsam antraben. Ihn verband ein gewisses Mitgefühl mit den Ashbourne-Kindern, da er selbst im Alter von sechs Jahren sein Zuhause hatte verlassen müssen, um bei seinem Onkel, dem Grafen John de Gantrou, der die Schwester seiner Mutter geheiratet hatte, zu leben. Doch Lady Julian, die Frau des Grafen, hatte ihn sehr liebevoll erzogen, und auch sein Onkel war ein freundlicher Mann mit einem herzlichen Lachen und einem starken Charakter gewesen. Peter und sein Vetter Chavant waren ebenfalls in diesem Haushalt aufgewachsen.

Der strenge, aber liebevolle Einfluß seiner Pflegefamilie hatte in den Jahren, als er zum Mann heranwuchs, ein wirkungsvolles Gegengewicht zur Einstellung seines Vaters ihm gegenüber gebildet. Whitehawke hatte ihm nämlich unmißverständlich zu verstehen gegeben, daß er Nicholas weder als Sohn noch als Ritter akzeptierte. Jede Schwäche, die er an ihm entdeckte, hatte er herausgestrichen, seine Stärken hingegen stets unerwähnt gelassen.

Im Laufe der Jahre war es Nicholas gelungen, die Bosheiten seines Vaters zu tolerieren, er spürte jetzt, daß er seine zurückhaltende Art wohl von seiner Mutter geerbt haben mußte. Jahrelang hatte Lady Blanche Whitehawkes Grausamkeiten und dessen Eifersucht mit bewundernswertem Gleichmut ertragen, doch am Ende war sie daran gestorben. Nicholas lastete Whitehawke den Tod seiner Mutter als unverzeihliches Verbrechen an.

Doch bisweilen enthüllte sich ihm auch die menschliche, verletzliche Seite seines Vaters. Er maßte sich nicht an, Whitehawke als einen von Grund auf schlechten Menschen zu verurteilen, wußte er doch, daß auch seine eigenen Taten nicht immer ganz fehlerlos waren.

Die Kinder riefen ihm zu, doch zu warten, und er folgte ihrer Bitte. Nachdenklich tätschelte er den glänzenden, muskulösen Nacken seines Pferdes und beobachtete, wie der Wagen langsam näher kam.

Ja, es war ganz gewiß kein ehrenvoller Akt gewesen, diese Kinder aus ihrem Heim zu entführen. Manchmal sah er sich förmlich mit Unehre besudelt, ein Gefühl, das einen schlechten Nachgeschmack hinterließ wie ein Schluck sauren Weins. Solange er im Streit mit seinem Vater lag, würde Ehre für ihn ein Fremdwort bleiben. Und solange er heimlich Widerstand gegen Whitehawke leistete, und sei es auch zum Wohle derjenigen, die unter dessen Ungerechtigkeiten zu leiden hatten, würde er nie erfahren, was es hieß, ein edler Ritter zu sein.

Emlyn de Ashbourne hatte völlig recht gehabt: Jemandem die Kinder wegzunehmen, war alles andere als eine Heldentat und eines Barons, der sich gegen den König stellte, mehr als unwürdig. Ihre Kritik hatte ihn ebenso schmerzhaft getroffen wie ihr Pfeil. Sie wußte freilich nicht, daß er die Pflegschaft für die Kinder nur deshalb akzeptiert hatte, damit sie nicht Whitehawke in die Hände fielen. Das war das mindeste, was er hatte tun können, obgleich er Rogier de Ashbournes Familie viel mehr als das schuldig war.

Vor vier Jahren hatte er in der Absicht, sich bei ihrem Vater für eine alte Schuld zu revanchieren, diskret um Emlyns Hand angehalten. Ihre Eltern waren einverstanden gewesen. Emlyn, die damals in einem Kloster erzogen wurde, war noch zu jung für eine Ehe gewesen, und Rogiers überraschender Tod hatte das Zustandekommen eines Ehevertrags verhindert.

Nicholas war sich sicher, daß niemand sonst von diesem Antrag wußte. Und da Emlyn auf königlichen Beschluß hin Whitehawke ehelichen sollte, blieb ihm im Augenblick nur die Sorge für die Kinder. Aber es mußte einen Weg geben, seine Schuld ihrer Familie gegenüber zu begleichen. Und er war fest entschlossen, den zu finden.

Nun, da er Lady Emlyn wieder begegnet war, bedauerte er es um so mehr, daß sein Heiratsantrag niemals verwirklicht worden war. Ihrem freundlichen Wesen, das sie umgab wie ein feingesponnener goldener Schleier, konnten auch ihre zornigen Worte keinen Abbruch tun. Sie besaß Mut, Witz und genügend Charakterstärke, um es mit seinem hitzigen Temperament aufzunehmen, und war dabei unschuldig und harmlos und obendrein von einer bezaubernden Schönheit. Eine Frau wie diese zur Gemahlin zu bekommen, war ein seltenes, kostbares Geschenk. Doch Whitehawke, so fürchtete er, würde diese Gabe nicht zu schätzen wissen, sondern sie besudeln und letztendlich zerstören.

Als der Wagen jetzt neben ihm vorbeirumpelte, streckte der Junge mit einem freudigen Jauchzer die Hand aus, um das große schwarze Schlachtroß zu streicheln. Nicholas dirigierte sein Pferd näher an den Wagen heran. Jetzt wagte auch das Mädchen eine scheue Berührung, während Christien mit furchtloser Begeisterung den breiten Nacken des Pferdes kraulte.

Lächelnd beantwortete Nicholas die zahlreichen Fragen der Kinder und sah dabei im Augenwinkel, daß Peter auf ihn zuritt.

Der Ritter dirigierte seinen Apfelschimmel neben Sylvanus, was Christien zu weiteren begeisterten Ausrufen hinriß. Tibbie bekam den Jungen gerade noch am Zipfel seiner Tunika zu fassen – vor lauter Aufregung wäre er beinahe vom Wagen gefallen – und drohte ihm, daß er kein einziges Pferd mehr streicheln dürfe, wenn er sich nicht augenblicklich ordentlich hinsetze.

»Mylord«, wisperte Isobel schüchtern, »sind wir bald in Hawksmoor? Wir sind jetzt schon so lange unterwegs.«

Immer noch lächelnd deutete er nach vorne. »Dort, hinter dem großen Waldstück, die Türme, kannst du sie erkennen?«

Die Kinder reckten die Köpfe, und Tibbie ließ einen lauten Seufzer hören. »Endlich, Mylord. Diese Frage habe ich seit unserer Abreise bestimmt schon tausendmal gehört.«

Sie drehte sich um und nahm Harry auf den Schoß, der gerade von seinem Mittagsschlaf erwacht war und mit großen Augen um sich sah.

Peter schob seine Eisenhaube zurück und schüttelte seine kupferfarbenen Locken. »Um diesen Wald führt kein befahrbarer Weg herum, wie Ihr wißt, Herr.«

»Die Schwerter gezogen, die Bogen gespannt«, gab Nicholas die gewohnten Befehle. »Wie lange ist es her, Perkin?«

»Daß man Whitehawke im Wald überfallen hat? Acht Jahre.«

»Und doch vergißt er das nicht.«

»Habt Ihr je erlebt, daß er eine Kränkung vergessen hat? Besonders so eine wie damals!«

»Ja, da mußte er wirklich eine gründliche Schlappe einstecken.«

»In der Tat. Hat er nicht etliche Wagenladungen mit Gold- und Silberpennys, Korn und sonstigen Gütern verloren, die durch diesen Wald zu seiner Burg unterwegs waren? Und auch einige seiner Männer?«

»Ach ja, die Männer. Nun, ich denke, das wird er freilich nicht vergessen können.«

»Zwei Jahre mußte Whitehawke die Rache eines Vogelfreien fürchten.« Peter sah Nicholas mit seinen glänzenden blauen Augen an. »Denkt Ihr, er wird jemals seine Vorsichtsmaßnahmen lockern? Ich glaube, er wird bis an sein Lebensende keinen Wald durchqueren, wenn er nicht bis an die Zähne bewaffnet ist.«

»Besonders seit der Grüne Mann seinen Konvois auflauert«, fügte Nicholas mit vielsagender Miene hinzu.

»Ach Gott, ja. Betet nur, daß wir diesem Ungeheuer heute nicht begegnen. Die Kinder werden sonst monatelang Alpträume haben.«

»Allmächtiger!« brummte Nicholas. »Und das mir in meinem Haus. Bloß nicht!«

»Sir Peter, darf ich eine Weile auf Eurem Pferd mitreiten?« rief Christien dazwischen. »Ihr habt es mir versprochen!«

»Geht in Ordnung, Kleiner«, rief Peter zurück und grinste. Nicholas beneidete Peter um seine fröhliche Laune. Seine eigene Stimmung dagegen war schwer wie Blei.

»Aber etwas später«, fuhr Peter fort.

»Jetzt müssen wir sehr vorsichtig sein, denn wir reiten durch einen gefährlichen Wald.«

Christiens graue Augen wurden groß wie Untertassen, und Isobel quiekte ängstlich auf.

»Red nicht so daher, Perkin«, knurrte Nicholas.

»Sonst müssen wir uns den Rest des Weges ihr Gejammer anhören.«

Peter zwinkerte ihm schadenfroh zu.

»Gibt es denn Vogelfreie hier, Sir? In der Gegend von Ashbourne haben wir keine solchen Outlaws. Und auch keine gefährlichen Wälder. Nur einen Hochwald, wo meine Schwester manchmal Bogenschießen übt«, erklärte Christien altklug.

»Was?« erkundigte sich Peter interessiert. Nicholas brummte etwas und wollte ihn unterbrechen, aber Peter fragte ungerührt weiter: »Deine Schwester? Aber nicht diese charmante kleine Lady hier, oder?« Er deutete auf Isobel, die hinter vorgehaltener Hand kicherte.

»Nein, die will immer nur Prinzessin spielen.« Isobel knuffte ihren Bruder, doch der ließ sich nicht beirren. »Meine große Schwester, Emlyn, meine ich. Die geht ab und zu zum Bogenschießen. Aber sie ist nicht sehr begabt, glaube ich. Guy hat ihr gezeigt, wie man es macht. Und mir auch«, betonte er.

Peter musterte Nicholas mit hochgezogenen Brauen. »Lady Emlyn ist eine Bogenschützin, Mylord. Habt Ihr das gewußt?«

Nicholas spürte, wie seine Wangen zu glühen begannen. Peter beugte sich mit einem fröhlichen Zwinkern zu Christien hinüber. »Dann hat sie neulich sicherlich ihr Ziel getroffen, möchte ich wetten.«

Christien schaute ihn verblüfft an. »Woher wißt Ihr denn, daß sie kürzlich im Wald war?«

»Reit weiter, du Plaudertasche, und ermahne die Männer, sich zu rüsten, wenn sie den Wald erreichen«, schnappte Nicholas finster.

»Zu Befehl, Sir. Aber diesmal brauchen sie sich nicht vor der Sorte Feind zu fürchten, der die Wälder um Ashbourne unsicher macht«, meinte Peter mit einem verschmitzten Grinsen, bevor er sein Pferd wendete und zu den Bewaffneten ritt, die dem Wagen folgten.

Nicholas nahm die Zügel auf, nickte Tibbie und den Kindern kurz zu und preschte davon. Trotz der schadenfrohen Sticheleien seines Freundes konnte er sicher sein, daß Peter hinsichtlich dieses Vorfalls den Mund halten würde. Allerdings mußte er damit rechnen, von seinem alten Freund noch eine ganze Weile mit derartigen Witzeleien gehänselt zu werden.

Unwillkürlich begann er, mit der Handfläche über seinen Oberschenkel zu reiben. Die Wunde, die durch den tagelangen Ritt nicht zur Ruhe gekommen war, schmerzte immer noch höllisch, obwohl sie dank Tibbies Kräutersalbe gut verheilte. Er mußte sich ein wenig schonen, sobald sie auf Hawksmoor angekommen waren. Bei seinen Überlegungen, wie er sich der Ashbourne-Familie erkenntlich zeigen könnte, hatte er einen Plan gefaßt. Aber um diesen auszuführen, war es notwendig, Hawksmoor so bald wie möglich wieder zu verlassen.

Die Eskorte ritt jetzt in den Wald hinein. Mächtige Bäume, durch deren dichtbelaubte Kronen kühles Licht fiel, säumten den breiten Waldweg. Nicholas spürte, wie sich sein Körper zunehmend entspannte, als der Wald seine magische Wirkung auf ihn auszuüben begann. Wie immer lösten das Zwitschern der Vögel, das sanfte Rascheln des Laubes, die frische Waldluft und die hellen, warmen Sonnenstrahlen, die durch das Blätterdach drangen, seine verspannten Muskeln und auch seine düstere Stimmung. Der Wald war immer noch der Ort, wo er sich am wohlsten fühlte, obgleich er im Wald schon mancherlei Gefahren begegnet war.

Sobald die Kinder auf Hawksmoor eingerichtet waren, sobald er sich etwas ausgeruht und entschieden hatte, wann er nach London aufbrechen würde, wollte er in den Wald zurückkehren.

In sich hineinlächelnd, überlegte er, daß sein Vater vielleicht doch recht weise handelte, wenn er sich vor den Wäldern hütete. Zumindest in nächster Zeit.

6. Kapitel

Zu guter Letzt blieben die Fenster doch in Ashbourne. Begierig, ihren Gefährten nach Graymere zu folgen, hatten Whitehawkes Männer nicht abwarten wollen, bis man einen Zimmerman aus dem Dorf gerufen hatte, sondern sich selbst stümperhaft ans Werk gemacht. Nachdem beim Herausschlagen der Holzdübel, die die Rahmen zusammenhielten, eines der bogenförmigen Fenster zu Bruch gegangen war, hatte Emlyn aufgebracht Hugh de Chavant erklärt, daß sie es vorzöge, die Fenster dort zu lassen, wo sie seien.

Chavant, dessen schielender Blick Emlyn mehr als unangenehm war, hatte Befehl erhalten, Whitehawkes junge Braut Ende der Woche nach Graymere zu geleiten. Doch als das Wetter sich zunehmend verschlechterte und ein Dauerregen einsetzte, der die Straßen in Schlammlöcher verwandelte, sah er sich gezwungen, die Abreise um eine weitere Woche zu verschieben.

Emlyn kam diese Verzögerung sehr gelegen, da in Ashbourne die Saatzeit angebrochen war. Sie verbrachte viele Stunden in gemeinsamen Beratungen mit Wat, wobei sie entschieden, was auf welchen Feldern angebaut, wie viele Schafe auf den umliegenden Lehnshöfen verkauft oder für Zuchtzwecke behalten werden sollten, und die Zahl der neugeborenen Lämmer berechneten. Bei dem Schuldenberg, den Ashbourne zu bewältigen hatte, waren die durch den Verkauf von Schafwolle erzielten Einnahmen äußerst wichtig.

Obwohl Emlyn sich immer noch weigerte, Whitehawkes Frau zu werden, bereitete sie sich dennoch pflichtbewußt auf die ungewollte Hochzeit vor. Seidenkleider und bestickte Samtgewänder, einst für ihre Mutter geschneidert und inzwischen schon recht altmodisch, wurden aus den Truhen geholt und inspiziert. Nach der Anprobe änderte eine Schar von Näherinnen die Kleider der neuen Mode entsprechend ab, das Oberteil eng anliegend, die Ärmel schmal geschnitten.

Emlyn und Jehanne sortierten und packten und füllten etliche Truhen mit Kleidungsstücken, zwischen die getrocknete Rosenblätter gelegt wurden. Ihr Stickrahmen war zusammen mit den Vorlagen und den bunten Garnen in einer schmalen Holzkiste verstaut worden. Aus dem Ballen weißen Leinen, den man in einer der Vorratskammern gefunden hatte, wurden auf Jehannes Drängen hin noch Bettbezüge und Laken genäht. Das Mädchen hegte nämlich hinsichtlich des Zustandes der gräflichen Bettstatt ernste Bedenken, zumal dieser Mann so viele Jahre ohne eine Ehefrau gelebt hatte. Der Gedanke, mit Whitehawke ein Bett teilen zu müssen, hatte Emlyn eiskalte Schauer über den Rücken gejagt.

Sorgsam rollte sie die für Guy bestimmten Manuskriptblätter in Seidenpapier ein und legte sie in die Truhe, die vorerst in Ashbourne bleiben und ihr dann später nachgeschickt werden sollte. Ihre Pinsel und Farbtöpfe schlug sie in alte Pergamentblätter ein und packte sie in einen großen Lederbeutel, den sie als Handgepäck mitnehmen wollte. Und einem spontanen Einfall folgend, packte sie noch einige warme Kleidungsstücke dazu: einen dicken blauen Umhang, eine graue Wolltunika, ein Hemd, eine wollene Hose und eine Leinenhaube.

Im grellen, kalten Morgenlicht, zwölf Tage nachdem ihre Geschwister aufgebrochen waren, sagte Emlyn Lebewohl zu Wat und ritt mit wehendem grünem Umhang unter dem Fallgitter hindurch. Mit steinerner Miene und ohne eine Träne im Auge verließ sie Ashbourne, gefolgt von drei beladenen Karren und einem Dutzend bewaffneter Reiter.

Emlyn zog ihren Umhang enger um sich und kuschelte sich in ihre wollene Kapuze, als sie am dritten Tag ihrer Reise durch dichte, graue Nebelfelder ritten. Die feine Leinenhaube kitzelte sie an den Wangen, und sie senkte das Kinn, um sich noch tiefer in den Kokon von Schleier, Mantel und Kapuze zu verkriechen. Sie fühlte sich einsam, und ihr war schrecklich kalt. Mit jedem Hufschlag wuchs die Angst, die wie ein großer, kalter Felsbrocken auf ihr Herz drückte. Sie fühlte sich nicht als Braut, die nach Graymere ritt, sondern als Gefangene.

Jehanne saß im Wagen, der neben Emlyn dahinschaukelte und von einem jungen Stallburschen aus Ashbourne gelenkt wurde. Hugh de Chavant führte die Truppe im leichten Galopp an, gefolgt von den Bewaffneten in den rostroten Umhängen, die sie als Whitehawkes Gefolgsleute auswiesen und die schweigend in Zweiergruppen nebeneinander herritten. Zu Emlyns Rechten lief ein steiler, grasbewachsener Abhang in eine weite Talsenke aus, in der dichte Nebelschwaden hingen.

Die Stille, in die sich die rhythmischen Hufschläge der Pferde, das Knirschen der hölzernen Wagenräder und das leise Klingeln der Eisenrüstungen mischten, tat Emlyn gut. Während ihr Pferd über das Heidemoor trabte, waren ihre Gedanken nach innen gerichtet; sie betrachtete ihre Situation so prüfend, wie man einen geschliffenen Edelstein auf mögliche Einschlüsse hin untersucht.

Wenn sie genug Gold in den Truhen gehabt hätte, um Guy freizukaufen, wäre das alles nicht passiert. Sie hatte im Augenblick nur den einen verzweifelten Wunsch, bei den Kindern sein zu können, gleichzeitig warnte sie jeder ihrer anderen Gedanken vor der bevorstehenden Heirat. Whitehawke, so befürchtete sie, würde ihr niemals gestatten, ihre Geschwister zu sich zu nehmen, noch würde er ihr die benötigte Geldsumme zur Verfügung stellen, um Guy auszulösen.

Sie machte eine hilflose Kopfbewegung. Frauen, so wußte sie, widersetzten sich nur höchst selten den von männlichen Verwandten oder übergeordneten Hoheiten arrangierten Hochzeiten. Gelegentlich kam es vor, daß eine Frau, die mit der Wahl ihres Verlobten zu unglücklich war, ins Kloster ging oder noch schnell vor dem festgesetzten Termin einen anderen Mann heiratete. Beide

Notlösungen führten jedoch meist dazu, daß die Familie des abgewiesenen Mannes ihren Zorn an den Verwandten der Frau ausließ.

In einem Anfall von Galgenhumor lachte Emlyn leise auf. Da es mit Sicherheit keinen Mann gab, der sie an Whitehawkes Stelle heiraten würde, blieb ihr nur der Weg ins Kloster, obgleich sie wußte, daß sie für dieses kontemplative Leben nicht geschaffen war. Sie hatte sich schon lange einen Mann gewünscht und eine solche Ehe führen wollen wie die ihrer Eltern, in der beide Partner sich in Freundschaft und gegenseitigem Respekt verbunden fühlten und in der die Kinder in Liebe und Geborgenheit aufwachsen konnten.

Daß Whitehawke ihr den ersehnten Hafen des Friedens nicht bescheren würde, das stand für sie fest. Und obwohl sie gewiß Kinder bekommen konnte, durfte sie weder auf Respekt, Liebe oder Herzenswärme von seiner Seite aus hoffen. Dieses Glück würde sie eher bei einem Kleinbauern finden als bei ihm.

Steif und verkrampft nach dem stundenlangen Ritt in dem lederbespannten Holzsattel, versuchte sie stöhnend, ihre Sitzposition zu verändern. Whitehawkes schlechter Ruf war ja nicht das schlimmste. Zumindest schien er bußfertig zu sein, was seine Sünden anbelangte. Er war wohlhabend und von passablem Aussehen, doch sehr viel älter als sie. Nicholas hatte die Größe und Statur von seinem Vater geerbt – und die Veranlagung, leicht zu erröten, dachte sie und verdrängte im nächsten Augenblick energisch alle Gedanken an den jungen Baron. Was sie wirklich ängstigte, war Whitehawkes unberechenbarer und unbeugsamer Charakter. Tibbie und Wat hatten ihn beide als grausamen Mann bezeichnet, erinnerte sie sich. Selbst sein Sohn hatte sich zwar in Rätseln, aber doch recht deutlich über die Sündhaftigkeit seines Vaters geäußert. Unter welchen Umständen wohl seine erste Frau gestorben sein mochte? fragte sie sich. Weshalb machte man Whitehawke für ihren Tod verantwortlich? Und weshalb gerade diese Art von Buße?

Emlyn hatte die mit Haß vermischte Bitterkeit zwischen Vater und Sohn sehr deutlich gespürt, und es war gewiß besser, als alte Jungfer zu enden, anstatt in eine solch schwierige Familie einzuheiraten. Aber jedes Aufbegehren gegen einen königlichen Befehl war ebenso riskant, wie gegen einen tosenden Nordsturm anzusegeln.

Zu spät, nichts und niemand kann diese Heirat verhindern, dachte sie noch verdrossen, als ihr plötzlich ein Gedanke durch den Sinn schoß. Aufgerüttelt durch die Klarheit dieser Idee, setzte sie sich kerzengerade im Sattel auf. Nicholas' Worte, die er damals auf der Mauertreppe zu ihr gesagt hatte, klangen ihr jetzt wieder ganz deutlich im Ohr.

Ein kleines Lächeln kräuselte ihre Lippen. Vielleicht gab es ja doch noch eine Möglichkeit, die Kinder zu sich zu holen und diese Verlobung zu lösen. Die Idee war zwar ebenso töricht wie gefährlich, aber etwas Besseres war ihr bislang nicht eingefallen. Welche Ironie des Schicksals, dachte sie, daß ausgerechnet Nicholas de Hawkwood ihr die Gelegenheit geboten hatte, die Pläne des Königs zu durchkreuzen.

»Mylady«, unterbrach Jehannes Stimme ihre Grübeleien.

»Ja?« Emlyn drehte sich um und lächelte Jehanne zu, die angeboten hatte, sie auf dieser Reise zu begleiten, mit dem Hinweis, daß es recht unschicklich sei, wenn eine junge Lady tagelang allein in der Begleitung von Soldaten über Land reite. Emlyn war dem jungen Dienstmädchen für diese selbstlose Geste von Herzen dankbar.

»Mylady, der Nebel wird immer dichter. Die reinste Waschküche ist das hier, und wir kommen an einen Wald«, sagte Jehanne. »Meint Ihr nicht, wir sollten eine Rast einlegen, anstatt bei einem solchen schlimmen Wetter weiterzureiten?« Jehannes Augen waren beim Sprechen immer größer geworden, und Emlyn wunderte sich über ihren kläglichen Tonfall.

Völlig von ihren Gedanken in Anspruch genommen, hatte Emlyn gar nicht bemerkt, daß das ganze umliegende Land hinter einer dicken grauen Nebelwand verschwunden war. Nur der vor ihnen liegende Wald war noch erkennbar, düster, grün und regenverhangen.

»Ich weiß nicht recht«, entgegnete sie und bemerkte, wie Jehannes Stirn sich in Falten legte. »Was ist denn los? Bist du krank?«

»Nein, Mylady, ich fürchte mich bloß vor dem dichten Nebel, denn in den Wäldern und Mooren hier in dieser Gegend soll es spuken.«

Emlyn stieß einen ungeduldigen Seufzer aus. »Jehanne, das sind doch nur Legenden!«

»Ja, genau solche Legenden, wie Ihr sie abends bei schlechtem Wetter am Feuer erzählt habt. Aber woher stammen diese Geschichten? Thomas sagt auch, daß es Geister wirklich gibt.« Sie tippte dem jungen Mann vor ihr auf die Schulter. »Thomas, erzähl Lady Emlyn, worüber wir gerade gesprochen haben«, drängte sie ihn.

Thomas, einer der Stallknechte von Ashbourne, der ungefähr im gleichen Alter war wie Emlyn und Jehanne, blickte seine Herrin mit ernster Miene an und nickte dann bestätigend. »Mylady, meine Ma und mein Onkel stammen aus dieser Gegend. Sie haben mir von den Waldgeistern und den Dämonen der alten bösen Mächte berichtet. Erst neulich hat man hier wieder eines dieser Ungeheuer gesehen.«

Emlyn runzelte die Stirn. »Der alten bösen Mächte, Thomas?«

»Jawohl, Herrin. Manche Leute hier praktizieren noch immer die alten, heidnischen Riten, Mylady.«

Emlyn, die Thomas' Unbehagen deutlich spürte, überlief jetzt selbst ein leichter Schauer, obgleich sie davon überzeugt war, daß diese Teufel nicht wirklich existierten. Ihr und ihren Geschwistern hatte man beigebracht, den althergebrachten Denkweisen mit Verständnis anstatt mit Angst zu begegnen. Ihre Großmutter mütterlicherseits war keltischer Abstammung gewesen und hatte die alten Bräuche und die traditionellen Heilkünste zwar praktiziert, dazu aber stets voller Inbrunst christliche Gebete gesprochen. Der alte heidnische Glaube, der auch das »Böse« kannte, verehrte vornehmlich das Gute und die gebende Natur und ließ sich sehr leicht mit dem christlichen Glauben verbinden.

»Habt Ihr vom Grünen Jack gehört, dem Waldgeist?« fuhr Thomas fort.

Emlyn drehte sich überrascht um. »Den Grünen Mann, meinst du? Aber ja. Jedes Kind kennt ihn. Er ist eine Legende, eine der vielen Figuren im Mummenschanz. In unserem Dorf verkleidet sich an jedem ersten Maitag des Jahres einer der Männer und tanzt in einem Kostüm aus Blättern und Blumen um den Maibaum herum. Das ist ein alter Brauch.«

Thomas nickte finster. »Mylady, der Grüne Mann, der sich hier herumtreibt, ist echt. Viele haben ihn schon gesehen. Er stiehlt kleine Kinder, Schafe und Schweine, die er für seine dämonischen Zeremonien braucht.«

Jehannes braune Augen weiteten sich vor Angst. »Mylady, wird er uns hier draußen heimsuchen?«

Emlyn schüttelte den Kopf und lachte leise. »Wir sind hier ganz gewiß sicher; wir haben weder kleine Kinder noch Schafe oder Schweine dabei. Außerdem – glaubst du wirklich, daß auch nur irgendeine Kreatur bei diesem Mistwetter einen Fuß vor die Tür setzt? Ihr beide gebärdet euch wie ein Mann, der im Sterben liegt und glaubt, der Teufel sitzt auf seiner Bettkante.«

»Seid Ihr also wirklich davon überzeugt, daß es den Grünen Mann gar nicht gibt?« erkundigte sich Jehanne mit beklommener Stimme.

Emlyn lächelte sie an. »Der einzige Grüne Mann, den ich kenne, ist der alte Tye aus dem Dorf. Erinnerst du dich nicht an die Süßigkeiten, die er an die Kinder verteilte, und an die Kunststücke, die er immer vorführte?«

»Da kommt Chavant«, sagte Jehanne unvermittelt.

Emlyn wandte sich um und sah Hugh de Chavant an den Bewaffneten vorbei auf sie zureiten. Obwohl er angeblich einer von Whitehawkes fähigsten Männern war, hatte Emlyn ihn als nicht besonders hellen und ausgesprochen humorlosen Mann mit schlechtem Benehmen kennengelernt.

Chavant zügelte sein Pferd und deutete ein Nicken an. »Lady Emlyn.« Eines seiner Augen, gelb unterlaufen, rollte schielend von dem anderen, dunkelbraunen weg, das sie jetzt anglotzte.

»Falls Ihr erschöpft seid, werden wir eine Rast einlegen. Hier im Wald sind wir ein wenig vor dem Regen geschützt.«

Emlyn verspürte immer ein leichtes Unbehagen, wenn Chavant sie ansah, auch wenn er das, wie jetzt, unerwarteterweise mit beiden Augen tat. »Danke, aber ich kann noch weiterreiten, Sir.« Im geheimen das Netz für ihren Plan spinnend, bot sie ihm eine Alternative an. »Wir könnten jedoch an einer Abtei anhalten, wo man uns ein heißes Mahl und ein Nachtlager anbieten wird. Mein Onkel lebt in Wistonbury Abbey, nicht weit von hier.«

Chavant kniff seine dichten schwarzen Brauen zusammen. »Wistonbury liegt südlich von hier. Ein solcher Umweg käme recht ungelegen, da wir Richtung Norden reiten und Lord Whitehawkes Leute in dieser Abtei nicht sehr willkommen wären. Zudem verschlechtert sich das Wetter; deshalb schlage ich vor, wir rasten hier unter diesen Bäumen oder setzen unseren Weg so rasch wie möglich fort.«

Emlyn seufzte. Sie hatte den Regen, den Schlamm und die eisige Kälte gründlich satt. Und wenn sie nicht in der Abtei übernachteten, wäre ihr Plan zunächst einmal hinfällig. »Ich wünsche dennoch, in der Abtei zu rasten«, beharrte sie.

»Ausgeschlossen. Wenn wir uns sputen, können wir Graymere noch vor Einbruch der Dunkelheit erreichen«, erwiderte Chavant und warf ihr einen finsteren Blick zu. Dieses Schielen war wirklich höchst interessant, befand Emlyn. »Wenn wir diese Karren nicht mitführen müßten, wären wir schon längst da. Also, überlegt es Euch. Außer dieser wird es keine weitere Rast mehr geben.«

»Wie es Euch beliebt, Mylord.« Emlyn beschloß, ihren

Plan einstweilen ruhen zu lassen. Diesen Mann durfte man nicht drängen, sagte ihr ihre innere Stimme.

Chavant beugte sich vertraulich zu ihr hin. »Wir reiten jetzt durch diesen Wald, Mylady, und ich muß Euch mitteilen, daß sich darin Räuber und Wegelagerer aufhalten könnten.«

Emlyn riß die Augen auf. Genau betrachtet, überlegte sie, käme ihr eine Bande Räuber gar nicht so ungelegen. So ein Überfall böte ihr unter Umständen die Gelegenheit zu fliehen. Sie biß sich aufgeregt auf die Lippen.

Chavant lächelte süßlich. »Keine Sorge, Mylady. Euch wird nichts geschehen. Graf Whitehawke besteht in diesen Wäldern immer auf besonderen Vorsichtsmaßnahmen. Seine Männer haben reichlich Erfahrung mit dieser Art von Gesindel«, sagte er und richtete sich zu seiner vollen Größe auf, was nicht sehr beeindruckend wirkte. Mit seinem rostroten Umhang, dem wirren Haar, das unter seiner mit Eisenbändern verstärkten Lederkappe hervorquoll, und der gelblichen Haut sah er aus wie ein kleiner, aufgeplusterter Gockel.

»Sprecht Ihr von Vogelfreien, Sir?« Die Outlaws, die in den Wäldern lebten, hatten von jeher ihr Interesse erregt. Aber es drängte sie, von einem ganz bestimmten Mann zu hören. »Ein erschreckender Gedanke. Treiben in dieser Gegend Wegelagerer ihr Unwesen?«

Sein eines Auge rutschte zur Seite. »Ihr braucht Euch nicht zu fürchten, Lady Emlyn. Wir werden Euch beschützen.« Das schielende Auge blitzte kurz auf, als er sich noch näher zu ihr hinbeugte. »Nur ein Outlaw hat es bisher gewagt, Graf Whitehawke anzugreifen, aber der ist schon vor Jahren bezwungen worden.«

»Ach ja? Ob wir wohl in Ashbourne von ihm gehört haben?« erkundigte sich Emlyn interessiert.

»Black Thorne nannte man ihn, ein düsterer junger Sachse. Er hat jede Eskorte und jeden Transport auf dem Weg von und nach Graymere Keep angegriffen. Als ich in Graf Whitehawkes Dienste trat, haben wir ihn erbarmungslos verfolgt. Aber vor ungefähr acht Jahren verschwand Black Thorne auf Nimmerwiedersehen, nachdem er Whitehawkes Wachen entkommen war. Und seit jener Nacht hat man nie wieder etwas von ihm gehört oder gesehen.«

Emlyns Herz begann schneller zu schlagen. Ja, vor Jahren war in Ashbourne das Gerücht umgegangen, Black Thorne sei tot. »Verschwunden, Mylord?«

»Tot und begraben, meine ich, obgleich man seine Leiche nie gefunden hat. Die Dörfler haben uns seinen Tod gemeldet. Er war wie ein wilder Hund hinter dem Grafen her, dieser Thorne, und hätte sicher nicht ohne einen triftigen Grund von ihm abgelassen. Ja, der ist lange tot«, wiederholte er nochmals.

Die Kindheitserinnerung an diesen freundlichen, gutaussehenden Sachsen lebte noch immer tief in Emlyns Gedächtnis fort. Und jetzt, als Erwachsene, war sie gezwungen, diesen verbitterten alten Mann zu ehelichen, der Thornes Tod auf dem Gewissen hatte. Ihr Magen zog sich zusammen.

»Weshalb hat er den Grafen denn ständig angegriffen, Sir?«

Chavant bedachte sie wieder mit einem schielenden Blick; Emlyn merkte, daß ihm ihre Frage unangenehm war. »Warum er zahllose Wagenladungen voll Gold und anderen wertvoller Güter raubte, haben wir nie erfahren. Whitehawke ist der Meinung, daß es etwas mit Landstreitigkeiten zu tun hatte.« Chavant kratzte sich mit seinen dreckigen, plumpen Fingern das stopplige Kinn.

»Landstreitigkeiten?« Emlyn horchte neugierig auf.

»Ja, zwischen Whitehawke und den Mönchen zweier Abteien hier in der Gegend. Es ging offenbar um Schafweiden und Baurechte in dem Tal dort unten. Arnedale heißt es und liegt südlich von Hawksmoor und westlich von Graymere. Derartige Zwistigkeiten zwischen Baronen und dem Klerus kommen häufig vor. Dieser Black Thorne war wahrscheinlich der Sohn eines Schäfers oder ein Verwandter eines dieser Mönche oder Äbte, der glaubte, daß Whitehawke der Kirche Land gestohlen habe.«

»Und wem gehört dieses Land jetzt? Ist der Streit inzwischen beigelegt?«

»Dem Gesetz nach gehört es Whitehawke; es war die Mitgift seiner Frau. Er wartet noch auf die endgültige Entscheidung des königlichen Gerichtshofes. Nur eine Formalität nach all den Jahren.«

»Nachdem Thorne tot ist, Mylord, müßte diese Gegend jetzt doch sicher sein, nicht wahr?«

»Da die meisten seiner Überfälle in diesem Waldstück stattfanden, ist Whitehawke immer noch sehr vorsichtig und reist wenn möglich nur auf Hauptstraßen.« Er unterbrach sich und warf ihr einen seiner merkwürdigen Blicke zu. »Trotzdem, in dieser Gegend treiben sich immer noch gewisse – Unholde herum, Mylady.«

»Ich werde mich auch weiterhin ganz Eurem Schutz anvertrauen, Sir«, entgegnete Emlyn geziert. Chavant verbeugte sich mit einem verkniffenen Lächeln und ritt wieder an die Spitze des Konvois.

Kaum war er außer Sichtweite, wandte sich Jehanne an Emlyn. »Ihr begegnet diesem Chavant mit soviel mehr Höflichkeit, als ich je aufbringen würde, Herrin«, sagte sie und schüttelte sich.

»Er behandelt uns freundlicher, wenn ich nett zu ihm bin, hast du das nicht bemerkt? Zwar ist er schon ein recht komischer Kauz, aber er bringt mich nicht so in Harnisch wie Graf Whitehawke oder sein Sohn.« Bei dem Gedanken an Nicholas schoß ihr unwillkürlich das Blut in die Wangen, und sie hob trotzig das Kinn.

Die Erwähnung des Sohnes ließ auf Jehannes Wangen dagegen tiefe Grübchen entstehen. »Ach, der junge Baron. Das ist ein toller Mann«, seufzte sie. »Er sieht aus wie ein dunkler Engel.«

Emlyn errötete noch mehr bei der Erinnerung daran, wie der Baron in dem dampfenden Waschzuber gesessen hatte, wie sein muskulöser Oberkörper feucht im Schein des Kaminfeuers glänzte und seine tropfnassen dunklen

Locken sich um sein trügerisch engelhaftes Gesicht kräuselten.

Doch dann bog sie dieses Bild in Gedanken zurecht und stellte sich Hörner auf dieser gelockten Stirn vor. Ja, so war es besser, dachte sie zufrieden. »Die Hawkwoods, Vater und Sohn, verdienen unsere Bewunderung nicht, Jehanne«, wies Emlyn das Mädchen zurecht. Doch während Jehanne ergeben nickte, sprühten ihre Augen noch immer Funken.

Nachdem Emlyn diese selbstgerechten Worte ausgesprochen hatte, verkroch sie sich tiefer in die Falten ihres weiten Umhangs. Sie fühlte sich irgendwie erniedrigt durch die fraglos lustvollen Gedanken, die ihr eben durch den Kopf gegangen waren.

»Mir behagt das ganz und gar nicht«, brummte Chavant vor sich hin.

Emlyn, die langsam neben ihm herritt, murmelte etwas Zustimmendes. Seit sie in den Wald hineingeritten waren, hatte sich der Nebel ständig dichter um sie gelegt. Mittlerweile konnte man kaum noch die Hand vor den Augen erkennen. Milchige Nebelschwaden hingen zwischen den Ästen oder hockten wie riesenhafte Geister auf dem Waldboden, wo sie sich in monströsen Formen drehten und wanden und jedes Pferd nebst Reiter vor Emlyns Augen verschluckten, als entführten sie alle in ein Zauberreich.

Chavant ritt jetzt im leichten Galopp an ihr vorbei und war auch schon im Nebel verschwunden. Den natürlichen Instinkten ihres Pferdes und ihrem scharfen Gehör vertrauend, folgte ihm Emlyn. Die Reiter an der Spitze des Konvois hatten Fackeln angezündet, doch Emlyn, die sehr viel weiter hinten ritt, konnte nicht den geringsten Lichtschein ausmachen.

Während der Trupp sich jetzt im Schneckentempo vorwärtstastete, vervielfältigte sich jedes noch so leise Geräusch – das Knirschen des ledernen Zaumzeugs, das Klingeln der Kettenhemden und das rhythmische Knakken der Wagenräder – zu einem hohlen, wabernden Echo, das Emlyn das Blut in den Adern gefrieren ließ. Sie streckte ihren steifen Nacken und drehte den Kopf nach rechts und links. Um sie herum nichts als undurchdringliche Nebelwände. Ein leichter Sprühregen hatte eingesetzt, der ihre Wangen und Hände benetzte und ihre Brauen und einige widerspenstige Locken, die unter der Kapuze hervorlugten, befeuchtete.

Von der Spitze des Trupps drangen plötzlich aufgeregte Wortfetzen an ihr Ohr. Sie beugte sich vor, konnte aber nichts verstehen. Kurz darauf hörte sie jedoch einen erneuten Ausruf.

»Was ist los?« rief sie. »Chavant, ist etwas passiert?«

»Pst!« zischte Chavant, der aus dem Nichts vor ihr aufgetaucht war. Mit einer ungeduldigen Handbewegung gebot er ihr Schweigen und lauschte dabei angestrengt in den Nebel.

»Was ist?« wisperte Emlyn.

»Nichts. Reitet nur weiter«, kam es flüsternd zurück.

»Vielleicht sollten wir doch rasten, Sir«, schlug sie vor. »Der Nebel ist so dicht . . .«

»Um nichts in der Welt würde ich hier anhalten! Wir müssen vor Dunkelheit den Wald verlassen. Wenn wir diesem Weg hier folgen, sollten wir bald den Waldrand erreicht haben. Über dem Heidemoor wird bestimmt auch Nebel liegen, aber dort reitet es sich leichter.«

Wieder drangen aufgeregte Stimmen zu ihnen. »Mylord«, ließ Emlyn nicht locker, »was geht da vorne vor?«

Laut seufzend gab sich Chavant geschlagen. »Die Männer behaupten, daß wir beobachtet oder möglicherweise sogar verfolgt werden.«

Emlyn zog die schmalen Brauen hoch. Wer wagte es, die Eskorte von Graf Whitehawkes Verlobter anzugreifen? Bei einem solchen Unwetter trieben sich gewiß keine Banditen herum. Jeder, der nur einen Funken Verstand besaß, saß an einem solchen Tag zu Hause am warmen Feuer.

»Aber wer sollte uns denn verfolgen?« fragte sie Chavant, der nahe genug neben ihr ritt, um ihr einen düsteren, schielenden Blick zuzuwerfen.

»Niemand von dieser Welt.« Sein eines Auge kullerte zur Seite und blieb im Augenwinkel stehen. »Wir reiten weiter. Warum setzt Ihr Euch nicht in den Wagen, Mylady? Dort hättet Ihr es bequemer und wärt zudem sicherer.«

Emlyn sah ihn direkt an. Sie hatte diesen Vorschlag bereits schon zweimal abgelehnt. »Nein, Sir«, erwiderte sie stur.

»Nun denn. Ganz wie Ihr wünscht, Mylady. Folgt dem Wagen und richtet Euch nach den Lichtern. Ich werde George zurückschicken, damit er mit einer Fackel vor Euch herreitet.« Mit einer knappen Verbeugung war er auch schon im Nebel untergetaucht.

Emlyn gab ihrem Pferd die Sporen und beugte sich weit vor, um den Boden zwischen den Pferdehufen nach der grasbewachsenen Oberfläche des Weges abzusuchen. Beruhigt, nicht vom Weg abgekommen zu sein, richtete sie sich wieder auf und ritt dem knarrenden Geräusch vor ihr nach.

»Dort!« schallte ein Schrei durch die nebelschwere Luft. Emlyn zuckte erschrocken zusammen und spähte angestrengt in das weiße Gewölk. Eine der Nebelschwaden, die zwischen den Bäumen zu ihrer Rechten hing, hatte sich ein wenig gelichtet und gab jetzt die Silhouette eines Reiters frei. Die große Gestalt saß unbeweglich im Sattel.

Der Nebel löste sich an dieser Stelle weiter auf und formte sich zu einem amorphen Ring um Roß und Reiter. Dieser Mann gehörte mit Sicherheit nicht zu ihrer Truppe, da er weder den rostroten Rock noch eine Rüstung trug. Aber welche Art Kleidung er überhaupt getragen hatte, konnte Emlyn nicht sagen. Er war groß und sehr breit gebaut, das konnte sie erkennen, und etwas Grünes umhüllte die massige Gestalt mit der wilden Haarmähne und den tiefliegenden Augen.

Sie rang nach Luft. Das war kein menschliches Wesen.

Nein, diese furchterregende Kreatur glich eher einem aus Ästen und Blättern geformten Riesen, einem zum Leben erwachten Baum. Die riesenhafte Gestalt saß auf einem ebenso riesenhaften Pferd, das eine hellgrüne Schabracke trug.

Ein dicker Arm hob sich wie ein knorriger Ast. Etwas Metallenes, eine Streitaxt oder ein Schwert, blitzte zwischen seinen Fingern auf. Jetzt drehte sich dieses Ungeheuer um und schien mit seinem mächtigen, ausgestreckten Arm direkt auf Emlyn zu deuten.

Hinter ihr erschallte ein Ruf, und ein Pferd wieherte.

»Reitet weiter!« brüllte einer der Männer. »So reitet doch weiter!« Drei oder vier Bewaffnete preschten von hinten heran, rempelten dabei ihr Pferd an und zwangen es, sich umzudrehen. Einer der Männer wollte nach Emlyns Zügeln greifen, verfehlte sie jedoch knapp. »Folgt mir, Lady!« schrie er und galoppierte an ihr vorbei.

Von Panik ergriffen stieß Emlyn ihrem Pferd die Fersen in die Flanken, doch es scheute und begann wild zu tänzeln, um dem Zug der Zügel auszuweichen. Um sie herum webte der Nebel wieder sein undurchdringliches Netz. Naßkalte Luft legte sich schwer auf ihre Wangen und drang mit jedem Atemzug tief in ihre Lungen. Ihr wurde schwindlig von dem Veitstanz, den ihr Pferd immer noch vollführte, und allmählich verlor sie die Orientierung. Emlyn kam sich vor wie in einer Waschküche – um sie herum war alles dampfig weiß. Endlich gehorchte das Pferd den Zügeln und hörte auf, sich im Kreis zu drehen. Es blieb einfach stehen und schnaubte nervös, da es die Unsicherheit seiner Reiterin spürte und nicht wußte, welche Richtung es einschlagen sollte.

Zu ihrer Linken hörte Emlyn gedämpfte Rufe. Sie preßte die Stiefel in die Steigbügel und lenkte ihr Roß in diese Richtung.

Ihr Herz schlug so heftig, daß es beinahe weh tat. Am liebsten hätte sie dem Pferd die Sporen gegeben und wäre losgeprescht, aber sie wagte es nicht, schneller zu reiten, aus Angst, das Pferd könne stolpern oder stürzen. Jeder unsichere Schritt führte sie nur näher zu diesem Waldungeheuer hin.

Emlyn hatte dieses Schreckbild genau gesehen: Nein, das war keine Erscheinung oder ein Trugbild des Nebels gewesen.

Sie rieb sich mit dem Handrücken über die Augen und parierte ihr Pferd. Jetzt konnte sie gar nichts mehr sehen; um sie herum war alles watteweiß.

»Chavant!« schrie sie aus Leibeskräften. »Gerard! Ich bin hier!« Ihre Stimme steigerte sich zu einem hysterischen Kreischen.

»Lady Emlyn«, kam es von irgendwoher. »Bleibt, wo Ihr seid!«

»Hier! Hier bin ich!« rief sie aufgeregt zurück.

Plötzlich flammte vor ihr, einem goldenen Stern am weißen Himmel gleich, ein kleines Licht auf. Das mußte der Mann mit der Fackel sein, den Chavant schicken wollte, dachte sie erleichtert. Sie trieb ihr Pferd an und hielt auf das Licht zu.

Eine große, dunkle Gestalt tauchte im Nebel auf. »Gott sei's gedankt«, murmelte sie.

Sie ließ die Zügel locker hängen, bereit, sich der Obhut des rettenden Engels anzuvertrauen, und lehnte sich entspannt im Sattel zurück. Doch schon im nächsten Moment schoß sie hoch.

Eine riesige grüne Pranke schloß sich um ihre Zügel. Emlyn stieß einen spitzen Schrei aus. Das Pferd vor ihr trug eine hellgrüne Decke und hatte einen gelblichen Schweif.

Sie schrie nochmals auf, hörte die Rufe der Männer ihrer Eskorte und versuchte, ihr Pferd zu wenden; verwirrt machte es einen Satz zurück und bäumte sich auf. Emlyn rutschte aus dem Sattel und prallte mit der Hüfte auf dem harten Boden auf.

Als sie versuchte, sich aufzusetzen, schlug das Pferd aus, und ein eisenbeschlagener Huf traf sie seitlich am Kopf. Halb von Sinnen rappelte Emlyn sich auf die Knie und kroch hastig auf allen vieren davon, um einem weiteren Tritt zu entgehen. Sie griff nach dem Beutel, der ihr von der Schulter gerutscht war, und ließ sich ins nächste Gebüsch fallen.

Mit angehaltenem Atem hörte sie, wie diese grauenvolle Kreatur ihr nachritt, als wäre der dichte Nebel kein Hindernis für ihre unirdische Sehkraft. Schnell bahnte sich das Ungetüm seinen Weg durch den Wald, geradewegs auf sie zu. Heftig keuchend und ohne es zu wissen wohin, stolperte Emlyn blindlings durch den Nebel, immer tiefer in den Wald hinein, nur von dem einzigen Gedanken getrieben, diesem schnaufenden Ungeheuer zu entkommen.

Es dauerte eine Weile, bis sie realisierte, daß das Schnaufen, das sie hörte, ihr eigenes war. Sie hielt inne und lauschte. Um sie herum herrschte Totenstille. Kein Laut drang an ihr Ohr, weder ein Ton von dem Ungeheuer, noch die Stimmen der Eskorte.

Mit zitternden Fingern strich sie sich die feuchten Haarsträhnen aus der Stirn. Sie war ganz allein. Es war niemand in ihrer Nähe. Und allmählich nahm der erste logische Gedanke in ihrem Kopf Gestalt an: Sie war ihrem Gefolge entwischt.

Trotz des dichten Nebels rannte sie weiter. Nach einigen Minuten vernahm sie ein schwaches, trommelndes Geräusch, leiser als der Regen, der unaufhörlich auf sie niederprasselte – Hufschläge.

Erstarrt vor Angst ließ sie sich in einen Stechginsterbusch fallen, rutschte an den nassen Blättern vorbei zu Boden und legte sich flach hin. Kaum hatte sie ein paarmal tief Luft geholt, da sah sie auch schon einen Trupp Reiter an sich vorüberziehen. Durch ein Loch in dem feuchten Blätterdickicht erkannte sie hinter Nebelschwaden vier von Chavants Männern, die jetzt ganz in ihrer Nähe die Pferde anhielten.

»Hallo!« rief einer von ihnen in den Wald hinein. »Lady Emlyn!« Sie preßte die Stirn auf den Boden, atmete mit flachen Zügen den modrigen Geruch der verfaulten Blätter ein und bewegte sich nicht.

»Wo zum Teufel ist sie nur hin?« brummte einer der Männer. Die Pferde tänzelten und schnaubten nervös. Unter dem tropfenden Busch ringelte Emlyn sich zu einem zitternden Bündel zusammen.

Ruft und sucht nur, soviel ihr wollt, dachte sie. Ich komme nicht aus meinem Versteck. Sie war jetzt fest entschlossen, sich irgendwie zum Kloster ihres Onkels durchzuschlagen. Godwin würde ihr helfen. Er konnte ein formelles Protestschreiben an den König schicken und würde sie sicherlich auch nach Hawksmoor begleiten, um die Kinder zu holen.

Sobald die Kleinen sicher bei ihren Verwandten in Schottland untergebracht waren, würde Emlyn ihr weiteres Leben Gott widmen und aus Dankbarkeit für die Errettung ihrer Geschwister in ein Kloster eintreten.

Aber solange der Nebel sich nicht lichtete, konnte sie nirgendwohin gehen. Ihre größte Angst war es, noch einmal diesem Ungeheuer zu begegnen. Zum Glück hatte sie Chavant früher am Tag über diese Gegend hier ausgefragt und etliche wertvolle Informationen erhalten. Es gab einen östlichen Weg durch den Wald, hatte er gesagt, der hinunter ins Tal führte. Durch das Tal lief ein Fluß, wo sie vielleicht ein Boot mieten konnte, das sie nach Wistonbury Abbey brachte.

»Wir müssen weitersuchen«, hörte sie eine andere Stimme sagen. »Wenn der Dämon sie geschnappt hat, muß sie noch hier im Wald sein. Und falls er sie laufenläßt, werden wir sie finden.«

Ein anderer Bewaffneter stieß einen leisen Fluch aus. Emlyn hörte Leder knirschen, das metallene Scheppern der Kettenrüstung und sah eisenbeschlagene Stiefel den Boden berühren, als zwei der Männer von ihren Pferden stiegen. Nur einen Steinwurf von ihr entfernt stapften sie an dem Ginsterbusch vorbei und schlugen sich dabei mit den Schwertern den Weg durchs Unterholz frei.

Vor Kälte und Angst zitternd, doch froh, daß ihr grüner Umhang sie so gut zwischen den Blättern verbarg, verhielt sich Emlyn mucksmäuschenstill. Allmählich kroch die Feuchtigkeit durch ihre ohnehin schon durchnäßte Kleidung. Sie spürte, daß sie husten mußte und preßte rasch beide Hände vor Mund und Nase.

Nach einer Weile vernahm sie erneut Schritte und leises Gemurmel und meinte, Pferde anreiten zu hören. Vorsichtig krabbelte sie rückwärts unter dem Ginsterbusch hervor und wollte gerade loslaufen, als hinter ihr ein lauter Schrei ertönte.

Ohne sich umzudrehen, stürzte sie vorwärts, durch dorniges Brombeergestrüpp, über umgefallene Baumstämme und herausragende Wurzeln hinweg immer tiefer in den Wald hinein. Der Nebel dämpfte die Rufe, die hinter ihr herschallten. Sie lief unbeirrt weiter.

Hinter dem dicken Stamm einer alten Eiche blieb sie schließlich stehen und sank völlig erschöpft zwischen nassen Farnbüscheln zu Boden. Ihr Atem kam in heftigen Stößen und brannte ihr in der Kehle. Die nasse Kapuze war im Laufen heruntergerutscht und gab jetzt ihre hellen Locken frei, während sie, angestrengt auf Geräusche ihrer Verfolger lauschend, auf dem Boden hockte.

Noch in weiter Ferne, aber rasch näher kommend, schlugen sich die beiden Bewaffneten durchs Unterholz. Emlyn unterdrückte ein ängstliches Aufstöhnen, griff nach einem Ast und kletterte so schnell sie konnte hinauf in die schützende Eiche. Plötzlich hörte sie das schrille Pfeifen eines Pfeiles und gleich darauf ein ächzendes Schnaufen. Vorsichtig lugte sie zwischen den Zweigen hindurch.

Inmitten einer Gruppe schlanker Birken sah sie den rostroten Umhang eines der Soldaten durch den Nebel wirbeln, als dieser zu Boden stürzte. Aus seinem Nacken ragte ein Pfeil. Der zweite Soldat beugte sich über seinen Gefährten und richtete sich dann wieder auf. Die nackte Angst stand ihm im Gesicht geschrieben. Er wich einen Schritt zurück, drehte sich dann um und rannte, laut nach seinen Kameraden rufend, davon.

Nicht weniger ängstlich sah Emlyn sich nach dem Bogenschützen um.

Hätte sich der Nebel in diesem Augenblick nicht zufällig ein wenig gelichtet, so hätte sie ihn zwischen dem dichten Gestrüpp unmöglich ausmachen können. Seine grüne Kleidung und seine seltsam grünliche Haut waren in diesem Blattwerk die perfekte Tarnung. Er war größer als alle Männer, die sie je gesehen hatte. Einen Augenblick hielt der Grüne Mann inne, dann ging er langsam, den langen Bogen geschultert, davon und schüttelte seinen struppigen blattumrankten Kopf.

Wenn Emlyn bis dahin auch nicht an die Existenz von Dämonen geglaubt hatte, so änderte sie spätestens jetzt ihre Meinung.

Wie lange sie zitternd und zu Tode verängstigt auf einem Ast dieser Eiche gekauert hatte, wußte sie nicht genau zu sagen. Anscheinend war sie eingenickt und hatte eine Weile geschlafen, doch hinterher fühlte sie sich keineswegs erfrischt, sondern nur noch ermatteter als zuvor. Das düstere Nachmittagslicht war einem schwammigen Dunkel gewichen.

Schwach erinnerte sie sich an den eisigen Regenschauer, der ihren wollenen Umhang mit glitzerndem Reif überzogen hatte. Sie mußte schon seit Stunden auf diesem Baum hocken. Anfangs war sie zu ängstlich gewesen, ihr sicheres Versteck zu verlassen, später hatte sie die schiere Erschöpfung und die durch Mark und Bein dringende Kälte gelähmt.

Unaufhörlich trommelte der Graupelregen auf das Blätterdach, das sich wie ein Zelt hoch über ihr spannte. Emlyn lehnte sich zurück, streckte die steifen Arme und Beine und merkte erst jetzt, daß sie gräßliche Kopfschmerzen hatte. Sie fuhr mit der Hand an die Stelle, wo der Pferdehuf sie getroffen hatte, und ertastete eine dicke, blutverkrustete Beule. Und als ob das noch nicht genügt hätte, knurrte ihr auch noch der Magen.

Obwohl sie bis auf die Haut durchnäßt war und dringend ein Dach über dem Kopf brauchte, wußte sie, daß sie nur noch tiefer in den Wald geraten und vollends die

Orientierung verlieren würde, wenn sie jetzt im Dunkeln losliefe.

Seufzend öffnete sie den Lederbeutel, zog den zweiten Mantel heraus, den sie noch eingepackt hatte, und schaffte es mit einiger Mühe, sich den trockenen Wollstoff umzulegen. Es dauerte eine ganze Weile, bis das bißchen zusätzliche Wärme sie munterer machte, aber noch immer sehnte sich Emlyn nach einem Teller heißer Suppe, einem Stapel warmer Felle und einem flackernden Kaminfeuer.

Hustend wischte sie sich das Gesicht mit einem Zipfel ihrer Tunika trocken und fühlte sich ein wenig wohler unter der doppelten Lage Mäntel. Dann überließ sie sich endgültig dem Schlaf, der sie wie eine schwarze Wolke umhüllte.

Doch plötzlich traf sie eine verschwommene Wahrnehmung wie ein Schlag in die Magengrube. Blitzartig schoß sie hoch. Ihr Kopf schlug gegen einen Ast, und sie taumelte leicht. Ängstlich lauschte sie in die Dunkelheit, um herauszufinden, was sie aufgeweckt hatte.

Irgendein Tier – hoffentlich kein Wolf, dachte sie – schlich unter der Eiche herum. Das Rascheln vorsichtiger Schritte im Laub veranlaßte sie, die Beine anzuziehen.

Als die Schritte verstummten, hielt Emlyn die Luft an und überlegte fieberhaft, ob sie noch höher den Baum hinaufsteigen sollte.

Dann wurde mit einemmal die samtweiche Dunkelheit, die sie bis dahin umgeben hatte, jäh von einem eisigen Windstoß und einem Strahl kalten Mondlichts durchbrochen. Der Nebel löste sich auf. Im selben Augenblick sah Emlyn, wie ein großer Waldgeist auf zwei langen Beinen nach ihr griff. Sie hielt vor Schreck die Luft an und preßte ihren Körper ganz dicht an den Stamm. Das Herz schlug ihr bis zum Hals.

»Den Göttern sei Dank. Hier seid Ihr!« Die Stimme war so sanft und dunkel wie die nächtlichen Schatten. »Kommt herunter.« Emlyn wimmerte nur leise; sie war zu schwach und zu verängstigt, um zu schreien. Mit ungelenken Hieben versuchte sie, sich gegen die starken Arme, die sie jetzt umfaßten, zu wehren. »Nein!« krächzte sie mit rauher Stimme. »Wer seid Ihr?«

»Ich bin Thorne«, entgegnete die Stimme. Emlyn schlug noch immer verzweifelt um sich. »Ich bin Black Thorne, meine Liebe.« Verwirrt hielt sie inne. »Ihr seid jetzt in Sicherheit. Kommt mit mir.« Er hob Emlyn, die sich jetzt nicht mehr wehrte, von ihrem Versteck herunter.

Thorne? Das muß ein Traum sein, dachte sie, obwohl sie das kräftige Spiel seiner Muskeln spürte, als er sie jetzt vom Baum wegtrug. Warmer Atem streifte ihre Wangen. Er roch nach feuchter Wolle und nassem Leder, ein würziger, erdiger Geruch. Anscheinend träumte sie doch nicht, überlegte sie schläfrig.

Zu erschöpft, um dieses seltsame Geschehnis zu hinterfragen, schmiegte sie sich in die Wärme seiner Arme und verfiel in eine teilnahmslose Lethargie. Sie war todmüde. Seine bärtige Wange streifte ihre Brauen, als er sie tiefer in den Wald hineintrug.

7. Kapitel

»Mylady. Mylady ...« Die Stimme summte an ihrem Ohr wie eine lästige Fliege, und das schon seit einer ganzen Weile. Mit einer unwirschen Handbewegung versuchte Emlyn, sie zu verscheuchen.

»Lady Emlyn, seid Ihr wach?« Emlyn drehte dem störenden Geräusch den Rücken zu, und dabei rutschte die Felldecke ein Stück nach unten. Die kühle Luft, die jetzt an ihre nackten Schultern wehte, weckte sie schließlich auf. Durch halbgeöffnete und vom Schlaf verquollene Lider stierte sie auf eine Felswand, die sich vor ihrem Gesicht erhob. Die feuchte Oberfläche glänzte im Schein eines Feuers. Emlyn drehte den Kopf zur Seite und konnte die schrägen Wände und die niedrige Decke eines seltsam geformten Raumes ausmachen, der bis auf ein Feuer, das in der Mitte am Boden brannte, im Dunkeln lag.

»Lady Emlyn.« Diesmal lenkte die Stimme ihren trägen Blick auf das Gesicht einer Frau. »Mylady – seid Ihr wach?« Die Frau kam auf sie zu.

Von Emlyns Blickwinkel aus, die auf einem mit Fellen bedeckten Strocksack auf dem Boden lag, schien der runde, stämmige Körper einer ungewöhnlich großen Frau zu gehören, die sich nun neben sie hinkniete. Eine sandfarbene Tunika aus dicker, handgesponnener Wolle spannte sich über ihren breiten Schultern und dem mächtigen Busen. Das Gesicht über dem einfachen Halsausschnitt war rund und rotbackig und lächelte sie aus einem blauen Augenpaar freundlich an. Unter der schlichten Leinenhaube lugten braune Haarsträhnen hervor. Die Frau schien noch jung zu sein, höchstens ein paar Jahre älter als sie selbst.

»Ich bin Maisry, Mylady, und das sind meine beiden Söhne.« Sie wies auf zwei kleine Buben, die neben der niedrigen Feuerstelle standen. Der größere der beiden hatte weiches, glänzendes Haar, das im Schein des Feuers karottenrot schimmerte. Der kleinere, ein rotgoldener Lockenkopf, lutschte verträumt am Daumen.

»Der ältere heißt Dirk, und der kleine Elvi«, sagte Maisry. Die Jungen kamen jetzt schüchtern näher, und Maisry streckte eine Hand aus, um sie an sich zu ziehen. An ihre Mutter gedrückt, starrten die beiden Emlyn mit großen Augen an. Als sie ihnen zulächelte, blinzelte der Kleine und schob seinen Daumen noch tiefer in den Mund. Seine dicken Backen wurden dabei ganz rot. Beide Buben trugen braune Wolltuniken, dunkle Wickelhosen und dazu weiche Lederstiefel. Der größere mochte nicht älter als vier oder fünf sein, der kleinere war etwa in Harrys Alter; gerade den Windeln entwöhnt.

Emlyns Blick richtete sich wieder auf Maisry. In Erinnerung an den Mann, der sie hierhergebracht hatte, spürte sie einen Anflug von Enttäuschung. Es war Thorne gewesen, der sie vergangene Nacht gerettet hatte – demnach war er also doch nicht tot, dachte sie verwirrt –, und das mußten seine Frau und seine Kinder sein.

Die Vorstellung, daß er sich offensichtlich niedergelassen hatte und jetzt ein verheirateter Lehnsbauer war, frustrierte sie. Aber was konnte sie anderes erwarten? Es waren so viele Jahre vergangen, und er hätte gewiß nicht auf ein kleines Mädchen wie sie gewartet, ganz gleich, wie oft sie in der Zwischenzeit an ihn gedacht hatte.

Sie setzte sich auf, und dabei rutschte die Felldecke tiefer. Als sie merkte, daß sie darunter völlig nackt war, stieß sie einen spitzen Schrei aus und versuchte, mit einem Zipfel der Decke ihre Blöße zu bedecken. »Wo sind meine Kleider?« rief sie.

»Hier, Mylady. Sie müßten inzwischen trocken sein.« Emlyn sah sich kurz um und entdeckte ihre beiden Mäntel zusammen mit ihrem blauen Seidenkleid und dem Wollhemd über einer Bank neben der Feuerstelle hängen. »Ihr müßt ordentlich gebibbert haben in diesen feuchten Kleidern. Völlig durchnäßt und halb erfroren seid Ihr gewesen, habe ich gehört.«

»Ich kann mich kaum an die vergangene Nacht erinnern, als Euer Mann kam und mich aus dem Wald rettete«, entgegnete Emlyn.

Maisry starrte sie einen Augenblick verdutzt an. »Es war nicht mein Mann, der Euch gefunden hat, Mylady. Es war Thorne. Er hat bis heute morgen an Eurem Lager gewacht, ist dann zu unserem Hof gegangen und hat mich gebeten, daß ich mich um Euch kümmern sollte. Wir sind seit Mittag hier. Ihr habt fast den ganzen Tag über geschlafen. Es dunkelt bereits.«

Emlyn zwinkerte und versuchte, das alles zu begreifen. Der beißende Rauch der Feuerstelle brannte ihr in den Augen, verflüchtigte sich dann aber, als ein kühler Windzug aus einer Ecke des Raumes an ihr vorbeistreifte. Sie rieb sich die Augen, und plötzlich machten sich wieder die Kopfschmerzen bemerkbar.

»Dann seid Ihr also nicht Thornes Frau«, vergewisserte sie sich. Sie war noch immer ganz benommen. Wenn sie einen Tag geschlafen hatte und Maisry erst heute mittag gekommen war, mußte es demnach Thorne gewesen sein, der sie hierhergebracht und ihr die nassen Kleider ausgezogen hatte. Die Vorstellung ließ sie unwillkürlich erröten. Merkwürdig, sie konnte sich an nichts anderes erinnern als an seine starken Arme und seine angenehm tiefe Stimme an ihrem Ohr.

»Aber nein. Mein Mann ist Aelric von Shepherdsgate. Wir wohnen gleich hinter Kernham – das ist das nächste Dorf hier im Tal. Aelric ist Schafzüchter«, fügte Maisry hinzu und streichelte dabei Dirks roten Haarschopf. Die Hände dieser Frau waren weich, zartgliedrig und sehr fein geformt. Einen Augenblick sah sie Emlyn musternd an. »Ach, meine Liebe, Ihr habt gewiß schreckliche Kopfschmerzen«, sagte sie dann besorgt. »Wartet, ich hole Euch etwas zu trinken.«

Von einer Nische in der Steinmauer, die als Bord diente

und auf der einiges Eßgeschirr gestapelt war, nahm Maisry einen hölzernen Becher und schöpfte damit Wasser aus einem Zuber.

Emlyn sah sich inzwischen um. In der Mitte des Raumes befand sich auf dem festgetretenen Lehmboden eine mit runden Flußsteinen eingefaßte Feuerstelle, in der dicke Holzscheite knisterten. Die Mauern glänzten dunkel, die Decke war niedrig und gewölbt. Eine Bank, eine Truhe und einige Holzhocker bildeten die Einrichtung dieses fensterlosen Raums. Hinter einer grob ausgeschlagenen Mauerecke befand sich der Eingang, vor dem Emlyn einen dunklen Vorhang flattern sah. Jetzt erst wurde Emlyn klar, daß dieser Raum in Wirklichkeit eine Höhle war.

Maisry kehrte zu dem mit Fellen bedeckten Strohlager zurück und reichte Emlyn einen Becher mit Wasser, das angenehm kühl und ein wenig nach dem Holzzuber schmeckte.

Emlyn trank mit hastigen Schlucken und zuckte unter dem Schmerz zusammen, der in ihren Schläfen pochte.

»Das ist eine ganz schön tiefe Wunde, Mylady. Jetzt, da Ihr wach seid, sollte ich Euch einen Umschlag auflegen, aber zuerst wollt Ihr Euch gewiß ankleiden.« Sie wandte sich an ihre Söhne. »Dirk, du darfst dir mit Elvi einen Apfel teilen. Paß aber auf, daß er den Stiel und die Kerne nicht mitißt, und dann geht dort drüben ein wenig spielen.« Die Kinder trollten sich mit einer Handvoll Holzfiguren in eine Ecke, wo sie sogleich lautstark eine erbitterte Schlacht auszufechten begannen. Maisry kam mit Emlyns Hemd, der Hose und dem Seidenkleid zurück, das zwar überall Wasserflecken hatte und ziemlich zerknittert, aber trocken und warm war. Nachdem Emlyn sich angezogen hatte, ließ sie sich ermattet auf die weichen Felle sinken.

»Falls Ihr etwas Minze und Kamille habt, könnte ich mir einen Aufguß gegen die Kopfschmerzen kochen«, sagte Emlyn.

»Ja, ich habe ein paar Kräuter mitgebracht, aber laßt

mich zuerst einmal Euer Lager richten«, erwiderte Maisry und machte geschickt aus den Fellen eine dicke Rolle. »So, jetzt ruht Euch noch ein wenig aus, Lady. Wenn ich das Nachtmahl vorbereitet habe, werde ich Eure Wunde versorgen.«

Dankbar lehnte sich Emlyn gegen die dicke, weiche Fellrolle. Maisry lief inzwischen geschäftig durch die Wohnhöhle, legte Holz nach, bis das Feuer hellauf brannte, setzte in einem kleinen Eisentopf Wasser auf und rührte den Inhalt eines größeren Kessels um, der an einem eisernen Dreibein über dem Feuer hing und in dem etwas leise vor sich hin köchelte. Dann verschwand sie durch den Eingang am Ende der Höhle und kehrte gleich darauf mit einem großen Krug und einem Weinschlauch zurück. Sie stellte beides auf der niedrigen Holzbank ab, legte einen dunklen Brotlaib und ein Stück Käse daneben und deckte dann alles mit einem Leinentuch zu.

Nachdem das Abendessen soweit vorbereitet war, setzte sich Maisry mit einem Weidenkorb an Emlyns Lager und entnahm ihm einige Leinensäckchen und einen irdenen Topf.

»Wie habt Ihr Euch denn diese scheußliche Kopfwunde zugezogen, Mylady?«

»Mein Pferd hat mich abgeworfen und nach mir getreten«, antwortete Emlyn.

Maisry nickte verständnisvoll. Behutsam drückte sie einen Finger an Emlyns geschwollene Schläfe und tastete dann mit beiden Händen ihren Kopf ab. »Thorne hat mich gebeten, hierherzukommen, da ich ein wenig von der Heilkunst verstehe. Er war sehr besorgt um Euch, Mylady. Ach, was sage ich! Halb verrückt vor Angst war er und hat darauf bestanden, daß ich schnellstens komme, da es ihm nicht gelungen war, Euch aufzuwekken. Aber es ist ja nur zu verständlich, daß Ihr nach all der Aufregung und der Eiseskälte da draußen geschlafen habt wie eine Tote. Armes Kind.«

Benommen lauschte Emlyn den Worten Maisrys und entspannte sich unter ihren sanften, engelsgleichen Berührungen. Und obwohl die Wunde wie Feuer brannte, schien die Wärme, die von den Händen dieser Frau ausging, ihre Schmerzen zu lindern und wie von Zauberhand wegzuwischen.

Maisry wählte einige der Beutelchen aus und legte diese beiseite. »Das ist schon keine Beule mehr, sondern ein ausgewachsenes Entenei, Mylady. Das muß ja schrecklich weh tun. Ich werde Euch einen heißen Aufguß zubereiten, der schmerzstillend und abschwellend wirkt. Aber zuerst der Kräuterumschlag.«

Maisry öffnete das Tontöpfchen und holte mit zwei Fingern einen Kleks Salbe heraus. »Die besteht hauptsächlich aus Holunderblättern und etwas Walnuß- und Mandelöl. Sie sieht zwar nicht sonderlich appetitlich aus, dafür hilft sie aber um so besser. Ich habe Euch auch eine Kräuterseife mitgebracht, aber Ihr solltet lieber noch ein paar Tage warten, bevor Ihr Euch den Kopf wascht.« Vorsichtig verteilte sie die Salbe auf Emlyns Schläfe.

Dirk, der neben der Feuerstelle hockte, lachte schallend, als er Emlyn ansah, und der kleine Elvi lachte wahrscheinlich nur deshalb mit, weil sein großer Bruder lachte. Emlyn winkte den beiden zu und meinte dann: »Ihr seid wirklich eine kundige Heilerin, Maisry.«

»Das ist eine Gabe, die mir unser Herr mitgegeben hat, nehme ich an. Viele Leute kommen zu mir, um sich kurieren zu lassen, und manche bringen auch gleich ihr Vieh mit«, entgegnete sie mit einem leisen Lachen. »Was immer der Herr mich heilen läßt, ich versuche mein Bestes. Meine Großmutter hat mir viele alte Rezepte gegeben und die Heilkräuter gezeigt, und ich habe im Laufe der Jahre auch noch einiges hinzugelernt.« Nachdem sie die Salbe aufgetragen hatte, wischte sie sich die Finger an einem Tuch ab und streute aus den Säckchen verschiedene getrocknete Kräuter auf ein viereckiges Leinentuch, das sie dann zusammenfaltete und in einen zweiten Topf mit kochendem Wasser hängte.

»Seid Ihr gut mit Thorne bekannt?« erkundigte sich Emlyn.

»Ja, obwohl er sehr zurückgezogen lebt und oft lange Zeit abwesend ist. Er ist der Waldaufseher hier und untersteht den Mönchen, denen dieses Land gehört.«

»Kennt Ihr ihn schon lange?«

Maisry nickte. »O ja.« Sie rührte den Aufguß um, goß das heiße Gebräu dann in eine Schale und reichte sie Emlyn.

Emlyn nippte vorsichtig. Der Aufguß schmeckte nach Minze, Kamille und anderen Kräutern, die sie nicht bestimmen konnte. Die Schale in beiden Händen haltend, lehnte sie sich wieder zurück.

Maisry setzte sich neben sie auf den Boden. »Vor acht Jahren fand Aelric, mein Mann, Thorne halb tot draußen auf der Heide. Eine Pfeilspitze steckte in seiner Schulter. Es ging ihm schlecht damals, sehr schlecht.« Sie schüttelte mitfühlend den Kopf. »Wochenlang wußten wir nicht, ob er leben oder sterben würde, obgleich ich alles Menschenmögliche getan und Tag und Nacht für ihn gebetet habe. Ja, und nachdem er sich dann allmählich doch erholt hatte, blieb er noch lange bei uns und versteckte sich.«

»Wußtet Ihr damals, wer er war?« fragte Emlyn vorsichtig.

Maisry kniff die Augen zusammen. »J-a«, sagte sie dann gedehnt. »Und Ihr, Mylady?«

»Mein Vater hat ihn in besagter Nacht notdürftig versorgt, und wir wähnten ihn in Sicherheit. Doch dann ist uns das Gerücht zu Ohren gekommen, daß er gestorben sei.«

»Dann seid ihr also diejenigen gewesen«, nickte Maisry. »Er hat uns nämlich erzählt, daß er Eurer Familie noch etwas schuldig sei. Wir haben damals auf seinen Wunsch hin das Gerücht von seinem Tod in Umlauf gesetzt. Er wohnte bei uns, bis er wieder ganz bei Kräften war. Den Leuten haben wir erzählt, er sei ein Vetter von mir. Als er uns dann verließ, hörten wir jahrelang kaum etwas von ihm, doch in den letzten beiden Jahren hat er uns regelmäßig besucht. Wir haben nie etwas von ihm verlangt.« Sie lachte wieder. »Doch er hat uns Geld gegeben, Vorräte und uns zahllose Freundlichkeiten erwiesen. Ja, er hat uns unsere Gefälligkeit vielfach vergolten. Er ist ein guter Mensch, dieser Thorne, ein Mann mit einem Herz aus Gold. Für ihn ist eine Schuld eine Ehrensache. Wenn er Euch etwas schuldet, Mylady, so wird er es begleichen.«

»Er hat mich letzte Nacht gerettet. Das ist genug.«

»Mag sein. Aber gewiß nicht in seinen Augen«, hielt Maisry dagegen. »Er vergißt nichts. Aber besser, alte Schulden als alte Rechnungen offen zu haben, wie wir hier sagen.« Damit ging Maisry zur Feuerstelle. Sie rührte noch einmal in dem großen schwarzen Kessel und brachte Emlyn dann eine Schüssel heiße, pikant duftende Suppe sowie einige Scheiben Brot und Käse; aus dem Weinschlauch schenkte sie ihr einen Becher Met ein.

Emlyn aß mit gesundem Appetit, tunkte Brotstückchen in die Suppe und tippte damit das Gemüse und die Brühe auf. Der Käse war mild und nicht zu trocken, und der Honigwein brannte süß in ihrer Kehle.

Maisry gab jetzt auch den Kindern ihr Nachtmahl und aß dann selbst ein wenig. Als alle fertig waren, wischte sie die Holzschüsseln mit einem feuchten Tuch sauber, setzte sich dann zu den Jungen ans Feuer und sang ihnen leise ein Lied vor. Eingelullt von der sanften Melodie streckte Emlyn sich auf dem weichen Fellager aus und war bald darauf eingenickt.

»Aelric!« Maisrys Stimme riß Emlyn aus ihren Träumen, und sie setzte sich verschlafen auf. Der Mann, der gerade die Höhle betreten hatte, war sehr groß und breit gebaut und trug Mantel, Tunika und Wickelhosen in verschiedenen Brauntönen. Ein feuerroter Wust von Haaren stand wirr von seinem Kopf ab, und ein nicht minder feuerroter Bart bedeckte fast sein ganzes Gesicht.

Maisry eilte ihm entgegen, und Dirk hopste so lange an seiner Seite auf und ab, bis Aelric ihn mit einer Hand packte und hochhob. Als Maisry ihm Emlyn vorstellte, nickte er ihr über die Feuerstelle hinweg freundlich zu.

Sie lächelte zurück, doch ihre Aufmerksamkeit galt dem anderen Mann, der jetzt hinter ihm die Höhle betrat.

Thorne begrüßte Maisry und Dirk mit einem warmen Lächeln und murmelte dabei einen flüchtigen Gruß von der Art, wie man ihn alten Bekannten entbietet. Obwohl er gleich beim Eintreten einen Blick in Emlyns Richtung geworfen hatte, wandte er sich aber zuerst Maisry zu, stellte ihr leise einige Fragen und hörte sich interessiert ihre Antworten an.

Emlyn beobachtete ihn und war fasziniert. Ihre vage Kindheitserinnerung an diesen Mann deckte sich ziemlich genau mit dem Bild, das sie jetzt vor Augen hatte. Er war groß, aber nicht ganz so groß und breit wie Aelric. Seine langen, schlanken Beine steckten in dunklen Wollhosen und Lederstiefeln, die bis zum Knie geschnürt waren. Über dem mit Metallringen besetzten Lederwams trug er eine braune Tunika, die ihm bis zu den Knien reichte. Die grüne, aus der Stirn geschobene Kapuze umrahmte sein im Schatten liegendes bärtiges Gesicht. Dichtes, dunkles Haar fiel ihm bis auf die Schultern.

Mit einem kurzen Nicken wandte er sich von Maisry ab und kam mit federnden Schritten auf Emlyn zu. Ihr Herz klopfte aufgeregt, als sie langsam den Kopf hob und zu ihm hochsah. Der Schein des Feuers hatte sein Gesicht in ein rotgoldenes Licht getaucht und enthüllte eine leicht gebogene Nase und dunkle, gerade Augenbrauen.

»Seid gegrüßt, Mylady«, sagte er und ging neben ihr in die Hocke.

Als seine Mundwinkel sich zu einem halben Lächeln kräuselten, mußte sie feststellen, daß sie die Farbe seiner Augen unter dem dichten Wimpernkranz nicht genau bestimmen konnte. Ob sie nun blau, grau oder grün waren, ließ sich bei dieser schummrigen Beleuchtung nicht erkennen. Er sah fraglos gut aus, war auf eine wilde, dunkle, verwirrende Art beinahe schön. Emlyn bemerkte, daß jede seiner Bewegungen und Gesten eine starke, maskuline Kraft ausstrahlte, die jedoch mit einer zurückhaltenden Sanftheit unterlegt war.

Nach all den Jahren war sie Thorne wieder begegnet. Er war hier bei ihr, dachte sie und merkte gleichzeitig, daß sie ihn mit offenem Mund anstarrte. Sie machte ihn ganz schnell zu.

»Wie ich sehe, hat Maisry Eure Verletzung bereits versorgt«, bemerkte er. Emlyn, der erst jetzt einfiel, daß sie diese unappetitliche grüne Schmiere immer noch an der Schläfe kleben hatte, bedeckte die Wunde rasch mit einer Hand.

Mit kühlen, trockenen Fingern schob er sie sanft weg. »Nicht hinfassen, Mylady.« Vorsichtig berührten seine Fingerspitzen ihre verletzte Stirn und strichen behutsam eine goldene Strähne beiseite, die sich aus ihrem Zopf gelöst hatte. Die Zartheit seiner Berührung sandte leichte Schauer durch ihre Brust und hinunter bis in den Bauch. Ein Bild, oder eher ein Gefühl, kam ihr wie eine verschwommene Erinnerung in den Sinn und war im nächsten Augenblick auch schon wieder verschwunden.

»Bindet Euer Haar besser zurück, sonst wird es noch ganz grün, so hell und zart, wie es ist. Und geniert Euch nicht, wir alle sind schon einmal in den Genuß von Maisrys Wundersalben gekommen.« Er lächelte wieder dieses zaghafte Lächeln, das unter seinem schwarzen Schnauzer und dem übrigen Bart halb verborgen blieb. Sanft und wohltönend drang seine tiefe Stimme an Emlyns Ohr.

Er lehnte mit dem Rücken an der Felswand, ein Bein angewinkelt, einen Arm lässig auf das Knie gestützt. Maisry reichte ihm eine Holzschale und einen Kanten Brot und kehrte einen Augenblick später mit einem Krug Bier zurück. Er dankte ihr und begann zu essen. Emlyn beobachtete ihn dabei, und als er ihren Blick bemerkte, sah sie verlegen zu Boden. Aelric aß ebenfalls. Er saß zusammen mit Maisry und Dirk bei der Feuerstelle, der kleine Elvi schnarchte leise neben ihnen auf einem Strohsack.

Thorne nahm einen großen Schluck Bier und drehte den Becher versonnen zwischen Daumen und Zeigefinger.

»Habt Ihr irgendwelche Erinnerungen an letzte Nacht?« fragte er dann unvermittelt und warf Emlyn aus seinen dichtbewimperten Augen einen eindringlichen Blick zu. Lange rötliche Schatten huschten dabei über sein Gesicht.

Emlyn sah ihn argwöhnisch von der Seite her an. Ihr Herz pochte wieder wie verrückt, und ihre Gedanken waren so flüchtig wie der Rauch des Feuers. »Ich erinnere mich an kaum etwas«, entgegnete sie, »und kann immer noch keinen klaren Gedanken fassen. Mein Kopf brummt wie ein Bienenstock. Verzeiht bitte.«

»Das ist ja auch kein Wunder, Mylady«, murmelte er. »Ihr wart halb erfroren und habt stark geblutet, als ich Euch fand.«

Sie nippte an Maisrys lauwarmem Kräuteraufguß und war sich keineswegs sicher, ob ihre zerstreuten Gedanken und ihre Nervosität allein ihrer Kopfwunde zuzuschreiben waren. Thornes Gegenwart machte sie so schwindlig und atemlos, als hätte sie sich wie wild im Kreis gedreht. Heftig errötend ob der Erinnerung, wie sie in seinen Armen gelegen hatte, richtete sie sich auf. »Ich habe den Grünen Mann gesehen – oder mir zumindest eingebildet, ihn gesehen zu haben. Mein Pferd hat jedenfalls vor Schreck gescheut und mich abgeworfen, und ich bin vor diesem Ungeheuer davongerannt und habe mich versteckt. Dann habt Ihr mich gefunden. Ich erinnere mich noch, daß Ihr mir Euren Namen genannt habt, aber danach . . .« Sie zuckte die Schultern.

»Ihr seid gleich darauf ohnmächtig geworden«, sagte er. »Und dieser Grüne Mann, den gibt es doch nur in der Legende«, fügte er scheinbar amüsiert hinzu. »Ich habe im Wald ein seltsames Geräusch gehört und ging nachsehen, ob sich vielleicht ein Tier in einer Falle verfangen hat. Doch statt dessen entdeckte ich ein nasses, durchgefrorenes Mädchen, das schlotternd auf einem Baum kauerte.«

Emlyn öffnete den Mund und wollte noch einmal darauf hinweisen, daß sie wirklich ein Waldungeheuer gesehen habe, doch Thorne nahm wie selbstverständlich ihr

Kinn zwischen die Finger und drehte ihr Gesicht behutsam zur Feuerstelle. »Sagt mir, Lady Emlyn, weshalb habt Ihr Euch gestern im Wald versteckt?« In seiner Stimme schwang ein gespannter Unterton mit.

»Sagt erst mir, Sir, woher Ihr meinen Namen kennt«, gab sie zurück.

Sein Daumen strich sanft über ihre Wange. Emlyn begann innerlich zu zittern. »Wir sind uns vor Jahren einmal begegnet«, sagte er leise.

»Ja«, wisperte sie, während ihr Herz Luftsprünge machte. »Ich erinnere mich.«

Nach einer Weile zog er seine warme Hand zurück, streckte das Bein aus und zog das andere Knie an. »Mylady«, meinte er ruhig. »Wir müssen über diese ganze Sache reden. Ihr könnt ganz unbesorgt und offen über Eure Situation sprechen. Aelric und Maisry sind alte, vertraute Freunde.«

Maisry hatte sich vorgebeugt und flüsterte Dirk etwas zu. Dieser nickte und legte sich dann neben Elvi. Aelric wartete, bis der Junge eingeschlafen war, und begann dann mit seiner polternden Stimme so leise wie möglich zu sprechen: »In der Nähe von Kernham sind heute Bewaffnete aufgetaucht, die sich nach einer Lady Emlyn erkundigt haben.« Er warf Thorne einen schnellen Blick zu. »Sie haben auch an dem Feld angehalten, das ich gerade pflügte. Als ich auf ihre Frage nach Lady Emlyn antwortete, niemanden gesehen zu haben, warnten sie mich eindringlich, ihnen ja keine Lügen aufzutischen.«

»Wie sahen die denn aus?« warf Emlyn ein.

»Es waren vier Bewaffnete in den rostroten Röcken von Graf Whitehawkes Garnison.«

»Ihr kennt Whitehawkes Männer?« hakte Emlyn nach.

»Der Graf ist in unserem Tal wohlbekannt, Mylady«, erwiderte Aelric. »Wir sind nicht weit von der Burg Hawksmoor entfernt, auf der sein Sohn der Herr ist. Außerdem möchte Whitehawke schon seit langem dieses Tal gerne in seinen Besitz bringen.«

»Dann ist dies also das Tal, auf das er Anspruch erhebt.« Emlyn entsann sich jetzt wieder des Gesprächs mit Chavant, die Landstreitigkeiten betreffend, die Thorne gegen den Grafen aufgebracht hatten.

»Graf Whitehawke streitet seit Jahren mit den Abteien Wistonbury und Bolton über die Besitzrechte an diesem Tal«, erklärte ihr Thorne. »Obwohl beide Abteien auf der Südseite des Flusses liegen, gehört den Mönchen sehr viel Land hier, Tausende von Ackern fruchtbaren Bodens. Sie besitzen Pachthöfe und große Schafherden. Graf Whitehawke behauptet, daß die ganze Gegend hier einst seiner Frau gehörte und nach ihrem Tod in seinen Besitz übergegangen sei, einschließlich der Höfe, Herden und der Gewinne, die hier erwirtschaftet werden. Kürzlich hat er einen Baumeister und etliche Arbeiter hergeschickt, die mit dem Ausheben der Fundamente für eine Burganlage am oberen Talende beginnen sollten.«

»Aelric und ich bestellen eine Landparzelle für Wistonbury, und wir züchten mit Erlaubnis des Abts Schafe«, fügte Maisry hinzu. »Unseren Lebensunterhalt bestreiten wir von den Überschüssen, die wir erwirtschaften, und zum Teil von der Schafzucht. Die Mönche, unsere Oberherren, bekommen einen Teil des Ertrags der Äcker und verdienen jedes Jahr ein gutes Stück Geld mit dem Verkauf der Schafwolle. Ja, die Wolle ist ihre Haupteinnahmequelle, müßt Ihr wissen.«

»Hat Whitehawke seinen Anspruch vor dem König geltend gemacht?« wollte Emlyn wissen.

»Ja«, antwortete Thorne ihr. »Whitehawke liegt dem König mit diesem Rechtsstreit schon seit Jahren in den Ohren, aber bisher ist der königliche Gerichtshof noch zu keiner Entscheidung gelangt. In dieser Angelegenheit muß auch der Papst mitentscheiden, da ein Teil des Landes der Kirche gehört. Und zu einem Schiedsspruch ist es deshalb noch nicht gekommen, weil König John und der Papst sich nur höchst selten auf irgend etwas einigen können.«

»Und was ist mit seinem Sohn, dem Baron von Hawksmoor? Unterstützt er die Forderungen seines Vaters?«

Diesmal antwortete Aelric. »Der Baron hat in dieser Streitsache noch nichts Konkretes unternommen«, sagte er.

»Aber seine Ländereien grenzen doch ebenfalls an das Tal«, gab Emlyn zu bedenken.

Aelric streckte seinen massigen, muskulösen Körper und nippte nachdenklich an seinem Bier. »Ganz recht, Hawksmoor liegt einige Meilen nördlich von hier, aber auf der anderen Flußseite und weit von der Talmitte entfernt, wo ein Großteil der Schafe weidet. Ja, bisher verhält sich der Baron in diesem Rechtsstreit völlig neutral, obgleich ihn die Sache betreffen wird, sollte sein Vater sterben, bevor ein endgültiges Urteil ergangen ist.«

»Ihr seht also, Mylady, wir sind hier sehr wohl über das Tun und Lassen von Whitehawke unterrichtet.« Maisry beugte sich vertraulich zu Emlyn vor. »Warum wart Ihr eigentlich allein im Wald und habt Euch vor Whitehawkes Männern versteckt, Mylady?«

Emlyn blickte mit großen Augen in die Runde. Sie war noch eine Spur blässer geworden. Aelric und Maisry warteten geduldig auf eine Antwort, während sich das Kaminfeuer in ihren offenen, ehrlichen Gesichtern spiegelte. Emlyn spürte, daß ihr in diesem kleinen, vom Feuer erhellten Kreis ehrliches Verständnis und uneigennützige Freundschaft entgegengebracht wurden. Sie lächelte Thorne schüchtern an und stellte fest, daß dieser sie unverwandt ansah. Die beruhigende Kraft, die von seinem Blick ausging, gab Emlyn das sichere Gefühl, daß ihr in seiner Gegenwart nichts geschehen könne. Sie schloß die Augen und schickte ein kurzes Stoßgebet gen Himmel. Sie wollte diesen Leuten so gerne vertrauen, zumal sie dringend deren Hilfe brauchte.

»Ich habe den Eindruck gewonnen«, begann sie dann vorsichtig, »daß Whitehawke nicht zu Euren besten Freunden zählt und daß ich Euch daher vertrauen kann – daß Ihr mich ihm nicht ausliefert.« Sie setzte sich aufrecht hin und erzählte den Anwesenden, wie es zu ihrer Verlobung gekommen war und auch von dem Waldgeist, dem die Eskorte im Nebel begegnet war. »Als ich den Grünen Mann am Wegrand stehen sah, bin ich vor lauter Angst in den Wald hineingerannt und habe mich verlaufen. Der Mann, der die Soldaten auf die Suche nach mir geschickt hat, ist Baron Hugh de Chavant.«

»Aber warum lauft ihr vor Whitehawke davon, Mylady?« fragte Maisry verwundert.

»Solche Verlobungen sind sittenwidrig und im Sinne der Kirche eine Sünde, auch wenn es hierzulande üblich ist, Ehen zu erzwingen. Whitehawke soll ein sehr grausamer Mensch sein, und ich kann es nicht mit meinem Gewissen vereinbaren, ihn zu heiraten. Und deshalb bleibt mir nur die Flucht.« Emlyns Blick wanderte von einem Gesicht der gespannt Lauschenden zum anderen. »Ich habe mich entschlossen, mein Leben Gott zu widmen.«

»Ihr wollt ins Kloster gehen?« Maisry klang sichtlich erstaunt.

»Ja, das will ich. Aber da ist noch etwas anderes.« Sie erzählte ihnen von ihren Geschwistern. »Meine kleinen Brüder und meine jüngere Schwester befinden sich im Augenblick, nehme ich an, als Gefangene auf der Burg Hawksmoor«, fügte sie hinzu und knetete dabei nervös die Finger im Schoß.

Als sie aufsah, begegnete sie Thornes Blick. Sein Gesicht lag im Schatten, er nickte ihr aufmunternd zu.

»Ich habe Angst vor Lord Whitehawke«, fuhr sie daraufhin mit leiser Stimme fort. »Einem Kloster beizutreten wäre zugleich eine Art Buße, da ich ihn durch meine Weigerung, ihn zu heiraten, entehrt habe. Doch ich kann und will diese Verlobung nicht akzeptieren. Und zugleich fürchte ich, daß die Kleinen für meine Tat bezahlen müssen ...« Sie holte nervös Luft. Heiße Tränen schossen ihr in die Augen und benetzten ihre Wimpern. »Ich muß sie in einem sicheren, glücklichen Heim wissen, wenn ich sie schon nicht selbst aufziehen kann. Sobald ich sie gut untergebracht habe, werde ich frohen Herzens einem Kloster beitreten.«

»Was habt Ihr denn mit den Kleinen vor? Das Sorgerecht bekommt Ihr keinesfalls zurück«, sagte Aelric. »Hier handelt es sich um einen Befehl des Königs.«

Emlyn schniefte und wischte sich mit dem Handrücken die Tränen ab. »Ich muß sie irgendwie von Hawksmoor wegbringen. Wir haben Verwandte in Schottland, dorthin könnte man sie einstweilen schicken.«

Maisry griff nach Emlyns Hand. »Sie von Hawksmoor wegholen?«

Emlyn zuckte die Schultern. »Mein Onkel ist Mönch in Wistonbury, und meine ältere Schwester ist Priorin einer anderen Abtei. Vielleicht könnten die mir behilflich sein . . .«

»Wie soll ein Mönch Euch helfen können?« unterbrach Thorne sie ungeduldig. »Es hat keinen Sinn, den König um Gnade für die Kinder anzuflehen. Wenn er etwas nicht besitzt, dann ein weiches Herz.«

»Mein Onkel als Familienältester hat das Recht, die Vormundschaft für die Kinder zu beantragen. Und als Diener Gottes findet er vor dem König vielleicht Gehör. Nicholas de Hawkwood könnte aufgefordert werden, ihm die Kinder zu überlassen. Godwin ist ein gelehrter Mann, der sich in Rechtsdingen gut auskennt. Möglich, daß er gleichzeitig eine Petition an den Papst sendet und diesen bittet, dafür Sorge zu tragen, daß der König seinen Befehl rückgängig macht.«

»Nun, versuchen könnte er das ja«, meinte Thorne gedehnt und schnippte einen kleinen Stein ins Feuer. »Aber ob dabei etwas herauskommt, ist sehr zweifelhaft. Die Kinder bleiben mit Sicherheit da, wo sie jetzt sind.« Er musterte Emlyn mit einem eindringlichen Blick. »Habt Ihr Euch schon einmal überlegt, daß sie auch auf Hawksmoor gut und sicher aufgehoben sein könnten? Der Baron ist kein Ungeheuer, Mylady.«

»Ich habe den Baron kennengelernt, und mir schien er ein kalter, herzloser Mensch zu sein, Sir«, entgegnete Emlyn brüsk. »Ich möchte meine Geschwister nicht an einem fremden Ort wissen. Kinder brauchen ein liebevolles Zuhause.«

Thorne hob wieder einen Kiesel auf und warf ihn in die Glut, und dann noch einen. Glühende Funken stieben über der Feuerstelle auf. Emlyn betrachtete sein Profil, das von Wogen ungebändigten dunklen Haars verdeckt wurde.

»Wie es Euch beliebt, Mylady«, murmelte er schließlich so leise, daß sie ihn kaum hören konnte. Dann hob er den Blick und sah sie direkt an. »Und was wird dann aus Euch? Wenn Ihr ins Kloster geht, kann Lord Whitehawke Euch dort ohne Schwierigkeiten herausholen, müßt Ihr wissen. Schließlich seid Ihr immer noch seine Verlobte. Wenn er will, stehen ihm alle Möglichkeiten offen, Euch zur Ehe mit ihm zu zwingen.«

Daran hatte sie nicht gedacht. »Dann muß ich es eben darauf ankommen lassen. Mein Onkel könnte mich zu meiner Schwester Agnes nach Roseberry Abbey schicken. Vielleicht ist es Whitehawke auch zu mühsam, mich von so weit her zurückholen zu lassen. Ashbourne gehört ohnehin bereits ihm, ob ich nun seine Frau werde oder nicht.«

Thorne nickte und starrte ins Feuer. »Roseberry liegt ganz oben im Norden.«

»Ja«, sagte Emlyn. »Agnes ging aus Kummer über den Tod ihres Gemahls nach Roseberry. Kurz darauf holte mich mein Vater aus dem Konvent, in dem ich bis dahin erzogen wurde. Er versprach, eine gute Heirat für mich zu arrangieren. Aber leider ist er gestorben, bevor er sein Vorhaben ausführen konnte.« Sie zuckte resigniert die Schultern. »Auf einen Mann wie Whitehawke wäre die Wahl meines Vaters niemals gefallen.«

Maisry hatte Emlyns Ausführungen mit großem Interesse und offenem Mund gelauscht, den sie jetzt schloß. Sie rutschte unruhig hin und her und beugte sich schließlich zu Emlyn vor. »Mylady, wenn Ihr bereits verlobt wäret, dann wäre der Befehl des Königs null und nichtig. Ihr sagtet doch, Euer Vater habe bereits Vorbereitungen getroffen, Euch zu verheiraten?«

»Ja, aber es wurde kein Ehevertrag besiegelt. Und den

Namen des Mannes habe ich leider nie erfahren.« Emlyn fuhr sich mit einer zitternden Hand über die Stirn, als wollte sie den Schmerz wegreiben, der dort noch immer unvermindert pochte.

»Wenn Lady Emlyn verlobt wäre«, fuhr Maisry in ihren Überlegungen fort, »oder einen anderen heiraten würde, bevor Whitehawke sie findet, hätte er keinen Anspruch mehr auf sie.«

Alle Blicke waren jetzt auf Maisry gerichtet. Nur die Holzscheite krachten in der Feuerstelle, ansonsten lag nachdenkliches Schweigen über der kleinen Runde.

Nach einer Weile sagte Emlyn mit einem wehmütigen Lächeln: »Aber wer würde mich in meiner Lage jetzt schon heiraten? Nein, nichts und niemand kann meine Verlobung verhindern – ich muß mein Leben Gott widmen. Whitehawke wird, falls er ein gläubiger Mensch ist, meine Entscheidung honorieren.«

»Wie können wir Euch dann helfen?« fragte Aelric.

»Ihr habt mir bereits so viel Gutes getan, wofür ich Euch von Herzen danke. Morgen beim ersten Tageslicht möchte ich aufbrechen, um meinen Onkel aufzusuchen. Wenn Ihr so gütig wärt und mir ein Pony zur Verfügung stellen könntet, werde ich zusehen, daß man Euch dafür entlohnt.«

Maisry schüttelte so energisch den Kopf, daß ihr Leinenschleier hin und her hüpfte. »Kommt nicht in Frage, Mylady. Ihr müßt Euch noch mindestens drei, vier Tage schonen, sonst nehmen die Kopfschmerzen und der Schwindel überhaupt kein Ende. So wie die Wunde aussieht, kann es gut sein, daß Ihr einen Schädelbruch erlitten habt.«

Emlyn, die wußte, daß Maisry recht hatte, seufzte resigniert. Sie hatte tatsächlich immer noch schreckliche Kopfschmerzen und fühlte sich wie erschlagen. Und das Schwindelgefühl, das sie jedesmal befiel, wenn sie den Kopf ruckartig bewegte, hatte sie nur ignoriert. »Ja, vielleicht sollte ich mich wirklich noch ein paar Tage ausruhen«, stimmte sie kleinlaut zu.

»Ganz bestimmt«, nickte Thorne. »Und Chavant hätte zwischenzeitlich Gelegenheit, aus der Gegend hier zu verschwinden, falls Ihr wirklich zu dem Schluß gekommen seid, daß Ihr Euch seiner Eskorte nicht wieder anschließen wollt.«

Emlyns Stirn legte sich ob seines leicht zynischen Tonfalls in kleine Falten. »Ich werde höchstens noch ein oder zwei Tage hierbleiben«, beharrte sie eigensinnig und ließ sich auf das weiche Fellager zurücksinken. »Ich muß schnellstens nach Wistonbury«, sagte sie noch, während sie spürte, wie sich plötzlich eine wohlige Erschöpfung ihrer bemächtigte. Benommen fragte sie sich, ob Maisrys Aufguß nicht auch einige Schlafkräuter enthalten hatte.

»Gewiß, Mylady. Ihr werdet Euren Onkel bald sehen«, flüsterte Thorne und legte ihr die Felldecke über die Beine. »Ruht Euch jetzt aus. Zum Reden ist noch reichlich Zeit.«

»Werde ich Euch noch sehen?« fragte sie schlaftrunken.

Sein Gesicht war dem ihren so nahe, daß sein Atem ihre Schläfe berührte. Sie konnte die Wärme seines Körpers spüren, ein seltsames, aber zutiefst beruhigendes Gefühl. »Ich bin hier, falls Ihr mich braucht. Schlaft jetzt«, murmelte er. Emlyn brachte gerade noch ein Nicken zustande, senkte ihre Lider, um ihren müden Augen Ruhe zu gönnen, und mußte feststellen, daß sie sie nicht mehr heben konnte.

Ihre Kehle war völlig ausgetrocknet, als sie erwachte, und obwohl der dumpfe Kopfschmerz noch immer anhielt, fühlte sie sich insgesamt schon viel besser. Sie streckte sich, gähnte herzhaft und sah sich in der Höhle um. Sie war allein. Das rotgoldene Licht, das schwach durch den dicken Vorhang des Eingangs schimmerte, zeigte die Morgendämmerung an.

Emlyn schlug die Felldecke zur Seite, stand langsam auf und ging noch etwas wacklig auf den Beinen zur Feuerstelle. Mit einem Becher schöpfte sie Wasser aus dem Holzfaß, trank es mit durstigen Schlucken und setzte sich dann mit einem Apfel ans Feuer. Trotz des warmen Morgenlichts lag das Innere der Höhle noch weitgehend im Dunkeln. Den Kopf auf die angezogenen Knie gestützt, starrte sie in die Glut. Sie spürte ihr Herz, das leise, doch ziemlich schnell schlug. Black Thorne war wieder in ihr Leben getreten, gerade in dem Augenblick, da sie ihn am dringendsten brauchte. Sie hatte keinen Zweifel, daß der bärtige, schweigsame Waldpfleger tatsächlich Whitehawkes erbitterter Erzfeind war. Als er gestern abend die Höhle betreten und sie angeschaut hatte, war ihr so gewesen, als käme da ein alter Freund, den sie erst Tage zuvor zum letzten Male gesehen hatte – und nicht in einer mondhellen Sommernacht vor acht Jahren. Und aus seinem Blick hatte dieselbe Vertrautheit gesprochen, dessen war sie sich ganz sicher. Diesem Mann konnte sie sich unbesorgt anvertrauen. Und er schuldete ihrer Familie noch einen Gefallen.

Sie flüsterte ein Dankgebet. Die Heiligen hatten ihr einen edlen Ritter gesandt oder sie zu diesem geführt. Sie hatte einen Krieger gefunden, der ihre Geschwister befreien würde, einen Helden wie Bevis oder Roland oder Guy de Warwyck, der für sie kämpfen konnte. Sie mußte ihn nur dazu überreden. Lächelnd zog sie die Knie an die Brust.

Als Thorne durch den Vorhang trat, fand er Emlyn so tief in Gedanken versunken, daß sie ihn erst bemerkte, als er dicht neben ihr stehenblieb. Wie in Trance saß sie, die Arme um die Knie geschlungen, vor der Feuerstelle. Ihr flachsblondes Haar, das der Schein des Feuers vergoldete, fiel ihr in weichen Kaskaden über den Rücken und ergoß sich auf den Boden.

Ihre stille Schönheit, die diese goldene Lockenpracht umhüllte wie ein Heiligenschein, raubte Thorne fast den Atem. Diese feingeschnittenen Gesichtszüge, diese schlanken Gliedmaßen, diese zartgeformten Hände ... Als er ihr die nassen Kleider ausgezogen und sie in warme Felle gehüllt hatte, war ihm bereits die Gelegenheit vergönnt gewesen, ihren straffen Körper, die runden Brüste, den flachen Bauch und ihre sehr schmalen Hüften zu betrachten. Sie war klein von Gestalt, obwohl die Grazie ihrer stolzen Bewegungen sie größer erscheinen ließ. Und wie sie jetzt so zu seinen Füßen am Boden kauerte, wirkte sie zerbrechlich wie Glas.

»Lady Emlyn?« sprach er sie leise an. Sie hob den Kopf und starrte ihn an, als hätte sie ihn noch nie zuvor gesehen.

Beim heiligen Kreuz! dachte er. Ihre Kopfwunde sah jetzt noch schlimmer aus als am Tag zuvor. »Lady Emlyn?«

Sie fixierte ihn mit einem Blick, der wild und elfenhaft zugleich war. Die schmale Nase und die schöne Linie ihres Halses bildeten einen starken Kontrast zu ihrer sehr kantigen Kieferpartie. Die geraden, dunklen Brauen über den himmelblauen Augen verliehen ihrem Gesichtsausdruck noch zusätzliche Strenge. Doch gerade diese Mischung aus Entschlossenheit und Verwundbarkeit machte sie so anziehend. Unwillkürlich regte sich in Thorne der Drang, sie zu beschützen; ein Gefühl, das er dem Umstand zuschrieb, daß er hier eine Frau vor sich hatte, die noch fast ein Kind war. Gleichzeitig spürte er aber auch ein heftiges Verlangen in sich aufwallen, eine glühende Begierde, die in seinem Inneren zu lodern begann, sobald er sie nur ansah. Die warme Blässe ihrer Haut verführte ihn dazu, seine Hand auszustrecken, um diese Zartheit zu berühren. Energisch krampfte er die Finger zu einer Faust zusammen.

»Black Thorne, wir hörten, Ihr wäret tot«, murmelte sie.

Er kniete sich neben sie nieder. »In gewissem Sinn ist das auch wahr.« Er warf eine Handvoll Reisig auf die Glut und lockerte sie mit einem Stock auf, um das Feuer wieder zu entfachen.

»Obwohl ich damals noch ein Kind war, habe ich Euch sofort wiedererkannt.«

»Ich erinnere mich ebenfalls gut an Euch«, entgegnete

er leise. »Und an Euren Bruder und an Wat. Ich habe auch erfahren, daß Euer Vater gestorben ist und daß Eure Familie in großen Schwierigkeiten steckt. Das hat mich sehr betroffen.«

»Demnach wußtet Ihr, wer ich war, als Ihr mich fandet«, stellte sie fest.

Er lächelte. »Selbstverständlich, Mylady. Glaubt Ihr denn, ich hätte sonst das magere Kind in dieser wunderschönen Frau wiedererkannt?« Jetzt war es um seine Beherrschung endgültig geschehen. Er streckte die Hand aus und berührte vorsichtig die Spitze ihres Kinns. Emlyn schlug unwillkürlich die Augen nieder und errötete heftig, worauf er die Hand sinken ließ und wieder in der Glut zu stochern begann. »Euer Vater war ein guter, großzügiger Mann und sein Tod ein großer Verlust. Als ich von der Gefangennahme Eures Bruders erfuhr, da ahnte ich, daß Ihr bald einen Freund brauchen würdet. Deshalb habe ich soweit wie möglich versucht, die Entwicklung auf Ashbourne mitzuverfolgen für den Fall, daß ich Euch behilflich sein könnte.«

Emlyn sah erstaunt zu ihm hoch. »Wie habt Ihr das denn angestellt?«

Er zuckte lässig die Schultern. »Ein Waldaufseher verfügt über diverse Nachrichtenquellen in einer Grafschaft, Mylady. Um ehrlich zu sein – als die Kunde von Eurer Verlobung mit Whitehawke die Runde machte, dachte ich mir, die Tochter eines Freundes möchte ich nicht so schnell mit diesem gemeinen Kerl verheiratet sehen. Und ich habe mich auch meiner Schuld gegenüber Eurem Vater erinnert.«

»Aber woher wußtet Ihr, daß ich mich verirrt hatte?«

»Nun, da ich mir sicher war, daß Chavant den Weg durch das Tal nehmen würde, haben Aelric und ich nach Euch Ausschau gehalten. Was bei diesem Nebel nicht gerade einfach war, muß ich zugeben. Aber wir stellten bald fest, daß die Eskorte Schwierigkeiten hatte. Zunächst jedoch konnten wir Euch in dieser dicken Suppe nicht finden, nur hören – kein Wunder bei dem Lärm, den Ihr veranstaltet habt. Ihr habt geschrien wie ein abgestochenes Ferkel.«

Er grinste sie an, und sie lächelte zurück. Ihr Lächeln ließ sein Herz einige Takte schneller schlagen. Wie wunderschön ihr Haar und ihre Augen im Schein des Feuers leuchteten! Er sog hörbar die Luft ein, während eine Woge der Erregung über ihn hinwegschwappte; sein Körper reagierte auf sie, ohne daß er sich dagegen wehren konnte. Da er sich noch nicht entschieden hatte, welchen Kurs er einschlagen sollte, empfand er diese Veränderung seiner Gefühle als äußerst alarmierend.

Ein direkter und ausgesprochen neugieriger Blick aus ihren klaren Augen genügte, und schon begann sein Herz zu rasen. Er stocherte nun noch energischer in der Glut, während seine Gedanken im Kreis herumwirbelten wie ein Windrad im Sturm. Sollte er ihr die ganze Wahrheit erzählen? fragte er sich. Oder einen Teil? Nein, ermahnte er sich entschlossen, er mußte darüber schweigen. Und doch merkte er, daß er in der kurzen Zeit bereits begonnen hatte, ihr zu vertrauen. Normalerweise dauerte das bei ihm viel länger.

»Seltsam, Ihr kommt mir irgendwie so bekannt vor. Dabei habe ich Euch nur einmal gesehen, und das ist schon Jahre her«, sagte Emlyn nachdenklich und musterte ihn mit schräg gelegtem Kopf. »Oder?«

Sein Lächeln verflüchtigte sich wie ein Traum nach dem Erwachen und machte einer steinernen Miene Platz. Vertrauen war schon eine verdammt knifflige Angelegenheit, dachte er. »Es ist mein Vater, den Ihr in mir erkennt, glaube ich«, entgegnete er betont beiläufig und setzte sich wieder neben sie.

»Euren Vater?«

»Graf Whitehawke.«

Emlyn setzte sich auf ihre Fersen, ließ die Arme sinken und starrte ihn ungläubig an. »Ihr seid der . . . Bruder des Barons von Hawksmoor?«

Thorne kehrte die Handflächen nach oben und zuckte die Schultern, ohne etwas zu erwidern.

»Gütiger Himmel!« stieß Emlyn atemlos hervor und beugte sich zu ihm hin. »Ihr wart es also, der Whitehawke vor Jahren so zugesetzt hat, Eurem eigenen Vater!«

Thorne nickte. »Das ist eine lange Geschichte, Mylady.«

Emlyn atmete langsam aus und sah ihn an. »Deshalb also! Ihr habt tatsächlich eine verblüffende Ähnlichkeit mit Eurem Bruder, obgleich ich Euer Gesicht hinter dem dichten Bart kaum erkennen kann. Und Eure Augen sind grün.« Sie zog die Stirn kraus und biß sich auf die Unterlippe. »Thorne, Ihr seid mein Freund. Ich vertraue Euch«, platzte sie dann heraus.

Er wandte den Blick von ihr ab. »Ja, ich bin Euer Freund.«

»Und Ihr seid meiner Familie noch etwas schuldig, wie ich gehört habe.«

»Ganz recht. Und ich denke, wenn ich Euch sicher bei Eurem Onkel abgeliefert habe, ist diese Schuld damit beglichen.«

»Ihr könntet uns aber auch darüber hinaus noch behilflich sein«, fuhr sie hastig fort, und ihre Augen blitzten dabei, als brenne sie darauf, den Rest des Satzes loszuwerden. Er hingegen war nicht sonderlich erpicht, das zu hören, was nun unweigerlich folgen würde.

»Befreit meine Geschwister aus der Obhut des Barons«, kam es denn auch.

Thorne kratzte sich nachdenklich das bärtige Kinn. »Entführen, meint Ihr wohl«, korrigierte er sie. In seine Stirn grub sich eine scharfe Falte.

Emlyns Gestalt leuchtete im Feuerschein, ihre Augen sprühten Funken, ihr sanft gewelltes Haar glänzte, und ihre regelmäßigen Zähne schimmerten wie Perlen hinter ihren rosigen Lippen. »Ja, genau«, nickte sie eifrig. »Das muß für Euch doch ein Kinderspiel sein.«

In diesem Fall half nur noch ein kalter Guß, überlegte er schnell und seufzte leise: »Mylady, die Kinder befinden sich meiner Meinung nach nicht in der geringsten Gefahr. Versteigt Euch nicht in Hirngespinste, sondern denkt einmal logisch nach. Ich habe keine Soldaten, um eine Burg anzugreifen. Und wo gedenkt Ihr die Kinder anschließend hinzubringen?«

»Wie ich schon sagte, zu Verwandten nach Schottland.«

»Und wie wollt Ihr sie dorthin schaffen? Und was geschieht mit ihnen, wenn Ihr ins Kloster geht? Überlegt Euch das alles noch einmal ganz in Ruhe, Mylady. Ich meine, dort, wo sie sich jetzt aufhalten, sind sie bestens untergebracht. Wären sie das auch in einem Kloster, bei Eurem Onkel oder bei Euch?«

»Sie brauchen eine Familie. Sie sind noch so klein, und ich habe meinem Vater auf dem Totenbett versprochen ...« Abrupt unterbrach sie sich und sprang auf. Einer Wolke aus blauer Seide gleich wirbelte sie herum und ging ein paarmal in der Höhle auf und ab. Als sie dann wieder zu sprechen anhob, brachte der harsche Tonfall ihrer Stimme ihn ebenfalls auf die Beine. »Ich habe meinem Vater versprochen, immer in ihrer Nähe zu bleiben!« stieß sie hervor und preßte die zu Fäusten geballten Hände auf den Mund. Ein verzweifeltes Schluchzen entrang sich ihrer Kehle, dann ließ sie den Kopf in die Hände sinken.

Hilflos beobachtete Thorne ihren Gefühlsausbruch, und dabei begann etwas in seinen Eingeweiden zu bohren, als habe er ihren Schmerz in sich aufgesogen. Er streckte eine Hand aus, um sie zu stützen, worauf sie ihm weinend entgegentaumelte. Behutsam zog er sie an sich, strich ihr über das duftende Haar und klopfte ihr sanft den Rücken, bis der Sturm allmählich verebbte.

»Ruhig«, flüsterte er an ihr Ohr. »Ganz ruhig. Ihr habt nichts Falsches getan.«

Schniefend legte sie beide Hände flach an seine Brust. »Guy und ich, wir haben beide unserem Vater dieses Versprechen gegeben.« Sie unterdrückte einen Schluchzer. »Aber da Guy nicht mehr bei uns ist, bleibt das Versprechen an mir hängen, und ich muß es einhalten.«

»Ein Versprechen ist eine heilige Sache«, murmelte er

in ihren seidigen Haarschopf. »Das weiß ich selbst nur zu gut. Und den Verlust des Vaters kann nichts im Leben ersetzen. Aber Ihr tragt keinerlei Schuld an den Umständen, die Euch von den Kindern trennten.«

»Und doch muß ich seinen letzten Wunsch respektieren«, flüsterte sie mit belegter Stimme. »Die Sorge um ihr Wohlergehen, das waren seine letzten Gedanken. O Gott!« schluchzte sie auf. »Ich kann es nicht ertragen, von ihnen getrennt zu sein. Sollte ihnen irgend etwas zustoßen ...«, wisperte sie noch, dann brach ihre Stimme.

Thorne hielt sie fest im Arm und strich ihr mit dem Daumen in sanften Kreisen über den Rücken. Immer wieder wurde ihr Körper von unterdrückten Schluchzern geschüttelt. Seine Hand glitt hinauf zu ihrem Nacken, der sich so zart und verwundbar anfühlte wie der eines Kindes. Er atmete den nach Rauch und Kräuter riechenden Duft ihres Haares ein, spürte das warme, leichte Gewicht ihres Körpers und auch ihren schweren Kummer.

»Es war nicht recht, daß er sie mir weggenommen hat«, schluchzte sie.

»Ich verstehe«, murmelte er und schloß die Augen. »Ich verstehe Euch jetzt.«

8. Kapitel

»Aua, nicht so fest, Maisry!« stöhnte Emlyn. »Ich bin nicht eins Eurer Schafe, dem Ihr das Fell schrubbt.«

Maisry nahm die Finger aus Emlyns eingeseiftem Haarschopf. »Beugt den Kopf über den Zuber, dann spüle ich Euch die Seife ab.« Emlyn, die vor dem Waschbottich kniete, kniff die Augen zu, als ein warmer Wasserguß über ihren Kopf rieselte. Dann verteilte Maisry einen Rosmarinsud auf ihrem Haar, spülte es nochmals gründlich aus und wickelte ein weiches Leinentuch darum.

»Mein Kopf ist immer noch sehr empfindlich«, murrte Emlyn.

»Das ist verständlich. Aber mit frisch gewaschenen Haaren fühlt Ihr Euch gleich viel wohler.«

»Kann ich nicht auch ein Bad nehmen?« fragte Emlyn mit Blick auf die beiden Holzeimer. Der eine war mit klarem warmem Wasser gefüllt, der andere für das Seifenwasser bestimmt.

»In Thornes Haushalt gibt es leider keine große Holzwanne. Er badet sich gewöhnlich in einem Teich, und der ist im Moment eiskalt. Aber wenn Ihr kräftig genug für einen Fußmarsch seid, dann gehen wir zusammen in mein Haus. Dort könnt Ihr dann ein Bad nehmen; unser Holzzuber ist so groß, da paßt sogar Aelric rein. Einstweilen kann ich jedoch gerne noch einen Kessel Wasser für eine Katzenwäsche heißmachen, wenn Ihr es wünscht.«

Emlyn nickte und trocknete sich vorsichtig die Haare ab. »Ich muß so bald wie möglich von hier aufbrechen, Maisry. Am besten morgen, allerspätestens übermorgen.«

»Immer hübsch langsam, Mylady. Thorne sagte mir, er würde Euch erst dann nach Wistonbury bringen, wenn ich Euch für reisefähig erkläre.«

»Ah«, machte Emlyn und nahm den breitgezinkten Elfenbeinkamm, den Maisry ihr reichte. »Dann entscheidet also Ihr und Thorne, wann ich aufbreche, und nicht ich?«

»Nun ja, Mylady, wenn es nach mir ginge, bliebet Ihr noch eine ganze Weile hier«, sagte Maisry, nahm den Holzzuber und ging damit vor die Höhle, um ihn auszuleeren. Sie mußte gegen das grelle Sonnenlicht anblinzeln, als sie sich nach Dirk und Elvi umsah, die draußen spielten. Beruhigt, daß mit den beiden alles in Ordnung war, kam sie in die Höhle zurück.

»Was wollt Ihr damit sagen?« erkundigte sich Emlyn. Maisry nahm ihr den Kamm aus der Hand, kniete sich neben sie und begann, die teilweise arg verfilzten Lokken auszukämmen, wobei sie ebenso behutsam zu Werke ging wie beim Versorgen der Wunde. »Ich meine, Mylady, daß sich keine Frau ihr ganzes Leben lang in einem Kloster verkriechen sollte, um einer ungewollten Heirat zu entgehen. Wenn ich könnte, würde ich Euch liebend gern hierbehalten, um Euch davor zu bewahren.«

Emlyn seufzte leise. »Ich bin fest entschlossen, diese Ehe zu verweigern, sei es nun zu meinem Vor- oder Nachteil. Und wo soll ich schon anders hin? Eine alleinstehende Frau kann eben nur ins Kloster gehen oder bei Verwandten Unterschlupf suchen. Und Ihr wißt ebensogut wie ich, daß Whitehawke mich früher oder später finden wird. Ich kann mein Leben nur Gott widmen, um es zu schützen, glaube ich.«

»Es macht mich sehr traurig, wenn ich daran denke, daß Ihr wie ein alter Apfel in diesem heiligen Faß verdorren wollt. Ihr solltet einen Ehemann haben und einen ganzen Stall voller Kinder. Zumal ich gesehen habe, wie liebevoll Ihr mit den meinen umgeht. Ich bitte Euch, überstürzt nichts.« Ihre bisher so sanften Finger zupften auf einmal ungeduldig an einer verknoteten Haarsträhne.

»Glaubt Ihr denn, ich tue das freiwillig?« ereiferte sich Emlyn. »Mir bleibt doch keine andere Wahl! Ich habe mein Zuhause verloren, besitze weder Land noch Vermögen, nicht einmal eine richtige Familie. Kein Mann würde eine arme Kirchenmaus wie mich heiraten. Also bleibt mir nur das Kloster.«

»Da gibt es einen, der Euch heiraten würde, Mylady.«

Emlyn lachte bitter. »Kein Mann möchte sich mit Whitehawke wegen einer bettelarmen Frau wie mir anlegen.«

»Verzeiht meine Offenheit, Mylady, aber Thorne würde Euch nehmen, da bin ich mir sicher.«

»Thorne?« Emlyn starrte Maisry völlig entgeistert an.

Maisry nickte und kämmte ungerührt weiter. »Aelric und Thorne würden mich lynchen, wenn sie mich jetzt hören könnten ... Trotzdem, Thorne würde Euch vom Fleck weg heiraten. Und, im Vertrauen gesagt, ich glaube, ihr beide würdet ein gutes Paar abgeben.«

»Thorne würde mich zur Frau nehmen?« wiederholte Emlyn immer noch fassungslos, spürte aber gleichzeitig, wie ihr Herz trotz aller Zweifel bei dem Gedanken daran schneller zu schlagen begann.

»Würdet Ihr ihn denn nicht nehmen, so einen guten und zudem attraktiven Mann? Mylady, wie Ihr schon sagtet, Ihr besitzt weder Titel, Land noch eine Familie, und wer weiß, welches Schicksal Euch und den Kindern beschieden ist. Denkt einmal genau darüber nach: Wenn Ihr einen anderen Mann heiratet, muß die Verlobung mit Whitehawke annulliert werden, und Ihr braucht nicht im Kloster zu versauern.«

»Vielleicht habt Ihr ja recht, Maisry. Aber Thorne würde niemals ...«

»Ich glaube schon, und zwar mit Freuden. Und laßt Euch nicht von dieser Höhle hier abschrecken. Thorne besitzt Land, obgleich ich nicht genau weiß wo. Aelric hat es schon gesehen. Thorne reitet sehr oft dort hin.« Maisry legte jetzt den Kamm beiseite und griff sanft mit beiden Händen in Emlyns Haarflut, um diese aufzuschütteln. »Setzt euch mit dem Rücken ein wenig näher ans Feuer, Mylady, dann trocknet Euer Haar schneller und wird duftig wie eine Wolke.«

Emlyn drehte sich um, so daß sie Maisry jetzt gegenübersaß, die ihre Beine anzog und ihre Röcke darüber ausbreitete. »Hat er mit Euch darüber gesprochen?« wollte Emlyn wissen.

Maisry schüttelte den Kopf. »Nein, das nicht. Aber ich habe Augen im Kopf und beobachtet, mit welchen Blikken er Euch betrachtet: so wie ein Mann, der im Finsteren sitzt und sehnsüchtig nach einer Kerzenflamme schielt.« Auf Emlyns verdutzten Blick hin hob Maisry gestikulierend eine Hand. »Ja, genau so. Ich spüre Sehnsucht bei ihm, aber auch noch etwas anderes, irgend etwas, das ihn beunruhigt. Vielleicht ist es diese Verpflichtung, die auf seinem Gewissen lastet. Thorne ist ein überaus verschwiegener Mensch und war, seitdem ich ihn kenne, immer allein. Aber er braucht eine Frau, meine ich«, schloß Maisry und nickte mit wissender Miene.

»Wenn er so verschwiegen ist, wie Ihr sagt, ist er vielleicht schon längst verheiratet.«

»Nein, keinesfalls. Aelric weiß mehr über ihn als ich und hat nie etwas Derartiges erwähnt«, beteuerte Maisry und beugte sich vertraulich vor. »Ich gebe hier nur meine eigene Meinung kund und bitte Euch, mir meine vielleicht törichten Worte zu verzeihen, Mylady. Wie gesagt, Thorne und mein Gemahl wären sicher nicht entzückt, wenn sie mein Geplapper hören könnten.« Sie lächelte. »Bleibt noch eine Weile hier sitzen. Ich werde rasch Wasser heiß machen, damit Ihr Euch waschen könnt.« Und damit war sie auch schon auf dem Weg nach draußen.

Emlyn fuhr sich mit gespreizten Fingern durchs Haar. Maisrys kühne Behauptung war ihr so unwillkommen nicht, mußte sie sich eingestehen. Bei allen Heiligen! dachte sie inbrünstig. Lieber verbringe ich mein Leben mit einem Mann, der außer einem Strohsack in einer Höhle nichts besitzt, als mit diesem Whitehawke auf einer Burg oder hinter Klostermauern.

Sie ließ die Erinnerung an sich vorüberziehen – wie Thorne sie an sich gedrückt hatte, als sie weinte. Er hatte sie eher wie ein verängstigtes kleines Mädchen denn wie eine erwachsene Frau behandelt. Genau das hatte sie in diesem Augenblick gebraucht, obgleich sie sich später wünschte, er hätte sich etwas leidenschaftlicher gezeigt. Aber offenbar hegte er nicht die gleichen Gefühle für sie wie jene, die so plötzlich in ihr aufgeflammt waren.

Außerdem, ein Mann wie Thorne, der ein freies Leben führen mußte, würde sich nicht an eine Frau binden. Sie schüttelte energisch den Kopf und strich sich mit einer unwirschen Handbewegung die Haare aus der Stirn. Maisry sollte ihre Liebesballaden an einem vornehmen Hof vortragen, so fantasiebegabt, wie sie war!

Thorne kam ihr vor wie einer dieser Helden, die in den Ritterepen gefeiert wurden. Genau wie Guy de Warwyck, Bevis von Hampton oder Havelok der Däne besaß er Schönheit, Stärke und Mut. Er hatte sie freundlich und achtungsvoll behandelt. Und er zeigte ein unerschütterliches Ehrgefühl.

Aber solche Männer, ermahnte sie sich nüchtern, existierten eben nur in Sagen und Erzählungen und nicht in der harten, wirklichen Welt. Immerhin war es ihr nicht gelungen, ihn dazu zu bringen, den unerschrockenen Ritter zu spielen und ihre Geschwister aus Hawksmoor zu befreien. Seine Logik hatte ihr den Wind aus den Segeln genommen, und dann hatte er sie im Arm gehalten, als wäre sie ein Kleinkind.

Und doch spürte sie eine faszinierende Tiefe in ihm, gleichzeitig aber auch eine starke Distanz, als wollte er sein wahres Ich verborgen halten. Und selbst wenn es ihr gelänge, den Schleier zu lüften, bestand die Möglichkeit, daß sich dahinter ein dunkler Charakter verbarg. Sie durfte nicht vergessen, daß Thorne trotz allem ein illegitimer Sohn Whitehawkes war, dessen Blut in seinen Adern floß . . .

Sie drehte sich um, damit auch die andere Seite ihrer Haarflut trocknen konnte, die allmählich einen goldenen Farbton annahm. Eines stand für sie fest: Thorne würde sie niemals heiraten, ganz gleich, in welch romantischen Gedanken Maisry sich verstieg. Er würde sie im Kloster ihres Onkels abliefern und dann aus ihrem Leben verschwinden. So groß war seine Verpflichtung ihr gegenüber nun auch wieder nicht.

Und trotzdem hatte sie das Gefühl, als habe er seidene Fäden an ihr Herz geknüpft, denn jedesmal, wenn sie ihn sah oder seine Stimme hörte, begann es wild zu klopfen. Sie mußte schon damals, als Dreizehnjährige, ein wenig in ihn verliebt gewesen sein. Und jetzt, da sie ihm nach all den Jahren wieder begegnet war, mußte sie zugeben, daß er ihr immer noch ausnehmend gut gefiel. Gewiß spiegelte sich Sehnsucht und Verlangen in ihren Augen, wenn sie ihn ansah.

Seufzend schlang sie die Arme um die angezogenen Knie. Was war das nur für ein törichter, kleinmädchenhafter Traum, den sie da träumte! Das beste war es, diesen Ort so schnell wie möglich zu verlassen, sich in die Abtei zu begeben und abzuwarten, welches Schicksal Gott für sie vorgesehen hatte. Sie konnte sich nicht für immer in dieser Höhle verstecken. Und mit jedem Tag, den sie länger hier bliebe und mehr mit Thorne zu tun hätte, würde ihr der Abschied schwerer fallen.

»Heiliges Kreuz, der ist ja länger, als Ihr groß seid!« rief Maisry amüsiert aus, als Emlyn den Langbogen aufnahm. »Haltet ihn ein bißchen schräg, sonst bleibt das untere Ende im Gras stecken, wenn Ihr ihn anlegt.«

Emlyn kniff vor lauter Konzentration die Lippen zusammen, als sie den schweren Bogen hob und die Sehne spannte, bis ihr Arm vor Anstrengung zu zittern begann. Dabei rutschte die Kerbe des Pfeilschaftes von der Sehne, und sie mußte den Pfeil nochmals justieren, bevor sie auf den schlanken Stamm einer Birke zielte und den Pfeil losschnellen ließ. Zischend beschrieb dieser einen flachen Bogen, flog etliche Meter am Ziel vorbei und landete in einem Ginsterbusch. Emlyn suchte sich ein neues Ziel, diesmal den dicken Stamm einer Eiche. Den würde sie bestimmt treffen. Sie setzte einen zweiten Pfeil auf die Sehne und legte den Bogen erneut an, der wieder beträchtlich zitterte, weil er einfach zu lang für sie war.

»Dieses Eichhörnchen ist gerade noch einmal mit dem Leben davongekommen«, rief Maisry lachend nach dem Schuß. »Seht nur, wie es rennt!«

»Es ist mir ins Ziel gelaufen«, verteidigte sich Emlyn. »Es hat sich dort oben versteckt und ist nur erschrocken.« Auf den Bogen gestützt, verschnaufte Emlyn einen Moment und warf ihre dicken, langen Zöpfe über die Schulter. Sie stand mitten im hellen Sonnenlicht, das in leuchtenden Streifen durch das grüne Blätterdach der Bäume fiel. Überall zwischen den Farnbüscheln und Grasnestern blühten Butterblumen, blaue Glockenblumen und Himmelsschlüssel. Emlyn atmete tief die frischen Frühlingsdüfte ein. Nach dieser langen Woche in der Wohnhöhle mit dem rauchigen Feuer und den feuchten Wänden fühlte sie sich hier draußen wie neugeboren.

Emlyn hatte die arme Maisry so lange beschwatzt und schließlich regelrecht angefleht, bis diese einem kleinen Spaziergang zugestimmt hatte. Thornes Wohnhöhle lag hoch über dem Tal am Fuß einer mächtigen Felswand, in deren Spalten sich der Eingang verbarg. Zusammen mit den beiden Jungen waren sie dem steilen, bewaldeten Weg gefolgt, der sich von der Höhle aus hinunter in die Talsenke schlängelte, und hatten auf halbem Weg eine Rast eingelegt.

Nachdem sie ihren Arm ein wenig ausgeruht hatte, zog sie den viel zu großen Lederhandschuh wieder an, hob den Bogen, legte einen Pfeil ein und spannte die Sehne. »Seht Ihr den dicken Eichenast, von dem die beiden Zweige abstehen? Ich ziele auf den Stamm genau darunter.«

»Bleibt hinter Lady Emlyn stehen!« rief Maisry ihren Buben zu. »Wir sollten ihr möglichst nicht in die Schußlinie geraten.« Dirk und Elvi gingen lachend in Deckung.

»Maisry«, warnte Emlyn. »Aufgepaßt!« Der Pfeil flog davon.

»Schade. Beinahe getroffen.«

»Ja, viel hat nicht gefehlt«, pflichtete Emlyn ihr zufrieden bei. »Ich glaube, allmählich bekomme ich ein Gefühl für diesen Bogen.«

»Ihr habt früher schon einmal mit dem Bogen geschossen, sagtet Ihr?« erkundigte sich Maisry ein wenig zweifelnd.

»Ja, zu Hause. Aber mit einem Damenbogen«, erklärte Emlyn. »Ich brauche natürlich mehr Übung, das ist klar. Und mit so einem Monstrum schieße ich heute zum ersten Male. In Thornes Vorratskammer habe ich etliche Bogen gefunden, aber die meisten waren eingewickelt. Der hier stand gleich neben der Tür, deshalb habe ich ihn genommen.« Sie nahm einen dritten Pfeil, legte an und schoß. Ein dünner Ast hoch über dem Ziel segelte kreiselnd zu Boden.

»Nicht schlecht«, kommentierte Maisry. »Immerhin habt Ihr den Baum ja getroffen.«

»Ho!« rief eine Stimme, und als Maisry und Emlyn sich umdrehten, sahen sie Aelric und Thorne den Waldweg herunterkommen, beide in kühles grünes Licht getaucht.

»Was soll das denn werden?« erkundigte sich Thorne und musterte Emlyn mit angehobenen Brauen.

Obwohl sie es zu verbergen suchte, konnte Emlyn nicht verhindern, daß sich ein strahlendes Lächeln auf ihrem Gesicht ausbreitete, als Thorne auf sie zukam. Seine Augen, grün wie junges Eichenlaub, zwinkerten ihr zu und nahmen dann einen strengen Blick an. »Was habt Ihr hier draußen im hellen Sonnenschein zu suchen? Und mit meinem Langbogen?« Sie vermeinte, ein kleines Lächeln um seine Mundwinkel spielen zu sehen.

»Ich habe mir ihn nebst einigen Pfeilen und diesem Handschuh ausgeborgt«, erwiderte Emlyn. »Ich hoffe, Ihr habt nichts dagegen. Ich fühle mich heute so viel besser und wollte unbedingt ein bißchen an die frische Luft. Maisry und die beiden Jungen waren auch ganz erpicht auf einen Spaziergang«, fügte sie mit einem raschen Seitenblick auf Maisry hinzu.

»Oh, gewiß! Lady Emlyn brauchte dringend frische

Luft. Und wenn wir uns noch ein Weilchen gedulden, schießt sie uns auch noch etwas fürs Abendessen«, setzte Maisry hinzu und grinste Thorne an.

»Aha. Dann gibt es heute abend wohl Eichelsuppe«, bemerkte er trocken, worauf Aelric und Dirk zu lachen anfingen. Emlyn wurde puterrot.

Thorne schürzte die Lippen, kratzte sich am Kinn und meinte dann: »Na schön, wenn Ihr unbedingt Eurer Jagdleidenschaft frönen wollt, dann solltet Ihr es zumindest richtig machen.« Er flüsterte Aelric etwas zu, worauf dieser nickte, sich umdrehte und den Hügel hinaufrannte.

Thorne nahm Dirk mit, als er im Unterholz verschwand, um die verschossenen Pfeile zu suchen. Maisry und Emlyn beobachteten unterdessen, wie der kleine Elvi angestrengt versuchte, den langen Bogen hochzuhieven, und griffen dann lachend ein, als er sich daranmachte, eine Handvoll Pfeile aus dem Köcher zu angeln.

Kurz darauf kamen Thorne und Dirk zurück, und Aelric erschien mit einem zweiten Bogen, den er Emlyn in die Hand drückte.

»So, Mylady«, sagte Thorne. »Jetzt versucht es mal mit diesem hier. Das ist ein kleinerer Jagdbogen. Mit dem habe ich geschossen, als ich ein Junge war. Ich habe ihn aufgehoben und möchte ihn Dirk schenken, wenn er ein bißchen älter ist.« Emlyn hob den Bogen hoch, der immerhin fast so lang wie sie war, aber leichter zu balancieren als der andere, und nahm den mit Gänsefedern und eisernem Widerhaken versehenen Pfeil, den Thorne ihr reichte. Sie zielte und lauschte dabei andächtig Thornes Anweisungen, der direkt hinter ihr stand. »Neigt ihn ein wenig nach unten – ja, so ist's richtig. Jetzt zieht die Sehne bis zum Kinn. Gut, genau so«, lobte er und berührte dabei die Spitze ihres Kinns ganz leicht mit dem Zeigefinger. »Der Bogen ist immer noch zu lang für Euren Arm. Spannt die Sehne bis hierher.« Seine Fingerkuppe berührte ihre Wange knapp unterm Ohr, und sofort durchfuhr sie ein Schaudern. Obwohl er seine Finger gleich darauf wieder wegnahm, spürte sie, wie ihr die Hitze in die Wangen stieg, und blickte stur geradeaus.

»So, weiterspannen, Mädchen. Aber seht zu, daß der Bogen nicht wackelt. Haltet den Zugarm waagerecht, und hebt den linken Ellbogen mehr an. Höher.«

»Sie lehnt sich zu weit vor«, bemerkte Aelric.

»Ja, richtig«, sagte Thorne. »Ihr müßt Eure Schultern so gerade halten, als ob Ihr flach an einer Wand stündet.« Wieder berührte er sie; diesmal rückte er ihre Schultern zurecht und massierte sie dabei ein wenig. Dann spürte sie seine Hände ihre Wirbelsäule entlangfahren und einen Augenblick auf ihren Hüften verharren. »Wenn Ihr den Bogen spannt, muß Euer Körper ganz aufgerichtet sein. Aber nicht verkrampfen. Und vergeßt das Atmen nicht«, fügte er hinzu. »Beim Spannen einatmen, und ausatmen, wenn Ihr den Pfeil abschießt.«

Die Berührung seiner Hände jagte so unsäglich köstliche Schauer durch Emlyns Körper, daß sie es kaum fertigbrachte, sich auf seine Anweisungen zu konzentrieren. Bemüht, ihr Bestes zu geben, schoß sie vier Pfeile ab, alle auf das gleiche Ziel, das sie vorhin ausgewählt hatte. Der vierte zischte dicht an dem Eichenstamm vorbei, viel näher als bei ihren vorigen Versuchen.

Maisry, Aelric und die Buben spendeten diesem Schuß fröhlichen Applaus. Mit ernster Miene nahm Emlyn einen neuen Pfeil aus dem Köcher, legte ihn ein und hob den Bogen so an, wie Thorne es ihr erklärt hatte.

Er stellte sich wieder hinter sie, als sie ihr Ziel anvisierte und sich um einen sicheren Stand bemühte. »Mylady«, raunte er in ihr Ohr. »Ihr müßt Eure Finger nur sanft wie ein Windhauch von der Sehne gleiten lassen. Wenn Ihr zu fest zerrt, verliert der Pfeil seine Richtung. Ganz sachte loslassen, Mädchen«, flüsterte er. »Ganz sachte.«

Durch den dünnen Seidenstoff ihres Kleides spürte sie, wie seine warmen Hände ihre Schultern ausrichteten. Sein Atem streifte dabei eine Strähne ihres Haares – wie eine Liebkosung. Emlyn warf Thorne einen nervösen Blick zu. »Mit dem Schuß ausatmen«, sagte er leise und trat dann einen Schritt zurück.

Sie atmete hörbar aus und ließ dabei den Pfeil so sachte wie möglich los. Er schlug in den Stamm der Eiche ein, ganz nahe am Ziel, und blieb dort stecken.

Zufrieden drehte sie sich um und sah Thorne an, der ihr anerkennend zunickte und dabei ein winziges Lächeln zeigte. »Ja, sie wird einmal eine gute Bogenschützin werden«, meinte er, an Aelric gewandt. »Vielleicht gibt es zum Abendessen ja doch noch einen fetten Braten.«

»Heute abend gewiß nicht, Sir«, gab Emlyn zurück. »Bis jetzt kann ich nur ein unbewegliches Ziel treffen. Ein großes, unbewegliches Ziel.«

Thorne grinste. »Sachte, mein Mädchen. Immer ganz sachte, dann klappt es schon.«

Maisry, die Elvi auf der Hüfte trug, trat jetzt auf Emlyn zu. »Mit Speck fängt man Mäuse, aber sachte«, raunte sie ihr zu und lachte hell auf, als Emlyn sie entgeistert anstarrte. »Wir sollten uns langsam auf den Weg machen, Mylady«, meinte sie dann. »Wir haben noch viel vorzubereiten für morgen.«

»Für morgen?« wiederholte Emlyn.

»Morgen ist doch der erste Mai!« krähte Dirk, der bei Aelric auf den Schultern saß. »Da gibt es im Dorf Spiele und jede Menge zu essen. Und die Mädchen tanzen um den Maibaum herum. Aber nur Mädchen«, fügte er mit wichtiger Miene hinzu. »Jungen nicht.«

Er griff mit beiden Händen in Aelrics Haarmähne und schnalzte mit der Zunge, als gelte es, ein großes, rotbraunes Schlachtroß anzutreiben. Emlyn winkte ihm lächelnd zu, als er auf den Schultern seines Vaters davonritt. Dann drehte sie sich zu Thorne um, der sich so lässig auf den Bogen stützte, als sei dieser ein Spazierstock. Seine Gedanken hinter den grünen Augen verborgen, beobachtete er sie schweigend.

»Nun, Ihr habt mir so viel gesagt, jetzt zeigt mir doch einmal selbst, wie man es macht.«

»Das werde ich, Mylady. Aber zieht erst Euren Mantel an und setzt die Kapuze auf.«

»Warum denn? Es ist ein wunderschöner warmer Frühlingstag.«

»Mag ja sein, aber Euer Haar leuchtet wie eine Signalfackel. Besser, Ihr hieltet Euch überhaupt nicht hier draußen im Wald auf. Das ist zu gefährlich.« Er beugte sich vor, hob einen der Pfeile auf und balancierte ihn auf der Handfläche. »Das heißt, falls Ihr immer noch die Absicht habt, Euch vor Whitehawkes Leuten zu verstecken und später in diese Abtei zu gehen«, setzte er leise hinzu.

Gehorsam warf Emlyn den grünen Umhang über, schloß die Spange am Kragen und setzte die Kapuze auf. Lieber sah sie aus wie ein wandelnder Mooshaufen, als daß man sie schon von weitem an ihrem goldblonden Haar erkennen konnte. Und obwohl sie nur zu gerne mit Thorne in diesem Wald geblieben wäre, hob sie mit einer Entschlossenheit, die sie in Wirklichkeit gar nicht verspürte, das Kinn und entgegnete: »Aber gewiß möchte ich zu meinem Onkel gehen.«

»Gut, dann werde ich Euch morgen dort hinbringen«, sagte er und drehte sich um. »Mögt Ihr Himmelsschlüssel?« fragte er dann unvermittelt.

Er nahm den Bogen auf, legte einen Pfeil ein und spannte die Sehne, alles eine einzige fließende, graziöse Bewegung und dabei so schnell wie der Flügelschlag eines Falken. Emlyn sah ihn kaum zielen und schießen; sie erkannte gerade noch, wie der Pfeil einen hohen Bogen durch die Bäume beschrieb und nach unten segelte.

»Wo ist der denn hingeflogen?« fragte sie verblüfft.

»Genau dorthin, wo ich ihn haben wollte«, erklärte Thorne grinsend. »Da.« Er deutete mit dem Zeigefinger geradeaus. Zwischen zwei Birkenstämmen, mehr als hundert Schritt von ihnen entfernt, ragte ein Büschel grauer Gänsefedern zitternd aus einem gelben See von Himmelsschlüsseln, der sich über einen umgestürzten Baumstamm ergoß.

Lächelnd nahm Emlyn ihren Langbogen auf, hob den

Saum ihres langen Mantels ein wenig an und lief auf den Pfeil zu. Und als sie hörte, daß Thorne ihr nachkam, beschleunigte sie lachend und nach Atem ringend ihren Schritt, um als erste am Baumstamm zu sein.

Sie kamen gleichzeitig an, und gleichzeitig streckten sie die Hand aus und schlossen sie um den Pfeilschaft, der tief in einem Meer von Blumen steckte. Als Thorne den Pfeil herauszog, fiel Emlyn ein Regen aus gelben Blütenblättern zu Füßen. Sie hob den Kopf, sah ihm in die Augen und löste langsam ihre Finger von dem Pfeil.

Seine Augen waren so grün wie ihr Mantel, sein Haar und sein Bart schimmerten in diesem schattigen Waldstück wie schwarze Rabenfedern. Ganz plötzlich tauchte in ihrer Erinnerung das Bild auf, wie sie, Hand an Hand mit Nicholas de Hawkwood, den blutigen Pfeil aus seinem Oberschenkel gezogen hatte.

Wahrscheinlich gerade wegen Thornes verblüffender Ähnlichkeit mit dem Baron verscheuchte sie schleunigst diesen Gedanken. Dieser warmherzige, freundliche Mann hatte mit seinem rauhen, hartgesottenen Halbbruder nichts gemein. Der Blick, den er ihr jetzt zuwarf, durchdringend, aber doch so empfindsam, ließ beinahe ihren Herzschlag stocken, und ein merkwürdiges Kitzeln machte sich in ihrer Magengrube breit. Die Atemlosigkeit, die sie ergriffen hatte, rührte mit Sicherheit nicht von dem schnellen Rennen her. Sie beugte sich zu ihm hin.

Thorne pflückte eine sonnengelbe, süß duftende Schlüsselblume und berührte damit ihre Wange. Ohne den Blick von ihm zu wenden, hob sie eine Hand nach der Blüte.

Sein Kopf flog herum, und ebenso unvermittelt packte er plötzlich ihre Schultern und zog sie mit sich auf die Knie. Emlyn stieß einen leisen Schrei aus, als er sie sanft auf den weichen Waldboden stieß und sich dann auf sie legte. Das bißchen Luft, das sie noch hatte, wurde aus ihren Lungen gepreßt.

»Was fällt Euch ein ...«, keuchte sie und versuchte

ihn wegzuschubsen, völlig geschockt von seinem aggressiven Verhalten. »Ich bin eine anständige Frau!«

Er legte ihr eine Hand auf den Mund und preßte seinen harten, muskulösen Oberkörper auf ihre Brust und ein Knie zwischen ihre Beine. »Eure Jungfräulichkeit ist nicht in Gefahr«, raunte er ihr ins Ohr. »Pst!« Seine Bartstoppeln kitzelten sie an der Wange, und das Leder seiner Jacke drückte gegen ihren Hals. Sie wartete schweigend. Nach einer Weile begannen sie im selben Rhythmus zu atmen, während sich ihre Körper wie von selbst den gegenseitigen Konturen ihrer Hüften, Beine und Oberkörper anpaßten.

Jetzt hörte Emlyn das entfernte Trappeln von Pferdehufen. Thorne hob den Kopf, und Emlyn versuchte, sich ebenfalls aufzurichten, doch er drückte sie mit einer Hand nach unten. Sein Blick gebot ihr, sich nicht zu bewegen.

Das Knacken von Zweigen und das Klirren von Rüstungen kam immer näher und schien sich eine endlose Zeitlang nicht zu entfernen. Thornes Hand lag noch immer auf Emlyns Mund, sein Atem strich sanft an ihrem Ohr vorbei. Er roch nach Rauch und nach Leder, und die Hand auf ihrem Mund duftete leicht nach Himmelsschlüsseln. Sie konnte sehen, wie seine Kehle im heftigen Rhythmus seines Herzschlags vibrierte.

Ihr eigenes Herz raste, als wollte es dem seinen antworten. Das Gewicht und die Konturen seines Körpers harmonierten wunderbar mit den ihren. Als sie eine Hand auf seinen Rücken legte, verstärkte er den Druck auf ihren Mund.

Während er intensiv in alle Richtungen lauschend den Kopf drehte, wischten seine tintenschwarzen Wimpern unruhig über seine graugrün gesprenkelten Pupillen. Sie sahen aus wie moosbewachsene Kieselsteine. Emlyn war ihm so nahe, daß sie die einzelnen Haare seiner Brauen zählen und die kupferfarbenen Bartstoppeln unterscheiden konnte. Seine Wangen waren von einer leichten Röte überzogen, die die kühle Farbe seiner Augen milderte.

Nach einer Weile nahm Thorne langsam die Hand von Emlyns Mund und legte mit krausgezogener Stirn einen Finger an die Lippen, um ihr Schweigen zu bedeuten. Dann schob er vorsichtig seinen Körper von dem ihren und legte sich neben sie in das Meer von Schlüsselblumen. Dabei kitzelte sie ein Farnblatt an der Wange, und ein Büschel gelber Blüten fiel ihr ins Gesicht, die er behutsam wegstrich. Den Kopf in die eine Hand gestützt, die andere auf ihre Schulter gelegt, sah er auf sie herab.

»Verdammt!« fluchte er leise.

Emlyn sah ängstlich zu ihm hoch. »Chavants Männer?«

»Ja.« Er ließ hörbar den Atem entweichen. Emlyn wartete darauf, daß er weitersprach, aber Thorne streichelte nur schweigend mit dem Daumen ihre Schulter. Mit jeder seiner kreisenden Bewegungen schlug ihr Herz einen Takt schneller. Den Blick auf die Baumwipfel über ihnen gerichtet, schien es, als denke er angestrengt nach.

»Thorne . . .«

»Hm?«

Ein merkwürdiges, schmelzendes Gefühl lähmte ihre Arme und ihre Brust. Sie wollte näher an ihn heranrükken, mehr von seiner Wärme und Stärke spüren, damit sich dieses Glühen überall in ihrem Körper verteilte. Und doch wagte sie es nicht, sich zu bewegen; möglicherweise hörte er dann auf, sie zu streicheln. »Werden sie zurückkommen?«

»Wahrscheinlich nicht. Nachdem sie Euch hier nicht gefunden haben, werden sie wohl weiterreiten.« Er drückte sanft ihre Schulter, holte tief Luft und setzte sich auf. Emlyn konnte ein Gefühl der Enttäuschung nicht unterdrücken. »Komm, Mädchen«, sagte er und streckte eine Hand aus. »Ihr müßt aus diesem Wald hier verschwinden.«

Die angebotene Hand ignorierend, erhob sich Emlyn und klopfte sich den Mantel ab. Als sie wieder hochsah, hielt er ihr einen Strauß Himmelsschlüssel hin.

»Hier«, flüsterte er. »Deshalb sind wir ja hergekommen.« Er hob eine Braue und lächelte verhalten, als sie ihm die Blumen abnahm. Dann legte er einen Finger unter ihr Kinn. »Habt Ihr noch Angst? Die Männer sind weg.« Sie schüttelte stumm den Kopf, wandte sich ab und roch dabei verschämt an den Blüten. Sie konnte ihm ja schlecht erklären, daß das, was sie so ängstlich dreinblikken ließ, der erschreckend überwältigende sinnliche Drang war, sich in seine Arme zu werfen und hier oder sonstwo mit ihm liegenzubleiben bis zum Jüngsten Tag.

»Mylady«, sagte er, seine Stimme kaum mehr als ein Wispern. Sie fuhr hoffnungsvoll herum. Er kam einen Schritt auf sie zu, hob eine Hand und ließ einen Finger sanft über ihre Wange und den Hals gleiten. Und als sein Gesicht näher kam, begann in ihr ein Feuer zu erglühen. Ihre Knie zitterten wie Espenlaub, als sie ebenfalls einen Schritt auf ihn zu machte und ihm ihren Mund entgegenhob.

Seine Lippen berührten die ihren, warme, weiche und ein wenig trockene Lippen. Es war ein einfacher Kuß, zärtlich und kurz. Und als er vorüber war, blickte Emlyn schweigend in Thornes Augen, trat zögernd noch ein bißchen näher. Sie wußte, daß sie mehr wollte, aber was genau, wußte sie nicht. Vorsichtig legte sie ihre Hand an seine Brust, spürte das kühle Leder der Lederweste und darunter sein Herz schlagen.

Thornes Finger wanderten über ihren Rücken. An ihren Hüften verstärkte er den Druck und zog sie an sich. Sein Mund berührte wieder den ihren, und die zärtliche Liebkosung seiner Lippen und seines Atems fuhren wie ein Blitzschlag durch ihren Unterleib und lösten dort ein derart erregendes Prickeln aus, daß sie unwillkürlich schneller atmete.

Die Arme um seinen Nacken geschlungen, erwiderte sie seinen Kuß nun ein wenig mutiger. Ihre Finger gruben sich in seine dichten, seidenweichen Locken und zitterten dabei mit ihrem Herzen um die Wette. Die Berührung seiner Lippen war immer noch unendlich zärtlich, aber sie glaubte, plötzlich eine gewisse Anspannung zu fühlen.

Als er sich ihr entzog, sah sie verunsichert zu ihm auf.

Ein bedauerndes Lächeln zuckte um seine Lippen. »Verzeiht mir, Mylady. Ihr seid einem anderen versprochen.«

»Nein«, flüsterte Emlyn atemlos. »Ich bin niemandem versprochen.«

So unmerklich, wie sich eine Wolke vor die Sonne schiebt, huschte etwas über sein Gesicht. Er ließ die Hand sinken, die eben noch ihre Wange berührt hatte, schulterte seinen Bogen und wandte sich von ihr ab.

»Geht zurück in die Höhle«, sagte er leise. »Ich werde mich im Dorf umhören, ob es etwas Neues von den Soldaten gibt.« Emlyn blieb verdutzt stehen, worauf er sich noch einmal umwandte. »Geht!« drängte er mit undurchdringlicher Miene.

Emlyn schickte sich an, den Hügel hinaufzusteigen, und spürte dabei seinen Blick auf ihrem Rücken ruhen wie eine warme Berührung. Es vergingen einige Sekunden, bis sie das Rascheln seiner Schritte im Unterholz vernahm, die sich in entgegengesetzter Richtung entfernten.

Die Stimmen schwollen an und verflüchtigten sich in der Dämmerung; sie wurden lauter, als die Sänger den Hügel hinabstiegen und schwächer, wenn sie sich seitwärts wendeten. Neugierig spähte Emlyn durch das dichte Buschwerk hindurch, das den Höhleneingang verbarg, ins Zwielicht; sie wollte mehr von dieser Musik hören.

Im bläulichen Licht der Dämmerung entdeckte sie ihn. Er lehnte mit dem Rücken an dem umgestürzten Stamm einer alten, knorrigen Eiche, deren vertrocknete Äste sich dem lavendelfarbenen Himmel entgegenreckten. Emlyn warf ihren Umhang über und ging hinaus.

Er blickte auf, als er sie auf sich zukommen hörte, und winkte sie näher. Allein diese Geste genügte, um ihr Herz galoppieren zu lassen. Dann stand sie neben ihm.

»Hört.« Er hatte einen Zeigefinger erhoben, den er jetzt auf ihren Unterarm legte. Augenblicklich rieselten süße Schauer über ihren Rücken. »Hört Ihr?« Leise wie das Murmeln eines Baches oder der silberhelle Klang von Elfengelächter drang eine Melodie an ihr Ohr. »Das sind die jungen Leute aus dem Dorf bei ihrer Maifeier.« Er streckte eine Hand nach ihr aus. »Kommt mit.«

Als Emlyn ihre Hand in die seine legte und die Wärme seiner Haut spürte, begann ihre Handfläche zu prickeln. Seine große Hand fest um die ihre geschlossen, zog er sie an der Höhle vorbei zu einem anderen Felsvorsprung, von dem aus ein grasbewachsener Pfad weiter den Hügel hinaufführte. Dort ließ Thorne ihre Hand los und ging schneller.

Emlyn steckte den vorderen Teil ihres Rocksaums unter den Gürtel und folgte ihm. Der leicht ansteigende Weg bereitete ihr zunächst keine Schwierigkeiten, doch je höher sie kamen, desto steiler wurde der Pfad, und Emlyn begann leise vor sich hin zu murren.

Thorne drehte sich um, griff nach ihrem Arm und zog sie auf eine breite, abgeflachte Felskuppe. Als Emlyn sich stöhnend aufrichtete, hob und senkte sich ihre Brust unter ihren angestrengten Atemzügen; ihr war ein wenig schwindlig von dem schnellen Aufstieg. Eine Windbö verfing sich in ihrem Umhang, spielte mit ihrem Haar und blies ihr angenehm kühle Luft ins Gesicht.

Die Aussicht von diesem Plateau war überwältigend. Die einsetzende Dunkelheit tauchte den Himmel, die Hügel und die Wälder, die sich rechts und links an den Bergpfad schmiegten, in ein indigoblaues Licht. Einer ovalen, mit Samt ausgekleideten Schale gleich erstreckte sich das Tal unter ihnen, die vereinzelten Bauernhöfe und die langgezogenen Steinmauern bildeten ein gleichmäßiges Muster, und die schmalen Flußläufe gruben tiefe Falten in den samtenen Untergrund. Die Seiten und beide Enden des Tales verschluckte der Abenddunst.

»Wunderschön«, sagte Emlyn ergriffen und drehte sich langsam um. Die breite, mit Steinen und Grasbüscheln bedeckte Felskuppe sah aus wie ein Schachbrett. Lautlos segelten die Wolken über den sich rasch verdunkelnden Abendhimmel, und ein silberner Mond begann seinen Aufstieg.

Thorne, der hinter ihr stand, legte eine Hand auf ihre

Schulter. »An einem diesigen Morgen«, sagte er, »liegt der Nebel über den Wäldern und dem Tal wie eine zur Erde herabgesunkene Wolke. Ja, hier oben, da herrscht Ruhe; und es ist ein Ort der Kraft.« Er drehte sie um und deutete mit dem Finger. »Seht dort.«

Eine gewundene Lichterschlange bewegte sich langsam durch den Wald. »Sie sammeln Zweige und Blumen für die Maifeier.« Seine Hand, deren Wärme sie selbst durch den dicken Umhang spürte, ruhte noch immer auf ihrer Schulter.

Emlyn lachte. »Wenn diese Mädchen und Burschen hier so feiern wie in den Dörfern um Ashbourne, dann müssen ein paar Fässer Bier dran glauben, und ins Bett geht in dieser Nacht auch niemand.«

Er lächelte; sie hörte es an seiner Stimme. »Ja, nach und nach lösen sich immer mehr Paare aus der Gruppe, und dann findet in diesen Wäldern mehr statt als nur fröhliches Blumenpflücken. Jedes Jahr werden in den Wochen nach der Maifeier hier etliche überstürzte Ehen geschlossen.«

Emlyn errötete heftig, als sie sich Maisrys Worte ins Gedächtnis rief, und entfernte sich einen Schritt von der gefährlichen Wärme seines Körpers. »Ah, dort. Hört Ihr es? Jetzt singen sie wieder. Und jemand bläst dazu auf der Flöte.« Ganz automatisch begann sie sich zur Melodie der Flöten, Trommeln und der hellen, fröhlichen Stimmen zu wiegen, die durch den Wald zu ihnen heraufdrang.

Obgleich fasziniert von der ansteckenden Fröhlichkeit der Lieder und der überwältigenden Schönheit der Natur, war sie sich Thornes Nähe sehr wohl bewußt. Ihr ganzer Körper bewegte sich jetzt zu dem fließenden Rhythmus der Gesänge, und ihre Zöpfe hüpften im Takt dazu. Sie summte die Melodie mit und merkte genau, daß Thorne einen Schritt näher kam.

Die Hände auf ihren Schultern drehten sie jetzt sanft herum und zwangen sie, ihn anzusehen. Mittlerweile stand der Mond hoch am Himmel, eine silberne Sichel, die seine große Silhouette von hinten beleuchtete.

»Lady«, sagte er leise. »Traut Ihr Euch, den ersten Maiabend draußen zu verbringen?«

Ihr Atem beschleunigte sich, als seine Finger über ihren Rücken wanderten, während sein Körper den kühlen Abendwind von ihr abhielt wie ein Schild. »Aber sicher. Ich fürchte mich nicht«, erwiderte sie.

Er senkte den Kopf, bis seine Lippen dicht an den ihren waren. »Ihr wißt, daß Ihr in dieser Nacht leicht verzaubert werden könntet«, flüsterte er.

Ihr Blick hing an seinen Lippen, und plötzlich begann tief in ihrem Inneren eine gänzlich unbekannte, aber unglaublich starke Kraft zu erwachen; ihr war, als verfüge sie mit einemmal über magische Kräfte. »Wenn ich einen Maistock mit bunten Bändern und Blüten hätte«, entgegnete sie lächelnd, »könnte ich selbst jemanden verzaubern.«

»Das solltet Ihr gleich hier an Ort und Stelle versuchen«, meinte er, und plötzlich hatte Emlyn das Gefühl, als sei er ihr mit dem Verzaubern schon zuvorgekommen. Er strich ihr liebevoll über das seidenweiche Haar, grub seine Finger unter ihren Zopf und kraulte sie im Nacken. Mit der anderen Hand zog er sie an sich.

Nach der ersten federleichten Berührung seiner Lippen, die sie auf ihrer Wange spürte, hob sie ihm ihren Mund entgegen. Sie sehnte sich nach seinem Kuß. Ganz langsam senkten sich seine Lippen auf die ihren, entfernten sich und berührten sie wieder. Das Blut begann in ihren Adern zu pulsieren. Sie schloß die Augen und öffnete die Lippen, und als sich sein Mund um den ihren schloß, glaubte sie, dahinzuschmelzen wie Butter in der Sonne.

Sie lernte rasch, den Druck seiner Lippen zu erwidern, ließ ihre Hände bis zu seinen Schultern hochwandern und bewegte sanft ihre Lippen zwischen den seinen.

Seine Küsse wurden immer intensiver und fordernder. Er preßte ihren Körper an sich; seine Arme hielten sie wie ein Eisenband umschlungen. Die seidige Feuchtigkeit der Innenseite seiner Lippen sandte lustvolle Schauer durch ihre Adern, und sie hatte das Gefühl, als tanzten Schmetterlinge in ihrem Bauch. Sie drückte sich an ihn, wollte ihn spüren und verfluchte heimlich die vielen Lagen von Seide, Wolle und Leder zwischen ihnen.

Außer Atem legte sie sich zurück, holte tief Luft, ließ sich dann wieder an seine Brust fallen und zog seinen Kopf zu sich herunter. Thorne lachte leise und tippte nekkisch mit seiner Zungenspitze an ihre Unterlippe. Nur zu bereitwillig öffneten sich ihre Lippen wieder der warmen, feuchten Liebkosung seiner Zunge, die immer tiefer in ihre Mundhöhle drang, um jeden Winkel zu erkunden, während er ihren Kopf zwischen beiden Händen hielt.

Vage kam ihr der Gedanke in den Sinn, wie wohl das tat und wie leicht ihr diese Zärtlichkeiten fielen. Sie fühlte sich merkwürdig, gleichzeitig aber gesammelter, als je zuvor in ihrem Leben, als ob diese atemlosen Küsse sie an einen vertrauten Ort zurückführten, nach Hause, wo sie hingehörte – zu ihm.

Seine Hand tastete sich behutsam ihren Hals entlang, bis sie den Kragen ihres Mantels fand, schlüpfte unter den Mantel, strich kreisend über den seidigen Stoff ihres Kleides hinweg und schloß sich dann über ihrer Brust. Zärtlich kreisten seine Finger, bis sich ihre Brustspitzen aufrichteten, während er sie immer heftiger küßte und in ihrem Innersten Empfindungen auslöste, die ihr völlig unbekannt waren, die sie aber über alle Maßen genoß.

Sie preßte sich an ihn und warf den Kopf in den Nakken. Mit schnellen Bewegungen tanzten seine Fingerspitzen über ihren Oberkörper, bis ihre Brüste zu schmerzen begannen. Sie wollte mehr von seinen Liebkosungen, wollte alles von ihm und empfand dabei weder Furcht noch Scheu. Nur Vertrauen, Wohlbehagen, Leichtigkeit – und ein tiefes Gefühl von Rechtmäßigkeit.

Ganz unvermittelt griffen seine Hände um ihre Oberarme. Heftig atmend starrten sie sich gegenseitig an. Ihre Brüste hoben und senkten sich an seiner Brust, die empfindlichen Spitzen rieben sich an den Metallringen seines Lederwamses. Mit einer Hand drückte er ihren Kopf sanft an seine Schulter und hielt ihn dort. Jetzt hörte sie, daß auch sein Herz wie wild raste.

»Heiliges Kreuz!« keuchte er atemlos. Er streichelte ihr über den Kopf und strich die widerspenstigen Haarsträhnen glatt. »Am besten verlaßt Ihr diesen Ort, bevor noch etwas passiert.«

»Es ist bereits etwas passiert.« Sie hob den Kopf und blickte ihm offen in die Augen.

»Ja«, flüsterte er mit belegter Stimme. »Ja, und es sollte schleunigst ein Ende finden. Ich möchte nicht einer von denen sein, die in der Mainacht eine Jungfrau verführen. Besonders nicht eine junge Lady, die bereits verlobt ist und sich entschlossen hat, ins Kloster zu gehen und Nonne zu werden.«

Emlyn wollte protestieren, ihn nochmals daran erinnern, daß sie weder einem anderen Mann noch irgendeinem Kloster verpflichtet war, konnte aber keinen klaren Gedanken fassen.

»Zudem stehen wir völlig ungedeckt im hellen Mondschein auf einer Hügelkuppe«, gab er zu bedenken. »Nachdem das ganze Dorf auf den Beinen ist, kann es gut sein, daß Chavants Männer sich ebenfalls hier herumtreiben. Ich weiß nicht, welcher Teufel mich geritten hat, daß ich Euch in einer solchen Nacht hier heraufgebracht habe... und das geschehen lassen konnte.« Er atmete keuchend aus und sah sie mit gefurchter Stirn an.

»Thorne...«, begann sie, doch sein umwölkter Gesichtsausdruck ließ sie unwillkürlich innehalten; selbst im Dunkeln war seine finstere Miene deutlich zu erkennen. Während sie das alles so genossen, sich sogar an seinen heißen Berührungen ergötzt hatte, schien er das eben Geschehene zu bereuen.

Seine im Mondlicht glitzernden Augen erweckten in ihr dasselbe glühende Verlangen, das sie bei seinen Küssen empfunden hatte. Doch seine unerwartete Reaktion dämpfte dieses süße Brennen und verwandelte es augenblicklich in einen kalten, hohlen Schmerz.

Er ließ die Arme fallen und wandte sich abrupt zum

Gehen. Emlyn folgte ihm. Ohne ein Wort zu wechseln, stiegen sie den schmalen Pfad hinunter zu seiner Höhle.

»Lady Emlyn«, sagte er, als sie an dem dunklen Vorhang vor dem Höhleneingang angekommen waren. »Meine Verpflichtung Eurer Familie gegenüber ist mir sehr ernst. Ich werde mein Versprechen halten.« In dem Blick, mit dem sie ihn jetzt betrachtete, spiegelte sich ihr ganzer Schmerz. Mit einer stillen, wortlosen Geste berührte er zärtlich ihre Wange, und sie glaubte, einen Anflug von Traurigkeit in seinem Blick zu erkennen.

Für einen kurzen Augenblick ließ sie ihr Gesicht in seine Hand sinken, dann wandte sie sich schnell ab. Heiße Tränen schossen ihr in die Augen und machten eine Antwort unmöglich. Er wollte sie nicht haben. Für einen kurzen Moment hatte er wohl dem leidenschaftlichen Verlangen nachgegeben, das auch sie so stark empfunden hatte. Doch sie wußte jetzt, daß sie seine Gefühle für sie nur auf eine Verpflichtung aus früheren Jahren gründeten. Er wollte eine Schuld begleichen, mehr nicht.

Emlyn drehte sich um und stürzte in die Höhle.

9. Kapitel

Im Schatten einer alten knorrigen Eiche sah Emlyn den Mädchen zu, wie sie im hellen Sonnenschein um den mit bunten Bändern geschmückten Maibaum herumtanzten, den man mitten auf der Dorfwiese aufgestellt hatte.

Sie hielten sich paarweise an den überkreuzten Händen und drehten sich zu den Klängen der Holzflöten im Kreis, während das Stakkato der Tambourins sie zu immer schnelleren Schritten anfeuerte. Das gleichtönende Rauschen des Flusses, der an dem Dorf vorbeiströmte, bildete einen sanften Hintergrund zu der Musik, dem fröhlichen Lachen und den begeisterten Ausrufen, die über die sonnenbeschienene Wiese schallten.

Lachend verfolgte Emlyn, wie die Mädchen versuchten, die langen Bänder zu erhaschen, die von der Spitze des Maibaumes herunterwehten. Am Ende des Tanzes schritten sie dann umeinander herum und flochten aus den roten, blauen, gelben und violetten Bändern dicke, bunte Zöpfe. Ein kleiner Hund, der ebenfalls Vergnügen an dem lustigen Tanz fand, hüpfte so lange aufgeregt bellend zwischen den Beinen der Tänzerinnen umher, bis man ihn wegjagte.

Kurz nach Sonnenaufgang war Maisry zur Höhle gekommen und hatte darauf bestanden, daß Emlyn an der Maifeier teilnahm. Und nachdem Thorne mit ihr an diesem Tag zur Abtei ihres Onkels aufbrechen wollte, hatte Emlyn freudig zugestimmt. Maisry hatte ihr eine Leinenhaube sowie einen alten, handgewebten braunen Kittel mitgebracht und eine dazu passende Schürze geliehen. Sie hatte sich vorgenommen, Emlyn als ihre Base auszugeben und ihr versichert, daß sie mit dem Schleier wie alle anderen verheirateten Frauen aussehen würde, denen Chavant begegnen mochte.

Die schlichte Leinenhaube, die von den Dorffrauen unter dem Schleier getragen wurde, verbarg nicht nur ihr Haar, sondern auch die Brauen und das Kinn. »Gut, so wird Euch niemand erkennen«, hatte Maisry zufrieden festgestellt. »Mich würdet Ihr nicht täuschen, aber ich bin auch klüger als die meisten anderen. Und die Soldaten, die nach Euch suchen, die erkennen Euch auf keinen Fall. Kleinigkeiten nehmen Männer ohnehin nie wahr«, hatte sie lachend hinzugefügt.

Eine Bewegung am Dorfausgang lenkte Emlyns Aufmerksamkeit von den Tänzerinnen ab. Eine Horde Kinder hatte sich dort versammelt, und alle lachten und schrien durcheinander.

»Der Grüne Mann ist da!« riefen sie begeistert. »Jack aus dem Wald!«

Eine große, grüne Gestalt kam, umgeben von den herumhüpfenden Kindern, langsam auf den Dorfplatz zugeschritten. Kleine Arme und Hände streckten sich ihr in der Hoffnung entgegen, eine der Süßigkeiten zu ergattern, die der Grüne, wie sie wußten, eigens für sie mitgebracht hatte und unter seinem Blätterkostüm verwahrte.

Emlyn kniff die Augen zusammen und hätte beinahe laut herausgelacht. Trotz der kunstvollen Verkleidung erkannte sie Aelric sofort. Er war einfach zu groß, zu rothaarig und zu ungeschlacht in seinen Bewegungen, um als sagenumwobener Waldgeist durchzugehen. Als er sich jetzt mit einem breiten Lächeln durch die Menge schob, stellte Emlyn schmunzelnd fest, daß Maisry ihn anscheinend mit ihrer grünen Salbe eingeschmiert hatte. Auf dem Kopf trug er einen spitz zulaufenden Hut aus Eichen- und Ahornblättern, und sein wuchtiger Körper steckte unter einem zeltartigen Laubgebilde.

Bei jedem Schritt fielen Blätter und Blumen von seinem Kostüm ab, und an manchen Stellen konnte man schon den aus Stroh und Ranken geflochtenen Umhang erkennen. Mit seinen großen, ebenfalls grüngefärbten Händen verteilte er süße Honigwaben und knuspriges Buttergebäck an die bettelnden Kinder, die ihn aufgeregt schnatternd umringten und seinem Kostüm dabei arg zusetzten.

Mit einem fröhlichen Lächeln im Gesicht machte Emlyn sich auf die Suche nach Maisry. Unter den Bäumen entlang des Flußufers hatte man Tische und Bänke aufgestellt, und schon auf dem Weg dorthin lief Emlyn ob der vielfältigen Düfte das Wasser im Mund zusammen. Berge von Fleisch- und Gemüsepasteten türmten sich neben Schüsseln mit Bohnen und Zwiebeln, knusprigen Brotlaiben, Käserädern und Krügen voll mit Bier und Met, die auf den Tischen angerichtet waren. Auf verschiedenen Holzplatten lagen gebratene Hühner und Gänse, und über einem riesigen Holzfeuer wurde ein ganzer Ochse und mehrere Wildschweine gegrillt.

Gerade in dem Augenblick, als Emlyn sich zu Maisry und den anderen Frauen gesellen wollte, die im Schatten einer Eiche zusammenstanden, vernahm sie ein dröhnendes Geräusch. Zuerst glaubte sie noch, es sei das Rauschen des rasch dahinfließenden Flusses, doch dann lief es ihr kalt den Rücken hinunter.

Wie aus dem Nichts heraus kamen vier bewaffnete Reiter in gestrecktem Galopp und mit wehenden rostbraunen Umhängen die Dorfstraße entlang auf die Feiernden zugeprescht. Die Klänge der Flöten erstarben, als sie ihre Pferde zügelten und im Schrittempo über die Wiese ritten. Erschrocken ließen die Mädchen ihre Bänder fallen und stoben schreiend auseinander. Die Männer machten den Reitern Platz, die jetzt die Gruppe von Kindern erreicht hatten, die sich noch immer um Aelric scharte.

Mit ängstlichen Stimmen riefen die Mütter nach ihren Kindern. Ruhig, aber bestimmt scheuchte Aelric sie zu den Bäumen und drehte sich dann zu den Bewaffneten um.

Als der Anführer der Truppe seine gepanzerte Haube in den Nacken schob, erkannte Emlyn ihn sofort. Es war Hugh de Chavant, dessen dunkle Augen über seinem struppigen Bart gefährlich flackerten. Unauffällig trat sie hinter einen dicken Baumstamm und dankte Maisry im stillen für die Haube und den unförmigen braunen Kittel.

Chavant parierte sein Pferd direkt vor Aelric, der jetzt

allein auf der Dorfwiese stand, schob den Kopf vor und musterte ihn mit einem durchdringenden Bick. Trotz seiner lächerlichen Verkleidung hielt Aelric dem Blick Chavants würdevoll stand.

»Warum wurden wir nicht zu dieser Maifeier eingeladen? Du wußtest doch, daß wir uns im Tal aufhalten«, erkundigte Chavant sich mit süßlicher Stimme. Im nächsten Augenblick zückte er sein Schwert und richtete es mit betont langsamen Bewegungen auf Aelric, bis die Spitze dessen belaubte Brust berührte. »Wir haben viele Monate damit zugebracht, den Grünen Ritter zu finden, der an den Grenzen von Graf Whitehawkes Land sein Unwesen treibt«, setzte Chavant hinzu und ließ dabei die Spitze des Schwertes höher wandern, bis sie im Blütenkragen der Verkleidung verschwand. »Ganz gleich, ob dieser Grüne Ritter ein Dämon oder nur ein gewöhnlicher Mann ist, wir sind entschlossen, ihn zu fassen«, fuhr er mit lässiger Stimme fort und bohrte die Spitze der Klinge noch ein wenig tiefer in Aelrics blättrige Halskrause. Ein dünnes Rinnsal Blut färbte die Blütenblätter rot. Maisry stöhnte erschrocken auf und preßte die Hände auf den Mund. Beruhigend legte ihr Emlyn, die neben ihr stand, einen Arm um die Schultern.

Chavant erhob die Stimme und ließ Aelric dabei nicht aus den Augen, der seinen Blick ruhig erwiderte. »Zudem befinden wir uns immer noch auf der Suche nach dieser Emlyn de Ashbourne. Aber in der ganzen Gegend hier hat angeblich kein Mensch etwas von ihr gehört oder gesehen.« Seine Augen wurden zu schmalen Schlitzen. »Noch vor einigen Tagen habe ich mit dir über diese Angelegenheit gesprochen.«

Die Schwertspitze erbarmungslos gegen Aelrics Hals gedrückt, stieß Chavant seinem Pferd die Sporen in die Flanken. Es machte einen Satz vorwärts und zwang Aelric dazu, zurückzuweichen, bis er mit dem Rücken gegen den schlanken Stamm des verlassenen Maibaums taumelte, dessen lange, bunte Bänder sich in dem Blätterwerk seines Kostüms verfingen.

»Nenn mir nochmals deinen Namen«, verlangte Chavant mit schleppender Stimme.

»Aelric von Shepherdsgate, Herr.«

»Bist du ein Schäfer?«

»Ja, Herr. Und ein freier Bürger. Mein Haus und mein Land habe ich von der Abtei gepachtet. Ein Teil der Schafe gehört mir, die anderen der Abtei.«

»Wie groß ist dein Anteil an der Herde?«

»Dieses Jahr macht er etwa ein Drittel aus, Herr.«

»Demnach hast du eigenes Einkommen.«

»Ganz recht, ein Teil der Erträge aus dem Verkauf der Schafwolle gehört mir.«

»An wen zahlst du Pacht? An Wistonbury oder an Bolton?«

»An Wistonbury, Herr.« Aelric, der immer noch mit dem Rücken an dem Maibaum lehnte, wirkte trotz seiner kläglichen Situation bemerkenswert gelassen.

»Sir.« Einer der Dörfler trat vor. Es war ein buckliger alter Mann mit einem zerzausten weißen Bart, der sich respektvoll mit der Hand an die Stirn tippte und dreimal verbeugte. Chavant verdrehte zornig die Augen.

»Wer bist du?« knurrte er.

»John Tanner, Sir«, antwortete der Mann. »Aelric trägt dieses Blättergewand nur anläßlich der Maifeier für unsere Kleinen. Ich schwöre, wie wir alle hier, daß er nicht derjenige ist, den Ihr sucht, Herr.«

»Hört, hört.«

»Der Grüne Mann, Sir, der Jäger Thorne, wie er hier auch genannt wird, das ist eine Kreatur, die direkt aus der Hölle kommt. Den könnt ihr nicht fangen – der ist nicht von dieser Welt. Die Legende sagt, daß er eine Schafherde mit einem Axthieb töten kann . . .«

»Diese Legende ist mir bekannt!« brüllte Chavant, hob unvermittelt sein Schwert, mit dem er eben noch Aelric bedroht hatte, und versetzte dem alten Mann mit der Breitseite einen wuchtigen Schlag, der ihn zu Boden streckte. Ächzend rappelte Tanner sich hoch und machte sich davon. »Ich kenne diese Legende«, brummte Chavant vor sich hin und richtete das Schwert wieder auf Aelric.

Mit einem zynischen Grinsen ließ er die Spitze über Aelrics Wange bis hoch zur Stirn gleiten, spießte den Blätterhut auf und ließ ihn gelangweilt auf der Schwertspitze kreiseln.

»Schäfer Aelric, bist du der Grüne Mann?«

»Nein, Herr. Ich habe mich nur für die Maifeier und die Kinder verkleidet.«

»Lügner!« Chavant schleuderte den Hut in die Luft und bohrte die stählerne Klinge unter Aelrics Kinn.

»Robert!« rief er dann über die Schulter.

»Jawohl, Sir«, gab einer der Reiter Antwort, die hinter ihrem Anführer Aufstellung genommen hatten und die Szene genauso schweigend verfolgten wie die Dörfler.

»Robert, wir haben den Grünen Mann gefunden. Ich selbst habe ihn genau an dem Tag in der Nähe des Dorfes gesehen, als Lady Emlyn verschwunden ist. Feßle ihn an Händen und Füßen! Ich möchte hören, was er mit der jungen Lady angestellt hat.«

Robert stieg vom Pferd. Die anderen Bewaffneten begannen währenddessen langsam über die Dorfwiese zu reiten, die Schwerter gezogen und aufmerksam um sich spähend.

Aelric zuckte mit keiner Wimper, als Robert ihm die Arme hinter den Rücken bog und zuerst seine Handgelenke und dann die Beine an den Maibaum fesselte.

Als das geschehen war, beugte Chavant sich zu Aelric vor und bohrte ihm die Schwertspitze unterhalb des Adamsapfels in den Hals. Wieder tropfte Blut auf das Blätterkostüm. »Wo ist die Lady, die wir suchen? Antworte mir, oder ich spieße dich hier am Maibaum auf!«

Maisry preßte in Erwartung des Schlimmsten Elvis Gesicht in ihre Röcke und hielt Dirks Hand fest umklammert. Ihr Busen hob und senkte sich unter ihren heftigen Atemstößen, ihre Wangen waren vor Angst dunkelrot.

»Es dürfen wegen mir nicht noch mehr Grausamkeiten geschehen«, flüsterte Emlyn Maisry ins Ohr. »Ich gebe mich zu erkennen«, sagte sie und trat entschlossen einen Schritt vor.

»Nein!« zischte Maisry und hielt Emlyn am Rock fest. »Wartet. Ihm wird nichts geschehen.« Dann packte sie ihren Arm, um sie zurückzuhalten.

Emlyn fuhr herum und starrte Maisry verständnislos an, blieb aber stehen.

»Wo ist die Jungfer?« kreischte Chavant außer sich vor Wut. Aelric sah ihn nur schweigend und mit versteinerter Miene an.

»Es ist gut möglich, Schäfer«, fuhr Chavant jetzt etwas leiser fort, »daß mein Herr dich laufen läßt, falls die Lady in Sicherheit und mit dem nötigen Respekt behandelt worden ist.«

Aelric neigte den Kopf zur Seite, lehnte sich an den Maibaum und ließ den Blick betont unbeteiligt in die Ferne schweifen.

Unfähig, dem grausamen Spiel noch länger zuzusehen, beschloß Emlyn nun doch, ihre Maske fallenzulassen. Sie durfte die Freundschaft und das Vertrauen, das Maisry und Aelric ihr so uneigennützig entgegengebracht hatten, nicht enttäuschen. Resolut trat sie noch einen Schritt nach vorn, den Blick dabei unverwandt auf Aelric geheftet.

Ein kaum wahrnehmbares Flackern in dessen bislang so ausdrucksloser Miene ließ sie innehalten. Gleichzeitig bemerkte sie, wie sich sein Körper langsam wieder zu voller Größe aufrichtete. Gespannt, was er wohl vorhabe, wartete sie ab.

»Sag mir, wo das Mädchen ist, zum Teufel noch mal, oder ich mache aus deinem Schädel zwei Hälften wie bei einem Apfel!«

Mit wutverzerrtem Gesicht riß Chavant sein Schwert in die Höhe.

Im selben Moment zischte etwas knapp zwischen Chavants Ohr und seiner erhobenen Hand vorbei. Mit einem lauten Scheppern fiel das Schwert zu Boden. In der dünnen Rinde des Maibaums, nur eine Handbreit über Aelrics Kopf, steckte plötzlich ein Pfeil; die grünen und schwarzen Federn am Ende des hölzernen Schaftes zitterten noch.

Chavants Kopf flog herum, und alle anderen folgten seinem Blick. Auch Emlyn drehte sich um und hielt vor Schreck die Luft an.

Auf der Kuppe des langen, gewundenen Pfades sahen sie einen Reiter. Sein Pferd trug eine grüne Schabracke. Das Kettenband des Unbekannten funkelte in der schrägstehenden Morgensonne wie ein Brillantkollier, und sein aus Laub gewirkter Überwurf mit den herabhängenden Moosflechten ließ Aelrics einfaches Kostüm nahezu lächerlich erscheinen. Haare, Bart und Wangen unter der Kettenhaube des Reiters leuchteten blaßgrün. Die Arme, die den vor dem Hintergrund des dunkelblauen Himmels deutlich erkennbaren Langbogen hielten, sahen aus wie dichtbelaubte Äste. Der Grüne Ritter spannte jetzt nochmals die Sehne und visierte sein Ziel an.

Mit einem Aufschrei riß Chavant sein Pferd herum und bedeutete seinen Männern mit einer Handbewegung, ihm zu folgen. In gestrecktem Galopp preschten sie über den Anger, ohne auf die Dörfler zu achten, die entsetzt zur Seite sprangen. Innerhalb von Sekunden hatten sie den Abhang erreicht und trieben ihre Pferde den steilen Pfad hinauf.

Der geheimnisvolle Reiter ließ den Bogen sinken, gab seinem Pferd die Sporen und jagte den Hügelkamm entlang auf den oberen Teil des Flusses zu, der von dort aus durchs Tal floß.

Glatter, schwarzer Schiefer bedeckte das seichte Ufer an der Stelle, wo der Flußlauf eine scharfe Biegung beschrieb. Der grüne Reiter erreichte jetzt die Furt und trieb sein Pferd mit unvermindertem Tempo durch die reißende Strömung. Seine Verfolger hielten unsicher ihre Pferde an. Doch sobald sie sahen, wie leichtfüßig das Pferd des Unbekannten die gefährliche Furt meisterte, lenkten auch sie zögernd ihre Schlachtrösser in das kalte Wasser. Der Grüne Ritter, der bereits einen beachtlichen Vorsprung erreicht hatte, war nur noch als heller Schatten in der Ferne erkennbar, als Chavant und seine Männer am anderen Flußufer anlangten.

In rasendem Tempo galoppierte die grüne Gestalt über das Heidemoor, an vereinzelten Findlingen und Baumgruppen vorbei auf die langgestreckte Hügelkette zu. Die Pferde seiner Verfolger schnaubten und schwitzten, ihre kräftigen Flanken arbeiteten wie Blasebalge, während sich ihre Hufe ins Heidekraut gruben und losgetretene Grasnarben in die Luft schleuderten. Chavants Männer hatten keine Chance, den Abstand zu dem Reiter aufzuholen, der wie ein grüner Pfeil über das Moor zu fliegen schien.

Auf der Kuppe eines noch weit entfernten Hügels tauchte eine Gruppe aufrecht stehender Felsbrocken auf, die wie die Gebeine eines Riesen in den Himmel ragten. Ohne das Tempo zu verlangsamen, hielt der grüne Reiter darauf zu und verschwand dann hinter einem der Hügel. Als Chavant und seine Männer ihn wieder sahen, hatte er bereits das Zentrum der uralten Kultstätte erreicht, ein gigantisches, verwittertes Skelett von Steinsäulen, auf denen wuchtige Felsplatten ruhten.

Die Soldaten galoppierten einen Abhang hinunter und verloren den Reiter abermals aus den Augen. Nachdem sie die nächste Anhöhe erreicht hatten, ritten sie im Schrittempo auf die merkwürdigen Steinformationen zu, zerrten dann alle gleichzeitig an den Zügeln und sahen sich verdutzt an.

Der Mann war verschwunden. Er war in den Steinzirkel geritten, aber sie hatten ihn nicht wieder herauskommen sehen. Verlassen lag das Heidemoor vor ihnen, das sich rings um diese Hügelkuppe erstreckte.

Chavant stieß einen lauten Fluch aus und lenkte sein Pferd auf eine verwitterte Steinplatte zu, die schräg an einem anderen Felsbrocken lehnte. »Da, seht!« knurrte er und zeigte ungeduldig auf den Boden. In der Mitte der kreisförmig angeordneten Menhire waren ganz deutlich die Abdrücke von Pferdehufen erkennbar. Doch keiner führte nach draußen.

»Er muß sich in einen Stein verwandelt haben«, murmelte Robert.

Chavant fluchte noch einmal und spuckte auf den Boden. Langsam dirigierte er sein Pferd über den Schotter, der den Boden bedeckte. Nur die wenigsten der gigantischen Steinriesen standen noch senkrecht, die meisten neigten sich gefährlich zur Seite. Die ursprüngliche Anordnung der Steine war kaum noch erkennbar; wilde Efeuranken überwucherten die umgestürzten Brocken, und manche waren über und über mit Moos und Flechten bewachsen.

Ein gewaltiger Menhir lehnte an einem Grashügel, die Spitze und die Seiten tief im Erdreich vergraben; er mußte schon vor Urzeiten umgestürzt sein. Chavants Blick blieb eine Weile nachdenklich an diesem Stein haften, dann schüttelte er den Kopf und kehrte zu seinen Leuten zurück.

»Zum Teufel mit ihm! Entweder hat ihn der Erdboden verschluckt, oder er ist irgendwie um diesen Zirkel herumgeritten«, raunte er Robert zu.

»Vielleicht ist es ja doch wahr, was die Leute behaupten«, gab Robert zur Antwort.

»Was meinst du damit?«

»Nun, vielleicht ist der Grüne Mann, der hier herumgeistert, tatsächlich ein Dämon und kein Mensch.«

Chavant schnaubte verächtlich und sah sich noch einmal genau um. »Graf Whitehawke hat die ganze Garnison mit seinem Aberglauben angesteckt«, brummte er. »Wenn man nur von dem Dämon spricht, zittert er schon vor Angst wie ein Weib, das eine Maus sieht. Ich bin davon überzeugt, daß dieser Grüne Mann ein ganz gewöhnlicher Mensch aus Fleisch und Blut ist, alles andere sind Ammenmärchen. Obgleich dieser Kerl sehr gerissen ist, das muß ich zugeben.« Er zog an einem Zügel, um sein Pferd zu wenden, hielt dann aber abrupt inne. »Dieser alte Mann im Dorf hatte noch einen anderen Namen für diesen Schurken – Etienne, wie hat er ihn genannt?«

»Jäger Thorne, mein Lord«, antwortete Etienne. »Das ist ein alter Name für den Grünen Mann.«

»Aha, der Jäger Thorne«, wiederholte Chavant lächelnd. »Dieser Kerl scheint also von den Toten auferstanden zu sein. Man hat ihn gejagt und aus den Augen verloren, aber diesmal erwischen wir ihn. Glaub mir, diese Neuigkeit wird Whitehawke schmecken. Ich will verdammt sein, wenn das nicht ein guter Ausgleich für den Verlust seiner Verlobten ist. Kommt!« Er trieb sein Pferd an und verließ, gefolgt von seinen Männern, die alte Kultstätte. Bald hatten sie das Moor hinter sich gelassen und hielten wieder auf das Dorf zu.

Hinter dem mächtigen Monolith, der sich in den Hügel gebohrt hatte, kauerte Thorne noch immer in dem dunklen Hohlraum zwischen Stein und Erdreich. Ohne sich zu bewegen und nur ganz flach atmend hatte er durch einen Spalt im Gestein die Männer beobachtet und dabei seinem Pferd beruhigend die Nüstern gestreichelt. Obgleich sich das Donnern der Hufschläge schon lange entfernt hatte, blieb Thorne noch eine ganze Weile in seinem Versteck.

Schließlich beugte er sich vor, bis seine Finger die Einkerbung in dem Felsbrocken gefunden hatten, und stemmte sich dagegen. Lautlos schwang der gewaltige Monolith zurück in die aufrechte Lage, um wieder, wie schon seit Jahrhunderten, auf zwei vertikalen Steinbrokken zu balancieren. In gebückter Haltung befreite er sich von seiner Blätterhaube, nahm das Pferd am Zügel und führte es ins Freie. Versehentlich streifte er dabei eine Kante des Monolithen und sprang gerade noch zur Seite, bevor dieser mit einem dumpfen Poltern wieder auf dem grasbewachsenen Hügel aufschlug.

Ein Zwergfalke segelte graziös über die uralte Kultstätte und landete dann flügelschlagend auf einem der Menhire. Sein scharfer Blick war genau auf Thorne gerichtet, der jetzt auch seine mit Laub getarnten Gamaschenhosen abstreifte und diese vor dem hohen Sattel festzurrte.

Er brachte die weite Tunika in Ordnung, die Maisry in mühevoller Handarbeit über und über mit Blättern und frischen Blumen benäht hatte. Dann schob er die Kettenhaube zurück, die schon überall vom Grünspan bedeckt war, fuhr sich mit beiden Händen durch sein dunkles, verschwitztes Haar und verschmierte dabei Maisrys grüne Salbe, mit der er sein Gesicht eingerieben hatte. Den ebenfalls mit Blättern und Laubwerk getarnten, lokker gewebten wollenen Umhang warf er über die Schulter und fuhr mit den Lederstiefeln in die schmalen, eisernen Steigbügel.

Als Roß und Reiter im gemächlichen Schrittempo über das hügelige Heidemoor davonritten, stieg auch der Falke auf und war gleich darauf hinter den Baumwipfeln verschwunden. Einige Minuten später überquerte der Reiter den Fluß und dirigierte sein Pferd in Richtung des dichten Forsts.

Obwohl das Bild des Grünen Ritters Emlyn den ganzen Tag über vor Augen stand, fand sie keine Gelegenheit, Maisry nach ihm zu fragen. Die Maifeier hatte nach einem hastigen, schweigsamen Mahl bald ein Ende gefunden, und alle waren nüchtern nach Hause gegangen. Emlyn hatte Maisry und die Kinder zu ihrem Haus begleitet, das eine Meile außerhalb des Dorfes lag.

Das einfache, rechteckige Steinhaus mit dem dichten Reetdach war sauber und ordentlich aufgeräumt. Über die weißgetünchten Wände des Wohnraums, die aus mit Lehm beworfenem Flechtwerk bestanden, tanzten flakkernde Schatten, die ein gemütliches Herdfeuer warf. Die Buben schliefen bereits auf dem Dachboden über der Schlafkammer, die durch einen Vorhang vom Wohnraum abgetrennt war.

Emlyn und Maisry saßen in schweigender Erschöpfung nebeneinander auf einer Bank vor der Feuerstelle und warteten auf Nachricht von Aelric. Nach seiner Rückkehr von der vergeblichen Jagd auf den Bogenschützen hatte Chavant Aelric und einige Männer aus dem

Dorf zum Verhör mitgenommen. Das war vor etlichen Stunden gewesen. Sorgenvoll fuhr sich Emlyn mit den Händen durch ihr Haar, das jetzt nicht mehr unter der beengenden Leinenhaube steckte. Der gestampfte Lehmfußboden war mit frischen Binsen bestreut, in denen Emlyn unruhig mit der Spitze ihres Stiefels herumwühlte.

»Maisry«, sagte sie leise. »Das war doch Thorne heute auf dem Hügel, nicht wahr?«

Maisry lehnte den Kopf an die weiße Mauer. Dunkle Ringe umschatteten ihre Augen. Seufzend rieb sie sich mit der Hand über die Stirn. »Ja, Mylady, das war Thorne.«

»Was geht in diesem Tal vor?«

Maisry stieß wieder einen Seufzer aus. »Vor drei Jahren begann Whitehawke, Abgaben von den Bewohnern des Tales zu verlangen, obgleich wir dazu nicht verpflichtet sind. Wir sind Pächter der beiden Abteien. Die Mönche haben den Grafen verklagt, aber die Gerichte lassen sich endlos Zeit, die Klage anzuerkennen oder abzuweisen.«

»Habt Ihr selbst an den Grafen bezahlt?« erkundigte sich Emlyn.

»Nein, und viele andere auch nicht. Dafür werden wir jetzt von seinen Bewaffneten terrorisiert. Sie brennen unsere Gehöfte nieder und verjagen uns aus den Häusern. Wir haben mehr Glück gehabt als die meisten anderen, verloren nur den Stall und ein paar Hühner. Etliche Dörfler haben alles stehen und liegen lassen, ihre Höfe und Schafherden, und sind fortgezogen. Was natürlich zusätzliche Arbeit für die bedeutet, die hierbleiben.«

»Hat der Oberaufseher der Grafschaft oder der König denn nichts unternommen? Wie kann Whitehawke denn so etwas ungestraft tun?«

Maisry zuckte mit den Schultern. »Der König steht sich nicht besonders gut mit den Mönchen. Vor einigen Jahren haben König John und seine Soldaten die Zisterzienser aus York vertrieben, doch der Papst befahl, die Verfolgung dieser Mönche umgehend einzustellen. Der König ist ein sehr nachtragender Mensch und verschließt vor dem Streit zwischen Whitehawke und den hiesigen Äbten Augen und Ohren.« Maisry erhob sich, um einige Holzscheite nachzulegen. »Seit gut einem Jahr nun haben die Übergriffe aufgehört. Das haben wir dem Grünen Mann zu verdanken. Er beschützt uns.«

»Beschützen? Aber er versetzt doch jedermann in Angst und Schrecken.«

»Ja, das auch. Thorne und Aelric und seit kurzem auch einige Leute aus dem Dorf teilen sich die Aufgabe, den Grünen Ritter zu spielen. So können sie an verschiedenen Orten auftreten und sich Whitehawkes Männern zeigen. Der Graf glaubt an diese Ammenmärchen von Waldgeistern, die man hier den Kindern erzählt, da bin ich ganz sicher. Der Grüne Mann hat Whitehawke und seinen Männern schon so viel Schrecken eingejagt, daß sie mittlerweile davon überzeugt sind, daß es hier überall – im Tal, den Wäldern und den Mooren – spukt.«

»Wirklich? Kaum zu glauben, daß sie sich von angeblichen Geistern einschüchtern lassen.«

»Menschen, die Unrecht getan haben, fürchten das Böse wie den Teufel, Mylady. Und Whitehawkes Angst hat sich auf seine Männer übertragen. Sie zweifeln nicht mehr an der Existenz dieses Spukungeheuers.« Maisry schichtete mit einem eisernen Schürhaken die glühenden Scheite um. »Whitehawkes Herz muß voller Schuldgefühle sein. Er fürchtet um sein Seelenheil, denke ich.« Sie drehte sich zu Emlyn um, als sie fortfuhr: »Man erzählt sich, daß er vor vielen Jahren seine eigene Frau umgebracht haben soll. Wußtet Ihr das, als Ihr vor ihm geflüchtet seid?«

»Ja, ich habe derartige Gerüchte gehört«, murmelte Emlyn.

»Nun, außer ihm selbst weiß wohl niemand genaueres. Durch seine Tyrannei hat Whitehawke jedenfalls entsetzlich viel Trauer und Elend über die Bewohner seiner Grafschaft gebracht und auch über uns hier. Und er hat Tote auf dem Gewissen, wie ich gehört habe: französische Soldaten und seine eigene Gemahlin. Vielleicht quälen ihn seine Greueltaten, und er fürchtet sich jetzt vor den Konsequenzen. Er muß wohl annehmen, daß dieser Dämon darauf aus ist, ihn in die Hölle zu bringen.«

»Er ißt kein rotes Fleisch, nur Fisch. Als eine Art Buße.«

Maisry sah Emlyn neugierig an. »Ehrlich gesagt, Mylady, verwundert es mich nicht, daß er versucht, Abbitte zu leisten.«

»Warum übereignet er sein Land denn nicht der Kirche, um seine Seele zu retten, frage ich mich. Und sein Gewissen könnte er dadurch auch erleichtern.«

»Weil er von Grund auf habgierig ist, selbst wenn sich sein schlechtes Gewissen wie ein Wurm in sein Herz frißt. Dieses Land ist viel zu wertvoll und die Versuchung viel zu groß, als daß er darauf verzichten könnte. Er muß es besitzen.«

»Gütiger Himmel! Ich muß dem Machtbereich dieser de Hawkwoods entkommen«, sagte Emlyn und schüttelte den Kopf. »Aber solange die Kinder als Gefangene auf Hawksmoor leben, bin ich nicht wirklich frei.«

Maisry griff nach Emlyns Hand und drückte sie. »Der Herr wird Euer Leben richtig lenken. Er wird Euch beschützen.«

Emlyn lachte gequält. »Ja, entweder unternimmt er etwas, oder ich tue es selbst.«

Maisry ließ unvermittelt Emlyns Hand los und fuhr herum. »Hört – Aelric kommt«, sagte sie und war schon an der Tür, um den Riegel zur Seite zu schieben.

Aelrics mächtige Gestalt füllte den Türrahmen beinahe ganz aus. Er trug die Tunika und die Hosen, die er unter seiner Verkleidung angehabt hatte. Maisry warf sich ihm mit einer Heftigkeit an die Brust, die Emlyn veranlaßte, diskret wegzusehen. Aelric hielt Maisry lange Zeit im Arm, bevor er sie freigab und ins Zimmer trat.

»Du bist unverletzt?« fragte Maisry erstaunt und erleichtert zugleich.

»Ja, liebe Frau«, sagte Aelric mit tiefer Baßstimme. »Während ich das von Chavant und seinen Männern nicht behaupten kann.« Er lachte, doch sein Lachen klang ein wenig dumpf, und als er vor der Feuerstelle in die Hocke ging, verlor er beinahe das Gleichgewicht. Maisry zog die Augenbrauen zusammen.

Armer Kerl, dachte Emlyn. Er muß schreckliche Schmerzen haben. Ein Auge war fast zugeschwollen, und an seiner Wange, den Lippen und seiner Kehle klebte verkrustetes Blut. An den Stellen, wo man Maisrys Salbe offenbar abgekratzt hatte, schimmerte seine Haut blaßgrün.

»Erzähl uns, was geschehen ist!« drängte Maisry. Aelric grinste ob ihrer Ungeduld. Obwohl er schrecklich erschöpft aussah, glänzten seine dunklen Augen vor heimlicher Freude.

»Du wirst gleich alles erfahren. Seid gegrüßt, Mylady«, setzte er mit einem Blick auf Emlyn hinzu, während er sich vorm Feuer die Hände rieb.

»Ich bin ja so froh, daß Euch soweit nichts Ärgeres geschehen ist«, sagte Emlyn, während Maisry aufstand, um Verbandszeug zu holen. Als sie an dem kalten Luftzug merkte, daß die Eingangstür noch sperrangelweit offenstand, erhob Emlyn sich, um sie zu schließen.

In dem Augenblick, als sie von innen die solide Tür zudrückte, spürte sie plötzlich einen Gegendruck und spähte verwundert um das Türblatt herum. Die große Gestalt in voller Rüstung, die draußen am Türpfosten lehnte, jagte Emlyn einen solchen Schrecken ein, daß sie nach Luft schnappte.

Lange, schlanke Finger schoben die Kettenhaube zurück, und Thornes Augen zwinkerten ihr zu. »Darf ich reinkommen, Mylady?« fragte er leise. Sein Blick wanderte über ihr Gesicht, streifte ihre Augen, ihre Lippen, ihr Haar. Emlyn dachte unwillkürlich an den vergangenen Abend, an seine intensiven Küsse und seine unerwartete Zurückweisung, wobei ihr die Hitze in die Wangen stieg. Sie schluckte hart, als sie seinen Blick erwiderte, wußte, daß sie ihn mit den Augen verschlang, konnte sie aber nicht von ihm lösen.

Seine Hand legte sich auf die ihre, die sich am Türrahmen abstützte, und die Wärme seiner Berührung sandte augenblicklich heiße Schauer durch ihren Leib.

»Emlyn«, drängte er sanft, »macht die Tür auf . . .«

»Emlyn«, wiederholte er, und als er spürte, wie sich ihre kleine, zarte Hand unter der seinen verkrampfte, hätte er am liebsten ihre bebende Unterlippe gestreichelt. Nervös wandte sie den Blick von ihm ab, zog ihre Hand weg und trat einen Schritt zur Seite, um ihn eintreten zu lassen. Dann schlug sie hinter ihm die Tür zu und verriegelte sie sorgfältig.

Mit raschen Bewegungen entledigte er sich seines dunklen Umhangs und hängte ihn an einen Wandhaken, bevor er sich neben Aelric niederkauerte. Als Emlyn sich nahe der Feuerstelle auf einer gepolsterten Bank niederließ, begann sein Herz wie wild zu schlagen. Ihre Nähe drängte ihn, sich ihr zuzuwenden, aber er rührte sich nicht.

Ihr gesenkter Blick und ihre Unsicherheit verrieten ihm, daß sie noch immer unter der schmerzlichen Trennung des vergangenen Abends litt. Er seufzte tief und rieb sich die Stirn. Diese Wochen mit ihr hatten seine Selbstbeherrschung auf eine harte Probe gestellt. Gott allein wußte, wie er die Kraft gefunden hatte, sich gestern abend ihrem schier unwiderstehlichen Liebreiz zu entziehen. Seine Sehnsucht nach ihr ließ kaum noch zu, daß er an etwas anderes dachte. Er hatte sich eingeredet, daß er nur seine Schuld begleichen wolle und sie dann gehenlassen würde. Doch hatte er nicht damit gerechnet, daß er sie so sehnsüchtig begehren könnte. Und zugleich mußte er feststellen, daß er sich nicht nur zu ihrem jungen, straffen Körper hingezogen fühlte, sondern ebenso zu ihrem wachen Verstand und ihrer Offenherzigkeit.

In der vergangenen Nacht, die er in Aelrics Scheune auf einem Strohlager verbracht hatte, da Emlyn in seiner Höhle schlief, war ihm kaum Schlaf vergönnt worden. Der Gedanke an ihr gewinnendes Lächeln und ihren vertrauensvollen Blick, die Erinnerung an die Glut, als ihre Körper sich berührten, machten es ihm nur noch schwerer, sie zu verlieren. Doch hatte er sich inzwischen einen Plan zurechtgelegt, der ebenso einfach wie verwegen und mindestens so gefährlich war wie alle Unternehmungen, die er bislang gewagt hatte. Wenn dieser Plan funktionierte, würde er ihr helfen und sie gleichzeitig bei sich behalten können. Alles, was er brauchte, war ihre Zustimmung.

»Guten Abend, Thorne«, sagte Maisry, die mit dem Verbandszeug, einem Krug und Holzbechern zurückkam und alles auf den Tisch stellte. »Teilt Ihr den Triumph meines Gatten? Er ist so ausgelassener Stimmung, obgleich ich keine Ahnung habe weshalb.«

»Seid gegrüßt, Maisry. Ich war leider nicht dabei, habe aber die Geschichte schon erfahren. Wir trafen uns außerhalb des Dorfes und sind zusammen hergekommen. Doch da Aelric sich so gerne brüstet, soll er selbst erzählen, wie er Chavant kleingekriegt hat.« Er nickte seinem Freund zu, der sich ächzend aus der Hocke erhob.

Maisry winkte ihrem Mann zu. »Komm her und laß mich deine Wunden versorgen, während du uns von deinen Heldentaten berichtest.« Aelric setzte sich an den Tisch und hielt Maisry das Gesicht hin, die ihm mit einem feuchten Tuch vorsichtig das getrocknete Blut abwischte. Dann tauchte sie den Zeigefinger in den Topf mit Salbe.

»Nein, bleib mir bloß mit diesem Zeug vom Leib! Davon habe ich heute weiß Gott schon mehr als genug gehabt.« Ohne auf seinen Protest zu achten, verteilte Maisry die Salbe auf seinem Wangenknochen. »Au, nicht so fest, Liebste. Das tut doch weh!« murrte er.

Anschließend rieb sie seinen Mund sauber und tupfte die grüne Salbe auf seine Lippen und den Hals. »Das soll es auch. Erst hast du wohl Chavant niedergeschlagen und dann ein Faß Bier geleert, wie? Du stinkst wie ein ganzes Brauhaus.« Aelric lachte nur. Maisry rieb daraufhin die Salbe noch eine Spur energischer in die Schnittwunden, wischte sich dann die Hände ab und funkelte ihren Gemahl aufgebracht an.

»Erzähl, Aelric«, verlangte sie streng. »Sonst bekommst du es mit mir zu tun.«

»Ich wette, das wäre höchst unangenehm für dich, Aelric«, schmunzelte Thorne und lehnte sich bequem mit dem Rücken an die Bank, auf der Emlyn saß. Seine Schulter berührte dabei fast ihr Knie.

»Nun denn, spitzt die Ohren!« Aelric stützte die Ellenbogen auf den Tisch. »Als Chavant und seine Männer ins Dorf zurückkamen, waren sie wütend wie wilde Eber, weil der Grüne Ritter ihnen entwischt war. Sie nahmen mich, Richard Miller, John Well und den alten Tanner mit – das haben Maisry und Emlyn noch mitbekommen. Wir wurden in die Mühle gebracht und an Händen und Füßen gefesselt. Dann stellte Chavant uns jede Menge Fragen: Wo Lady Emlyn wäre. Was wir über den Grünen Mann wüßten. Warum er Whitehawkes Männer heimsucht und so fort. Aber wir stellten uns dumm.« Er unterbrach sich, griff nach dem Holzbecher, den Maisry ihm reichte, und nahm einen tiefen Schluck. »Wasser?« hustete er.

»Jawohl, frisches Quellwasser«, nickte sie. »Trink aus.«

»Nun, wie gesagt, wir konnten ihm leider nicht weiterhelfen. John Tanner gab noch einmal die Legende von dem Dämon zum besten, und Richard Miller meinte mitfühlend, daß Whitehawke mit seiner Weisheit wohl am Ende sein und sich schreckliche Sorgen um seine Braut machen müsse. Ob sie denn schön sei, erkundigte er sich noch und meinte, ein hübsches junges Ding wäre ihm bestimmt aufgefallen, ein teiggesichtiges jedoch könnte er möglicherweise übersehen haben.«

Maisry zog ihre Stirn ob dieser Unverschämtheit wütend kraus.

»Nach einer Weile kam Richard Millers ältester Sohn Henry herein, der seinem Vater in der Mühle hilft. Ganz schön gewitzt der Knabe. Tat so, als sei er völlig überrascht, uns hier zu finden, und bot den Männern Bier an.«

»Was sagst du da?« fragte Maisry ungläubig. »Bier? Als wären sie liebe Gäste? Und sie haben euch vorher nicht umgebracht?«

»Nein, keineswegs. Chavant muß einen Riesendurst gehabt haben, denn er nahm das Angebot erfreut an. Wollte sogar uns zu trinken geben. Kurz darauf rollte Henry eines von Christina Millers Fässern mit neuem Ale herein.«

»Teufel noch mal!« rief Maisry. »Dieser Henry ist wirklich ein schlaues Bürschchen.« Sie wandte sich erklärend an Emlyn. »Jeder im Dorf weiß, daß man die Finger von Christinas neuem Ale lassen muß. Solange es nicht mit Wasser verdünnt ist, haut es nach zwei Bechern auch den trinkfestesten Kerl aus den Stiefeln«, kicherte sie. »Gewöhnlich wird es nur an Weihnachten und auf Hochzeiten getrunken.«

»Ja, das stimmt. Nach dem Genuß von Christinas Ale sind schon einige Zecher wie gefällte Bäume umgestürzt«, sagte Aelric. »Wir, die wir Bescheid wußten, tranken nur ganz wenig, und Henry schenkte vor allem den Soldaten ein. Chavant, Robert, einem, der Etienne genannt wurde, und dem vierten – äh . . .«

»Gerard«, kam ihm Emlyn zu Hilfe. Thorne drehte sich nach ihr um, aber sie sah stur geradeaus. Sie schien angespannt und sich der Nähe ihrer Körper genauso bewußt zu sein wie er. Er spürte ihre Wärme und hatte jede ihrer Bewegungen, jeden Atemzug, den sie tat, seit er den Raum betreten hatte, genau registriert.

»Gerard, genau«, fuhr Aelric fort. »Mein Gott, waren diese Burschen durstig, und Henry füllte ihre Becher immer wieder nach. Schon bald löste Robert unsere Fesseln, John Wall holte ein paar Würfel aus der Tasche, und binnen kurzem war die schönste Zockerei im Gange. Und Chavant mittendrin.«

»Mit einer solchen Bande zu zocken«, mischte sich Maisry ein, »ist nicht nur eine Sünde, sondern obendrein auch noch eine Riesendummheit. Dieser Chavant hat bestimmt geschummelt.«

»Ja, da hast du recht. Er schummelt, weil er mit seinem komischen Auge gar nicht richtig die Würfel sehen kann«, sagte Aelric. »Nach einer Weile verging ihm die

Lust am Spiel, und John Well begann, von dem Grünen Mann zu erzählen . . .«

»Wenn dieser John Well beim Bier hockt und zu erzählen anfängt, dann kann es sein, da er erst am nächsten Morgen damit aufhört«, grummelte Maisry und rollte mit den Augen.

»Ja, mein Täubchen, aber niemand von uns war so randvoll wie Chavant und seine Genossen, da wir ja alle die Wirkung von Christinas Ale kennen«, verteidigte er sich. »John legte also mit seiner Geschichte los, und wir alle halfen kräftig mit, sie auszuschmücken. Gemeinsam haben wir wohl das aufregendste Märchen erfunden, das je in diesem Tal erzählt wurde, möchte ich wetten. Da hätte selbst der Teufel beim Zuhören den Schwanz eingezogen. Wie erbarmungslos uns der Grüne Mann heimsucht, haben wir ihnen vorgeflunkert, daß er unsere Kinder raubt, das Korn auf den Feldern vertrocknen läßt und die Lämmer von der Weide stiehlt. Richard Miller schilderte eindrucksvoll, wie der Grüne Mann nächtens kopfüber in Ahornbäumen hängt, und John Tanner berichtete mit ernster Miene, daß zu seines Vaters Lebzeiten ein Mann im Dorf von dem Ungeheuer enthauptet worden sei.« Aelric hielt einen Augenblick inne und blickte zufrieden in die Runde seiner hingerissenen Zuhörer. »Und da war noch etwas, Thorne«, sagte er dann.

»Was denn?« fragte Thorne und musterte ihn aufmerksam.

»Chavant fragte mich, als er schon mit dem Kopf in seinem Becher hing, ob ich einen Mann namens Black Thorne kenne, der sich möglicherweise als Jäger Thorne ausgebe.«

»Ja . . .?« Thorne wartete. Damit hatte er nicht gerechnet.

»Ich antwortete ihm, daß ich von diesem Black Thorne gehört habe, daß er aber tot sei und sich, wenn überhaupt, nur als sein Geist ausgeben könne.«

Thorne nickte und atmete hörbar aus. »Sonst noch etwas?«

»John Tanner sagte, daß der Mann dem Grafen jahrelang ein Dorn im Auge gewesen sein müsse«, fügte Aelric gedehnt hinzu.

Thorne schüttelte ob des mageren Scherzes den Kopf. Emlyn sah ihn an, und als er das bemerkte und ihren Blick erwiderte, spürte er ein merkwürdiges Flattern in der Magengrube. Er rutschte ein wenig zur Seite und lehnte unauffällig seine Schulter an ihr Knie. Sofort wandte sie den Blick ab und preßte die Lippen zusammen. Thorne seufzte und fuhr sich nervös mit der Hand durchs Haar.

»Und wo sind sie jetzt?« fragte Maisry.

»Drei von ihnen schnarchen sturztrunken auf dem Boden im Mühlhaus. Etienne wollte sich im Mühlbach erleichtern und fiel dabei kopfüber ins Wasser; wir fischten ihn heraus und ließen ihn am Ufer liegen.«

»Gütiger Gott, was mag geschehen, wenn sie aufwachen?« murmelte Maisry besorgt.

»Nun, zunächst einmal wird ihnen ordentlich der Schädel brummen«, sagte Thorne grinsend. »Und dann, denke ich, werden sie Kernham ohne viel Aufsehen verlassen. Nachdem ihre Geister- und Jungfrauenjagd so kläglich gescheitert ist, können sie wohl kaum noch große Töne spucken.« Damit wandte er sich an Emlyn. »Mylady, ich muß Euch von hier wegbringen.« Ihre Blicke trafen sich. »Wann?« fragte sie leise.

»Wenn wir vor Tagesanbruch losreiten, sind wir schon über alle Berge, bevor die nur ein Auge aufgemacht haben. Zur Vesperzeit könnt Ihr schon in Wistonbury sein«, sagte er. Emlyn biß sich auf die Unterlippe, sah ihn stumm an und nickte.

Ihr Blick ging Thorne dermaßen unter die Haut, daß jede Faser in ihm zu glühen begann. Er wollte seine Arme nach ihr ausstrecken, sie an sich ziehen und ihren warmen, weichen Körper an seinem spüren. Doch vor allem wollte er richtigstellen, was er gestern abend begonnen und so gefühllos beendet hatte. Nun, da ihm klar war, welchen Weg er einschlagen mußte, wünschte er sich nichts sehnlicher, als den Schmerz, den er ihr zugefügt hatte, zu lindern.

Ihr dichtes Haar, das ihr über eine Schulter fiel, schimmerte im Feuerschein wie ein goldener Seidenschleier. Funken blitzten in ihren großen, tiefblauen Augen, die ihn unter strengen Brauen im sanften Oval ihres Gesichts musterten. Als sie jetzt die Schultern straffte, kam Thorne zu Bewußtsein, daß sich hinter ihrer lieblichen Ausstrahlung eine graziöse Stärke verbarg, die in ihren Bewegungen und der zierlichen, dabei doch kräftigen Struktur ihres Körpers zum Ausdruck kam. Sie besaß einen wachen Verstand und eine gehörige Portion Mut. Gottlob, dachte er. Denn Mut und Verstand würde sie brauchen, wenn sie morgen früh seinem Vorschlag zustimmte.

»Gut, ich werde vor Sonnenaufgang aufbruchbereit sein«, sagte sie. »Habt Dank.«

»Ich stehe in Eurer Schuld, Mylady, und begleiche diese mit Freuden«, murmelte er, ohne den Blick von ihr zu wenden. So Gott will, werde ich dieser Verpflichtung mit allen Konsequenzen und all meiner Kraft nachkommen, fügte er im stillen hinzu. Aber er wußte auch um das Risiko: Diese Hochzeit, die er plante, könnte sowohl ihr Leben als auch ihre Herzen in Gefahr bringen.

10. Kapitel

»Zum Teufel damit!« fluchte Emlyn, während sie kurz auf einem Fuß hüpfte und Thornes Rücken mit einem wütenden Blick durchbohrte; er war ihr gut fünfzig Schritte voraus. Ihr Lederrucksack war so schwer, als schleppe sie einen Felsbrocken mit sich herum. An einer Ferse brannte eine dicke Blase, und die letzte Rast hatten sie am frühen Vormittag eingelegt.

Thorne mit seinen langen Beinen hatte ein überaus schnelles Tempo angeschlagen und dieses gnadenlos beibehalten. Nach einer Stunde Fußmarsch war er ihr weit voraus und war nur gelegentlich stehengeblieben, um zu sehen, ob sie ihm noch folgte. Finsteren Blickes blies sie sich eine Haarsträhne aus den Augen, entschlossen, eine Pause einzulegen, mit oder ohne ihn.

Doch als sie sich dann umblickte, vergaß sie augenblicklich ihre schmerzenden Füße und ihren so unermüdlich ausschreitenden Weggefährten. Die Kapuze in den Nacken geschoben, spazierte sie gemütlich über das sonnenbeschienene Moor, bis zu den Knöcheln in rosa Heidekraut und gelben Butterblumen watend. Die hohen, dunklen Klippen, die das Tal überragten, lagen weit hinter ihnen und hatten einer noch wildromantischeren Szenerie Platz gemacht.

Vor ihr und zu ihrer Linken erstreckte sich ein endlos weites Heidemoor, dessen rosaviolette Blütendecke von dunklen Baumgruppen gesäumt wurde und das ein silberner Flußlauf begrenzte. Zu ihrer Rechten hatte sich eine gigantische Schlucht in die Erde gegraben. Dem gedämpften Donnern folgend, das sie jetzt vernahm, trat Emlyn an den Rand des Abgrunds und spähte hinunter. Ein Wasserfall rauschte eine Felswand hinab und ergoß sich in ein Becken am Fuß einer schmalen Klamm, gut dreißig Meter unter ihr.

Thorne wartete, eingehüllt in einen langen braunen Umhang mit angeschnittener Kapuze, der außer seinem Bart, den Stiefeln, seinem linken Unterarm und dem Langbogen nebst Köcher, die er über der Schulter trug, nichts von ihm erkennen ließ. Nach einer Weile machte er kehrt und schlenderte auf Emlyn zu.

»Das ist Mercie's Force«, erklärte er. »Der Legende nach soll dies ein heiliger Ort sein, den eine Fee namens Mercie bewohnt. Man sagt, es bringt Glück, das Wasser aus dem Becken zu trinken, aber Unglück, wenn man es von hier fortträgt.«

»Können wir hier nicht eine kurze Pause einlegen?« fragte sie, obgleich sie der Gedanke an die Zaubergestalt ein wenig ängstigte.

»Ja, warum nicht«, entgegnete er freundlich. »Es ist ohnehin Zeit für eine Rast.«

Emlyn folgte Thorne den gewundenen, moosbewachsenen Pfad hinunter in die tiefe, enge Klamm. Die steil aufragenden Felswände bestanden aus wild aufeinandergestapelten Felsbrocken, die eine glitschige Moosschicht überzog. Aus den Spalten im Gestein wucherten Farne, rosa Sonnenröschen und gelber Steinbrech. Das Wasser fiel aus nicht allzugroßer Höhe vom Klippenrand, traf spritzend auf kleine Felsnasen, verteilte seine kühle Gischt über die bemoosten Wände der Klamm und ergoß sich dann in ein großes Becken.

»Oh!« rief Emlyn verzückt, die wenig später auf einem Stein am Beckenrand saß, dem Wasserfall gegenüber. »Das ist wahrhaftig ein passendes Zuhause für Zauberwesen! Hier lebt es sich wie auf dem Grund eines tiefen Brunnens.« Sie legte den Kopf in den Nacken und blickte hinauf zu der Klippe hoch über ihr.

»Ein ziemlich geräuschvoller Brunnen«, bemerkte Thorne über das Donnern der Wassermassen hinweg. Er legte den Langbogen und den Köcher ab, setzte sich neben sie und ließ ein Bein über den Felsbrocken baumeln.

Emlyn sah hinunter. »Ist das Becken tief?«

»Sehr tief«, entgegnete er. »Seid Ihr durstig?«

Emlyn nickte lächelnd. Schnell legte Thorne sich bäuchlings auf den Boden, beugte sich über den Beckenrand und schöpfte eine Handvoll Wasser, die er ihr dann vors Gesicht hielt.

Auf ihren zögernden Blick hin brachte er die Hand an ihr Kinn. »Bedauerlicherweise, Mylady, kann ich Euch nicht mit einem silbernen Becher dienen.«

Sie beugte sich vor, legte ihre Hand unter die seine und trank einen winzigen Schluck. Das Wasser war kalt und schmeckte ein wenig nach ihm – nach Rauch, Leder und Maisrys Lavendelseife. Mit verlegen gesenktem Blick murmelte sie: »Ich danke Euch.« Langsam nahm er seine Hand wieder fort.

Dann beugte er sich nochmals über den Beckenrand, um selbst zu trinken. Anschließend rieb er sich die nassen Hände und fuhr sich übers Gesicht und das dunkle, verstrubbelte Haar. Emlyn mußte wieder einmal feststellen, wie sehr er doch dem Baron ähnelte, obgleich er ihrer Meinung nach viel besser aussah als sein finsterer Halbbruder. Thornes Augen waren von einem intensiven Grün, das nur eine Nuance blasser war als das Moos auf den Felswänden. Die Kontur seines bärtigen Unterkiefers sowie sein langer, schlanker Körper insgesamt waren denen des Barons verblüffend ähnlich. Und trotzdem hatte sie den Eindruck, daß Thorne ein viel ausgeglichenerer Mensch war, der mit sich und der Welt mehr in Einklang lebte als Nicholas de Hawkwood, soweit sie das nach der kurzen Zeit, die sie ihn in Ashbourne erlebt hatte, beurteilen konnte.

»Wir sollten eine Kleinigkeit essen und uns etwas ausruhen, Mylady«, schlug er vor.

Emlyn nickte und öffnete den ledernen Ranzen. »Maisry hat uns eine Menge mitgegeben«, sagte sie und breitete ein Tuch auf dem Felsen aus. Sie packte ein Stück Käse aus, einen in ein Leinentuch eingeschlagenen Laib Brot, etliche gebratene Äpfel und Zwiebeln. »Ich habe die letzten Wochen ziemlich viel von Eurer Zeit beansprucht«, bemerkte sie, während sie mit dem Messer, das er aus seinem Gürtel gezogen und ihr gereicht hatte, das Brot und den Käse in Scheiben schnitt.

Er sah sie eindringlich an. »Zeit, die ich Euch ohne Bedauern zur Verfügung stelle.«

»Thorne, was genau macht Ihr hier in diesem Tal?« erkundigte sie sich.

»Ich bin Forstaufseher, Mylady. Meine Aufgabe ist es, die Augen offenzuhalten und dafür zu sorgen, daß nicht zuviel Rotwild des Königs abgeschossen wird und auch nicht zu viele Wildschweine.« Emlyn sah ihn überrascht an, da sie wußte, daß man das Rotwild des Königs überhaupt nicht schießen durfte; anscheinend drückte dieser bisweilen ein Auge zu. »Jäger, die nur Kleinwild schießen, haben allerdings einen Anspruch auf gewisse Jagdrechte. Außerdem achte ich darauf, daß kein Wald abgeholzt oder niedergebrannt wird, es sei denn, die Mönche geben ihre ausdrückliche Erlaubnis dazu. Daneben erstatte ich meinem Oberherrn Bericht über den Zustand der Parzellen und der Pachthöfe. Aber da ich nicht der einzige Forstaufseher im Tal bin, habe ich nicht allzuviel zu tun.«

»Euer Oberherr ist der Abt?« fragte sie.

»Ja.«

»Steht Ihr mit Nicholas de Hawkwood in Verbindung?«

Er senkte den Blick. »Nein.«

»Wie kommt es dann, daß Whitehawke ein Forstaufseher namens Thorne in Arnsdale unbekannt ist?« erkundigte sie sich mit gerunzelter Stirn.

Das verschmitzte Grinsen, das kurz über sein Gesicht huschte, brachte ihr Herz zum Flattern. »Der Forstaufseher hütet sich davor, dem Grafen über den Weg zu laufen, Mylady. Wie gesagt, ich bin nicht der einzige Aufseher hier.«

Nachdem sie beide ihr Mahl beendet hatten, wickelte Emlyn die Reste ein, packte sie wieder in den Ledersack und gab Thorne sein Messer zurück. Sie schob die Ärmel ihres Kleides hoch und beugte sich dann selbst über den

Beckenrand, um etwas Wasser aus der Hand zu trinken. Es schmeckte köstlich und fühlte sich weich und kühl an. Nachdem sie sich das Gesicht benetzt hatte, setzte sie sich wieder auf. An ihren feuchten Wangen klebten goldene Haarsträhnen.

Thorne stützte sich auf einen Ellbogen und beobachtete sie mit undeutbarer Miene. »Glaubt Ihr, Mylady«, sagte er, »daß Euer Onkel Euch helfen kann?«

Den Blick auf die milchige Gischt des Wasserfalls gerichtet, antwortete sie: »Ich hoffe es. Außer ihm kann mir sonst niemand helfen.«

»Wenn er sich wegen der Verlobung an den Papst wendet, werden Monate vergehen, bis er eine Antwort erhält. Ihr braucht eine schnellere Lösung.«

Sie zuckte die Schultern. »Was immer ich unternehme, wird den Zorn Whitehawkes über mich und meine Familie bringen. Und König Johns Zorn ebenfalls, befürchte ich.« Sie wiegte langsam den Kopf hin und her. »Vielleicht hätte ich doch zu Chavant zurückkehren sollen, als er mich anfangs im Wald suchte.«

»Als ich Euch fand, Mylady, hattet Ihr eine schwere Kopfverletzung«, erinnerte Thorne sie. »Damals hättet Ihr nicht zurückgehen können.«

»Ach – alles Jammern nützt jetzt auch nichts mehr. Es gibt kein Zurück. Ich bin meinem Herzen gefolgt, als ich mich entschloß, meinen Onkel aufzusuchen«, sagte sie und zupfte nervös an ihrem Rocksaum. »Tibbie, meine Amme, sagt immer, es liegt nicht in meiner Natur, erst zu denken und dann zu handeln. Und sie hat recht. Wieder einmal habe ich mich kopfüber in eine mißliche Lage gebracht.«

Thorne richtete sich auf und warf sein letztes Stück Brot auf einen Felsen, wo sich eine Schar Vögel gierig darüber hermachte. »Was wäre in Eurer Situation denn eine weise Entscheidung, Mylady? Wäre es klug gewesen, einen Mann zu heiraten, der für seine Greueltaten im ganzen Land berüchtigt ist? Eine solche Ehe käme einem Leben im Gefängnis gleich, wenn nicht schlimmer.«

Er richtete den Blick wieder auf sie. »Nein, die Flucht war gewiß die weisere Entscheidung. Von einem sicheren Aufenthaltsort aus könnt Ihr Eurer Familie besser helfen. Ihr entzieht Euch einem Befehl, der, auch wenn er vom König persönlich kommt, dennoch nicht richtig ist. Und das ist Mut, würde ich meinen, nicht gedankenloses Handeln.«

Emlyn hörte ihm mit gesenktem Kopf zu. »Ihr wart doch selbst immer der Mutige. Ihr habt Euch einst gegen einen ungerechten Grafen erhoben. Und Ihr tut es noch immer, als Grüner Mann.« Sie sah hoch. »Das hat Maisry mir erzählt«, fügte sie rasch hinzu.

Er nickte und schien nichts dagegen zu haben, daß sie von seinem Geheimnis wußte. »Der Mann, an den Ihr Euch erinnert, der hat sich damals vor all den Jahren mit dem ganzen Eifer und dem Haß seiner Jugend gegen Whitehawke aufgelehnt und ihm schlimmer zugesetzt als der Teufel.« Er wiegte nachdenklich den Kopf. »Da sprach das Herz, wie Ihr sagtet. Nicht der Kopf. Ich war nicht mutig, Mylady.«

»Und heute – als Grüner Mann?«

»Die Auftritte des Grünen Mannes sind eine Notwendigkeit und haben mit Heldentum nichts zu tun.« Lächelnd griff er nach ihrem Arm und drückte ihn leicht. Unversehens durchrieselte sie eine wohlige Wärme. »Seid stolz darauf, daß Ihr den Mut besitzt, Euch dem Befehl des Königs zu widersetzen«, fuhr er fort. »Gerade in letzter Zeit tun viele Barone das gleiche. König John hat seine Untergebenen beleidigt, bedroht und in Gefahr gebracht. Und er wird die Strafe dafür bekommen, das hoffe ich jedenfalls. Ihr rebelliert auf Eure Weise gegen den König, genau wie seine Barone.«

»Ich habe von dem Streit zwischen dem König und den Baronen gehört. Aber ich wußte nicht, daß der König entmachtet werden könnte.«

Er zog seine Hand zurück, und augenblicklich vermißte Emlyn die Wärme seiner Berührung. Seine Stimme nahm plötzlich einen scharfen Klang an, der ihr kalte

Schauer über den Rücken jagte. »Nicht entmachtet, Mylady, aber kontrolliert. Seine Übergriffe müssen wir – nein, werden wir – einschränken. Er muß sich an die Gesetze halten wie jeder andere Bürger Englands auch.«

»Können eine Handvoll Barone denn etwas gegen den König ausrichten?«

»Es ist nicht nur eine Handvoll. Die meisten Barone im Norden unterstützen das Vorhaben, und die jungen Adligen in ganz England ohnehin. Seit kurzem haben selbst etliche jener Barone, die dem König bislang immer loyal gegenüberstanden, versprochen, gegen ihn aufzubegehren.«

»Dann werden sie also ihr Vorhaben durchsetzen?«

Er nickte. »Sie versammeln sich bereits zu Hunderten in und um London. Es kann gut sein, daß sie London belagern und daß es einen Bürgerkrieg gibt. Ich glaube, es ist besser, König John davon zu überzeugen, sich fürderhin an den alten Gesetzen zu orientieren, die Henry der Erste erlassen hat. Dazu bedarf es allerdings seiner Unterschrift auf einer ähnlichen, abgeänderten Charta, die den bisherigen und zukünftigen Entwicklungen Rechnung trägt.«

»Ich habe von diesen alten Gesetzen gehört«, sagte sie. »Mein Bruder sprach davon, und mein Vater sagte einmal, wenn die alte Charta wieder in Kraft träte, könne König John nicht länger in der Weise fortfahren, deren er sich bislang befleißigt.« Jetzt setzte sie sich kerzengerade hin und holte tief Luft. »Thorne – wenn der König sich diesen Forderungen beugt, werden seine früheren Untaten dann annulliert? Wird seinen Opfern dann ausgleichende Gerechtigkeit zukommen?«

»Die Barone werden viele Änderungen fordern, Mylady. Sie werden den König in Zukunft daran hindern, seine Einnahmen durch Plünderungen, Entführungen und Kerker zu erhöhen. Und solchen Familien wie der Euren, die durch die ungerechten Handlungen des Königs ihr Heim und ihr Vermögen verloren haben, sollte Schadenersatz geleistet werden.«

»Dann wird er also für die Verbrechen bezahlen, die er begangen hat?«

»Die Toten kann man nicht wieder auferwecken, aber Grundbesitz und Vermögen können zurückerstattet werden, zumindest teilweise, gegebenenfalls auch an die Erben. Die Barone sind bestrebt, die Gesetze neu zu formulieren, damit König John nicht länger seine Macht mißbrauchen kann. Und es werden neue Gesetze erarbeitet, die Frauen und Witwen schützen – auch Frauen wie Euch, die man gegen ihren Willen verheiraten will.« Dabei zwinkerte er ihr zu.

Emlyn zog nachdenklich die Brauen hoch. »Wenn diese neue Charta tatsächlich in Kraft tritt, dann könnte meiner Familie also Recht zuteil werden.« Sie blickte hoffnungsvoll zu ihm auf. Vielleicht mußte sie einfach nur warten, bis die Barone ihre Arbeit getan hatten. »Thorne, wäre das möglich?«

»Daß eine neue Charta erstellt wird, ist sehr wahrscheinlich«, antwortete er vorsichtig. »Es wird bald zu einer Konfrontation kommen. Und im Sommer oder Frühherbst könnte die neue Charta dann in Kraft treten.«

Emlyn lächelte glücklich und zog die Knie an die Brust. »Dann wäre es möglich, daß wir im Herbst oder spätestens im Winter wieder in Ashbourne sind!«

Er dämpfte ihre Begeisterung mit einer Handbewegung. »Immer hübsch langsam, Mylady. Der König ist unberechenbar. Selbst wenn er diese Charta unterzeichnet, bedeutet das noch lange nicht, daß er Wort hält.«

»Aber er muß sich doch an seine eigenen Gesetze halten! Und bestimmt wird er seine Verfügung gegen unsere Familie zurücknehmen. Guy wird freigelassen, meine Geschwister kehren nach Ashbourne zurück, und die Verlobung mit Whitehawke wird annulliert.«

Thorne blickte etwas verhalten drein. »Es ist möglich, daß Wiedergutmachungen geleistet werden«, meinte er. »Aber meine Hand würde ich dafür nicht ins Feuer legen. Vergeßt dabei Whitehawkes Einfluß nicht. Er genießt das uneingeschränkte Vertrauen des Königs und hält nichts von den Forderungen der Barone. Whitehawke bekommt, was er will, mit und ohne Gesetze.« Thorne beugte sich zu ihr. »Selbst wenn Ihr Euch hinter einem Nonnenschleier verbergt, kann er Euch zwingen, ihn zu heiraten.«

Emlyn zog die Stirn kraus. »Selbst wenn ich zu meinem Onkel gehe und mich dem Schutz der Kirche anvertraue?«

»Er kann auf dieser Ehe bestehen.« Thorne beugte sich noch näher; sie hatte noch nie so dichte, schwarze Wimpern gesehen, noch nie so grüne Augen.

»Aber es muß doch Möglichkeiten geben, dem zu entgehen.«

Er sah sie lange aufmerksam an. »Es gibt nur eine einzige.«

Emlyn hockte mit angezogenen Knien auf dem warmen Felsen und lauschte wie in Trance dem Rauschen des Wasserfalls und dem Zwitschern der Vögel, die ganz in der Nähe ein Nest hatten. »Und die wäre?« fragte sie.

»Wenn Ihr eine andere Ehe eingeht, bevor Whitehawke Euch findet, dann hat er keine rechtliche Handhabe mehr gegen Euch.« Tief und dunkel drang seine Stimme an ihr Ohr.

»Aber was könnte so eine Ehe schon bedeuten?« fragte sie und spürte, wie ihr Herz schneller zu schlagen begann.

Eine leichte Röte überzog Thornes Wangen, und er wandte sich ab. »Die Kirche stellt ein Ehegelöbnis über einen Verlobungsvertrag, wie auch immer dieses zustande kommt.« Als er sie wieder ansah, hatten seine Augen die graugrüne Farbe einer Gewitterwolke vor dem Sturm angenommen.

Jeder Schlag ihres Herzens vibrierte durch ihren Körper, als sie seinen Blick erwiderte. Thorne könnte sie heiraten und somit diese Verlobung hinfällig machen! Unausgesprochen schwebten diese Worte zwischen ihnen.

Dann schlug Emlyn die Augen nieder und wußte, wie töricht es war, auf einen Heiratsantrag von ihm zu hoffen.

Die Zurückweisung jenes Abends verwirrte und schmerzte sie immer noch, und ihre Wut über ihre hoffnungslose, unglückliche Lage steigerte sich zusehends. Sie war mit ihrer Beherrschung am Ende.

»Sprecht nicht mehr von dieser Möglichkeit«, brach es aus ihr heraus. »Glaubt Ihr vielleicht, ich hätte einen passenden Freier in der Rückhand? Wo ist der Mann, der vor Jahren bei meinem Vater um meine Hand angehalten hat? Ich weiß es nicht und Ihr ebensowenig!« Sie stand jetzt vor ihm und schrie ihn mit der ganzen Verzweiflung der letzten Wochen an, die endlich ein Ventil gefunden hatte. »Zum letzten Male, ich habe keine andere Wahl, als meiner Schwester ins Kloster zu folgen! Laßt es dabei bewenden!« Sie schnappte sich ihren Lederranzen und stapfte wütend davon.

Thorne war schon auf den Beinen. Er bekam sie noch am Arm zu fassen, riß sie an seine Brust und preßte ihren Oberkörper an sein Lederwams, indem er sie an beiden Oberarmen festhielt. Emlyn wehrte sich. Die Tränen, die ihr dabei in die Augen schossen, waren Tränen der Wut.

»Das kann ich nicht zulassen«, flüsterte er, sein Gesicht ganz nahe an dem ihren. »Ich möchte, daß Ihr mich heiratet.«

Sie blinzelte ihn verdutzt an. »Euch?« wiederholte sie atemlos. Ihr Herz klopfte so stark, als wollte es ihr aus der Brust springen. »Ihr würdet mich heiraten?«

»Ja, das will ich«, sagte er. Seine Augen glühten. »Falls Ihr nichts gegen einen Förster einzuwenden habt.«

Eine Flut von Gründen, die dafür sprachen, ihn zu heiraten, schoß ihr durch den Sinn, gefolgt von der ungebetenen inneren Stimme, die sie warnte, vorsichtig zu sein. Hart schluckend sah sie ihn an.

Noch nie hatte sie Thorne wütend erlebt. Sein eiserner Griff und seine schmalen Augen erschreckten sie. Beides erinnerte sie an seinen Halbbruder Nicholas und den ihnen gemeinsamen, grausamen Vater. Thornes Ähnlichkeit mit dem eiskalten Baron und seine unverhohlene Wut raubten ihr auch noch den letzten Rest Beherrschung.

»Wollt Ihr dadurch Eure Schuld bei meinem Vater tilgen? Oder seht Ihr darin eine weitere Möglichkeit, Whitehawke eins auszuwischen?« Kaum hatte sie diese Worte ausgesprochen, da bereute Emlyn sie auch schon.

Seine Nasenflügel über dem schwarzen Schnauzbart bebten. Dann zog er sie noch enger an sich, beugte den Kopf und küßte sie auf eine Art, die nichts mit den Zärtlichkeiten an jenem Abend auf der Hügelkuppe gemein hatte. Unwillkürlich reagierte ihr Körper, obgleich sie völlig benommen war, und sie öffnete ihre Lippen seiner forschenden Zunge. Als sie spürte, wie sich sein Körper an ihren Leib preßte, regte sich ein süßes, schmelzendes Ziehen in ihrem Unterleib, das alle widersprüchlichen Gedanken zunichte machte.

Doch plötzlich zog er sich unvermittelt zurück. Atemlos und mit großen Augen starrte sie ihn an. »Das Angebot steht, Mylady«, erklärte er knapp. »Ihr habt bis zur Klosterpforte von Wistonbury Zeit, darüber nachzudenken.« Er ließ die Arme sinken und bückte sich, um seinen Bogen und den Köcher aufzuheben. Dann ging er an ihr vorbei auf den ansteigenden Pfad zu.

Ihr Ziel war der Fluß, der sich silbern glänzend in der Ferne dahinzog. Zu ihrer Rechten strömte ein breiter Bach zurück zur Schlucht, der dann über die Klippe in das Bekken am Grund der Klamm stürzte. Auf diesen Bach ging Thorne jetzt zu; auf seiner anderen Seite erstreckte sich ein Moor bis hin zu dem Fluß, der sie nach Wistonbury führen würde.

Gurgelnd und sich an zahllosen Steinen brechend, folgte der Wildbach seinem gewundenen Bett. Farne, Gräser und schlanke Bäume säumten seine Ufer wie ein kühler, grüner Vorhang.

Thorne, der die Kapuze tief ins Gesicht gezogen hatte, trat jetzt auf einen großen Stein, der beinahe ganz von Wasser umspült war. Mit vorsichtigen Schritten begann er, den Bach zu durchqueren, wobei er sich einmal kurz umdrehte und ihr winkte, ihm zu folgen. Das Rauschen des schnell dahinfließenden Wildbachs übertönte alle anderen Geräusche. Emlyn starrte auf seinen Rücken, völlig benommen von den Gedanken an sein seltsames Angebot und seine heißen Küsse. Einen Fuß vorsichtig vor den anderen setzend, um auf den glitschigen Steinen nicht auszurutschen, ging sie ihm nach. Plötzlich vernahm sie ein Geräusch, das nichts mit dem Gurgeln und Plätschern des Wassers zu tun hatte, und hob lauschend den Kopf. Doch als sie nichts weiter hörte, setzte sie ihren Weg fort und fluchte leise über das kalte Wasser, das durch ihre dünnen Lederstiefel drang und schwer an ihrem Mantelsaum zog.

Thorne hatte das gegenüberliegende Ufer schon erreicht und kletterte gerade die Böschung hoch, als der erste durchdringende Schrei das Rauschen des Wassers übertönte.

»He! Ihr da! Stehenbleiben!« Emlyn fuhr herum. Hinter ihr kamen drei Reiter in rostbraunen Waffenröcken auf die Uferböschung zugeritten.

»Lady Emlyn de Ashbourne! Bleibt sofort stehen!« rief einer von ihnen. Sie erkannte Gerard, einen der Soldaten aus Chavants Eskorte, an seiner tiefen, polternden Stimme.

Thorne am anderen Ufer hatte bereits einen Pfeil aus dem Köcher gerissen und auf die Sehne gelegt, gerade als Gerards Pferd den ersten Schritt ins Wasser tat.

»Kommt zurück, Lady Emlyn!« rief Gerard ihr zu. Zu Tode erschrocken blieb Emlyn stehen. Sie sah, wie Thorne, ein Bein vor das andere gestellt, mit angewinkelten Armen den Langbogen in Position brachte.

»Laßt das Mädchen in Ruhe!« warnte Thornes klare Stimme.

»Schert Euch zum Teufel«, knurrte Gerard. In seiner Hand blitzte eine Armbrust auf, die er jetzt über den Kopf seines Pferdes anlegte. Der Bolzen verfehlte Thorne nur knapp.

»Wenn ich zurückschieße, dann treffe ich!« rief er mit steinerner Miene.

Im selben Augenblick dirigierten die anderen Reiter – Emlyn erkannte Robert und Etienne – ihre Pferde ebenfalls in den reißenden Wildbach.

Emlyn flog herum, um sich ans andere Ufer zu flüchten, überlegte dann aber, daß sie damit die Verfolger zu Thorne hinführen würde. Statt dessen wandte sie sich stromabwärts, bahnte sich stolpernd den Weg durch das flache Wasser, weg von Thorne und den Bewaffneten. Diese trieben ihre Pferde an, die ihr schnaubend den Bach entlang folgten.

An der tiefsten Stelle reichte ihr das Wasser fast bis zum Knie. Sie raffte ihren Mantel und bewegte sich so schnell sie konnte. Der Lederranzen hüpfte im Takt ihrer Schritte auf ihrem Rücken auf und ab, und die nassen Röcke klebten ihr an den Beinen. Die spitzen Steine und Felsbrocken auf dem Grund des Flußbetts bohrten sich in ihre dünnen Stiefelsohlen, aber sie lief unbeirrt weiter.

Aus dem Augenwinkel sah sie Thorne, der mit dem Langbogen in der Hand die Uferböschung entlang neben ihr herrannte. Er rief ihr etwas zu, aber sie konnte ihn nicht hören; ihr stoßweiser Atem, das Rauschen des Wildbachs und das Donnern der Hufschläge hinter ihr übertönten seine Stimme.

Plötzlich griff eine Hand nach ihrer Schulter, rutschte ab und bekam dann einen ihrer dicken Zöpfe zu fassen.

Stolpernd versuchte sie, das Gleichgewicht zu halten, stieß mit dem Knie an einen Felsen und wurde an ihrem Zopf hochgerissen. Ihre Kopfhaut brannte wie Feuer, und ihre Halswirbel knackten, als Robert wieder an ihrem Zopf riß und sie neben sein Pferd zerrte. Die Leinenhaube hatte sich gelöst und trieb schaukelnd den Bach hinunter.

Da zischte ein Pfeil knapp an ihrem Kopf vorbei und blieb in der Brust des Reiters stecken. Mit einem Aufschrei ließ er ihren Zopf los und stürzte vom Pferd. Emlyn sprang zur Seite, stolperte, rappelte sich wieder auf und flüchtete weiter flußabwärts. Gerard brüllte ihr hinterher, sofort stehenzubleiben. Sie warf einen Blick zurück und sah einen der Soldaten mit dem Gesicht nach unten im Bach liegen, Etienne und Gerard aber waren nur noch wenige Meter hinter ihr.

Einer von ihnen brüllte noch einmal, sie solle stehenbleiben, und versuchte dann genau wie der erste, sie am Zopf zu packen. Ein Pfeil traf ihn in den Unterarm, er schrie auf und ließ los. Gleich darauf surrte der Bolzen einer Armbrust an ihrem Kopf vorbei und bohrte sich in die Uferböschung. Er war für Thorne bestimmt gewesen, dachte sie und drehte sich rasch nach ihm um.

Gerade tauchte er hinter einer Gruppe Birken auf und rannte, offenbar in höchster Aufregung, neben ihr her flußabwärts.

»Hierher ans Ufer!« hörte sie ihn schreien. »Schnell ans Ufer!«

Halb stürzend schlitterte sie über schlüpfrige Flußsteine und durch wirbelnde Strudel auf das rettende Ufer zu. Hinter ihr schnaubte ein Pferd. Ein zweiter Bolzen schlug in die Uferböschung ein und spaltete eine knorrige Baumwurzel neben ihr, als sie den steilen Erdwall zu Thorne hinaufkletterte.

Er streckte ihr die Hand entgegen, zog sie hoch und mit sich fort. Nicht weit vor ihnen endete die grasbewachsene Uferböschung an der Stelle, wo der Bach über die Felsklippe in die Schlucht hinabstürzte. Nach wenigen Schritten blieben Emlyn und Thorne stehen und drehten sich dann gleichzeitig um.

Die Soldaten kamen jetzt bedrohlich langsam näher, sahen sie doch, daß die Verfolgten in der Falle saßen. Thorne, der Emlyn den Arm um die Schulter gelegt hatte, machte einige Schritte rückwärts und zog sie mit sich. Chavants Männer kamen immer näher. Ängstlich blickte sie über die Schulter, sah nichts außer Luft und weißer Gischt und hörte das Dröhnen des Wasserfalls.

Weiter unten verschwanden die Wassermassen donnernd im hellen Dunst. Gras und Heidekraut wucherten über den Klippenrand. Emlyn sah Thorne an, der dicht am Abgrund stand. Er warf ihr einen schnellen Blick zu, und sie glaubte, er habe dabei unmerklich mit dem Kopf hinter sich gedeutet. Nein, das konnte er doch nicht gemeint haben!

Die Männer zügelten ihre Pferde. Aus einer Wunde über Etiennes Ellbogen tropfte Blut auf seine stählerne Armmanschette.

»So, du bist also der Bastard, der Graf Whitehawkes Verlobte entführt hat«, sagte Gerard.

»Hauptmann«, antwortete Thorne, »die Lady ist aus freiem Willen geflüchtet.« Heftig atmend stand Emlyn neben Thorne, der ihren Arm fest umfaßt hielt, und starrte ihre Verfolger ängstlich an.

»Sie wird froh sein, endlich gerettet zu werden, glaube ich.« Gerard streckte ihr seine gepanzerte Hand entgegen. »Mylady, Whitehawke wird sehr erleichtert sein, Euch wieder in Sicherheit zu wissen.«

Thorne drückte unmerklich ihre Schulter und deutete nochmals mit einer raschen Kopfbewegung auf die Klippe. Emlyn riß vor Schreck die Augen auf. Er meinte tatsächlich, sie solle springen!

»Lady Emlyn«, knurrte Gerard ungehalten. Emlyns Blick wanderte zu ihm und wieder zurück zu Thorne.

Thorne murmelte etwas, das wie »jetzt« klang. Sein Arm glitt von ihrer Schulter und schlang sich um ihre Taille. Er machte einen Schritt zurück über den Klippenrand und zog Emlyn mit sich.

11. Kapitel

Einen Augenblick später landete sie unsanft auf hartem Boden, der ihre Knöchel stauchte. Sie sank auf die Knie und hatte das Gefühl, ihr Magen sei ihr in den Mund gehüpft. Der Lederranzen schlug so heftig gegen ihren Rükken, daß sie beinahe ganz das Gleichgewicht verloren hätte. Nur Thornes eisernem Griff um ihre Taille hatte sie es zu verdanken, daß sie nicht kopfüber in die Schlucht stürzte.

»Heiliger Herr im Himmel, was habt Ihr vor?« zischte sie.

»Unser beider Leben retten, Mylady. Könnt Ihr von hier aus hinunterklettern?«

Sie kauerten auf einem schmalen Vorsprung, der einige Meter unter dem Klippenrand und knapp neben dem tosenden Wasserfall in schwindelnder Höhe über der Schlucht aus der Felswand ragte. Die Gischt stach ihr wie feine Nadelspitzen ins Gesicht und wirbelte ihr Haar durcheinander. Emlyn riskierte einen Blick in die Tiefe und stöhnte entsetzt auf.

Die steile Wand der Klamm bestand aus mit Flechten überwucherten Felsbrocken, die sich spitzen grünlichen Zähnen gleich aufeinandertürmten. Neben ihnen stürzte sich der Mercie-Wasserfall mit Tosen und Dröhnen über das Felsgestein in das tief unter ihnen liegende Wasserbecken. Emlyn und Thorne hörten die Rufe der Soldaten, die von ihren Pferden gesprungen waren und an den Rand der Schlucht rannten.

Emlyn holte tief Atem. Nachdem sie sich orientiert hatte, verlor die Höhe ein wenig an Bedrohlichkeit. Die schräg abfallende Felswand der Schlucht schien nicht einmal so hoch zu sein wie die Wehrtürme auf Ashbourne. Sicher würden die zahlreichen moosbewachsenen Felsspalten genügend Halt bieten und die treppenförmigen

Ausbuchtungen einen Abstieg möglich machen. Außerdem, dachte sie, blieb ihnen sowieso keine andere Wahl.

Emlyn schluckte ihre Angst hinunter und nickte. »Ja, ich glaube, ich schaffe es.«

»Tapferes Mädchen. Also kommt!« Er ließ seine Beine über den Felsvorsprung gleiten und klammerte sich neben ihren Zehenspitzen am Gestein fest. Sobald seine Füße einen sicheren Halt gefunden hatten, sah er zu ihr hoch. »Jetzt ihr.« Einer der Soldaten schrie aus vollem Halse. »Hört nicht auf den, folgt mir«, sagte Thorne.

Sie rutschte nun selbst über den Felsvorsprung und kam halb fallend auf dem nächsten schmalen Plateau auf. Thorne kletterte weiter nach unten, und sie folgte ihm.

Langsam und umsichtig bahnten sie sich ihren Weg den schlüpfrigen Abhang hinunter. Emlyn merkte sich genau, wo Thornes Hände und Füße Halt gefunden hatten, und kletterte ihm nach, aufmerksam seinen Anweisungen und unermüdlichen Ermunterungen lauschend. Vor jedem Schritt prüfte sie sorgfältig die Festigkeit jedes Gesteinsbrockens, auf den sie trat. Bisweilen war sie gezwungen, einen anderen Weg zu nehmen, da ihre Arme und Beine viel kürzer waren als die Thornes.

Gerard und Etienne beugten sich über den Klippenrand und riefen Emlyn Drohungen zu, die jedoch im Tosen der Wassermassen untergingen. Als sie zu ihnen hochblickte, sah sie die Spitze einer Armbrust über die Klippe ragen und hörte im nächsten Moment ein Geschoß an sich vorbeizischen, das jedoch zum Glück am nächsten Felsen abprallte. Ein zweiter Schuß folgte, der beinahe Thornes Arm getroffen hätte.

In der Nähe des Wasserfalls überzog eine dicke, feuchte Moosschicht die Felsen. Emlyns Gesicht und Haare troffen vor Nässe, und mehr als einmal glitt ihr Fuß auf einer glitschigen Flechte aus. Der Wind, der durch die felsige Schlucht blies, zerrte an ihrem Umhang und verfing sich in den feuchten Röcken und der nassen Wollhose, die ihr an den Beinen klebten.

Durch das Zwitschern eines Vogels, der ganz nahe an

ihr vorbeiflog, aus ihrer Konzentration aufgeschreckt, hielt sie einen Moment an einem Felsen geklammert inne und atmete tief durch, um die Angst zu unterdrücken, die ihr in der Kehle brannte. Dann streckte sie den Fuß aus und kletterte verbissen weiter.

Thorne schien dieser gefährliche Abstieg nicht die geringste Mühe zu machen. Sein Umhang wehte im Wind, und der Langbogen und Köcher an seinem Rücken schwangen rhythmisch hin und her. Die Geschosse, die rechts und links an ihm vorbeisausten, schienen ihn nicht mehr zu stören als ein Schwarm lästiger Fliegen. Der Kampf mit ihren nassen Röcken und den glitschigen Flechten entlockte Emlyn so manchen inbrünstigen Fluch. Da der Blick in die Tiefe oder nach oben sie schwindelig machte, versuchte sie sich ausschließlich auf den nächsten sicheren Halt für Hände und Füße zu konzentrieren.

Während sie mit den Zehen nach dem nächsten Vorsprung tastete, schlug einer der Armbrustbolzen durch die Falten ihres Umhangs und nagelte ihn in einer Felsspalte fest. Sie bückte sich, um den Schaft herauszuziehen und verlor dabei um ein Haar das Gleichgewicht. Als sie merkte, daß sie den Bolzen nicht lockern konnte, geriet sie in Panik.

Doch Thorne war schon bei ihr, stützte sie mit einer Hand, zog mit der anderen das Geschoß aus der Spalte und warf es in hohem Bogen in die Schlucht. Einen Augenblick lehnte Emlyn die Stirn an die feuchte Felswand, die nach vermodertem Moos roch, und atmete ein paarmal tief durch. Sie zitterte am ganzen Körper.

Thorne legte ihr beruhigend die Hand auf die Schulter. Wieder zischte ein Geschoß an ihnen vorbei, gefolgt von heiseren Rufen. Emlyn schluchzte vor Angst laut auf. Sie glaubte, keinen Schritt weitergehen zu können.

»Ganz ruhig, Lady. Zieht Euren Mantel aus«, sagte Thorne leise.

Als sie mit zitternden Fingern versuchte, die Spange zu lösen, riß Thorne ihr mit einer schnellen Handbewegung den Umhang von den Schultern, wobei die Spange brach. Dann wickelte er den Mantel um den Ledersack und warf das Bündel hinunter in die Klamm.

Emlyn spähte vorsichtig in die Tiefe und sah, daß ihre Sachen auf einer Felsplatte neben dem Wasserfall gelandet waren. Thorne behielt seinen Mantel und den Bogen bei sich, war schon wieder eine Etage tiefer geklettert und setzte seinen raschen Abstieg fort.

Von dem Gewicht des Mantels und des Ranzens befreit, kam Emlyn nun viel schneller vorwärts. Kurz darauf erreichten sie einen flachen Felsvorsprung, auf dem sie sich niederkauerten und nach oben spähten. Zwei Drittel des Weges hatten sie bereits hinter sich. Die Wachen an der Klippe oben waren verschwunden.

»Sie werden jeden Augenblick den Pfad dort herunterkommen«, sagte Thorne. »Dann sitzen wir hier wie auf einem Präsentierteller. Könnt Ihr schwimmen?«

Emlyn nickte. »Ein bißchen.« An den heißen Sommertagen, die sie einst mit Guy, Richard und Agnes am Fischteich von Ashbourne verbracht hatte, war sie ein wenig hin und her gepaddelt.

»Das genügt«, sagte er, entledigte sich jetzt ebenfalls seines Mantels, zog das lederne Wams aus und ließ beides zusammen mit dem Bogen und dem Köcher neben Emlyns Bündel auf den flachen Stein weiter unten fallen. »Los. Springt in das Becken.«

Zögernd blickte sie in die Tiefe und dann hoch zu Thorne, die Augen vor Angst weit aufgerissen. Ihr fiel ein, daß er vorhin gesagt hatte, das Wasser sei tief genug zum Schwimmen. »Aber ich kann nicht von hier oben runterspringen«, wisperte sie ängstlich.

»Emlyn, Ihr müßt mir vertrauen«, drängte Thorne. »Denkt nicht, sondern tut einfach, was getan werden muß.« Er zog sie an der Hand an den Felsrand. »Füße voraus. Tief Luft holen und dann los!«

Wieder blieb ihr keine Wahl, keine Zeit zum Denken. Sie mußte ihm folgen, mußte ihm blind vertrauen. Als sie dann über den Felsrand ins Leere sprang, bauschten sich ihre Röcke wie ein Segel, bevor sie in das eiskalte Wasser eintauchte. Strampelnd versuchte sie, an die Oberfläche zu kommen, doch ihre Rocksäume verhedderten sich zwischen ihren Beinen und zogen sie unerbittlich weiter nach unten.

Wie in Trance öffnete sie die Augen und blickte hinauf in den tiefblauen Wasserhimmel über sich. Verzerrt durch die Lichtspiegelung konnte sie den grünbewachsenen Rand der Schlucht ausmachen. Sie streckte die Arme in die Höhe, doch es gelang ihr nicht, an die Wasseroberfläche zu kommen. Die verbrauchte Luft in ihren Lungen brannte wie Feuer.

Da tauchte Thorne neben ihr in dem blauen, kalten Nichts auf; sein Haar schwebte um sein Gesicht wie eine dunkle Wolke. Er packte sie am Arm und zog sie mit sich hinauf an die Oberfläche.

Keuchend stieß sie die Luft aus und holte Atem, wobei sie den Kopf schüttelte und einen Arm um Thornes Nakken schlang. Er zog sie mit sich, bis sie imstande war, alleine zu schwimmen und ihm durch das Becken zu folgen, geradewegs auf den Wasserfall zu.

»Tief Luft holen!« rief er ihr zu, und kaum hatte sie den Mund geschlossen, da zog er sie schon unter Wasser, tauchte mit ihr durch den milchigen, schäumenden Wasserwirbel und stieß sie dann nach oben.

Während sie sich schnaufend und prustend die nassen Haare aus dem Gesicht strich, sah sie sich um und glaubte zu träumen. Sie befanden sich hinter dem tosenden Wasserfall, der wie ein silberner Vorhang vor ihr herabstürzte.

Nur einen Moment später tauchte Thorne neben ihr auf. Die Wassertropfen, die aus seinem Haar und seinem Bart perlten, funkelten wie Kristalle. Er schwamm auf sie zu, streckte eine Hand nach ihr aus, zog sie an sich und preßte seine Wange an die ihre. Emlyn schlang ihren Arm um seinen Nacken und wischte sich hustend übers Gesicht.

»Gott sei Dank, Emlyn!« keuchte er ihr ins Ohr. »Ich

dachte schon, ich hätte Euch verloren.« Seine kalten, feuchten Lippen hauchten einen Kuß auf ihre Braue, ihre Wange und preßten sich dann einen langen Moment auf ihren Mund.

Doch schon zog er sie wieder mit sich, schwamm mit langen, schnellen Stößen zu der schwarz glänzenden Felswand, die sich hinter dem Wasserfall erhob. Er hievte sich auf einen kleinen Vorsprung, zog sie aus dem Wasser und deutete auf den glatten Felsen neben dem Wasserfall.

Vor Kälte zitternd stand Emlyn auf dem Felsabsatz, brauchte aber nur wenige Sekunden zu warten, bis Thorne mit ihrem Mantel, dem Ranzen und seinen Sachen zurückkam. Mit einem Kopfnicken bedeutete er ihr, ihm zu folgen. Vorsichtig ging er an der Kante des rutschigen Felsvorsprungs entlang und bückte sich dann, um in eine dunkle Felsspalte zu schlüpfen.

Sie folgte ihm in diesen natürlichen Tunnel, der gerade breit genug war, daß sie sich hindurchzwängen konnten. Der schmale Durchgang mündete in eine kleine Höhle, in der es zwar stockfinster, aber trocken war; das Tosen des Wassers drang noch gedämpft zu ihnen. Als sie sich aufrichtete, stieß sie mit dem Kopf an die niedrige Decke. Thorne, der nicht aufrecht stehen konnte, setzte sich mit dem Rücken an die schräge Felswand.

Kleine Wasserbäche rannen aus ihrem Kleid und bildeten einen See auf dem sandigen Boden, als sie ihren Rock auswrang. Dann setzte sie sich neben ihn. Unweigerlich berührten sich ihre Schultern und Hüften – viel Platz gab es nicht in dieser engen Höhle. Thorne streckte ein Bein aus, und eine Zeitlang saßen sie schweigend nebeneinander. Beide keuchten sie vor Anstrengung.

»Kalt«, seufzte Emlyn nach einer Weile leise.

»Ja«, stimmte er zu. »Scheußlich, diese Nässe und diese eisige Kälte.«

»Welch ein Glück, daß Ihr diese Höhle kennt«, sagte sie zähneklappernd. Er streckte einen Arm aus und zog sie an sich.

»Ich wußte nicht, daß sich hier eine Höhle befindet. Als

ich die Felsspalte sah, hoffte ich nur, daß sie uns ein wenig Platz bietet. Eine richtige Höhle ist das ja nicht gerade, aber einstweilen ein günstiges Versteck, denke ich.«

»Was werden wir denn jetzt tun?« fragte sie mit zitternder Stimme.

»Warten, Mylady. Ich werde kurz mal hinausschauen und sehen, was unsere Verfolger treiben.« Seine Stimme vibrierte angenehm tief in ihrem Ohr.

»Habt Ihr sie gesehen, als Ihr die Mäntel holtet?« fragte sie. »Können sie uns hier finden?«

»Sie sind gerade den Weg in die Schlucht heruntergekommen, haben mich aber nicht entdeckt. Keine Sorge, hier finden sie uns nie. Diese Höhle liegt viel zu versteckt. Solange wir uns still verhalten und kein großes Feuer anzünden, das man durch den Wasserfall sehen könnte, sind wir hier so sicher wie in einem Grab.«

Das Wort ›Grab‹ ließ Emlyn erschaudern. »Aber die Nacht bricht bald herein.«

Sein »Ja« war nur ein Flüstern. »Die Männer werden sicher ihr Lager in der Schlucht aufschlagen, da einer von ihnen verwundet ist.«

»Müssen wir denn die ganze Nacht hierbleiben? Es ist so furchbar kalt.«

»Nun, falls es notwendig ist, überleben wir das schon.« Er legte einen Arm um sie, und sie schmiegte ihre Wange an den feuchten Wollstoff seiner Tunika. Als er ihr auch noch mit den Fingern über den Arm rieb, zitterte sie schon weniger, obgleich sie bis auf die Knochen durchgefroren war.

Thorne beugte sich vor, zog seinen Mantel aus dem Bündel ihrer Sachen, das er auf den Boden gelegt hatte, und breitete diesen wie eine Decke über sie beide aus. In ihren kalten, tropfnassen Kleidern, die ihnen am Leib klebten, kauerten sie zitternd unter dem trockenen Umhang.

Einen Augenblick später fuhr Thorne hoch. »Jesus«, murmelte er, »wir müssen irgendwie warm und trocken werden, sonst kommen wir vor Kälte um.« Er trat einen Schritt zur Seite und zog seine nasse Tunika aus.

Durch den Tunnelgang fiel ein schmaler, silberner Lichtstreifen auf die wohlgeformten, muskulösen Konturen seines Körpers, während er seine Tunika auswrang und sie über einen herausragenden Zacken in der Felswand hängte. Als er sich dann vornüberbeugte, um seine Stiefel und die Hosen auszuziehen, warf sie einen schnellen Blick auf seine runden Hinterbacken, bevor sie diskret zur Seite schaute.

»Reicht mir bitte meinen Umhang«, bat er sie.

Ihr Blick wanderte zu ihm zurück, huschte über seine breiten Schultern und die kräftigen Beine, die das einfallende Licht nun deutlich umrahmte. Heftig errötend warf sie ihm den Mantel zu. Er wickelte ihn sich um, durchmaß mit zwei Schritten die Höhle und ließ sich wieder neben ihr nieder.

»Ihr müßt Euch auch ausziehen«, flüsterte er.

Von allen Unschicklichkeiten, die Emlyn in letzter Zeit begangen hatte und von der jede einzelne Tibbie zu Tode schockiert hätte, war diese bei weitem die ungeheuerlichste. Nicht genug, daß sie neben einem nackten Mann hockte – jetzt sollte sie sich auch noch selbst entblößen, um die trockenen Sachen aus ihrem Ranzen anzuziehen. Die Arme unsicher um sich geschlungen, zitterte sie wie Espenlaub und nieste.

Thorne stand auf. »Lady, Ihr seid bis auf die Knochen durchgefroren. Wenn wir die Nacht in dieser verfluchten Höhle überstehen wollen, dann müssen wir zusehen, daß wir warm werden. Zieht endlich die nassen Sachen aus, bevor Ihr Euch noch den Tod holt.«

Er hatte ja recht, dachte sie. Mit einem entschlossenen Seufzer drehte sie ihm den Rücken zu und hob zögernd den Rock hoch, um die wollene Unterhose und die Stiefel abzustreifen. Dann nestelte sie unter ihrem Umhang an der seitlichen Verschnürung ihres Kleides und schnaufte verzweifelt, als sie feststellen mußte, daß sich die nassen Knoten nicht lösen ließen.

Thorne streckte die Hände aus, um die seidenen Kordeln zu entknoten. Sie wollte sich von ihm abwenden, aber er legte eine Hand auf ihre Schulter.

»Laßt mich Euch helfen«, sagte er freundlich. Sein sanfter Ton nahm ihr ein wenig die Angst. Mit sehr gemischten Gefühlen hob sie den Arm.

Geduldig machte er sich mit seinen langen Fingern an den widerspenstigen Knoten zu schaffen. Emlyn beobachtete, wie sein dunkles Haar im dämmrigen Licht der Höhle schimmerte. Als seine Hände die Rundung ihrer Brust streiften, beschleunigte sich ihr Atem merklich.

Ihre Gedanken konzentrierten sich weder auf ihre mißliche Situation noch auf die Bewaffneten, die draußen nach ihnen suchten; auch nicht auf den merkwürdigen Heiratsantrag, den er ihr gemacht hatte, sondern ausschließlich auf seine Berührung und den leichten Druck seiner Finger an ihrer Brust, als er die Bänder aufknüpfte; sie nahm den Duft wahr, der von seinem feuchten Haar ausging, ein warmer, männlicher Geruch. Auch er atmete jetzt heftiger und beinahe im selben Rhythmus wie sie.

Als er ihr auf die Schulter tippte, drehte sie sich um, damit er die Bänder auf der anderen Seite des Kleides lösen konnte. Er zog sie näher zu sich heran, langte dann mit einem Arm über ihre Brust und begann, die zweite Verschnürung aufzuknüpfen. Wo immer sich ihre Körper berührten, begann ihre Haut zu prickeln. Und sie glaubte zu spüren, daß seine Finger leicht zitterten.

Als das aufgeschnürte Oberteil von ihren Schultern glitt, fühlte sie seinen warmen Atem auf ihrer nackten Haut. Und dann liebkosten seine Lippen ihren Nacken zwischen den dicken, feuchten Zöpfen; das Kitzeln seiner Bartstoppeln jagte ihr süße Schauer über den Rücken. Sie hatte das Gefühl, als hüpfe ihr das Herz von der Brust in den Magen und wieder hoch in die Brust wie ein Springball. Instinktiv drückte sie den Rücken durch, als sich seine Hand sanft um eine ihrer Brüste schloß. Sie hätte sich wehren können, aber sie war zu keinem klaren Gedanken mehr fähig.

Dann drehte er sie unvermittelt um, riß sie an sich, zog sie auf seinen Schoß und bedeckte ihre Lippen mit einem gierigen Kuß, der ihr den Atem nahm. Die Arme um ihn geschlungen, preßte sie sich an ihn, um seine Berührung und seine kraftvolle Wärme noch intensiver zu spüren. Unter ihren bebenden Fingerspitzen fühlte sich die Haut seines Rückens kühl und feucht an, und sie konnte den vernarbten Rand einer alten Verletzung ertasten.

»Emlyn«, murmelte er an ihren Lippen. »Heirate mich.«

Bevor sie noch etwas erwidern konnte, verschloß er ihren Mund mit dem seinen. Die feuchte, vibrierende Wärme, die sie beide ausstrahlten, vertrieb augenblicklich die kalte Dunkelheit um sie herum. Sie gab sich seinen unwiderstehlichen Liebkosungen hin und stöhnte leise unter seinen forschenden, saugenden Lippen.

Thorne vergrub seine Finger in ihrem Haar, löste die wenigen Strähnen, die noch zu einem Zopf gewunden waren, und ließ seine Hände über die ganze Pracht der kalten, seidigen Haarflut gleiten. Dann glitt seine Hand in ihren Nacken, griff in die schwere, üppige Pracht und zog ihren Kopf sanft nach hinten.

»Heirate mich«, wiederholte er mit heiserer Stimme. Seine Lippen zeichneten den Schwung ihres schlanken Halses nach, sein Atem wehte heiß in den Ausschnitt ihres Kleides und wärmte ihre feuchten Brüste. Der seidige Stoff rutschte nun vollends von ihrer Schulter, worauf seine langen Finger behende unter ihr nasses Hemd schlüpften und sich erneut über die weiche Rundung ihrer Brust legten. Eine wilde Woge der Lust schwappte über Emlyn hinweg.

»Thorne ...«, wisperte sie, von einem plötzlichen Schauer geschüttelt, der nur teilweise von ihrer nassen Kleidung herrührte. Was er von ihr erbat, was seine Lippen, seine Hände und seine Worte forderten, machte ihr ein wenig angst. Und doch empfand sie jetzt ein so rückhaltloses Vertrauen zu ihm, daß sie es zu ihrem eigenen Erstaunen nicht für nötig hielt, sich gegen seine Hände und seine Worte zu wehren. Die Stärke, die von seinen ruhigen, sicheren Berührungen ausging, ließ das Gefühl für deren Rechtmäßigkeit noch weiter in ihr wachsen.

»Heirate mich«, keuchte er und küßte sie abermals zart und innig. Ihre Lippen begannen an den seinen zu beben, als sie sie zu einer Antwort formen wollte, doch plötzlich lehnte er sich zurück und musterte sie mit gerunzelter Stirn.

»Verdammt«, stieß er hervor, »deine Haut fühlt sich an wie Eis. Du mußt endlich warm werden.« Er rückte ein Stück zurück, nahm ihr den Umhang ab, löste rasch die letzten Bänder der Verschnürung und zog ihr das Kleid über den Kopf.

Eine unbekannte Schwäche in ihr verhinderte jeglichen Protest. Sie ließ es geschehen, daß Thorne ihr nun auch noch das nasse Unterhemd auszog, das ihr an den Schenkeln klebte, daß er sie nackt, wie sie war, an sich drückte und sie beide mit seinem Umhang zudeckte. Ihre Haut sog die Wärme seines Körpers auf, und sofort breitete sich unglaubliches Wohlbehagen in ihr aus.

In seinen Armen liegend, streiften ihre Schultern und ihre Brüste den dunklen Haarflaum, der seinen kräftigen Oberkörper bedeckte. Seine harte Männlichkeit, die sich an ihre Hüfte preßte, weckte ein ebenso erregendes wie unbekanntes Sehnen in ihr. Sie erwartete mehr als Wärme und zärtliche Küsse, als sie sich noch enger in seine Umarmung schmiegte. Ihr Herz hämmerte so heftig gegen ihre Rippen, daß sie sicher war, er müsse ihren Herzschlag ebenso spüren wie sie den seinen.

»Frierst du noch, Liebes?« fragte er, während er den dicken, weichen Umhang noch fester um sie zog, um sie gegen die feuchte Kälte zu schützen. Eine Hand rieb unaufhörlich ihren Rücken, die andere lag auf ihrem Schenkel und streichelte ab und zu die seidige Haut ihrer Hüfte. Nach einer Weile begann er heftig zu stöhnen, die Lippen an ihrem Ohr, ein geflüstertes Vibrato, das einen Wirbelsturm in ihrem Inneren entfachte.

»Emlyn«, keuchte er, »Emlyn, bitte heirate mich.« Seine

Lippen huschten über ihre Wange zu ihrem Mund und fegten damit auch noch den letzten klaren Gedanken aus ihrem Kopf.

»Warte«, murmelte sie. »Ich kann nicht mehr richtig denken ...«

»Ich auch nicht«, wisperte er und verschloß ihre Lippen mit einem atemlosen, berauschenden Kuß. »Mein Gott! In meinem Kopf summt es wie in einem Bienenstock.« Er senkte den Kopf und ließ seine Lippen über die zarte Haut ihres Brustansatzes wandern.

Als seine Finger über ihre aufgerichteten Brustspitzen strichen und seine Lippen die harten Knospen fanden, bäumte sie sich mit einem tiefen Stöhnen auf.

Wieder wanderten seine Lippen zu ihrem Mund. Und während die sengende Hitze ihrer Körper die eiskalte Feuchtigkeit in der Höhle dahinschmelzen ließ, öffneten sich ihre Lippen unter seinen lustvollen Küssen. Willig ließ sie sich von den sprudelnden Wellen der Erregung hinwegtragen, die ihr auch noch den letzten Funken Verstand raubten, erglühte unter seinen kundigen Fingern, die einmal wie Federn, einmal wie heiße Flammen über ihre Haut strichen. Sein Körper war warm und fest, verströmte seine Hitze auf ihrer Haut, brachte ihr Blut zum Wallen und entfachte eine verzehrende Glut in ihr, die sie weder unterdrücken noch kontrollieren konnte.

Eine Hand streichelte behutsam ihre rosigen Brüste, während die andere, dem instinktiven Aufbäumen ihres Körpers antwortend, sich zwischen ihre Oberschenkel drängte und langsam auf ihren Schoß zuwanderte. Als sie laut aufstöhnte, drückte er ihren Kopf an seine Schulter und führte die Lippen an ihr Ohr. »Emlyn«, hörte sie sein rauhes Flüstern. »Heirate mich. Jetzt. Hier.«

»O Gott!« stöhnte sie. »Thorne ...«

»Jetzt«, drängte er. Seine Zunge und seine Lippen verdrängten den erstickten Seufzer, der sich ihrer Kehle entrang, als sein Finger in die heiße, feuchte Wärme zwischen ihren Beinen drang. Sanft, aber entschlossen glitt sein Finger immer tiefer in sie, bis sie zu schluchzen begann, den Kopf in den Nacken warf und sich ihm in einer stummen Bitte entgegendrängte.

Mit einer geschmeidigen Bewegung drehte er sie um. Jetzt saß sie rittlings auf ihm, und ihre Oberkörper berührten sich, als er sie an sich zog; die dunklen Haare auf seiner Brust kitzelten ihre hocherregten Brustspitzen. Sein Herz raste im selben Rhythmus wie das ihre, und ihrer beider Stöhnen mischte sich mit dem dumpfen Dröhnen des Wasserfalls.

Er hob sie kurz hoch, zog sie wieder auf sich und schob sich warm und hart zwischen ihre Schenkel. Ein kleiner Ruck seiner Hüften, eine willige Bewegung der ihren, und ihr Schoß nahm ihn fast in sich auf. Sie drängte sich ihm entgegen, ihre Hüften begannen zu kreisen, ihr Atem ging stoßweise, und die Sehnsucht nach ihm wurde so überwältigend, daß sie vor Verlangen beinahe geschrien hätte. Plötzlich hielt er ganz still. Emlyn glaubte, eine gewisse Anspannung wahrzunehmen.

»Thorne . . .«, stieß sie atemlos hervor und preßte die Lippen an seine Schläfe.

»Deine Antwort«, flüsterte er an ihre weiche Wange. »Ich möchte sie jetzt hören. Nimm mich zum Mann. Jetzt gleich.« Wie ein Körper begannen beide ihre Hüften wieder zu bewegen. Seine Hände hielten ihre Taille umklammert, seine Stirn preßte er an die ihre, sein Atem ging immer schneller und heftiger. Sie küßte seine schweißnasse Haut. Wann er damit begonnen hatte, ihr zwei Fragen gleichzeitig zu stellen, die eine mit seinem Herzen, die andere mit seinem Körper, wußte sie nicht genau zu sagen. Aber sie wußte, daß es auf beide Fragen nur eine Antwort gab.

Seine Hände an ihrer Taille vibrierten. »Du mußt mich zwingen, aufzuhören«, flüsterte er. »Wenn du es nicht tust, dann geschieht etwas.« Ihr stoßweiser Atem erfüllte wie ein gemeinsames Echo die enge, kalte Höhle.

Sein pulsierender Körper wartete an der Schwelle des ihren. Er gab ihr die Kraft, sich hier an Ort und Stelle zu entscheiden. Nie zuvor in ihrem Leben hatte sie etwas so sehr begehrt wie die doppelte Vereinigung, die er ihr anbot – Herz und Körper, Fleisch und Seele.

»Ich will«, hauchte sie. »Mein Gott, ja, ich will dich«, wisperte sie in sein glänzendes Haar. Mit klarer Deutlichkeit spürte sie, daß diese Worte aus ihrem Herzen kamen und nicht nur Ausdruck jener köstlichen Wollust waren, die ihren ganzen Körper erglühen ließ.

Er hatte den Kopf gehoben, als sie sprach, nahm jetzt ihr Gesicht in beide Hände und sah ihr tief in die Augen. »Du wirst diese Entscheidung nie bereuen, das verspreche ich dir«, sagte er heiser. »Ich schwöre es. Glaubst du mir?«

Sie schloß die Augen, nickte und ließ den Kopf auf seine Schulter sinken. Er strich über ihr feuchtes Haar und hielt sie fest umschlungen. Seine Brust hob und senkte sich an ihrer Wange. Erst der stärkere Druck gegen ihren Schoß ließ sie den Kopf heben; sie küßte ihn, begann sich wieder mit ihm im Takt zu bewegen, immer schneller, bis sie aufstöhnte und einen kleinen Schrei der Verwunderung ausstieß, der gleichzeitig Bereitschaft signalisierte.

Ihr Name löste sich als wortloses, heiseres Stöhnen von seinen Lippen, als er tief in sie eindrang und dabei die zarte Barriere ihrer Unschuld durchstieß. Sie biß sich auf die Unterlippe, doch der Schmerz verwandelte sich gleich darauf in ein süßes Brennen, das jede weitere ihrer Bewegungen nur noch köstlicher erscheinen ließ. Ein Schauer durchfuhr ihn, und er zog sie noch fester an sich. Emlyn klammerte sich an ihn, preßte sich an ihn, um seine Hitze, sein Feuer und seine starke Männlichkeit noch intensiver in sich zu spüren. Sie bewegte sich im Einklang mit seinem Körper und fühlte dabei nichts als eine tiefe Glückseligkeit, die sie durchströmte wie ein reißender Fluß.

Er holte tief Atem, und sie spürte seinen Atem verebben und langsam dahinfließen, als atmeten sie mit einer Lunge. Doch als er sich dann entspannte, war ihr, als habe man sie aus einem wunderschönen Traum gerissen. Mit einem leisen Murren gab sie ihren Unmut zu verstehen.

Er küßte sie, zärtlich, hingebungsvoll, und ließ seine Wange dann an der ihren ruhen.

Nach einer Weile gab er ihr einen herzhaften Kuß auf die Schläfe und zog den vergessenen Umhang wieder über sie. »Du meine Güte«, wisperte er. »Mein Kopf fühlt sich an wie weiche Watte. Ich habe beinahe vergessen, daß wir verfolgt werden.«

Sie seufzte, teils vor wohliger Erschöpfung, teils mißmutig, ob seines Hinweises und schlang die Arme um seinen Nacken.

»Geh noch nicht weg«, sagte sie leise und kuschelte sich wieder an ihn. Zärtlich strich er ihr das Haar aus der Stirn.

»Nein, Geliebte, ich lasse dich nicht allein«, beruhigte er sie. »Doch demnächst werde ich mich anziehen und einmal nach unseren Freunden sehen müssen.«

»Thorne . . .«, flüsterte sie. Am liebsten hätte sie jetzt in einen wohligen Schlummer sinken, die Männer draußen vergessen und nur die Ruhe und den Frieden genießen mögen, die sie beide in dieser kleinen Höhle geschaffen hatten. Sie hob den Kopf, um ihm direkt ins Gesicht zu sehen, obwohl es nur noch ein silbergeränderter Schatten in der Finsternis war.

»Ja?«

»Ich vertraue dir«, sagte sie. »Deshalb habe ich mich dir auch hingegeben.«

»Das weiß ich, Liebste«, entgegnete er sanft wie ein Windhauch. »Und ich verspreche dir, daß ich dein Vertrauen niemals enttäuschen werde.« Seine Stimme verschmolz mit dem Rauschen des Wasserfalls und seine Lippen mit den ihren.

Ihm war bitterkalt. Der Tag war mild gewesen, die Dunkelheit hatte bereits eingesetzt, und es wurde wieder frischer. Seine Kleider waren immer noch unangenehm feucht und klebten ihm am Leib, als er jetzt in die Hocke ging. Er versuchte, die eisigen Zehen in den nassen Stiefeln durch Bewegung zu erwärmen, hauchte seine Fingerspitzen an und dachte dabei sehnsüchtig und gleichzeitig ein wenig neidvoll an Emlyn, die eingehüllt in ihre trockenen Kleider aus dem Ranzen friedlich in der kleinen Höhle schlummerte. Er hatte gerade erst nach ihr gesehen und würde gleich wieder zurückkommen.

Auf allen vieren durch das dichte Farngestrüpp kriechend, das ihn vor den Blicken ihrer Verfolger verbarg, spähte er angestrengt über die Fläche des Wasserbeckens in die Klamm. Der verwundete Soldat saß mit verbundenem Arm an einem rauchenden Feuer und hielt ein Stück Wild an einem Stecken über die Glut.

Der appetitliche Duft fand seinen Weg über das Wasser, stieg Thorne in die Nase und ließ augenblicklich seinen Magen knurren.

Der andere Soldat stand am Rand des Bassins. Plötzlich rief er etwas und beugte sich über das Wasser. Als er zu seinem Gefährten zurückging, schwenkte er ein Tuch in der Hand.

Thorne beobachtete sie aufmerksam. Die beiden unterhielten sich aufgeregt und befingerten ein weißes, nasses Stück Stoff. Und plötzlich erinnerte Thorne sich: Als einer der Verfolger Emlyn an den Zöpfen zu packen versuchte, war dabei ihr Schleier in den Wildbach gefallen. Er mußte den Wasserfall hinunter in das Becken getrieben sein.

Der Verwundete deutete fuchtelnd mit der unverletzten Hand auf die Klippen. Er schien wütend oder enttäuscht zu sein. Der andere trat wieder ans Becken und starrte kopfschüttelnd ins Wasser.

Offenbar glaubten sie, Emlyn sei bei ihrer Flucht die Klippe hinuntergestürzt und ertrunken; welches Schicksal sie ihm zudachten, konnte Thorne ihren Gesten jedoch nicht entnehmen. Aber er war sich gewiß, daß die beiden die Nacht in der Schlucht verbringen würden. Lautlos schlich er zur Höhle zurück.

Mitten in der Nacht erwachte Thorne, der unbequem an der buckeligen Felswand lehnte. Neben ihm, zu einem kleinen Bündel zusammengerollt, ihre Hüfte an seinen

Schenkel gedrückt, schlief Emlyn tief und fest. Vorsichtig, um sie nicht zu wecken, streckte er seine verspannten Glieder. Obwohl es in der Höhle stockfinster war, ließ doch das grautrübe Licht, das um die Kanten des Tunnels spielte, die herannahende Dämmerung erahnen. Er setzte sich auf; seine Gedanken wirbelten durcheinander wie die herabstürzenden Wassermassen draußen vor der Höhle.

Vor zwei Tagen hatte er erfahren, daß sich die Barone in London versammeln wollten und demnächst mit seiner Ankunft rechneten. Der König hatte sich schließlich dazu bereit erklärt, über eine neue Charta nachzudenken. Unbedingt wollte Thorne in den nächsten Tagen nach London aufbrechen, doch zuerst mußte er Emlyn in Sicherheit wissen.

Whitehawkes Männer hatten alles darangesetzt, sie zu finden, und obwohl sie jetzt wohl annahmen, daß sie tot war, schien die Gefahr nicht restlos gebannt. Selbst hinter Klostermauern verborgen, konnte Emlyn aufgestöbert werden. Thorne hielt nicht allzuviel von ihrem Plan, sich in ein Kloster zurückzuziehen, wußte er doch, daß Whitehawke, sollte er sie jemals finden, sie von jedem Ort – außer vielleicht einer Kirche – wegbringen lassen konnte, solange sie noch seine Verlobte war.

Seufzend betrachtete er das friedlich an seiner Seite schlafende Mädchen, und sein Herz begann schneller zu schlagen. Die Vorstellung, sie mit einem anderen Mann verheiratet oder hinter Klostermauern zu wissen, konnte er kaum ertragen. Sie gehörte zu ihm, hatte schon immer zu ihm gehört, seit ihrer Kindheit. Die Vehemenz, mit der es ihn zu ihr zog, hatte sich zu einer unwiderstehlichen Macht gesteigert, einer unausweichlichen Bestimmung; zögernd gestand er sich das schließlich ein.

Vor acht Jahren, als er ein zitterndes, tapferes Kind vor tödlicher Gefahr beschützt hatte, hatte er zum erstenmal in seinem Leben diese selbstlose Verantwortung für einen anderen Menschen empfunden. In diesem kurzen Augenblick hatte er die wahre Ehre kennengelernt, die sich grundlegend von dem hochmütigen Ehrbegriff unterschied, den Männer wie sein Vater pflegten. Ehre in ihrer reinsten Form, das war ihm später klargeworden, kam der Liebe sehr nahe.

Vor vielen Jahren war dieses Mädchen in die verschlungenen Wege eingedrungen, die zu seinem innersten Selbst führten. Diese Ehe würde unausweichlich sein früheres zurückgezogenes Leben offenlegen; sie hatte bereits zu dem Teil seines Wesens Zugang gefunden, den er vor anderen stets zu verbergen gewußt hatte. Sie war ein Teil seines Lebens geworden, ruhte so selbstverständlich in seinem Herzen, wie sie jetzt neben ihm schlief. Doch sie in sein Leben treten zu lassen, barg eine gewisse Gefahr, und ihr sein Herz zu öffnen, war noch um einiges gefährlicher.

Heute, überlegte er, während er beobachtete, wie das Tageslicht langsam in die Höhle kroch, würden sie kaum die Zeit haben, sich von einem Priester den kirchlichen Segen geben zu lassen und eine ordentliche Hochzeit zu feiern. Aber sie mußten das Ja-Wort so schnell wie möglich austauschen. Ein rasch arrangiertes privates Ehegelöbnis böte ihr rechtmäßigen Schutz vor Whitehawke und eine gewisse Sicherheit, wenn er, Thorne, die Grafschaft verließ. Nachdem er sich schon vor acht Jahren ihr und ihrer Familie verpflichtet hatte, würde er sie jetzt nicht enttäuschen. Die Kinder waren einstweilen auf Hawksmoor gut aufgehoben, und er wollte Emlyn ebenfalls sicher unterbringen.

Gewiß, diese Hochzeit würde Konsequenzen nach sich ziehen, aber er war sich dessen gewiß, daß Emlyn und er gemeinsam den Sturm überstehen würden. Das Geschenk, das er erhielt, wog allemal den Preis eines jeden Risikos auf.

Nachdem die Auseinandersetzungen mit seinem Vater allem Anschein nach so bald kein Ende finden würden, konnte er sich mit ihm ebensogut über Emlyn streiten.

Er rieb sich das Gesicht und strich sich ungeduldig das Haar zurück. Heimlich die Verlobte seines Vaters zu heiraten, war gewiß keine Ehrentat. Wieder einmal war es die Ehre, die ihn verwirrte und in Konflikte brachte. Aber er rief sich in Erinnerung, daß er das Recht hatte, so zu handeln: ob als Thorne oder als Nicholas, auf Grund früherer Anrechte war sie die seine.

Jahre zuvor, als Nicholas, hatte er bei Rogier de Ashbourne um Emlyns Hand angehalten, ihm aber nicht erzählt, daß dieses Angebot quasi als Dank dafür gemacht worden war, daß der Baron in einer Sommernacht Black Thorne das Leben gerettet hatte. Doch Rogiers unerwarteter Tod hatte das Zustandekommen eines endgültigen Ehevertrags vereitelt. Als dann der König Emlyn seinem Vater als Verlobte versprach, hatte Nicholas sofort einen formellen Protest gegen diese Verlobung eingelegt, konnte aber mangels eines Dokumentes seinen Anspruch nicht beweisen. Das Wort eines Barons zählte für König John nicht viel.

Zunächst hatte er sich über diese Angelegenheit nicht allzu viele Gedanken gemacht und die Vormundschaft für die Kinder in der Absicht akzeptiert, gleichzeitig ein wachsames Auge auf die neue Frau seines Vaters zu haben. Nachdem er Emlyn aber gesehen und ihre Freundlichkeit und ihren edlen Charakter kennengelernt hatte, erfuhr die Natur seiner Verpflichtung eine unerwartete Wandlung.

Noch vor kurzem war er bei dem Gedanken an sie durch einen Wirrwarr von Gefühlen gewatet, in den sich Angst und Glück, aber auch Panik und Sehnsucht mischten. Doch bald hatte er feststellen müssen, daß er auf seine Art ebenso in Liebe zu ihr entbrannt war wie die Troubadoure unter den Fenstern einer Angebeteten.

Seine behutsam tastende Hand fand im Dunkeln die Rundung ihrer Schulter, während er weiter über seine Gefühle nachgrübelte. Mit der Entdeckung seiner angeborenen, aber tief in ihm verborgenen Fähigkeit zur Liebe, wurde ihm gleichzeitig die eigene Feigheit bewußt: Da ihm klar war, daß er ihre Verachtung nicht ertragen könnte, blieb ihm nichts anderes übrig, als ihr die ganze Wahrheit vorzuenthalten. Hätte er wirklichen Mut besessen, so hätte er ihr längst gestanden, wer er war und geduldig auf ihr Verständnis gewartet.

Aber er hatte Angst davor. Er mußte ihr Herz gewinnen, bevor er mehr von sich preisgeben konnte – möge Gott ihm diese Täuschung verzeihen. Wenn Emlyn die ganze Wahrheit wüßte, wollte sie ihn vielleicht nicht mehr heiraten. Ja, er war sich ganz sicher, daß sie ihn dann zurückweisen würde. Diese Ehe, wenn es dazu kommen sollte, mußte also schnell geschlossen werden.

»Heiliger Himmel«, fluchte er leise, als ihn sein hartes Lager aus seinen Gedanken riß. Sie mußten so schnell wie möglich aus dieser dunklen Eishöhle verschwinden, bevor sie sich noch den Tod holten, entschied er. Bald würden die Verfolger aufwachen und sich erneut auf die Suche nach ihnen machen.

Er rutschte neben sie, drückte sich an die einladende Wärme ihres schlafenden Körpers und streichelte ihren Arm.

»Wenn wir doch nur ein Feuer anzünden könnten«, murmelte sie im Halbschlaf. »Nur ein ganz kleines.« Ihre Stimme klang trocken und rauh.

»Ist dir sehr kalt?« erkundigte er sich besorgt.

»Ja«, sagte sie. »Meine Finger und Zehen fühlen sie an wie Eiszapfen. Und wie geht es dir?« Sie setzte sich auf und sah ihn an.

»Ich bin auch völlig durchgefroren«, antwortete er. Ihr Gesicht unter dem seinen strahlte ein wenig Wärme ab. Er senkte den Kopf, bis sich ihre Stirnen fast berührten.

Ein verschlafenes Lachen unterbrach ihre Stimme, als sie meinte: »Wir könnten wirklich dringend ein Feuer in diesem Loch gebrauchen.«

»Ja, aber das ist nicht möglich. Wir sollten so bald wie möglich von hier verschwinden, denke ich.«

»Aber wie, wenn doch diese Männer da draußen lagern?« wisperte sie. Ihr Atem strich sanft an seiner Wange vorbei. O Gott, dieses süße, zarte Gesicht so nahe an dem seinen. Er schloß die Augen, um einen Augenblick ihre wohltuende Wärme zu genießen.

»Nun, wir müssen eben sehr vorsichtig sein«, gab er leise zurück. Seine Hand legte sich an ihr Gesicht, seine Finger strichen über ihr warmes Haar, und sein Daumen zeichnete die sanft geschwungene Linie ihres Kiefers nach. Wie weich ihre Haut ist, dachte er und spürte im gleichen Augenblick das Bedürfnis, ihr ganz nahe zu sein.

Er brachte seinen Mund an den ihren. Inzwischen vertrauter, begannen ihre Lippen ganz selbstverständlich miteinander zu spielen. Ihre Zungen begegneten sich, ihre Küsse wurden immer heftiger, und sein Verlangen nach ihr immer stärker.

Ihr Umhang war wie ein wollener Kokon, der süß nach ihrem Schlaf duftete. Sie schlang die Arme um seinen Nacken und schmiegte sich dicht an ihn, durch ihre trokkene Kleidung vor seiner immer noch klammen Tunika geschützt. Wo immer ihre Körper sich berührten, spann sich zwischen ihnen ein Netz wohliger Wärme.

Er zog sie mit sich, als er sich an den kalten Fels zurücklehnte, und streichelte ihr zerzaustes Haar. Ihr Gesicht, das sie an seine Brust gedrückt hatte, erwärmte seinen ganzen Körper.

Nach wenigen Augenblicken richtete sie sich auf und kniete sich vor ihn hin; sofort fuhr ein Schauer durch seinen Körper, als sich die kalte Luft zwischen sie schob. Sie strich mit ihren schlanken Fingern zärtlich über seine bärtigen Wangen. Das einfallende Dämmerlicht umrahmte die Silhouette ihrer feuchten Haarfülle wie ein silberner Heiligenschein.

»Thorne«, begann sie leise. »Heiratest du mich, um mich vor Whitehawke zu beschützen?«

»Ja, auch deswegen.«

Ihre Stimme war jetzt nur noch ein heiseres Flüstern. »Und wie willst du mich beschützen?«

»Wenn wir verheiratet sind, gehörst du von Rechts wegen mir. Dann kann dir nichts mehr geschehen.«

»Du bist Forstverwalter, und doch redest du, als besäßest du eine Festung, in der du mich verstecken könntest. Ich will nicht die Ursache für weitere Streitigkeiten zwischen Graf Whitehawke und dir sein.« Sie drückte seine Hand, die sich mittlerweile um ihre Finger geschlossen hatte. »Es tut mir leid, daß ich gestern gesagt habe, du würdest mich nur heiraten, um ihm eins auszuwischen«, wisperte sie.

Er lächelte wehmütig. »Vergeben und vergessen. Aber hör, Emlyn«, fuhr er dann mit ernster Miene fort, »glaubst du, ein Waldaufseher habe so wenig zu bieten? Weit weg von hier besitze ich Land und ein eigenes Haus. Als meine Frau würde es dir an nichts mangeln. Und du wärest sicher.«

»Ich hatte vorgehabt, als Tochter Gottes Sicherheit zu finden«, entgegnete sie.

»Himmel noch mal, du bist für etwas Fröhlicheres bestimmt als ewige Klostergebete. Du gehörst nicht in ein Kloster – und auch nicht in Whitehawkes düsteren Wohnturm.« Er drückte ihre Hand fester. »Bedauert Ihr Eure Entscheidung schon so schnell, Mylady? Ich habe Euch mein Ehrenwort gegeben.«

Sie antwortete nicht, sondern blickte nur mit gefurchter Stirn zu Boden. Er hatte ihr aufbrausendes Temperament kennengelernt, ihre spontane Entschlossenheit und ihre tiefe Liebesfähigkeit. Nun stellte er fest, daß sie genausooft nachdachte wie er selbst. Bisher war er noch keiner Frau begegnet, die so grüblerisch veranlagt war wie ein Mann. Er wartete. Draußen ging die Sonne auf.

»Mein Herz sagt mir, daß all das so seine Richtigkeit hat, aber ich kann es nicht in Worte fassen«, sagte sie schließlich leise.

Noch von der Dunkelheit verborgen, spielte ein Lächeln um seine Lippen, ein etwas gezwungenes, das seine strenge innere Stimme ignorierte, die ihm unaufhörlich seine Torheit und sein mangelndes Ehrgefühl zum Vorwurf machte. Ihr Mut und ihre Klugheit beeindruckten ihn. Welche andere Frau wäre so tapfer gewesen, über eine Klippe zu springen und eine Schlucht hinabzuklettern oder vor einer ungewollten Verlobung zu flüchten und einen einfachen Waldaufseher zu heiraten? Und doch wußte er, daß sie sich selbst für ängstlich und unentschlossen hielt.

»Unnötig, eine Entscheidung des Herzens verstehen zu wollen«, sagte er. »Erinnere dich – die Kirche sagt, das Herz ist der Sitz unserer Weisheit.« Er hob mit dem Daumen ihr Kinn an.

Sie nickte bedächtig. Er küßte zuerst ihre Stirn, ihre Lippen, und dann preßten sich ihre Münder einen langen, atemlosen Moment aufeinander. Das Feuer der Begierde, das in ihm aufloderte, versengte beinahe seine Brust; bei ihr zu sein, sie in Sicherheit zu wissen, und das für immer, das waren seine einzigen Gedanken. Eine Welle der Erregung brach über ihm zusammen und spülte alle seine Bedenken hinweg.

»Mein Onkel könnte uns trauen«, schlug sie vor.

»Dein Onkel würde wahrscheinlich erst eine Verlobung mit Whitehawke annulliert sehen wollen, oder zumindest verlangen, daß unser Aufgebot drei Sonntage lang vor der Kirche aushängt. Aber es gibt einen schnelleren Weg.« Meine Güte, wie eilig er es hatte.

»Und der wäre?« erkundigte sie sich vorsichtig.

»Wir geben uns beide das Eheversprechen«, sagte er.

»Ohne einen Priester?«

»Gott besiegelt eine Ehe, nicht die Menschen. Wenn ein Paar sich mit Leib und Seele einander verspricht, so ist dieser Bund genauso stark, als hätte ihn ein Priester gesegnet. Die Kirche sieht auch heimlich geschlossene Ehen als gültig an.«

»Wir erklären uns selbst zu Mann und Frau – und sind damit verheiratet?« fragte sie zweifelnd.

»Wenn wir es aus ganzem Herzen wollen und den Akt der Vereinigung vollzogen haben, dann genügt das.«

Sie warf ihm einen schnellen Blick zu. »Dann sind wir also bereits verheiratet?«

Er schüttelte den Kopf und nahm ihre beiden eiskalten, zarten Hände in die seinen. »Noch nicht. Wir müssen die Eheformel aussprechen.«

»Aber ich mag dich nicht in dieser abscheulich kalten, finsteren Höhle heiraten«, erklärte sie eigensinnig.

»Das ist nur recht und billig.« Er überlegte kurz. »Ich kenne da einen schönen Platz östlich des Flusses.«

»Meinst du, es wäre möglich, die Höhle zu verlassen?«

»Aber gewiß, wenn wir draußen nicht wie eine betrunkene Horde herumgrölen oder der Länge nach ins Lagerfeuer der Soldaten fallen, sehe ich keine Probleme. Die Männer schlafen noch tief und fest, und ich denke schon, daß wir den Pfad ungesehen hinaufschleichen können. Schnürt Euer Bündel, Mylady.« Er zog sich die Stiefel an und richtete sich dann auf, um das kalte, lederne Wams zuzugürten.

Emlyn faltete ihre feuchten Kleider zusammen, die sie zum Trocknen ausgebreitet hatte, und packte sie in den Lederranzen. Dann zog sie den Mantel an.

»Ich bin fertig, Thorne«, verkündete sie lächelnd.

»Gut, dann komm mit mir.« Er wußte, daß diese Worte sein ganzes Leben Gültigkeit haben würden. Angst, Hoffnung und Aufregung ballten sich in seiner Brust zu einem Stein zusammen, und er sog scharf die Luft ein. Herr im Himmel, was hatte er von ihr verlangt? dachte er. Sie vertraut mir, obwohl sie einen Teil von mir gar nicht kennt.

Er trat in den Tunnel, und Emlyn folgte dicht hinter ihm.

12. Kapitel

Tausende von Lilien wiegten sich sanft auf ihren langen, schlanken Stengeln im Wind, während die frühe Morgensonne die Ränder ihrer zarten, reinweißen Blütenkelche vergoldete. Die Wiese war ein einziges Blumenmeer, das sich auch auf das angrenzende Feld erstreckte und sich an den Stämmen der Birken und Eichen hochrankte, die ein kleines Wäldchen säumten.

Als Emlyn mitten durch diese Blütenpracht schritt, die einen betäubend süßen Duft verbreitete, dachte sie bei sich: So muß es im Himmel aussehen.

Ihr ein paar Schritte voraus, betrat Thorne das schattige Wäldchen, und sie folgte ihm. Blaßgrüne Lichtstreifen fielen durch die hohen Baumkronen, die sich über ihnen wölbten wie der Lichtgaden einer Kathedrale. Die kühle Morgenluft war erfüllt von fröhlichem Vogelgezwitscher und dem Geräusch fließenden Wassers.

Eine kleine Quelle entsprang über einem efeubewachsenen Felsen und ergoß sich leise plätschernd in einen schmalen Bach. Daneben lag ein wuchtiger Felsbrocken, der schon vor Urzeiten umgestürzt sein mußte. Auch hier in dem Wäldchen wuchsen überall Lilien, auf der Lichtung, unter den Bäumen und entlang des Baches, deren Duft die frische Waldluft noch köstlicher machte.

Ein breiter Sonnenstrahl überzog Emlyns Haar und Schultern mit einem goldenen Schimmer, als sie ihren Lederranzen auf den Waldboden fallen ließ und zusah, wie Thorne seinen Langbogen und den Köcher an einen Baum lehnte.

Plötzlich wurde ihr ein wenig seltsam zumute, so allein mit Thorne an diesem Ort und dem Wissen, was als nächstes geschehen sollte. Den einstündigen Masch hierher hatten sie schweigend zurückgelegt, jeder von ihnen in seine eigenen Gedanken versunken. Emlyn hatte die Gelegenheit genützt, ihre Entscheidung nochmals von jedem Blickwinkel aus zu betrachten. Eine heimliche Hochzeit war mit Sicherheit risikoreicher als ein Eintritt in ein Kloster, aber vielleicht doch ein zweckmäßiger und letztlich sogar weiser Ausweg. Mehr noch, sie wollte diesen Weg gehen.

Das Klosterleben war kalt und nach innen gewandt, ohne das Feuer von Berührungen und miteinander verschmelzender Körper. Sie wußte, daß sie mit Whitehawke ein Leben ohne Freude zu erwarten hatte. Aber ein Leben im Wald an Thornes Seite würde reicher als alles andere sein. In den vergangenen Tagen und spätestens nach diesen leidenschaftlichen Stunden in der Höhle war ihr klargeworden, daß sie Thorne wirklich liebte.

Vielleicht hatte sie ihre Situation nicht auf die Art und Weise durchdacht, wie es andere getan hätten, denen es mehr um den Gewinn oder Verlust von Reichtum, Ansehen und Titeln ging. Bei ihrer Entscheidung hatte allein ihr Herz gesprochen. Hätte sie als Reisende das Angebot eines wärmenden Herdfeuers ausgeschlagen und sich lieber der Kälte überlassen sollen? Die göttliche Fügung hatte ihr ein Geschenk angeboten – und das würde sie mit Freuden annehmen.

So groß und schlank, wie er war, mit dem langen dunklen Haar, das im Sonnenlicht glänzte, als er seinen Überhang abwarf, sah er aus wie ein mächtiger Engel, der zur Erde gekommen war und gleichermaßen Liebe schenken wie Vergeltung üben konnte. In seinen breiten Schultern, dem festen Stand, der lässigen Haltung und dem beständigen Glanz seiner grünen Augen erkannte sie unverwüstliche Stärke und unerschütterlichen Mut: ein Held wie aus den alten Sagen, selbst wenn er keine schimmernde Rüstung trug oder vornehmer Abstammung sein mochte.

Wie ein Magnet von seiner Standhaftigkeit angezogen, konnte sie nicht anders, als ihm zu folgen. Vorhin, bei ihrem schweigsamen Marsch, hatte sie überlegt, ob sie ihre eigene innere Stärke nicht vielleicht aus der Berührung mit ihm gezogen hatte, denn das Zusammensein mit Thorne hatte sie zweifellos stärker gemacht.

Als sie sich zu ihm umwandte, bemerkte sie, daß er sie beobachtete. »Das ist ein wunderschöner Platz«, sagte sie. »Ich habe noch nie so viele Lilien auf einmal blühen sehen.«

Er trat einen Schritt auf sie zu. »Diese Lilien wachsen hier schon seit Menschengedenken. Es geht die Sage, daß ein christlicher Märtyrer auf dieser Wiese einst sein Blut vergossen hat. Und seither gedeihen hier wilde Lilien und breiten sich aus, wie Blumen es eben tun.«

Obwohl es noch früh am Morgen war, wurde es schon zunehmend wärmer. Sie hob die Arme, um sich ihres dikken Umhangs zu entledigen. »Wir sind nahe am Fluß, nicht wahr?« fragte sie.

»Es sind noch etwa zwei bis drei Meilen bis zu der Ablegestelle, wo wir ein Boot mieten können, das uns zur Abtei bringen wird.«

Sie warf ihm einen strengen Blick zu. »Wir reisen trotzdem weiter nach Wistonbury?«

»Ja, Mylady.« Er legte seine Hände auf ihre schmalen Schultern und sah ihr tief in die Augen. Eine sonderbare, wohltuende Wärme ging von seinen Händen aus, die sich augenblicklich in ihrem ganzen Körper ausbreitete. »Unsere Gelübde werden dich schützen, sollte Whitehawke versuchen, seinen Anspruch weiterhin geltend zu machen. Aber du mußt so lange bei deinem Onkel bleiben, bis der König die neue Charta unterzeichnet hat. Und ich muß für eine Weile von hier fortgehen.«

»Aber – was wird dann aus uns?« Sie sah ihn zweifelnd an. Ganz selbstverständlich hatte sie angenommen, daß sie, nachdem sie sich ewige Treue gelobt hatten, von nun an zusammenbleiben würden.

»Wir werden heiraten, und nichts kann uns jemals wieder auseinanderbringen«, sagte er. »Aber für eine kurze Zeit müssen wir uns trennen.« Er strich eine goldene Strähne aus ihrer Stirn. »Ich komme zu dir zurück, vertrau mir.«

»Vertrauen«, wiederholte sie leise. Seine Augen waren so graugrün wie Steine in einem Flußbett, seine Wimpern so dicht wie eine schwarze Borte. »Ich vertraue dir ja.«

»Gut.« Er beugte sich nieder, um ihre Lippen zu küssen, ein sanfter, trockener Kuß, doch als sie ihn erwiderte, zog er sich zurück. »Komm. Wir müssen unsere Versprechen ablegen«, sagte er.

»Warte«, bat sie. »Ich möchte mich für meine Hochzeit ein bißchen zurechtmachen.«

»Ganz wie Ihr wünscht, Mylady. Aber beeilt Euch, wir sollten uns nicht allzulange hier aufhalten.« Er ging durch die schattigen Bäume hinaus auf die Wiese.

Eilig kramte sie in ihrem Lederbeutel nach ihrem Elfenbeinkamm, um sich wenigstens die widerspenstigen Knoten aus ihrem Haar zu kämmen, und nach wenigen Minuten fiel ihr die glänzende Haarpracht in duftigen Wellen bis hinab zu den Hüften. Dann zog sie das feine blaue Seidenkleid aus dem Beutel, streifte das graue Wollkleid ab, das sie trug, und schnürte das verknitterte Seidengewand über ihrem Unterhemd zu.

Sie pflückte rasch ein paar Lilien und flocht die langen Stengel mit geschickten Fingern zu einem Brautkranz für ihr Haar. »Ich bin fertig!« rief sie Thorne zu, setzte den Blumenkranz auf und stellte sich an den Rand des kleinen Bächleins.

Bewundernd ruhte ihr Blick auf Thornes schlankem, muskulösem Körper, als dieser mit weit ausholenden Schritten über die Blumenwiese auf sie zugeeilt kam, Er blieb vor ihr stehen, hob eine dunkle Braue und betrachtete sie von oben bis unten. Scheu fuhr ihre Hand an den Brautkranz.

»Deine Schönheit gereicht diesem himmlischen Platz zur Ehre«, sagte er.

Emlyn dankte ihm dieses Kompliment mit einem Lächeln und fühlte sich einen kurzen Augenblick lang wie eine dieser Lilien, die sich der Morgensonne öffneten.

»Ich habe etwas für dich«, sagte er und streckte seine Hand aus.

Darin lag ein kleiner Ring aus dunklem, mattem Metall. »Ein Ring ist diesem Anlaß angemessen und wird unser Gelöbnis besiegeln. Er stammt von meinem Lederwams«, erkärte er. »Ich habe ihn aufgebogen und hoffe, er paßt. Falls Ihr ihn annehmen wollt, Mylady, denn etwas anderes habe ich nicht.«

»Ja«, hauchte Emlyn, »ich nehme ihn gerne.«

Sie gingen auf die Quelle zu, die neben dem umgestürzten, rechteckigen Menhir entsprang. »Dieser Ort war einst eine heilige Kultstätte«, sagte er. »Sieh, dort liegt der umgefallene Altarstein. Dem Wasser aus dieser Quelle sagt man heilende Kräfte nach.«

Auf einem efeubewachsenen Felsen neben dem großen Stein lagen ein paar grobgeschnitzte, inzwischen vewitterte Holzstatuetten und einige polierte Kieselsteine. »Diese Opfergaben haben die Menschen einst den Göttern und Göttinnen des Waldes dargebracht.«

Emlyn fiel vor dem ehemaligen Altar auf die Knie und berührte ehrfürchtig die runenartigen Kreuz- und Spiralornamente. Zu Thorne aufblickend, deutete sie auf die Stirnseite des großen Quaders. »Schau – ein Weißdornstrauch und daneben eine Eiche. Eiche, Dorn, Stein, Wasser, all das findet sich hier. Dieser Ort muß einst eine starke, druidische Magie besessen haben.«

»Und besitzt sie vielleicht heute noch«, murmelte er. »Die magischen Riten der Druiden damals waren nur eine andere Form der Gottesverehrung, obwohl das die Kirche nicht so sieht.«

Emlyn sah ihn überrascht an. »Du weißt über diese Dinge Bescheid?«

»Ein wenig. Manche Leute im Tal praktizieren heute noch beide Glaubensrichtungen, die christliche und die heidnische. Maisry zum Beispiel. Die alten Riten sind ganz harmlos; sie verehren das Gute in der göttlichen Natur.«

Sie nickte. »Es ist ein Segen, wenn die Leute sowohl unserem Herrn huldigen können als auch den Gaben der Natur – und in beidem das Göttliche erkennen.«

Thorne kniete sich vor dem alten Altar hin, ihr gegenüber. »Dann wollen wir unseren Bund an diesem heiligen Ort schließen.«

Er nahm ihre beiden Hände in die seinen und umschlang sie mit seinen warmen Fingern. »Emlyn, vor dem Angesicht des Herrn nehme ich dich zu meiner Frau. Ich gelobe dir als meiner Gefährtin ewige Liebe und Treue und werde dich beschützen bis in den Tod.«

Emlyns blaue Augen versanken förmlich in der moosgrünen Tiefe der seinen. Ihre Lippen formten die Worte, die sie nun sprach, beinahe ohne ihr Zutun: »Und ich gelobe vor Gott, seinen Heiligen und seinen Engeln, dich, Thorne, zu meinem angetrauten Ehemann zu nehmen und dich zu lieben und für dich zu sorgen bis an unser seliges Ende.«

»Dieser Ring soll unser Gelöbnis besiegeln«, sprach Thorne und streifte Emlyn den kleinen Reif über den Finger. »Möge unser Bündnis so stark sein wie dieser Stahl.«

»Und so beständig wie dieser Ring«, fügte Emlyn leise hinzu. Thorne senkte den Kopf, und Emlyn beugte sich ihm entgegen. Ihre Lippen legten sich warm und weich aufeinander, und Thorne hielt sie einen langen Moment schweigend an sich gedrückt. »Was sollen wir als Opfergabe hierlassen?« fragte er in ihr seidiges Haar. »Für das, was wir heute getan haben, brauchen wir sowohl den Segen des Herrn als auch den der Waldgötter.« Sie warf ihm einen flüchtigen Blick zu, worauf er ihr den Blütenkranz aus dem Haar nahm. »Ah, das ist eine angemessene Gabe, denke ich.«

Er legte den Brautkranz auf den Altarstein vor der sprudelnden Quelle und setzte sich dann neben Emlyn an den Rand des Bachs.

»Jetzt zieh deine Schuhe aus«, sagte er und begann, die Riemen seiner Stiefel aufzuknüpfen.

»Was?«

»Zieh deine Schuhe aus und deine Hose auch«, wiederholte er und stellte seine Stiefel neben sich. Dann tauchte er seine nackten Füße in den Bach und spielte mit den Zehen im Wasser, während er wartete.

Einigermaßen verdutzt setzte Emlyn sich hin und kam kopfschüttelnd seiner Aufforderung nach.

Thorne tauchte eine Hand ins Wasser und spritzte ihr einige Tropfen ins Gesicht. Emlyn rümpfte die Nase, rutschte an den Rand des Baches vor und hängte nun ebenfalls die Beine ins Wasser.

»Hm, das ist angenehm«, gab sie zu.

»So, und jetzt komm, damit wir die Ehe vollziehen können.«

»Thorne!« rief sie aus und starrte ihn verwundert an.

Er lächelte, ein klein wenig zuckten seine Mundwinkel, und streckte einen Fuß in die Höhe. »Hier. Leg deine Fußsohlen an meine – ja, genau so – ach, was für ein kleines Damenfüßchen und so weich.« Er preßte seinen viel längeren Fuß an den ihren.

»Fester«, sagte er und verstärkte den Druck, bis auch sie ihren Fuß mit aller Kraft gegen seinen drückte. Dann ließ er langsam seinen Fuß sinken, wobei er mit den Zehen sanft über ihre Fußsohle strich, was ihr wohlige Schauer über den Rücken jagte. »Ich denke, das wird's tun«, stellte er fest.

»Was tun?« Sie ließ ihren Fuß wieder ins flache Bachbett gleiten.

»Das ist ein Ritual, um ein Eheversprechen zu besiegeln – mit dem Berühren der nackten Fußsohlen gilt die Ehe als vollzogen. So, und jetzt sollten wir uns schleunigst auf den Weg machen.« Er zog die Beine aus dem Wasser und rieb sie mit den Händen trocken.

»Thorne . . .«, sagte Emlyn und sah ihn an.

»Ja?«

Sie hielt ihren anderen Fuß hoch. »Doppelt hält besser.«

Lachend streckte er die Hände nach ihr aus und zog sie in die Arme. »Vielleicht können wir noch einen Augenblick in unserer luftigen Hochzeitskapelle verweilen«, flüsterte er und küßte sie zärtlich auf die Lippen.

An ihn geschmiegt erwiderte Emlyn hingebungsvoll

seinen Kuß. Ihr Herz begann schneller zu schlagen, als freudige Vorahnung sie überkam. Wieder spürte sie dieses süße Brennen, das ihre Haut versengte, wo immer und wann immer er sie berührte. Jedesmal, wenn er sie anfaßte, wenn sie seine Stimme hörte, spürte sie, wie die Kraft, die sie beide verband, immer stärker, immer ausgeprägter und sicherer wurde.

Mit einem Lächeln erinnerte sie sich daran, wie Tibbie ihr einst ein wenig verschämt die Pflichten einer Frau in der Hochzeitsnacht erklärt hatte. Damals konnte Emlyn sich allerdings weder vorstellen, daß dieser Akt Spaß machen noch wie er die Troubadoure zu solch romantischen Liedern und Gedichten inspirieren konnte. Diese Vereinigung, hatte Tibbie ihr berichtet, wobei sie heftig errötete, sei mit Zärtlichkeit und Lust verbunden, und die Ekstase, die eine Frau dabei empfinde, sei ebenso tief und gesund wie die des Mannes.

Vergangene Nacht, in Thornes Armen, hatte Emlyn dieses erregende, unwiderstehliche Verlangen am eigenen Körper erfahren können. Sie ließ den Kopf in den Nacken fallen, wollte diese Begierde wieder spüren und sehnte sich so heftig nach seinen erregenden Berührungen, daß ihr Körper vor lauter Vorfreude zu vibrieren begann.

Seine Lippen folgten der Linie ihres Halses, liebkosten die glühende Haut über dem runden Ausschnitt ihres Kleides mit zärtlichen Küssen, während er sie neben sich auf das frisch duftende Gras zog. Seine schlanken, noch immer feuchten Finger strichen sanft wie seidige Federn über ihre Wangen. Sie neigte den Kopf, damit seine Lippen die ihren fanden, und überließ sich seufzend seinen immer fordernderen Küssen.

Mit geschickten Bewegungen löste er die Bänder ihres Hemdes und des seidenen Kleides. Sobald seine Hand in ihrem Ausschnitt verschwunden war, begann ihr Herz auch schon wild zu schlagen. Das Kleid rutschte über ihre Schultern, seine Hand schloß sich um eine ihrer Brüste, wog deren stramme Fülle, und als seine Zunge spielerisch die rosige Knospe umkreiste, überschwemmte sie eine Woge der Lust und ließ ihren ganzen Körper erschaudern. Mit einem leisen Aufstöhnen hob sie sich ihm entgegen. Ihre Finger gruben sich in seine dunklen Lokken, öffneten und schlossen sich rhythmisch in dankbarer Antwort auf seine Berührungen. Ihr Atem kam und ging in heftigen Stößen.

Thorne, dachte sie plötzlich mit aller Inbrunst, ich liebe dich schon seit Jahren, doch scheute sie sich, ihre Gedanken laut auszusprechen; die Erkenntnis war zu neu, zu überwältigend. Jede seiner Berührungen sandte glühende Blitze durch ihren Körper, die Wogen der Lust trugen sie immer weiter empor, bis sie glaubte zu schweben.

Er seufzte laut auf, küßte sie wieder und wieder, immer intensiver, seine Hände flogen über den seidenen Stoff ihres Kleides und schoben diesen endlich ganz beiseite. Seine Fingerspitzen tasteten sich über ihre nackten, schlanken Schenkel, verweilten auf ihrer kühlen Haut, bis sie die verborgene Schwelle erreichten, die sie suchten. Ihr Unterleib begann unter seinen neckenden Berührungen sachte zu zucken, und sie stöhnte leise an seinen Lippen.

Von der plötzlichen Sehnsucht erfüllt, seine nackte Haut an der ihren zu spüren, zerrte sie an seiner Tunika, bis sich sein heißer, fester Oberkörper an sie preßte. Ein Gefühl tiefster Erleichterung breitete sich in ihr aus, als sie seinen ganzen Körper an ihrem fühlte und spürte, wie sie ganz selbstverständlich miteinander verschmolzen.

Thorne sog scharf die Luft ein, als ihre Hand streichelnd über seinen linken Oberschenkel glitt. Unwillkürlich griff er nach ihren Fingern, brachte sie an sein Gesicht, küßte sie und verschloß ihre fragenden Lippen hastig mit seinem Mund.

Leicht zitternd bewegten sich seine Hände über ihren Rücken, umfaßten ihre Hüften und brachten diese mit sanften, aber bestimmten Bewegungen in die richtige Position, bis sie ihm ihren warmen, feuchten Schoß öffnete und ihn mit einem dankbaren Seufzer in sich aufnahm. Er vergrub sein Gesicht in der seidigen Fülle ihres Haars, stöhnte leise, und als seine Lippen über ihren Mund huschten, öffnete sie ihm diesen genauso bereitwillig wie ihren Körper.

Mit sanftem Druck forderte er sie auf, sich mit ihm zu bewegen, zunächst in einem langsamen, wiegenden Rhythmus, der sich jedoch rasch beschleunigte, als die Glut der Begierde, die in ihnen beiden glühte, sich zu einer Feuersbrunst auswuchs, die keiner von ihnen so bald zu löschen gedachte.

Mit immer schnelleren Bewegungen nährten sie das Feuer, berauschten sich an den zuckenden Flammen, ließen sich von den Wogen der Ekstase in schwindelnde Höhen emportragen, klammerten sich stöhnend aneinander, bis diese himmlische Lust Erlösung fand.

Tief ausatmend lehnte er seine schweißnasse Stirn an die ihre und küßte sie zärtlich. Emyln hob den Kopf und sah ihm in seine wunderschönen, moosgrünen Augen. Lächelnd strich sie ihm eine widerspenstige Locke aus der Stirn.

In sein atemloses, glückliches Lachen einstimmend, spürte Emlyn, wie sie ein Gefühl reinster, tiefster Liebe durchströmte, so klar wie eine frische Brise nach einem Sturm. Sie hatte beinahe vergessen, wo sie war und wer sie war, bis er seine Stirn in Falten zog.

Er drehte den Kopf zur Seite und lauschte.

Leise fluchend zog er sich zurück und breitete den Rock über ihre Schenkel. »Mein Gott, wie leichtsinnig wir sind«, murmelte er.

»Was?« Es fiel ihr immer noch schwer, einen klaren Gedanken zu fassen.

Er setzte sich auf, ordnete seine Kleider und langte nach seinen Stiefeln. »Schau, dort, hinter der Lichtung. Die Vögel. Eine ganze Schar, die aufgescheucht wurde. Da müssen Reiter durch den Wald kommen, meine Liebe«, sagte er und warf ihr ihre Schuhe und ihre Hose zu. »Wir haben noch einen weiten Weg vor uns und müssen schleunigst los.«

Emlyn seufzte, reichlich verdrossen, daß man ihnen schon wieder diesen idyllischen Moment verdorben hatte. Während er ihre Mäntel, seinen Bogen und den Köcher aufsammelte, hockte Emlyn sich an den Rand des Bachs, um sich rasch ein wenig zu waschen, bevor sie ihre Hosen anzog und sie mit den breiten, bestickten Seidenbändern an Hüfte und Schenkeln zuschnürte. Nachdem sie in ihre Schuhe geschlüpft war, erhob sie sich mit zitternden Knien.

Thorne legte ihr den Mantel über die Schultern. Mit einer Hand strich er ihr zärtlich den Hals entlang und um ihre Ohrmuschel, während er sie mit der anderen an sich zog und seine Wange an ihr Haar drückte.

»Wir werden noch Gelegenheit haben, eine richtige Hochzeitsnacht zu verbringen, wo uns niemand stört«, murmelte er und küßte sie auf die Schläfe; dieser Kuß war ein Versprechen. »Aber zumindest ist unsere Ehe jetzt endgültig geschlossen. Und nichts kann sie mehr lösen.«

13. Kapitel

Von unterhalb der hohen, grauen Steinmauern drang ein leises Klingeln herauf, das an helle Glöckchen erinnerte. Emlyn, die neben Godwin auf einer Bank saß, senkte den Kopf und spähte ängstlich unter ihrem weiten Leinenschleier hervor. Das sanfte Murmeln der Dienerschaft, die im großen Saal ihren Dienst versah, hielt an. Als sie das Klingeln abermals vernahm, erkannte sie es als das Geräusch von Schlüsseln und sah hoch.

Trotz der hohen, gewölbten Decke und der eleganten Weitläufigkeit wirkte der luftige, große Saal von Hawksmoor mit den bestickten Wandbehängen, dem mit Binsen und getrockneten Blüten bestreuten Fußboden, dem auf Hochglanz polierten langen Eichentisch und den Lehnstühlen so gemütlich wie eine kleine Stube.

Durch eine Reihe hoher Bogenfenster fielen breite Lichtkegel über den Dielenboden, und am Ende des Saals knisterten in der mit einer gemauerten Schutzhaube versehenen Feuerstelle dicke Buchenscheite.

Das Klingeln kam näher. Emlyn richtete den Blick auf die gegenüberliegende Tür, durch die jetzt eine Frau trat, an deren schlanker Taille ein Schlüsselbund befestigt war. Sie ließ sich auf einem Stuhl neben dem Kamin nieder, ordnete ihre Röcke und nickte dem Haushofmeister zu, der mit ihr zusammen hereingekommen war.

»Lady Julian von Gantrou, die Tante des Barons«, raunte Godwin zu Emlyn gebeugt, die ihn daraufhin erstaunt anblickte.

»Julian von Gantrou?«

»Sie ist eine Gräfin, die Witwe von Graf John von Gantrou. Ihre Schwester war die Mutter des Barons. Ich habe Lady Julian gelegentlich in der Abtei gesehen, wenn sie Prior John einen Besuch abstattete.« Godwin kratzte sich nachdenklich am Kinn. »Die Torwache sagte mir, daß Baron Hawkwood für einige Zeit abwesend sei. Offenbar vertritt ihn seine Tante währenddessen. Wir werden unser Anliegen ihr unterbreiten müssen.«

Emlyn nickte und zwirbelte nervös die schwarze Kordel zwischen den Fingern, die als Gürtel diente und an deren Ende ein kleines Elfenbeinkreuz baumelte.

»Beruhige dich und halte deine Hände still. Du benimmst dich ja wie ein verschrecktes Eichhörnchen«, ermahnte ihr Onkel sie.

»Bruder Godwin von Wistonbury«, schallte die Stimme des Haushofmeisters durch den Saal.

Godwin erhob sich daraufhin und durchquerte, einen gefalteten Brief in der Hand, mit großen Schritten den Saal. Die weiße Mönchskutte mit der schwarzen Kapuze wippte im Takt seines schlaksigen Gangs, und die Binsen raschelten unter seinen Sandalen. Das einfallende Sonnenlicht spiegelte sich auf seiner rosigen Glatze, die ein graumelierter Haarkranz umgab, und brachte seine strahlendblauen Augen zum Leuchten.

»Der Herr schenke Euch einen guten Tag, Bruder Godwin«, begrüßte ihn Lady Julian, als dieser vor sie hintrat. Dann neigte sie ihr schmales Gesicht ein wenig zur Seite. »Sind wir uns schon einmal begegnet?«

»Ja, Mylady, in der Schreibstube zu Wistonbury.«

»Ach, dann seid Ihr der Maler? Ich habe einmal eines Eurer Manuspkripte für meine Tochter erstanden. Eine wunderbare Arbeit. Willkommen auf Hawksmoor, Bruder Godwin. Was führt Euch hierher?«

»Meine Nichte und ich möchten Euch ein Schreiben von Prior John überbringen«, antwortete er.

Lady Julian kniff die Augen zusammen und spähte quer durch den Saal, wo Emlyn mit im Schoß verschränkten Händen demütig auf der Bank saß. »Eure Nichte ist eine Nonne?« fragte sie.

Godwin räusperte sich. »Ah, – hm, ja.«

»Tretet näher, Schwester!« rief sie Emlyn zu und winkte sie an den Tisch. Auf ein Handzeichen hin brachte eine Dienerin, die sich gerade noch an der Feuerstelle zu schaffen gemacht hatte, einen silbernen Krug und Becher und stellte diese auf den Tisch.

Obwohl es für Frühsommer angenehm kühl in dem großen Saal war, hatten die einfallende Sonne und das Kaminfeuer diesen Teil des Raumes doch erheblich erwärmt. Emlyn, die unter der enganliegenden Haube und dem dicken, wollenen Gewand beinahe erstickte, verspürte nicht die geringste Lust, direkt vor der Feuerstelle zu stehen. Sie hielt deshalb neben Godwin inne und warf der Gräfin einen neugierigen Blick zu.

Lady Julian trug ein schlichtes schwarzes Wollkleid und außer einem Rosenkranz aus Jasper- und Elfenbeinperlen keinerlei Schmuck. Eine weiße Haube bedeckte Stirn und Kinn, und ihre Haut, die wie Porzellan schimmerte, zeigte kaum ein Fältchen. Obwohl sie die Vierzig bereits überschritten hatte, war die Gräfin immer noch eine sehr schöne Frau, die ernster und frommer wirkte als jede Nonne.

»Bitte, nehmt erst einmal eine kleine Erfrischung zu Euch«, sagte sie, während sie zwei Becher mit Rotwein füllte und ihren Gästen reichte. Dann heftete sie den Blick auf Emlyn. »Schwester . . .?«

»Agnes von Roseberry, Mylady«, antwortete Emlyn, worauf Godwin sich vor Schreck verschluckte und heftig husten mußte. Obgleich er in groben Zügen in ihren Plan eingeweiht war, hatte Emlyn ihm nicht erzählt, daß sie die Absicht hatte, sich als ihre Schwester Agnes auszugeben.

Lady Julian wartete geduldig und mit einem halben Lächeln, bis sein Hustenanfall vorüber war. »Willkommen, Schwester Agnes«, sagte sie dann. »Wie schön, eine junge Dame von geistlichem Stand hier zu haben. Und einen so hochtalentierten Künstler, Bruder Godwin.« Sie sah zu dem großen Mönch hoch. Ihre braunen, tiefliegenden Augen unterstrichen ihre aristokratische Ausstrahlung, gleichwohl sie offenbar etwas kurzsichtig war.

»Aber«, fuhr sie fort, »ich bedauere es zutiefst, daß mein Neffe nicht anwesend ist, um Euch persönlich zu begrüßen. Er befindet sich auf dem Weg nach London, um sich dort mit den Baronen aus dem Norden und dem König zu einer Aussprache zu treffen. Wir erwarten ihn erst in einigen Wochen zurück.«

Godwin stellte seinen Becher auf dem Tisch ab. »Wir haben in der Abtei gehört, daß der Erzbischof von Canterbury in London eingetroffen ist, um die Barone und König John an einen Tisch zu bringen.«

»Ja, das stimmt. Endlich, möchte ich sagen, nach all den schrecklichen Wochen, in denen einige der rebellischen Barone versucht haben, London zu belagern und den König zu zwingen, sich ihren Forderungen zu beugen. Hoffentlich bedeutet dieses Treffen einen Schritt vorwärts in Richtung Frieden, zumindest zwischen dem König und seinen Baronen.«

»So Gott es will, werden wir in Zukunft mit größerer Weisheit von unserem König regiert werden, wenn dieser den Wünschen der Barone ein Stück entgegenkommt.«

Lady Julian nickte, eine beifällige und huldvolle Geste der Zustimmung. »Und nun zu Eurem Schreiben.«

»Es stammt von Prior John und ist an den Baron beziehungsweise an Euch gerichtet, Mylady«, erklärte Godwin und reichte ihr das Pergament.

Sie nahm es entgegen, öffnete es jedoch nicht. »Ich bin des Lesens nicht sehr kundig. Hat diese Angelegenheit bis zur Rückkehr des Barons Zeit?«

Godwin schüttelte mit ernster Miene den Kopf. »Mylady, dem Baron wurde kürzlich das Sorgerecht für drei Kinder übergeben.«

Die Gräfin hob ihre schmalen, dunklen Brauen. »Ja.«

»Es handelt sich hierbei um die Kinder meines älteren Bruders, Rogier de Ashbourne. Meine Nichte – äh, Agnes – ist ihre ältere Schwester.«

Die Gräfin legte die Stirn in Falten. »Und was ist Euer Begehr?«

»Wir möchten die Kinder gerne besuchen«, antwortete Godwin.

»Schwester Agnes , Ihr reist ohne die Begleitung einer

anderen Nonne?« erkundigte Lady Julian sich unvermittelt und sah Emlyn dabei eindringlich an.

Unwillkürlich errötete diese unter dem durchdringenden und prüfenden Blick der Gräfin. »Mylady, ich habe von meiner Äbtissin Dispens erhalten, mit meinem Onkel nach Hawksmoor zu reisen.« Godwin runzelte mißbilligend die Stirn und wandte den Blick ab.

Emlyn wußte genau, daß ihr Onkel mit ihrer List alles andere als einverstanden war, obwohl er deren Notwendigkeit gewiß einsah. Und da sich ihm jegliche Lüge verbot, würde keine ausgesprochene Unwahrheit über seine Lippen kommen, was auch bisher nicht geschehen war: Agnes war in der Tat Nonne, die ältere Schwester der Kinder und seine Nichte.

Vor zwei Wochen hatte Thorne Emlyn bis ans Tor der Abtei gebracht und sich mit einem zärtlichen Kuß von ihr verabschiedet, bevor sie an der Glocke läutete. Godwin, von ihrem unerwarteten Erscheinen natürlich überrascht, hatte sich bereit erklärt, ihr dabei zu helfen, die Kinder zurückzuholen, sich aber ausbedungen, zuerst eine Petition an den Papst zu senden. Nachdem Emlyn es nicht gelungen war, ihn zu zügigerem Handeln zu überreden, hatte sie ihm von ihrer Heirat erzählt.

Aus Angst, sie würde vielleicht versuchen, die Kinder auf eigene Faust von Hawksmoor wegzuholen, hatte er sich schließlich entschlossen, sie zu begleiten. Aber es sollte nur ein kurzer Besuch sein. Und da es nötig war, zu Emlyns Sicherheit geeignete Maßnahmen zu ergreifen, hatte er ihr das Novizinnengewand besorgt.

Emlyn wollte anschließend weiterreisen, um Thorne zu finden. Heimlich geschlossene Ehen seien zwar legal, hatte Godwin ihr erklärt, jedoch immer noch umstritten. Aber da sie das Gelübde nun schon einmal abgelegt hatten, sollte seiner Meinung nach baldigst eine kirchliche Trauung folgen.

»Wo ist Eure Schwester Emlyn?« erkundigte sich jetzt die Gräfin.

Emlyn wurde unter dem eindringlichen Blick der Gräfin zusehends blässer. Auf Godwins Wangen hingegen erschienen zwei rote Flecken, doch er hielt dem Blick der Gräfin mit unschuldiger Miene stand.

»Sie wurde dem Grafen Whitehawke als Ehefrau versprochen, Mylady«, entgegnete Emyln vorsichtig.

Die Gräfin seufzte. »Natürlich, Ihr lebt ja in klösterlicher Abgeschiedenheit, meine Liebe. Es tut mir leid, Euch mitteilen zu müssen, daß Eure Schwester vor Wochen auf dem Weg nach Graymere Keep verschwunden ist. Graf Whitehawke sucht seither verzweifelt nach ihr und schickt täglich neue Männer aus.«

Emlyn sah Godwin an, der ihrem Blick wohlweislich auswich. »Verschwunden?« wiederholte Emlyn scheinheilig.

»Oh, bei der Jungfrau Maria«, stöhnte Godwin und murmelte ein lateinisches Gebet. Die Gräfin senkte daraufhin den Kopf und faltete die Hände. Emlyn errötete, besann sich nach einem Seitenblick auf Godwin aber und faltete ebenfalls eiligst die Hände.

»Aber wir sind alle ganz zuversichtlich, daß das Mädchen bald sicher und wohlbehalten aufgefunden wird«, sagte die Gräfin leise, worauf Godwin heftig nickte.

»Mylady, dürfen wir die Kinder sehen?« fragte Emlyn zaghaft.

»Der Baron ist für sie verantwortlich, aber ich werde mir die Sache durch den Kopf gehen lassen«, entgegnete sie, nahm das Schreiben vom Tisch und erhob sich mit einem Blick auf Godwin. »Bruder, ich möchte gern noch ein paar Worte mit Euch wechseln.«

Godwin folgte ihr zu einer Bank, die unter einem der Fenster stand. Als die Gräfin zu sprechen begann, hörte er ihr aufmerksam zu, nickte und sah ein oder zweimal kurz zu Emlyn hinüber. Besorgt die Kordel mit dem Kruzifix zwischen den Fingern drehend, saß Emlyn da und wartete.

»Lady Julian hat ebenfalls eine Bitte«, sagte er leise, als er zu Emlyn zurückkehrte. Emlyn starrte ihn mit angehaltenem Atem an. »Der Baron hat unlängst eine neue Kapelle errichten lassen. Die Gräfin möchte nun diverse Wandgemälde in Auftrag geben und hat versprochen, sich mit einer großzügigen Spende an die Abtei dafür erkenntlich zu zeigen. Da ich für die Arbeit aber Hilfe benötige, habe ich der Gräfin von deinen künstlerischen Fertigkeiten erzählt. Sie lädt dich herzlich ein, ebenfalls hier auf Hawksmoor zu bleiben.«

Lady Julian rauschte mit über ihrem Elfenbeinkreuz gefalteten Händen heran. »Baron Nicholas wird sehr erfreut sein, wenn ich diese Gelegenheit genützt und die Dienste eines so hervorragenden Malers erbeten habe. Er hat sein Interesse für die Dekorierung der neuen Kapelle bekundet und dabei auch die wunderbaren Wandgemälde ewähnt, die er in Ashbourne gesehen hat.« Sie schenkte Godwin ein hinreißendes Lächeln. »Und es wird ihn gewiß freuen, die Verwandten seiner Schützlinge kennenzulernen. Soll ich einen Boten in die Abtei schikken?«

»Wir nehmen den Auftrag gerne an, Mylady«, sagte Godwin. »Und es kommt mir sehr entgegen, wenn Ihr einen Boten nach Wistonbury sendet, da ich meine Malutensilien benötige. Nach Roseberry zu schreiben halte ich nicht für nötig.« Ein Brief an die Priorei Roseberry wäre katastrophal, dachte Emlyn, als sie das hörte. Agnes war die Priorin des Klosters und besaß keinen Funken Humor.

»Ich werde umgehend einen Boten nach Wistonbury schicken, Bruder Godwin«, sagte die Gräfin. »Geeignete Räumlichkeiten zu Eurer Unterbringung werden schnell vorbereitet sein, und die Kinder lasse ich sogleich holen. Anschließend zeige ich Euch die Kapelle, und dann können wir das Projekt in Ruhe besprechen.«

»Unseren Dank für Eure Großzügigkeit, Mylady«, sagte Godwin.

»Dafür dürfen wir hoffentlich gute Arbeit erwarten, Bruder Godwin.«

»Nur die beste, Mylady.« Er lächelte.

»Selbstverständlich.« Sie wandte sich ab, nickte dem

Haushofmeister zu und verließ, während sie ihm leise Anweisungen zuraunte, gemeinsam mit ihm den Saal.

»Meine Liebe«, sagte Godwin zu Emlyn, »wir müssen unsere Pläne ändern. Dieser Auftrag wird Monate in Anspruch nehmen, und ich brauche dabei weitgehend deine Unterstützung.«

Emlyn starrte ihn verdrossen an. Als sie hörte, daß der Baron nicht auf Hawksmoor weilte, war sie zunächst erleichtert gewesen, doch jetzt bekam sie es plötzlich mit der Angst zu tun: Hawkwood würde sehr wahrscheinlich zurückkehren, bevor ihr Auftrag ausgeführt war. Sie hatte dem Wolf seine Jungen rauben wollen und mußte nun feststellen, daß sie selbst in seinem Bau gefangen saß.

Am anderen Ende des großen Saals öffnete sich eine Tür, und die Kinder, gefolgt von Tibbie, stürmten herein. Emlyns Bedenken verflogen wie Nebel in der Sonne, und sie breitete lächelnd die Arme aus.

»Dem Herrn sei Dank! Tag und Nacht habe ich um Euch gezittert, und jetzt bin ich so froh, Euch wohlbehalten wiederzusehen, egal wie Ihr heißt. Aber jetzt erzählt mir, mein liebes Kind, warum Ihr mit Godwin hergekommen seid und Euch Agnes nennt.« Tibbies buschige Augenbrauen machten einen mißbilligenden Satz nach oben.

Emlyn, die neben Tibbie auf einer Steinbank saß, hatte Harry auf dem Schoß und tippte mit der Zehe eine Löwenzahnblüte an, die zwischen den Steinplatten wuchs. Die Bank stand in einer sonnigen Ecke des Burghofs neben einem großen Beet mit Sommerblumen. Bienen flogen summend zwischen weißen Margueriten, rosa Rosen und süß duftenden Lavendelsträuchern umher, und Nester von gelben Schlüsselblumen drängten sich neben den tiefblauen Blüten der Akelei.

Emlyn setzte Harry auf den Boden; sofort stand er auf und wackelte auf seinen kurzen, strammen Beinchen davon. Sein Wollhemdchen bauschte sich über einem dikken, aber trockenen Windelpaket. Er machte einige tapsige Schritte und klammerte sich dann an Isobels Rock fest, die gerade mit Christien Ball spielte.

Tibbie beugte sich neugierig zu Emlyn hin. »Erzählt mir die ganze Geschichte. Ich muß alles wissen!«

Zögernd schürzte Emlyn die Lippen und ließ den Blick zu den Kindern schweifen. Christien rollte Harry den kleinen, lederbezogenen Ball zu, der ihn mit beiden Händen hochhob und fröhlich darauf herumzukauen begann.

»Also gut«, begann Emlyn dann. »Hör zu. Aber das alles muß streng geheim bleiben.«

Tibbie schlug über ihrem üppigen Busen das Kreuzzeichen. »Ich schwöre bei allem, was mir heilig ist, daß ich kein Sterbenswörtchen davon verraten werde.«

»Ich verstecke mich vor Graf Whitehawke, weil ich ihn nicht heiraten kann. Und seinem Sohn traue ich auch nicht über den Weg. Falls der Baron mich hier findet, wird er mich postwendend zu seinem Vater schicken. Ich hatte vor, die Kinder von hier wegzubringen, aber jetzt hat Godwin der Gräfin versprochen, daß wir so lange hierbleiben, bis die Wandmalereien in der neuen Kapelle fertig sind.«

Tibbie schlug sich mit der flachen Hand auf die Brust. »Ihr wollt diesen weißhaarigen alten Ziegenbock wirklich nicht heiraten?«

»Nein, das ist jetzt völlig unmöglich. Aber Tibbie – wir müssen sichergehen, daß die Kinder mich hier Agnes nennen.«

Tibbie nickte. »Ach, da machen wir ein lustiges Spiel draus. Aber weshalb könnt Ihr den Grafen denn nicht heiraten?« Sie holte tief Luft. »Mylady! Was geschah, als Ihr im Wald verschwunden seid? Hat man Euch ... etwas angetan?«

Emlyn seufzte. Sie beobachtete, wie Isobel Harry den Ball wegnahm, ihn zum Trost umarmte und seinen kleinen Kopf mit Küssen bedeckte, doch dieser gab ihr einen empörten Schubs und fing lauthals zu schreien an.

»Tibbie«, fuhr Emlyn fort und senkte die Stimme. »Als ich mich vor meiner Eskorte versteckte, begegnete ich einem Forstaufseher, der mir sehr geholfen hat.« Sie straffte die Schultern und schlug die Flügel ihres Nonnenschleiers zurück. »Und jetzt bin ich seine Frau.«

»Ah!« kreischte Tibbie. »Hat man so einen Unsinn schon gehört!«

»Pst!« machte Emlyn mit Blick auf die Kinder. »Er ist ein freundlicher, guter Mann. Und unser Ehegelübde macht meine Verlobung mit Whitehawke hinfällig.« Tibbies Unterlippe hing in maßlosem Erstaunen schlaff herunter.

»Du meiner Seel«, flüsterte Tibbie, als sie sich ein wenig von dem Schreck erholt hatte. »Nein, nein, nein. Ich hätte mit Euch reisen sollen anstatt mit den Kleinen. Wie kamt Ihr nur auf die verrückte Idee, einen wildfremden Mann zu heiraten?«

»Er ist kein Fremder«, gab Emlyn zurück. »Er nennt sich Black Thorne.«

»O Gott! Ein Toter! Ein Verfemter!«

Emlyn verzog die Lippen zu einem amüsierten Schmunzeln. »Aber nein, meine Liebe, er lebt und ist gesund und munter. Wir haben uns in beiderseitigem Einvernehmen heimlich das Eheversprechen gegeben.«

»Beim heiligen Kreuz!« brummelte Tibbie. »Auch noch eine heimliche Ehe. Das wird ja immer besser. Weiß Godwin davon?«

»Ja, aber er hat Thorne noch nicht kennengelernt. Er möchte uns demnächst kirchlich trauen. Und er sagt, daß heimlich geschlossene Ehen von der Kirche als gültig erachtet werden, Tibbie. Die Verlobung mit Whitehawke ist damit null und nichtig.«

»Und wer hat den Mumm, das dem Grafen zu erklären? Heilige Maria Mutter Gottes! Verheiratet!« Tibbie erdolchte Emlyn förmlich mit ihrem Blick und stieß dann einen schweren Seufzer aus. »Und Eure Gelübde, kamen die von Herzen?«

»Ja, Tibbie«, bestätigte Emlyn rasch. »Von ganzem Herzen.«

»Ich bete zu Gott, daß er dieser überstürzten Hochzeit

seinen Segen gibt.« Tibbie lächelte halbherzig. »Von heimlichen Hochzeiten braucht Ihr mir nichts erzählen, Mylady. Mein Vater – der Onkel Eurer lieben Mutter – wollte mich mit einem Ritter verheiraten, der fett war und zudem verschlagen wie eine Ratte. Ich aber liebte einen anderen, einen jungen Knappen. An dem Tag, als das Aufgebot ausgehängt wurde, bin ich mit Thomas durchgebrannt. Wir haben uns heimlich das Eheversprechen gegeben und die Ehe auch vollzogen. Meine Familie brauchte ein ganzes Jahr, um sich von dem Schock zu erholen. Und der edle Ritter schäumte vor Wut.«

Emlyn legte Tibbie den Arm um die Schultern und drückte sie. »Das wußte ich nicht«, sagte sie. »Aber dann verstehst du mich bestimmt.«

»Ja«, nickte Tibbie und lächelte wehmütig. »Wir waren damals so jung wie Ihr. Und ich habe es nie bereut, daß ich so eigensinnig war, mir meinen Ehemann – Gott hab' ihn selig – selbst auszusuchen. Er starb an einem Fieber, da war ich noch keine Fünfundzwanzig, und unsere kleine Tochter ebenfalls. Danach hat mich Eure Mutter nach Ashbourne geholt; Ihr wart damals gerade geboren«, fügte sie leise hinzu.

Emlyn drückte Tibbies runde, abgearbeitete Hand. »Es tut mir leid um deinen schweren Verlust, aber ich bin froh, daß du zu uns gekommen bist, Tib. Bete für mich«, sagte sie. »Auch ich möchte meinen eigensinnigen Entschluß niemals bedauern müssen.«

»Wenn dieser Mann freundlich und vertrauenswürdig ist«, murmelte Tibbie, »dann werdet Ihr auch keinen Grund dazu haben.«

Nicholas stieß die Kapellentür auf und schloß sie sofort wieder hinter sich. Draußen regnete es in Strömen. Im Inneren der Kapelle war es kühl, und abgesehen von dem gleichmäßigen Trommeln des Regens auf den kupfernen Dachplatten und dem gelegentlichen Grollen eines Gewitters in der Ferne angenehm still.

Er schob die nasse Kapuze seines Umhangs zurück und

schritt quer durch den Raum. Seine schweren Stiefel schlurften leise über den Steinboden, und die schwarze, mit Silberborten besetzte Wolltunika schwang locker um seine Waden. Nach Wochen in schwerer Rüstung fühlte er sich in dieser leichten Kleidung ausgesprochen wohl. Vor dem Altar kniete er nieder, sprach ein kurzes Gebet und zündete eine Opferkerze an. Dann erhob er sich und sah sich um. Die Veränderungen fielen ihm sofort ins Auge.

An einem sonnigen Tag leuchteten die Glasfenster der Kapelle in allen Farben, doch an diesem trüben Nachmittag verbreiteten sie nur violette Schatten. Doch war es hell genug, um das halbfertige Wandgemälde über dem Eingang zu erkennen: eine Reihe skizzierter Figuren auf einer Schicht frischen Mörtels.

An der nördlichen Kapellenwand erhob sich zwischen zwei hohen Bogenfenstern, die ein Mosaik aus Milch- und Buntglas zierte, ein stabiles Holzgerüst. Die oberste Plattform befand sich gut drei Meter über dem Boden. Die Wandfläche zwischen den Fenstern, die einst bis hinauf zu dem Kreuzrippengewölbe weiß getüncht gewesen war, bedeckten nun bunte Gemälde.

Interessiert schlenderte Nicholas auf das Gerüst zu. An der Wand prangte ein heiliger Georg in voller Rüstung, einen Fuß in Siegerpose auf den Rücken eines grünen Drachens gestützt. Die würdevolle, leicht geneigte Positur des Heiligen harmonierte vortrefflich mit den Abschlußbögen der schmalen Fenster, und die intensiven Farben brachten fraglos Leben in die kleine, schlichte Kapelle: Der Umhang des Heiligen und das Kreuz auf seinem schneeweißen Schild leuchteten in einem tiefen Rubinrot, das einen wirkungsvollen Kontrast zu dem mit Blau versetzten Grün des Drachens bildete. Eine gertenschlanke, in Gelb und Blau gewandete Prinzessin dankte ihrem Retter mit erhobenen, gefalteten Händen.

Nicholas hatte auf seiner letzten Reise nach London in der Kathedrale von Westminster bereits ähnliche Wandgemälde gesehen, die von Künstlern einer namhaften

Schule stammten. Doch als er jetzt in seiner eigenen Kapelle stand und die wohlgewählten Farben und die elegante Linienführung betrachtete, wußte er, daß diese Wandgemälde ohne weiteres mit den Arbeiten in Westminster konkurrieren konnten.

Eine Bewegung oben auf dem Gerüst erregte seine Aufmerksamkeit, und obgleich er sich bislang allein in der Kapelle gewähnt hatte, trat er jetzt einen Schritt zurück und spähte hinauf.

In schwindelnder Höhe sah er eine Frau mit dem Rükken zu ihm im Schneidersitz auf der Plattform sitzen, gehüllt in ein lockeres, hellgraues Gewand, auf dem Kopf einen weißen Schleier, der ihre schmalen Schultern bedeckte und ihr bis über den Rücken fiel. Mit einer Hand stützte sie sich an der Wand ab, in der anderen hielt sie einen langen Pinsel, und einen zweiten Pinsel hatte sie sich zwischen die Lippen geklemmt.

Ohne seine Anwesenheit zu bemerken, malte sie konzentriert kleine Blumen zu Füßen der Prinzessin an die Wand. Neben ihr, auf einem wackeligen Hocker, häufte sich eine bunte Ansammlung von Tontöpfen und Schalen, Pinseln und mit Farbe beschmierten Lumpen. Drei dicke, flackernde Kerzen spendeten das nötige Licht für ihre Arbeit.

Nicholas legte die Stirn in Falten und wunderte sich, warum seine Tante ihm gestern abend nach seiner Ankunft nichts von den neuen Arbeiten in der Kapelle erzählt hatte.

»Seid gegrüßt, Meisterin!« rief er und trat noch einen Schritt an das Gerüst heran. Die Frau stieß einen leisen Schrei aus und schrak so zusammen, daß ihr der Pinsel, den sie im Mund hatte, in den Schoß fiel. Der andere Pinsel in ihrer Hand machte sich ebenfalls selbständig, rollte über die Kante der Plattform und Nicholas genau vor die Füße.

Er bückte sich, um den Pinsel aufzuheben, indes von oben ein weit aufgerissenes Augenpaar unter dem voluminösen Schleier auf ihn herabstarrte. Obwohl das Gesicht der Frau weitgehend im Dunkeln lag, konnte er doch erkennen, daß ihr Mund vor Schreck offenstand.

Mit ausgestrecktem Arm reichte er ihr den Pinsel hinauf, worauf sie sich hinunterbeugte und ihn mit einem schnellen Griff an sich riß. Nicholas' Stirn legte sich wieder in Falten. »Wie kommt Ihr dazu, meine Kapelle auszumalen, Meisterin?« fragte er in scharfem Ton. Er wünschte, er hätte ihr Gesicht besser sehen können. Ein neuer, heftiger Regenschauer ging prasselnd und dröhnend über der Kapelle nieder. Im Inneren wurde es immer dunkler.

Die Frau auf dem Gerüst räusperte sich und sagte dann mit einer seltsam gehetzten Stimme. »Ich helfe dem Kunstmaler, Herr.«

»Wer ist dieser Kunstmaler? Und wo bitte ist er?«

»Er wurde in Lady Julians Gemach gerufen, um eine Stille Messe zu zelebrieren.«

»Eine Messe?«

»Es ist Bruder Godwin von Wistonbury, Herr.«

Nicholas' Herz hämmerte plötzlich in seiner Brust. Natürlich. Godwin, der Onkel, der Maler und Mönch, war bestimmt hergekommen, um mit ihm über die Kinder zu sprechen. Ruhig antwortete er: »Der Name ist mir bekannt. Wer hat ihn geschickt?«

Ein plötzlicher Donner zerriß die Stille, und der darauffolgende Blitz erhellte für einen Augenblick das Gesicht der Frau. Nicholas kniff die Augen zusammen. Mein Gott, sie sah aus wie ... Einen Augenblick lang stockte ihm der Atem. Dann aber stellte er erleichtert fest, daß diese Frau tatsächlich eine Nonne war. Er legte den Kopf in den Nacken, um sie besser sehen zu können, aber sie duckte sich, drehte sich um und wischte sich die Hände an ihrer braunen, farbverschmierten Schürze ab.

»Und wer seid Ihr, Schwester?«

»Ich helfe Bruder Godwin bei seiner Arbeit; mein Name ist Agnes«, antwortete sie.

»Ihr seid eine Ordensfrau?« erkundigte er sich. Er mußte sie unbedingt genauer sehen. Die Ähnlichkeit war einfach zu verblüffend. Allmählich begann ihn die Sache wirklich zu interessieren.

Ihr Nonnenschleier wippte wie Vogelschwingen, als sie heftig nickte. Dann wandte sie sich ab und blickte zur Tür.

»Nicholas!«

Er fuhr herum, als zwei Frauen die Kapelle betraten und ihre regennassen Kapuzen zurückschoben. Lady Julian nickte ihm zu, und er deutete eine Verbeugung an. »Guten Morgen, Nicholas. Ich habe nicht erwartet, dich bereits hier zu finden«, sagte sie. »Mein Gott, ist das ein scheußliches Wetter.«

»Guten Morgen«, erwiderte er knapp. Ein Muskel an seiner Wange begann zu zucken, und er ballte eine Hand hinter seinem Rücken zur Faust. Er wollte nicht unhöflich sein, aber sie war ihm eine Erklärung schuldig, fand er.

Ein hoher Klagelaut und das zornige Aufstampfen eines Fußes lenkten seine Aufmerksamkeit ab, bevor er seiner Tante noch eine Frage stellen konnte. Das Mädchen, das die Gräfin begleitet hatte, stand in der offenen Tür und starrte durch silberne Regenschleier in den matschigen Burghof.

»Lady Julian, meine Juwelen liegen in der Truhe dort drüben, und die sind schließlich kein Bündel Stroh«, zeterte es. Nicholas sah, daß etliche völlig durchnäßte Diener damit beschäftigt waren, das Gepäck zweier Wagen abzuladen. »He, du!« kreischte das Mädchen durch die Tür. »Du gehörst so lange ausgepeitscht, bis du meine Truhe mit mehr Sorgfalt behandelst!«

»Meine liebe Cousine Alarice, Eure Sachen sind den weiten Weg von Kent bis nach Hawksmoor gereist«, erwiderte die Gräfin müde. »Gewiß werden sie zwischen dem Burghof und dem Wohnturm keinen gröberen Schaden erleiden, außer ein bißchen naß zu werden.«

Alarice knallte die Kapellentür hinter sich zu und warf den Kopf zurück. Das Haar unter ihrer pelzbesetzten Kapuze leuchtete wie Herbstlaub; ein paar lockige Strähnen lugten unter der kleinen rosa Brokatkappe und dem weißen Seidenschleier hervor.

»Nicholas«, säuselte sie, während sie mit ausgestreckter Hand auf ihn zuging. Ihre runden Hüften wiegten sich unter ihrem Umhang, und sie trug ihre großzügig bemessene, von malvenfarbener Zindelseide umhüllte Oberweite selbstbewußt vor sich her.

Nicholas verbeugte sich auch vor ihr. »Lady Alarice, wie ist das werte Befinden?«

»Mein Rücken ist ein wenig steif heute morgen. Wahrscheinlich kommt das von dem harten Bett.« Sie zog eine niedliche Schnute und krümmte, die Hände in die Hüften gestützt, den Rücken. Dabei platzten ihre Brüste beinahe aus dem reichlich verzierten Mieder.

Nicholas warf ihr einen flüchtigen Blick zu. »Ja, das ist verständlich nach einer so langen Reise. Aber meine verehrte Tante wird sich während Eures Aufenthaltes hier selbstverständlich um Euer Wohlbefinden kümmern.«

»Verzeiht, Cousine Alarice«, fiel die Gräfin ein. »Gestern abend hat man Euch nur eine simple Behelfsbettstatt anbieten können – aber heute nacht werdet Ihr bequemer ruhen. Das war eine gelungene Überraschung, daß Ihr mit Nicholas zusammen nach Norden gereist seid. Werdet Ihr mit uns hier den Sommer verbringen? Nicholas hat mir den Brief Eurer verehrten Frau Mutter noch nicht vorgelesen.«

»Meine Eltern möchten, daß ich hierbleibe, solange es mir gefällt«, antwortete Alarice keck. »Die Lage in Kent ist im Augenblick sehr gespannt. Papa war sehr daran gelegen, daß ich von London weggehe, irgendwohin, wo es sicherer ist. Seit der König im Juni die neue Charta unterzeichnet hat, ist er äußerst schlechter Laune. Mein Vater fürchtete um meine Sicherheit.«

»Graf Braye hat darauf bestanden, daß ich Alarice mitnehme, nachdem er hörte, daß Ihr und Maude Euch hier aufhaltet«, erklärte Nicholas seiner Tante. »Obgleich ich ihn warnte, daß auch der Norden bald nicht mehr sicher sein könnte. König John ist höchst erzürnt über die neue Charta, und die Barone im Norden müssen sich sehr in acht nehmen, glaube ich.«

»Immerhin, es ist eine gute Nachricht, daß er die Charta unterzeichnet hat«, warf die Gräfin ein. »Und Alarice ist uns sehr willkommen. Maude wird überglücklich sein, eine Freundin zu haben. Falls sich die Lage ändern sollte, werden wir alle zusammen Hawksmoor verlassen. Meine eigene Burg liegt in der Nähe von Wales und sehr versteckt. Dorthin können wir uns zurückziehen, wenn der König einen Wutanfall bekommen sollte.«

Nicholas staunte über die Fähigkeit seiner Tante, selbst in schwierigsten Lebenslagen die Fassung zu bewahren.

Alarice deutete mit einem beringten Finger auf das Gerüst. »Nicholas, da oben sitzt eine Nonne!« rief sie aus und machte große Augen.

Lady Julian drehte sich um. »Guten Morgen, Schwester Agnes. Darf ich Euch meinen Neffen, den Baron von Hawksmoor, und unsere Cousine, Lady Alarice von Braye, vorstellen?«

Die Nonne, die eingehend damit beschäftigt war, ihre Pinsel auszuwaschen und bislang von dem Trupp da unten keinerlei Notiz genommen hatte, murmelte einen höflichen Gruß und nickte kurz mit dem Kopf. »Schwester Agnes kommt aus der Priorei Roseberry«, sagte die Gräfin, »und assistiert ihrem Onkel, dem Maler, bei seinen Arbeiten.«

»Ich habe Schwester ... Agnes bereits kennengelernt«, bemerkte Nicholas mit einem sarkastischen Unterton in der Stimme. »Doch ich wußte nicht, daß sie die Nichte des Malers ist.« Agnes von Roseberry, dachte er bei sich. Emlyns ältere Schwester. Das erklärt auch diese verblüffende Ähnlichkeit.

»Eine künstlerisch begabte Ordensfrau, wie ungewöhnlich«, murmelte Alarice geziert und sah sich dann gelangweilt um, offenbar weder an Kunst noch an Nonnen sonderlich interessiert.

»Tante Julian«, sagte Nicholas mit finsterer Miene, »ich muß zugeben, daß ich doch sehr überrascht war, als ich vorhin die Kapelle betrat.« Tatsächlich fühlte er sich, als hätte ihm jemand einen Schlag in die Magengrube versetzt. Wenn Agnes und Godwin von Wistonbury auf Hawksmoor waren, wo bitte steckte dann Emlyn? Was in Teufels Namen ging hier eigentlich vor?

Anscheinend hatte Emlyn es vorgezogen, sich von hier fernzuhalten und statt dessen den Rest der Familie hergeschickt, um die Herausgabe der Kinder zu verlangen. Nun, wie dem auch sei: Er war darauf vorbereitet, sich um alle Einwände gegen seine Vormundschaft zu kümmern. Aber er mußte sich vergewissern, daß Emlyn in Sicherheit war.

Verdrossen preßte er seine Lippen zu einer schmalen Linie zusammen, um seiner Tante gegenüber keinen allzu scharfen Ton anzuschlagen. Nach zweimonatiger Abwesenheit wieder heimgekehrt und mit den Nerven ohnehin fast am Ende nach der tagelangen Reise in Begleitung seiner verwöhnten Cousine Alarice, die nicht mehr Verstand besaß als ein Spatz, hatte er als einzige Veränderung in Hawskmoor die Kinder erwartet, herausgeputzt und ordentlich der Größe nach aufgestellt.

Statt dessen hatte er seinen organisierten, disziplinierten Wohnturm in hellem Chaos vorgefunden. Seine Gefolgsleute lümmelten herum und vergnügten sich, anstatt ihrem Dienst nachzukommen, und sein großer Saal sah aus wie ein Kinderzimmer. Beim Frühstück hatte er aus Versehen eine kleine hölzerne Kuh zertreten und konnte dann auf der Wendeltreppe gerade noch Christien ausweichen, der dort mit einem Holzschwert herumfuchtelte. Hinter Christien kam ein kleiner Hund die Treppe heruntergehüpft, und neben der Feuerstelle hatte er einen Wurf Katzenkinder entdeckt, die dort in einem Korb schlummerten.

Und als ob das noch nicht genügt hätte, mußte er jetzt auch noch feststellen, daß seine Kapelle künstlerisch gestaltet wurde, ohne daß man ihn um seine Meinung gefragt hatte. Ganz zu schweigen von den höchst merkwürdigen Zufällen, die sich hier abspielten und die zumindest teilweise seiner Tante zuzuschreiben waren.

»Ich wollte dir von der Kapelle berichten, Nicholas,

aber nach deiner Ankunft gestern abend gab es so viele andere wichtige Dinge zu besprechen«, hörte er Lady Julian sagen. »Ich wußte ja, daß ich mit deinem Einverständnis rechnen durfte«, fügte sie hinzu und schenkte ihm ein strahlendes Lächeln.

Nicholas hob abwehrend die Schultern. »Hawksmoor hat nicht mehr die geringste Ähnlichkeit mit der Ritterburg, die ich vor wenigen Monaten verließ. Doch da sie jetzt ein Heer von Ladys, Kleinkindern, Ammen, jungen Hunden und Katzen bevölkert und man überall über Spielzeug stolpert – fallen der Priester und die Nonne auch nicht mehr sonderlich ins Gewicht.«

»Kinder? Spielzeug?« echote Alarice.

Nicholas und seine Tante übergingen ihren Einwurf geflissentlich. »Ach, Nicholas, mein Lieber, nun laß deshalb nicht die Ohren hängen, wie Frau Tibbie sagen würde. Du hast selbst einmal gesagt, daß du einige Wandmalereien in der Kapelle in Auftrag geben möchtest. Als Bruder Godwin hier eintraf, erinnerte ich mich sofort seines guten Rufs und habe ihn vom Fleck weg engagiert. Es sollte eine Überraschung werden. Wir haben uns über die verschiedenen Motive unterhalten und sind zu dem Schluß gekommen, daß der heilige Georg sehr passend wäre. Und für die Westmauer hat er sich schwebende Engel vorgestellt. Freilich, falls dir das nicht gefällt, kann man es noch ändern.«

»Nein, die Motive gefallen mir, und ich habe an seiner Arbeit auch nichts auszusetzen«, entgegnete Nicholas. »Aber dennoch würde ich gerne erfahren, was Bruder Godwin in erster Linie hierhergeführt hat.« Er warf einen finsteren Blick auf das Gerüst, aber die zierliche graue Gestalt dort oben hatte sich abgewendet, um Farbtöpfe und Pinsel zu sortieren.

»Er kam natürlich, um die Kinder zu besuchen«, antwortete die Gräfin.

»Kinder?« ließ sich Alarice wieder vernehmen. Ihre kastanienfarbenen Brauen hoben sich über den blaßgrünen Augen. »Leben hier neuerdings Kinder?«

»Der König hat Nicholas mit dem Sorgerecht für drei reizende Geschwister betraut«, erwiderte die Gräfin lächelnd. »Bruder Godwin und Schwester Agnes sind ihre Verwandten, deshalb bat ich sie zu bleiben.«

»Müssen die hier auf der Burg wohnen, Nicholas?« fragte Alarice entsetzt.

»Die Kinder? Ja, solange der König keine andere Entscheidung trifft, müssen sie das«, stellte Nicholas fest. Oben auf dem Gerüst hantierte die Nonne jetzt sehr geräuschvoll mit ihren Farbtöpfen.

Nicholas verkrampfte seine Wangenmuskeln, bis sie schmerzten. Er mußte alleinsein und nachdenken. Mit einer knappen Verbeugung wandte er sich an seine Tante. »Bitte, entschuldigt mich. Ich habe einiges zu erledigen heute morgen.« Damit drehte er sich auf dem Absatz um, verließ die Kapelle und schlug die Tür hinter sich zu.

Alarice zupfte schmollend an ihrem Schleier. »Er scheint verstimmt zu sein. Vielleicht ist mein Parfüm zu überwältigend – es ist ein spezieller Duft aus dem Orient, eine Essenz aus Jasminblüten«, sagte sie und beugte sich vor.

Lady Julian schnüffelte taktvoll. »Wunderbar, Alarice. Sehr exotisch.« Dann wandten sich beide zur Tür. »Maude wird entzückt sein, Euch zu sehen, falls man sie findet. Sie treibt sich gerne in den Ställen und bei den Pferden herum, aber bei einem Wetter wie diesem darf man darauf hoffen, sie im Wohnturm anzutreffen.« Die Gräfin schüttelte graziös den Kopf. »Sie kann manchmal ganz schön wild sein, das liebe Kind«, murmelte sie mehr zu sich selbst und warf dann einen Blick über die Schulter.

»Schwester Agnes!« rief sie in die Kapelle. »Die Damen treffen sich wie üblich kurz nach dem Terzläuten in meinem Gemach. Bitte kommt doch auch.«

»Ja, Mylady«, erwiderte die Nonne und arbeitete konzentriert weiter.

»Lady Julian«, sagte Alarice, »wird die Kapelle rechtzeitig zur Hochzeit fertig sein?«

Die Gräfin blieb verdutzt vor der Tür stehen. »Eure

Mutter hat vor Monaten angedeutet, daß Euer Vater an einem Ehevertrag zwischen Euch und Nicholas interessiert sei. Ist seither etwas passiert? Hat Nicholas zugesagt?«

Alarice lachte, ein hohes, zuversichtliches Trillern, das die Nonne auf dem Gerüst von ihrer Arbeit aufblicken ließ. »Macht Euch keine Gedanken um Nicholas, Mylady«, zwitscherte Alarice. »Der wird schon zusagen.«

Lächelnd und mit zart geröteten Wangen schwang Lady Alarice die Kapellentür auf, und die beiden Frauen traten, nachdem sie sich die Kapuzen übergezogen hatten, hinaus in den Regen.

In Emlyns Bauch rumorte es, während sie die restlichen Pinsel und Farbtöpfe ordnete. Sie wunderte sich, weshalb das Kichern und das dümmliche Geschwätz eines offenbar verwöhnten Mädchens ihr so auf den Magen schlugen. Dann seufzte sie. Wenn Nicholas tatsächlich Alarice heiraten sollte, dann würde diese hohlköpfige Ziege ihre Geschwister erziehen.

Wütend schmiß sie einen Lappen auf den Hocker. Falls die beiden tatsächlich heiraten, dann brauchen sie sich wahrscheinlich gegenseitig; zwei Egoisten, der eine kaltherzig, der andere putzsüchtig und dumm. Aber ihre Geschwister wollte sie dann nicht mehr in diesem Haus wissen.

Sie holte tief Luft, entschlossen, diese Angelegenheit baldmöglichst zu klären. Während der vergangenen Wochen auf Hawksmoor hatte sie Godwin wiederholt angefleht, ihr dabei zu helfen, die Kinder von hier fortzubringen, bevor der Baron zurückkehrte. Nun war es zu spät. Aber sie würde einen anderen Ausweg finden; der Herr konnte doch nicht zulassen, daß sie die Kinder verlor.

Leise aufstöhnend warf sie einen Blick durch das trübe Fensterglas hinaus in den Burghof, den der Regen in dikken Matsch verwandelte. Nicholas de Hawkwoods unerwartetes Auftauchen in der Kapelle hatte ihr einen regelrechten Schock versetzt. Noch immer zitterten ihre

Hände, und sie hörte ihr Herz laut klopfen. Seit dieser kurzen, unerfreulichen Begegnung auf Ashbourne hatte sie den Baron nicht mehr gesehen. Doch als sie ihn vorhin dort unten erblickt hatte, war ihr beinahe das Herz stehengeblieben.

Ihr erster Gedanke war gewesen, und deshalb war sie sicher auch so schockiert, wie stark er doch Thorne ähnelte. Daß sie denselben Vater hatten, war unübersehbar. Aber die Miene des Barons war grimmig und verkniffen, seine Wangen glatt rasiert, seine Augen grau und kalt wie Stahl. Der lange schwarze Umhang, den er über der Tunika trug, hatte sein unnachgiebiges Auftreten noch unterstrichen. Er hatte so düster und stürmisch auf sie gewirkt wie das Wetter draußen und nichts von Thornes freundlicher, gelöster Ausstrahlung an sich gehabt. Selbst seine Stimme war tiefer, schärfer und barg einen Anflug von Wut in sich.

Sie stöhnte noch einmal und wischte gedankenverloren über die beschlagene Fensterscheibe. Eine ganze Schar von Schutzengeln mußte heute morgen bei ihr gewesen sein, denn Nicholas de Hawkwood hatte sie nicht erkannt. Ansonsten hätte er sie mit Sicherheit von dem Gerüst geholt und Whitehawke benachrichtigt.

Unaufhörlich trommelte der Regen gegen die Scheiben. Emlyn fragte sich unwillkürlich, ob es im Tal wohl auch regnete, und stellte sich vor, wie Thorne sich an Maisrys flackerndem Feuer wärmte, Bier trank und mit Aelric scherzte. Sie erinnerte sich, wie seine starken Arme sie umfaßt hatten, dachte an den Schwung seiner Lippen, wenn er lächelte, und an die Wärme seines Mundes, wenn er sie küßte.

»Ach Gott«, seufzte sie und lehnte die Stirn an das kühle Fensterglas. Was würde sie nicht alles dafür geben, bei ihm sein zu können. Je länger sie von ihm getrennt war, desto stärker sehnte sie sich nach seiner ruhigen Art, seiner beschützenden Umarmung, seiner aufmunternden Stärke.

Sie drehte an dem einfachen Metallring, den er ihr an

den Finger gesteckt hatte, und mußte die Lider zusammenkneifen, um die Tränen aufzuhalten. In ihrer Erinnerung sah sie jetzt sein Gesicht ganz deutlich vor sich, die moosgrünen Augen, die jedoch so schnell die Farbe wechseln konnten wie ein Sommerhimmel sich mit Gewitterwolken bezieht, und bisweilen einen kalten, graugrünen Ton annahmen.

Und plötzlich, ohne daß sie es wollte, deckte sich Thornes Gesicht mit dem von Nicholas de Hawkwoods. Ein eisiger Schauer fuhr ihr über den Rücken, und sie schüttelte kräftig den Kopf, um dieses Bild loszuwerden. Ja, diese Gesichter glichen sich wie die zwei Hälften eines Apfels – und waren doch so verschieden.

Emlyn schürzte die Röcke und kletterte vom Gerüst. Sie mußte dringend mit Godwin sprechen. Schnell nahm sie ihren Mantel und verließ die Kapelle.

14. Kapitel

»Wir müssen etwas tun«, sagte sie zu Godwin, als sie zusammen durch den Bogengang in den Wohnturm gingen. »Onkel, wir müssen schnellstens etwas unternehmen. Wir können dem Baron nicht trauen. Wenn er mich erkennt, wird er Whitehawke benachrichtigen, daß ich hier bin.«

»Beruhige dich, meine Liebe.« Godwin seufzte. »Erst wolltest du bei den Kindern sein, und auf einmal willst du so schnell wie möglich weg. Übe dich in Gottvertrauen und Geduld, dann wird sich alles finden. Gehst du jetzt zu Lady Julian?« Emlyn nickte.

»Onkel, du bleibst natürlich, um die Arbeit in der Kapelle zu beenden. Aber ich will mich nicht mehr hier aufhalten, jetzt, da der Baron zurück ist. Hast du den Brief an den Papst schon geschrieben?«

»Ich habe mir meine Gedanken zurechtgelegt, sie aber noch nicht zu Papier gebracht.«

»Dann schreib sie nieder! Um Himmels willen, schreib den Brief. Ich werde inzwischen Thorne suchen, und dann bringen wir Tibbie und die Kinder nach Schottland. Sobald du Antwort vom Papst erhalten hast, laß uns eine Nachricht zukommen.«

Godwin seufzte wieder, blieb stehen und sah Emlyn eindringlich an. »Mein liebes Mädchen, so nimm doch endlich Vernunft an«, sagte er leise. »Willst du den Baron und den König verärgern? Whitehawke sucht dich überall verzweifelt. Und der Baron wird ebenfalls seine Mannen aussenden, wenn du die Kinder entführst. Ich bitte dich, gebrauche deinen Verstand und handle nicht überstürzt.«

Emlyn kniff ungeduldig die Lippen zusammen. »Ich fürchte mich nicht vor Männern, die Frauen und Kinder benützen, um ihr Ziel zu erreichen. Schließlich habe ich

Verstand genug und kann mich auf deine Schlauheit verlassen – oder nicht? – und auf die Thornes. Der Befehl des Königs gründet sich ausschließlich auf Habgier. Und nun, da die neue Charta in Kraft getreten ist, kann es nur noch eine Frage der Zeit sein, bis die Sanktionen gegen uns aufgehoben werden. Guy wird wieder in den alten Stand zurückversetzt. Und wir werden bald wieder nach Ashbourne zurückkehren.«

Godwin schüttelte den Kopf und rieb sich das Kinn. »Wir können nicht voraussagen, was der König zu tun gedenkt. Und deine Impulsivität macht mir angst. Was sollte denn diese überstürzte Hochzeit? Glaubst du, damit etwas zu lösen? Und wo steckt dein Gemahl überhaupt?«

Als sie protestierend den Mund öffnen wollte, gebot Godwin ihr mit einer Handbewegung Schweigen. »Beruhige dich und warte ab. Ich hoffe, daß es in der neuen Charta Gesetze gibt, die deine Angelegenheiten zur Zufriedenheit aller regeln werden.« Er nahm ihre Hand und tätschelte sie wie ein Vater, der ein aufgeregtes Kind beruhigt. »Vertraue auf den Herrn, meine Liebe. Warum hast du es denn so eilig, die Kleinen von hier wegzubringen? Sie sind in Sicherheit, und es geht ihnen gut. Komm, überzeug dich selbst.«

Er führte sie den Korridor entlang zu einer Mauernische, in die ein kleines Fenster eingelassen war, durch das eine frische Brise vom Garten hereinwehte. Der Regensturm hatte sich verzogen, und die ersten Sonnenstrahlen brachten die nassen Wiesen und Bäume zum Glänzen. Am Ende des Gartens, unter den Obstbäumen, entdeckte Emlyn Isobel, Christien und Harry, die zusammen mit anderen Kindern Ringelreihen spielten. Sie lachten und tanzten singend Hand in Hand im Kreis herum und schienen sich bestens zu amüsieren.

Als Harry mit seinen kurzen Beinchen stolperte, fielen Isobel und zwei andere Kinder mit ihm ins Gras. Einer der Jungen hob einen Apfel auf und bewarf damit einen anderen. Daraufhin begannen alle unter lautem Gejohle verfaulte Holzäpfel und Birnen aufzuklauben, und kurz darauf war die wildeste Schlacht im Gange. Doch es dauerte nicht lange, da verwandelte sich das Gelächter in wütendes Geschrei. Sofort erschien Tibbie auf der Bildfläche, ließ eine Schimpftirade los, trennte die Streithähne und klopfte ihnen den schmutzigen Hosenboden ab.

Emlyn, die lächelnd die Szene beobachtete, war selbst so oft von Tibbie ausgeschimpft worden, daß ihr die Gardinenpredigt förmlich in den Ohren klang. Ein Windstoß brachte Emlyns Schleier zum Flattern. Godwin betrachtete sie und legte ihr eine Hand auf die Schulter.

»Die Kinder hatten weiß Gott ein liebevolles Zuhause auf Ashbourne«, begann er. »Aber hier haben sie wieder alle Freiheiten. Sie können ohne Angst draußen vor der Burgmauer herumtollen und mit den Kindern der Dienstboten und Ritter spielen. Willst du ihnen das alles nehmen?«

Emlyn stieß einen leisen Seufzer aus. »Ich muß zugeben, daß ich nicht erwartet habe, sie so fröhlich zu sehen. Aber es sind meine Geschwister und nicht die Kinder von Nicholas de Hawkwood! Christien ist noch nicht einmal alt genug, um als Knappe in einen Ritterhaushalt gegeben zu werden. Ich habe meinem Vater versprochen, auf sie aufzupassen. Und hier sind sie Geiseln.«

»Sie werden freundlich behandelt.«

»Ich will nur das Beste für sie.«

»Bist du sicher, daß du das Beste für sie willst und nicht das, was dich zufriedenstellt?«

Von der Wahrheit getroffen, sah sie ihn an. Um den Wünschen ihres Vaters gerecht zu werden, hatte sie beschlossen, die Kinder um jeden Preis zurückzuholen und sich dabei von Wut und Eigensinn leiten lassen. Ihre Geschwister befanden sich hier in keinerlei Gefahr. Und vielleicht, überlegte sie, brauchten die Kinder sie gar nicht so, wie sie selbst sie brauchte.

»Warte ab, was passiert, meine Liebe«, sagte Godwin. »Laß Gott entscheiden, ob du hierbleibst oder fortgehst.«

Nach einer langen Weile nickte Emlyn und mußte feststellen, daß das Gefühl der Kapitulation schmerzhaft, aber gleichzeitig auch erleichternd war. »Ich werde versuchen, mich an deine Worte zu erinnern.«

Godwin lächelte und klopfte ihr aufmunternd auf die Schulter. »Hab Vertrauen, mein Mädchen.«

Aufgrund des schlechten Wetters hatte sich eine größere Besucherschar als üblich in Lady Julians Schlafgemach eingefunden, das sich zum Mittelpunkt weiblicher Geschäftigkeit auf Hawksmoor entwickelt hatte. Heute befanden sich etliche Frauen in Lady Julians Gesellschaft, meist Rittergattinnen, außerdem Lady Maude, die Tochter der Gräfin, und Lady Alarice.

Der gemütlich eingerichtete Raum, in dem sich ein Himmelbett, diverse Truhen, zwei edle Sessel und mehrere niedrige Stühle befanden, war erfüllt von Gelächter und Geschnatter, als Emlyn eintrat und auf einer mit dikken Kissen ausgepolsterten Steinbank in einer Fensternische Platz nahm. Bevor sie mit ihrer Stickarbeit begann – ein neues Hemd für Harry –, warf sie einen Blick auf Lady Alarice und Lady Maude, die ihr gegenüber auf einer Bank saßen. Sie hatten die Köpfe über ihre Stickrahmen gebeugt und unterhielten sich leise.

Der Großteil der Näh- und Stickarbeiten für den Burghaushalt wurde hier erledigt, wann immer sich die Damen zusammenfanden. Gewänder wurden ausgebessert oder bestickt, Bettücher und Laken gesäumt. Wandbehänge, Kissenbezüge und andere Stickereien, an denen die Frauen arbeiteten, waren in hölzerne Rahmen eingespannt.

Emlyn sah zu der Gräfin hinüber, die mit zusammengekniffenen Lidern eine Nadel durch ein viereckiges Stück Stoff zog und dabei nur reichlich krumme Stiche zustande brachte. Lady Julian sah so schlecht, daß sie die Stickrahmen der anderen Frauen ganz dicht an die Augen halten mußte, wenn sie erkennen wollte, woran diese arbeiteten. Dennoch besaß sie einen guten Sinn für Farben und Muster und liebte Stickereien, Gemälde und illustrierte Bücher über alles.

Kürzlich war Lady Julian zu Emlyn auf das Gerüst geklettert, um sich ihre Arbeit aus nächster Nähe anzusehen, da sie von unten nur verschwommene Farben und Formen hatte wahrnehmen können. Emlyn wußte, daß begabte Glaser Brillen anfertigten und hatte beschlossen, demnächst die Gräfin oder Lady Maude daraufhin anzusprechen.

Maude sah Emlyn mit ihren braunen Augen an und lächelte. »Der kleine Harry ist ganz ordentlich gewachsen, seit er hier bei uns ist«, bemerkte sie, als Emlyn das Hemdchen umdrehte, um den Saum einzufassen.

»Ja, das stimmt«, gab Emlyn ebenfalls lächelnd zurück. Maude war vielleicht ein oder zwei Jahre jünger als Emlyn, groß und kräftig gebaut, eine richtige Frohnatur, mit mahagonifarbenem Haar und den Augen ihrer Mutter. Emlyn mochte sie sehr. Sie war aufrichtig und humorvoll und interessierte sich mehr fürs Jagen und Reiten als für Stickereien, seidene Kleider oder den Teint ihrer Haut.

»Schwester Agnes«, sagte Lady Julian, »es ist Zeit für ein Gebet.«

Maude stöhnte leise. »Mutter, wir haben zur Terz gebetet, und das ist gerade eine Stunde her.«

Ihre Mutter bedachte sie nur mit einem strengen Blick und faltete die Hände. »Schwester Agnes . . .«, wiederholte sie.

Emlyn seufzte innerlich, kniete sich nieder und murmelte ein kurzes lateinisches Gebet, das sie vor Jahren im Konvent gelernt hatte. Nachdem sie die beruhigenden, allen bekannten Worte gesprochen hatte, senkte jede der Frauen in schweigender Andacht den Kopf.

Lady Julian beherrschte die Szene hier mit der heiteren Gelassenheit einer Mutter oder Äbtissin, dachte Emlyn, liebevoll, fromm und auf Disziplin bedacht. Vielleicht lenkt Kurzsichtigkeit die Gedanken eines Menschen mehr nach innen, überlegte sie weiter, da Lady Julian durch ihre schlichte Kleidung, die ständigen Gebete und ihre abgeklärte Ausstrahlung tatsächlich eher an eine Äbtissin denn an eine Gräfin erinnerte.

Freundlich, aber bestimmt forderte sie die Damen auf, mehrmals täglich ihre Hände und Gedanken ruhen zu lassen und sich schweigsam in ein Gebet zu versenken. Zur Abendzeit, da man sich in den meisten Haushalten zusammensetzte, um den Geschichten zu lauschen, die die Burgherrin vorlas, oder sich von Musikanten unterhalten ließ, bestand Lady Julian darauf, daß alle Frauen, verheiratet oder nicht, sich in ihre Schlafkammern zurückzogen und beteten. Maude verdroß dieses allabendliche Ritual zutiefst, und Lady Alarice, die ja gerade erst angekommen war, würde sich dafür sicherlich auch nicht begeistern können.

Die Gräfin hatte ein seliges Lächeln auf dem Gesicht, als die Schweigeminuten vorüber waren und sie nun ein kleines, ledergebundenes Büchlein zur Hand nahm.

»Schwester Agnes, würdet Ihr uns einige Absätze hieraus vorlesen, während wir arbeiten?« Beifälliges Gemurmel unterstrich ihre Bitte.

»Mit Vergnügen«, antwortete Emlyn. Die *lais* der Marie de France gehörten zu ihren Lieblingsgeschichten. Sie öffnete den vergoldeten Ledereinband des kleinen Büchleins, das mit einfachen Federzeichnungen illustriert war, und wählte die Erzählung von Guigemar aus, einem Ritter, der auf die Jagd ging und dabei Opfer eines Fluches wurde. Langsam begann sie zu lesen. Emlyns leicht angerauhte Stimme geleitete ihre Zuhörerschaft durch die Geschichte; die Pausen waren erfüllt vom Knistern des Kaminfeuers und dem leisen Knirschen der Sticknadeln, die von emsigen Fingern durch den gespannten Stoff gestoßen wurden.

»Guigemar schoß eines Tages eine Hirschkuh«, las sie, »aber die Hindin war verzaubert. Der Pfeil prallte an ihrem Körper ab und fuhr dem Besitzer ins Bein. Die Hindin verfluchte den Mann und ließ ihn wissen, daß die

Wunde an seinem Bein so lange nicht heilen werde, bis eine Jungfrau aus Liebe zu ihm klaglos eine Vielzahl von Qualen und Schmerzen erduldet habe . . .«

Unwillkürlich schoß Emlyn beim Lesen dieser Zeilen die Röte in die Wangen. An ihrem inneren Auge zogen Bilder von Nicholas de Hawkwood vorbei, als sie diesem in dem Forst bei Ashbourne begegnet war und ihm ein Pfeilschaft im Oberschenkel steckte. Angestrengt versuchte Emlyn, diese Bilder auszublenden. Nur wahre Liebe würde diese Wunde heilen, las sie. Wie wahr, dachte sie. Guigemar war zumindest ein liebenswerter Mensch, nicht angefüllt mit glühender Wut wie der Baron.

Als Emlyn die Geschichte beendet hatte, entließ die Gräfin die Damen, damit diese ihren anderen Pflichten nachgehen konnten, versprach aber, daß man sich am späten Nachmittag noch einmal im Garten zusammenfinden könne, wenn das Wetter hielte.

Begierig, sich ihrer eigenen Beschäftigung zuzuwenden, eilte Emlyn den Korridor entlang zum Erkerzimmer, das ihr die Gräfin als Arbeitsraum zur Verfügung gestellt hatte. Sie öffnete eine schmale Tür und schlüpfte hinein.

Vor ein paar Wochen hatte Lady Julian sie gebeten, einige unvollständige Dekorationen in einem Psalmbuch fertigzustellen. Emlyn hatte freien Zugang zu dem kleinen, luftigen Raum, der an das Schlafgemach des Barons grenzte und nur durch einen Vorhang davon abgetrennt wurde. Nachdem der Baron jetzt zurückgekehrt war, fragte sie sich, ob es ihr wohl gestattet sein würde, die Arbeit in dem kleinen Zimmer fortzusetzen, das inzwischen ihr liebster Aufenthaltsort auf Hawksmoor geworden war.

Stets lichtdurchflutet und mit dem süßen Duft frischer Gartenluft erfüllt, war das Erkerzimmer für Emlyn ein wahrer Himmel auf Erden, ein Ort, der ihr Ruhe und Abgeschiedenheit garantierte – ein absoluter Luxus auf einer Burg.

Friedliche Stille begrüßte sie, als sie durch das Erkerzimmer auf den Vorhang zuschritt und vorsichtig hindurchspähte, um sich zu vergewissern, daß der Baron nicht in seiner Schlafkammer war. Sie hatte nicht das geringste Bedürfnis, noch einmal mit ihm zusammenzutreffen.

Das Schlafzimmer war leer, doch im Kamin brannte ein prasselndes Feuer, und der Dielenboden war mit frischen Binsen bestreut. Das wuchtige Bett des Barons mit den geschnitzten Holzpfosten und den schweren, dunkelroten Seidenvorhängen bildete den Mittelpunkt des Raums. Emlyn fand das Bett protzig, obgleich sie zugeben mußte, daß es sehr komfortabel aussah. Daneben stand eine niedrige Holztruhe mit einem schmiedeeisernen Kandelaber, auf dem drei dicke Bienenwachskerzen steckten. Seitlich neben der Feuerstelle standen zwei Sessel, dazwischen ein Tischchen mit einem Schachspiel. Auf der Steinplatte vor dem Kamin trocknete ein Paar Lederstiefel.

Emlyn wandte sich ab und setzte sich an den langen Eichentisch, der unter einem der Fenster stand. Obwohl es in dem kleinen Erkerzimmer neben dem Arbeitstisch auch ein schmales Bett und einen Stuhl gab, wirkte dieser Raum durch die hohen, verglasten Bogenfenster, die Emlyn jetzt öffnete, viel geräumiger, als er in Wirklichkeit war.

Auf dem Tisch, dessen polierte Oberfläche im Sonnenlicht glänzte, lag ein aufgeschlagenes Buch, das Kieselsteine an den vier Ecken beschwerten. Neben diversen Farbtöpfen, die aus ihrem Lederbeutel stammten, vervollständigten ein Tintenhorn, Pinsel, Federkiele und weiche Läppchen ihre Malutensilien. Emlyn rollte die Ärmel hoch und machte sich an die Arbeit.

Lady Julian hatte ihr erzählt, daß sie dieses Buch in einer Binderei in London erstanden habe. Es enthielt mehrere Skizzen zur Illustration, die jedoch noch nicht koloriert waren. Emlyn hatte sich einverstanden erklärt, die freien Flächen zu bemalen und die Buchseiten mit Ornamenten einzurahmen. Da sie gewohnt war, auf flachen, ungebundenen Pergamentseiten zu malen, nahm die Arbeit an diesem bereits gebundenen Buch sehr viel mehr Zeit und Sorgfalt in Anspruch.

Sie beugte sich vor, um die Bordüre zu betrachten, die sie am Tag zuvor entworfen hatte. Zierliche Kletterrosen rankten sich um diese Textseite, die sie mit kleinen, hellrosa Blüten aufgelockert hatte: Dieses spezielle Ornament war sozusagen ihre Signatur, die in jedem der Bücher, die sie illustrierte, an irgendeiner Stelle auftauchte. Diesmal hatte sie die Ranken mit winzigen schwarzen Dornen bestückt. Und als sie ihr Werk jetzt betrachtete, spürte sie einen Stich im Herzen.

Sie tauchte den Pinsel in einen Farbtopf, in dem sie weißen Graphit mit Karminrot und Ocker angemischt hatte, und tupfte das helle Beige auf die winzige Hand Gottes, die dieser aus einer Wolke heraus König David entgegenstreckte, der mit seiner Harfe vor ihm kniete. Ganz auf ihre diffizile Arbeit konzentriert, hörte Emlyn nicht, wie die Tür ihres Zimmers geöffnet wurde. Heftiges Getrappel ließ ihren Kopf hochfahren.

»Hör auf, solchen Krach zu machen, Christien«, sagte sie. »Du hast mich so erschreckt, daß ich beinahe die Farbe verschmiert hätte.«

Christien galoppierte auf seinem imaginären Pferd auf Emlyn zu und spähte ihr über die Schulter. »Tibbie sagte mir, daß du hier bist. Was soll denn das sein?« fragte er neugierig.

»Das ist die Hand Gottes, die König David tröstet.«

»Und wo sind die Ritter?«

»Bis jetzt gibt es in diesem Buch noch keine.«

»Schade, ich mag Ritter. In Guys Buch waren so viele. Und Onkel Godwin hat einen riesigen heiligen Georg« – er breitete die Hände aus – »an die Wand der Kapelle gemalt. Wenn ich groß bin, lasse ich auch Ritter an die Wände meiner Burg malen, aber vom Boden bis zur Decke. Das könntest du ja dann machen«, meinte er großzügig.

»Vielen Dank für das Angebot. Dir gefällt demnach

Onkel Godwins heiliger Georg?« Auf sein heftiges Nikken hin nahm sie einen kleinen, viereckigen Leinenlappen, den sie normalerweise beim Malen unter ihre Hand legte, um das Pergament zu schützen. Sie tauchte einen dünnen Pinsel in das Tintenhorn und skizzierte mit geübten Strichen eine Kopie von Godwins heiligem Ritter auf den Stoff, kolorierte die Rüstung und malte ein knallrotes Kreuz auf sein Schild. Christien, der ihr dabei fasziniert zusah, machte eifrig Veränderungsvorschläge die Rüstung betreffend, ein Thema, das ihn brennend interessierte. Emlyn, sichtlich beeindruckt von seinem umfangreichen Wissen auf diesem Gebiet, vervollständigte die Rüstung nach Christiens Anweisungen, bis dieser mit ihrer Arbeit zufrieden war.

»So«, sagte sie und schob das Stück Leinen an die obere Tischkante. »Wenn es trocken ist, kannst du es haben.«

»Danke«, sagte er. »Und jetzt mal mir bitte einen Drachen.«

Emlyn lachte und schüttelte den Kopf. »Ich muß meine Arbeit hier fertigmachen. Aber du kannst es ja selbst versuchen, wenn du möchtest.« Sie gab ihm einen anderen sauberen Lappen, einen kleinen Pinsel und genügend Hinweise, damit er fürs erste beschäftigt wäre. Kurze Zeit später diskutierten sie sein Werk, die Köpfe zusammengesteckt und über den Tisch gebeugt, den Rücken der Tür zugewandt.

Ein kurzes Hüsteln, tief und männlich, riß sie aus ihren künstlerischen Betrachtungen. Nicholas de Hawkwood stand im Durchgang und hielt mit einer Hand den Vorhang auf. Die silberne Borte auf seiner schwarzen Tunika glitzerte im einfallenden Sonnenlicht.

»Mylord!« rief Christien begeistert und sprang von seinem Stuhl auf. »Seht nur, was meine Schwester für mich gemalt hat!«

Nicholas betrat das kleine Erkerzimmer und beugte sich über den Tisch. Emlyn drehte den Kopf zur Seite, dankbar für die weite Nonnenhaube und den Schleier, hinter denen sie ihr Gesicht verbergen konnte.

»Hm, nicht schlecht«, stimmte er Christien zu. »Seid gegrüßt, Schwester Agnes. Ich habe nicht gewußt, daß meine Kemenate jetzt ein Scriptorium beherbergt.«

Emlyn errötete heftig und spürte, wie ihr die Hitze bis in die Haarwurzeln stieg. Heilige Jungfrau, dachte sie, seine Stimme besaß beinahe den gleichen samtigen Klang wie die von Thorne, obgleich er in einem arroganten, näselnden Tonfall sprach und die letzten Wortsilben verschluckte. Sie wandte den Kopf nur ein paar Zentimeter zu ihm um. Die enge Haube unter dem Schleier, die ihr die Kehle und das Kinn einschnürte, ließ graziöse Bewegungen nicht zu, und sie hatte ohnehin nicht vor, ihm hier im hellen Tageslicht das Gesicht zuzuwenden, auch wenn es höchst respektlos war, einen Baron derart zu ignorieren.

»Verzeiht, Herr. Ich werde meine Sachen anderswo unterbringen, wenn Ihr Euch dadurch gestört fühlt«, sagte sie. »Die Gräfin hat mich während Eurer Abwesenheit gebeten, einige Zeichnungen in diesem Buch zu vervollständigen und mir diesen Raum als Arbeitszimmer gegeben.«

Langsam schob er seine Hand über ihre Schulter, um das Buch durchzublättern.

»Aha, ich sehe«, meinte er dann. Emlyn spürte die glühende Hitze im Rücken, die von seinem Oberkörper ausging, und das Gewicht seines Arms, der nun federleicht auf dem ihren lag. »Eine hervorragende Arbeit. Ich wußte gar nicht, daß alle Ashbournes Künstler sind.«

»Nur mein Onkel – und meine Wenigkeit, Sir«, wisperte sie. »Ich habe das Malen im Konvent gelernt.«

Er fuhr mit einem Finger die Randverzierung entlang, und Emlyn beobachtete mit angehaltenem Atem, wie sein sauberer, frisch manikürter Fingernagel auf einem dornenbewehrten Rosenzweig verweilte. »Wirklich eine ganz ausgezeichnete Arbeit«, wiederholte er. »Von mir aus könnt Ihr weiterhin diesen Raum benützen.«

»Habt Dank, Mylord.« Bitte verschwindet doch endlich, flehte sie innerlich. Seine eine Hand lag flach vor ihr auf dem Tisch, die langen, dunkel behaarten Finger der anderen blätterten in dem Buch, sein Körper wärmte ihren Rücken. Ihre Hand, die einen Zirkel hielt, lag neben der seinen. Nervös begann sie mit einem Finger auf die Tischplatte zu trommeln.

»Vorsicht, Mylord«, sagte sie. »Die Farbe ist teilweise noch feucht.«

Ganz langsam zog er seine Hand zurück und streifte dabei wie zufällig ihre Schulter, worauf ihr ein heißer Schauer geradewegs in den Schoß fuhr. Erschrocken und überwältigt zugleich senkte sie den Kopf. Sie mußte puterrot im Gesicht sein, dachte sie und hörte, wie ihr Herz zu klopfen begann.

Christien streckte seine Hand nach dem heiligen Georg aus. »Ist er schon trocken?« fragte er.

Emlyn nickte. »Ja, du darfst ihn jetzt mitnehmen.« Während sie versuchte, ihrer Rolle gemäß kühl und weltabgewandt zu wirken, überschlugen sich ihre Gedanken. Christien nahm das Stück Leinen vorsichtig an einer Ecke und ließ es in der leichten Brise flattern, die durch das offene Fenster hereinwehte.

»Isobel wird furchtbar neidisch sein!« rief er vergnügt und verließ das Zimmer genauso polternd, wie er es betreten hatte.

Hinter sich spürte Emlyn Nicholas de Hawkwoods schweigende, doch kraftvolle Präsenz und seinen Blick, der sich wie ein Messer in ihren Rücken bohrte. Zu ängstlich, sich umzudrehen, legte sie die Hände flach vor sich auf die Tischplatte. Der Baron verunsicherte sie in höchstem Maße, brachte den Rhythmus ihres Herzschlags durcheinander und ließ ihre Gedanken wie Schmetterlinge in ihrem Kopf herumflattern.

»Schwester Agnes«, brach er schließlich das lastende Schweigen. Seine tiefe, dunkle Stimme vibrierte in ihrem Körper. Der leicht höhnische Tonfall, mit dem er ihren Namen aussprach, erinnerte sie an Whitehawkes anmaßendes Benehmen. »Wie lange gedenkt Ihr und Euer Onkel auf Hawksmoor zu verweilen?«

»Bis ... die Kapelle fertig ist, Herr«, stotterte sie verlegen. »Das heißt, falls es Euch genehm ist.«

»Selbstverständlich«, entgegnete er und räusperte sich. »Ihr tragt einen sehr ungewöhnlichen Ring.«

»Er ist das Zeichen eines Gelübdes«, antwortete sie flüsternd.

»Ein Gelübde. Aha.« Das Schweigen, das daraufhin einsetzte, stand wie eine Wand zwischen ihnen. »Nun«, sagte er nach einer Ewigkeit. »Ich will Euch nicht länger von der Arbeit abhalten. Guten Tag, Schwester.«

Sie hörte ihn mit zielstrebigen Schritten sein Schlafgemach durchqueren, dann wurde die äußere Tür geöffnet und fiel mit einem lauten Knall zu.

Emlyn fuhr erschrocken hoch. Der Baron ist wütend, dachte sie, aber dann fiel ihr ein, daß er jedesmal, wenn sie ihm begegnete, wegen irgend etwas wütend gewesen war. Sie zuckte die Schultern, um das starke Gefühl seiner Anwesenheit, das sie immer noch umfangen hielt, abzuschütteln. Zum Glück, dachte sie erleichtert, hat er mich wenigstens nicht erkannt.

15. Kapitel

Dicke Gewitterwolken schoben sich über den Himmel, und das phosphorgrüne Licht, das sie abstrahlten, verlieh allen Dingen eine kristallklare Brillanz. An diesem Tag konnte Nicholas vom Burgwall aus über den Fluß hinausblicken, der an Hawksmoor vorbeifloß, und weiter über ausgedehnte Wälder bis tief hinein in das grüne Tal, das sich dahinter erstreckte. Die friedliche Aussicht wurde nur von grauen Rauchwolken gestört, die ganz in der Nähe der Burg in den ebenfalls grauen Himmel stiegen.

»Was zum Teufel soll das bedeuten?« brummte Nicholas an Peter gewandt, der ihn auf dem Spaziergang begleitete.

Peter legte die Hand über die Augen. »Hinter dem Fluß? Da brennt ein Feld.«

»Und dahinter? Hinter den Rauchsäulen?«

»Hm. Ich sehe eine breite Steinmauer.« Peter kniff die Augen zusammen. »Himmel! Das sieht ja aus wie der äußere Mauerring einer Burg!«

»Meines Vaters Burg«, sagte Nicholas. »Auf meinem Land!«

»Aber Euer Gebiet ist doch deutlich mit Grenzsteinen markiert. Nun, der Graf nimmt sich eine Menge Freiheiten heraus, aber auf fremdem Boden eine Burg zu errichten, das würde selbst er nicht wagen.«

»Meinst du?« Nicholas warf Peter einen zweifelnden Blick zu. »Ich habe meinen Vater schon vor Wochen aufgefordert, die Arbeiten an dieser Burg unverzüglich einzustellen. Aber wie es scheint, hat er seinen Arbeitern keinen diesbezüglichen Befehl erteilt.«

»Glaubt Ihr, er besitzt die Erlaubnis des Königs, hier zu bauen?«

»Nein, bestimmt nicht. Aber angesichts all der Unruhen und Aufstände rechnet er anscheinend damit, daß man über derartige Kleinigkeiten hinwegsieht; zumal er einer der ganz wenigen ist, die dem König noch immer die Treue halten. Verdammt, dieser erbitterte Kampf um die neue Charta hat kaum etwas verändert. In meinem Fall wird mir das Stück Pergament keine große Hilfe sein.«

»Der Sheriff wird sich bestimmt sofort einschalten. Diese Mauern stehen ohne jeden Zweifel auf Hawksmoor-Gebiet.«

Nicholas schnaubte ungehalten. »Der Sheriff hat sich bis zum heutigen Tag geweigert, gegen Whitehawke vorzugehen. Schlimmer noch, er scheint nach jedem seiner Besuche hier noch eine Spur blinder und tauber zu werden.«

»Ja, der König und seine Anhänger haben immer noch einen Groll auf die Zisterziensermönche«, warf Peter ein. »Auf diesem Auge sind sie blind.«

»Genau, und dazu kommt noch der ständige Goldregen, den Whitehawke auf den Grafschaftsverwalter niederprasseln läßt, damit der gute Mann nichts hört und sieht.«

»Die Arroganz Eures Vaters kennt wahrlich keine Grenzen, Herr.«

Nicholas nickte grimmig. »Ja, das weiß ich wohl.«

»Seltsam, ich war der Meinung, daß der Wald sich früher weiter nach Osten erstreckte.«

Der Wind wehte Nicholas die schwarzen Locken aus dem Gesicht, als er in die angegebene Richtung spähte. »Das war auch so. Deshalb haben wir die Mauern nicht eher entdeckt. Offenbar hat Whitehawke einen Teil des Waldes für sein Bauvorhaben gerodet. Er brennt ja noch.« Wütend schlug Nicholas mit der Faust gegen einen Stein. »Dagegen muß etwas unternommen werden. Ich kann doch nicht zulassen, daß jemand vor meiner Nase auf meinem eigenen Land die Wälder anzündet und Burgen baut.«

»Ihr wollt doch wohl nicht gegen Whitehawke Krieg führen?«

Nicholas drehte sich mit zorngefurchter Stirn zu Peter

um. »Nein? Ach, die ritterliche Gesinnung verbietet wohl derartige Unartigkeiten, wie? Komm mir bloß nicht mit diesem Unsinn!«

»Wenn Ihr mit Euren Truppen dort einfallt, wird Whitehawke sich rächen und binnen Tagesfrist mit seinen Soldaten vor unserem Burgtor stehen. Herr, Ihr wißt selbst nur zu gut, daß Euer Vater nur auf die Gelegenheit wartet, endlich das tun zu können, was ihm schon seit Jahren unter den Nägeln brennt – wegen irgendeines geringfügigen Streits einen großangelegten Angriff gegen Euch zu beginnen.«

Wütend starrte Nicholas zu den Gewitterwolken hoch, die allmählich die Nachmittagssonne verdunkelten. Peter hatte recht. Er mußte alles in seiner Macht Stehende versuchen, um einen Angriff Whitehawkes zu verhindern. Hawksmoor beherbergte im Augenblick einen wertvollen Schatz, viel wertvoller, als Peter oder Whitehawke ahnen konnten.

Wäre er nicht so wütend gewesen, hätte er sich auch noch im nachhinein köstlich über Emlyns Verkleidung amüsieren können. Spätestens im Erkerzimmer war ihm klargeworden, wer sich hinter diesem Nonnenschleier verbarg. Doch einstweilen wollte er die Angelegenheit auf sich beruhen lassen, bis er entschieden hatte, wie es weitergehen sollte. Oder was er mit ihr anstellen wollte, überlegte er und fühlte sich plötzlich versucht, in dem verschleierten Köpfchen ein bißchen Verwirrung zu stiften. Ihre Anwesenheit, die der Kinder, seiner Tante und aller anderen verbot es ihm selbstredend, einen offenen Krieg gegen Whitehawke anzuzetteln. Er mußte einen anderen Weg finden.

»Was wollt Ihr unternehmen?« erkundigte sich Peter.

»Nun, zunächst einmal werde ich die Örtlichkeiten eingehend in Augenschein nehmen, denke ich.« Die Gewitterwolken spiegelten sich grüngrau in seinen Augen. »Ich muß genau wissen, wie nahe er an meinen Grenzstein gebaut hat. Verflixt! Es ist unglaublich, was während meiner Abwesenheit hier alles geschehen ist.« Nicholas trat von der Brüstung zurück und marschierte mit ausholenden Schritten den Burgwall entlang. Peter eilte hinter ihm her.

Auf der Kuppe des Hügels parierte der Reiter sein Pferd, zog behutsam an den grünen Zügeln und beobachtete, wie die Schatten der Gewitterwolken über das grüne Talbecken hinwegzogen. Der scharfe Geruch von verbranntem Holz stieg ihm in die Nase. Sein Blick fiel auf die Lichtung, wo Arbeiter helle Kalksteinblöcke zu einer hohen Mauer aufschichteten.

Dutzende von Steinmetzen und ihre Gehilfen kletterten wie ein emsiges Ameisenheer über Steinhaufen und auf Holzgerüsten herum. Andere hievten mit Hilfe von Seilwinden schwere Netze mit zugehauenen Steinblökken auf die Mauer. Die gebrüllten Befehle und Anweisungen hallten über die Lichtung bis hinauf zum Hügel.

Inmitten einer Schar Bewaffneter erkannte der Reiter einen großen, weißhaarigen Mann auf einem hellen Schlachtroß, der den schwarzen Rauchwolken hinterherstarrte, die in den stürmischen Himmel aufstiegen. Felder und Teile des Waldes waren niedergebrannt worden, um Platz für die geplante Burganlage zu schaffen.

Jetzt trieb der Reiter sein Pferd vorwärts. Die lange grüne Schabracke wehte ihm um die Beine, während er im Schrittempo einen schmalen Pfad hinunterritt. Im Wald am Fuße des Hügels begann er zu galoppieren und preschte auf die Baustelle zu. Als er sich so weit genähert hatte, daß ein scharfes Auge ihn erkennen konnte, brachte er sein Pferd unter einer Gruppe von Bäumen zum Stehen, faltete seine Hände, die in dicken Blätterhandschuhen steckten, und wartete.

Ein tiefes Grollen kündigte das bevorstehende Gewitter an. Die Arbeiter hielten abrupt inne, warfen einen skeptischen Blick zum Himmel und sahen dann zu Whitehawke hinüber, der gerade in ein Gespräch mit Chavant vertieft war. Der braune Jagdhund neben ihm, der zum Schutz gegen Bären und Wildschweine ein mit Eisenstacheln bewehrtes Halsband trug, spitzte die Ohren und begann leise zu winseln.

Der Himmel hatte sich aschgrau bezogen, eine unheilverkündende Farbe, die dem Wald alles Grüne nahm und die hellen Steinmauern in dunkle Schatten tauchte. Und dann zerriß ein Donnerschlag die sprichwörtliche Ruhe vor dem Sturm. Ohne die Erlaubnis des Grafen abzuwarten, ließen die Arbeiter alles stehen und liegen und flüchteten sich in die nahe gelegene Bauhütte.

Whitehawke und Chavant ließen ihre Pferde antraben und ritten, gefolgt von den Bewaffneten und dem Hund, auf die verlassene Baustelle zu. Nachdem sie diese überquert hatten, fielen die ersten Regentropfen, und ein Blitz zuckte über den sich rasch verdunkelnden Himmel. Chavant schaute sich nervös um und rief Whitehawke etwas zu.

Und jetzt öffnete der Himmel seine Schleusen. Mit gewaltigem Getöse prasselte der Gewitterregen auf Wald und Flur nieder. Der Grüne Ritter nahm die Zügel auf und ritt hinaus in den strömenden Regen. In Bächen rann das Wasser über seinen dichtgewebten Blätterumhang, der ihm bis über die Schenkel reichte. Der mit Holunder- und Weißdornzweigen bestückte Lederhelm schirmte sein Gesicht ein wenig ab und verhinderte, daß die grüne Kräuterschminke abgewaschen wurde. Er hatte es nicht eilig, ließ sein Pferd gemächlich dahintraben – eine Legende aus grauer Vorzeit auf dem Weg in die Gegenwart.

Mit schreckgeweiteten Augen zerrte Whitehawke an den Zügeln und riß sein Schlachtroß so abrupt herum, daß dieses scheute und sich wiehernd aufbäumte. Chavant und die Bewaffneten hinter ihm brachten ebenfalls ihre Pferde zum Stehen.

Langsam hob der Grüne Ritter seine Hand zum Gruß. Obgleich die Gestalt hinter dem dichten Regenvorhang nur undeutlich zu erkennen war, bot sie dennoch einen furchteinflößenden Anblick. Der nächste Donnerschlag war durch das Prasseln des Regens nur noch als dumpfes Grollen zu hören. Während die unheimliche Gestalt sich unaufhaltsam näherte, wichen Whitehawke und seine Männer auf ihren nervös tänzelnden Pferden Schritt für Schritt zurück. Der Jagdhund begann zu knurren und stellte sich zähnefletschend vor seinen Herrn, doch auch dieses sonst so gefährlich klingende Knurren wurde vom Regen, vom Donner und dem Gewieher der Pferde verschluckt.

»Scher dich weg, du Ausgeburt der Hölle!« schrie Whitehawke wie von Sinnen.

Langsam ließ der Grüne Ritter die Hand sinken, beugte den Oberkörper vor und jagte mit seinem Pferd in gestrecktem Galopp geradewegs auf die Männer zu. Zu Tode erschrocken schrien sie auf und stoben auseinander, während der wilde Reiter mitten durch ihre Gruppe hindurch auf die Burganlage zupreschte.

Whitehawke brüllte dem Hund etwas zu, worauf der sofort die Verfolgung aufnahm. Chavant und die beiden Bewaffneten rissen ihre Pferde herum, stießen ihnen die Sporen in die Flanken und setzten dem Hund nach. Hinter ihnen flogen losgetretene Grasnarben und Erdklumpen wie Geschoße durch die Luft.

Der Grüne Ritter näherte sich dem Wall und dirigierte dabei sein Pferd geschickt um die Steinblöcke und Felsquader herum. Das noch nicht fertiggestellte Ende der Burgmauer lief schräg wie eine Rampe aus, auf die der jetzt im Sattel kniende Reiter sein Pferd hinauftrieb. Durch den Regen war der Untergrund schlüpfrig geworden, doch die Mauer war breit genug, und das Pferd gehorchte seinem Reiter. Gehorsam trabte es über die mit Lehm beworfenen Strohmatten hinweg, die den höheren, bereits vollendeten Mauerabschnitt bedeckten. Der Reiter dirigierte sein Pferd ganz am äußeren Mauerrand entlang, da er wußte, daß der mit Schutt aufgefüllte Zwischenraum sich noch nicht gesetzt hatte und unter ihrem Gewicht nachgeben würde.

Er warf einen schnellen Blick über die Schulter. Der Hund war ihm jetzt dicht auf den Fersen, und in einiger Entfernung näherte sich einer von Chavants Männern. Er trabte unbeirrt weiter und nahm bewußt das Risiko dieses gefährlichen Ritts in Kauf, denn er rechnete fest damit, daß der abergläubische Graf in diesem Manöver eine Verfluchung seines Bauwerks sehen und sein Vorhaben unverzüglich aufgeben würde. Dieser Balanceakt könnte ihm den monatelangen und sicher fruchtlosen Kampf um Gesetze und Erlässe ersparen, um die Whitehawke sich ohnehin einen Teufel scheren würde.

Der Jagdhund hatte ihn jetzt erreicht. Knurrend schlug er seine Fangzähne in die nasse, locker herunterhängende Schabracke des Pferdes und ließ nicht mehr los. Erst als der Reiter sein Schwert zog und auf den Hund einhieb, gab dieser seine Beute frei. Es donnerte, und im gleichen Augenblick zuckte ein Blitz über den Himmel, der Reiter und Hund auf der höchsten Erhebung der Mauer in gleißendes Licht tauchte.

Vor ihnen zog sich die Mauer noch ein Stück gerade hin, dann bog sie rechtwinklig ab. Gleich hinter der Ecke gähnte ein tiefes Loch an der Stelle, wo später einer der Wachtürme errichtet werden sollte. Neben dem Schacht türmte sich ein riesiger Haufen Schottersteine, über den der Reiter jetzt sein Pferd hinuntertrieb. Ein Donnerschlag krachte, ein silberner Blitz zuckte auf, gefährlich nahe. Er hörte die Männer schreien, drehte sich um und sah einen Bewaffneten mit gezogenem Schwert die Mauer entlangreiten, dicht gefolgt von dem Hund.

An der Außenseite der Mauer erhob sich das wuchtige Holzgestell eines Flaschenzugs. Der Mittelpfosten schwankte bedrohlich im peitschenden Regensturm. Der Grüne Ritter wandte sich um, gerade als ein Blitz funkenstiebend in die eisernen Krampen der Seilwinde fuhr. Das Holzgerüst neigte sich langsam zur Seite und stürzte dann krachend auf einen noch unfertigen Teil der Mauer.

Die Schotterfüllung war noch nicht mit Mörtel gebunden, und so sackte die Mauer in sich zusammen, ganz langsam zunächst, dann immer schneller, bis sie schließlich mit einem dumpfen Poltern in sich zusammenfiel. Einzelne Felsbrocken lösten sich aus der herabstürzenden

Steinlawine. Einer davon traf den Grünen Ritter am Kopf, als dieser sein Pferd den Schotterhaufen hinunter und weg von der einstürzenden Mauer trieb.

Schlitternd und rutschend überwand er das steile Hindernis, gab seinem Schlachtroß, als sie ebenen Grund erreicht hatten, die Sporen und galoppierte über das Feld hinein in den Wald. Der strömende Regen hatte dort die letzten glimmenden Feuer ausgelöscht.

Nicholas ließ sich vom Kellermeister noch einmal einen Becher französischen Wein nachschenken und wandte sich dann zu Whitehawke um, der neben ihm an dem größten der Tische im Garten saß. Der Graf schüttelte sich das seidige, schlohweiße Haar aus der Stirn, schlürfte geräuschvoll eine Schale dampfender Fischsuppe und kommentierte nickend die Bemerkung, die Lady Julian eben gemacht hatte.

Mit einem grimmigen Lächeln im Gesicht nippte Nicholas an seinem Becher in der Hoffnung, der schwere Wein würde seine hämmernden Kopfschmerzen ein wenig lindern. Er wußte, daß seine Tante sich große Mühe gab, an diesem Abend höflich zu erscheinen. Obwohl sie den Graf nicht leiden konnte, hatte sie dieses Gartenfest eiligst arrangieren lassen, nachdem Whitehawke auf der Burg eingetroffen war.

Alarice, Maude, Peter und Hugh de Chavant saßen an der Tafel des Grafen, ihnen gegenüber hatten die Ritter, die Soldaten und die Dienerschaft an etlichen langen Tischen Platz gefunden. Nicholas lehnte sich zurück, um dem Spiel der drei Musikanten zu lauschen, die man noch schnell herbeigerufen hatte. Doch die Weisen der Flöten und Tambourine gingen in dem lauten Geplauder der Tafelnden nahezu unter.

Am Nachmittag waren Whitehawke und Chavant mit zahlreichem Gefolge überraschend auf Hawksmoor eingetroffen. Unter wilden Flüchen und Schwüren, dem grünen Bastard den Schädel einzuschlagen, der im Moor sein Unwesen treibe, hatte Whitehawke Nicholas wutschnaubend berichtet, was sich auf seiner Baustelle zugetragen hatte. Und dabei schien er sich in keinster Weise schuldig zu fühlen. Dieses Land, meinte er, gehöre ihm, und er könne darauf bauen, was ihm gefiele. Weiteren Diskussionen über diese Angelegenheit versperrte er sich. Statt dessen erklärte er Nicholas, er sei hungrig und müde und ließ durchblicken, daß er zu Ehren seines Besuches ein mehrgängiges Mahl erwarte, obgleich er diesen nicht avisiert hatte.

Lady Julian hatte die Dienerschaft und die Köche angewiesen, im Garten ein Festgelage vorzubereiten, was diese in der knappen Zeit tatsächlich auch bewerkstelligten. Sie hatte die Ritter und ihre Frauen, einige Lehnsleute, die Dienerschaft und natürlich Whitehawkes Gefolge eingeladen, am Gartenfest teilzunehmen. Zähneknirschend, doch höflich lächelnd hatte Nicholas die Vorbereitungen zur Kenntnis genommen. Er wollte seine Tante nicht brüskieren und war entschlossen, das Fest trotz seiner rasenden Kopfschmerzen durchzustehen.

Die Tische waren neben dem Obstgarten aufgestellt worden, und mit jedem Windstoß ließen die Apfel- und Birnenbäume ihre Blätter auf die weißen Tischtücher regnen. Viele Fackeln, überall im Garten verteilt, warfen ihr orangerotes Licht über Büsche und Blumenbeete und die Köpfe und Schultern der Tafelnden.

Eine Schar von Dienern eilte zwischen Küchengebäude, Weinkeller und Garten hin und her, um die Gäste mit Fleisch, Fischpasteten, Gemüse und Schüsseln mit süßen Nachspeisen zu bewirten und dafür zu sorgen, daß die Wein- und Bierkrüge niemals leer waren. Nachdem sich die Hitze des Tages verflüchtigt hatte, wehte nun eine frische kühle Brise, gesättigt mit dem aromatischen Duft der Sommerblumen, dem Rauch der Herdfeuer und dem würzigen Geruch erlesener Speisen.

»Möchtet Ihr von den Aalen kosten, Mylord?« fragte Alarice und neigte dabei geziert den Kopf. »Sie sind in einer leichten Knoblauchsauce gedünstet.«

Whitehawke, der neben ihr saß, nickte, worauf Alarice mit einer Brotscheibe zwei der schlüpfrigen Aale aus der Schüssel nahm und sie auf Whitehawkes Holzbrett legte. Da Lady Alarice rangmäßig unter dem Grafen stand, war es ihre Pflicht, ihm jeden Gang vorzulegen.

Bis jetzt, bemerkte Nicholas, hatte Whitehawke sie ziemlich auf Trab gehalten. Er hatte bereits eine großzügig bemessene Portion eines scharfen Käsegerichts gegessen, gefolgt von Senfeiern, einer Schüssel Kohlsuppe, einem Stück Fischpastete, gekochten Erbsen und Rüben sowie einem in Ingwer gegarten Steinbuttfilet mit einer Sauce aus Walderdbeeren. Das angebotene Wildbret, das gebratene Schweinefleisch und das Huhn hatte er zwar abgelehnt, beim Kräutergelee und dem feinen Weißbrot jedoch kräftig zugelangt. Nun machte er sich mit Appetit über die Aale in Knoblauch her, die er sich mit den Fingern in den Mund schob.

»Noch etwas Wein, Mylord?« fragte Alarice.

»Hm . . . Welche Sorte?« Bisher hatte Whitehawke jeden Wein und jede Biersorte probiert, indem er Alarice jedesmal in stummer Aufforderung seinen Becher hingehalten hatte, sobald ein neuer Krug mit Getränken an den Tisch gebracht wurde.

»Rosinenwein«, antwortete Nicholas an Alarice' Stelle, die Whitehawkes Becher bereits mit dem dunklen Wein füllte.

»Ah, Rosinenwein.« Whitehawke rülpste in seine Hand. »Die beste Sorte ist klar wie die Tränen einer Nonne, stark wie das Herz eines Mönchs und brennt wie ein Blitzschlag in der Kehle«, erklärte er. Nachdem er einen Schluck gekostet hatte, stellte er den Becher ab und sah Nicholas an. »Ach, übrigens, ich meine, vorhin eine Nonne durch deinen Burghof wandeln gesehen zu haben. Ein seltsamer Anblick.«

»Ja, und ein Mönch ist hier auch kürzlich eingetroffen«, setzte Alarice hinzu.

Whitehawke hob erstaunt eine weiße Braue. »Hast du vor, aus Hawksmoor ein Ordenshaus zu machen?«

Nicholas zerschnitt mit seinem Eßmesser einen Pfirsich in Weinsauce. »Meine verehrte Tante hat einige Wandgemälde für die Kapelle in Auftrag gegeben, Sir. Der Mönch, er kommt aus der Abtei Wistonbury, führt die Arbeiten aus. Und die Nonne ist seine Nichte und assistiert ihm dabei«, entgegnete er.

»Wistonbury?« wiederholte Whitehawke stirnrunzelnd und nahm noch einen Schluck Wein. »Du willst dieser Abtei für Wandgemälde dein Geld in den Rachen werfen? Das Mädchen schien mir noch sehr jung zu sein.«

»Schwester Agnes ist die älteste Schwester von Nicholas' Zöglingen«, mischte sich Alarice ein. »Eigentlich ist sie mit ihrem Onkel gekommen, um die Kinder zu besuchen.«

Nicholas hätte seiner vorlauten Cousine am liebsten den Hals umgedreht.

»Was? Noch eine Ashbourne? Dieser Rogier war ja ein richtig fleißiger Hahn. Die älteste Tochter hat er doch ins Kloster gesteckt, nicht wahr?« sagte Whitehawke und spießte mit dem Messer ein Stück Aal auf.

»Ich hätte gute Lust, diese Agnes nach Lady Emlyn zu fragen.«

»Das habe ich bereits getan«, erklärte Lady Julian mit fester Stimme. »Sie lebt sehr zurückgezogen und wußte nicht einmal, daß ihre Schwester verschwunden ist. Wird sie denn immer noch vermißt, Mylord?« erkundigte sie sich mitfühlend.

Whitehawke brummte nur mißmutig und blieb ihr eine Antwort schuldig.

»Werft doch einen Blick in die Kapelle und seht Euch die Gemälde an, bevor Ihr Hawksmoor verlaßt, Mylord – ach, wann gedenkt Ihr denn abzureisen?«

»Morgen früh«, antwortete Whitehawke.

»Das Wetter wird sich halten«, mischte sich Alarice wieder ins Gespräch.

»Ich denke, das Gewitter hat sich endgültig verzogen, was meint Ihr, Mylord?«

Whitehawke biß die Zähne zusammen und blähte die

Nasenflügel. »Die letzten Gewitterstürme waren gewaltig.«

»Ja, solche Stürme können verheerende Folgen haben«, stimmte Nicholas zu.

»Oh!« warf Maude jetzt ein. »Wir haben eine grauenhafte Geschichte von einem Ungeheuer gehört, das kürzlich nach einem Gewitter in der Nähe von Buckden gesehen wurde. Die Leute sagen, es hatte einen Eselskopf, den Körper eines Menschen und verkohlte Glieder, die aussehen wie riesige, gebratene Rüben.«

»Ein Ungeheuer? Na, für mich hört sich das eher so an, als ob ein Dörfler betrunken im Gewitter herumgeritten wäre«, meinte Peter trocken.

Lady Julian schob Whitehawke eine hölzerne Schüssel hin. »Ihr müßt unbedingt diesen köstlichen Hammeleintopf versuchen, Mylord«, sagte sie freundlich. Nicholas' Brauen machten einen erstaunten Satz. Obwohl er Gehässigkeit an seiner Tante nicht kannte, schien sie diese Untugend doch zu besitzen und für Leute wie Whitehawke reserviert zu haben.

Der Graf warf ihr einen frostigen Blick zu. »Wie Ihr wißt, Mylady, esse ich kein rotes Fleisch«, entgegnete er und wandte sich an Alarice. »Aber ich nehme etwas von dem Salat.«

»Der Hammel stammt aus Nicholas' eigener Herde«, betonte die Gräfin.

»Das versteht sich von selbst«, murmelte Nicholas. »Wenn man Tausende von Schafen besitzt, wird man doch keinen Hammel auf dem Markt kaufen.«

Whitehawke stocherte mit dem Eßmesser in dem mit Mandeln und Rosinen angemachten Salat herum. »Wie läuft deine Schafzucht, Nicholas?«

»Es war ein recht gutes Jahr. Nach den Berechnungen meines Haushofmeisters haben wir über fünfzehntausend Schafe auf den Pachthöfen. Ein Großteil der Butter und des Käses, den wir verzehren, stammt diesen Winter von unserern eigenen Schafen, und die Burgen und Dörfer in der Umgebung haben den ganzen Talg verwertet.

Pergamenthersteller aus York und Lancaster bestellten etliche Fuhren Häute bei uns. Ich hatte einige Herden an Bauern in der Umgebung ausgeliehen, die nun so weit sind, daß sie sie mir zurückgeben können.«

»Und wieviel Stück Vieh behalten sie davon?«

»Ich habe ihnen gestattet, die Hälfte der Lämmer zu behalten, die während der zweijährigen Pachtzeit geboren wurden.«

»Sehr großzügig. Aber damit machst du sie zu Schafzüchtern.«

»Ganz recht.«

»Und ziehst dir deine eigene Konkurrenz auf dem Wollmarkt heran«, prophezeite Whitehawke und nippte an seinem Wein.

»Das glaube ich nicht. Die Nachfrage nach Wolle aus dem Norden ist sehr groß. Und die Bauern sind bereit, meinen Viehtreibern zu helfen, wenn die Herden nach Süden auf den Markt getrieben werden. Auf diese Weise werden alle von den florierenden Höfen hier profitieren.«

»Hm. Nach der letzten Zählung beläuft sich mein Bestand an Schafen auf fündundzwanzigtausend Tiere.«

»Respekt. Und das allein in der Gegend um Graymerer, Sir?«

Whitehawke unterdrückte einen Rülpser. »Nicht nur. Die Zählung umfaßt alle Schafe des Gebiets, das laut Gesetz mir gehört. Die Krone zögert das Urteil über meinen Anspruch auf Arnedale noch hinaus, aber meine Leute haben trotzdem alle Tiere dort mitgezählt, oder zumindest die, deren sie habhaft werden konnten. Es ist nur eine Frage der Zeit, bis diese Höfe wieder offiziell in meinen Besitz übergehen.«

»Verzeiht, Mylord«, warf Lady Julian ein. »Dieses Land gehörte meiner Schwester Blanche und ist laut Ehevertrag keineswegs in Euren Besitz übergegangen. Einen Teil dieses Landes hat mein Vater den Klöstern vermacht, der Rest verblieb im privaten Besitz meiner Schwester und zählte nie zu ihrer Mitgift. Es hätte eigentlich an Nicholas übergehen müssen. Kein Wunder also, daß Ihr schon seit Jahren darüber in einem ermüdenden Rechtsstreit liegt.«

Whitehawke starrte sie wütend an. »Für die eben von Euch vorgebrachte Behauptung habt Ihr keinerlei Beweise, Mylady. Der gesamte Landstreifen – die westliche Talseite von Wistonbury Abbey bis hin zu dem Fluß, der an Hawksmoor vorbeifließt – ist durch die Eheschließung mit Blanche in meinen Besitz übergegangen. Die Kirche hat mir dieses Land gestohlen, und ich bin entschlossen, es mir zurückzuholen. Die Sekretäre des Königs suchen schon seit Jahren die einschlägigen Dokumente. Ich bin die Angelegenheit langsam leid und werde wohl demnächst selbst nach London reiten und die Archive durchstöbern müssen. Euer Vater hat den Vertrag weiland mit dem Rechtsberater des Königs aufgesetzt. Julian war sein Name.«

Die Gräfin sog scharf die Luft ein, bereit zur Gegenrede, aber Nicholas legte ihr eine Hand auf den Arm und drückte diesen besänftigend. »Sire«, begann er, »dieses Land und diese Schafherden stellen die Haupteinnahmequelle zweier Abteien und den Lebensunterhalt für Hunderte von Leibeigenen und Pächtern dar.«

»Diese Leute werden auch weiterhin ihr Auskommen finden«, entgegnete der Graf. »Aber ich beanspruche das Land und die Erträge, die mir schon seit Jahren zustehen. Die heiligen Mönche sollen in ihre Kräutergärten und Schreibstuben zurückkehren. Sie haben im Wollhandel und auf meinem Land nichts zu suchen!« Sein Gesicht wurde mit jedem Wort dunkler vor Zorn.

Peter sah an Lady Alarice vorbei zu Whitehawke hinüber. »Nach dem, was ich gehörte habe, Mylord, hindert der Grüne Mann Eure Männer daran, die Herden zu zählen, und auch daran, dieses Land überhaupt zu durchqueren.«

Whitehawke straffte die Schultern. »Verflucht noch mal, Blackpoole, ich habe keine Lust, diese Angelegenheit hier zu diskutieren«, knurrte er. »Dieser Dämon wird demnächst besiegt werden, mehr gibt es dazu nicht zu sagen.«

»Dämon, Mylord?« stöhnte Lady Alarice ängstlich.

»Ja, auf diesem Land treibt ein Teufel sein Unwesen, Gnädigste, in der Verkleidung des Grünen Ritters«, sagte Whitehawke mit einem schiefen Grinsen. »Und ich bin entschlossen, ihn zurück in die Hölle zu jagen.«

Peter beugte sich zu Chavant vor. »Vielleicht hat der Grüne Mann eine Vorliebe für Schafe entwickelt und läßt sich deshalb so gerne hier sehen. Versucht doch den Hammel, Hugh.« Er schob ihm die Schüssel hin.

Chavant leckte sich die fettigen Lippen. »Der grüne Bastard hat wohl eher eine Vorliebe für saftige junge Lämmer, denke ich.«

»Halt den Mund, Hugh«, schnappte Whitehawke.

Laut ächzend ließ sich Graf Whitehawke auf das Bett fallen und beugte sich dann umständlich vor, um die Stiefel auszuziehen. Nicholas lehnte mit einer Schulter an der Wand und schlürfte aus einer kleinen Holzschale heißen, gewürzten Wein. Nach dem Mahl im Garten hatte er, wie es der Anstand gebot, seinem Vater sein eigenes Bett angeboten; er würde sich später eine andere Schlafstelle für die Nacht suchen.

Leicht vornübergebeugt saß Whitehawke auf der weichen Matratze, strich sich mit seinen fleischigen Fingern durch das schneeweiße Haar und starrte ins Feuer. Selbst im rötlichen Schein der Glut hatten seine Augen noch die kalte Farbe von Eisstücken.

Nicholas hörte seinen Vater atmen; es klang wie das Rascheln schwerer Seide. Er hatte dieses Geräusch schon öfter gehört, wenn sein Vater müde war oder von einem Ritt durch naßkaltes Wetter heimkehrte.

Whitehawke rieb sich über die Brust. »Hat dein Küchenmeister meinen Wundertrank zusammengebraut?«

»Lady Julian hat Euren Wünschen entsprechend den Kräuteraufguß zubereiten lassen. Er steht dort auf dem Tisch.«

Whitehawke langte nach dem Holzbecher und schlürfte den siedendheißen Inhalt, während er sich unablässig auf die Brust klopfte. »Hol's der Teufel, das einzig Gute, was Blanche je zustande gebracht hat, war diese Medizin für mein Brustleiden. Seither trage ich immer einen Beutel mit den Kräutern bei mir.« Das rasselnde Stöhnen wurde zu einem tiefen Bellen. »Mein Vater hatte auch schwache Lungen. Das ist eine typische Hawkswood-Krankheit.« Er bedachte seinen Sohn mit einem bedeutungsvollen Blick. »Unwahrscheinlich, daß du jemals daran leiden wirst.«

Nicholas ballte hinter dem Rücken eine Hand zur Faust. »Ihr sprecht schlecht vom Andenken meiner Mutter, Sire«, sagte er leise.

»Zumindest wissen wir, wer deine Mutter war, da du aus ihrem verfluchten Leib hervorgekrochen kamst.« Mit wutverzerrtem Gesicht machte Nicholas einen Schritt auf seinen Vater zu.

Whitehawke ließ ein bissiges Lachen hören. »Verfall jetzt bloß nicht in üble Laune. Ich bin zu müde für schwarze Gedanken. Wir haben morgen früh noch genug zu debattieren, da bin ich mir sicher.« Er hustete wieder, sog pfeifend die Luft ein und ließ sich auf die weichen Kissen fallen. »Schick mir eine Dienerin, die mir beim Ausziehen hilft. Aber gefälligst eine hübsche«, fügte er hinzu, drehte sich auf die Seite und schloß die Augen.

Tief durchatmend, um seine Wut zu unterdrücken, wandte sich Nicholas zum Gehen. Er hatte das Zimmer noch nicht verlassen, da hörte er hinter sich leises Schnarchen. Seufzend ging er zurück zum Bett und zog die Vorhänge zu.

Plötzlich merkte Nicholas, wie erschöpft er war und rieb sich den Nacken. Seit ihn vor zwei Tagen dieser Stein getroffen hatte, plagten ihn hämmernde Kopfschmerzen. Er sollte sich schleunigst ein Nachtlager suchen und sich hinlegen. Doch die Aussicht, zusammen mit den betrunkenen Soldaten im Garnisonsturm zu nächtigen, oder auf dem Boden im großen Saal, wo bereits das Burggesinde und Whitehawkes Männer auf ihren Strohsäcken schnarchten, begeisterte ihn wenig.

Er gähnte. Das schmale Bett im Erkerzimmer tat es für diese Nacht allemal.

Als er den Vorhang beiseite schob, sah er in einer Holzschale auf dem Tisch eine kleine Kerze brennen. Emlyn – Schwester Agnes – verbesserte er sich säuerlich, mußte während des Festgelages hier heraufgekommen sein, obgleich Whitehawkes Anwesenheit es ihr eigentlich hätte verbieten müssen, ihre Schlafkammer zu verlassen.

Daß sie öfter abends in diesem Raum arbeitete, hatten ihm der Schein einer Kerze hinter dem dicken roten Vorhang, das Kratzen einer Feder auf Pergament, ein leiser Seufzer und das behutsame Schließen der Außentür des Erkerzimmers verraten. An manchen dieser Abende hatte er seine ganze Beherrschung zusammennehmen müssen, damit er nicht durch diesen roten Vorhang trat, um ihr nahe zu sein und endlich das zu sagen, was demnächst zwischen ihnen ausgesprochen werden mußte.

Er blies die Flamme aus und wunderte sich dabei, daß sie so sorglos gewesen war, die Kerze brennen zu lassen.

Blasses Mondlicht fiel in schmalen Streifen durch die Fensterläden und erhellte nur spärlich den Raum, als Nicholas sich gähnend umdrehte und aufs Bett zuging. Doch dann blieb er wie angewurzelt stehen.

Dort lag Emlyn, mit einer Decke zugedeckt, den Arm neben ihrem Gesicht auf dem Kopfkissen. Nicholas stockte der Atem. Sein Herz begann zu rasen. Emlyn mußte schnellstens aus Whitehawkes Nähe verschwinden, war sein erster Gedanke. Doch als ihm einfiel, daß auch die Posaunen des Jüngsten Gerichts seinen Vater in dessen jetzigem Zustand nicht aufzuwecken vermochten, kniete er sich vor das niedrige Bett.

Sie schlief so selig und arglos wie ein kleines Kind. Die beiden dunklen Wimpernkränze ruhten auf ihrer cremefarbenen Haut, die Lippen waren leicht geöffnet, ihr Atem ging leise. Der enge Nonnenschleier war verschwunden. Vorsichtig berührte Nicholas eine weiche

Locke an ihrer Schläfe, die im fahlen Mondlicht schimmerte wie feingesponnene Silberfäden. Als sie sich unter seiner Berührung seufzend regte und den Kopf zur Seite drehte, fiel ihr Haar kühl wie Seide über seine Hand.

Ein verzehrendes Verlangen stieg in ihm hoch. Er holte leise Luft und zog seine Finger durch die samtweiche Haarflut. Die Weichheit und Wärme ihrer Haut und der Anblick ihres schlanken, grazilen Körpers, der sich unter der Decke abzeichnete, gingen ihm durch und durch. Sein Schatten fiel über ihr Gesicht. Sie bewegte sich wieder und seufzte ein wenig ungehalten im Schlaf, als seine sanften Finger über ihre Wange strichen.

Nicholas de Hawkwood durfte dieses Mädchen nicht berühren, das wußte er. Aber ihr Ehemann konnte nicht anders und beugte sich über sie.

In seinem Kopf drehte sich alles; der viele Wein, den er beim Essen getrunken hatte, die Kopfschmerzen und ihre Nähe machten ihn schwindlig. Doch seine Gefühle waren plötzlich klar wie Glas: Dieses falsche Spiel mußte ein Ende finden, er mußte ihr endlich und aufrichtig entgegentreten. Wie gerne wollte er sie im Arm halten, mit ihr sprechen und sie so lange lieben, bis sie seinen Namen rief. Ohne das leise Echo seiner Gedanken zu beachten, das ihn ermahnte, innezuhalten, senkte er seine Lippen, an denen noch der Geruch des Weins und der scharfen Gewürze haftete, auf ihren Mund. Ihre weichen, geschmeidigen Lippen preßten sich selbst im Schlaf an die seinen, ihr Kuß war so süß, daß seine Lenden vor Erregung schmerzten.

Sein Atem jagte, sein Herz überschlug sich. Er fühlte sich wie ein Betrunkener, der in stockdunkler Nacht über eine schmale Brücke wankt und nicht weiß, ob der nächste Schritt ihn nicht in die kalten Wasserfluten stürzen läßt. Doch bereit, jedes Risiko auf sich zu nehmen, küßte er sie noch einmal, tief und innig, und erlaubte seinen Fingern, zärtlich ihren unbedeckten Hals zu berühren. Unter seinen bebenden Fingerspitzen konnte er ihren Pulsschlag fühlen.

Zunächst ließ er sich durch das leise Klopfen an der eichenen Außentür nicht stören. Sanft kosend wanderten seine Finger hoch zu ihrer Wange. Als es wieder klopfte, hob er widerwillig den Kopf.

Emlyn stöhnte leise, schlug die Augen auf und blinzelte wie ein Kätzchen ins Mondlicht. Dann stieß sie einen atemlosen Seufzer aus, streckte ihre Hand aus und legte sie an seine Wange.

Nicholas ließ den Kopf in ihre Hand sinken und sah ihr in die Augen, völlig versunken in den warmen Zauber ihres Schlafs und ihren verträumten Blick. Obwohl ihm das Herz beinahe aus der Brust sprang, wollte er, daß sie ihn so sah, wie er wirklich war.

»Thorne . . .«, hauchte sie.

Es klopfte noch einmal. »Pst, Liebes«, drang Tibbies Flüstern durch die Außentür. »Seid Ihr hier drin?« Der eiserne Türgriff knarzte, und im nächsten Moment ging die Tür auf.

Es war eine einzige, fließende Bewegung, als Nicholas aufsprang, wie ein Phantom zwischen den fahlen Balken des Mondlichts hindurchschlüpfte und in den Schatten verschwand. Emlyn streckte die Hand nach ihm aus und stieß einen seufzenden Schrei aus.

Whitehawkes rasselndes Schnarchen waberte durch die Schlafkammer, als Nicholas durch den Vorhang taumelte und sich nach Atem ringend an die Wand lehnte.

Auf der anderen Seite des Vorhangs hörte er Schritte durch den Raum schlurfen. »Mylady! Wollt Ihr bitte schleunigst von hier verschwinden«, flüsterte Tibbie aufgeregt. »Habt Ihr denn vergessen, daß Graf Whitehawke auf Hawksmoor weilt? Ihr habt versprochen, in Eurem Zimmer zu bleiben!«

»Oh, Tibbie«, murmelte Emlyn, »ich bin eingeschlafen. Ich habe geträumt, daß . . .«

»Ja, meine Liebe, der Wein heute abend war ziemlich stark«, unterbrach sie Tibbie freundlich. »Ich war selbst ein bißchen benebelt, aber dann wurde ich wach und sah, daß Ihr nicht in Eurem Bett liegt. So, jetzt aber marsch in die eigenen Federn, Gnädigste.« Nicholas hörte Emlyn etwas murmeln, dann fiel die Außentür ins Schloß.

Ein Hauch von Rosenseife lag über dem Kopfkissen, das immer noch warm war, als Nicholas sich auf die schmale Pritsche legte. Seufzend ließ er sich von den schwarzen Wogen des Schlafs hinwegtragen, und nur ein einziger Gedanke begleitete ihn: Feigheit und Täuschung mußten ein Ende finden. Morgen früh würde er seinen Entschluß in die Tat umsetzen. Und er war bereit, den Preis dafür zu zahlen.

16. Kapitel

»Zum Teufel noch mal! Raus!« Whitehawke stapfte auf die Feuerstelle zu und versetzte dem roten Kater einen Tritt, der es sich auf der warmen Steinplatte gemütlich gemacht hatte. Als ein Dienstbote herbeigerannt kam, machte der Kater einen Buckel, fauchte und schoß dann wie der Blitz davon. Whitehawke langte brummend nach dem Becher mit Bier, stürzte den Inhalt hinunter, rülpste geräuschvoll und wischte sich mit dem Handrücken den Mund ab. In keilförmigen, noch transparenten Streifen schob sich das erste Tageslicht durch die Fenster und spiegelte sich auf Whitehawkes Rüstung.

Nicholas lümmelte, die Beine von sich gestreckt, in einem tiefen, gepolsterten Sessel vor dem Feuer und ertrug in stummem Leiden seine rasenden Kopfschmerzen. Er hätte gewettet, daß sein Vater nach dem gestrigen Gelage ebenfalls mit einem Brummschädel zum Frühstück erscheinen würde, doch der Graf ließ dafür keinerlei Anzeichen erkennen; er war nur äußerst gereizter Stimmung.

Während er sein mit Wasser verdünntes Morgenbier schlürfte, beobachtete Nicholas gedankenverloren das morgendliche Treiben im großen Saal. Wenn sonst eine Katze hier herumschlich, machte sich niemand die Mühe, sie hinauszuscheuchen. Lady Julian und die anderen Damen liebten Katzen, und die Kinder hatten ihre Freude daran, mit den Jungen zu spielen. Whitehawke jedoch ließ nur Hunde und Falken als Haustiere gelten.

Hugh de Chavant, begleitet von dem braunen Jagdhund, der hinter ihm hertrottete, betrat gerade in dem Augenblick den großen Saal, als der Kater zur Tür flitzte. Als kurz darauf die unvermeidliche Hetzjagd zwischen Hund und Katze begann, kniff Nicholas die Augen zu und rieb sich die Schläfen. Das laute Gebell und das Gefauche waren zuviel für seinen empfindlichen Kopf.

Irgendwie gelang es Chavant, trotz voller Rüstung, die seine Bewegungen ziemlich tolpatschig erscheinen ließ, die Katze mit dem Zipfel seines rotbraunen Umhangs von dem Hund weg und aus dem Saal zu scheuchen. Er knallte die Tür hinter ihr zu und drehte sich mit selbstgefälliger Miene um.

»Verdammter Speichellecker«, brummte Whitehawke und schenkte sich Bier nach. »Schau nur, wie seine Augen herumkugeln. Der kann mit einem Blick beide Türen sehen. Beim heiligen Georg, daß der überhaupt mit einer Waffe zielen kann!«

Nicholas schlug ein Lid auf. »Hughs Augen wandern nur, wenn er müde ist«, sagte er. »Außerdem habt Ihr ihn persönlich zum Hauptmann Eurer Truppe ernannt, Sire.«

Der Graf stöhnte. »Hm, manchmal kann er ja ganz gerissen sein, aber in letzter Zeit scheint ihm sein Verstand abhanden gekommen zu sein.«

Nicholas sah seinen Vater an. »Inwiefern?«

»Insofern, als die Lady noch immer nicht gefunden wurde; und der Dämon treibt sich weiterhin im Wald herum.«

»Die Katze ist weg, Sire«, meldete Chavant im Näherkommen.

»Das sehe ich selbst, du Tölpel«, knurrte Whitehawke. »Faule Teufelsbestien, diese Katzen. Das Vieh ist bestimmt aus dem Stall gekommen.« Er stürzte sein Bier hinunter und wischte sich den Mund am Ärmel ab. Der Jagdhund legte sich zu seinen Füßen nieder; sein mit Stacheln bewehrtes Eisenhalsband schimmerte ebenso dunkel wie die Rüstung seines Herrn.

Chavant streifte die Lederhandschuhe ab, steckte sie unter seinen Gürtel und schob seinen Lederhelm zurück. Sein kurzes schwarzes Haar, das ihm nicht einmal bis zu den Ohren reichte, klebte ihm in dünnen Strähnen an der Stirn, und die Staub- und Schweißspuren in seinem unrasierten Gesicht verrieten, daß er gerade von einem frühmorgendlichen Ritt zurückkam. Nicholas wußte, daß Whitehawke ihm befohlen hatte, mit einigen Männern das Moor und die Wälder um Hawksmoor noch vor Tagesanbruch durchzukämmen. Und er glaubte auch zu wissen warum.

»Sei gegrüßt, Hugh. Spät, aber doch«, sagte Nicholas mit gedehnter Stimme. »In dem Krug dort ist kaltes Bier. Bedien dich.« Chavant schenkte sich einen Becher ein und leerte ihn mit einem Zug. Seine hervorquellenden braunen Augen rollten wieder in verschiedene Richtungen, als er den Becher abstellte. Der Hund setzte sich auf, spreizte die Vorderpfoten und knurrte Nicholas an.

»Was zum Teufel ist jetzt wieder los?« brummte Whitehawke. »Platz, du Höllenhund. Die Katze ist weg.«

»Ich weiß nicht, Sire«, antwortete Chavant. »Platz, Ivo!«

Nicholas saß ganz still da, aber jeder Muskel in seinem Körper war zum Zerreißen gespannt.

»He, Platz!« brüllte Whitehawke den Hund an, der immer noch knurrte. »Ivo! Platz!«

Der Hund setzte sich genau vor Nicholas hin. Chavant zog ihn am Halsband zurück und hätte sich beinahe an einer der Stacheln verletzt.

»Raus mit ihm!« donnerte Whitehawke mit Blick auf Chavant. Der Hund weigerte sich, aufzustehen, und Chavant mußte ihn am Halsband bis zur Tür zerren, wo er ihn erleichtert einem Diener überließ und zurück in den Saal stakste.

»Verflucht, was geht hier eigentlich vor?« brummte Whitehawke verdrossen und wandte sich an Nicholas. »Nun, wir sind nach Hawksmoor gekommen, weil Lady Emlyn hier in der Nähe verschwunden ist und weil wir kürzlich das Tal noch einmal nach ihr abgesucht haben. Nachdem du ja die letzten Wochen bei unserem lieben König zugebracht hast« – er dehnte jedes einzelne Wort und warf seinem Sohn einen sturmumwölkten Blick zu –, »hast du wahrscheinlich auch nichts Neues gehört, seit Chavant meine Braut verloren hat, oder?«

»Sie wurde vom Grünen Mann geraubt, Sire, nicht von uns verloren«, protestierte Chavant.

»Und, was macht das für einen Unterschied?« versetzte der Graf. »Sie ist weg, und ich mache mich mit meiner Verlobung zum Gespött der Leute. Erzähl meinem Sohn die ganze Geschichte.«

Chavant richtete seinen unsteten Blick auf Nicholas. »Ihr habt gewiß von dem Grünen Mann gehört, der sich hier im Tal herumtreibt, Mylord.«

»Ja«, antwortete Nicholas langsam, trank seinen Becher leer und füllte ihn neu. »Ja, ich hörte davon reden.«

»Ich bin mir ziemlich sicher, daß der Grüne Ritter für das Verschwinden der Lady verantwortlich ist. Wir haben ihn immer wieder gesehen seit dem Tag, an dem er die Lady im dichten Nebel aus unserer Eskorte entführte. Einmal hätten wir ihn beinahe gekriegt«, sagte Chavant.

»Gott bewahre uns vor diesen Dummköpfen«, spöttelte der Graf. »Ha, einen Bauern haben sie gefangen, der sich für den Ersten Mai als Grüner Jack verkleidet hat, mit Süßigkeiten in den Taschen und einer Blättermütze auf dem Kopf!«

»Ihr habt selbst zugegeben, daß Ihr an Dämonen glaubt, Sire«, warf Nicholas ein.

»Ja, die wahren Kreaturen der Hölle existieren tatsächlich. Wir sahen so ein Ungeheuer erst letzte Woche, als es meine Burgmauer zerstörte«, entgegnete Whitehawke. »Obwohl Hugh behauptet, das sei nur ein gewöhnlicher Mann gewesen.«

»Dieser grüne Bastard, der die Mauer eingerissen hat, war derselbe, den wir von Kernham aus übers Moor verfolgt haben. Das war kein Dämon des Satans, gleichwohl er sich wie diese in Luft auflösen zu können scheint«, erklärte Chavant, an Nicholas gewandt. »Und er ist verdammt gut mit dem Langbogen. Deshalb glaube ich, daß er kein Dämon ist.«

»Bah«, schnauzte Whitehawke verächtlich. »Natürlich steckt der Teufel hinter ihm. Ein Blitz fährt auf sein Kommando vom Himmel hernieder. Und die Mauer meiner neuen Burg stürzt ein, weil er es so will. Kein menschliches Wesen könnte das bewerkstelligen, was er an jenem Tag vollbracht hat.«

Das war für Nicholas das Stichwort. »Habt Ihr eigentlich die Erlaubnis des Königs erhalten, dort zu bauen? Es ist Hawksmoor-Land, wie Ihr sicher wißt.«

Whitehawke wurde dunkelrot. »Für irgendwelche Schreiben hat der König im Augenblick keine Zeit. John kocht vor Wut wegen der Barone und ihren betrügerischen Machenschaften. Und diese Parzelle ist nicht deine, sondern die deiner Mutter und somit jetzt die meine – und damit Schluß.«

»Da gehen unsere Meinungen auseinander. Aber Ihr sagtet, die Anlage sei zerstört worden?«

»Ja, ein Teil davon ist nur noch ein nutzloser Schotterhaufen«, erwiderte Whitehawke. »Wir werden einen neuen Bauplatz aussuchen. In diesem Tal spukt es tatsächlich.«

»Verehrter Graf«, mischte sich Chavant wieder ein. »Ich sagte Euch doch, daß das kein Geist, sondern ein Mensch war.«

»Ich weiß, was du gesagt hast. Gut, dann erklär mal meinem Sohn deine Theorie.« Whitehawke wandte sich an Nicholas. »Wenn ich nicht genau wüßte, daß wir es hier mit einem Abgesandten des Satans zu tun haben, könnte ich das, was sich Chavant da ausgedacht hat, ganz interessant finden.«

Chavant räusperte sich verlegen. »Mylord«, begann er mit Blick auf Nicholas, »ich habe in jüngster Zeit sehr intensiv über diese Angelegenheit nachgedacht. Graf Whitehawke hat in dem Grünen Ritter einen erbitterten Feind.«

»Chavant, komm zur Sache und spar dir unnötige Vorreden«, unterbrach ihn Whitehawke unwirsch. »Wir haben nicht wochenlang Zeit, deinem Geschwafel zuzuhören.« Er schüttelte verächtlich seine weiße Löwenmähne und sah Nicholas scharf an. »Um es kurz zu machen, Hugh glaubt, Black Thorne sei zurückgekehrt.«

»Oh?« staunte Nicholas lächelnd.

Chavants braune Augen richteten sich, eines nach dem anderen, auf Nicholas. »Der Grüne Mann ist in Arnedale noch unter einem anderen Namen bekannt, Mylord. Er wird dort auch Thorne der Jäger genannt.«

Nicholas betrachtete den goldenen Schaum in seinem Silberbecher und zwang sich zur Ruhe. »Du glaubst also, daß Thorne der Grüne Mann ist?«

»Die Soldaten sahen Lady Emlyn mit einem Mann, einem Waldaufseher oder Häusler, der einen Langbogen in der Hand hatte. Er hielt sie gefangen, als meine Männer sie befreien wollten, und tötete einen von ihnen. Für mich hört sich das gewaltig nach Thorne an. Und zur selben Zeit taucht der Grüne Mann in den Wäldern auf und hindert unsere Garnison daran, durch das Tal zu reiten, genau wie Thorne damals. Außerdem hat der Grüne Mann wie Thorne die Gabe, plötzlich spurlos zu verschwinden, als habe er sich in Nichts aufgelöst. Wie Lady Emlyn und dieser Kerl vor einigen Wochen.«

Whitehawke kratzte sich die kurzen weißen Bartstoppeln an seinem kantigen Unterkiefer. »Obgleich die Dörfler Thornes Tod bestätigten, haben wir seine Leiche nie gefunden.«

»Aber auch seit acht Jahren nichts mehr von diesem Thorne gehört«, bemerkte Nicholas und langte nach seinem Becher.

»Wahrscheinlich hielt er es für weise, die Angriffe auf meinen Herrn zu unterlassen«, meinte Chavant. »Möglicherweise ist er auch fortgezogen, um in Frankreich oder im Heiligen Land zu kämpfen, oder er hat geheiratet und sich irgendwo niedergelassen.« Er zuckte mit den Schultern. »Jedenfalls ist er jetzt zurückgekommen, um uns wieder Schwierigkeiten zu machen. Und wenn Thorne der Grüne Mann ist, so haben wir es zumindest nicht mit einem Dämon zu tun.«

»Und wenn diese Kreatur nun sein Geist ist?« gab Nicholas mit leiser Stimme zu bedenken.

Whitehawke kniff die Lippen zusammen, seine Kiefermuskeln zuckten. »Dann, bei Gott, werde ich mich von ihm fernhalten. Der Teufel reitet weit für seine Seelen. Ich sollte einen Priester herschicken, damit der entscheidet, mit wem oder was wir es bei dem Grünen Mann zu tun haben.« Whitehawkes Blick heftete sich auf Nicholas. »Falls dieser Black Thorne tatsächlich noch lebt, könnte das bedeuten, daß ich zwei Erzfeinde am Hals habe: Einen Mann aus Fleisch und Blut, gegen den ich kämpfen kann, und einen Dämon, gegen den ich machtlos bin. Ohne Zweifel wird Lady Emlyn von einem der beiden gefangengehalten. Meine Männer glauben zwar, daß sie bereits tot ist, aber dafür gibt es keinen Beweis. Wir werden sie schon noch finden.«

»Glaubt Ihr wirklich, daß dieser Thorne wieder hinter Euch her ist?« fragte Nicholas, während er scheinbar interessiert die Gravuren auf seinem silbernen Becher betrachtete.

»Möglich.« Whitehawke wandte sich ab und ließ sich in einen Sessel fallen. »Gütiger Himmel«, keuchte er. »Als ich noch jünger war, besaß ich genügend Kraft und Ehrgeiz, gegen diesen Bastard zu kämpfen. Aber, jetzt ...« Ächzend streckte er die Beine von sich, die in der schweren Rüstung steckten. »Jetzt habe ich keine Lust mehr, diesem Kerl hinterherzujagen. Wenn er sich dort draußen herumtreibt, will ich ihn tot sehen, damit endlich Schluß ist mit diesem Versteckspiel.« Er setzte sich ruckartig auf. »Chavant! Finde sie, den Dörfler und das Mädchen!«

»Jawohl, Mylord. Wir setzen die Suche fort.«

Whitehawke schnaufte verächtlich. »Wahrscheinlich hätte ich mehr Glück, wenn ich die Hunde auf sie ansetzen würde. Ja, vielleicht sollte ich das wirklich tun.«

Nicholas stellte seinen Becher auf den Fußboden. Ein seltsames Prickeln fuhr ihm über den Rücken. Er stand auf. »Mylord«, sagte er. »Es gibt keinen Grund, noch länger nach Lady Emlyn zu suchen.«

»Warum?« bellte Whitehawke. »Was weißt du über sie?«

Nicholas richtete sich zu seiner vollen Größe auf, straffte die Schultern und zwang sich, seinem Vater mit kühler Beherrschung direkt in die blassen Augen zu blikken. »Sie hat einen anderen geheiratet.«

Whitehawke war mit einem Satz aufgesprungen. »Was?« brüllte er.

»Als König John Eure Verlobung mit Lady Emlyn bestätigte, bestand bereits ein früheres Eheversprechen. Und dieses hat Vorrang.«

Whitehawkes Augen waren nur noch Schlitze; dunkelrote Hitze kroch in seine Wangen. »Sprich nicht in Rätseln, sondern drück dich klar aus«, knurrte er.

»Lady Emlyn ist vor einigen Wochen meine Frau geworden.«

»Das soll wohl ein Scherz sein!« stieß Chavant atemlos hervor.

Whitehawke machte einen Schritt auf Nicholas zu. Seine Augen sprühten Funken. »Erklär mir das«, sagte er mit gefährlich leiser Stimme.

»Ich war Rogier de Ashbourne schon seit Jahren einen Gefallen schuldig. Um mich zu revanchieren, habe ich vor vier Jahren um Emlyns Hand angehalten«, sagte Nicholas. »Die Vermählung sollte etwas später stattfinden, da Emlyn zu diesem Zeitpunkt noch zu jung war und in einem Kloster lebte. Außerdem verbot damals das Interdikt des Papstes allen Priestern in England, die Ehesakramente zu spenden. Später starb Baron Rogier de Ashbourne, und sein Erbe hatte keine Gelegenheit, dieses Arrangement weiter zu verfolgen.«

Mit zusammengebissenen Zähnen wartete Nicholas, bis sein Vater den Schock verdaut hatte. Sein Blick wanderte zu Hugh, dessen Hand automatisch an den leeren Schwertgurt griff. »Spar dir die Mühe, Cousin«, sagte Nicholas. »Dein Schwert ist bei dem Wachposten sicher aufgehoben.«

Laut scheppernd fiel der Silberbecher des Grafen auf den Herdstein, wo sich der Schaum des Biers zu einem knisternden See ausbreitete.

»Das hast du getan?« Whitehawkes Stimme schnarrte vor Wut. »Vor Gottes heiligem Angesicht, du hast mich verraten! Dem eigenen Vater Hörner aufgesetzt!« Für den Bruchteil eines Augenblicks glaubte Nicholas, Whitehawke würde ihm an die Gurgel springen. Doch der Graf zeigte eiserne Selbstbeherrschung, obwohl die Adern an seinem kräftigen Hals dunkelrot anschwollen und seine Augen die Farbe von Rauhreif annahmen.

Nicholas' Blick ruhte unverwandt auf seinem Vater. Nur sein heftiger Atem und die geblähten Nasenflügel verrieten seinen inneren Kampf gegen die Wut und die Angst, die schon so lange in ihm schwelten. Er ballte eine Hand zur Faust. »Ich habe sie kraft meines Vorrechts als ihr erster Verlobter geheiratet«, sagte er. »Sie ist von ihrer Eskorte geflüchtet, um einer Heirat mit Euch zu entgehen, und hat geschworen, niemals zu Euch zurückzukehren. Außerdem war sie entschlossen, ihre Geschwister von hier zu entführen. Zudem war ich sicher, daß Ihr sie, falls Ihr sie gefunden hättet, nicht länger als Eure Verlobte, sondern als verdorbene Ware betrachtet hättet.«

»Ganz recht! Ich hätte sie in ein Kloster gesteckt, damit sie dort bis an ihr Lebensende für die Schande büßt, die sie mir durch diese Ehrabschneidung zugefügt hat«, erwiderte Whitehawke kalt. »Bei Gott, vielleicht tue ich das ja auch noch!«

»Sie steht jetzt unter meinem Schutz«, erklärte Nicholas ruhig.

»Dann warst du es, der sie entführt hat«, stellte Whitehawke fest, »und nicht irgendein grünes Ungeheuer oder dieser Thorne!« Hugh setzte zu einem Protest an, doch sein Herr brachte ihn mit einem tödlichen Blick zum Schweigen. »Warst du es, der mit ihr beim Wasserfall war und einen meiner Männer getötet hat?«

»Aber Sire, die Bewaffneten hätten Baron Nicholas doch erkannt«, warf Chavant mutig ein und sah Nicholas an. »Hat sie Euch von diesem Forstaufseher erzählt? Wo habt Ihr sie gefunden?«

»Im Wald, wo sie sich vor ihrer Eskorte versteckte. Dörfler haben sie dorthin gebracht.«

»Dann wißt Ihr also, wer ihr geholfen hat. Ihr selbst

oder diese Leute können uns demnach zum Grünen Mann führen«, folgerte Chavant.

Nicholas zuckte die Schultern, um anzudeuten, daß er nur sehr wenig wisse.

»Zum Teufel!« knurrte Whitehawke. »Wo ist sie jetzt?«

»In Sicherheit. Aber das braucht Euch nicht mehr zu kümmern.«

»Ich werde genau prüfen, ob das alles seine gesetzliche Richtigkeit hat, darauf kannst du dich verlassen. Dieses Weib kann mir sicher einiges über diesen Thorne erzählen. Entweder du bringst sie freiwillig zu mir, oder ich werde sie selbst ausfindig machen. Zum Teufel noch mal!« fluchte Whitehawke. »Warum ist sie davongelaufen?«

»Nun, Euer Ruf als zärtlicher Ehegatte ist allgemein bekannt«, gab Nicholas gedehnt zurück.

»Beim Augapfel des Herrn!« Whitehawkes Gesicht nahm einen häßlichen, düsteren Ausdruck an. Die Zornesröte war ihm bis in die Wurzeln seiner schneeweißen Haare gestiegen. »Du bist weiß Gott der Sohn dieser Mutter! Nur ein Bastard kann mir so etwas antun! Mich vor aller Welt zum Hahnrei zu machen!« schrie er und schlug mit der Faust auf den Tisch. Chavant, der an der Tischkante lehnte, machte einen Satz zur Seite und rollte erschrocken mit den Augen.

»Bemüht Euch nicht länger um die Lady«, entgegnete Nicholas gelassen. »Ich wette, Ihr wolltet sie ohnehin nie haben, sondern durch sie nur Ashbourne in die Hände bekommen.«

Whitehawke drehte sich um und starrte Nicholas eine ganze Weile schweigend an. Unbewegt hielt dieser dem Blick seines Vaters stand. »Ashbourne bleibt in meinem Besitz«, sagte der Graf dann. »Und daran kann kein noch so übler Verrat etwas ändern.« Er verschränkte die Arme vor der Brust und setzte sich auf die Tischkante. Sein Atem ging hörbar schneller und mühsamer. Er schüttelte langsam den Kopf, rieb sich mit den Händen das Gesicht und fuhr sich dann durch die Haare. »Verflucht, ich wette, Hugh, daß der König diese Verlobung nicht als Belohnung für meine Loyalität gegenüber der Krone verfügt hat, sondern um den de Hawkwoods einen ganz üblen Streich zu spielen.«

»Ja, das mag sein«, nickte Chavant nervös.

»Da dem König mein Antrag gewiß bekannt war, würde so ein Scherz zu ihm passen«, warf Nicholas ein. »Aber nachdem das erste Eheversprechen Vorrang hat, Sire, frage ich mich, wer hier wem Hörner aufgesetzt hat.«

Whitehawkes Augen verjüngten sich zu schmalen Schlitzen. »Durch dein Handeln hast du jegliche Ungerechtigkeit mehr als wettgemacht, würde ich meinen. Wie mußt du es verabscheut haben, mich an jenem Tag nach Ashbourne zu begleiten«, setzte er zynisch hinzu.

Nicholas schwieg. Seine Lippen wurden eine Spur schmaler bei dem Versuch, seine Gedanken in Zaum zu halten.

»Die Lady ist verdammt hübsch, was meinst du?« wandte sich Whitehawke an Chavant. »Dieser schlanke Körper und das Feuer in ihrer Stimme. Und erst ihr Gang. Bei allem, was mir heilig ist, ich glaube, es war die schiere Fleischeslust, die mich bewog, dieser Verlobung zuzustimmen. Obwohl die Dame eine ziemlich scharfe Zunge besitzt und diese auch zu nützen versteht.« Sein Lachen klang wie ein bösartiges Bellen. »Du hast eine schlechte Partie gemacht, Nicholas. Sie besitzt keinen roten Heller, kein Land, nur einen Bruder, der sich des Verrats schuldig gemacht hat, und diesen Haufen nutzloser Plagen. Was bin ich froh, daß mir diese Ehe erspart geblieben ist!«

Nicholas schwieg hartnäckig und biß sich dabei auf die Innenseite der Wange, um nicht loszubrüllen. »Nun«, fuhr Whitehawke fort, »vielleicht ist es tatsächlich am besten so. Ich behalte das Land, ohne mich weiterhin um diese verwöhnte Kindbraut kümmern zu müssen. Trotzdem, was du getan hast, ist und bleibt verwerflich.«

»Ein Mann, der auf fremdem Boden baut oder Erträge beansprucht, auf die er kein Anrecht hat, sollte nicht über verwerfliche Taten sprechen«, gab Nicholas schroff zurück. »Und ein Mann, dessen Gemahlin einen so unwürdigen Tod sterben mußte, sollte bei Gott nicht über andere richten.«

Whitehawke sog scharf die Luft ein und blähte dabei die Nasenflügel. »In allem, was ich getan habe, hatte ich stets das Recht auf meiner Seite«, stellte er fest. »Jemandem die Braut wegzunehmen, ist unverzeihlich.«

»Das Verzeihen ist eine harte Lektion. Die auch ich noch lernen muß.«

»Jetzt kenne ich das wahre Gesicht meines Sohnes und Erben. Obwohl – dieses verwandtschaftliche Verhältnis ist nie einwandfrei nachgewiesen worden, nicht wahr?« Whitehawke warf Nicholas einen schrägen Blick aus den Augenwinkeln zu.

Das Schweigen im Raum war jetzt so eisig wie eine klare Winternacht. »Nein, Mylord«, murmelte Nicholas schließlich. »Aber was bestimmt eigentlich eine Vaterschaft? Vertrauen, Treue, Liebe, alles Tugenden, die Ihr Euch nicht zu eigen gemacht habt.« Er deutete eine spöttische Verbeugung an.

»Wie ich schon sagte, du bist deiner Mutter sehr ähnlich«, entgegnete Whitehawke. »Ihr habt die Falschheit im Blut.« Damit stand er auf, nahm seine Lederhandschuhe vom Tisch und streifte betont langsam einen nach dem anderen über.

»Wir brechen jetzt auf«, sagte er mit einer Stimme wie gefrorener Stahl. »Sobald ich mir deine Neuigkeiten noch einmal durch den Kopf habe gehen lassen, werde ich mit dem König sprechen, dessen sei versichert. Vielleicht verlange ich Schadenersatz für die Entführung meiner Braut und die Vereitelung meiner Hochzeit. Oder ich fordere dich zu einem Turnier heraus, ein Lanzenstechen auf Leben und Tod. Ich werde dir meine Entscheidung zur Kenntnis bringen lassen. Eines jedoch sollst du gleich wissen: Du wirst von mir nicht einmal einen verbrannten Strohhalm erben. Und abgesehen davon, was sonst noch passiert ist, werde ich dafür sorgen, daß die Schikanen, die meine Männer von dem Grünen Mann, diesem Thorne oder wem auch immer zu erdulden hatten, umgehend ein Ende finden.« Er schloß seine behandschuhten Finger zur Faust. »Zumindest scheint es, als verfüge dieser Grüne Mann – sterblich oder nicht – über mehr Charakter und Mut als derjenige, der sich mein Sohn nennt. Komm, Hugh.«

Whitehawke drehte sich auf dem Absatz um und stapfte durch den großen Saal. Sein schwarzer Umhang schwang um seine kräftigen Waden, und seine Rüstung knarzte und schepperte. Als er die Tür aufriß, kam ihm Lady Julian in dem dunklen Korridor entgegen.

»Bertran«, murmelte sie höflich, als sie den Saal betrat.

»Guten Tag, Julian«, preßte er hervor und knallte die Tür zu.

Die Gräfin, sichtlich verwirrt ob dieses Affronts, schüttelte unmerklich den Kopf und schritt dann durch den langen Saal. Die Schleppe ihres dunklen Kleides wischte leise knisternd über die Binsen.

Bevor Chavant sich zum Gehen wandte, nickte er Nicholas zu. »Meine Glückwünsche, verehrter Cousin«, flüsterte er. »Obgleich arm wie eine Kirchenmaus, ist Eure junge Gemahlin doch ein appetitlicher Leckerbissen.«

»Noch ein Wort über sie«, knurrte Nicholas, »und du wirst an deiner lästerlichen Zunge ersticken.«

Hughs Lippen verzogen sich zu einem breiten Grinsen. »Erlaubt mir noch, Euch dafür zu danken, Mylord, daß Ihr mir den Weg freigemacht habt.«

»Ah, als Vetter väterlicherseits hoffst du wohl, daß er dich statt meiner zum Erben einsetzt, wie? Willkommen, kann ich da nur sagen, Hugh. Du bist ein würdiger Nachfolger für Whitehawkes Vermächtnis.«

Chavant blickte einen Moment verdutzt drein, senkte dann, als er die Beleidigung begriffen hatte, den Blick und stakste davon. Die Anwesenheit der Gräfin nahm er im Vorbeigehen mit einem knappen Nicken zur Kenntnis.

Lady Julian blieb neben Nicholas stehen, nachdem Chavant wie zuvor Whitehawke türeschlagend den Saal verlassen hatte, und faltete die Hände über ihrem Elfenbeinkreuz. Aus ihrem Blick sprach Besorgnis, als sie ihren Neffen ansah. »Wieder ein neuer Streit mit Whitehawke? Diesmal scheint es besonders schlimm zu sein. Kann ich dir helfen, Nicholas?«

»Nein«, murrte er mit schmalen Lippen.

»Wünschst du, daß ich wieder ein üppiges Abendessen vorbereiten lasse?«

»Kaum. Whitehawke bricht gerade auf.«

»Überstürzt und wütend, wie ich sehe«, bemerkte sie.

»Ja«, pflichtete er ihr bei. »Und mit gutem Grund.« Er nahm seinen Becher vom Tisch und trank in kleinen Schlucken.

»Was war denn der Anlaß für diesen Überraschungsbesuch?« erkundigte sie sich vorsichtig.

Nicholas nahm noch einen Schluck von dem lauwarmen Bier. Er hatte genug davon, seine Sünden zu gestehen, und außerdem höllische Kopfschmerzen. Gewiß, er mußte seine Tante über seine Vermählung in Kenntnis setzen, aber nicht unbedingt heute. »Er wollte mir mitteilen, daß er weiterhin vorhat, den Grünen Mann im Tal zu verfolgen.«

»Und die Suche nach seiner Verlobten wird er ebenfalls weiterführen, nehme ich an. Gestern abend machte er mir gegenüber eine Bemerkung, daß er sie in ein Kloster stecken will, wenn er sie gefunden hat. Ich bin zwar mit seinen Methoden nicht einverstanden, aber andere in seiner Lage hätten die Braut auspeitschen lassen oder Schlimmeres mit ihr angestellt – und hätten auch noch das Recht dazu. Das Kloster ist eine sehr milde Strafe.«

»Er wird sie nicht finden. Und er wird nicht noch eine tote Frau auf dem Gewissen haben wollen«, antwortete er säuerlich. »Schließlich hat er eine Priorei gegründet, tut täglich Buße und behauptet, das sei genug.«

»Ist es das denn?« fragte sie mitfühlend.

Er wandte sein Gesicht ab. Der Schein des Feuers fiel über sein glattrasiertes Gesicht und ließ die angespannten Kiefermuskeln hervortreten. »Ich bin kein Racheengel, verehrte Tante. Es obliegt mir nicht, darüber zu richten.«

Lady Julian legte ihre Hand auf seinen Arm. »Wird uns etwas Geliebtes genommen, so bekommen wir dafür etwas anderes. Das ist eines von Gottes gnädigsten Gesetzen.«

Nicholas lächelte, aber es war kein heiteres Lächeln. »Ja. So wie Ihr mir Mutter gewesen seid anstelle Eurer Schwester. Ich bin Euch dafür von Herzen dankbar.«

»Du bist Blanche sehr ähnlich – hast ihre Augen, ihren Mund. Es ist ein Segen, ihre Schönheit in dir wiederzuentdecken. Doch ich sehe auch etwas von Whitehawke in dir. Habe es schon immer gesehen.«

Nicholas lachte kurz auf. Es klang bitter. »Mein Vater sieht das nicht.« Und plötzlich hatte er das Gefühl, eine zentnerschwere Last läge ihm auf den Schultern, bedrückt schloß er die Augen. Jetzt hatte Whitehawke einen wirklichen Grund, ihn zu verachten.

»Wirst du ihm helfen, das Mädchen zu finden?« fragte Julian.

»Nein«, erwiderte er. »Das werde ich nicht.« Ein Wangenmuskel begann unkontrolliert zu zucken, und er spürte, wie ihm diese verfluchte Röte ins Gesicht stieg, die er als das Erbe seines Vaters betrachtete. Er wandte das Gesicht ab. So sehr er seiner Tante vertraute, im Augenblick wollte er ihr nicht die Wahrheit gestehen. Schweigend starrte er ins Feuer. Nach einer Weile entschuldigte sich Lady Julian und verließ leise den großen Saal.

Nicholas stützte sich mit einer Hand an der großen, steinernen Kaminverkleidung ab und preßte den Silberbecher, den er in der anderen hielt, so fest zusammen, daß sich das weiche Metall verbog. In seinem Kopf hämmerte es immer unerbittlicher, je länger er in die Flammen starrte.

Seine Gedanken kreisten wie immer um Emlyn, und nach diesem gehässigen Gespräch mit Whitehawke noch mehr denn je. Gewiß, er fühlte sich erleichtert, nachdem er ihm nun seine Vermählung mit ihr gestanden hatte, trotz allen Risikos. Er war dieses üblen Spiels und all dieser Verkleidungspossen mehr als überdrüssig.

Hirnloser Tölpel, schimpfte er sich. Wie hatte er nur so dumm sein können, sie in der Abtei zurückzulassen! Auf dem Weg nach London und Runnymede mit Peter und seiner halben Garnison hatte er sich selbstgefällig in der Sicherheit gewiegt, sie bis zu seiner Rückkehr gut aufgehoben zu wissen. Dabei hätte ihm klar sein müssen, daß Emlyn viel zu ungeduldig war, um tatenlos auf Thornes Rückkehr zu warten.

Verärgert über seine Gedankenlosigkeit, schüttelte er den Kopf und trank den letzten Schluck Bier aus. Ihr Auftauchen in seinem eigenen Haus hatte ihn in arge Verlegenheit gebracht. Wie ein furchtsamer Hase vor dem Jäger hatte er sich vor ihr versteckt, und das nicht zuletzt deshalb, weil er wußte, wie sehr sie Nicholas de Hawkwood verachtete.

Daß Emlyn ihn noch nicht als Thorne erkannt hatte, daran gab es keinen Zweifel. Er hingegen hatte schnell herausgefunden, wer sich unter diesem lächerlichen Schleier verbarg. Arglos, wie sie war, fühlte sie sich in ihrer Maskierung absolut sicher. Dabei hatte er schon so eine Ahnung gehabt, als er sie an jenem ersten Morgen nach seiner Ankunft auf dem Gerüst hatte sitzen sehen. Später, im Erkerzimmer dann, hatten ihre Stimme und der eiserne Ring an ihrem Finger genügt, um ihm ihre Identität zweifelsfrei zu beweisen. Und als er die schwarzen Dornen an den Rosenranken in dem Manuskript bemerkte, hatte sein Herz einen Freudensprung gemacht.

Von ihrer künstlerischen Begabung war er in der Tat überrascht worden. Während der Zeit, die sie miteinander verbrachten, hatte sie mit keinem Wort erwähnt, daß sie malen konnte. Nun, da er um ihr ungewöhnliches Talent wußte, machte es ihn sogar noch ein wenig stolzer, ihr Ehemann zu sein.

Er liebte und verehrte sie von Tag zu Tag mehr, aber trotzdem hatte er sich in letzter Zeit vor ihr kaum sehen lassen. Er kämmte sein Haar zurück, ließ sich jeden Tag rasieren und achtete peinlichst auf den Klang seiner Stimme und die Art, sich zu bewegen. Um sich so wenig wie möglich auf Hawksmoor aufzuhalten, war er auf die Jagd gegangen, hatte seine Falken trainiert und sich intensiv um die Belange der Menschen in seinen Dörfern gekümmert. Und er war oft ins Tal geritten und bisweilen tagelang weggeblieben.

Emlyn hatte ihn ein- oder zweimal sehr genau gemustert, wobei aus ihren blauen, goldgesprenkelten Augen eine unverhohlene Neugier sprach. In solchen Momenten hatte er gespannt die Luft angehalten. Aber seine Tarnung war perfekter, als er erwartet hatte: Stimme, Kleidung, das geölte, zurückgekämmte Haar, die glattrasierten Wangen und die kalten grauen Augen – nichts von alledem erinnerte an Thorne. Vergangene Nacht hatte sie ihn zwar für einen Augenblick als Thorne erlebt, doch war das für sie nur ein Traum gewesen.

Daß sich seine Augenfarbe verändern konnte, das wußte er sehr wohl. Wenn er sich zwischen Steinwänden aufhielt und graue Kleidung oder seine Rüstung trug, nahmen seine Augen ganz von selbst eine graue Färbung an. Selbst sein blauer Umhang ließ sie noch grau wie Stein erscheinen. Doch draußen im Wald, wenn die Sonne durch die hohen Baumkronen fiel, leuchteten sie eindeutig moosgrün.

Da er diese Veränderung schon früher vor polierten Stahlspiegeln oder über einen glasklaren Teich gebeugt nachgeprüft hatte, wußte er, daß er sich auf dieses Phänomen verlassen konnte. Seine Augen spiegelten stets die Umgebung wider und verbargen seine wahre Identität. Thorne hatte dunkelgrüne Augen; Nicholas de Hawkwood graue. Kein Mensch konnte seine Augenfarbe ändern – außer Gott bestimmte es so.

Als Thorne hatte er eine Reihe von Überfällen inszeniert, die ausschließlich Whitehawkes Eskorten und Gütertransporten gegolten hatten. Selbst jetzt noch ballten sich seine Hände zu Fäusten, wenn er nur daran dachte, wie sehr er seinen Vater für die Grausamkeiten und Beleidigungen haßte, mit denen er Blanche jahrelang gequält hatte. Als rebellischer junger Mann hatte seine Sucht nach Vergeltung ihn zu diesen Racheakten getrieben, damals die einzige Möglichkeit, sich gegen seinen Vater zur Wehr zu setzen.

Zunächst hatte es ihm genügt, Whitehawke Angst einzujagen. Später, als sein Kampf mehr politische Züge annahm, avancierte Thorne ganz unbeabsichtigt zum Helden. Und als Whitehawke dann begann, die Bewohner von Arnedale zu schikanieren, fand Nicholas, der Ungerechtigkeit noch nie hatte tolerieren können, noch mehr Gründe, gegen seinen Vater vorzugehen. Damit gewann er in kürzester Zeit die Bewunderung der Menschen, die in diesem Tal lebten.

Doch keiner von ihnen hatte jemals Thorne in ihm gesehen. Mit seinem dichten schwarzen Bart, der sehr schnell wuchs, und der Augenfarbe, die sich seiner Umgebung anpaßte, konnte er mühelos seine verschiedenen Rollen spielen. Nur Peter von Blackpoole und Aelric kannten die Wahrheit.

Für die Bewohner von Arnedale war er Thorne, der Waldaufseher, ein Mann mit einem gewöhnlichen Namen, der im Dienst des Abts von Wistonbury stand. Als Baron traf er sich tatsächlich des öfteren mit dem Abt, um ihm über die Vorgänge in Arnedale zu berichten. Und selbst der Abt hatte nie etwas gemerkt.

Anfangs hatte er seine Angriffe allein ausgeführt, doch bald schlossen sich ihm willige Gleichgesinnte an, die die Grausamkeiten Whitehawkes verabscheuten. Sie waren es gewesen, die seine Transporte überfielen und ihm Weizen, Bier, Wein und gelegentlich eine Truhe Gold oder auch zwei raubten. Von der Beute behielten sie nichts für sich selbst, sondern sorgten dafür, daß die Familien, die von Whitehawke betrogen worden waren, später aus dessen eigenen Vorräten entschädigt wurden.

Als der Graf immer härter und ungerechter gegen die Bewohner von Arnedale vorging, ließen auch andere Barone durchblicken, daß sie die arrogante Art und Weise, wie sich Whitehawke über das geltende Recht hinwegsetzte, zutiefst mißbilligten. Rogier de Ashbourne war einer dieser Barone gewesen, der Whitehawke vor Gericht verklagt und seine tyrannischen, ungesetzlichen Machenschaften öffentlich angeprangert hatte. Unter sich hatten die Barone die verwegenen Taten des mutigen jungen Rebellen aus den Wäldern hocherfreut beklatscht.

Doch auch der allgemeine, rasch wachsende Unmut gegen Whitehawke hatte den König nicht dazu bewegen können, den Grafen zu ermahnen oder die endgültige Klärung der Besitzansprüche in Arnedale zu beschleunigen. Der Fall verstaubte ganz einfach auf den Schreibpulten der königlichen Rechtsberater, während es im Tal immer mehr zu gären und zu brodeln begann.

Doch die Nacht, als Thorne ein Pfeil in den Rücken traf, hatte den heimlichen Sanktionen für eine Weile ein Ende gesetzt. Damals war ihm plötzlich klargeworden, wohin ihn seine Wut geführt hatte: Unschuldige waren durch ihn in Gefahr geraten. Der Pfeil, der ihn niederstreckte, war ihm wie ein drohendes Zeichen des Himmels vorgekommen.

In den langen Wochen, die er unter Maisrys Obhut und Pflege verbrachte, hatte er gnügend Zeit gehabt, über sich nachzudenken. Er war selbstsüchtig und impulsiv gewesen und hatte sich des Raubes und der Unehrenhaftigkeit schuldig gemacht. In seiner maßlosen Wut auf seinen Vater hatte er seinen kühlen Verstand, seine Selbstkontrolle und das Gefühl für Recht und Unrecht verloren. Erst als er erkannte, daß sein Weg ihn in eine falsche Richtung führte, zwang er sich zur Umkehr.

Sobald er wieder bei Kräften war, hatte er einen Priester aufgesucht und seine Sünden gebeichtet, worauf dieser ihm eine Buße auferlegte und die Absolution erteilte. Anschließend hatte Aelric das Gerücht über seinen Tod ausgestreut, das in der ganzen Gegend schnell die Runde machte.

Schließlich hatte ein Unterlassungsurteil, das der König

auf Betreiben etlicher Barone und der Mönche hin ausfertigte, dem tyrannischem Treiben des Grafen Einhalt geboten. Doch als das Urteil verjährte, verlangte Whitehawke die Besitzurkunde zu sehen, die offenbar in den riesigen Archiven von Westminster verschollen war.

Die Angriffe auf das Tal begannen von neuem und wurden immer grausamer. Ställe und Häuser wurden niedergebrannt und Wälder abgeholzt. Die Burg Hawksmoor, die mit Nicholas' Volljährigkeit in dessen Besitz überging, war nun ebenfalls bedroht.

Eines späten Abends war Nicholas und Aelric die Idee gekommen, den Grünen Mann zu spielen. Mit Maisrys Hilfe hatten sie ein passendes Blätterkostüm entworfen – das erste von vielen –, und so dieses schreckliche Ungeheuer zum Leben erweckt. Die entsprechenden Leute sahen es daraufhin in den Wäldern lautlos durch den Nebel huschen oder unbeweglich auf der Kuppe eines Hügels sitzen. Bewaffnet mit einem Langbogen oder einer Streitaxt, mußte dieser mächtige Wächter des Tales niemals direkt angreifen.

Die Idee war so einfach wie wirkungsvoll: Allein die Möglichkeit, seine Seele an einen Dämon zu verlieren, war für die meisten Menschen eine grauenhafte Vorstellung, und Whitehawke war über die Maßen abergläubisch. Sicherlich war es sein schlechtes Gewissen ob seiner Untaten, das ihn so empfänglich für die leiseste Andeutung machte, er könnte in der Hölle landen. Seine Angst vor dem Grünen Mann war so groß, daß er seine Überfälle reduzierte und eine erhebliche Anzahl von Bewaffneten aus dem Tal abzog.

Nicholas seufzte tief und stieß sich mit der Hand von der steinernen Abzugshaube über der Feuerstelle ab, an der er immer noch lehnte. Die momentane Lage in Arnedale erforderte einige intensive Überlegungen. Und genau in diesem Augenblick ritt Whitehawke durch dieses Tal. Vielleicht wäre es nicht schlecht, wenn der Grüne Mann dort ein- oder zweimal – aus sicherer Entfernung – in Erscheinung treten würde . . .

Er wußte, daß er bald mit Emlyn sprechen mußte, daß er diese Unterredung schon viel zu lange hinausgezögert hatte. Es war ihr gutes Recht zu erfahren, was an diesem Morgen geschehen war. Aber zunächst war es wichtiger, daß er umgehend ins Tal ritt; das Gespräch mußte noch eine oder zwei Wochen warten.

Trotz seiner Wut hatte Whitehawke erstaunlich friedlich auf die Eröffnung reagiert, daß Emlyn bereits die Angetraute seines Sohnes wäre. Möglicherweise stimmte ja seine Behauptung, und er war durchaus zufrieden damit, Ashbourne bekommen zu haben, ohne sich mit einer mittellosen Braut belasten zu müssen.

Nicholas wäre mehr als glücklich darüber gewesen, aber er traute seinem Vater dennoch nicht über den Weg.

17. Kapitel

»Nicht den da, den anderen – dort!« In der Stimme, die jetzt hell wie eine Silberglocke über die Gartenmauer tönte, schwang deutlich Ungeduld mit. »Kriegst du ihn nicht? Dann klettere doch höher!«

Emlyn war auf dem Weg von der Kapelle durch den Burghof in den Wohnturm. Als sie die Stimme ihrer kleinen Schwester erkannte, änderte sie seufzend die Richtung.

Isobel stand mit zurückgebeugtem Kopf unter einem hohen Apfelbaum im hinteren Teil des Gartens; ihre dunklen Zöpfe fielen ihr weit über den Rücken. »Ja, den da!« rief sie nach oben, gerade als ein Apfel herunterfiel und genau auf der Spitze ihres Filzschuhs landete. »Aua!«

Emlyn ging mit raschen Schritten durch den Obstgarten. »Wo ist Christien?«

»Dort oben im Baum«, sagte Isobel und zeigte hinauf.

Ein Paar braune Wollhosen über zwei kleinen Lederstiefeln baumelten hoch oben über Emlyns Kopf. Sie ging um den Baum herum, bis sie das Gesicht ihres kleinen Bruders durch das Laubwerk sehen konnte, stützte dann die Hände auf die Hüften und legte den Kopf in den Nakken. »Christien, du kommst da augenblicklich runter!« befahl sie in strengem Tonfall.

Christien schlang die Arme um den Ast, auf dem er saß, streckte die Beine aus und schaute zu ihr hinunter. »Ich kann nicht«, entgegnete er kläglich. »Ich glaube, ich sitze fest.«

»Klettere denselben Weg herunter, auf dem du raufgekommen bist!« rief sie ihm zu.

»Aber meine Füße reichen nicht bis auf den nächsten Ast. Ich werde runterfallen!« schrie er zurück. Emlyn betrachtete sich das Astwerk genauer. Der nächste Ast war wirklich zu weit unten, und der, an dem er sich gerade festklammerte, war sehr dünn und noch grün. Als er nochmals sein Bein ausstreckte, hörte Emlyn, wie es krachte.

»Christien!« rief sie hinauf. »Rutsch vorsichtig zurück an den Stamm. Halt dich daran fest und warte. Ich komme rauf und hole dich.« Emlyn war schon dabei, ihr Nonnengewand am Saum zu raffen.

»Gibt es hier Schwierigkeiten?« Eine tiefe, kräftige und sehr nahe Stimme ließ Emlyn herumwirbeln.

Nicholas de Hawkwood stand nur wenige Schritte von ihr entfernt und machte ein grimmiges Gesicht. Im ersten Augenblick erschreckte Emlyn seine Anwesenheit; er war über zwei Wochen fort gewesen, und obwohl er bereits vor einigen Tagen zurückgekehrt war, hatte sie ihn kaum zu Gesicht bekommen. Und die geschäftige Betriebsamkeit im Burghof heute morgen sagte ihr, daß er demnächst wieder aufbrechen würde, diesmal mit einem Großteil seiner Garnison.

»Ist der Junge verletzt?« Er ging auf den Baum zu und spähte hinauf.

»Nein, aber er sitzt fest, Mylord«, sagte sie und beobachtete dabei das Spiel seiner breiten Schultern unter der edlen, hellgrauen Wolltunika und die schwarzen Locken, die ihm weit über den Nacken fielen. Er streifte sie mit einem kurzen Blick und sah wieder zu Christien hoch.

»Was hat er denn so weit oben zu suchen?« Nicholas' Stimme klang amüsiert.

»Wir wollten Äpfel essen«, sagte Isobel.

»In der Vorratskammer gibt es Äpfel in Hülle und Fülle, mein Fräulein«, entgegnete Nicholas und sah sich den Apfelbaum genauer an.

»Ich komme nicht mehr runter, Mylord!« rief Christien.

»Ja, aber das sind die Schrumpeligen vom letzten Herbst«, gab Isobel zurück.

»Mag sein, aber die hier sind noch grün. Davon bekommt ihr schreckliche Bauchschmerzen«, warf Emlyn ein.

»Manche sind schon rot, und wir wollten frische Äpfel«, beharrte Isobel eigensinnig. »Christien sagte, er kann uns welche pflücken. Er ist der beste im Klettern.«

»Oh?« meinte Nicholas augenzwinkernd zu Christien. »Du bist also ein guter Kletterer?«

»Ich ... ich dachte, ich wäre es«, kam es zögernd von Christien.

»Nun, das kannst du uns jetzt gleich beweisen, denn du wirst da alleine wieder runterklettern, mein Junge.«

»Lauf und hol Tibbie!« rief Emlyn Isobel zu, dann wandte sie sich an Nicholas: »Ich werde hinaufsteigen und ihm helfen. Ich kann ihn leicht erreichen.«

Er warf ihr einen zweifelnden Blick zu und sah dann nochmals nach oben, wobei die Sehnen an seinem kräftigen Hals hervortraten. »Ich denke, er kommt da sehr wohl alleine herunter. Zwei Verletzte im Haus möchte ich nicht haben.«

»Aber er könnte doch stürzen«, gab sie zu bedenken.

»Dann lernt er wenigstens, das Risiko solcher Unternehmungen beim nächstenmal besser einzuschätzen.«

Emlyn holte empört Luft. »Er ist doch noch ein Kind.«

»Und Ihr seid so beschützerisch wie eine Löwenmutter«, murmelte er. »Laßt es den Jungen nur alleine versuchen. Er ist schon fast so alt, daß man ihn fortgeben kann.«

Emlyn senkte den Blick. Sie wußte, daß der Baron recht hatte. Christien wurde demnächst sieben, und man durfte ihn nicht mehr behandeln wie ein Kleinkind. Sie seufzte und nickte mit dem Kopf. Nicholas beugte sich unter die gebrochene Astgabel, wobei er Emlyns Schulter streifte, und reckte wieder den Kopf nach oben. »Hör mir gut zu, Christien. Rutsch ein bißchen weiter runter ... ja, gut so. Jetzt streck deinen linken Fuß aus, bis du den Ast unter dir erreichst ... nein, den anderen Fuß. Gut, noch ein bißchen tiefer, Junge.«

Christien kroch rückwärts über den Ast wie eine Raupe. Emlyn schloß für einen Moment die Augen, machte sie aber gleich wieder auf, nur um zu sehen, wie ihr Bruder nach dem nächsten Ast tastete, ihn verfehlte und sich dann mit beiden Armen an dem Stamm festklammerte, um nicht herunterzufallen. Seine baumelnden Beine stießen an zwei Äpfel, die mit einem dumpfen Plumps ins Gras fielen.

Emlyn machte einen Satz zur Seite und rempelte dabei Nicholas an, der sie mit einer Hand am Ellbogen festhielt, während er Christien die nächsten Kommandos gab.

»Versuche, mit deinen Beinen einen Ast zu erreichen!« rief er. »Gut. Du mußt dich richtig hängen lassen. Das schaffst du spielend.« Er warf Emlyn einen beruhigenden Blick zu. »Wenn er wirklich in Gefahr ist, dann fange ich ihn schon auf.« Der leise Klang seiner Stimme hallte seltsam vertraut in ihrem Ohr wider, und der sanfte Druck seiner Hand auf ihrem Arm löste ein Prickeln aus, das ihr bis in die Finger- und Zehenspitzen fuhr.

Sie spürte seinen großen, starken, muskulösen Körper an ihrem Rücken und fühlte sich auf einmal sicher und geborgen. Der winzige Kontakt seiner Hand mit ihrem Ellbogen hatte genügt, um ihr einen Schauer durch die Brust zu jagen, der bis in ihren Bauch hinein vibrierte. Seine federleichte Berührung war beinahe sündhaft erregend und wohltuend. Wohl wissend, daß es unschicklich war, so nahe bei ihm zu stehen, konnte und wollte sie doch nicht von ihm wegrücken.

Das leise Flüstern des intensiven Traums vor einigen Tagen haftete in ihren Gedanken: Sie hatte Thorne gesehen, ihn gespürt, seine Küsse geschmeckt, doch kurz vor dem Erwachen hatte er sich in den Baron verwandelt. Der würzige Duft der Äpfel brachte sie und ihre abschweifenden Gedanken wieder in den Obstgarten zurück. Sie stützte ihre Hand neben die seine an den Stamm des Apfelbaums. Gemeinsam sahen sie zu Christien hinauf.

»Du hast es fast geschafft«, ermutigte Nicholas den Jungen. »Dein Fuß berührt schon beinahe den Ast. Du wirst nicht runterfallen – du bist ja auch ohne Probleme hinaufgekommen.« Christien nickte unsicher, ließ seinen Körper von dem Ast gleiten, an dem er sich festklammerte, und angelte mit den Zehen nach dem nächsten Halt. Mit einem entschlossenen Sprung landete er auf dem nächstniedrigeren Ast und hielt erschöpft inne.

»Sehr gut!« rief Nicholas und nahm seine Hand von Emlyns Ellbogen, um ihm zu applaudieren. »Tapferer Junge. So, und jetzt langsam weiter. Gut, genauso ist es richtig. Ab jetzt geht's leichter.«

Emlyn lauschte, wie Nicholas ihren Bruder mit ermutigenden Kommandos den Baum herunter geleitete, dankbar für seine geduldigen, beruhigenden Worte. Sie erinnerte sich daran, wie sie sich damals verängstigt an die schlüpfrige Felswand der Schlucht geklammert und sich auf Thornes ruhige Anweisungen verlassen hatte.

Ganz plötzlich verflüchtigte sich ihre Besorgnis um Christien und machte einem einzigen, schockierenden Gedanken Platz. Sie drehte den Kopf und starrte Nicholas de Hawkwood mit großen Augen an.

Grünliche Lichtflecken tanzten über sein Gesicht und seine Schultern, so als stünde er unter einer hohen, sich drehenden Glaskuppel aus unregelmäßigen grünen Scherben. Ihr Blick fiel auf die Unterseite seines Kiefers und wanderte dann über die rasierten Wangen hoch zu den dichten, pechschwarzen Wimpern. Sie kniff die Augen zusammen und stellte ihn sich mit einem Bart vor.

Indessen kletterte Christien langsam, aber viel sicherer weiter nach unten, wobei er unablässig schnatterte wie ein Eichhörnchen. Emlyn hörte ihm kaum zu; ihr Blick klebte förmlich an dem Baron.

Nicholas grinste. »Beim heiligen Sankt Georg, der Bursche ist kein Anfänger«, meinte er dann zu Emlyn. In seiner warmen Stimme schwang ein wenig Stolz und auch Humor mit. »Das hat er nicht schlecht gemeistert.« Das unstete Sonnenlicht, das durch die Blätter fiel, brachte seine schwarzbewimperten Augen zum Funkeln, die seltsamerweise genau dieselbe grüne Färbung hatten wie das Kreuzdornpigment, das sie am Morgen für ihre Zeichnungen angemischt hatte. Es war ein weiches Graugrün. Wie Moos auf einem Stein.

»Heilige Mutter Gottes!« flüsterte sie.

»Um Himmels willen!« Als Emlyn die vertraute Stimme hörte, riß sie ihren Blick von Nicholas los und sah Tibbie mit Harry im Arm über die Wiese rennen, gefolgt von Godwin und Isobel.

»Dem Jungen ist nichts passiert!« rief Nicholas ihnen entgegen und trat einen Schritt von Emlyn weg zur Seite. Christien sprang gerade mit einem stolzen Grinsen vom letzten Ast herunter. Tibbie, die Harry rasch unter den linken Arm klemmte, hastete herbei.

Wie in Trance vernahm Emlyn, wie Tibbie auf Christien und Isobel einschimpfte. Sie hörte, wie Godwin dem Jungen einen Vortrag über die Gefahren solcher Klettereien hielt und daß er Nicholas dann für seine Hilfe dankte. Gleich dem Rascheln der Blätter über ihr drangen die Stimmen an ihr Ohr. Schweigend beobachtete sie, wie Tibbie und Godwin mit den Kindern auf das Gartentor zugingen.

Ebenfalls schweigend stand Nicholas neben ihr unter dem grünen Baldachin. Sie sah zu ihm hoch. Seine Augen reflektierten die von der Sonne angestrahlten Blätter wie Lichtstrahlen, die sich in einem Smaragd brechen. Anscheinend ein wenig verwirrt, erwiderte er ihren Blick. »Geht Ihr jetzt zum Wohnturm zurück?«

»Eure Augen . . .«, sagte sie.

Augenblicklich verschwand sein Lächeln. »Was ist damit?« fragte er und starrte angestrengt nach oben in den Baum. Doch dann senkte er den Blick und sah sie aus diesen grünen, durchdringenden Augen ganz bewußt an.

»Grün.« Sie holte tief Luft und verschluckte sich beinahe an dem intensiven Apfelduft. »Nicht grau. Grün.« Thornes Augen. Thornes Stimme und Hände, Thornes Atem an ihrem Ohr, der ihr noch vor wenigen Augenblikken heiße Schauer über den Rücken gejagt hatte.

Nicholas hielt ihrem Blick stand, nur seine rechte Braue hob sich unmerklich. Diese winzige Bewegung und der wissende Ausdruck seines Blicks ließen mit einemmal ihrer beider Masken fallen. Vage begriff Emlyn, daß sie ihm gerade ihre Identität verraten hatte. Doch das störte sie nicht. Er wirkte kaum überrascht, schien sie auch ohne Fragen zu erkennen, so wie sie ihn erkannt hatte.

Grollender Zorn ballte sich in ihr zusammen, als ob zwei schwarze Gewitterwolken aufeinander zurasten. Ihr Herz begann wie wild zu schlagen. »Das warst du – neulich nachts im Erkerzimmer«, sagte sie. »Du! Thorne!«

Er seufzte. »Mylady, das ist nicht der Ort . . .«

»Was war ich nur für eine Närrin!« schrie sie. »Eine hirnlose Idiotin, daß ich das nicht gleich gemerkt habe!« Sie raffte ihr Nonnengewand, drehte sich um und stapfte den gepflasterten Weg entlang, vorbei an den Beeten mit Ringelblumen und duftendem Lavendel. Hinter sich hörte sie das Geräusch seiner Stiefel.

Seine Hand griff nach ihrem Arm. »Emlyn«, sagte er sanft.

Sie wirbelte herum und starrte ihn an, unfähig, einen klaren Gedanken zu fassen. Die Enthüllung seiner wahren Identität hatte sie wie ein Schlag ins Gesicht getroffen. Wütend schüttelte sie seine Hand ab.

»Emlyn«, hörte sie ihn nochmals flüstern. »Ich habe dich sofort erkannt.«

»Und trotzdem hast du nichts gesagt!« In ihre Wut mischte sich jetzt auch Enttäuschung. Mit stockendem Atem und heißen Wangen erkannte sie, daß sie ihm durch diese Heirat in die Falle getappt war. Indem sie Thorne ihr Eheversprechen gab, hatte sie den Baron geheiratet. »Warum hast du das getan?« zischte sie.

»Es war notwendig«, erwiderte er ruhig. »Und das gleiche könnte ich dich auch fragen. Dieses Nonnengewand ist doch wohl kaum eine angemessene Verkleidung. Tibbie und die Kinder müssen dich sofort erkannt haben.«

»Selbstverständlich«, schnappte sie. »Aber ich dachte, du – ich meine, der Baron – würdest mich nicht erkennen.« Die Worte brannten wie Essig auf ihrer Zunge. Ihre Lippen bebten, die Tränen schossen ihr in die Augen, gefolgt von einer unsäglichen Wut, die sich in ihrem Bauch zusammenballte und in ihrer Kehle zu brodeln begann.

Sie war kurz vorm Explodieren und machte einen Schritt auf ihn zu. Ihr Atem jagte, und die Gedanken, die ihr durch den Kopf schossen, taten körperlich weh.

Sein Blick wurde weicher, als er auf sie hinuntersah. »Emlyn, ich . . .«

Sie holte aus und schlug ihm mitten ins Gesicht. Erschrocken über sich selbst, hielt sie die Luft an und preßte die Hand auf den Mund. Er starrte sie an, seine Lippen schmal wie Striche, und binnen Sekunden erschienen ihre fünf Finger wie ein glühendes Brandmal auf seiner Backe.

Emlyn raffte die Röcke hoch und rannte wie vom Teufel gejagt durchs Gartentor über den Burghof auf den Wohnturm zu. Sie flog die äußere Holztreppe hinauf, riß die schwere Eichentür auf, als bestünde diese nur aus Pergament, und war verschwunden.

Nicholas, der einen Augenblick wie erstarrt dagestanden hatte, rannte hinter ihr her.

Seine eisenbeschlagenen Stiefel hämmerten auf den Stufen der Wendeltreppe. Vor sich hörte er ihre Röcke und die weichen Filzstiefel über den Steinboden des großen Saals in Richtung Korridor huschen. Vom letzten Treppenabsatz aus sah er sie durch die erste unverschlossene Tür schlüpfen. Es war die Tür zu seiner Schlafkammer. Er setzte ihr nach, doch zu spät. Vor seiner Nase fiel die Tür mit einem lauten Knall ins Schloß, und er hörte nur noch, wie innen der eiserne Riegel über das Holz kratzte.

»Mach die Tür auf!« brüllte er, schlug dabei mit der Faust gegen die dicken Eichenbohlen und rüttelte vergeblich am Türgriff. Solange sie den Riegel nicht freiwillig zur Seite schob, würde nur ein Sturmbock diese Tür aufzwingen können. Er drehte sich um und rannte auf die Tür zum Erkerzimmer zu. Sie war ebenfalls verriegelt. Wütend trat er gegen die dicken Bohlen und ging zu seiner Schlafkammer zurück.

»Zum Teufel noch mal!« schrie er und stampfte mit dem Fuß auf. »Mach die Tür auf!« Von innen wurde etwas mit solcher Wucht gegen die Tür geschoben, daß sie in den Angeln erzitterte. Nicholas fluchte, stützte sich mit beiden Händen an die Tür und ließ den Kopf zwischen die Arme sinken.

Das war nun wirklich der allerungünstigste Moment für Emlyn, um die Wahrheit zu erfahren. Nach der Unterredung mit seinem Vater war er zwar entschlossen gewesen, mit ihr zu sprechen, hatte Hawksmoor aber schon am Tag darauf verlassen müssen und war länger weggeblieben als ursprünglich geplant. Und gleich nach seiner Rückkehr hatte ihm ein Bote aus Wistonbury die Nachricht überbracht, daß der Abt ihn bitte, mit einem Trupp ins Tal zu reiten.

Alles war zum Aufbruch bereit, und Nicholas hatte weder die Zeit noch die Kraft für eine Auseinandersetzung mit Emlyn. Whitehawkes Männer gingen erneut mit roher Gewalt gegen die Talbewohner vor, hatte ihn der Abt in seinem Schreiben wissen lassen und ihn gebeten, mit dem Grafen zu sprechen und ihn so lange aufzuhalten, bis der Bischof einen Unterhändler zu Friedensverhandlungen geschickt habe.

Zur Stunde rüstete sich seine Garnison im Burghof zum Aufbruch. Er hatte die Vorbereitungen selbst überwacht, bis er die aufgeregten Stimmen im Obstgarten hörte. Durch das kleine Fenster am Ende des Korridors konnte er das nervöse Stampfen der vielen Pferde hören, die Rufe und Befehle seiner Männer, das Scheppern der Waffen und Klirren der Rüstungen. Er hatte bisher weder seine Rüstung angelegt noch dem Haushofmeister die entsprechenden Instruktionen für die Dauer seiner Abwesenheit gegeben.

Eine Bewegung im Flur erregte seine Aufmerksamkeit. Lady Julian und Lady Maude standen auf der Türschwelle des Frauengemachs und starrten ihn mit offenen Mündern an. Der Blick, den Nicholas ihnen zuwarf, war so wütend, daß sie unwillkürlich auch noch die Augen aufrissen.

Donner und Doria, jetzt geht auch noch das Getratsche los, dachte er zornig. Ach, was soll's. Das Unglück ist bereits geschehen, und der Schaden ist unermeßlich; viel schlimmer als der an Whitehawkes Burgmauer. Er drehte sich wieder um und hämmerte mit beiden Fäusten gegen die Tür. »Mach auf!«

»Nein, du Lügner!« schrie Emlyn. »Du Bastard!«

Lady Julian stockte der Atem, als sie solche Unflätigkeiten aus dem Mund einer Nonne vernahm. Maude reagierte zum Glück schnell und zog ihre Mutter in ihr Gemach zurück. Angespanntes Schweigen herrschte in dem düsteren Korridor.

Nicholas lehnte stöhnend die Stirn an die Holzbalken der Tür. »Emlyn«, sagte er leise und rang dabei um Beherrschung. »Mach bitte auf. Ansonsten muß ich durch die Tür mit dir reden, und dann weiß die ganze Burg, was zwischen uns vorgeht.« Er wartete. Das Herz klopfte ihm bis zum Hals.

Nach einigen Augenblicken wurde der Riegel zur Seite geschoben. Kaum hatte Nicholas die Tür geöffnet, flog ihm ein weiß-blauer Keramiktopf entgegen, der klirrend am Türpfosten zerbrach.

Nicholas machte die Tür von innen zu und schob mit dem Fuß die Scherben beiseite. »Mylady, Ihr seid nicht nur gewalttätig, sondern zudem auch eine miserable Schützin. Die Schachfigur auf Ashbourne hat mich verfehlt, und im Forst hättest du mich ums Haar mit deinem Pfeil entmannt.«

Emlyn stand neben der Feuerstelle, die Fäuste in die Hüften gestemmt. »Bei Gott, ich wünschte, mein Pfeil hätte dich damals mitten in dein schwarzes Herz getroffen!«

»Wirklich?« Er trat einen Schritt auf sie zu.

»Jawohl!« Sie wandte sich ab, drehte sich aber gleich wieder um. »Wie konntest du mir das nur antun? Ich glaubte, Thorne – mein Gemahl«, sie spuckte dieses Wort förmlich aus, »sei ins Tal geritten, um Whitehawke vom Land der Mönche zu vertreiben!«

»Nun, ich habe diese Aufgabe keineswegs vernachlässigt«, entgegnete er schlicht.

Sie starrte ihn unter zusammengekniffenen Lidern wütend an; ihre Augen sprühten goldene Funken. »Eine Schlange bist du! Du hast mich von vorne bis hinten belogen!« Sie nahm einen silbernen Becher von einem kleinen Tischchen und schleuderte ihn mit voller Wucht auf den Boden, wo er ein paarmal scheppernd aufschlug und klirrend bis zur Feuerstelle rollte. Dann streckte sie einen Arm aus und fuchtelte damit im Kreis herum. »Und das hier soll wohl das kleine Stück Land und das Haus sein, das du besitzt, wie? Eine feine Höhle für eine Schlange ist das!«

Nicholas hob abwehrend die Hand und ging langsam auf sie zu. »Du klagst mich der Lüge an, Emlyn? Nun, auch du bist keine Nonne. Aber ich bin der Baron hier, und das schon seit Jahren. Zum angemessenen Zeitpunkt hätte ich dir schon erzählt, wer ich wirklich bin.« Sie wich vor ihm zurück, und als sie nach dem zweiten Becher langte, nahm er ihn ihr aus der Hand und knallte ihn auf den Tisch.

»Der passende Zeitpunkt wäre vor unserer Hochzeit gewesen!«

»Hättest du mich geheiratet, wenn du das gewußt hättest?«

»Niemals!« schnappte sie. Dann blitzte plötzlich ein Licht in ihren Augen auf wie der blaue Funke eines Feuersteins im Dunkeln. »Ach, eine heimliche Hochzeit kam deinem Ansinnen natürlich sehr gelegen, da ich nicht wußte, wem ich in Wirklichkeit mein Eheversprechen gab.«

»Dich zu betrügen, lag nie in meiner Absicht«, entgegnete er mit fester Stimme. »Ich wollte dich vor Whitehawke in Sicherheit bringen und meine ...« Er hielt inne. Noch war er nicht bereit, ihr zu erklären, daß er bereits früher schon einmal um ihre Hand angehalten hatte. Fürs erste soll sie das verdauen, dachte er, der Rest hat Zeit.

Sie warf ihm einen eiskalten Blick zu. Ihre Brust hob und senkte sich heftig unter ihrem Nonnengewand. »Jetzt weiß ich auch, warum ich dich heute als Thorne erkannt habe. Die ganzen letzten Wochen bist du mir ja wohlweislich aus dem Weg gegangen.«

»Ich habe diesen Sommer tatsächlich nur wenig Zeit auf Hawksmoor verbracht«, gab er vorsichtig zu.

»Ja, und wenn du hier warst, dann hast du dich vor mir versteckt. Sobald ich einen Raum betrat, hast du ihn verlassen, oder dich immer hinter mich gestellt, wenn du mit mir sprachst, oder ins Kerzenlicht . . .«

»Nur zu unserer beider Schutz«, warf er ein. »Und vergiß nicht – wenn ich mich dir näherte, dann hast du dich sofort weggedreht, damit ich dich nicht erkenne. Ich konnte ja immer nur zu dem Nonnenschleier sprechen.« Er schnippste mit den Fingern gegen den voluminösen Kopfputz.

»Dann haben wir uns also gegenseitig zum Narren gehalten«, sagte sie und trat unvermittelt zur Seite. Er packte sie am Arm, wirbelte sie herum und preßte ihre Hand an seine Brust. Ihr Körper unter dem schwarzen Wollgewand war warm und weich, und er spürte sein Herz unter ihrer Hand klopfen.

»Ist es denn so verrückt, dich zu lieben, Emlyn? Ich liebe dich nämlich wirklich«, murmelte er und wußte in diesem Augenblick, daß er nie zuvor jemandem so tiefe, wahre Gefühle gestanden hatte. Sie starrte ihn wortlos an, wandte dann den Blick von ihm ab und atmete tief aus. Er glaubte zu spüren, daß sie damit auch einen Teil ihrer Wut ausgehaucht hatte.

Obgleich sie sich seinem Griff widersetzte, reagierte sie auf seine Nähe. Ihre Hüften bewegten sich kaum merklich, ihre Hände lagen auf seinen Unterarmen. Sie neigte den Kopf nach hinten, um seinem Blick zu begegnen. Ihr Gesichtsausdruck war starr, nur ihre Augen leuchteten wie tiefblaue Seen im hellen Sonnenlicht.

»Wer bist du? Thorne oder Nicholas?«

»Alle beide, Mylady, und gleichzeitig dein Gemahl«, kam es leise.

»Aha, alle beide. Und keiner von beiden ist vertrauenswürdig«, fauchte sie.

»Ich habe etliche triftige Gründe für meinen Betrug, Emlyn, du aber hast nur einen: die Kinder von hier zu entführen.«

Sie wehrte sich jetzt heftig gegen seinen Griff. »Entführen? Sie sind immerhin meine Geschwister! Was ihr in Ashbourne gemacht habt, das war Entführung, oder etwa nicht?«

»Ich habe nur dem Befehl meines Königs gehorcht«, gab er knapp zurück.

»Ach, deinem König gehorcht, und bei nächster Gelegenheit hast du deinem Vater Hörner aufgesetzt!« Wie ätzend dieser Vorwurf klang. Nicholas verbiß sich einen gehässigen Kommentar, denn er erkannte plötzlich etwas von seinem eigenen Charakter in ihrem zornigen Blick. Ja, dachte er, ich liebe sie wirklich – aber sie könnte selbst einen Stein in Rage bringen.

Trotzig sah sie ihn an; ihre Brust hob und senkte sich an der seinen. Zwei hellrote Flecken erschienen auf ihren Wangen und brachten die goldenen Sprenkel ihrer azurblauen Augen unter den dunklen Brauen noch wirkungsvoller zur Geltung. Unwillkürlich mußte Nicholas an ein Gemälde denken, auf dem ein zorniger, tugendhafter Engel einem armen Sünder gegenübersteht.

»Du bist kein Ehrenmann!« stellte sie in anklagendem Tonfall fest.

»Und trotzdem bist du meine Frau«, knurrte er. »Oder würdest du lieber meine Stiefmutter sein?«

»Weder noch! Ich habe dir vertraut. Aber du hast mich auf hinterhältigste Art und Weise betrogen!«

Auf seiner Wange zuckte ein Muskel. »Daß ich dich heiratete, geschah zu deiner eigenen Sicherheit. Und damals konnte ich nicht offen mit dir sprechen.«

»Ich wünschte, ich hätte mich selbst um meine Sicherheit gekümmert und wäre dir nie in diesem Wald begegnet!« stieß sie zwischen zusammengebissenen Zähnen hervor und schob ihn von sich weg.

Seine eine Hand schloß sich fester um ihr Handgelenk, mit der anderen zog er sie so weit an sich heran, bis ihre

Zehen seine Stiefelspitzen berührten. »Beim heiligen Kreuz!« rief er verärgert. »Immerhin warst du es, die sagte, sie wolle sich aus dieser Verlobung befreien. Und dafür habe ich gesorgt.« Er preßte sie so eng an sich, daß sie den Kopf in den Nacken legen mußte, um ihm in die Augen zu sehen. »Du bist mein angetrautes Eheweib, Emlyn«, brummte er zornig. »Und mit dieser albernen Verkleidungskomödie ist es jetzt ein für allemal vorbei.«

Als Antwort blitzte ein blauer Funke in ihren Augen auf und entfachte eine lange unterdrückte Glut. Ihre Nähe erregte ihn: so viele Wochen ohne sie, und ihr dabei so oft ganz nahe. Die Spannung in seinem Körper wuchs. Er neigte den Kopf, um ihre Lippen zu erobern.

Sie machte einen kleinen Versuch, sich zu wehren, ergab sich dann aber mit einem erstickten Schrei und erwiderte seinen Kuß mit bebenden Lippen. Während ein tiefer Seufzer sich seiner Kehle entrang, lockerte er seinen eisernen Griff.

Sofort ergriff Emlyn die Gelegenheit, sich aus seiner Umarmung zu winden. »Bitte, hör auf, mich zu verwirren. Ich kann nicht klar denken, wenn du mich berührst.« Die heisere Wärme ihrer Stimme hatte sich in klirrenden Frost verwandelt. »Wie können wir ehrlich vermählt sein, wenn dein Teil des Gelübdes gelogen war? Du hast mich nur geheiratet, um unser Eheversprechen als Waffe gegen deinen Vater einzusetzen.«

»Nein«, sagte er. »Nein.« Er legte seine Fingerspitzen unter ihr Kinn, das sich so warm und weich anfühlte wie ein Rosenblatt in der Sonne. Er war ebenfalls verwirrt, durch die Nähe ihrers Körpers, durch seinen Ärger, der durch ihren Zorn angefacht wurde. »Unser Eheversprechen ist gültig, Emlyn. Auch eine heimlich geschlossene Ehe ist ein heiliger Pakt. Wer ich bin, ändert nichts an den Worten, die wir gesprochen haben.«

Ihre Wangen zitterten unter seiner Berührung, sie schloß die Augen und wandte den Kopf ab. »Es wäre ehrenhaft, mich von einem Gelübde zu entbinden, das ich in Unwissenheit abgelegt habe.«

Jetzt begann sein Blut vor Wut zu kochen. Er hatte sehr viel für ihre Sicherheit riskiert. »Ich werde dich niemals davon entbinden«, entgegnete er barsch.

»Das ist keine Ehe«, wisperte sie. »Ich habe Thorne geheiratet. Nicht Nicholas de Hawkwood.«

»Und ich habe gute Gründe für das, was ich getan habe, Emlyn.« Mein Gott, dachte er, es würde etliche Zeit in Anspruch nehmen, ihr alles zu erklären. Aber diese Zeit hatte er im Augenblick nicht: Peter würde demnächst nach ihm schicken lassen. Frustriert stieß er einen langen Atemzug aus. Nein, für eine derartige Enthüllung war jetzt weiß Gott nicht der geeignete Zeitpunkt. »Ich werde dir alles erklären, meine Liebe, aber nicht jetzt.«

Der schrille Signalton eines Widderhorns gellte durch den Burghof. »Meine Männer sind bewaffnet und zum Aufbruch bereit«, sagte er und gab ihren Arm frei.

Emlyn ging an ihm vorbei zur Tür, drehte sich dort noch einmal um und sah ihn an. Die rosigen Lippen in ihrem blassen Gesicht zitterten. »Geh nur«, sagte sie bitter. »Und spar dir deine Erklärungen. Betrug kann ich nicht ertragen. Und betrachtet mich nicht länger als Eure Gemahlin, Mylord.« Sie riß die Tür auf und ging hinaus.

Seufzend fuhr sich Nicholas mit den Fingern durchs Haar. Er fühlte sich, als habe man ihm einen Peitschenhieb versetzt. Anstatt ihr alles zu erklären und sie um Verzeihung zu bitten, hatte er wieder mit der Wahrheit hinter dem Berg gehalten, sich in Heimlichkeiten geflüchtet, wie es ihm zur Natur geworden war. Beide hatten sie sich ihrem zügellosen Temperament ergeben, sich von ihrer Wut leiten lassen. Und dadurch etwas sehr Wertvolles zerstört – ihr Vertrauen in ihn, in Thorne. Jetzt war sie gewiß davon überzeugt, daß er genauso vertrauensunwürdig war wie sein Vater.

Er ballte die Hände zu Fäusten und biß die Zähne zusammen. Wieder erschallte das Signal zum Aufbruch. Er hätte ihr sagen sollen, wer er war, als sie nach Hawksmoor kam. Nein, besser noch hätte er das Risiko eingehen sollen und ihr noch vor ihrer Hochzeit die Wahrheit über sein Doppelleben gestehen sollen. Damals hätte sie ihn vielleicht angehört. Jetzt, da Lug und Betrug wie Eisblöcke zwischen ihnen standen, war es vielleicht zu spät. Stöhnend rieb er sich die Augenbrauen. Er mußte ihre Situation genau durchdenken, denn im Moment wußte er nicht, wie er ihr Vertrauen zurückgewinnen konnte. Aber selbst wenn er zu einer Lösung gelangen sollte, war es ihm unmöglich, bald mit ihr zu reden. Die Mission für den Abt würde ihn wochenlang von Hawksmoor fernhalten.

Mit Klauen bewehrte Hände und aufgerissene Münder streckten sich gierig nach den herabstürzenden Körpern der Sünder aus. Über den Kreaturen der Hölle schwebte ein großer, gertenschlanker Engel und wog auf einer Waagschale die Seelen der Toten. Diejenigen, die ohne Sünde waren, stiegen geschützt von den regenbogengleichen Flügeln des Engels in den Himmel auf. Die anderen stürzten, von der Last ihrer Freveltaten beschwert, mit angstverzerrten Gesichtern in die wartenden Arme der Teufel.

Emlyn setzte sich auf die Fersen und lehnte sich zurück, um ihre Arbeit zu betrachten. Daß Godwin die Kapelle verlassen hatte und daß es inzwischen bereits dunkelte, nahm sie nur am Rande wahr. Sie hatte heute keine Engel gemalt. Teufel und Dämonen paßten besser zu ihrer momentanen Stimmung.

Die Sonne war untergegangen, das Abendessen aufgetragen worden, aber Emlyn malte noch immer. Sie hatte kein Verlangen, irgend jemanden zu sehen. Den ganzen Tag war sie in der Kapelle gewesen und hatte ihre Pinsel mit verbissener Entschlossenheit über die verputzten Wände geführt.

Einige der Teufel hatten nun schwarze Haare und stahlgraue Augen. Sehr zufrieden mit dem finsteren Ausdruck auf dem bärtigen Gesicht des letzten, hatte sie gleich noch einen anderen mit moosgrünen Augen und einem bösartigen Blick gemalt. Zum Schluß hatte sie seine behuften Füße in einen Dornbusch gesetzt.

Emlyn streckte die verspannten Schultern und besah sich dabei kritisch ihr Werk. Doch ihre Gedanken waren nicht bei den Gestalten, sondern schweiften immer wieder ab. Der Streit mit Thorne – mit Nicholas – spukte ihr im Kopf herum, ständig fielen ihr schlagfertige Argumente und Antworten ein, die sie hätte anbringen können, oder sie entdeckte neue Aspekte seiner Verfehlungen.

Der Gedanke, daß sie auf so unverschämte Weise betrogen worden war, machte sie ganz krank. Die wütenden Tränen, die sie am Morgen noch geweint hatte, waren am Nachmittag einem Gefühl abgrundtiefer Leere und Traurigkeit gewichen. Ihre Augen waren rot und verquollen. Als vor etlichen Stunden die Garnison aus dem Burghof geritten war, hatte sie den Pinsel auf den Boden geschmissen und ihren Tränen freien Lauf gelassen. Godwin, offenbar verwirrt über ihre hartnäckige Weigerung, ihr sonderbares Benehmen zu erklären, hatte schließlich kopfschüttelnd die Kapelle verlassen.

Die Dämmerung war schon weit fortgeschritten, als Emlyn vom Gerüst kletterte und sich vor dem Altar niederkniete, um die heilige Maria in einem geflüsterten Gebet um Beistand zu bitten. Votivkerzen flackerten auf einem Holzregal neben dem Altar, und Emlyn fand Trost in dem simplen Akt, ebenfalls eine Opferkerze anzuzünden. Tief atmete sie den vertrauten Geruch von Wachs und Rauch ein, während sie versonnen die kleine Flamme betrachtete.

Das Knarren der Kapellentür riß Emlyn aus ihren schwermütigen Gedanken. Unwillig drehte sie sich um und sah die kleine, untersetzte Gestalt Tibbies in der Tür stehen. »Hallo?« rief diese in den Raum. »Arbeitet Ihr immer noch, meine Gute?«

»Ich bin hier beim Altar.«

Tibbie watschelte in ihrer typischen Art auf den Altar zu. »Tz, tz, meine Liebe. Godwin sagte mir, daß Ihr malt, als seien Eure Finger am Pinsel festgewachsen, und daß Ihr dabei schluchzt und schnieft.« Sie kniete sich neben

Emlyn auf den kalten Steinboden nieder, murmelte ein kurzes Gebet und musterte Emlyn dann unter hochgezogenen Brauen. »Erzählt mir, was passiert ist, Mylady.«

»Was meinst du damit?« fragte Emlyn vorsichtig.

»Na, was werde ich schon meinen? Die Ladys schwirren im Haus herum wie Bienen auf einer Sommerwiese. Man erzählt sich, daß Ihr und der Baron ein hitziges Wortgefecht in seinem Schlafgemach hattet. Lady Julian muß mit offenem Mund in der Tür gestanden und nach Luft geschnappt haben wie ein Goldfisch auf dem Trokkenen.«

Emlyn seufzte. »Dann weiß es also jeder hier im Haus?«

»Ja, einige. Lady Maude, Lady Alarice und Margaret von Welles haben sich beim Abendessen darüber unterhalten. Und daß Ihr nicht bei Tisch erschienen seid, hat sie nur noch argwöhnischer gemacht.« Das weiche Kerzenlicht glättete die Falten in Tibbies sorgenvollem Gesicht ein wenig. »Diese Lady Alarice glaubt, der Baron wollte Euch als Geliebte haben.«

»Ha! Das wäre ja noch schöner.«

»Dann hat er herausgefunden, wer Ihr seid?«

»Schlimmer noch«, murmelte Emlyn. »Der Baron ist mein Ehemann.«

Tibbie verschluckte sich beinahe. »Bei der Heiligen Jungfrau! Wie viele Ehemänner habt Ihr denn?«

»Oh, Tib.« Emlyn ließ ein halbherziges Lachen hören. »Der Baron ist der Forstaufseher, den ich geheiratet habe.« Sie schlug die Augen nieder. »Zu meiner Schande muß ich gestehen, daß ich ihn bis heute morgen nicht erkannt habe. Er war vorher irgendwie anders. Er trug einen Bart und war . . .« Freundlicher, dachte sie. Zärtlich und besorgt, mit Augen grün wie Weißdornblätter.

»Und, hat er Euch erkannt in Eurem Nonnenschleier?« fragte Tibbie, worauf Emlyn nur verdrossen nicken konnte.

»Nun, ich halte ihn auch nicht für einen Dummkopf. Ihr könnt niemanden täuschen, der Euch kennt, Mylady.«

»Kann schon sein«, meinte Emlyn und machte eine Pause. »Ich glaube nicht, daß unsere Heirat gültig ist. Er hat mich betrogen.«

»Verheiratet ist verheiratet, meine Liebe – wenn die Ehe vollzogen wurde.«

Mit hochroten Wangen erinnerte sich Emlyn an nackte Füße in einem Bach und vieles mehr. Sie ließ den Kopf hängen, fühlte sich so hilflos und schämte sich. Wenn doch nur Tibbie ihre Probleme lösen könnte wie früher ihre Kleinmädchensorgen, dachte sie und wußte gleichzeitig, daß niemand in der Lage war, ihr zu helfen – außer Nicholas. »Ach, Tib«, wisperte sie kläglich.

Tibbie stand auf, ging ein paar Schritte umher und kam mit nachdenklich gerunzelter Stirn zurück. »Euer Baron überrascht mich, muß ich zugeben. Er ist älter als Ihr und scheint ein Mensch zu sein, der sehr bedacht handelt und nichts überstürzt. Irgendwie mag ich ihn, denn er hat eine sehr liebe Art, mit den Kindern umzugehen. Ich glaube, er hat doch ein gutes Herz.« Sie stemmte die Hände in die Hüften. »Wenn Ihr mich fragt, hat Euch der Herr im Himmel einen großartigen Ehemann geschenkt. Oder hättet Ihr lieber den Grafen gewollt?«

»Du willst damit sagen, Gottes Wege seien unergründlich, habe ich recht?« seufzte Emlyn.

Tibbie nickte bekräftigend. »Er wird einen Weg finden, Euch von Whitehawke zu befreien. Das ist doch Euer einziges Problem, nicht wahr?«

»Ha, einziges Problem!« ereiferte sich Emlyn. »Man hat mich hereingelegt und mir durch einen Trick das Eheversprechen abgeluchst! Ich will nicht die Frau des Barons sein!«

»Manchmal seid Ihr aber auch wirklich über die Maßen heikel, Mylady. Vergeßt nicht, daß der Baron gleichzeitig Euer Forstmeister ist. Übrigens – habt Ihr ihn gefragt, warum er Euch so gefoppt hat?«

Emlyn schlug betreten die Augen nieder. »Nein. Ich war viel zu wütend, um mir Erklärungen anzuhören.«

»Aha. Nun, manche Knoten lassen sich nicht sofort entwirren. Der Mann ist solide und vernünftig, und seine Gründe werden das wohl auch sein. Ich glaube, er ist trotz alledem ein Ehrenmann.«

Emlyn warf Tibbie einen zweifelnden Blick zu. »Hm. Aber ich weiß weder, wohin er geritten ist, noch wann er zurückkommt.«

»Wie ich hörte, reitet er auf Ersuchen des Abtes nach Arnedale, um mit Whitehawke Friedensgespräche zu führen. Der Graf hat wieder damit begonnen, die armen Bauern im Tal zu attackieren. Er hat ihnen gedroht, alles niederzubrennen.« Tibbie schüttelte den Kopf. »Der gnädige Herr sollte sich lieber um sein Seelenheil kümmern und seine Ansprüche auf dieses Land aufgeben, meine ich.«

»Whitehawke besitzt einen unbeugsamen, rachsüchtigen Charakter«, warf Emlyn ein. »O mein Gott! Wenn es nun zu einem Gefecht zwischen Nicholas' Männern und den Leuten seines Vaters kommt?«

Tibbie streifte sie mit einem neugierigen Blick. »Habt Ihr Angst, Eurem Baron könnte etwas geschehen? Männer kämpfen um Land und Reichtum wie Kinder um Süßigkeiten, und das wird auch keine Frau ändern können. Vertraut dem Herrn, er wird Euren Liebsten beschützen, Mylady. Aber wenn Ihr Euch schon Sorgen macht, dann besser darüber, was sein Vater unternehmen wird, sobald er erfährt, daß Ihr mit seinem Sohn verheiratet seid.« Tibbie hatte absichtlich sehr langsam gesprochen und jedes Wort mit einem Nicken betont.

»Das ist mir alles zuviel, Tib. Ich bin völlig durcheinander.«

Die alte Amme beugte sich zu Emlyn und tätschelte ihre Hand. »Ja, das kann ich mir vorstellen, Mylady. Aber wartet einfach ab. Laßt nicht zu, daß Wut und Ärger den heiligen Bund zwischen Gatte und Gemahlin zerstören.«

»Mit dem Baron verbindet mich gar nichts«, murmelte Emlyn. »Mit dem Forstaufseher fühlte ich mich einst verbunden, aber ob das jetzt noch so ist, da bin ich mir nicht sicher.«

18. Kapitel

Die an einem hohen Ast baumelnde Figur brannte lichterloh, eine grellrote, knisternde Fackel, die von der leichten Spätsommerbrise angefacht wurde. Unter der Strohpuppe hatten die Dorfbewohner einen Kreis gebildet, hielten sich an den Händen und tanzten zu einem leisen Singsang. Dunkle Rauchwolken stiegen in den azurblauen Himmel und lösten sich über den grünen und goldenen Streifen der teilweise bereits abgeernteten Felder auf, die sich im Hintergrund ausbreiteten.

Nicholas drehte sich im Sattel um und sah beunruhigt zu Whitehawke hinüber, der die Szene mit einem alarmierenden Blitzen in den blassen Augen beobachtete. Sie hatten ihre Pferde auf einem schmalen Pfad zum Stehen gebracht, von wo aus sie den ganzen Dorfanger überblikken konnten. In ihrer Begleitung befanden sich etliche Wachen ihrer beider Truppen.

Seit zwei Wochen lagerte Nicholas bereits mit seinen Männern im Tal, und während der ganzen Zeit hatte Whitehawke kein Wort über die Hochzeit seines Sohnes verloren, genaugenommen kaum mit ihm gesprochen. Nicholas war daher sehr überrascht gewesen, als ihn sein Vater bat, mit ihm ins Dorf zu reiten.

Sein Blick wanderte wieder zurück zu der lodernden Strohpuppe. Einem alten, heidnischen Erntebrauch folgend wurde am Bartholomäustag eine häßliche, bucklige, in Lumpen gekleidete Strohpuppe, der alte Bartel, dreimal durchs Dorf getragen und dann auf einen hohen Baum gehängt. Nachdem das in Pech getränkte Stroh mit einer Fackel angezündet war, tanzten die Dorfbewohner um den Baum herum und sangen dabei Lieder auf den alten Bartel. Anschließend wurde ausgiebig gegessen und getrunken.

Auch Aelric befand sich unter den Feiernden, unübersehbar, da er die anderen Dorfbewohner um gut eine Haupteslänge überragte. Neben ihm standen Maisry und seine zwei Buben. Nicholas sah ihn lachen und seiner Frau zunicken, indes die Dörfler ein neues Lied anstimmten:

»Auf dem Hügel steht er, in Lumpen gehüllt,
und bläst sein Horn für den Jäger Thorne . . .«

Aus den gebogenen Schafshörnern drangen eigenartige, hohle Töne, die sich mit dem Knistern des Feuers und dem vielstimmigen Singsang vermischten.

»Der alte Bartel brennt. Heute ist der Tag, da ich Thorne eine Warnung schicken werde«, erklärte Whitehawke unvermittelt. »Schau dort.«

Nicholas schaute in die angegebene Richtung und sah eine Gruppe von Whitehawkes Bewaffneten den gewundenen Pfad ins Dorf hinunterreiten. Es waren fast ein Dutzend Männer. Ihre rostbraunen Umhänge wehten in der späten Nachmittagssonne.

Einer der Bewaffneten hatte ein langes Bündel quer vor dem Sattel liegen, das er im Vorbeireiten unter den brennenden Bartel warf, bevor der Trupp ins Dorf galoppierte. Als Nicholas genauer hinsah, erkannte er in dem Bündel eine zweite, in grüne Lumpen gekleidete Strohpuppe, deren Arme und Beine mit Dornenzweigen bestückt waren.

Kurz darauf schoß ein Bogenschütze einen brennenden Pfeil auf die Dorfwiese. Eine Frau schrie in Panik auf, als der Pfeil in der grünen Strohpuppe steckenblieb, die sofort Feuer fing.

Whitehawke kam im leichten Schrittempo hinter der Dorfkirche vorbei auf die Wiese geritten und ließ sein Pferd einmal langsam um die brennende Puppe herumtraben. Der Wind blies ihm seine weiße Löwenmähne aus der hohen Stirn und bauschte den schwarzen Umhang. Dann blieb er stehen und ließ seinen starren Blick über den Kreis der entsetzten Dorfbewohner wandern. Seine furchteinflößende Erscheinung gebot jedermann Schweigen. Nur ein kleines Kind brüllte, das von einer ängstlich dreinblickenden Mutter beruhigt wurde.

»Der Bartel wurde verbrannt, um das Böse unter euch auszumerzen!« rief Whitehawke. »Und ich vernichte auch noch diesen Thorne und den Grünen Mann. Ihr böser Geist hat lange genug diesen Ort heimgesucht. Sollte er hier zu Tode kommen, werde ich mich erkenntlich zeigen. Dies hier ist mein Land, und ich bin euer Herr. Wenn ihr auf meine Worte hört, könnt ihr Wohlwollen von mir erwarten.« Damit nahm er die Zügel auf und ritt hinter Nicholas und den Soldaten davon.

»Jetzt hat Thorne ausgespielt«, sagte Whitehawke zuversichtlich, als Nicholas sein Pferd neben ihn trieb. »Sie werden ihm keinen Schutz mehr gewähren.«

Der Singsang erhob sich wieder. Leise wehten die sanften Stimmen durch die rauchgeschwängerte Luft über der Dorfwiese:

»Auf dem Hügel, in Lumpen gekleidet,
bläst er sein Horn für den Jäger Thorne.
Oben auf dem Hügelrand,
da bläst er sich um den Verstand . . .«

Aelric rannte mit einem Eimer Wasser durch den Kreis der Singenden und kippte ihn über der Strohpuppe aus, die Thorne darstellen sollte. Als die Dörfler ihm lachend applaudieren, lachte auch Aelric. Es klang wie ein tiefes Bellen. Jemand trillerte auf einer Pfeife, und gleich darauf begann jedermann wieder zu tanzen.

Mit einem amüsierten Lächeln wandte sich Nicholas ab.

Der Sommer ging rasch dahin, verschwand mit den Blumen in den Beeten. Ein Großteil der Ernte war eingebracht, die Abrechnungen und Vorbereitungen für den Winter unter Eustaces umsichtiger Leitung abgeschlossen, der in seiner Eigenschaft als Haushofmeister auf

Hawksmoor den Baron während seiner ausgedehnten Abwesenheit vertrat. Nicholas war in der langen Zeit nur dreimal nach Hawksmoor gekommen, um sich mit Eustace und Lady Julian zu besprechen. Jedesmal war er schon vor dem ersten Tageslicht wieder aufgebrochen, und jedesmal hatten ihn mehr Bewaffnete begleitet als bei seiner Ankunft.

Als er das erstemal zurückkehrte, war ihm Emlyn geflissentlich aus dem Weg gegangen und hatte sich ausschließlich in der Kapelle und ihrem Zimmer aufgehalten. Am nächsten Morgen war er wieder aufgebrochen. Ein paar Wochen später kehrte er erneut zurück, lange nach Einbruch der Dunkelheit. Als Emlyn am folgenden Morgen am Gartentor vorbeiging, vernahm sie sein heiseres Lachen und Alarice' helles Kichern. Eiligst suchte sie das Weite und blieb für den Rest des Tages in ihrer Schlafkammer.

Tibbie drängte sie, zu ihm zu gehen, doch Emlyn weigerte sich hartnäckig. Ihre Verwirrung und ihre Wut hatten sich als dumpfer, dunkler Schatten über ihr Herz gelegt. Er müsse zu ihr kommen, erklärte sie Tibbie, dann würde sie mit ihm sprechen. Schließlich habe er sie betrogen, und deshalb sei es an ihm, den ersten Schritt zu tun.

Ende September kam er eines Nachmittags unangemeldet nach Hawksmoor und blieb auch den ganzen nächsten Tag. Als Emlyn auf der Suche nach Christien den großen Saal betrat, fand sie dort Nicholas und Lady Julian vor, die neben der Feuerstelle standen und in ein ernstes Gespräch vertieft waren.

Emlyn blieb wie angewurzelt stehen, als Nicholas sich umwandte und sie ansah. Er hielt mitten im Satz inne und erntete dafür einen erstaunten Blick seiner Tante.

Trotz der Entfernung spürte sie die Intensität seines Blickes und bemerkte, daß er errötete. Und sie glaubte, ein gewisses Verlangen in seinen Augen erkannt zu haben. Mit klopfendem Herzen verharrte sie und wünschte, er würde etwas sagen. Doch seine Miene verhärtete sich, und er drehte sich wieder um. Emlyn war so betroffen, daß sie mit hochrotem Kopf aus dem Saal flüchtete.

Zu Anfang hatte sie sein Betrug wütend gemacht und zutiefst verletzt, doch im Laufe der langen Wochen seiner Abwesenheit von Hawksmoor wuchs in ihr der Wunsch, daß er mit ihr sprechen und ihr erklären würde, warum er sie derart hintergangen hatte. Doch er sprach nie auch nur ein einziges Wort mit ihr.

Sie wollte die Gründe für sein doppeltes Spiel erfahren und verstehen. Wo deckte sich der ruhige, liebenswerte Forstaufseher, den sie kannte, mit dem kühlen, zurückhaltenden Baron? Nicholas' brüske Abwendung im großen Saal hatte sie wie ein Schlag ins Gesicht getroffen. Sie fühlte sich abgelehnt und zurückgestoßen.

Bei ihrem Streitgespräch hatte sie ihm erklärt, daß sie sich nicht länger als seine Ehefrau betrachte. Und jetzt begann sie zu fürchten, daß er sie tatsächlich beim Wort genommen hatte.

Während die kalten Herbstregen auf das Dach der Kapelle trommelten, beendeten Emlyn und Godwin das große Wandgemälde, auf dem das Abwiegen der Seelen dargestellt wurde. Als nur noch einige belanglose Details fehlten, entschied Godwin, daß sein Teil des Auftrags damit erfüllt sei, und teilte Emlyn mit, daß er demnächst nach Wistonbury zurückkehren werde.

»Abt John erwartet mich sicherlich schon ungeduldig«, sagte er. »In unserem Scriptorium liegen einige Manuskripte, die bearbeitet werden müssen. Ich denke, es ist höchste Zeit für mich zu gehen.«

Eines kühlen Morgens umarmte sie ihn draußen vor dem Burgtor und winkte ihm mit Tibbie und den Kindern nach, als er auf einem jungen, kräftigen Esel davonritt, Lady Julians Abschiedsgeschenk. Den Lohn für seine Arbeit trug er in einer Geldkatze unter dem Gürtel. Die Goldmünzen gingen an die Abtei, da Godwin selbst kein Geld annehmen durfte.

Fröstelnd zog sie den Umhang enger zusammen und warf einen liebevollen Blick auf die Kinder, die immer noch begeistert winkten und beim Atmen kleine Dampfwölkchen ausstießen. Sie waren derart gewachsen, daß Lady Julian ihnen neue Kleider hatte nähen lassen und einen Schuster beauftragt hatte, größere Stiefel für sie anzufertigen.

Christien war besonders in die Höhe geschossen. Er war jetzt viel dünner und schlaksiger als früher und wechselte ständig seine Launen. Emlyn erinnerte sich, daß Guy in dem Alter genauso dürr und launenhaft gewesen war. Auch Isobel war ein wenig gewachsen, obgleich sie immer so zierlich bleiben würde wie Emlyn. Sie war zwar nicht mehr ganz so ängstlich und unsicher wie früher, verließ sich aber immer noch auf ihren großen Bruder. Harry rannte mittlerweile auf strammen Beinchen durch die ganze Burg, doch würde es noch einige Zeit dauern, bis er unter seiner Tunika Hosen tragen durfte.

Die Kinder waren auf Hawksmoor bestens versorgt, wurden geliebt und vom ganzen Haushalt verwöhnt, als wären sie die leiblichen Kinder des Barons. Zu ihrem Verdruß mußte Emlyn sich ehrlicherweise eingestehen, daß ihre Geschwister hier genau das Leben vorfanden, das sie ihnen selbst hatte bieten wollen. Sie von Hawksmoor wegzuholen, wäre unsinnig gewesen. Nicholas' Zöglinge waren hier rundum glücklich. Und Emlyn wußte, daß ihr Wohlergehen gesichert war.

Ihre eigene Position im Haushalt des Barons hingegen war keineswegs gesichert. Nachdem die Arbeit in der Kapelle so gut wie beendet und ihr Onkel abgereist war, gab es für Schwester Agnes kaum einen Grund, sich noch länger auf Hawksmoor aufzuhalten. Ihre Nonnenverkleidung hatte sie beibehalten, da nur Nicholas und ihre Geschwister wußten, wer sie wirklich war. Das Bedürfnis, bei den Kindern zu sein, die sie durch ihre unbeschwerte Fröhlichkeit aufheiterten und manchmal sogar ihr Unglück vergessen ließen, war so groß, daß sie vorerst schwieg.

Unsicher, was ihren Status als Nicholas' Gemahlin nach dem erbitterten Streit mit ihm betraf, wollte sie ihre wahre Identität noch nicht preisgeben. Sie traute Whitehawke ohne weiteres zu, sie in Abwesenheit von Nicholas festnehmen zu lassen, sollte er herausfinden, wo sie sich aufhielt. Ursprünglich hatte sie die Nonnenverkleidung gewählt, um ihre Geschwister von Hawksmoor zu entführen; jetzt diente sie ihr als Schutz vor Whitehawke.

Nachts wälzte sie sich oft stundenlang in ihrem Bett herum, ohne Schlaf zu finden, und grübelte darüber nach, ob sie bleiben oder gehen sollte; ob sie Nicholas vertrauen konnte oder nicht; ob sie den ersten Schritt tun oder abwarten sollte, bis er sie ansprach.

Eines Nachts träumte sie von einem Falken, der sich in den dornigen Ästen eines blühenden Rosenbuschs verfangen hatte. Bei dem verzweifelten Versuch, sich zu befreien, zerstörte er die zartrosa Blüten und die goldenen Himmelsschlüssel, die seltsamerweise gemeinsam an dem gleichen Strauch wuchsen. Mit Tränen in den Augen war sie aus diesem Traum erwacht und hatte sich nichts sehnlicher gewünscht, als in Thornes Armen zu liegen.

Der kühle Herbst änderte den üblichen Tagesablauf auf Hawksmoor. Wegen der nun früher einsetzenden Dunkelheit hob Lady Julian des öfteren die strenge Vorschrift auf, die die Damen bei Sonnenuntergang in ihre Gemächer verbannte. Nach dem Abendessen versammelte sich jetzt eine immer größer werdende Zuhörerschaft im großen Saal – Ritter, Gesinde und auch die Damen des Hauses –, die den Geschichten lauschten, die Emlyn vor dem gemütlich flackernden Kaminfeuer erzählte oder vorlas.

Jeden Tag fanden sich Isobel, Christien und einige Söhne der Ritter in Emlyns Zimmer ein, wo sie die Kinder im Lesen, Schreiben und den Grundlagen der Mathematik unterrichtete. Zu ihrer Überraschung zeigte auch der kleine Harry Interesse an Büchern und Buchstaben. Sie gab ihm dann ein Stück Kreide und eine Schieferplatte, während sie sich mit den größeren beschäftigte. Doch meistens rannte Harry auf seinen kleinen Beinchen durch den Wohnturm und den Burghof, unentwegt halbe Sätze vor sich hin plappernd, während eine Dienerin ihn einzufangen versuchte.

Jeden Morgen verbrachte Isobel eine Stunde im Frauengemach, wo sie gemeinsam mit Tibbie, Emlyn oder Lady Maude hingebungsvoll und geschickt an kleinen Stickereien arbeitete. Christien ritt inzwischen sehr sicher auf seinem Pony, trieb sich stundenlang in den Stallungen herum, sah den Rittern auf dem Turnierplatz zu oder fing mit den anderen Jungen im Gartenteich Frösche.

Als die Äpfel im Obstgarten abgeerntet waren, versammelten sich am Michaelitag Ritter, Dörfler und das Gesinde im Burghof zu einem Fest. Sie beklatschten die Teilnehmer des Wettstreits, bei dem es darum ging, den Kopf durch ein Ochsenjoch zu stecken und ein möglichst gequältes und komisches Gesicht zu machen. Den Gewinnern winkte als Preis ein Sack Äpfel, und auch Christien nahm unter johlendem Applaus an dem Wettstreit teil. Emlyn hörte mehr als einen der Männer sagen, daß die Gewinner kaum eine Chance gehabt hätten, wenn Peter von Blackpoole an diesem Tag hier gewesen wäre.

Mitte Oktober hatte Emlyn ihre Arbeit in der Kapelle nahezu beendet. Nachdem sie auch den kleinen Psalter fertiggestellt hatte, widmete sie sich der Ausbesserung kleinerer Fehler in anderen Manuskripten. Anschließend hatte Lady Julian sie gebeten, die geweißten Wände in ihrem Schlafgemach zu bemalen, die bereits mit roten Rahmenlinien versehen waren. Emlyn, dankbar für den Auftrag, der ihren weiteren Aufenthalt rechtfertigte, machte sich mit Freude daran, die Rahmen mit Blütenbordüren zu verzieren.

Bis auf gelegentliche bissige Kommentare von Lady Alarice, deren offensichtlicher Unmut über Emlyns verlängerten Aufenthalt jedem auf die Nerven ging, verlief das Leben auf Hawksmoor ruhig und friedlich. Doch eines Tages verlor selbst die so beherrschte Lady Julian die Geduld und erklärte ihrer Nichte schroff, sie möge diese Sticheleien unterlassen und Gott um ein freundlicheres Wesen bitten. Emlyn sah zu, daß sie Alarice mit ihrer gallenbitteren Zunge aus dem Weg ging, und verschloß die Ohren vor deren prahlerischem Geschwätz, das darauf hinauslief, daß sie sicher sei, der Baron werde ihr nach seiner Rückkehr einen Heiratsantrag machen.

Emlyn ging völlig in ihren zahlreichen Pflichten auf und hielt sich nach Möglichkeit von den anderen fern. Sie brachte ihre Tage damit zu, die Kinder zu unterrichten, Geschichten vorzulesen und Handarbeiten zu fertigen. Aber kein Tag verging, an dem sie nicht an Nicholas dachte und für eine Lösung ihres Dilemmas oder zumindest für mehr Entscheidungskraft betete. Immer noch unschlüssig, welchen Weg sie einschlagen sollte, unternahm sie zunächst einmal gar nichts.

Sie hatte keine Ahnung, warum Nicholas so lange von Hawksmoor fernblieb, und Lady Julian machte nur selten eine Bemerkung über ihren Neffen. Den Gesprächen des Gesindes hatte Emlyn entnommen, daß er mit seiner Garnison im Tal lagerte, um auf Ersuchen der Mönche hin Whitehawke daran zu hindern, durch seine grausamen Methoden die Dörfler davon zu überzeugen, daß er ihr rechtmäßiger Oberherr wäre.

Mit keinem Wort hatte Lady Julian noch einmal jenen Nachmittag erwähnt, an dem sich Emlyn und Nicholas angebrüllt hatten wie Fischhändler. Lady Maude schwieg ebenfalls, und Emlyn hatte bemerkt, daß auch für die anderen Frauen dieses Thema beendet zu sein schien. Nur Lady Alarice konnte sich spitze Bemerkungen und neugierige Fragen nicht verkneifen.

Emlyn hatte einen feinen Pinsel in der Hand und fuhr damit den unteren Rand eines Musterfrieses aus blauen und goldenen Diamanten entlang. Mit zusammengekniffenen Brauen, die Zungenspitze zwischen die Zähne geklemmt, zog sie ganz konzentriert den schnurgeraden roten Strich. Als die Kapellentür aufging, dauerte es einige Momente, bis sie den Blick von ihrer Arbeit hob und Lady Alarice entdeckte.

»Schwester Agnes«, begann diese, schob geziert ihre mit Marderpelz verbrämte Kapuze zurück und kniff die grünen Augen zusammen. »Da Euer Onkel schon vor Wochen abgereist ist, war ich der Meinung, daß Ihr nun auch baldigst in Eure Abtei zurückkehren solltet.«

»Ich habe die Erlaubnis, bei meinen Geschwistern zu bleiben, solange sie mich brauchen, Mylady«, entgegnete Emlyn vorsichtig.

»Wie ungewöhnlich, daß eine Nonne sich so lange aus ihrem Kloster entfernen darf, und noch dazu allein«, murmelte Alarice und neigte den Kopf zur Seite.

»Derartige Freiheiten werden oft gewährt, wenn es die familiären Umstände erfordern. Zudem bin ich nicht allein. Tibbie, die Cousine meiner Mutter, ist meine Begleiterin.« Damit wandte sie sich wieder ihrer diffizilen Arbeit zu.

»Anscheinend genießt Ihr hier Privilegien, von denen Eure Ordensschwestern nur träumen können«, erwiderte Alarice spitz. »Das Privileg eines Schlafgemachs, zum Beispiel.«

Emlyn setzte den Pinsel ab. »Pardon, Mylady?«

»Ihr braucht nicht länger hier herumzulungern und auf die Rückkehr des Barons zu warten«, zischte Alarice. »Er wird Euch keine weitere Aufmerksamkeit mehr schenken.«

Emlyn seufzte. »Wenn Ihr mich bitte entschuldigen wollt, Mylady. Ich habe zu arbeiten.« Mit zitternden Knien ging sie auf das Gerüst zu.

»Nun, dann muß ich wohl einmal mit der Gräfin sprechen«, sagte Alarice. Ihre Stimme hallte kalt und klar durch die Kapelle. »Es wird höchste Zeit, daß Ihr in Euer Kloster zurückkehrt. Eure Geschwister sind Zöglinge des Barons und brauchen Euch hier keineswegs. Jeder Priester kann sie unterrichten. Die Malereien sind, soweit ich sehe, fertiggestellt, und die Kapelle ist für unsere Hochzeit bereit.« Damit stolzierte sie zu der hohen Bogentür. »Wir werden gleich nach Neujahr heiraten, denke ich.«

»So bald schon? Meinen herzlichen Glückwunsch«, sagte Emlyn mit honigsüßer Stimme. Obwohl ihr Magen sich zusammenkrampfte, versuchte sie ein unbeteiligtes Gesicht zu machen, während sie ihre Malutensilien ordnete.

Sobald Alarice die Tür hinter sich zugeknallt hatte, warf Emlyn ihren Pinsel auf den Boden und schlug die Hände vors Gesicht. Bald, schon sehr bald würde sie dieses verfluchte Kostüm nicht mehr brauchen. Sie fragte sich, was Nicholas so lange in dem Tal festhielt und wann er endlich zurückkäme. Dieses Versteckspiel mußte ein Ende haben.

Als sie an Thornes Stimme und sein kehliges Lachen dachte, sich an seine starken, beschützenden Arme erinnerte, die sie gehalten hatten, füllten sich ihre Augen mit Tränen. Mochte in ihrem Herz und ihrem Kopf auch noch so eine Verwirrung herrschen, sie liebte und begehrte Thorne noch immer. Nichts wünschte sie sich sehnlicher, als mit ihm glücklich und zufrieden in seiner einfachen Höhle zu leben.

Plötzlich fuhr sie hoch und hockte sich mit aufgerissenen Augen auf die Fersen. Wäre ein Blitz vom Himmel direkt durch das Dach der Kapelle gefahren, sie hätte die Wahrheit nicht klarer sehen können.

Thorne existierte immer noch. Nicholas konnte allein durch seine äußere Verkleidung seinen Charakter nicht so gänzlich verändern, daß da nicht noch eine winzige Spur von diesem Thorne erhalten geblieben wäre, dem Mann, dem sie vertraute und den sie liebte. Wenn Thorne und Nicholas wirklich ein und derselbe Mann waren, dann war es eben so. Der Mann, den sie liebte, steckte irgendwo in dem Mann, der ihr unbekannt war.

Sie blinzelte verdutzt, als sie erkannte, wie einfach die Sache im Grunde war. Bis zu diesem Moment hatte sie Nicholas nicht völlig akzeptiert. Einen Teil von ihm zu lieben und den anderen zu hassen, hatte sie schier in Stücke gerissen. Sie spürte, wie ein Gefühl der Versöhnlichkeit sie durchströmte, das immer stärker wurde. Sie würde Frieden finden, wußte sie jetzt, wenn sie ihm ihr Herz nur ganz öffnete.

Sie wischte sich die Tränen ab, richtete sich auf und atmete erleichtert durch. Sie war mit dem Mann verheiratet, den sie liebte, auch wenn dieser in Wirklichkeit der Baron war, den sie fürchtete.

Als Baroneß konnte ihr Alarice nichts anhaben, und Emlyn war sich sicher, daß Lady Julian in Nicholas' Abwesenheit Schwester Agnes nicht entlassen würde.

Sobald Nicholas zurückgekehrt war, würde sie ihn zur Rede stellen und keine weiteren Ausflüchte gelten lassen. Dieses Spiel durfte nicht länger so weitergehen.

Peter stürzte durch die Planen, die den Eingang zum Zelt verdeckten, und schlug sie rasch wieder hinter sich zusammen. Draußen stürmte und regnete es ohne Unterlaß. Das Wasser rann in Bächen über seine Rüstung, als er seinen grünen Umhang auszog, und spritzte bis zu der kleinen Feuerstelle, daß es nur so zischte und qualmte. Er goß sich einen Becher Bier ein und ließ sich mit einem rauhen Seufzer auf die erstbeste Sitzgelegenheit fallen.

»Verdammtes Sauwetter«, knurrte er und wischte sich das nasse Gesicht ab. »Was ich jetzt brauche, ist ein prasselndes Feuer, ein achtgängiges Mahl und ein Dampfbad. Neun Tage draußen in diesem strömenden Regen! Mich würd's nicht wundern, wenn mir die Rüstung schon an der Haut festgerostet ist.«

Nicholas sah von seinem Platz an dem niedrigen Tisch auf, wo er schon seit einer Stunde saß und versuchte, die verschnörkelten Schriften verschiedener Dokumente und Listen zu entziffern, wobei er dem Trommeln des Regens lauschte. »Hast du deine Runden für heute beendet?«

Peter schniefte und räusperte sich. »Mehr oder weniger. Bei diesem Hundewetter treibt sich ohnehin niemand draußen herum. Obwohl – vorhin hat sich ein Bauer bei mir darüber beschwert, daß zehn seiner Schafe verschwunden sind.«

Nicholas seufzte. »Wahrscheinlich schwimmen sie in

Whitehawkes Suppenkessel, zusammen mit ein paar Rüben vom Nachbarbauer.« Er schob die Pergamente beiseite, langte nach einem halbvollen Holzbecher mit Bier und stützte die Ellbogen auf den Tisch. Sein Kopf fühlte sich an, als sei er mit nasser Wolle ausgestopft. Wie Peter hatte er die Nase voll von kalten Füßen, nassen Kleidern und feuchten, modrigen Strohsäcken.

Das Regenwetter und der feuchtkalte Nebel hielten nun schon seit Tagen an. Alle Zelte waren naß und schimmelten, nicht nur das seine. Die Pavillons, die im Sommer am Ausgang des Tals an zwei verschiedenen Plätzen errichtet worden waren, stellten nicht länger ein Monument aristokratischer Macht dar. Einige hingen ziemlich windschief zwischen den Spannseilen, der Sturm hatte die stolzen, grellbunten Seidenplanen zerfetzt, und die Farben bluteten ins Erdreich aus.

Die meisten der Männer litten unter Husten und rheumatischen Schmerzen in den Gelenken; sie sorgten sich mittlerweile mehr darum, daß sie genug Knoblauch in der Suppe hatten, als darum, welcher Bauer wieder von Whitehawkes Leuten bedroht worden war. Nicholas wünschte sich nichts sehnlicher, als endlich die Zelte abbrechen zu können.

Peter deutete auf die bestickte, völlig durchnäßte Plane vor dem Eingang. »Ich kann mich schon gar nicht mehr erinnern, wie eine solide Steinmauer aussieht«, brummte er und trank einen Schluck Bier. »Denkt nur, wie viele zarte Hände die Stickereien an diesem Pavillon gestichelt haben. Zu schade, daß wir nicht auf einem Turnier sind und einige dieser lieblichen Hände zu Gesicht bekommen. Himmel und Hölle, wir kampieren jetzt schon seit Wochen in diesem verfluchten Tal.«

»Ja, sehr viel länger, als wir zunächst dachten. Immerhin wurde das Tal noch nicht völlig niedergebrannt«, entgegnete Nicholas und suchte unter den Pergamenten ein bestimmtes Dokument heraus.

Peter rollte mit den Augen. »Wenn Ihr mich fragt, ist es weniger unserer Anwesenheit zu verdanken, daß hier noch nicht alles in Flammen aufgegangen ist, als dem Willen unseres offenbar wasserliebenden Herrgotts.«

Nicholas schnaubte amüsiert. »Ja, außer Patrouille reiten und endlos mit Whitehawke über seinen Besitzanspruch zu debattieren, haben wir wenig getan. Er weigert sich zu gehen, und deshalb bleiben wir hier.«

»Wie verlief Euer Treffen heute morgen? Wir hörten nichts als wütendes Gebrüll, als wir am Pavillon vorbeiritten.«

Nicholas, der nach dem Eintreffen eines Boten des Königs in Whitehawkes Zelt gerufen worden war, erinnerte sich wieder lebhaft an die hitzige Diskussion über die neuesten Pläne, die sich der König für die beiden gegnerischen Seiten ausgedacht hatte.

Zwar hatte Whitehawke seit dem Streitgespräch auf Hawksmoor Nicholas' Vermählung nicht wieder erwähnt, er behandelte seinen Sohn seither jedoch mit eiskalter Höflichkeit, die schon an Gehässigkeit grenzte. Nicholas, den das Verhalten seines Vaters nicht sonderlich überraschte, nahm an, daß dieser Zeit zu schinden versuchte, um eine Lücke in den Gesetzen zu finden oder über einen Gegenschlag nachzudenken – wahrscheinlich wollte er ihn endgültig enterben. Heute hatte Nicholas auf Bitten des Abtes hin wieder einmal versucht, das Problem der Besitzansprüche in Arnedale mit Whitehawke zu diskutieren. Unwillkürlich verkrampften sich Nicholas' Kiefermuskeln; die Erinnerung an dieses Gespräch stieß ihm auf wie saurer Wein.

»Er hat von nichts anderem als seinen ehrenhaften Anrechten auf dieses Stück Land geredet. Ich war nahe dran, ihm die Gurgel umzudrehen«, erzählte er Peter und schenkte sich noch einen Becher von dem doppelt gebrauten Bier ein, das ihm der Abt vor einigen Tagen hatte schicken lassen, mit einem Schluck stürzte er den Inhalt hinunter.

»Ehrenhafte Anrechte, ha! Ich frage mich nur, ob der Graf sein Treiben hier auch als ehrenhaft betrachtet«, brummte Peter.

»Das frage ich mich auch. Jetzt fordert er den Abt auf, die Besitzrechte der Abtei an diesem Land ein für allemal an ihn abzutreten. Und er hat sich das Recht ausbedungen, das Tal auszuräuchern, wenn man ihn hier nicht als Oberherrn anerkennt.« Nicholas lachte zynisch. »Sein Recht!«

»Eure Garnison und der Regen haben ihn bisher jedenfalls daran gehindert, seine Drohungen wahrzumachen. Ich wette, er wartet nur ab, bis wir von hier verschwinden.«

Nicholas schippte mit dem Finger gegen die rote Schnur des zusammengerollten Dokuments, das er in der Hand hielt. »Seine Männer streifen noch immer durch die Gegend wie Kakerlaken durch einen Kornspeicher, um Thorne oder den Grünen Mann zu finden.«

Peter lachte. »Eine äußerst zwecklose Suche, Herr.«

Der Baron hob die Schultern. »Die Schneid hat mein Vater sich von diesem Dämon jedenfalls noch nicht abkaufen lassen, sonst hätte er hier wohl kaum einen neuen Bauplatz für seine Burg ausgewählt. Er beißt sich an diesem Tal fest wie ein Hund an einem Knochen.«

»Ein Ansinnen hat er immerhin aufgegeben«, warf Peter ein und sah Nicholas mit hochgezogenen Brauen an. »Die Suche nach dem Verbleib von Lady Emlyn. Ich glaube, Ihr wißt etwas darüber, Mylord, auch wenn Ihr Euch in Schweigen hüllt.« Er warf Nicholas einen leicht verstimmten Blick zu und nieste herzhaft. »Na gut. Hier sitzen wir also, ein Trupp von Männern, die artig ihre Runden um Bauernhöfe, Wälder und Moore dreht und darauf wartet, daß sich eine Delegation des Bischofs gnädigerweise von York hierher bemüht. Und selbst wenn Erzbischof Walter persönlich hier einträfe, würde er nichts ausrichten können. Ich denke, wir sollten etwas unternehmen.«

Nicholas sah Peter skeptisch an; seine Augen waren so grau wie der regenverhangene Himmel. »Und was schlägst du vor?«

Peter zuckte lässig die Schultern. »Nun, wenn dem

Herrn Grafen zum Beispiel wieder der Grüne Ritter begegnen würde, so könnte ihn die Angst vielleicht doch noch nach Hause treiben.«

Nicholas kratzte sich das bärtige Kinn und legte die Stirn in Falten. »Ich möchte nicht, daß ein anderer dieses Risiko eingeht, und ich selbst hatte seit unserer Ankunft keine freie Minute.« Er klopfte mit der Schriftrolle auf den Tisch. »Vielleicht können wir uns dieses Possenspiel sogar sparen. Heute morgen kam ein Bote des Königs an. John hat Whitehawke in den Süden des Landes beordert.«

»Ist demnach also ein rechtliches Urteil ergangen?«

»Ach wo. Unser König hat genügend eigene Probleme am Hals, als daß er sich um Whitehawkes Scharmützel hier kümmern würde. John hat ihn nach Rochester Castle gerufen, wo seine Männer auf ihn warten. Und wenn dem Grafen etwas an seinem Leben und seinem Besitz liegt, wird er umgehend aufbrechen müssen.«

»Rochester? Die Burg hält doch Reginald von Cornhill.«

»Nicht mehr. Eine Gruppe von Rebellen hat ihn mit einem Handstreich von dort vertrieben. John kocht vor Wut, und seine Schmiede arbeiten bereits an neuartigen Belagerungswaffen. Er hat sich in Begleitung seiner besten Männer auf den Weg nach Rochester gemacht.«

»Das ist aber kein gutes Zeichen für die übrigen Barone.«

»Nein. Ich glaube, er verfolgt mit dieser Belagerung noch andere Ziele. Letzten Sommer hat er all denen blutige Rache geschworen, die an dem angeblichen Putschversuch gegen ihn beteiligt waren.«

»Zu Anfang schien er ja noch recht gefügig zu sein, als er einige Burgen seinen rechtmäßigen Besitzern zurückgab«, warf Peter ein. »Ach, übrigens, war Guy de Ashbourne auch unter den Glücklichen?«

Nicholas schüttelte den Kopf. »Nein. Ich habe kürzlich Erkundigungen bezüglich Guys eingezogen. John hat nur einige ganz wenige Friedensangebote gemacht, während er auf die Antwort des Papstes bezüglich der neuen Charta wartete.«

»Nun, für Gerechtigkeit war unser König noch nie bekannt, egal, was das Gesetz sagt.«

»Und das wird nur noch schlimmer werden. Was immer im Süden geschehen mag, die Barone aus dem Norden werden jedenfalls bald gegen unseren König zu Felde ziehen.«

Peter erhob sich und begann unruhig auf und ab zu gehen. »Er hat einen guten Ort gewählt, um einen kleinen Krieg gegen seine aufständischen Barone anzuzetteln. Sie sind nicht organisiert, verfügen über keine Feldarmee . . .« Er zuckte die Schultern. »Wenn der König nach Norden zieht, kann er die Barone einen nach dem anderen schlagen.«

Nicholas wedelte mit der Pergamentrolle, an der das königliche Siegel hing. »Die Sache ist bereits im Rollen. Dieses Schreiben wurde mir heute morgen überbracht. Papst Innocent hat sich auf die Seite des Königs geschlagen und die Große Charta annulliert. Außerdem hat er all diejenigen von uns exkommuniziert, die an dem Aufstand teilgenommen haben. John muß vor Freude gejubelt haben.«

»Teufel noch mal! Eine interessante Strategie. Jetzt versucht er es damit, die Seelen der Feinde zu bedrohen, wie?«

»Die Angst vor der ewigen Verdammnis wirkt Wunder. John hat die Barone so gut wie in der Tasche.« Nicholas knallte das Schreiben auf den Tisch. »Es wird Krieg geben, Perkin. Aber bis dahin werden sich die bischöflichen Unterhändler weigern, mit Whitehawke zu verhandeln, wenn ein exkommunizierter Baron zugegen ist.« Er legte die Stirn in Falten. »Und ich bin so einer.«

»Zumindest können wir dann unsere Zelte abbrechen«, sagte Peter erleichtert. »Obwohl Eure Tante nicht sehr begeistert sein wird, wenn sie von dem Status Eurer Seele erfährt.«

Nicholas wischte diese Bemerkung mit einer Handbewegung beiseite. »Es ist keine große Sache, diese Exkommunikation rückgängig zu machen. Entweder muß ich dafür einen Sack Gold löhnen, oder ich warte ab, bis der Papst die rebellischen Barone begnadigt. Das wird irgendwann passieren, da bin ich mir sicher.«

Peter lachte wehmütig. »Lady Alarice wird ebenfalls aufgebracht sein. Sie erwartet doch, daß Ihr sie nach Eurer Rückkehr heiratet, Mylord.«

Nicholas atmete geräuschvoll aus und trommelte mit den Fingern auf die Tischplatte. »Heiliger Himmel«, murmelte er und griff nach seinem Becher. »Ich muß mit dir über meine Hochzeit reden.«

Peter sah Nicholas erstaunt an. »Ihr habt tatsächlich vor, um Alarice' Hand anzuhalten?«

»Ich habe nicht vor, um irgend jemandes Hand anzuhalten. Ich bin bereits verheiratet.«

»Wie bitte!« Peter war mit drei Schritten bei Nicholas.

»Mit Lady Emlyn.«

Peter schüttelte verdutzt den Kopf und griff ebenfalls nach seinem Becher. »Donner und Doria! Rückt noch einen Krug von dem doppelt gebrautem Bier heraus, das Ihr gehamstert habt. Auf den Schreck hin brauche ich erst einmal eine ordentliche Stärkung.«

19. Kapitel

Harry bekam Zähne. Emlyn setzte sich das stramme, ein wenig fiebernde Kerlchen auf die andere Hüfte und marschierte weiter mit ihm im Zimmer auf und ab. Hinter den Bettvorhängen schlief Isobel neben der laut schnarchenden Tibbie. Christien hatte sich auf einer Strohmatratze auf dem Boden eingeringelt.

Die Kinder waren trotz Harrys pausenlosem Wimmern und Gezappel eingeschlafen, und Emlyn hatte Tibbie schließlich dazu überreden können, sich selbst auch hinzulegen. Nach einem kurzen Erschöpfungsschlaf war Harry jedoch wieder aufgewacht und saß weinend, an seinen kleinen Ohren und den Haaren zerrend, in den Kissen.

Tibbie und Emlyn hatten schon vor ein paar Tagen die geschwollenen, perlweiß schimmernden Höcker auf seinem Kiefer entdeckt und wußten, daß da nur abwarten half, bis die Zähnchen durchbrachen. Doch es tat sich nichts. Möglicherweise hatte er ja auch Ohrenschmerzen, überlegten sie dann, machten ihm warme Breiumschläge und träufelten ihm Knoblauchöl in die Ohren. Als auch das nichts bewirkte, war sich Emlyn sicher, daß es doch die Zähne waren.

»Komm, mein kleiner Krautkopf, wir gehen ein bißchen raus«, flüsterte Emlyn und seufzte leise.

»Raus, raus«, plapperte er unter Tränen, während Emlyn ihn in eine dicke Wolldecke wickelte und sich den Umhang überwarf.

Mit dem warm eingepackten Bündel auf dem Arm huschte sie durch den stillen, dunklen Korridor, über Treppen und durch weitere Gänge, bis sie durch eine letzte Tür auf den Wehrgang gelangte, der den äußeren Mauerring umschloß. Die frische Nachtluft tat dem Kleinen vielleicht gut, hatte sie überlegt.

Der Spaziergang lenkte Harry tatsächlich ab. Seine dikken Ärmchen um ihren Nacken geschlungen, deutete er bald hier und dorthin und plapperte unentwegt. Eine der vorbeipatroullierenden Wachen grüßte mit einem kurzen Nicken. Die Männer waren bereits daran gewöhnt, Emlyn mitten in der Nacht auf der Burgmauer anzutreffen.

Sie zeigte Harry die Sterne und den Mond, der wie ein weißer Apfelschnitz über dem höchsten Wehrturm am schwarzen Himmel hing. Harry schnatterte in einem fort, doch nach einer Weile fing er wieder an zu wimmern und auf seinen Fingern herumzubeißen. Emlyn holte aus ihrem Ärmel das kleine Lederläppchen, das Tibbie zusammengerollt und in süßen Wein getaucht hatte.

Während Harry friedlich an dem Leder kaute und es auslutschte, spazierte Emlyn weiter den Wehrgang entlang, blieb dann stehen und lehnte seufzend ihren Kopf an Harrys Haarschopf. Nicholas war jetzt schon so lange fort, daß sie fürchtete, er zögere seinen Aufenthalt im Tal teilweise auch deshalb hinaus, weil sie immer noch auf Hawksmoor weilte. Sie vermißte ihn schrecklich, auch wenn ihr vor der unausweichlichen Konfrontation mit ihm graute.

Ihr war zu Ohren gekommen, daß er im Tal mit einer sehr heiklen Situation zu kämpfen hatte, und inzwischen war ihr klargeworden, daß König Johns Racheglüste die ganze Gegend in große Probleme stürzen und auch Hawksmoor unmittelbar bedrohen konnten. Die im Juni unterzeichnete Charta hatte die aufgeheizte politische Lage in England nicht beruhigen können. Die Barone, die sich auf die neuen Gesetze verlassen hatten, mochten sehr bald dazu gezwungen sein, ihren Besitz und ihr Leben gegen König Johns wütende Vergeltungsschläge zu verteidigen.

Als Emlyn neulich beim Damenkränzchen Lady Julian sagen hörte, daß Nicholas exkommuniziert worden sei, war sie zutiefst bestürzt gewesen. Aus der Kirche ausgestoßen zu werden, war die schlimmste aller Strafen. Ohne den Schutz der Kirche konnte die Seele nicht erlöst werden und war gnadenlos dem Teufel ausgeliefert. Als Ritter spielte er täglich mit seinem Leben, und im Augenblick, da überall im Lande Aufstände herrschten, war er dem Tod besonders nahe.

Harry begann in ihren Armen mit seiner hohen Kinderstimme ein Liedchen zu trällern, und während Emlyn den simplen Worten lauschte, breitete sich unwillkürlich ein Lächeln auf ihrem Gesicht aus. Der Wind spielte mit Harrys goldenen Locken und löste auch eine Strähne aus ihrem Haar. Plötzlich hörte sie Schritte hinter sich.

»Was ist denn das? Zwei neue Wachen auf nächtlicher Patrouille? Da werden sich unsere Feinde aber vorsehen müssen.« Die tiefe Stimme ließ Emlyn herumwirbeln.

Als sie erkannte, daß es Nicholas war, der jetzt aus dem Schatten des Wehrturms trat, blieb sie wie angewurzelt stehen und hielt gespannt die Luft an.

Er kam näher. »Mylady«, murmelte er und schob die Kapuze seines dunklen Umhangs zurück, den er über einer langen Tunika trug. Der Wind trug den Geruch von Holzfeuer und Pferden zu ihr herüber und blies ihm das Haar über Wangen und Stirn. Eine Armlänge vor ihr blieb er stehen.

Emlyn drückte Harry enger an sich. »Seid gegrüßt, Mylord«, begann sie vorsichtig und bediente sich unwillkürlich der höflichen Anredeform. »Ich habe Eure Ankunft nicht bemerkt.«

»Wir sind nach Einbruch der Dunkelheit angekommen«, sagte er.

»Zu einem kurzen Aufenthalt, wie zuvor auch?«

»Ich bin zurückgekehrt, Emlyn«, entgegnete er leise. »Für immer.«

Ihr Herz machte einen Satz. Obwohl sie ihre bösen Worte inzwischen bedauerte, kehrte der Schmerz über seinen Betrug mit einer Schärfe zurück, als habe ihr jemand ein Messer in die Brust gestoßen. Seine tiefe, so vertraute Stimme vibrierte in ihrem ganzen Körper, und ihr Herz flatterte wie ein aufgeregter Vogel. Das Atmen fiel ihr schwer. Seine Stimme, seine umschatteten Gesichtszüge und seine schweigende, wachsame Miene hielten sie gefangen und lösten in ihr ein Gefühl der Freude aus, in das sich aber auch Schmerz mischte. Sie fühlte sich elend, glücklich und verwirrt zugleich.

Den Blick zu ihm erhoben, fragte sie sich, ob er ihr Eheversprechen rückgängig machen würde. Nichts leichter, als eine heimlich geschlossene Ehe zu negieren, dachte sie, wenn ihm etwas daran läge.

»Nun, dann wünsche ich dir eine gute Nacht, Emlyn.«

»Mylord ...« Emlyn machte einen kleinen Schritt auf ihn zu, wollte irgend etwas sagen, wollte, daß er blieb und sich mit ihr unterhielt, obgleich sie Angst vor dem schmerzlichen Thema hatte, das es zwischen ihnen zu besprechen gab. »Habt Ihr Maisry und Aelric im Tal getroffen?« fragte sie. »Geht es ihnen gut?«

Er nickte. »Beide gesund und wohlauf, obwohl Whitehawkes Männer auch ihren Hof nicht verschont haben.«

»Deshalb seid Ihr im Tal gewesen, habe ich gehört«, sagte sie.

Das Mondlicht umrahmte ihr Gesicht mit einem hellen Schein. Harry wimmerte in ihrem Arm, sie beruhigte ihn und blickte wieder zu Nicholas auf.

»Ja, deshalb war ich so lange fort. Der Abt ersuchte mich, meine Männer zum Schutz der Dörfler im Tal zu stationieren, bis der Bischof eine Gesandtschaft schicken würde.«

Sein Gebaren schien gelassen, ohne die Anspannung und den Ärger, die sie sonst von Nicholas gewöhnt war. Der Wind spielte mit seinem Haar, wehte es ihm in die Augen, aber er ließ den Blick nicht von ihr. Hier im hellen Mondlicht, ohne seine Rüstung, mit der zerzausten Haarmähne und dem unrasierten Gesicht, ähnelte er wieder viel mehr Thorne als Nicholas. Ihr Herz klopfte immer schneller.

»Die Gesandtschaft des Bischofs – ist die denn gekommen?«

»Ja, aber sie haben sich zu lange Zeit gelassen. Whitehawke ist noch vor ihrer Ankunft aufgebrochen.«

»Dann ist also nichts entschieden worden«, folgerte Emlyn.

»Zumindest herrscht jetzt im Augenblick Frieden, wenn auch nur deshalb, weil Whitehawke abgezogen ist. Angesichts des bevorstehenden Winters wird der Erzbischof auch keine weitere Delegation mehr schicken, und Whitehawke weigert sich, nach York zu gehen.«

»Wenn die Angelegenheit einmal entschieden ist, und zwar zu Gunsten der Mönche, wird Euer Vater das Urteil dann akzeptieren?«

»Ob er jemals lernen wird, daß Überheblichkeit und Tyrannei ihn nicht zu seinem Ziel führen, das weiß ich nicht.« Er zuckte die Schultern. »Wahrscheinlich wird er seine Wut in diesem Fall dann auf etwas anderes konzentrieren.« Er zögerte, als ob er noch etwas sagen wollte.

Harry begann jetzt herzzerreißend zu weinen. Emlyn wiegte ihn in den Armen, klopfte ihm den Rücken und redete ihm beruhigend zu.

»Was hat der Junge denn?« erkundigte sich Nicholas und klang dabei so kühl und unbeteiligt, wie sie es von dem Baron kannte.

»Er bekommt Zähne, und das tut bisweilen schrecklich weh«, meinte sie ebenso frostig. »Was sagt denn der König zu Whitehawkes Umtrieben?«

»Gar nichts. Aber er erläßt auch kein Dekret, was meinen Vater furchtbar ärgert. Der König hat die Angelegenheit dem Gerichtshof übergeben, und damit Schluß. Inzwischen hat sich aber der Erzbischof persönlich eingeschaltet; jetzt liegt es an ihm, die Sache zu regeln, sofern eine friedliche Lösung möglich ist«, erwiderte er eine Spur lauter, um Harrys Gequengel zu übertönen.

Harry ließ wieder einen durchdringenden Schrei hören. Abwesend schaukelte Emlyn ihn hin und her, und als dabei eine Haarsträhne unter ihrer schiefsitzenden Haube herausrutschte, blies sie diese ärgerlich weg.

Nicholas legte eine Hand auf Harrys Kopf. Sanft wikkelten sich die kleinen blonden Löckchen um seine Finger. Der Junge hörte für einen Moment auf zu schreien und sah mit großen Augen zu Nicholas hoch. Die Lederrolle klebte an seiner feuchten Unterlippe. »Der Wind ist recht kühl. Was zum Teufel habt ihr beiden eigentlich mitten in der Nacht hier draußen zu suchen?«

»Harry kann nicht einschlafen, Mylord. Ich dachte, vielleicht beruhigt ihn ein Spaziergang.«

»Du siehst ziemlich blaß aus«, meinte er jetzt eine Spur freundlicher und musterte sie mit gefurchter Stirn. »Hat einer von euch heute nacht schon ein Auge zugetan?«

Emlyn schüttelte den Kopf. »Nein, aber er wird sicher bald einschlafen.«

»Komm.« Er nahm ihren Ellbogen und führte sie zur Tür des Wohnturms. Im orangeroten Schein rauchender Fackeln stiegen sie die steile Wendeltreppe hinunter und gingen weiter durch den finsteren Korridor, bis sie vor seiner Schlafzimmertür standen. Harry machte keinen Mucks mehr; wahrscheinlich hatte ihn der Marsch durch die dunklen Flure verschreckt.

Nicholas führte Emlyn in sein Gemach und schloß hinter ihr die Tür. Das flackernde Feuer im Kamin ließ bernsteinfarbene Schatten durch den Raum tanzen, in dem es würzig nach verbranntem Apfelholz duftete.

»Gib ihn mir mal«, sagte Nicholas hinter ihr.

Emlyn drehte sich um. »Mylord?«

»Hat er Angst?« Ohne eine Antwort abzuwarten, nahm er ihr den Jungen aus dem Arm. Harry protestierte nicht. »Komm, kleiner Mann. Mal sehen, ob du einen betagten Ritter zur Strecke bringst.« Er kitzelte Harry am Bauch, worauf dieser ein gurgelndes Juchzen ausstieß. »Ich werde mich mit ihm eine Weile hinsetzen. Leg dich doch inzwischen im Erkerzimmer ein wenig nieder.« Er hob eine Braue. »Oder auch in deinem eigenen Gemach, wenn dir meine Nähe unangenehm ist«, setzte er kühl hinzu.

Seine Bemerkung ging nicht spurlos an ihr vorüber; rasch wandte sie den Blick ab. »Mylord, es ist die Aufgabe der Frauen, bei quengeligen Kleinkindern zu wachen.«

»Ach ja? Ich habe Aelric oft nächtelang bei seinen Buben sitzen sehen, wenn sie krank waren. Ist der Bursche . . . trocken?«

Emlyn befühlte das Windelpaket unter Harrys Tunika. »Ja.«

»Dann leg dich jetzt schlafen. Es ist schon nach Mitternacht. Ich bin nicht müde und habe zudem über einiges nachzudenken. Ein Kind in den Schlaf zu wiegen, ist keine große Sache.«

Emlyn, die sich im stillen fragte, ob er wußte, worauf er sich da einließ, schürzte die Lippen. Sie war zu erschöpft, um einen klaren Gedanken zu fassen, und die Augenlider wurden ihr immer schwerer. »Ja, ich bin müde«, gab sie zu. »Ich lege mich gern ein wenig nieder. Nur eine Stunde. Wenn Harry eingeschlafen ist, legt ihn einfach irgendwohin, wo er nicht herunterfallen kann.«

»Ich weiß, diese Burschen klettern wie die Eichhörnchen. Du kannst beruhigt gehen.« Er wandte sich ab, setzte sich in einen bequemen Lehnstuhl vor die Feuerstelle und nahm Harry auf den Schoß.

Die Hand bereits an der Türklinke, hielt Emlyn noch einmal kurz inne, drehte sich dann um und ging durch den Vorhang ins Erkerzimmer.

Blinzelnd setzte Emlyn sich auf und starrte in die trübe Dunkelheit. Durch die geschlossenen Fensterläden fiel mattes Mondlicht. Es dämmerte noch nicht. Sie konnte nur eine, höchstens zwei Stunden geschlafen haben.

Vorsichtig schob sie den dunkelroten Vorhang beiseite und spähte in das angrenzende Schlafzimmer, das vom Schein des Feuers erhellt wurde. Als sie aus dem hohen, von ihr abgewandten Lehnstuhl gleichmäßiges Schnarchen vernahm, trat sie kurzerhand ein.

Nicholas schlief tief und fest. Er hatte den Kopf zurückgelehnt, die schwarzen, dichten Wimpernkränze ruhten auf seinen leicht geröteten Wangen. Sein Gesicht ist wunderschön, wenn er schläft, dachte Emlyn. Ausdrucksvoll und edel geschnitten wie das Antlitz eines Heiligen. Sie hatte ihn noch nie schlafend gesehen, stellte sie mit einem Gefühl der Rührung fest.

Nicholas' Hand lag auf Harrys kleinem Kopf, die Finger in den blonden Locken vergraben. Der Junge lag an seiner Brust, er wirkte entspannt und bewegte im Schlaf die Lippen.

Lächelnd berührte Emlyn den warmen, ein wenig verschwitzten Kopf Harrys, und nach einem kurzen Moment des Zögerns hob sie die Hand und strich zärtlich über Nicholas' dunkle Locken. Keiner der beiden wachte auf, als sie Harry behutsam von Nicholas' Schoß nahm. Leise, das schlafende Kind an sich gedrückt, ging sie nach nebenan, legte Harry auf die schmale Bettstatt und deckte ihn mit ihrem Umhang zu.

Zu unruhig, um sich wieder schlafen zu legen, trat sie an eines der Fenster. Blaues Mondlicht schien ihr ins Gesicht, als sie die Holzläden einen Spaltweit öffnete, und der Nachtwind wehte ihr das Haar über die Schultern. Eine Zeitlang stand sie so am Fenster und spürte, wie ihr Herz klopfte und ihr Magen sich bei dem Gedanken an Thornes – oder Nicholas' – Nähe verkrampfte.

Ein tiefer, stechender Schmerz ging mit der Gewißheit einher, ihn verloren zu haben, obgleich sie selbst ihm vor einigen Wochen so heißblütig erklärt hatte, daß sie sich nicht länger als seine Frau betrachten könne. Auch wenn sie ihren impulsiven Auftritt inzwischen bereute, vergaß sie dabei doch nicht, warum sie so wütend geworden war: Er hatte mit seinem Tun bewiesen, daß er ihr Vertrauen nicht verdiente.

Seufzend stützte sie die Hände auf den kalten Steinsims. Die Freundlichkeit, die er ihr entgegengebracht hatte, überraschte sie; aber andrerseits mochte er den kleinen Harry sehr, wie sie wußte. Er hatte sie auch nicht um Verzeihung gebeten und mit keinem Wort das Problem erwähnt, das zwischen ihnen stand, sondern hatte sich sehr zurückhaltend benommen. Sie jedoch war sich mit jeder Faser ihres Körpers seiner Nähe bewußt gewesen.

Plötzlich hörte sie hinter sich leise Schritte, und gleich darauf wurde der Vorhang mit einem solchen Ruck zur Seite geschoben, daß die eisernen Ringe in der nächtlichen Stille schepperten.

Unwillkürlich klammerten sich Emlyns Finger am Fenstersims fest, aber sie drehte sich nicht um. Die hölzernen Dielen knackten unter den Schritten, die geradewegs auf sie zukamen. Sie konnte die Wärme und die Bewegung hinter ihrem Rücken genau spüren. Ihre Schultern verspannten sich kaum merklich, und das Herz klopfte ihr bis zum Hals.

Er stand so dicht hinter ihr, daß sie seinen Atem an ihrem Nacken fühlen konnte. »Emlyn«, flüsterte er. »Ob du willst oder nicht, wir müssen miteinander reden.« Die sanfte Stimme des Forstaufsehers verschmolz in ihrem Ohr mit dem rüden, entschiedenen Tonfall des Barons.

Und auf einmal durchflutete sie ein schmerzliches Gefühl von erschreckender Heftigkeit. Das Verlangen, sich in seine Arme zu stürzen, war so übermächtig, daß sie jeden Muskel ihres Körpers anspannen mußte, um zu widerstehen. Sie wußte nicht, ob sie sprechen, fliehen oder in seine Arme sinken sollte und atmete einmal ganz tief ein und langsam wieder aus, ohne jedoch den Kopf zu wenden.

»Einst glaubte ich, du wärest Thorne, ein Outlaw, der Waldaufseher, den ich in Liebe zum Mann genommen hatte«, begann sie dann leise. »Aber dann wurdest du zu einem Fremden für mich.« Sie schloß die Augen vor dem brennenden Schmerz, der sich in ihr Herz bohrte. »Ich weiß nicht, wie ich diese Entzweiung zwischen uns überwinden kann.« Wieder spürte sie ganz deutlich seinen Körper hinter sich und mußte ein leises Schluchzen unterdrücken.

»Möchtest du sie denn überwinden?« fragte er sanft.

Sie biß sich auf die Lippen. Ja, dachte sie. Ja, das möchte ich. Aber sie schwieg.

Seine Hände legten sich auf ihre Schultern. »Emlyn«, sagte er. »Schau mich an.« Er drehte sie mit einem entschlossenen Griff herum, und sie hob den Kopf und sah ihn an. Ein schmaler Streifen Mondlicht ließ seine Augen wie Silber leuchten. Groß und breitschultrig stand er vor ihr, in eine lange, dunkle Wolltunika gehüllt, die dunklen Haare lagen wie Rabenflügel auf seinen Schultern, sein Gesicht wirkte angespannt, als er mit zweifelndem Blick auf sie herabblickte.

»Hör mich erst einmal an, bevor du mich verdammst«, sagte er.

»Dann sag, was du zu sagen hast«, gab sie kühl zurück, obgleich sie sich am liebsten in seine Arme geworfen hätte. Aber sein fester Griff, mit dem er sie an den Schultern hielt, schreckte sie ab. »Ich würde zu gerne erfahren, warum du mich so hintergangen hast.«

»Also gut. Vor vier Jahren habe ich bei deinem Vater um deine Hand angehalten.«

Emlyn starrte ihn mit kugelrunden Augen an. »Du? Mein Vater wollte mich *dir* zur Frau geben?«

»Ja. Aber das war während des Interdikts, und deine Mutter wünschte, daß du zunächst deine Ausbildung in dem Kloster abschließen solltest. Vielleicht wegen deiner künstlerischen Begabung, von der ich damals nichts wußte. Also wartete ich. Aber dann starb dein Vater, und was aus dem Vertrag wurde, den wir beide unterzeichnet haben, weiß ich nicht. Und dann starb auch deine Mutter, und Guy wurde gefangengenommen, bevor ich ihn danach fragen konnte.«

Emlyn hörte ihm mit einem wachsenden Gefühl der Erleichterung zu, einem Gefühl reinen Glücks, wagte aber nicht, sich dem hinzugeben. Er hatte sie belogen. Sie mußte auf der Hut sein, ermahnte sie sich im stillen. »Von alledem hatte ich keine Ahnung. Wer sagt mir, daß das auch wahr ist?«

»Dies.« Er ließ ihre Schultern los, nestelte an seinem Gürtel, zog etwas darunter hervor und hielt ihr dann die offene Hand hin. Darauf lag ein kleiner Ring.

Emlyn nahm den Ring, um ihn genauer zu betrachten. Der Edelstein, der von zwei goldenen Drachenklauen gehalten wurde, glitzerte im Mondlicht. »Der Ring gehörte meiner Mutter«, flüsterte sie. »Woher hast du ihn?«

»Deine Eltern gaben ihn mir damals als Zeichen ihres Einverständnisses mit unserer Hochzeit.« Zärtlich nahm er ihre Hand in die seine und steckte ihr den Ring an denselben Finger, an dem sie bereits den stählernen Reif trug. »Ich schulde Euch noch einen Ehering, Mylady.«

Nachdenklich legte sie den Kopf schräg und sah zweifelnd zu ihm auf. »Warum hast du damals um meine Hand angehalten?«

Sein Blick ruhte ruhig und unverwandt auf ihr, und um seine Lippen spielte ein kleines Lächeln. Emlyns Herz machte einen Satz. Sie kannte dieses Lächeln so gut. Und hatte es so vermißt.

»Einst habe ich mein Leben dir und deiner Familie verpfändet.«

»Ja«, flüsterte sie.

»Ein Ehemann beschützt seine Frau. Und er ist verpflichtet, sich auch um deren Familie zu kümmern.«

»Ja.« Ihre Stimme war auch nur noch ein Hauch. Er trat einen Schritt auf sie zu, ohne die Augen von ihr zu wenden. Gefangen von seinem Blick, legte sie den Kopf in den Nacken. »Aber Graf Whitehawke . . .«

»Er wird sich damit abfinden. Und es tut mir unendlich leid, daß du glaubtest, ich hätte dich nur geheiratet, um ihm eins auszuwischen«, fuhr er leise fort. »Es gab einfach keinen anderen Weg. Ich konnte dich vor Whitehawke nur beschützen, indem ich dir selbst mein Eheversprechen gab. Doch ich konnte dir nicht sagen, wer ich bin, damals jedenfalls noch nicht.« Er fuhr sich mit den Fingern durchs Haar und atmete geräuschvoll aus. Seine Augen blitzten amüsiert auf. »Denn sonst hättest du mich nicht geheiratet. Ehrlich, ich glaube, du hättest mich vor lauter Wut erwürgt.«

Ihre Blicke trafen sich und hielten sich fest. Emlyn dachte nicht länger an Flucht. Sie fühlte sich zwar wie eine Maus in der Falle, war aber gleichzeitig froh, endlich Bescheid zu wissen. Seine rauchgrauen Augen zogen sie immer stärker in ihren Bann.

»Begreife doch, in welchem Dilemma ich steckte«, fuhr er mit heiserer Stimme fort. »Jahrelang habe ich meine Tarnung geheimgehalten. Und dann kamst du, bist in meine beiden Leben getreten und hast beide auseinandergerissen. Und ich mußte feststellen, daß ich mich immer mehr nach dieser süßen, gefährlichen Zerrissenheit sehnte.«

Er hob eine Hand, streichelte ihr übers Haar und berührte sie hinter den Ohren. Jetzt endlich ließ sie sich in seine Arme sinken und legte den Kopf an seine Brust. Sein warmes, ein wenig kratziges Kinn preßte sich an ihre Schläfe.

Zorn und Unmut verflogen wie ein böser Traum, so als hätten sie nie existiert. Emlyn schloß die Augen und gab sich ganz dem ungetrübten Glücksgefühl hin, das sie durchströmte. Sie lauschte dem samtenen Strömen seines Atems; mit jedem Wort, das er sprach, mit jedem Atemzug, den er tat, verschmolzen Thorne und Nicholas zu einer Person.

»Zuerst bewunderte ich dich, das wunderschöne, tapfere Mädchen«, hörte sie ihn sagen. »Und ich wußte, daß ich mit dieser Heirat eine große Schuld tilgen würde.« Seine Finger glitten durch ihr Haar und sandten träge, wohlige Schauer über ihre Wirbelsäule. Nur Thorne hatte sie jemals so berührt, dachte sie.

»Damals hatte ich keine Ahnung, wieviel du mir bedeutest«, fuhr er fort. »Aber als ich dir wieder begegnete, begann ich, dich sehr zu schätzen. Deinen Verstand ...« Er lächelte und machte eine kleine Pause. »Und dein hitziges Temperament. Ich konnte dich unmöglich meinem Vater überlassen. Und im Kloster wollte ich dich auch nicht sehen. Ich hätte alles getan, damit du nicht aus meinem Leben verschwindest, Emlyn. Alles.« Er atmete leise aus. »Selbst dich anzulügen und dabei in Kauf zu nehmen, daß du mich hassen würdest, wenn du die Wahrheit über mich entdecken solltest.«

»Ich hasse dich nicht«, wisperte sie. »Ich könnte dich gar nicht hassen.«

Langsam strich er über ihre seidenen Locken, griff dann aber energisch in den kühlen Haarschopf und zog ihren Kopf zurück, damit sie ihn ansehen konnte. Ein süßer Schauer ließ ihren ganzen Körper erbeben.

»Du mußt mir verzeihen«, forderte er mit rauher Stimme.

Sie sah ihn einen langen Moment an. »Du bist nicht Thorne, und doch bist du es«, sagte sie. »Als ich erfuhr, daß du der Baron bist, glaubte ich, Thorne verloren zu haben.«

»Du hast ihn nicht verloren, meine Geliebte«, murmelte er und senkte den Kopf. »Du wirst Thorne niemals verlieren.«

Sein warmer Atem roch nach Wein und Zimt, als sein Mund sich zärtlich auf den ihren legte. Die samtweiche Berührung seiner Lippen verwandelte sich bald in einen fordernden Kuß, süß und erregend.

Und dann entzog er sich ihr. »Emlyn«, flüsterte er. »Ich liebe dich schon seit Jahren. Aber erst jetzt weiß ich, wie sehr ich dich liebe und wie lange dieses Gefühl schon in mir schlummert. Ich flehe dich an, bitte, verzeih mir.«

Sie schlang die Arme um seinen Nacken, und mit einemmal begannen auch die letzten Reste dieser bitteren Enttäuschung dahinzuschmelzen, die sich so tief in ihr Herz gegraben hatte.

»Ja, ich verzeihe dir«, hauchte sie. Und was bisher noch nicht verziehen war, verflüchtigte sich wie Schatten in der Sonne. Die Tiefe dessen, was sie plötzlich empfand, demütigte sie. Während sie Arglist, Verrat und Kälte in ihm gesehen hatte, war ihm nur daran gelegen gewesen, ihr seine Liebe zu zeigen. Sie hob ihm ihr Gesicht entgegen, und er antwortete mit einem verzweifelten Kuß.

»Nicholas«, wisperte sie an seinen Lippen. »Ich habe dich schon als Kind geliebt.« Sie küßte ihn. »Euch beide, glaube ich. Versprich mir nur, daß ich das alles verstehen werde.«

»Ich werde dir alles erklären«, flüsterte er. Seine Lippen liebkosten ihre Mundwinkel, während seine Finger die Linie ihres Halses nachzeichneten. »Aber nicht jetzt.«

Emlyn hielt den Atem an, als seine Finger zu ihren Schultern und über den weichen Wollstoff wanderten, der die runden Konturen ihrer Brüste verhüllte. Und als sich ihre Brustspitzen unter seiner Berührung aufrichteten, stockte ihr fast der Atem.

Er stöhnte leise, faßte sie unter den Hüften und hob sie in seine Arme. Ihr Kopf sank an seine Schulter, als er mit ihr auf den Vorhang zuging.

»Nicholas«, murmelte sie. »Harry . . .«

»Ich habe ihn von dem französischen Wein kosten lassen«, flüsterte er zurück. »Er wird süß und selig schlafen bis morgen früh.«

Er trug sie durch den Vorhang in die wohlige Wärme seines Schlafgemachs. Das Feuer warf einen goldenen Schein über das breite Bett, als sie zusammen auf die weiche, mit dunkelroten Samtlaken bezogene Daunenmatratze sanken. Nicholas richtete sich noch einmal auf, um die Vorhänge zuzuziehen, die sie in einen warmen, rotgoldenen Kokon einschlossen.

Mit hastigen, atemlosen Bewegungen zogen sie sich gegenseitig die Kleider aus, warfen sie achtlos beiseite und schlüpften in inniger Umarmung unter die weiche Felldecke.

Während seine Küsse drängender wurden, gab Emlyn sich ganz dem Bedürfnis hin, seine Nähe nach so langer Zeit intensiv zu genießen. Ihre Finger tasteten sich über den seidenweichen dunklen Haarflaum seiner Brust, sie küßte seine Schulter und sog seinen Duft ein, eine Mischung aus Leder, Gewürzen, Rauch und Schweiß.

Ihre Hände glitten über seine Brust, streichelten über seinen warmen, muskulösen Oberkörper und die festen Konturen seiner Hüften. Mit kreisförmigen Bewegungen erforschte sie seinen Rücken, fand die Narbe der Verletzung, die Thorne sich vor acht Jahren zugezogen hatte. Dann liebkoste sie die runde, weiche Vertiefung an seinem Oberschenkel, die Pfeilwunde, die sie selbst ihm vor wenigen Monaten beigebracht hatte. Wie um Verzeihung bittend beugte sie sich nieder und küßte liebevoll die rosa schimmernde Narbe. In einer einzigen, fließenden Bewegung glitt ihr Körper über den seinen. Sie hob den Kopf, senkte ihre Lippen auf seinen Mund und überließ sich seinen Küssen, die über sie hinwegflossen wie warmer Honig.

Jetzt gingen auch seine Fingerspitzen auf Erkundungsreise. Leicht wie Federn strichen sie über ihren Hals, die Schultern und über ihre Brüste. Die Berührungen selbst spürte sie kaum, wohl aber die süßen Reize, die sie in ihrem Körper auslösten. Sie vergrub ihre Finger in seinem seidigen Haar, als seine Lippen die Knospen ihrer Brüste suchten, sie abwechselnd küßten und daran saugten. Und dann reckte sie ihm mit einem lustvollen Seufzer ihren Oberkörper entgegen und genoß die Erregung, die in ihnen beiden anstieg. Seine Bewegungen waren ruhig und behutsam, jede Berührung eine zärtliche Liebkosung, reinigend, heilend und die Wunden schließend, die sie sich gegenseitig zugefügt hatten.

Bald glitten seine Hände über die leichte Rundung ihres Bauches hinweg zu ihren Hüften. Mit sanftem Druck hoben sie ihren Körper an, drehten ihn auf den Rücken und verharrten dann kreisend über ihrem Venushügel, bis sie ihnen mit einem tiefen Stöhnen antwortete und ihre Schenkel öffnete. Seine kundigen Finger fanden ihren empfindlichsten Punkt und schürten die Flamme ihrer Erregung, bis ihr Körper gleich einer lodernden Fakkel brannte.

Gespannt wie eine goldene Bogensehne, die dem Abschießen des Pfeils entgegenvibriert, schlang sie die Schenkel um seine Hüften. Jede Faser ihres Körpers sehnte sich nach seinem heißen, geschmeidigen Körper, wollte ihn spüren und ihn in sich aufnehmen. Mit sanften Stößen drang er in sie ein.

Sie antwortete seinen Bewegungen, genoß das aufregende Spiel ihrer Muskeln, den Rhythmus seines Atems und seines Herzschlags, nur zu bereit, sich diesem geliebten Mann hinzugeben und Leib und Seele mit ihm eins werden zu lassen. Noch enger zog sie ihn an sich heran, bis sie seine heiße Männlichkeit tief in sich spürte. Im Einklang mit ihren immer drängenderen Bewegungen ließen sie sich von den Wogen der Lust emportragen, bis sie den Gipfel der Ekstase erreichten und ihre glühenden Körper Erlösung fanden.

Nach Atem ringend und immer noch Küsse tauschend, sanken sie zurück in die weichen Kissen. Knisternde Flammen trugen den süßen Geruch von Apfelholz zu ihnen herüber. Emlyn schmiegte sich an Nicholas und schloß die Augen, um die friedliche Stille und das Gefühl tiefen Glücks mit in den Schlaf zu nehmen. Die zärtliche, liebende Vereinigung ihrer Körper und Seelen hatte es vermocht, alle Gedanken an Verrat und Betrug zunichte zu machen, die sie beide so schrecklich gequält hatten.

Emlyn schlief ein und erwachte erst wieder in der dämmrigen Stunde vor dem Morgengrauen, als sie Nicholas' Lippen auf ihrer Schulter spürte. Sie liebten sich noch einmal mit hingebungsvoller Zärtlichkeit und ließen sich dabei so lange Zeit, daß bereits die ersten Sonnenstrahlen durch die Fensterläden fielen, als sie beide ihre Erfüllung fanden.

Wenig später, sie lagen unter der weichen Felldecke und Emlyns Kopf ruhte an seiner nackten Schulter, fragte sie ihn: »Werden wir jetzt den anderen von unserer Hochzeit erzählen?«

»Ja«, flüsterte er in ihr Haar, »das werden wir. Noch heute.«

»Aber leicht wird das nicht werden, Nicholas.«

»Ich bin ja bei dir, Liebling«, sagte er und setzte sich auf, um sie anzusehen. »Man wird unsere Heirat akzeptieren, jetzt oder später.«

»Aber dein Vater . . .«

Er legte ihr einen Finger auf die Lippen. »Zerbrich dir über ihn nicht den Kopf. Es gibt noch eine ganze Menge, worüber wir beide sprechen müssen.«

Sie nickte und betrachtete dabei die Schatten, die das Vorhangmuster auf sein Gesicht zeichnete.

Auch er betrachtete sie. »Deine Augen sind so blau wie Lapislazuli und mit Goldstaub gesprenkelt«, murmelte er versonnen.

»Und deine grau wie Kieselsteine und grün wie Frösche«, gab sie verschmitzt lachend zurück. »Ach, mein wechselhafter Ehemann, ich weiß zwar nicht, wie ich deine Augenfarbe benennen soll, aber ich kenne dich jetzt, wie auch immer du heißen magst.«

»Genau so soll es sein«, entgegnete er lächelnd. »Aber jetzt, Schwester Agnes, solltet ihr Euch aus dem Bett erheben und Kutte und Schleier anlegen. Ich will nämlich nicht als gotteslästerlicher Sünder dastehen, weil ich eine Nonne verführt habe.«

20. Kapitel

Nicholas faltete das Schriftstück zusammen und kratzte sich nachdenklich im Nacken. Wats Sendschreiben enthielt wie jede Nachricht, die Hawksmoor in letzter Zeit erreichte, Mitteilungen über die Aktivitäten des Königs: John zog mit seinen Söldnertruppen weiter nach Norden und drohte, auf seinem Weg die Burgen aller rebellischen Barone zu besetzen.

Wat hatte auch Neuigkeiten über Whitehawke erwähnt. Nicholas warf das steife Pergament auf den Tisch, stand auf und dehnte die verspannten Schultern. Peter, der mit ausgestreckten Beinen in einem hohen Lehnstuhl vor der Feuerstelle saß, wartete geduldig.

Der Wind pfiff um die Burgmauern, und der eisige Regen schlug klirrend gegen die hohen Fensterscheiben im großen Saal. Nicht gerade die geeignete Jahreszeit für einen Feldzug, dachte Nicholas; doch zweifelte er, ob die im Winter übliche Waffenruhe den König davon abhalten würde, auf seine Revanche zu verzichten.

Er warf Peter einen düsteren Blick zu. »Wat schreibt, daß mein Vater einen neuen königlichen Erlaß in Händen hat, der seine Besitzrechte an der Burg Ashbourne bestätigt. Er ist dabei, meine Enterbung vorzubereiten und hat seine Verlobung mit Emlyn als nichtig erklärt – wegen deren ungebührlichen Benehmens.«

Peter nickte. »Dennoch scheint Euch und Eurer Lady das Glück der Engel hold zu sein, Herr. Whitehawke zeigt sich trotz allem außerordentlich gefügig. Nur Lady Alarice hat Eure Vermählung mit erhobenen Brauen zur Kenntnis genommen, und das nicht nur wegen der etwas seltsamen Begleitumstände.«

»Das ist wahr. Lady Julian hat unsere Verbindung gebilligt und uns ihren Segen gegeben. Und was die Dienerschaft und die Dörfler anbelangt, so betrachten diese das

Leben ohnehin eher von der einfachen, praktischen Seite. Erst war sie Nonne, und jetzt ist sie Baronin. Vielleicht machen sie abends bei einem Krug Bier ihre Scherze über diese Vermählung, aber im Grunde akzeptieren sie sie und stellen keine Fragen. Einzig Alarice war über die Nachricht nicht sonderlich begeistert, wie du schon richtig sagtest. Ich wette, sie wird uns verlassen, sobald das Wetter eine Reise erlaubt. Ihr Vater verhandelt, wie ich gehört habe, bereits mit Chavant.«

Peter riß erstaunt die Augen auf. »Lieber Himmel! Chavant und Lady Alarice?«

Nicholas zuckte die Schultern. »Na ja, immerhin bringt sie eine beträchtliche Aussteuer mit in die Ehe und wird eines Tages eine reiche Erbin sein. Doch was mich betrifft, so möchte ich nicht derjenige sein, der der Lady den Namen ihres zukünftigen Gatten nennt«, fügte er schmunzelnd hinzu.

»Ich auch nicht«, stimmte Peter zu. »Aber wie kommt es, daß Euer Vater kaum ein Wort über Eure Vermählung mit Lady Emlyn verliert?«

»Nun«, meinte Nicholas, »ich bin mir nicht sicher, was er im Schilde führt. Möglich, daß mein gekränkter Herr Vater mich im Frühjahr zu einem Turnier herausfordert, um mir den Kopf abzuschlagen. Doch im Augenblick hat er andere Sorgen, nachdem er mit dem König in Rochester war.«

Peter setzte sich interessiert auf. »Hat Wat auch Neuigkeiten über Rochester geschrieben?«

Nicholas nickte und starrte nachdenklich ins Feuer. »Die Belagerung ist vorbei. König John hat im November vierzig Schweine schlachten lassen, und seine Männer haben das Fett benützt, um die Burgmauern und einen Eckturm abzufackeln. Er hat keine Rücksicht walten lassen. Die Gefangenen wurden in Ketten gelegt und einige grausam verstümmelt. Er hat sich nicht einmal gescheut, einen alten Jugendfreund an den Galgen zu hängen.« Nicholas stieß einen tiefen Seufzer aus. »Offensichtlich ist er schier wahnsinnig vor Wut und setzt seinen Kriegszug mit seinem Söldnerheer weiter nach Norden fort. Weihnachten wird er vor Nottingham stehen.«

»Heilige Maria!« murmelte Peter und legte die Stirn in Falten. »Er rückt ja ziemlich schnell voran. Und was machen die rebellischen Barone in London? Man sagt, sie vertreiben sich ihre Zeit mit Trinken und Glücksspielen.«

»Ja, aber sie wollen John unter allen Umständen stürzen und haben bisher alle rechtlichen Mittel, die ihnen zur Verfügung stehen, ausgenützt. Allerdings ohne Erfolg. John pariert jeden ihrer Schachzüge viel zu geschickt.«

»Die Yorker Grundbesitzer wurden vor einigen Wochen von den aufständischen Baronen zusammengerufen, um die Angelegenheit zu diskutieren. An dem Treffen habt Ihr aber nicht teilgenommen.«

»Nein, ich bin dagegen, die englische Krone einem französischen Prinzen anzubieten. Daß ich die neue Charta unterstütze, ist wohlbekannt. Doch darüber hinaus werde ich mich nicht weiter mit den Rebellen gegen diesen König verbünden, bei dem man nie sicher sein kann, was er als nächstes vorhat.«

»Ja, John ist hinterhältig und feige«, pflichtete Peter bei. »Es erstaunt mich, ihn an der Spitze eines so ausgedehnten Feldzugs zu sehen.«

»Ich glaube, er würde mit seinen Baronen am liebsten das gleiche machen wie mit den Schweinen in Rochester und sich das Problem damit vom Hals schaffen. Aber nachdem die Barone im Norden über keine einheitliche Armee verfügen, muß jeder für sich selbst kämpfen.«

»Ja, ihnen bleiben genau drei Möglichkeiten: Entweder ergeben sie sich vorbehaltlos, erkaufen sich die Gunst des Königs mit einer anständigen Summe Gold, oder sie legen ihre Rüstung an und kämpfen.«

»Ganz recht«, sagte Nicholas grimmig. »Ich habe mir die Sache lange durch den Kopf gehen lassen, Perkin, und mein Entschluß steht fest: Ich bin nicht bereit, Hawksmoor aufzugeben. Wir werden sofort damit beginnen, die Mauern zu verstärken.« Während er ins Feuer starrte und die Hitze der Glut auf seinem Gesicht spürte, wurde es ihm vollends klar: Er würde sein Haus und seine Familie mit all der ihm zur Verfügung stehenden Kraft verteidigen.

»Ich werde für meine Burg niemals auch nur einen Gulden Lösegeld bezahlen«, sagte er leise. »Kümmer du dich um die Schärfe deines Schwerts, mein Freund.«

Emlyns Arm schmerzte vom vielen Winken, und die bittere Kälte hatte ihre Wangen gerötet. Sie nahm die Zügel ihrer hellbraunen Stute auf und sah zu Nicholas hinüber, der neben ihr auf Sylvanus in gemächlichem Schrittempo einherritt. Jetzt drehte er sich abermals im Sattel um und winkte den Dorfbewohnern zu, die neben den eisverkrusteten Straßen Spalier standen. Während ihres langen Ritts durch die zahlreichen Dörfer der Gegend hatte Nicholas immer wieder in seinen Lederbeutel gegriffen, Münzen in die Menge geworfen und den Leuten, von denen er viele mit Namen kannte, Glückwünsche zugerufen. Die Leibeigenen und Pächter wiederum revanchierten sich mit dem ehrlichen Respekt und der offenen Freundschaft, die ein guter und gerechter Herr von seinen Untergebenen erwarten durfte.

Emlyn kniff die Augen zusammen und blickte über die schneebedeckte Heidelandschaft, die im grellen Sonnenlicht wie weißes Glas glitzerte. Vor ihnen erhoben sich die mächtigen, grauen Mauern von Hawksmoor. Der große Saal wird warm wie eine Backstube sein, freute sich Emlyn. Begierig, der schneidenden Kälte zu entfliehen, gab sie ihrer Stute die Sporen.

Früh am Morgen, nachdem jeder außer Nicholas, der immer noch exkommuniziert war, an der Weihnachtsmesse in der neurenovierten Kapelle von Hawksmoor teilgenommen hatte, waren der Baron und die Baronin in Begleitung einer kleinen Entourage aufgebrochen, um die verschneiten Dörfer nördlich von Hawksmoor zu besuchen.

Trotz der bitteren Kälte waren die Dörfler überall, wo

sie hinkamen, aus ihren Hütten und Häusern gerannt, hatten unter lauten Rufen und Lachen die silbernen Münzen aufgefangen, als Gegengabe ihrem Oberherrn frische Brotlaibe, Mistel- und Stechpalmenzweige gebracht und ihm viel Glück fürs neue Jahr gewünscht. Auf halbem Wege hatten Nicholas und Emlyn dankbar die von einem Wirt angebotenen Becher mit heißem, gewürztem Apfelwein angenommen, anschließend ihrer Begleitung das Kommando zum Wenden gegeben und sich wieder auf den Heimweg gemacht.

»Falls du noch irgendwelche Zweifel hegen solltest, Emlyn, ob du hier willkommen bist, kannst du diese getrost vergessen«, sagte Nicholas lächelnd. »Nachdem unsere Weihnachtsprozession so fröhlich empfangen wurde, bin ich mir sicher, daß die Leute uns wohlgesonnen sind.«

Emlyn sah ihn an, und ihre Augen leuchteten vom Sonnenlicht, von der Kälte und vor Glück. »Ich habe mich auf unserem Ritt wie eine Braut gefühlt«, antwortete sie leise. »Aber wahrscheinlich waren es nur die Silbermünzen, die die Gesichter der Dörfler so strahlen ließen.«

»Nein, Liebes. Über das Geld haben sie sich sicher gefreut, aber du warst es, der sie zugejubelt haben«, entgegnete er und winkte einer Frau, die ihnen begeistert Glückwünsche zurief.

Emlyn setzte sich bequem in ihrem Sattel zurecht und dachte an die ereignisreiche letzte Woche und ihre wachsenden Aufgaben als neue Burgherrin von Hawksmoor. Ihre bisherigen Pflichten hatten ihr sehr viel Spaß gemacht, besonders das Überwachen der Weihnachtsdekoration des großen Saals, den die Diener mit Girlanden aus Stechpalmen, Efeuranken und bunten Seidenbändern ausschmückten.

Sieben Männer waren nötig, um das riesige Weihnachtsscheit in den Saal zu schleppen und auf die Feuerstelle zu legen, wo es bis zum Dreikönigstag brennen sollte. Anschließend hatten sie ein großes Fest gegeben, zu dem der ganze Burghaushalt und die Ritter nebst Familien geladen wurden und zu dem sich auch sämtliche Dorfbewohner einfanden.

Innerhalb der Familie wurden Geschenke ausgetauscht. Emlyn schenkte Nicholas ein kleines Holzbild, das sie selbst gemalt hatte und das auf der einen Seite die heilige Maria und auf der anderen den heiligen Nicholas darstellte. Er hatte sich über ihr Geschenk sehr gefreut, und sie sich ebenfalls über das seine: einen Gürtel aus goldenen, mit ovalen Saphiren besetzten Ringen.

Heimlich hatte er ihr ins Ohr geflüstert, daß sie das andere Geschenk später erhalten würde. Emlyn hatte verlegen gekichert und war heftig errötet, in der Annahme, er spiele auf eine weitere zärtliche Nacht hinter den zugezogenen Samtvorhängen ihres breiten Betts an.

Nicholas hatte ihr dabei geholfen, Geschenke für die Kinder auszusuchen. Christien bekam einen Eibenholzbogen mit Pfeilen und Köcher, Isobel ein Armband aus geschnitzten Bernsteinperlen, das einst Lady Blanche gehört hatte, und Harry einen Satz Zinnsoldaten, die man auf kleinen Holzrädern hin und her schieben konnte. Aber am allerglücklichsten war Lady Julian über ihr Geschenk gewesen. Nicholas hatte für sie von einem Glasermeister in York eine kleine, goldgefaßte Brille anfertigen lassen.

Am Weihnachtsabend durften die Kinder so lange aufbleiben, bis ihnen vor Aufregung und Erschöpfung die Augen zufielen. Harry hatte eine Bohne in seinem Kuchen gefunden und war unter fröhlichem Gelächter zum König der Festtafel ernannt worden. Mit ernster Miene hatte er sein Regierungsamt übernommen und weise regiert, bis die Müdigkeit ihn übermannte und der kleine König auf dem Arm seiner Amme einschlief.

Die Erinnerungen an diesen schönen Abend hatten ein Lächeln auf Emlyns Gesicht gezaubert, als sie vor Hawksmoor anlangten, wo sie mit einem Zungenschnalzen ihre Stute über die Zugbrücke und unter den Fallgittern des Burgtors hindurch dirigierte.

Die Stallknechte kamen ihnen bereits entgegengeeilt,

um sich um die Pferde zu kümmern. Während einer von ihnen Emlyn von ihrem Pferd half, kam ein älterer Diener auf Nicholas zu und sprach leise mit ihm.

Nicholas hörte den alten Mann stirnrunzelnd an, nickte kurz und warf einem der Stallburschen die Zügel zu.

Ohne Emlyns verwunderten Blick zu beachten, tauschte Nicholas ein paar Worte mit Peter, drehte sich dann auf dem Absatz um und rannte die Treppe zum Wohnturm hinauf.

Vor der Feuerstelle stand ein Mann in einem roten Umhang und starrte auf das große, brennende Weihnachtsscheit. Seine Rüstung war über und über mit Schlamm bespritzt, und sein bärtiges Gesicht von Erschöpfung gezeichnet. Dankbar nahm er einen Becher heißen Glühwein entgegen, den ihm eine Dienerin anbot, und drehte sich sogleich um, als Nicholas in den großen Saal gestürmt kam.

»Wat!« lächelte Nicholas und klopfte dem Mann auf die Schulter. »Fröhliche Weihnachten. Emlyn wird sich freuen, Euch zu sehen. Wann seid Ihr angekommen?«

»Vor einer Stunde, Herr Baron. Ich habe Eure Anordnungen ausgeführt.«

»Dann ist also alles erledigt?« fragte Nicholas scharf.

»Ja, Herr«, nickte Wat.

Die Dienerin reichte Nicholas ebenfalls einen lederbezogenen Becher mit Glühwein und entfernte sich eilig auf sein knappes Nicken hin. Er trank einen Schluck von dem heißen Wein und wandte sich wieder an Wat. »Und das Paket?«

»Habe ich bereits Eurem Seneschall, Sir Eustace, ausgehändigt, Mylord.«

»Gut.« Nicholas atmete geräuschvoll aus. Es klang, als fühlte er sich von einer schweren Last befreit. »Hattet Ihr Schwierigkeiten in Ashbourne?«

»Nein, Mylord. Der König zieht nach Norden, nicht nach Westen. Whitehawkes Besitzrecht und unsere Lage haben uns vor dem Zorn des Königs einstweilen verschont.«

Nicholas hob eine Braue. »Ich sehe, Ihr tragt den roten Umhang des Barons de Ashbourne und nicht Whitehawkes Waffenrock.«

Wat zuckte die Schultern. »Nun, da ich nicht mehr Haushofmeister auf Ashbourne bin, trage ich den Rock, der mir beliebt.«

»Was sagt Ihr da?«

»Whitehawke hat ausrichten lassen, daß er nach seiner Ankunft in Graymere einen neuen Seneschall für Ashbourne ernannt hat.«

»Was, er ist zurückgekommen? Davon weiß ich gar nichts.«

»Ja, er hat mir vergangene Woche einen Boten geschickt. Aber die Neuigkeiten, die Euch betreffen, sind mir schon vorher zu Ohren gekommen. Beim heiligen Kreuz, Mylord, ich habe mich ja so gefreut, als ich von Eurer Vermählung mit Lady Emlyn erfuhr. Euer Vater muß vor Wut kochen, wenn ich mir diese Bemerkung erlauben darf.«

»Nun, das ist eine lange Geschichte, Wat, und ich werde sie Euch gerne erzählen. Aber jetzt streckt erst einmal Eure Beine aus und erzählt mir, was es Neues vom König gibt.« Nicholas lehnte sich an die Tischkante, Wat ließ sich auf eine Holzbank fallen. »Wie wir hörten, war er Weihnachten mit seiner Söldnertruppe in Nottingham?«

»Ja, das ist richtig, Mylord. Und man erzählt sich, er sei wie ein tollwütiger Stier aus der Stadt geritten.« Wat nippte an seinem Wein und schüttelte den Kopf. »Seine Söldner ziehen wie Rudel hungriger Wölfe durchs Land, greifen auf ihrem Weg die Burgen aller rebellischen Barone an und legen sie in Schutt und Asche. Und er trifft dabei auf nur geringen Widerstand. Im Gegenteil, die Barone zeigen sich unterwürfig und bieten ihm ihre gefüllten Schatztruhen an. Die akzeptiert der König, oder auch nicht, ganz wie ihm gerade der Sinn steht.«

»Und wohin führt seine Route?«

»Geradewegs nach Norden. Rockingham, Belvoir und Doncaster haben sich neben anderen bereits unterworfen. Überall öffnen die Barone ihm Burg- und Stadttore, um dem Unvermeidlichen zu entgehen. Jede Burg, die John den Einlaß verwehrt, bekommt es mit seinem Heer und seinen Belagerungsmaschinen zu tun. Er sammelt Lösegelder ein wie ein Beamter die Steuerabgaben.«

»Und wo befindet er sich im Augenblick?«

»Zuletzt war er in Pontefract, wie ich hörte, möglicherweise ist er auch schon in York, Mylord.«

»Dann ist er ja nicht mehr weit von Hawksmoor entfernt.«

Am anderen Ende des großen Saals ging die Tür auf. Peter warf einen Blick herein und ging dann auf Wat zu, um ihn zu begrüßen. Einen Fuß auf die Bank gestützt, schob er die Eisenhaube zurück und hörte sich Nicholas' kurze Zusammenfassung von Wats Bericht an.

Interessiert und mit vielen Fragen beugte er sich zu Wat und diskutierte mit ihm den Raubzug des Königs, während Nicholas, der noch immer an der Tischkante lehnte, seinen Wein austrank, dabei den Blick durch den Saal schweifen ließ und die weihnachtlichen Girlanden betrachtete, die über den Fenstern, den Türen und dem Kamin angebracht waren.

Er vermeinte noch immer das Lachen und die Freude zu spüren, die den großen Saal am Weihnachtsabend erfüllt hatten. Genau in der Mitte des Raumes hing der riesige, duftende Weihnachtsbusch, ein Gesteck aus grünen Tannenzweigen, das mit Äpfeln, Birnen, Nüssen und bunten Seidenbändern geschmückt war. In der Feuerstelle brannte das Weihnachtsscheit, das knackend und funkensprühend rotflackerndes Licht und wohltuende Wärme verbreitete.

Nicholas, der inzwischen die Freuden und den Frieden eines glücklichen Familienlebens schätzen gelernt hatte, verspürte nicht die geringste Lust, sich wieder dem harten Kriegsgeschäft und den unerquicklichen Diskussionen über die Untaten des Königs zu widmen, die in England in letzter Zeit zum Tagesgespräch geworden waren. Aber ihm blieb keine andere Wahl. Seufzend wandte er seine Aufmerksamkeit Wat und Peter zu.

»Folgt der König einer bestimmten Route?« wollte Peter von Wat wissen.

»Im Augenblick befindet er sich auf dem Weg nach Berwick an der schottischen Grenze und nimmt dabei jede Festung ein, auf die er trifft«, antwortete Wat. »Alexander von Schottland rückt nach England vor, und John ist entschlossen, mit seinem Kriegszug gegen die aufständischen Barone gleichzeitig auch Alexanders Vormarsch zu stoppen.«

»Offenbar hat Alexander den verrottenden Kadaver Englands gerochen«, warf Peter ein.

»Ja, genau wie Philip von Frankreich«, sagte Nicholas. »John hat Frankreich um Hilfe gegen die aufständischen Barone gebeten, und jetzt kommen französische Soldaten und Ritter in Scharen über den Kanal. Wie ich gehört habe, sind es mittlerweile so viele, daß sie England mit einem Handstreich erledigen können. Worauf die Franzosen ja auch hoffen.«

»König John hat aus unserem Land einen Flickenteppich gemacht«, sagte Peter. »Kein Wunder, daß unsere lieben Nachbarn die Chance ergreifen, bei uns einzufallen. Sie sehen genau, wie wir uns selbst entzweien und gegen unseren eigenen König kämpfen.«

»Ja, ganz recht. Eigentlich ist unser König ja ein brillanter Kopf, in seinem Wesen aber viel ungestümer als jeder einzelne dieser Rebellen. Ein weiser Ältestenrat und gewisse Beschränkungen, wie sie in der neuen Charta verankert wurden, wären genau das, was wir bräuchten. Aber das hier geht jetzt zu weit. So wütend, wie John im Augenblick ist, wird er sich nicht so bald beruhigen. Er läßt uns mit unserem Geld, unseren Burgen oder unserem Leben bezahlen«, sagte Nicholas und schüttelte den Kopf. »Ein Flickenteppich, genau wie du gesagt hast, Peter. Wat – die Armee des Königs rekrutiert sich hauptsächlich aus Franzosen?«

»Ja, Mylord, neben Gascognern, Brabantern und Flamen.«

»Ha«, meinte Peter grinsend. »Wenn John seinen Männern nicht pünktlich ihren Sold bezahlt, wird er bald eine gierige Meute auf den Fersen haben.«

Wat warf Nicholas einen skeptischen Blick zu. »Man sagt, daß der König sein gesamtes Vermögen auf Packpferden mit sich führt.«

Nicholas stieß einen leisen Pfiff auf. »Das muß ja eine ordentliche Fuhre sein. Er scheint wohl niemandem mehr über den Weg zu trauen, wie?«

Peter ging zu einem kleinen Beistelltisch und holte sich einen Becher Wein. »Einige seiner treuesten Anhänger schlagen sich auf die Seite der Rebellen«, sagte er. »Arundel, York, der Graf von Surrey und noch etliche andere.«

»Der Graf von York nicht«, berichtigte ihn Wat. »Der hat John tausend Silberlinge angeboten, wenn er an Alnwick Castle vorbeireitet.«

»Whitehawke ist einer von denen, die den König noch immer vorbehaltlos unterstützen«, warf Peter ein.

Nicholas nickte. »Ja, dadurch sichert er sich Graymere. Ich bezweifle zwar, daß John in unsere Gegend kommt, aber falls doch, sind wir bis auf den letzten Mann bewaffnet und auf einen eventuellen Angriff vorbereitet. Trotzdem, Peter, möchte ich, daß du dir einige Männer nimmst und die Ladys und die Kinder nach Evincourt bringst.«

»Auf die Burg der Gräfin nahe Lancaster?« fragte Peter.

»Ja. Im Westen sind sie sicherer. John kann in einem Winterfeldzug nicht durch ganz England ziehen. Aber bevor irgend etwas passiert, mußt du wieder hiersein. Falls etwas passiert«, fügte Nicholas rasch hinzu. »So Gott will, werden wir hier auf Hawksmoor keinen Kampf erleben.«

Peter hob eine Braue. »Eure Lady wird höchst verstimmt sein, wenn Ihr sie wegschickt, fürchte ich.«

»Ach, Verstimmungen dieser Art ist sie bereits gewöhnt«, brummte Nicholas.

Als er die Tür knarren hörte, wandte er sich um. Es war

Emlyn, die noch im Mantel hereinkam und schnell den großen Saal durchquerte, während sie sich die Kaninchenfellhandschuhe abstreifte. Ihr Gesicht war von der kalten Winterluft gerötet, die Zöpfe unter dem dünnen Schleier schimmerten flachsgelb.

Als sie den Kopf zur Seite drehte und ein Sonnenstrahl die goldenen Punkte in ihren Augen zum Glitzern brachte, spürte Nicholas ein Ziehen in den Lenden und gleich darauf ein heftiges Sehnen, das mit körperlichem Verlangen nichts zu tun hatte: Es war absolute, hingebungsvolle Liebe.

Und Vorfreude. In wenigen Augenblicken wollte er sie mit einem Weihnachtsgeschenk beglücken, das sie so bald nicht vergessen würde.

Auf ihrem Weg durch den langen, sonnenbeschienenen Saal konnte Emlyn zunächst nur den Arm und den Rükken des Besuchers erkennen, der vor Nicholas und Peter, die ebenfalls mit dem Rücken zu ihr standen, auf der Bank saß. Wieder ein Bote, dachte sie, einer von vielen, die seit Wochen in Hawksmoor aus und ein gingen.

Neuigkeiten von Ashbourne, freute sie sich, als sie den roten Umhang sah, den der korpulente Mann über seiner Rüstung trug. Während sie näher kam, winkte Nicholas Peter zu sich und flüsterte ihm etwas ins Ohr.

Peter warf ihm daraufhin einen verwunderten Blick zu und verließ eiligen Schritts den Saal durch eine Seitentür, ohne ihr einen Gruß oder wenigstens ein Nicken zu entbieten. Das sah Peter nun gar nicht ähnlich, dachte Emlyn noch.

»Mylord, ich hörte, wir haben Besuch . . .!« rief sie von der Mitte des Saals aus und blieb dann wie angewurzelt stehen, als der Besucher sich umwandte und sie den grauen Bart und die dunklen Augen in dem kantigen Gesicht des Mannes erkannte. Ihr höfliches Lächeln verwandelte sich in einen Ausdruck fassungslosen Staunens.

»Wat!« schrie sie und ließ vor lauter Aufregung die Handschuhe fallen, als sie ihren Umhang hochraffte.

»Wat!« Sie rannte auf ihn zu und warf sich in seine ausgebreiteten Arme. »Du lieber Gott! Was machst du denn hier? Ist etwas mit Ashbourne nicht in Ordnung? Und was ist mit Guy?«

»Auf Ashbourne ist alles in Ordnung«, unterbrach Nicholas ihren Wortschwall. »Mein Vater hat Wat von seinen Pflichten dort entbunden. Und einen so erfahrenen Mann wie Wat können wir auf Hawksmoor gut gebrauchen, falls er bereit ist, bei uns zu bleiben.« Emlyn lächelte Nicholas an, ihre Hand lag auf Wats kräftigem Unterarm.

Wat verbeugte sich. »Ich danke Euch, Mylord. Ich nehme dieses Angebot mit Freuden an.« Seine Stimme war tief und warm, seine gradlinige, bescheidene Art wirkte wie immer beruhigend. Emlyn merkte erst jetzt, wie sehr sie ihn vermißt hatte.

»Sir Walter hat uns die Nachricht gebracht, daß der König mit seiner Armee nach York vorrückt«, sagte Nicholas.

Emlyn sah ihn erschrocken an. »Nach Norden? Kommt er dann auch in unsere Gegend?«

»Das wissen wir nicht«, entgegnete Nicholas ernst, »aber das soll dich im Augenblick auch nicht beschäftigen. Da gibt es Wichtigeres.«

»Und was ist das?« fragte sie, als die Seitentür aufging und Peter mit leicht geröteten Wangen zurückkehrte. Hinter ihm trat ein zweiter Mann durch die Tür. Emlyn stieß einen leisen Schrei aus und preßte die Hände vor den Mund.

Er war groß und klapperdürr, sein blondes, mit dunklen Strähnen durchsetztes Haar fiel ihm in die Stirn und weit über die dunkelbraune Tunika, die um seine knochigen Schultern schlotterte. Ein paar Schritte von ihr entfernt blieb er stehen und sah sie an.

»O Gott!« hauchte sie mit Tränen in den Augen. »O Gott!« Sie ging auf ihn zu, zögerte kurz, holte tief Luft und stürzte dann in seine Arme.

»Emlyn!« rief Guy.

Als sie ihren Bruder umarmte, konnte sie jede einzelne

Rippe unter seiner Tunika fühlen. Mein Gott, wie mager er ist, dachte sie. Beinahe gebrechlich. Sie hatte Guy als blonden Hünen in Erinnerung, der noch um einiges muskulöser gebaut war als Nicholas und der es locker mit zwei Männern seiner Größe aufnehmen konnte. Jetzt war er nur noch ein Schatten seiner selbst. »Guy«, flüsterte sie. Ihre Tränen benetzten sein stoppliges Kinn. »Wann bist . . .?«

»Ich bin im November freigelassen worden«, sagte er. Emlyn sah zu ihm hoch und bemerkte seine eingefallenen Wangen, die violetten Ringe unter seinen blauen Augen und die zwei tiefen Falten, die sich von der Nase zu den Mundwinkeln zogen. Das und der ernste Ausdruck seiner Augen ließen ihn viel älter erscheinen, als Emlyn ihn in Erinnerung hatte.

»Mylady«, setzte Wat zu einer Erklärung an, »als Graf Guy in Ashbourne eintraf, war er völlig geschwächt und mußte erst einmal Kräfte für den langen Ritt nach Hawksmoor sammeln.«

»Aber warum hat mir denn niemand erzählt, daß er frei ist?« fragte Emlyn verwirrt. »Wat, du hast doch an Nicholas geschrieben.«

»Ich wußte es, Emlyn«, antwortete Nicholas anstelle von Wat. »Aber ich habe dir damals nichts davon berichtet.« Sie sah ihn mit großen Augen an. »Guy war sehr krank und hat darauf bestanden, daß wir so lange schweigen, bis er selbst nach Hawksmoor kommen kann, um seine Familie zu begrüßen.«

»Du warst krank, Guy?«

»Er war halb verhungert und brauchte dringend Ruhe, als er in Ashbourne ankam«, erklärte Wat. »In diesem Verlies gab man ihm kaum etwas zu essen und zu trinken.«

Emlyn schluckte, und Peter nickte grimmig. »Das ist die übliche Methode unseres lieben Königs, Mylady. Einen Gefangenen verhungern zu lassen kommt viel billiger, als ihn anständig zu verköstigen. Auf diese Weise sind schon viele Gefangene in den königlichen Kerkern zu Tode gekommen. John ist bekannt dafür, daß er einen solchen Tod als Versehen hinstellt und sich anschließend für seine Vergeßlichkeit entschuldigt.«

»Heiliger Himmel«, stöhnte Emlyn. »Wie grausam. Aber sag mir, wie kam es, daß man dich entlassen hat? Der König hat sich doch geweigert, dich wegen des angeblichen Hochverrats zu rehabilitieren.«

»Jedes Vergehen hat bei John heutzutage einen bestimmten Preis«, antwortete Guy. »Ich habe es deinem Gemahl zu verdanken, daß dieser Preis für mich bezahlt wurde.«

Ihr Kopf fuhr herum. Nicholas beobachtete sie schweigend aus graugrünen Augen. Seine Wangen waren dunkelrot. Diese Röte, ein Zeichen für seine Verlegenheit, zauberte ein Lächeln auf Emlyns Lippen. Sie hatte so viel Glück in diesen letzten Momenten erfahren, daß sie sich fragte, ob es möglich war, vor lauter Glück den Verstand zu verlieren. »Nicholas? Du hast das Lösegeld bezahlt?«

Er nickte kurz und sah ihr geradewegs in die Augen. »Wie ich schon sagte – für die Verschonung meiner Burg würde ich dem König keinen Silberling geben, aber hier war es die einzige Möglichkeit, Guy freizubekommen. In den Augen des Königs hat er sich des Hochverrats schuldig gemacht, und davon ließ er sich auch nicht abbringen. Nur seine Geldkatze zeigte am Ende ein wenig Verstand.«

Guy lachte. »Ich gratuliere dir zu deiner Vermählung, Schwester. Ich selbst hätte dir keinen besseren Ehemann aussuchen können.«

Emlyn streckte Nicholas ihre Hand entgegen. »Und ich hätte keinen anderen Mann akzeptiert«, setzte sie hinzu, als sich seine warmen Finger um die ihren schlossen.

»Und ich sage noch einmal nein, Emlyn. Der König zieht mit seinen blutrünstigen Truppen quer durch England, und ich möchte dich in Sicherheit wissen.« Nicholas ging mit eiligen Schritten über den Burghof. Emlyn, den Mantel gegen die bitterkalte Morgenluft eng um sich gezogen, hastete hinter ihm her.

»Aber Hawksmoor liegt viel zu weit westlich, als daß der König sich die Mühe machen würde, uns zu überfallen«, beharrte sie. »Das hast du jedenfalls gestern abend zu Peter gesagt.« Er warf ihr einen grimmigen Blick zu und verschwand in einem der Ställe. Emlyn blieb ihm dicht auf den Fersen.

»Die meiste Zeit unserer Ehe waren wir getrennt«, argumentierte sie weiter, als sie den warmen, nach Stroh duftenden Stall betraten. Ein gähnender Pferdeknecht, der gerade frisches Heu aufstapelte, warf dem Baron und seiner Gemahlin einen erschrockenen Blick zu, tippte sich an die Mütze und verdrückte sich eilig.

»Verlang nicht von mir, dich jetzt zu verlassen, Nicholas«, fuhr sie fort.

»Emlyn, der König zündet jeden Morgen das Haus an, in dem er die Nacht verbracht hat. Nun, so weit westlich kommt er vielleicht wirklich nicht, und es ist gut möglich, daß Hawksmoor verschont bleibt«, gab er über die Schulter zurück, während er durch den Mittelgang stürmte. Emlyn folgte ihm auf Schritt und Tritt. »Aber John ist ein unberechenbarer Mann. Sollte ihn eines Tages der Haß packen, weil ich an der Durchsetzung der neuen Charta beteiligt war, wird er einfach einen Söldnertrupp schikken und versuchen, mich auszuräuchern. Er weiß ganz genau, daß ich kein Lösegeld bezahle, um mir seine Zuneigung zu erkaufen.«

»Warum sollte er ausgerechnet in diese Gegend kommen, wenn so viele andere Burgen direkt auf seiner Marschroute liegen? Er ist gerade in Pontefract, sagtest du.«

Nicholas blieb so unvermittelt stehen, daß Emlyn gegen seinen Rücken stolperte. Er drehte sich um und hielt sie an den Oberarmen fest. »Und befindet sich auf dem Weg nach York, von wo aus es selbst mitten im Winter nicht allzuweit nach Hawksmoor ist. Das Wetter war bislang nicht so schlimm, um die Moore unpassierbar zu machen. Denk doch mal nach, Emlyn. Es gäbe sehr wohl einen Grund für ihn, hierherzukommen.« Er schüttelte sie, daß ihre Haube nach hinten rutschte, als sie zu ihm aufsah. »Überleg mal. Wem hier in der Gegend schenkt der König Gehör?«

»Whitehawke«, sagte sie leise. »Aber so etwas würde dein Vater nicht tun. Selbst er würde seinen eigenen Sohn nicht verraten.«

Nicholas sah sie eine Weile unbewegt an. Im fahlen Licht, das durch die Stallfenster fiel, schimmerten seine Augen genauso stahlgrau wie seine Rüstung. »Glaubst du nicht?« fragte er und warf ihr einen kühlen Blick zu.

»Nicholas«, sagte sie und berührte seinen Arm. Sie konnte unter dem kalten Eisengeflecht seine Muskeln fühlen. »Whitehawke wird sich mit unserer Hochzeit abfinden, das braucht nur Zeit. Trotz seiner Wut ist er ein gläubiger Mensch. Er tut täglich Buße, indem er kein Fleisch ißt, hat eine Abtei gegründet, um für seine Seele beten zu lassen . . .«

Nicholas' Lachen klang wie ein heiseres Bellen. »Weißt du überhaupt, warum er so verzweifelt versucht, Gott gnädig zu stimmen?« Er verstärkte seinen Griff um ihren Arm und warf ihr einen so grimmigen Blick zu, als sei sie ein feindlicher Krieger und nicht seine Frau. Emlyn zuckte unwillkürlich zurück und hielt die Luft an.

»N-nein«, wisperte sie.

»Weil er Angst hat, auf ewig in der Hölle schmoren zu müssen, als Strafe dafür, daß er meine Mutter umgebracht hat.«

»Nicholas«, flüsterte sie. »Nein . . .«

Er wandte sich abrupt von ihr ab und rieb sich die Schläfen. In einem der Ställe wieherte leise ein Pferd.

»Er hat meiner Mutter Ehebruch vorgeworfen«, sagte er über die Schulter, »und ließ sie ins Gefängnis werfen. Dort starb sie.«

Emlyn preßte eine zitternde Hand auf die Lippen. Obwohl ihr verschiedene Gerüchte über Whitehawkes Grausamkeiten gegen seine Frau zu Ohren gekommen waren, hatte sie nie richtig daran glauben mögen. Sie hatte angenommen, daß Blanches Tod ein Unfall gewesen war, für den man Whitehawke verantwortlich machte.

Schnell ging sie einen Schritt auf Nicholas zu und legte ihm eine Hand auf die Schulter. Und als er sich abweisend zur Seite wandte, begriff sie plötzlich, wie verbissen er an dem Haß gegen seinen Vater festhielt. Sie hatte das Gefühl, seine Wut und seine Verzweiflung in ihrer eigenen Brust zu spüren und holte tief Luft, um sich von dieser Last zu befreien. Jetzt wurde ihr klar, daß er es bisher nicht zugelassen hatte, diesen Schmerz in seinem Herzen abklingen zu lassen.

Tränen schimmerten in ihren Augen, als sie ihre Stirn an seine Brust sinken ließ. Unter dem kalten, harten Stahl spürte sie den kraftvollen, rhythmischen Schlag seines Herzens. Doch obwohl er eine Hand auf ihre Hüfte legte, empfand sie eine gewisse Ablehnung.

»Du hast nie darüber gesprochen«, sagte sie sanft.

»Jetzt weißt du es«, erwiderte er kalt. »Ein Mann, der seine Frau des Ehebruchs beschuldigt und sie umbringt, ohne den geringsten Beweis für eine Verfehlung zu haben, hat keinen Funken Ehrgefühl im Leib. Nichts könnte so einen Menschen davon abhalten, seinen Sohn zu verraten.«

»Aber sie starb im Gefängnis. Er hat sie nicht direkt umgebracht, sie ist vielleicht einer Krankheit zum Opfer gefallen.«

Er starrte über ihren Kopf hinweg in die Ferne. »Ich war damals sieben Jahre alt«, sagte er mit hölzerner Stimme. »Man schickte mich nach Evincourt zu Lady Julian und ihrem Mann. Whitehawke hat meine Mutter, wie er es ausdrückte, in leichte Haft genommen, so wie es etliche Grafen mit ihren Ehefrauen taten und noch immer tun. Manche Männer finden nichts dabei, ihre Frauen einzusperren. Und eines Tages war sie tot.« Er senkte den Blick; das eiskalte Grau seiner Augen traf sie wie ein Messerstich. »Weißt du auch, warum er kein Fleisch ißt?«

»Als Buße, nehme ich an«, wisperte sie.

»Meine Mutter ist verhungert.«

»Oh mein Gott«, stöhnte Emlyn. Ihr Magen krampfte sich zusammen, ihr wurde übel. »Vielleicht leidet er so sehr unter der Schuld, daß er sich eine ähnliche Buße auferlegt hat.«

Nicholas schnaufte verächtlich. »Als ob das noch etwas am Tod meiner Mutter ändern könnte.«

Emlyn schaute zu ihm hoch. Nachdenklich betrachtete sie sein stoppeliges Kinn, die Veränderung seiner Augenfarbe, wenn die Sonne ihm direkt ins Gesicht schien, und konnte den unendlichen Schmerz fühlen, der aus seinem Blick sprach. »Du warst damals noch sehr jung«, fuhr sie leise fort, »als du deine Mutter verloren hast. Kein Wunder, daß du Whitehawke so abgrundtief haßt.«

»Das hat nichts mit meinem Alter zu tun, Emlyn. Was mein Vater getan hat, war herzlos und grausam. Und die Gefühle, die ich ihm entgegenbringe, sind nicht einseitig, wie du feststellen konntest. Er haßt mich seit dem Tag meiner Geburt, glaube ich. Und er würde mich dem König ausliefern, ohne mit der Wimper zu zucken.«

»Aber es gab auch Zeiten, wo er sich recht umgänglich gezeigt hat. Unsere Vermählung hat er doch bis auf die Drohung, dich zu enterben, ziemlich gelassen hingenommen. Und du hast mir erzählt, daß er dich schon öfter enterbt und kurz darauf alles wieder rückgängig gemacht hat. Das sieht mir eher nach Wutanfällen denn tiefsitzendem Haß aus.«

»Er enterbt mich, weil er nicht wirklich daran glaubt, daß ich sein Fleisch und Blut bin«, sagte er. »Er hat meiner Mutter mehrmals Ehebruch vorgeworfen und zweifelt bis heute daran, daß er mein leiblicher Vater ist. Und diesen Zweifel läßt er mich nicht vergessen.«

»Nicholas . . .«, begann sie, doch er brachte sie zum Schweigen, indem er sie an sich zog und heftig umarmte. Dann lockerte er seine Umarmung wieder und legte sein Kinn auf ihr geflochtenes Haar.

»Emlyn«, sagte er mit rauher Stimme, »diese Angelegenheit zwischen meinem Vater und mir läßt sich nicht auf die schnelle regeln. Ehret euren Vater, lehrt uns der

Priester. Aber für mich ist das die schwierigste aller Aufgaben, die ich immer noch nicht meistern kann.«

»Doch, du kannst, Nicholas«, sagte sie zärtlich.

»Du bist ein Muster an Loyalität und Verständnisbereitschaft, Emlyn. Wußtest du das? Diese Tugenden stehen dir förmlich ins Gesicht geschrieben, und ich habe sie dort gelesen. Die Treue gegenüber deiner Familie lenkt und formt dich. Ungerechtigkeiten erzürnen dich ebensosehr wie mich, aber dein Zorn verhärtet sich niemals zu Haß. Ich wünschte, ich könnte das von dir lernen.« Er strich ihr übers Haar, folgte mit den Fingerspitzen der Linie ihres Gesichts und hob dann ihr Kinn, damit sie ihn ansehen konnte. »Aber einstweilen versuche bitte zu verstehen, was zwischen Whitehawke und mir vorgeht. Selbst dein liebes, aufrichtiges Gemüt kann diesen Riß nicht kitten.«

Er senkte seine Lippen auf die ihren, und sein zärtlicher Kuß traf genau den Nerv in ihr, der stets auf die leiseste Berührung von ihm heftigst reagierte. Sie spürte, daß er sich ein wenig beruhigt und seine Wut wieder einmal in eine dunkle Ecke geschoben hatte, weit außerhalb ihrer Reichweite.

»Hör mir zu«, flüsterte er dicht an ihrer Stirn. »Du mußt Hawksmoor eine Weile verlassen. Ich muß dich in Sicherheit wissen, Emlyn.«

Sie beugte sich zurück und sah in seine Augen, die jetzt wieder die Farbe bemooster Kieselsteine angenommen hatten. »Ich kann aber erst in einigen Tagen aufbrechen. Der Priester im Dorf hat mich gebeten, der Dreikönigsmesse beizuwohnen. Und als deine Baroneß muß ich dieser Bitte nachkommen, zumal du noch exkommuniziert bist. Dann, mein geliebter Mann – wenn du versprichst, auf dich aufzupassen –, werde ich mich deinem Wunsch demütig beugen wie jede gute Ehefrau.«

»Gut, dann also in ein paar Tagen. Wenn du wüßtest, wie mich das freut, solch unterwürfige, gehorsame Worte von dir zu hören.« Ein kleines Lächeln kräuselte seine Mundwinkel.

Emlyn rümpfte die Nase. »Nun, Mylord, Ihr werdet solche Worte nicht allzuoft von mir hören, deshalb respektiert meine Bitte.«

»Derartige Verhandlungen hatten wir schon einmal, wenn ich mich recht erinnere«, sagte er. »Also, mach dich ans Packen, aber laß meine Fenster, wo sie sind.«

Sie lachte. »Da ich baldigst hierher zurückzukehren gedenke, werde ich ausnahmsweise davon absehen, die Fenster mitzunehmen.«

Lächelnd beugte Nicholas den Kopf und überraschte sie mit einem zärtlichen, heißen Kuß, der ihr den Atem verschlug und eine Sehnsucht in ihr auslöste, die ihr wie ein Blitz von den Haarwurzeln bis in die Zehenspitzen fuhr. Seine Hand schlüpfte unter ihren Umhang, folgte der Linie ihrer Hüften und Taille und streichelte dann über die Rundungen ihrer Brüste. Sie stöhnte leise auf, als die wilde Woge der Lust über sie hereinbrach, ihren Atem und ihr Herz zum Jagen brachten und ihren Leib mit prikkelnder Bereitschaft erfüllte. »Mylord«, wisperte sie, »wir befinden uns im Stall.«

»Ganz recht«, brummte er leise, während seine Lippen über ihre Wange zu ihrem Mund wanderten. »Glaubst du, der Stallbursche kommt so bald zurück?«

Sie schüttelte den Kopf, schlang die Arme um seinen Nacken und drückte sich lächelnd an ihn.

21. *Kapitel*

Eine kalte, graue Nebeldecke lag über dem Dorf und verwischte die ohnehin kaum noch auszumachenden Unterschiede zwischen der verschneiten Landschaft und dem trüben Himmel, als Emlyn und Alarice am Ende der Dreikönigsmesse vor Kälte schnaubend durch das Portal der einst von den Sachsen erbauten Kirche traten.

Sie verabschiedeten sich von dem Priester und eilten zu ihren Pferden, wo sie bereits ein junger Stallbursche erwartete, um ihnen beim Aufsteigen behilflich zu sein. Daneben stand ein Planwagen, in dem die Kinder nebst ihrer Kinderfrau saßen, der von sechs berittenen Bewaffneten bewacht und von einem Pferdeknecht gelenkt wurde. Sobald die Ladys ihre Pferde bestiegen hatten, setzte sich die Gruppe in Bewegung, um den etliche Meilen langen Heimweg über die vereisten Straße nach Hawksmoor anzutreten.

Emlyn nahm die Zügel ihrer rotbraunen Stute auf. »Schlag ein schnelleres Tempo ein, William!« rief sie dem jungen Hauptmann zu, der die Eskorte anführte. »Ich fürchte, es wird bald wieder anfangen zu schneien.« Mit einem Nicken gab er der Truppe das Zeichen zum Anreiten.

»Es ist auf einmal schrecklich kalt geworden«, bemerkte Alarice mit einem verkniffenen Lächeln.

Emlyn erwiderte das Lächeln. Ihr fiel auf, daß Alarice sich in letzter Zeit redlich Mühe gegeben hatte, nett zu ihr zu sein. Nach langen Wochen vorwurfsvollen Schweigens hatte sie wieder mit ihr gesprochen und auch Nicholas hier und da einen freundlichen Blick gegönnt. Der offensichtliche Groll, den sie ihrer Hochzeit wegen gegen sie gehegt hatte, schien der Vergangenheit anzugehören. Jetzt begegnete sie ihnen beiden mit höflicher, wenn auch kühler Freundlichkeit.

Als Alarice sie gefragt hatte, ob sie sie zur Dreikönigsmesse begleiten dürfe, hatte Emlyn vorgeschlagen, die Pferde zu nehmen und die Kinder und ihre Kinderfrau im Wagen fahren zu lassen. Emlyn hatte das Bedürfnis nach körperlicher Bewegung verspürt, aber jetzt, in der kalten, feuchten Winterluft, sehnte sie sich nach einem gemütlichen Feuer inmitten dicker Steinwände. Und da sie am nächsten Morgen nach Evincourt aufbrechen sollte, hatte sie Nicholas nur ungern verlassen, um ihren Pflichten als seine Baroneß nachzukommen.

Nicholas' Exkommunizierung hatte es ihm verboten, die Messe zu besuchen. Um so mehr hatte der Priester sich über Emlyns Anwesenheit gefreut und sich herzlich für das Salzfleisch, den Käse und die Bündel Bienenwachskerzen bedankt, die Emlyn als Neujahrsgeschenk für die Kirche mitgebracht hatte.

Sie sah über die Schulter zurück zum Wagen, wo die Kinder unter der Wachstuchplane hervorlugten, und machte ein gespielt finsteres Gesicht. Die Kinder winkten fröhlich kichernd zurück, dick in Felldecken eingemummt und mit heißen Backsteinen unter den Füßen. Betrys, ein dunkeläugiges, stämmig gebautes Mädchen, das keine Mätzchen duldete, hatte schon vorzeitig mit ihnen die Messe verlassen, weil sie in der Kirche herumgekaspert hatten. Als Emlyn ihr Gekicher hörte, wußte sie, daß sie auch auf dem Heimweg keine Ruhe geben würden.

Vor ihnen schlängelte sich die Straße durch den immer dichter werdenden Nebel über das Heidemoor. Emlyn spürte ein leichtes Unbehagen in sich aufsteigen, als ihr Blick über die gespenstische Moorlandschaft wanderte.

König Johns Söldnertruppen streiften nicht durch diese Gegend, versuchte sie sich zu beruhigen, obgleich sie dennoch eine böse Vorahnung beschlich. Die unentwegten Gespräche über Angriffs- und Verteidigungsstrategien, die sie in den letzten Wochen auf Hawksmoor mit angehört hatte, mußten ihr auf die Nerven gegangen sein, dachte sie.

Der trübe, tiefliegende Himmel und der plötzliche

Temperatursturz kündigten einen neuen Schneesturm an. Die wenigen Meilen bis nach Hause würde das Wetter noch halten, redete Emlyn sich ein. So bald fing es sicher nicht an zu schneien. Das grün-weiße Hawkwood-Banner flatterte an einer Stange, die am Sattel eines der Bewaffneten befestigt war, ein Symbol des Schutzes und der Privilegien, die ihr als Baronin von Hawksmoor zustanden. Ihnen konnte kein Unheil geschehen.

In jeder Senke, durch die sie auf ihrem Weg durch die trostlose Moorlandschaft ritten, verdichtete sich der Nebel zu dicken weißen Schwaden. Hätte sie geahnt, wie bitterkalt es werden würde, hätte sie die Kinder zu Hause gelassen.

Aus den dunklen Schatten auf der Kuppe eines nahen Hügels löste sich eine Gruppe von mindestens dreißig Reitern, die im Galopp auf sie zugeritten kamen. Als Emlyn die rostroten Waffenröcke von Whitehawkes Garnison erkannte, stockte ihr der Atem.

Das Knirschen der Hufe auf der eisverkrusteten Schneedecke und das Schnauben der Pferde durchbrachen die gespenstische Stille. Als die Reitertruppe sie erreicht hatte, gab der Anführer das Zeichen zum Halten.

William wandte sich um und rief seinen Männern einen Befehl zu, die daraufhin in einem Halbbogen vor den zwei Ladys und dem Wagen Aufstellung nahmen.

Emlyn straffte die Schultern unter ihrem dicken Umhang und brachte ihr Pferd zum Stehen. Alarice neben ihr saß schweigend und mit angespannter Miene im Sattel.

Hugh de Chavant kam langsam auf den Hauptmann zugeritten, zügelte sein Pferd und verneigte sich vor Emlyn.

»Baroneß«, sagte er und musterte sie scharf, dann wanderte sein nervöser Blick zu Alarice. »Mylady. Meine besten Wünsche zum neuen Jahr.«

»Baron de Chavant«, entgegnete Emlyn, »warum haltet Ihr unsere Eskorte auf? Es ist bitterkalt, und wir haben kleine Kinder bei uns. Was immer Euer Anliegen sein mag, es läßt sich gewiß an einem anderen Ort als diesem besprechen. Entweder Ihr begleitet uns nach Hawksmoor, oder Ihr reitet weiter.«

Chavant lächelte und entblößte dabei lange, gelbe Zähne. Ein Auge schien William anzublicken, indes er zu Emlyn sagte: »Mylady, erlaubt mir, Euch nach Graymere Keep zu eskortieren. Graf Whitehawke wünscht Euch zu sprechen.«

»Richtet ihm aus, daß er sich mit meinem Gemahl ins Benehmen setzten möge oder mit dem Gerichtshof«, antwortete sie barsch. »Ich habe nichts mit ihm zu besprechen. Und jetzt gebt den Weg frei.«

»Mylady, ich muß darauf bestehen, daß Ihr mit uns kommt«, erklärte Chavant.

»Baron de Chavant«, schaltete sich der Hauptmann ein. »Graf Whitehawke hat keinerlei Rechte hier auf diesem Gebiet. Meine Herrin auf diese Weise unter Druck zu setzen, kommt einer Herausforderung zum Kampf gleich.«

Chavant seufzte geziert und wandte einen Moment den Blick ab, als ob er nachdenken müsse. »So sei es denn«, sagte er leise und gab seiner Truppe ein knappes Zeichen. Weit in der Überzahl, schwärmten die Männer aus und bildeten einen geschlossenen Kreis um Emlyns Eskorte. Ihre schweren Eisenhelme mit dem Nasenschutz verbargen die Gesichter.

Die Erkenntnis, daß Chavant und seine Soldaten eine Konfrontation erzwingen wollten, traf Emlyn wie ein körperlicher Schlag. Ihr wurde heiß und kalt zugleich. Hätte sie doch bloß die Kinder daheim gelassen, dachte sie verzweifelt.

»In Whitehawkes Namen!« brüllte Chavant und hob sein Schwert.

»An die Waffen!« brüllte William. »Für Hawksmoor und den heiligen Georg!«

Während sie auf die kleine Eskorte zuritten, rissen Chavants Männer die Schwerter aus den Scheiden. Emlyn hörte das grauenvolle Pfeifen, als die Stahlklingen durch die eiskalte Luft zischten, und das gespenstische

Echo, als die ersten Schwerter klirrend aufeinanderprallten.

Emlyn riß ihr Pferd herum und bahnte sich einen Weg vorbei an den stampfenden, kampferprobten Schlachtrössern, die allesamt größer waren als ihre nervöse Stute. Alarice, kreidebleich vor Angst, trabte hilflos durch das chaotische Getümmel; sie hatte ihren Zelter nicht mehr unter Kontrolle. Als Emlyn sich wieder umdrehte, sah sie, wie einer von Chavants Bewaffneten mit der Breitseite seines Schwertes auf den Wagenführer einschlug, Christien unter der Plane hervorzerrte, ihn quer vor sich über den Sattel warf und davonpreschte.

Schreiend und unfähig, ihr Pferd näher an den Wagen zu treiben, mußte Emlyn mit ansehen, wie zwei andere Männer sich Isobel und Harry schnappten und dann die brüllende und strampelnde Betrys aus dem Wagen zerrten. Auch sie warfen ihre Gefangenen über den Sattel und stoben davon, gedeckt von einer Reihe wild um sich schlagender Kampfgenossen.

Emlyns Schreie vermischten sich mit denen der Kinder und dem Klirren von Schwertklingen, als sich plötzlich ein gepanzerter Arm um ihre Taille legte und sie brutal aus dem Sattel riß.

Bäuchlings wurde sie über den Rücken eines Schlachtrosses geworfen. Der hölzerne Sattelknopf bohrte sich so tief in ihre Rippen, daß ihr die Luft wegblieb. Keuchend und hilflos mit Armen und Beinen rudernd hing sie über dem Pferd. Sehen konnte sie nichts, nur hören, wie Stahlklingen an hölzernen Schildern und eisenbewehrten Brustpanzern abprallten. Eine schwere Hand drückte ihren Kopf nach unten.

Unter Aufbietung all ihrer Kräfte gelang es Emlyn, ihrem Entführer den Ellbogen genau an die Stelle zu rammen, wo sein Umhang über dem Schritt auseinanderklaffte. Er stöhnte kurz auf und schlug ihr dann mit voller Wucht seine gepanzerte Faust ins Gesicht. Emlyn hob noch den Kopf, glaubte, sie müsse sich übergeben, und sank dann bewußtlos in ein tiefes, schwarzes Loch.

»Du meine Güte!« stöhnte Lady Julian und griff sich an die Kehle. »Was heißt, sie sind weg? Ich verstehe nicht.«

»Man hat sie entführt, Tante«, erklärte Nicholas knapp, während er die schluchzende Alarice durch den langen Saal führte. Er war leichenblaß im Gesicht.

Alarice nickte und taumelte beim Gehen immer wieder gegen Nicholas. Das Haar unter ihrem verrutschten Schleier war völlig aufgelöst, und ihre Augen von Tränen verquollen. Nicholas half ihr in einen Stuhl an der Feuerstelle, gab ihr einen Becher heißen Wein in die Hand und setzte sich dann selbst auf einen niedrigen Tisch. Als das Mädchen an dem Wein nippte, schloß Nicholas die Augen und kämpfte gegen die unsägliche Wut an, die in ihm brodelte.

Es war noch keine zwanzig Minuten her, daß Alarice in Begleitung von William, zweier Wachen und des halb bewußtlosen Wagenführers in den Burghof geritten kam. Atemlos und völlig durcheinander hatten sie erzählt, was draußen im Moor vorgefallen war. Den Pferdeknecht und die zwei ebenfalls verwundeten Bewaffneten hatte man gleich weggeführt, um ihre Wunden zu versorgen. William hatte Nicholas in den großen Saal beordert, wo sich die anderen bereits versammelt hatten.

Schweigend hörte Nicholas zu, als Alarice ihm schluchzend und zwischendurch an ihrem Wein nippend die Einzelheiten des Angriffs berichtete. Seine Finger öffneten und schlossen sich, ohne daß er es wahrnahm. Es verlangte ihn nach seinem Schwert. Die Wut auf Chavant fraß sich in seine Eingeweide, doch dieser feige, hinterhältige Überfall mußte natürlich Whitehawkes Zustimmung gehabt haben. Wollte man mit der Entführung ein Lösegeld erpressen? fragte er sich, verwarf diesen Gedanken aber sogleich wieder. Whitehawke brauchte kein Geld. Aber was könnte er sonst wollen? Er fluchte lautlos. Die Wut und die Angst, die in seinem Inneren tobte, entflammten sich aneinander wie Binsen an einem Stück Glut.

Sein Blick wanderte zu Peter, der neben William stand,

und weiter zu Lady Julian, die nervös an den Perlen ihres Rosenkranzes fingerte, während sie Alarice' Bericht lauschte. Dann starrte er Alarice an, deren tränenerstickte Stimme gerade das Ende der Geschichte herauspreßte.

»Zum Teufel!« brüllte Nicholas und hieb mit der Faust auf die Tischplatte. »Dafür schlage ich Chavant den Kopf ab!«

Alarice richtete sich mit vor Schreck geweiteten Augen in ihrem Stuhl auf.

»Ich verstehe das alles nicht«, sagte Peter. »Woher wußte Chavant denn, daß Lady Emlyn den Gottesdienst in der Dorfkirche besuchen wollte?«

»Durch Zufall gewiß nicht, das ist sicher«, schnappte Nicholas und drehte sich zu Alarice um. »Hat Chavant etwas darüber verlauten lassen, weshalb er heute da draußen lauerte?«

»N-nein, Mylord«, stammelte Alarice.

Nicholas Kopf fuhr herum. »William?«

»Auch ich habe nichts gehört, obgleich es mir sehr seltsam vorkam, daß man ganz offensichtlich auf uns gewartet hat.«

»Alarice!« schrie Nicholas und trat vor sie hin.

Alarice war schon aufgesprungen. »Mylord«, wimmerte sie, »so war das nicht geplant.«

»Aber Alarice!« keuchte Lady Julian. »Was ...«

»Ich will wissen, ob Emlyn im Dorf ankündigen ließ, daß sie die Messe besuchen wird«, knurrte Nicholas.

»Darüber ist mir nichts bekannt«, wisperte Alarice nervös und wich Nicholas' Blick aus.

Der eigenartige Grünton ihrer Augen erinnerte ihn seltsamerweise an Hugh de Chavant, und plötzlich fuhr ihm ein kribbelnder Schauer über den Nacken. »Was wißt Ihr dann?«

Alarice wich vor Nicholas zurück, der unbarmherzig näher kam. »N ... nichts, Mylord«, stotterte sie.

Peter ging nun ebenfalls auf Alarice zu, und auch Lady Julian näherte sich unauffällig.

»Lady Alarice«, sagte Peter. »Hat Euer Vater den Ehevertrag bereits besiegelt?«

»Heilige Maria!« brummte Nicholas. »Das hatte ich ganz vergessen. Chavant ist ja Euer Verlobter.«

Alarice, deren nervöser Blick zwischen den beiden Männern hin und her flatterte, sah aus wie ein Vogel, der sich im Netz der Häscher verfangen hatte. »Hugh – Hugh befahl mir, das zu tun«, stieß sie hervor. »Er hat mich gezwungen . . .« Dann drehte sie sich schnell um, als wolle sie weglaufen.

Nicholas packte sie am Arm und zog sie zurück. »Was habt Ihr getan?« brüllte er. »Was in Gottes Namen habt Ihr getan?«

»Sie hat Chavant eine Nachricht zukommen lassen, wann Lady Emlyn die Burg verläßt«, antwortete Peter an ihrer Stelle.

»Alarice«, begann Lady Julian in ruhigem Ton, »hast du dich bei deinen Ausritten mit Chavant getroffen?« Alarice nickte stumm und biß sich auf die Lippen.

»Aber ich habe doch nicht gedacht, daß er die Kinder mitnimmt«, schluchzte sie mit erstickter Stimme und taumelte so hilflos nach vorn, daß Nicholas gezwungen war, sie aufzufangen. Kraftlos ließ sie ihren Kopf an seine Brust sinken. Ihre Tränen sickerten in den dicken Wollstoff seiner Tunika.

»Ach, Nicholas«, wimmerte sie. »Ich wollte so gern Eure Frau werden. Und das habt Ihr auch gewußt. Emlyn hat Euch nicht verdient – sie ist eine Lügnerin, eine Sünderin, und sie hat Chavant erniedrigt. Er sagt, er und Euer Vater hätten das Recht, sie zu bestrafen.« Sie schlang die Arme um seinen Nacken. »Aber doch nicht die Kinder«, schluchzte sie. »Nicht die armen Kleinen.«

Der Gedanke an diesen Verrat war mehr, als Nicholas im Augenblick ertragen konnte. Sein ganzer Körper begann vor Wut zu zittern. Er riß ihre Hände von seinem Hals und packte sie so fest am Unterarm, daß sie vor Schmerz wimmerte.

»Beim Auge des Herrn!« brüllte er. »Bist du denn

wahnsinnig, Emlyn meinem Vater in die Hände zu spielen? Er wird sie umbringen, weil sie ihn entehrt hat, genauso wie er meine Mutter umgebracht hat!«

Seine Fingerknöchel wurden schneeweiß, so fest hielt er ihren Arm umklammert. Mit einem Aufschrei versuchte sie, sich seinem Griff zu entwinden. Sein Körper und sein Herz fühlten sich an, als hätten sie sich in eiskalten Stahl verwandelt. Er merkte kaum, daß er Alarice weh tat.

»Nicholas«, sagte Peter leise.

Lady Julian legte einen Hand auf seinen Arm. »Sie ist doch nur ein Mädchen.« Nicholas ließ von Alarice ab, stieß sie wütend von sich und schüttelte die Hand seiner Tante ab.

Alarice stolperte ein paar Schritte rückwärts, senkte den Blick und schniefte geräuschvoll. »Ich bedaure, was ich getan habe«, wisperte sie. »Ehrlich, Nicholas.«

»Bedauern nützt jetzt auch nichts mehr«, knurrte er.

Lady Julian ging lautlos an ihm vorbei, nur ihre Röcke raschelten. »Ich werde nach einem Priester schicken, Alarice«, sagte sie mit gefaßter Stimme. »Du mußt beichten und Buße tun. Und dann werden wir gemeinsam für Emlyns Sicherheit und die der Kinder beten.« Alarice nickte schluchzend, als Lady Julian sie am Arm aus dem Saal führte.

»Beim heiligen Kreuz«, fluchte Nicholas. »König John ist da.«

Peter zügelte sein Pferd und spähte in das milchige Nachmittagslicht. Feiner Pulverschnee hing zwischen den rotgoldenen Locken, die unter seinem Eisenhelm hervorlugten. »Richtig, über Whitehawkes Banner weht die Standarte des Königs. Und auf dem Burgwall sehe ich einige Dutzend Wachen stehen.«

Hinter dem verschneiten Moor erhob sich, majestätisch auf einem Felsplateau thronend, Graymere Keep. Um die Festung lief ein jetzt zugefrorener Wassergraben, und die Rückseite der Anlage schützte eine steile Felswand. Innerhalb der Burgmauern ragte der alte, trutzige Wohnturm wie ein riesiger Steinblock in die Höhe, daneben stand die neue Halle.

Nicholas stieß einen leisen Fluch aus. »Selbst wenn wir mit tausend Mann angerückt wären, könnten wir nicht angreifen, solange der König sich in der Burg aufhält. Ich möchte nicht wissen, wie viele Söldner er dabei hat.«

»Ganz zu schweigen davon, daß ein Angriff in diesem Fall glatter Hochverrat wäre«, setzte Peter gedehnt hinzu.

Nicholas' Augen verjüngten sich zu schmalen Schlitzen. »Meine Gemahlin wurde heute morgen geraubt, und ich werde sie zurückholen, König hin oder her. Verflucht! Johns Anwesenheit macht meinen ganzen Plan zunichte. Soll ich vielleicht als ehemaliger Erbe in die Burg hineinspazieren und freundlich um die Herausgabe meiner Gattin bitten?« Er schüttelte den Kopf und stieß einen bitteren Fluch aus.

Der überstürzte Ritt nach Graymere, mit über hundert Männern im Gefolge, hatte Nicholas' Wut noch gesteigert. Er mußte kämpfen, und er wollte kämpfen. Doch als er jetzt am Rande des Waldes stand, der die sumpfige Wiesen vor Graymere säumte, und vor sich das königliche Banner über der Burganlage flattern sah, fühlte er sich absolut machtlos. Die Anwesenheit des Königs hatte seine Pläne vereitelt und ihn aufgehalten, als wäre er gegen eine Steinmauer geprallt. Wütend biß er die Zähne zusammen. Wenn in diesem Augenblick sein Vater vor ihm gestanden hätte, wäre etwas Schreckliches geschehen.

Mit Peters und Eustace' Hilfe hatte er einen Großteil seiner Garnison versammelt. Mit William, der darauf bestanden hatte, ihn zu begleiten, waren sie in voller Rüstung und zum Kampf bereit zunächst zum Schauplatz der Entführung geritten.

Drei seiner Bewaffneten und der junge Stallknecht lagen auf dem eisigen, gefrorenen Boden, hingemetzelt und grauenhaft verstümmelt. Nicholas hatte ein Dutzend seiner Männer dagelassen, die die Toten nach Hawksmoor bringen sollten.

»Chavant soll der Teufel holen«, knurrte Nicholas, den Blick starr auf Graymere geheftet. »Und meinen Vater ebenfalls.«

»Was mag Whitehawke mit Lady Emlyn vorhaben?« fragte Peter. »Und warum hat er die Kinder mitgenommen?«

Schweigend beobachtete Nicholas die Burg durch ein Netz kahler Baumgerippe und entlaubter Büsche, prägte sich den zeitlichen Abstand ein, in dem die Wachen auf dem Burgwall patrouillierten, und rechnete deren Anzahl rasch zusammen. Daß sich die Wachen des Königs mit denen Whitehawkes abwechselten, konnte er an den unterschiedlichen Farben ihrer Waffenröcke erkennen.

Nicholas sah keine Möglichkeit, die Burg anzugreifen, ohne nicht sofort den Großteil seiner Männer zu verlieren. Sie hatten keine Wurfmaschinen, um die Burgtore und die Mauern zu bombardieren, ganz zu schweigen davon, Tunnels unter den Mauern zu graben und die Türme zu unterminieren. Die Wachposten auf dem Wall kamen zahlenmäßig den Bewaffneten seiner Garnison gleich, und Gott allein wußte, wie viele Soldaten sich noch innerhalb der Burg tummelten.

Nach einer Weile wandte er sich zu Peter um. »Warum Whitehawke Emlyn und die Kinder entführt hat? Weil nur Emlyn ihm den Mann ausliefern kann, den er so verzweifelt sucht.«

Peter nickte. Er hatte begriffen. »Black Thorne.«

»Genau den.« Nicholas straffte die Schultern. »Vielleicht bekommt Whitehawke ihn sogar. Natürlich nur im Austausch für meine Forderungen.«

»Ihr wollt doch nicht im Ernst das Geheimnis von Thorne lüften?« fragte Peter schockiert.

»Habe ich denn eine andere Wahl?« entgegnete Nicholas gelassen. »Um meine Familie zu befreien . . .« Er hielt unvermittelt inne. Das Wort, das ihm so selbstverständlich über die Lippen gekommen war, drohte ihm den Atem zu nehmen und sein Herz in Stücke zu reißen. Seine Familie. Mit verkrampften Kiefern fuhr er fort: »Ich will meine Familie in Sicherheit wissen, und dafür bin ich bereit, mein Leben zu riskieren.«

Emlyn und ihre Geschwister waren wie ein Geschenk des Himmels in sein einsames Leben getreten. Und dieses Gottesgeschenk würde er sich nicht so einfach wieder wegnehmen lassen.

»Lady Emlyn würde Euch gewiß gern lebend wiedersehen, Mylord. Ihr tätet gut daran, Euch von Eurem Verstand lenken zu lassen und nicht von der Wut in Eurem Bauch«, sagte Peter.

Nicholas warf ihm einen grimmigen Blick zu und öffnete den Mund zu einer Erwiderung, schloß ihn dann aber wieder und runzelte die Stirn. »Warte mal. Was ist denn das dort hinten?« Er deutete mit dem Finger.

Peter folgte seinem Fingerzeig. »Ein Fuhrwerk.«

Auf einer nahe gelegenen Straße rumpelte ein vierrädriger Karren auf die Burg zu. »Und ein Mann. Sind das Bierfässer, die er geladen hat?« erkundigte sich Nicholas überrascht.

Knirschend und ächzend rollte der Wagen jetzt über das verschneite Feld und hielt vor dem Burgtor an. Rufe, die Nicholas nicht verstehen konnte, wurden zwischen dem Torposten und dem Fuhrmann ausgetauscht, dann wurde die klobige Zugbrücke heruntergelassen, die den zugefrorenen Burggraben überspannte. Als ob sich ein Höllenschlund öffnete, bewegten sich die eisernen Zähne der Fallgitter langsam nach oben, ließen das Fuhrwerk durch, verschluckten es und fielen krachend hinter ihm zu.

»Ein Händler mit einer Lieferung Bier, wenn ich mich nicht täusche«, meinte Peter nachdenklich. »Whitehawke richtet anscheinend ein Dreikönigsfest für seinen Freund John aus.«

Nicholas drehte sich zu seinem Freund um. Auf seinen Lippen lag ein geheimnisvolles Lächeln.

»Nein«, sagte Peter und hob abwehrend die Hand. »Nein. Denkt an das Risiko. Wie sollen wir denn Emlyn und die Kinder herausbringen – falls wir überhaupt hineinkommen? Wir können nicht hundert Männer in die Burg schmuggeln, die uns den Rückweg freikämpfen!«

Nicholas ließ seinen Blick über die tiefverschneite Landschaft und die hohen Burgmauern schweifen. Seine Augenlider zuckten, als eine Idee in seinem Kopf Gestalt annahm. Eine gute Idee. Gewagt zwar, aber durchführbar.

»Komm«, sagte er zu Peter. »Wir müssen zurück zum Lagerplatz. Ich muß ein paar Männer ausschicken, um die Dörfer abzuklappern.«

»Mylord?« fragte Peter besorgt. »Was habt Ihr vor?«

»Ich bin noch nicht ganz sicher. Aber wir werden auf alle Fälle Tischtücher und Körbe mit Brot brauchen. Vielleicht auch einige Fässer Bier und Wein.«

»Soll das ein Picknick werden?« Peter starrte Nicholas verdutzt an.

»Ganz recht, ein Picknick. Ich bin hungrig, sehr hungrig«, lachte Nicholas grimmig, wendete Sylvanus und ritt tiefer in den Wald hinein. Als er die Zügel anzog, wurde sein Lachen noch grimmiger. »Ja, mich hungert nach Chavants Blut auf meiner Schwertspitze.«

22. Kapitel

Kein schmutziges Loch, aber doch ein Gefängnis, dachte Emlyn. Die düstere Schlafkammer war trotz des kleinen Feuers im Kamin eisigkalt, und vor der verriegelten Tür stand eine Wache. Gedämpft drangen die lachenden Stimmen der Männer und Frauen in ihr dunkles Gemach, die im großen Saal ein rauschendes Fest feierten.

Emlyn warf einen Blick auf das Bett, hinter dessen Vorhängen Betrys mit den Kindern schlief, zog ihren Umhang enger um sich und ging ans Fenster. Obgleich ihr jeder Knochen im Leib weh tat und ihre Wange dick geschwollen war, konnten weder Müdigkeit noch Schmerzen sie dazu bewegen, sich hinzulegen.

Als sie nach einem langen, äußerst unbequemen Ritt in Graymere Keep angekommen waren, hatte man sie durch Whitehawkes neuen Anbau hinauf auf die Galerie, die den großen Saal überblickte, und dann in diese Kammer geführt. Eine Wache hatte ihnen Brot und verdünntes Bier gebracht und anschließend die Tür von außen verriegelt.

Das war vor Stunden gewesen. Am späten Nachmittag dann hatte sie die ersten Flöten- und Trommelklänge vernommen, als das Dreikönigsfest im großen Saal begann.

Die Musik hatte die Kinder ein wenig von ihrer Angst, dem Hunger und der Langeweile abgelenkt. Emlyn hatte ihnen eine Geschichte erzählt, das Brot zwischen den Kindern und Betrys aufgeteilt und selbst nur ein kleines Stück davon gegessen. Schließlich konnte Betrys und sie die Kinder dazu bewegen, sich auf der durchgelegenen, staubigen Strohmatratze schlafen zu legen.

Emlyn öffnete den Fensterladen, durch den kalte Luft und lavendelfarbenes Abendlicht in den düsteren Raum drangen. Vor dem violetten Winterhimmel tanzten dicke Schneeflocken. Tief sog sie die kalte, feuchte Luft ein und starrte hinaus in das abendliche Schweigen.

Der neue Wohnturm war direkt in den äußeren Mauerring gebaut worden. Die roh zugehauene Kalksteinmauer verbreitete sich zum Fundament hin und lief dann schräg zum Burggraben aus. Hinter dem zugefrorenen Wassergraben fiel das Wasser plätschernd eine steile Klamm hinunter in die schwarzen Tiefen eines Flusses. Von ihrem Platz am Fenster aus hatte Emlyn den Eindruck, als thronte Graymere Keep hoch oben auf einem zerklüfteten Felsen, umgeben von einem tiefen, eisigen Wassergraben: eine uneinnehmbare Festung, aus der es kein Entrinnen gab.

Ihr fiel ein, daß Nicholas den neuen Wohnturm Whitehawkes schon einmal erwähnt hatte; errichtet über einem steil aufragenden Abhang, den keine Armee überwinden konnte. Der alte, von Normannen erbaute Wohnturm stand inmitten des Burghofs; sie erinnerte sich vage, ihn bei ihrer Ankunft gesehen zu haben.

Es gab keine Möglichkeit, von hier zu fliehen. Seufzend schloß sie den Fensterladen, setzte sich auf einen niedrigen Hocker vor die Feuerstelle und starrte in die spärlichen Flammen. Inzwischen hatte Nicholas gewiß von ihrer Entführung erfahren und sich auf den Weg nach Graymere gemacht – wutentbrannt und das Schwert in der Hand.

Whitehawke wollte sie offenbar als Geiseln festhalten, aber warum? Gewiß hatte ihn seine Wut auf Nicholas dazu getrieben, dachte sie und wollte sich gar nicht erst ausmalen, welche Gemeinheiten er sich sonst noch ausdenken würde.

Mit geschlossenen Augen flüsterte sie ein Gebet. Die lateinischen Worte beruhigten sie ein wenig. Nach einer Weile hörte sie, wie der äußere Türriegel zur Seite geschoben wurde und die Tür in den Angeln quietschte. Emlyn erhob sich von dem Hocker und stand aufrecht und gefaßt im bronzenen Schein des Feuers.

Mit einem schnellen Blick auf die zugezogenen Bettvorhänge kam Whitehawke auf sie zu. Seine schwarze Tunika verschmolz mit den dunklen Schatten, nur sein weißes Haar glänzte im Feuerschein, als er vor ihr stehenblieb und sie aus blassen, stechenden Augen musterte. Er verströmte den Geruch von Wein und rußigen Ölfackeln. Dies war Emlyns erste Begegnung mit Whitehawke seit dem unseligen Tag auf Ashbourne, und seine Gegenwart machte ihr angst. Mit erhobenem Kinn erwiderte sie seinen Blick; sie wollte ihm nicht zeigen, daß sie sich vor ihm fürchtete.

»Lady Emlyn – seid Ihr bequem untergebracht?« Seine Stimme war ein tiefes Grollen, der Tonfall jedoch mild.

»Es ist ziemlich kalt hier, und die Kinder haben Hunger. Gott sei Dank sind sie inzwischen eingeschlafen. Beherbergt Ihr Eure Gäste immer so schlecht?« gab sie schnippisch zurück.

»Für gewöhnlich nicht«, brummte er. »Beim Zahn Gottes! Ihr sollt wissen, daß es dieser schwachsinnige Chavant war, der den Befehl gab, die Kinder mitzunehmen, und nicht ich. Kleinkinder rauben, das tun nur Feiglinge.«

»Und Könige!«

Seine Brauen machten einen Satz nach oben. »Solche Bemerkungen, in Hörweite Eures Königs gemacht, könnten als Hochverrat angesehen werden.«

»Wie meint Ihr das?«

»König John ist heute morgen hier eingetroffen. Im Augenblick sitzt er an der Festtafel im großen Saal.«

Angst und Wut rasten heiß durch ihren Körper. Ihre Hände ballten sich zu Fäusten. »Weiß der König, daß Ihr die Familie Eures Sohnes gefangenhaltet?«

»Gefangenhaltet? Aber, aber, Mylady. Ihr seid meine Schwiegertochter und werdet ein Weilchen hier wohnen.«

»Wohin wird der König von hier aus weiterziehen?« erkundigte sie sich, als ihr Nicholas' Verdächtigungen gegen seinen Vater einfielen.

Er starrte sie unter halbgeschlossenen Lidern an. »Ich habe keine Ahnung. Der König kommt von einer Schlacht gegen die Rebellen in Pontefract. Und da ich einer seiner treuesten Untergebenen bin, hat er sich entschlossen, ein oder zwei Tage Rast bei mir zu machen. Wünscht Ihr eine Audienz? Glaubt Ihr etwa, er würde gegenüber der Gattin eines rebellischen Barons Nachsicht üben?« Sein Lächeln erinnerte Emlyn an das Zähnefletschen eines Wolfs, hinterhältig und gefährlich.

»Verzeihung, ich habe versäumt, Euch zu Eurer Vermählung zu beglückwünschen, Mylady«, fügte er in zynischem Tonfall hinzu, packte sie dann unvermittelt an den Schultern und zwang sie, ihn anzusehen. »Ihr wart meine Braut. Meine!« stieß er hervor und blies ihr seinen heißen Atem ins Gesicht. Er roch nach Zwiebeln und Fäulnis.

»Nicholas besaß ältere Rechte und hat davon Gebrauch gemacht«, entgegnete sie ruhig.

»Wo habt Ihr Euch all die Wochen versteckt gehalten, während wir nach Euch suchten?« herrschte er sie an und schüttelte sie. »Ihr habt mich verraten! Eure Flucht war die schändlichste Demütigung für mich!«

»Ich ... ich habe bei Dörflern Unterschlupf gefunden«, antwortete sie vorsichtig.

»Beim Grünen Mann? Oder seid Ihr bei Thorne untergekrochen?« Emlyn wand sich unter seinem schmerzhaften Griff. Er war so viel stärker als sie, daß er sie mit einer Hand hätte hochheben können. »Allem Anschein nach habt ihr bei dem gelebt, der Euch entführt hat. Habt Ihr auch mit ihm gehurt?«

»Mylord«, gab sie kalt zurück, »ich verbiete mir diesen Ton. Ich wollte Euch nicht heiraten. Als Nicholas um meine Hand anhielt, habe ich ihn zum Mann genommen, wie es mein Vater bereits arrangiert hatte.«

»Ich bin kein rotznasiger junger Freier, den Ihr so einfach abblitzen lassen könnt!«

Ihre Wange brannte, sie hatte Hunger und war müde. »Laßt mich los«, zischte sie gereizt und schlug mit den Fäusten gegen seine Brust. »Loslassen!«

Er öffnete seine großen Hände so plötzlich, daß sie beinahe das Gleichgewicht verloren hätte. Sie rieb sich die schmerzenden Schultern und funkelte ihn wütend an.

Whitehawke baute sich vor ihr auf. »Wie konntet Ihr es wagen, Euch einer vom König arrangierten Verlobung zu widersetzen!«

Ihr eigener Zorn loderte wie eine Feuerwand zwischen ihnen. »Ihr und Euer Sohn«, schrie sie, »Ihr habt mich beide benutzt, um Euren privaten Krieg auszufechten! Und was den König betrifft, der betrachtet mich doch nur als lebendes Inventar, das mit Ashbourne in Euren Besitz übergeht! Ich bin diejenige, die mißbraucht wurde, die man belogen und . . .« Mit Schrecken wurde ihr klar, was sie beinahe gesagt hätte. Sie richtete sich auf und fuhr fort: »Ich bin rechtmäßig mit Nicholas vermählt. Sein Antrag wurde bereits vor Jahren von meinen Eltern akzeptiert.«

»Nicholas hat Euch nur geheiratet, um mir eins auszuwischen, dessen seid versichert. Weshalb sonst diese überstürzte Hochzeit? Soweit ich sehe, seid Ihr nicht schwanger.« Er kniff die Augen zusammen. »Wo habt Ihr Euch versteckt? Und wie hat er Euch gefunden, wenn das meinen Männern nicht gelungen ist?« Er machte eine Pause und runzelte plötzlich die Stirn, als ihm die Antwort dämmerte. »Natürlich. Er hatte ja die Kinder. Ihr habt ihn aufgesucht.«

Emlyn schwieg; sollte er nur seine eigenen Schlüsse ziehen. »Aber ich bin nicht gekommen, um wegen Eurer Hochzeit mit meinem Sohn zu zetern, obgleich Ihr mir versprochen wart.«

Sie sah ihn verständnislos an. »Was wollt Ihr dann von mir?«

Seine blauen Augen waren kalt wie Eis. »Ich will Thorne.«

»Thorne?« Ihre Stimme klang flach.

»Meine Männer sahen ihn mit Euch am Wasserfall. Sagt mir, wo ich ihn finden kann.«

»Ich kenne diesen Mann nicht«, erwiderte sie und machte dabei ein verdutztes Gesicht.

»Stellt Euch nicht dumm!« warnte er. »Zum Teufel! Ich habe die halbe Grafschaft York nach Euch absuchen lassen – damit ich ihn erwische! Ihr wißt genau, wo in diesem

Tal er sich versteckt hält.« Whitehawke griff nach einem ihrer aufgelösten Zöpfe und zerrte sie zu sich heran wie einen Hund. »Sagt mir, wo ich diesen Bastard finden kann, Mylady, wenn Ihr das Morgengrauen erleben wollt!«

»Nicholas wird mich holen kommen«, fauchte sie und stöhnte vor Schmerz leise auf. »Er wird mit seinen Männern kommen und an Euer Burgtor pochen!«

»Er wird nicht wagen, die Burg anzugreifen, solange König John sich innerhalb meiner Mauern aufhält. Und Ihr werdet tot sein, ehe Nicholas Euch wiedersieht, wenn Ihr nicht sofort den Mund aufmacht! Ich will Black Thorne! Wo steckt er?«

»Es waren Dörfler, die mich gerettet haben. Von einem Thorne weiß ich nichts.«

»Erzählt!« forderte er mit einer Stimme wie gemahlener Stein und zerrte ruckartig an ihrem Zopf.

»Es waren Leibeigene. Und wo genau ich mich befand, weiß ich nicht. Im Wald sieht alles gleich aus.«

Zwei rote Flecken glühten auf seinen Wangen. »Ihr lügt!«

»Es tut mir leid, ich kann Euch nicht helfen.«

Er ließ ihren Zopf los und schlug ihr mitten ins Gesicht. Emlyn taumelte, behielt aber das Gleichgewicht und hob trotzig den Kopf.

»Ich kann Euch nicht helfen«, wiederholte sie und hielt sich die glühende Wange.

»Ihr könnt, und Ihr werdet mir helfen. Die Kinder bleiben unter Bewachung hier. Euer Schweigen kann ihnen gefährlich werden. Denkt daran! Wenn Euch etwas an ihrem Wohl liegt, solltet Ihr mir meine Frage beantworten.«

Schweigend starrte Emlyn ihn an, ihr Atem ging in heftigen Stößen, und in ihrem Kopf wirbelten die Gedanken durcheinander. Nicholas und den Kindern drohte Gefahr, ob sie nun schwieg oder nicht. Sie mußte einfach davon ausgehen, daß Whitehawke den Kindern nicht wirklich etwas antat. Also sagte sie nichts.

Whitehawke packte sie am Arm und zerrte sie zur Tür.

»Möglich, daß es Euch in unserem Verlies, wo ich Euch jetzt hinbringen werde, nicht besonders gut gefällt«, knurrte er, riß die Tür auf und schubste sie Chavant geradewegs in die Arme.

Eisiger Wind wehte ihr ins Gesicht, als Chavant sie über den Burghof zerrte wie einen störrischen Esel. Der unaufhörlich fallende Schnee tauchte den Hof in ein gespenstisches Zwielicht. Whitehawke stapfte vorneweg, vorbei an Soldaten und Gesinde, ohne diese eines Blikkes zu würdigen.

Im Schatten des klotzigen alten Wohnturms, der sich in der Mitte des Burghofs wie ein riesiger Monolith erhob, wehte kein Lüftchen mehr, und das milchige Licht verwandelte sich in schwarze Finsternis. Emlyn stolperte die hohen, ausgetretenen Steinstufen der Außentreppe hinauf und wurde von Chavant in einen dunklen Flur gezogen. Whitehawke nahm eine brennende Fackel aus der Wandhalterung neben der Tür und stieg ihnen voran eine steile Wendeltreppe hoch.

Über die Schulter hinweg rief er Emlyn zu: »Dieser Wohnturm steht schon mehr als hundert Jahre! – Heute wird er jedoch nur noch als Lagerraum benutzt«, fuhr er in lässigem Plauderton fort. »Falls wir jemals belagert werden sollten, werden unseren Feinden die Lebensmittel mit Sicherheit eher ausgehen als uns. Jeder Raum hier ist bis zur Decke mit Vorräten vollgepackt. Wir haben Mehl, Gerste, Hafer und Bohnen, bündelweise Trockenfleisch und Salzfisch gelagert, und genug Fässer mit Wein, Bier und Wasser, um einen Teich damit zu füllen. Daneben Fackeln, Kerzen und Decken – alles in allem genug für sechs Monate oder mehr.«

Emlyn, die von Chavant unbarmherzig vorwärtsgetrieben wurde, prägte sich sorgfältig die Anzahl der Stufen ein und hörte Whitehawke aufmerksam zu.

In der dritten und letzten Etage blieb Whitehawke vor einer Tür stehen. »Dies ist der einzige Raum, in dem keine Vorräte lagern.« Sie hörte das quietschende Geräusch eines Schlüssels im Schloß, dann wurde die Tür aufgestoßen.

Mit einem Schubs in den Rücken bedeutete Chavant ihr, einzutreten. Emlyn schob die Kapuze zurück und sah sich um. Trotz der Fackeln erkannte sie nur trübe Schatten in allen Schwarzabstufungen.

»Chavant«, knurrte Whitehawke, »geh runter in den großen Saal und kümmere dich um unseren König. Laß mich wissen, wenn er meine Aufmerksamkeit benötigt.«

Mit einem knappen Nicken trat Chavant zurück und machte hinter sich die Tür zu. Whitehawke hielt die Fackel in die Höhe und leuchtete damit durch den Raum. »Bis auf den Staub sieht es hier genauso aus wie damals.«

Nachdem sich Emlyns Augen an die Dunkelheit gewöhnt hatten, tauchten aus den Schatten ein mit Vorhängen versehenes Bett, ein Lehnstuhl, ein Tisch und eine hölzerne Truhe auf. An einer Wand hing ein langer Gobelin, in die gegenüberliegende Wand war ein schmales Fenster eingelassen, das wie eine Schießscharte aussah.

Auf dem Boden und den Möbeln lag eine fingerdicke Staubschicht. Zwischen dem Bett und dem Tisch hatten Spinnen in jahrelanger Arbeit ein gewaltiges Netz gesponnen, und auch zwischen den Holzbalken an der Decke klebten verstaubte Spinnweben. Emlyn rümpfte die Nase und nieste herzhaft.

Whitehawke steckte die Fackel in eine eiserne Halterung hoch oben an der Wand, schlenderte dann zu dem Holztisch und fuhr mit einem Finger über die staubige Oberfläche. »Hier hat sie ihre letzten Tage verbracht.«

Emlyns Arme überzogen sich mit einer eisigen Gänsehaut. »Lady Blanche?«

»Ganz recht«, brummte er leise. »Das hier war ihr Lieblingszimmer, als wir noch in diesem alten Turm wohnten. Von hier aus hat sie nachts die Sterne beobachtet.«

Emlyn machte einen Schritt auf ihn zu. »Ihr sprecht sehr gefühlvoll von ihr.«

Er ließ ein freudloses Kichern hören. »Ja, ich habe ihre

Schönheit bewundert. Ihre Augen schimmerten wie Silber, und ihr Haar hatte die Farbe von Ebenholz. Für eine Frau hatte sie einen außergewöhnlich scharfen Verstand, sie konnte lesen und rezitieren wie ein Priester. Und sie besaß ein profundes Wissen über Heilkräuter.« Er zuckte die Schultern. »Aber Frauen sind schwache, vertrauensunwürdige Geschöpfe. Sie hat mich betrogen und gedemütigt.«

»Sie hat Euch einen Sohn geschenkt und Euren Haushalt geführt«, warf Emlyn ein.

»Blanche hat ihr Ehegelöbnis gebrochen. Sie hatte einen Geliebten, was sie freilich niemals zugab. Ich kannte den Mann, er war ein Ritter. Ich habe die beiden zur Rede gestellt und ihn zu einem Turnier herausgefordert. Julian kann Euch die Geschichte erzählen.«

»Ich weiß nichts darüber«, murmelte Emlyn leise.

»Ich habe den Mann von seinem Schlachtroß gestoßen und ihn getötet. Dann bin ich heimgeritten – und meine Frau wurde in dieses Zimmer eingeschlossen.«

»Ihr habt sie eingesperrt wie eine Gefangene?«

»Das geschieht so selten nicht. Selbst König Henry hat seine Eleanor eingesperrt, damit sie die Finger von seinen Regierungsgeschäften läßt und ihre Zunge mäßigt. Ich sperrte Blanche ein, um ihr Demut beizubringen. Und ihren Sohn habe ich zu ihrer Schwester geschickt.«

»Was geschah mit Lady Blanche?«

»Sie ist verhungert, hier in diesem Zimmer«, entgegnete er völlig ungerührt, fuhr sich aber gleich darauf mit der Hand über Gesicht und Haare, als wolle er etwas abwischen. Das blasse Licht, das durch das schmale Fenster fiel, schien jetzt genau auf zwei Haarsträhnen, die von Whitehawkes schlohweißer Mähne abstanden. Sie sahen aus wie Teufelshörner. »Nach nur einer Woche«, setzte er hinzu.

»Mein Gott!« keuchte Emlyn. Sie wußte von Leuten, die zehn Tage oder mehr gefastet, aber nicht sonderlich darunter gelitten hatten. Andere wiederum waren schon nach einem oder zwei Tagen krank geworden.

»Ich esse kein Fleisch. Ich faste häufig. Ich habe ein Kloster gegründet.«

»Demnach bereut Ihr Eure Grausamkeit, Mylord?« bemerkte sie. »Die Priester sagen, Gott vergibt denen, die Buße tun.«

Er drehte sich zu ihr um und starrte sie an. »Ich bedauere nichts«, knurrte er. »Ihr Tod war ihre letzte Beleidigung für mich. Sie ist lieber gestorben, als ihren Ehebruch einzugestehen, und zwar aus reiner Bosheit. Ich erwarte von Gott keine Vergebung. Ich war im Recht.«

Emlyn musterte ihn mit einem zweifelnden Blick. »Warum eßt Ihr dann kein Fleisch? Und weshalb das Kloster?«

»Wegen meines Seelenheils. Ein guter Rat der Priester. Ich bereue die Strafe nicht, zu der ich sie verurteilt habe, aber Blanche hat mich mit ihrem Tod noch ein letztesmal gedemütigt. Ihr Tod verwehrt mir den Eintritt ins Himmelreich.« Er schlug mit der Faust auf den Tisch. »Habt Ihr gehört? Wegen ihr komme ich nicht in den Himmel!«

»Graf Whitehawke.« Emlyn bemühte sich, ihre Stimme ruhig klingen zu lassen, obwohl ihr das Herz bis zum Hals schlug. »Mylord, begeht nicht noch einmal die gleiche Sünde. Laßt uns gehen. Schickt zumindest die Kinder zurück nach Hawksmoor.«

Whitehawke ging nervös im Zimmer auf und ab, und daran, wie er beim Umdrehen schwankte, merkte Emlyn, daß er ziemlich betrunken war. »Nein«, sagte er und schüttelte den Kopf. »Ich kann Euch nicht gehenlassen. Auch Ihr habt mich betrogen und gedemütigt.«

Mit einem Schritt war er bei ihr, umfaßte ihr Gesicht mit seiner großen, fleischigen, kalten Hand und bog ihren Kopf zurück. »Bringt mir meinen Feind, wenn Ihr frei sein wollt.«

»Ich sagte doch bereits, daß ich Euch nicht helfen kann.«

Seine Finger bohrten sich tiefer in ihre Wange. »Keine Frau wird mir jemals wieder den Fuß in den Nacken setzen.« Sein Atem ging auf einmal rasselnd. Er klopfte sich auf die Brust und griff dabei mit seinen Fingern noch fester zu. »Sagt mir, wo ich diesen verdammten Thorne finde!«

Gelassen erwiderte sie seinen Blick und schwieg. Sein schweres Schnaufen übertönte ihren ruhigen, gleichmäßigen Atem.

»Weshalb diese Loyalität, Lady?« fragte er mit gefährlich leiser Stimme. »Die ist völlig fehl am Platze. Ihr seid nur Eurem Ehemann und Euren Geschwistern zur Treue verpflichtet.« Er gab ihr einen so heftigen Schubs, daß sie rückwärts auf das Bett fiel. Die strohgefüllte Matratze raschelte unter ihrem Gewicht, eine modrig riechende Staubwolke stieg auf. »Dann bleibt eben hier«, bellte er. »Inzwischen könnt Ihr über Blanches Schicksal nachdenken!« Er beugte sich mit seinem massigen Körper über sie und hob drohend die Hand. Emlyn drehte sich weg, bedeckte ihr Gesicht mit beiden Händen und lauschte seinem gequälten Keuchen. Kurz darauf wandte er sich ab und stapfte zur Tür.

»Bald werdet Ihr erkennen, daß es besser für Euch wäre zu reden. Eine Hungerkur wird Euren Verstand genauso wirkungsvoll klären wie heiliges Fasten.«

Damit riß er die Tür auf und warf sie hinter sich zu. Als Emlyn hörte, wie der rostige Schlüssel im Schloß umgedreht wurde, sprang sie vom Bett hoch, rannte zur Tür und rüttelte an dem eisernen Türring.

»Nein!« schrie sie wie von Sinnen. »Das könnt Ihr nicht tun!« Sie schlug mit der Faust so lange gegen die hölzernen Bohlen, bis ihre Handknöchel schmerzten. Doch draußen blieb alles still. Die dicken Steinmauern und die Säcke und Fässer, die sich in den drei Etagen unter ihr dicht an dicht stapelten, erstickten jedes Geräusch.

Nach einer Weile trat Emlyn ans Fenster. Die eiskalte Nachtluft kühlte ihre heißen Wangen. Durch die schmale Öffnung konnte sie den Himmel sehen, der von einem unendlichen Meer aus dicken Schneeflocken verhüllt wurde.

Sie steckte ihren Arm durch den schräg nach unten verlaufenden Fensterspalt und spürte, wie die Schneeflocken sich auf ihre geöffnete Handfläche setzten und augenblicklich zu kalten, frischen Wassertropfen schmolzen. Von der anderen Seite des Burghofs drangen gedämpft die Geräusche des Festgelages zu ihr herüber, das im großen Saal gefeiert wurde.

23. Kapitel

»Beim Hosenknopf des Herrn. Das ist das Ende unserer Freundschaft«, murrte Peter und zupfte ungeduldig seinen hauchdünnen Schleier zurecht. »Ich schwöre Euch, Herr, beim nächsten Turnier werde ich so viel Land gewinnen, daß ich endlich den Dienst bei Euch quittieren kann.«

Nicholas ließ die Zügel auf dem Rücken des Ochsen schnalzen. »Wenn wir das hier lebend überstehen, gebe ich dir selbst das Land und lasse dich mit Freuden ziehen. Ein altes Waschweib könnte nicht mehr zetern.«

»Ein altes Waschweib muß sich auch nicht den Schnauzbart eines Freundes wegen abrasieren«, maulte Peter und ordnete die Falten seines langen Rocks.

Nicholas, der seinen Gefährten aus dem Augenwinkel musterte, mußte sich das Grinsen verkneifen. »Vielleicht nicht. Aber ich bin einfach zu groß, um als Frauenzimmer durchzugehen. Laß ein paar deiner hübschen roten Löckchen unter der Haube rausschauen, dann werden wir anstandslos das Burgtor passieren.«

»So eine dämliche Maskerade«, beschwerte sich Peter, spreizte die Beine unter den Röcken und stützte einen Fuß auf der Seitenwand des Wagens auf.

»Zum Dreikönigsfest sind Verkleidungen stets willkommen.«

»Ach, geht doch und melkt Kraniche«, knurrte Peter mürrisch.

»Nun zier dich nicht so. Unter deinem wunderschönen geborgten Gewand trägst du Rüstung und Waffen. Sobald wir in der Burg sind, kannst du dich ja der Weiberkleidung entledigen, falls du dich dann besser fühlst.«

»Im Moment fühle ich mich wie ein vertrottelter Hofnarr.«

»Mag sein, aber selbst mit deinem rosigen Kindergesicht brauchst du die Nacht, um als Frau durchzugehen«, sagte Nicholas und drosch noch einmal auf den Ochsen ein, der gemächlichen Schritts auf das Burgtor zuzukkelte. »Glaubst du vielleicht, die Torwache ließe zwei bewaffnete Ritter passieren?«

»Nein. Aber der Müller und seine gute Frau, die Bier und frisches Brot für das Fest bringen, werden gewiß mit Handkuß begrüßt.«

»Ja, das hoffe ich sehr. Ich habe dem Müller für seinen Karren beinahe einen ganzen Jahreslohn bezahlt, und auch für das Brot und Bier im Dorf nur so mit Silbermünzen um mich geworfen. So, und jetzt setz dich bitte so hin, wie es sich für eine Frau geziemt. Wir sind gleich an der Zugbrücke.« Nicholas zog die Kapuze seines Umhangs tief in die Stirn, damit so wenig wie möglich von seinem Gesicht zu sehen war. Es schneite noch immer. Die Türme und Zinnen der Burg trugen dicke weiße Hauben, und die Schneeverwehungen an den zerklüfteten Felsen gaben der monströsen Anlage ein seltsam bizarres Aussehen.

»Ho! Torwache!« rief Nicholas lauthals.

Der Mann im Torhaus stellte die üblichen Fragen, worauf Nicholas mit einer ausladenden Geste auf den Karren deutete. »Thomas Müller, mit den frischen Broten, die der gnädige Herr Graf im Dorf für sein Fest heute abend bestellt hat.«

»Du bist spät dran, Müller«, brummte der Torwächter. »Wer ist das da neben dir?«

»Meine Frau!« rief er zurück. »Sie und die anderen Dorffrauen haben auf die kurzfristige Bestellung hin gebacken, was das Zeug hielt. Mag sein, daß wir spät dran sind, aber jetzt sind wir da und erwarten, vom Haushofmeister entlohnt zu werden. Außerdem habe ich zwei Fäßchen doppelt gebrautes Bier dabei.«

»Doppelt gebrautes Bier? Tatsächlich?«

»Ja, aus Kent. Der Dorfwirt schickt es mit besten Grüßen.«

Sie durften passieren. Rasselnd senkte sich die Zugbrücke herunter und rastete mit einem lauten Aufschlag ein. Die Torwache begleitete den Karren bis zum Fallgitter und befahl Nicholas dann, anzuhalten. Mit achtunggebietender Stimme ließ ihn der Mann wissen, daß er alle Waffen, die er bei sich trüge, abzugeben habe. Nicholas hob seinen Umhang hoch, um zu zeigen, daß er weder Schwert noch Messer am Gürtel trug. Unter seiner dunklen Wolltunika bauschten sich dicke Wickelhosen, und seine Beine steckten in klobigen Lederstiefeln, die bis ans Knie geschnürt waren. Das Haar fiel ihm strähnig in die Augen, und mit seinen schmutzigen Händen und dem Stoppelbart konnte man ihn wirklich für einen Leibeigenen halten. Peter neben ihm wickelte sich tiefer in den weiten blauen Umhang, der die Rüstung und die Waffen unter seiner Tunika verbarg, und setzte ein einfältiges Lächeln auf. Die Torwache nickte und winkte sie durch.

Im Burghof brachte Nicholas das Fuhrwerk zum Stehen, sprang vom Wagen und ging auf die andere Seite, um Peter beim Absteigen zu helfen, dessen rotgoldene Locken sich unter dem schlichten Leinenschleier kräuselten. Ein Soldat mit einer Fackel in der Hand schenkte Peter ein aufforderndes Lächeln, worauf dieser sich brummelnd abwandte.

Diener kamen herbeigeeilt, um beim Abladen der Weidenkörbe zu helfen, in denen sich knusprige Brotlaibe stapelten, und schleppten sie zum Wohnturm. Während andere Diener sich mit den schweren Holzfässern abmühten, nahm Nicholas den letzten Brotkorb selbst auf die Schultern.

Gemeinsam mit Peter ging er über den Burghof auf das neue Wohngebäude zu. Unter ihren Stiefeln knirschte der Schnee. Die zahlreichen Fackeln, die auf hohen Eisenstangen steckten, verbreiteten ein unnatürliches Licht und malten flammende Kreise in den flirrenden Schneehimmel.

»Verrückte Idee«, murmelte Peter.

»Schweig, du Hasenfuß«, knurrte Nicholas. »Wenn wir erst einmal drin sind, werden wir Emlyn und die Kinder finden und sie herausholen. Und dann können wir entscheiden, ob wir unsere Truppen zur Hilfe rufen oder auf demselben Weg verschwinden, auf dem wir gekommen sind.«

»Was für ein ungewöhnlicher Plan, Herr. Angriff und Befreiung heißt doch sonst die Devise.«

»Ein Jammer, daß du nie im Wald gelebt hast«, entgegnete Nicholas. »Meinen Vater zu überlisten, ist unter gewissen Umständen einem Angriff vorzuziehen.« Er nickte bedeutungsvoll mit dem Kopf, und Peter blickte in die angegebene Richtung.

Am anderen Ende des Burghofs sah es aus wie auf einem Roßmarkt. Mehr als zweihundert Pferde drängten sich hinter einem improvisierten Gatterzaun. Dutzende von Bewaffneten standen herum, die den Pferdeknechten, die mit Futtersäcken, Wassereimern, Decken und Bürsten hin und her rannten, Anweisungen erteilten. In der Waffenkammer und der Schmiede brannte Licht. Auch hier herrschte geschäftiges Treiben. Schwerter, Lanzen und Rüstungen wurden begutachtet und ausgebessert, Hufeisen geschmiedet und auf dem Amboß in Form geklopft.

Vor der Waffenkammer standen zwei gewaltige, schneebedeckte Kriegsmaschinen; ein hölzernes Katapult und ein Sturmbock auf Rädern, der mit massiven Eisenketten an einem hohen Gerüst aufgehängt war.

Nicholas stieß einen leisen Pfiff aus. »Jacky Softsword und seine reisenden Kampfgenossen.«

»Ja, eine verdammt gut ausgerüstete Armee, der man besser aus dem Weg geht«, meinte Peter dazu.

Sie zogen ihre Kapuzen tiefer in die Stirn und eilten auf das Gebäude hinter den Werkstätten zu.

»Da wir unser Brot abliefern müssen, sollten wir uns als erstes im Wohnturm umsehen«, flüsterte Nicholas. »Wenn wir sie dort finden, stehen die Chancen gut, daß unser Plan gelingt.« Er nahm den schweren Brotkorb auf die andere Schulter und sah sich zur Vorsicht noch einmal im Burghof um. Keiner der Soldaten schien sich um einen Müller und seine Frau zu kümmern.

Nachdem sie den Wachen frische Brotlaibe zugesteckt hatten, ließ man sie anstandslos die Tür zum großen Saal passieren. Eine glühende Hitze, in die sich die Stimmen von Hunderten von Leuten mischten, schlug ihnen entgegen. Eine Unzahl von Kerzen und Fackeln tauchte den Saal in goldenes Licht. Der durchdringende Rauch von verbranntem Wachs brannte Nicholas unangenehm in den Augen, und obwohl es intensiv nach gebratenem Fleisch und erlesenen Gewürzen duftete, verspürte Nicholas keinen Hunger – nur kalte Rachegelüste.

In dem weitläufigen, hohen Saal wimmelte es von Männern, die größtenteils schon betrunken waren, sich über die angebotenen Speisen hermachten und sich lauthals unterhielten. Das dumpfe Dröhnen der tiefen Männerstimmen übertönte die munteren Weisen, die eine Musikantengruppe am Ende des Saals zum besten gab. Nicholas bemerkte, daß außer der Leibwache des Königs keiner der Männer eine Waffe trug. Das war eine übliche Order bei Festgelagen, besonders dann, wenn, wie in diesem Fall, die Gäste sich hauptsächlich aus Soldaten rekrutierten, die gerade von einem Feldzug kamen.

Der König saß an einer erhöhten Tafel und schien sich bestens zu unterhalten. Mit ausladenden Gesten seiner beringten Hände und unaufhörlichem Kopfnicken unterstrich er seine schwungvolle Rede. An derselben Tafel sah Nicholas auch Whitehawke sitzen und wandte rasch sein Gesicht ab.

Dicht gefolgt von Peter eilte er auf die Treppe zu, die zu den oberen Gemächern führte. Hier, so glaubte er, mußte er nach Emlyn und den Kindern suchen. Und wenn ich jeden Stein in dieser verdammten Burg umdrehen sollte, dachte er voller Ingrimm, ich werde sie finden.

Eine Gruppe Bewaffneter wurde auf sie aufmerksam. Johlend griffen die Männer nach den Broten, die sich in dem Korb auf Nicholas' Schulter stapelten. Er versuchte, den Kopf möglichst gesenkt zu halten, obgleich er sicher war, daß ihn hier niemand genauer ansehen und unter seinem Bauerngewand als Nicholas de Hawkwood erkennen würde.

Als er hörte, wie Peter eine Hand wegschlug, fuhr er herum und sah einen Soldaten, der mit einem lüsternen Grinsen noch einmal nach dessen Umhang grabschte.

»Das ist meine Frau, wenn Ihr gestattet, Herr«, sagte er, drückte dem Mann einen Laib Brot in die Hand und schob Peter die Treppe hoch.

»Du meiner Seel«, zischte Peter. »In diesem Aufzug vor dem König und all den betrunkenen Soldaten entlarvt zu werden, das wäre schlimmer, als in der Hölle zu braten!« Er riß sich den Schleier vom Kopf, zog Umhang und Tunika aus und stopfte alles zusammen in den Korb. »In meiner Rüstung fühle ich mich erheblich wohler«, flüsterte er, während er sein Kettenhemd zurechtzog und die schwere Lederhaube überstülpte.

»Schließlich laufen hier genug Söldner in den unterschiedlichsten Waffenröcken und Rüstungen herum, da fällst du nicht auf«, raunte Nicholas ihm zu. »Aber nimm um Himmels willen dein Schwert ab.«

Peter schnallte das Schwert vom Gürtel, legte es in den großen Korb und breitete den Umhang darüber. »So, und wo werden sie festgehalten, Mylord?« wollte Peter dann wissen.

»Keine Ahnung, mein lieber Freund«, murmelte Nicholas. »Ich denke, am besten fangen wir in den oberen Räumen mit der Suche an und arbeiten uns dann weiter nach unten.« Auf der Galerie hielt er einen Moment inne, stieg dann aber weiter die Treppe hinauf.

»Halt!« zischte Peter ihm zu. »Seht, dort am Ende des Korridors – vor einer der Türen steht eine Wache.«

Nicholas beugte sich um den Mittelpfeiler der Wendeltreppe. »Richtig«, flüsterte er. »Sollen wir ihn fragen, wie es ihm geht?«

»Hallo, Kamerad!« rief Peter und ging auf ihn zu. »Man schickt mich, Euch abzulösen. Habt Ihr schon etwas gegessen oder einen Becher von dem doppelt gebrauten Bier gekostet, das vorhin geliefert wurde?«

Der Bewaffnete sah ihn verwundert an. »Nein, bisher habe ich nur von diesem Becher Wein getrunken.« Dann runzelte er die Stirn. »Hat Graf Whitehawke Euch geschickt?«

Peter beugte sich vor. »Ja. Ich gehöre zur Garnison des Königs. Aber wir haben Befehl erhalten, auch Whitehawkes Anordnungen zu gehorchen, solange wir uns hier aufhalten. Und der ist betrunken wie ein Troll beim Erntefest. Ein Wunder, daß er sich überhaupt noch erinnert hat, daß Ihr hier oben Wache steht.« Er horchte an der Tür.

»Still wie in einer Gruft. Die schlafen alle tief und fest«, sagte der Mann.

»Gut, gut. Dann machen sie weniger Arbeit, was? Ah, hier kommt der Müller mit frischem Brot«, entgegnete Peter freundlich. Als der Bewaffnete sich vorbeugte und in den Korridor spähte, wo Nicholas mit dem Korb auf ihn zukam, packte Peter ihn mit einer schnellen Bewegung von hinten am Hals und hielt ihn fest. Sofort riß Nicholas das Schwert aus dem Korb und schlug es dem völlig verwirrten Söldner mit der Breitseite über den Schädel. Mit einem gurgelnden Grunzen sackte der Mann in sich zusammen. Peter zerrte ihn neben die Tür, brachte ihn in eine sitzende Position und schüttete ihm den Rest aus dem Weinbecher ins Gesicht.

»Sturzbetrunken«, meinte er verächtlich.

Nicholas brachte sein Gesicht nahe an den schmalen Spalt zwischen Türblatt und Steinmauer. »Emlyn!« rief er leise. Das Ohr an den Spalt gedrückt, wartete er auf Antwort. Er wollte nicht in ein falsches Zimmer stürmen. »Christien!«

Dann vernahm er leise Schritte. »Christien schläft, Herr«, flüsterte eine Stimme.

»Isobel! Bist du wohlauf? Sind die anderen auch da drin?«

»Ja. Uns geht es gut, Mylord. Bringt Ihr etwas zu essen? Ich bin schrecklich hungrig«, sagte sie mit wehmütiger Stimme.

»Geh einen Schritt zurück, Mädchen.« Er hob den hölzernen Querbalken aus der Verankerung, schob ihn zur Seite und stieß leise die Tür auf.

Isobel stand am Bett und weckte gerade Betrys, als Nicholas und Peter eintraten. Christien fuhr als erster aus den Kissen hoch und rieb sich verschlafen die Augen. Das Kindermädchen griff mit einem erschreckten Aufschrei nach Isobel, als sie die beiden Männer sah.

»Pst«, machte Peter. »Wir sind gekommen, um euch hier rauszuholen. Zieh die Kleider an, aber leise.« Betrys nickte und begann, die Umhänge und Schuhe ihrer Schützlinge zusammenzusuchen.

Nicholas stand an der Tür und beobachtete sie mit tief gefurchter Stirn. Einer seiner Kiefermuskeln begann zu zucken. »Wo ist Lady Emlyn?« verlangte er mit ruhiger, aber strenger Stimme zu wissen.

Christien sah hoch. »Sie war hier bei uns, Mylord. Aber dann kam Graf Whitehawke und hat sie mitgenommen.«

»Mitgenommen?« wiederholte er und ging auf das Bett zu.

Betrys kniete vor Christien und zog ihm den Umhang an. »Wir wissen nicht, wo sie jetzt ist, Herr. Es ist schon Stunden her, daß Whitehawke meine Herrin fortgebracht hat.«

»Mylord«, sagte Christien und zappelte nervös herum, während Betrys ihm den Umhang am Hals zuband. »Ich weiß, wo sie ist. Im Verlies.«

»Im Verlies?« fragte Nicholas scharf. Er kniete sich vor den Jungen hin und sah ihn eindringlich an. »Erzähl mir alles, was du weißt.«

»Ich war wach, aber sie dachten, ich würde schlafen. Er verlangte von ihr, daß sie ihm Auskunft geben sollte, über einen Thorne oder so, aber Emlyn sagte nein. Dann hat er sie geschlagen, aber sie sagte wieder nein, und dann meinte er, ihr würde es im Verlies bestimmt nicht gefallen. Und dann hat er sie mitgenommen.«

Nicholas schloß einen Moment die Augen, holte tief Luft und atmete dann langsam aus. »Ich danke dir, Christien.« Aufstehend wandte er sich an Peter. »Wenn er ihr etwas angetan hat, überlebt er den morgigen Tag nicht, ob er mein Vater ist oder nicht.«

»Gut, aber zunächst haben wir eine andere Aufgabe zu meistern.«

Mit einem knappen Nicken ging Nicholas zum Fenster und stieß den Laden auf. Draußen tobte dichtes Schneegestöber. Er streckte den Kopf hinaus und spähte nach rechts und links und dann nach unten.

»Wir müssen es versuchen«, meinte er und strich sich das vom Wind zerzauste Haar aus der Stirn. »Gib das Signal.«

Peter klaubte eine Handvoll Binsen vom Fußboden auf, ging damit zur Feuerstelle und zündete sie an. Dann hielt er das brennende Büschel aus dem Fenster, schwenkte es ein paarmal im Kreis und ließ die glühenden Strohhalme mit dem Schnee nach unten rieseln.

Nicholas wandte sich an Betrys, die inzwischen Isobel angezogen hatte und gerade dabei war, Harry aufzuwekken.

»Warte«, flüsterte er ihr zu. »Nimm den Kleinen vorsichtig hoch, damit er nicht aufwacht.«

Betrys verstand sofort. »Ja, richtig, der schreit sonst wie am Spieß.«

»Erinnerst du dich an den Apfelbaum?« sagte Nicholas zu Christien. »Das hier ist dagegen ein Kinderspiel, du mußt nur stillsitzen. Ich weiß, du bist ein tapferer Bursche. Dir wird nichts geschehen.« Christien hockte zusammengekauert in dem Weidenkorb und nickte gehorsam, obwohl seine Augenlider vor Angst flatterten. Nicholas zupfte das Netz aus Hanfstricken zurecht, das er um den Korb gelegt hatte, und zog dann an den beiden dicken Halteseilen. »Fertig, Peter? Sind sie da?«

Peter schaute aus dem Fenster. »So viel ich sehen kann, ja. Das Schneetreiben wird immer dichter.«

Nicholas schleppte den Korb ans Fenster und sah selbst noch einmal hinaus. »Beim heiligen Kreuz«, fluchte er,

»das ist ja der reinste Schneesturm! Schau dir den Wassergraben an, Peter.«

Unter ihnen fegte ein dichter Schneewirbel über die Eisdecke des Wassergrabens und den Rand des Felsabhangs hinweg. Da Nicholas wußte, wonach er Ausschau hielt, erkannte er schließlich trotz des Schneegestöbers die Umrisse seiner Männer, die unter weißen Leinentüchern verborgen in gebückter Haltung auf die Burgmauer zugestapft kamen. Unter dem Fenster, wo Peter von oben eine Kerze schwenkte, blieben sie stehen. »Eine etwas sonderbare Art, Tischtücher zu benutzen, Mylord«, meinte er.

»Königin Mathilda ist einst auf dieselbe Weise aus einem Turm geflüchtet, habe ich gehört«, flüsterte Nicholas. »Keine schlechte Idee, dachte ich mir, besonders im Schutze dieses Schneetreibens.« Er spähte noch einmal nach unten. »Das Eis scheint dick genug zu sein, sonst wären Eustace und die anderen nicht über den Graben gekommen. Sie können denselben Weg zurückgehen, und auch die Schlucht sollte kein Problem sein. Falls sie sehen können, wo sie hintreten«, fügte er hinzu.

»Die Seile, die wir mitgebracht haben, sollten lang genug sein, um ihn hinunterzulassen«, stellte Peter fest. »Es sind ungefähr dreißig bis vierzig Fuß. Aber der Wind ist recht stark, und der Junge wiegt nicht mehr als eine Hühnerfeder.«

Nicholas sah sich kurz im Zimmer um und wandte sich dann wieder an Peter. »Gib mir dein Kettenhemd.«

Peter runzelte verdrossen die Stirn. »Vielleicht tun es auch Backsteine, oder ein paar Bücher . . .«

»Gibt es hier alles nicht. Deine Rüstung wiegt ein bißchen mehr als ein Junge, nimmt aber wenig Platz ein. Das Gewicht wird dem Wind standhalten.«

»Gut, also dann«, seufzte Peter und begann, die Lederriemen zwischen seiner Kettenhaube und dem Brustpanzer zu lösen. Mit Nicholas' Hilfe schälte er sich aus dem schweren Eisenzeug.

Nur noch in seinen wattierten, abgesteppten Unterjacke und den Kettenhosen hockte Peter sich hin, hob das rasselnde Eisenhemd auf und legte es Christien neben die Füße. »Sag Eustace, er soll es wieder mit dem Korb raufschicken. Deine Schwester wird es auch brauchen.«

Christien nickte. Dann breitete Nicholas ein weißes Leinentuch über dem Jungen aus, das er ebenfalls in dem Korb versteckt hatte, und hob noch einmal einen Zipfel an.

»Der heilige Michael wird dich beschützen, mein Junge«, flüsterte er und zwinkerte dem Buben aufmunternd zu. »Du wirst dich fühlen, als würdest du auf Engelsflügeln dahinschweben.«

Christien brachte ein klägliches Lächeln zustande und sah Nicholas aus großen Augen so vertrauensvoll an, daß es ihm einen Stich ins Herz gab. Gemeinsam hievten Nicholas und Peter den Korb auf den Fenstersims und quetschten ihn durch die etwas zu schmale Öffnung. Sie strafften das Seil und ließen den Korb dann ganz langsam und behutsam in die Tiefe gleiten.

»Jesus«, brummte Peter leise. »Das ist ein ganz schön gewagtes Unternehmen.«

»Zum Teufel, Perkin, das weiß ich auch«, knurrte Nicholas zurück. Und während seine Muskeln sich anspannten, um ein gleichmäßiges Herabgleiten des Korbes zu gewährleisten, schnürte ihm die Angst fast die Luft ab. Wenn es irgendeinen anderen Weg gegeben hätte, wäre es ihm weiß Gott auch lieber gewesen. Daß er die Kinder einer solchen Gefahr aussetzen mußte, raubte ihm beinahe den Verstand; aber gleichzeitig spürte er auch, daß die Angst, die er empfand, ein Ausdruck seiner Liebe war.

Noch vor einem halben Jahr waren die Geschwister für ihn wie junge Hunde gewesen, über die er hinwegstieg oder an denen er vorbeiging, ohne ihnen die geringste Aufmerksamkeit zu schenken. Doch ganz allmählich hatte jedes der Kinder für ihn Gestalt angenommen. Er wollte sie in Sicherheit wissen, genauso wie ihre goldblonde Schwester.

Kopfschüttelnd versuchte er, diese ablenkenden Gedanken zu verscheuchen und sich ganz auf seine gefährliche Aufgabe zu konzentrieren. Während Peter das Seilende straff gespannt hielt, arbeitete er sich mit einer Hand über die andere greifend zum Fenster vor.

»Der Korb ist fast unten«, rief er Peter über die Schulter zu. »Ohne dein Kettenhemd wäre er herumgeflattert wie ein Eichenblatt.«

Dann gab es einen Ruck. Nicholas spähte wieder hinunter. »Sie haben ihn«, sagte er mit einem dicken Kloß im Hals. »Er ist in Sicherheit. Achtung, hier kommt der Korb zurück.«

In wenigen Minuten hatten sie Isobel in das eisenbeschwerte Nest gepackt. Harry, der jetzt doch wach, aber wie durch ein Wunder mucksmäuschenstill war, beobachtete die Szene mit großen Augen und ließ sich widerstandslos auf Isobels Schoß setzen und mit Peters Umhang zudecken.

Während er beruhigend und ermutigend auf sie einsprach, beugte er sich zu dem kleinen Mädchen hinunter, das angstvoll die Arme um seinen Nacken schlang. Er hauchte ihr einen Kuß auf das glänzende Haar, strich Harry liebevoll über den Rücken und deckte die beiden dann mit dem Leinentuch zu. Betrys starrte mit tränenfeuchten Augen auf den Korb und nagte nervös an den Knöcheln ihrer zur Faust geballten Hand, als Nicholas und Peter den Korb zum zweitenmal herabließen.

Als er kurz darauf wieder nach oben kam, beschwerte sich Peter, daß die unten vergessen hatten, seinen Brustpanzer wieder mit hochzuschicken. Als nächstes knoteten sie eine Seilschlinge um Betrys' feste Taille, verhüllten sie mit dem letzten weißen Tuch und hievten sie mit vereinten Kräften auf die Fensterbank, um sie ebenfalls auf den Weg zu schicken.

Als auch sie sicher unten angekommen war, zog Nicholas das Seil herauf und meinte, ohne Peter dabei anzusehen: »So, als nächstes du.«

»Nein, ich lasse Euch nicht allein hier.«

»Ich brauche dich außerhalb der Burg bei Eustace und den anderen Männern. Sobald ich Emlyn gefunden habe, fahre ich mit ihr auf dem Fuhrwerk hinaus. Schließlich sind wir zu zweit gekommen und nicht zu dritt«, erinnerte er ihn.

»Wißt Ihr, wo das Verlies ist?«

»Ich werde es schon finden. Geh jetzt, bevor der Schneesturm noch schlimmer wird.«

Peter starrte Nicholas einen Moment wortlos an, kratzte sich dann seufzend am Kopf und sah an sich herunter. »Ohne meine Rüstung fühle ich mich irgendwie nackt. Aber gut, wenn ich schon in Röcken und Schleier gekommen bin, kann ich ja im Unterzeug wieder verschwinden. Was macht das schon für einen Unterschied?« murrte er und zuckte die Schultern.

Nicholas lachte. »Hier, nimm meinen Umhang. Und dein Schwert solltest du beim Verlassen einer Burg auch wieder mitnehmen«, sagte er und beugte sich über den Korb.

»Nein, Mylord«, wehrte Peter ab. »Unter Umständen werdet Ihr eine scharfe Klinge brauchen können.« Nicholas nickte und steckte sich das Schwert in den Gürtel.

»Bindet das Seil hier an diesem Pfeiler fest und werft es aus dem Fenster. Ich kann daran runterklettern, denke ich«, sagte Peter. Nicholas knotete das Seil um den freistehenden Pfeiler, der das niedrige Bogengewölbe trug, und zog eines der Leintücher vom Bett. Eingewickelt wie in einen Kokon war Peter zum Abstieg bereit. Zuletzt klopfte er Nicholas freundschaftlich auf die Schulter.

»Wir werden nach Eurem Signal ausschauen«, sagte er und kroch durch die Fensteröffnung. Wenige Minuten später hatte er wieder festen Boden unter den Füßen. Nicholas lehnte sich aus dem Fenster und beobachtete erleichtert, wie die kleine, weiß vermummte Gruppe im Schutz des dichten Schneegestöbers in die Sicherheit des nahen Wäldchens flüchtete.

Nachdem er den Korb mit dem restlichen Seil in eine Ecke des Zimmers geschoben hatte, ging er zur Tür, öffnete sie einen Spaltweit und spähte in den dunklen Korridor.

Die Kakophonie unterschiedlichster Schnarchgeräusche, die jetzt den großen Saal erfüllte, hallte auch durch die offene Galerie und die oberen Korridore. Fast alle Fakkeln und Kerzen waren niedergebrannt und spendeten nur noch ein diffuses, kupferfarbenes Licht. Das Fest war zu Ende, und die Burg lag in tiefem Schlaf. Nicholas legte eine Hand auf die Lederscheide, in der das Schwert steckte, stieg über den ohnmächtigen Wachsoldaten hinweg und machte sich auf die Suche nach dem Verlies.

24. *Kapitel*

Aus dem dunklen Nachthimmel rieselten nur noch vereinzelte Schneeflocken herab, als Nicholas durch eine der ebenerdigen Türen des neuen Wohngebäudes ins Freie trat. Wachsam blickte er in alle Richtungen, bevor er wie ein Geist in den Schatten der Burgmauer huschte; die dicke Schneedecke schluckte auch das leiseste Geräusch seiner Schritte.

Mit größter Vorsicht hatte er die Räumlichkeiten des neuen Gebäudes durchsucht. Es waren überwiegend Schlafkammern, aus denen das Schnarchen betrunkener Gäste hallte, es gab auch einige Vorratsräume, aber Gefängniszellen hatte er keine entdeckt. Whitehawkes Männer, das Gesinde und die Söldner des Königs schliefen auf Strohsäcken, die überall herumlagen, selbst in den Korridoren. Die wenigen Zecher, die die Müdigkeit noch nicht übermannt hatte, unterhielten sich so laut, daß Nicholas auf seinem Weg durch die Räume und Flure schon von weitem auf sie aufmerksam wurde. Da er in diesem Gebäude nichts gefunden hatte, entschied er, daß die Wachtürme ebenso geeignet waren, um Gefangene festzuhalten, und schlich sich zum nächstgelegenen Turm.

Da es in diesem offenbar kein Untergeschoß gab, stieg er die steile Wendeltreppe hinauf, fand in den drei Ebenen aber nur leere Wachräume vor oder schnarchende Soldaten. Die starken Getränke, die Whitehawke zu seinem Festgelage gereicht hatte, waren für seine Suche bisher recht günstig gewesen, dachte Nicholas, als er den Turm wieder verließ. Doch stieß er auch in den anderen Wachtürmen, die er ebenso sorgfältig durchsuchte, auf keinen Kerker.

Auf dem untersten Treppenabsatz des vierten Turms blieb er stehen und fuhr sich erschöpft mit der Hand durch die feuchten Haare. Plötzlich hörte er von oben

Stimmen und das Poltern eisenbeschlagener Stiefel auf der Steintreppe, schlüpfte rasch nach draußen und drückte sich in eine dunkle Mauernische. Kurz darauf wurde die schwere Eichentür aufgestoßen und schlug ihm beinahe ins Gesicht.

Drei Bewaffnete, in eine lallende Unterhaltung vertieft, stapften an ihm vorbei über den Burghof. Einer von ihnen stieß einen brüllenden Schlachtruf aus, bückte sich, grabschte eine Handvoll Schnee und warf sie den anderen ins Gesicht. Ein paar Schneebälle flogen hin und her, während die drei lachend und grölend über den Hof torkelten.

Nicholas schob sich leise durch die Tür und stieg entschlossen die Wendeltreppe hoch. Nichts rührte sich; im Turm herrschte absolute Stille.

Lautlos schob Nicholas eine nicht ganz geschlossene Tür auf dem ersten Treppenabsatz auf. Das spärliche Licht einer Kohlenpfanne warf lange Schatten hinter dem Rücken eines Mannes, der über ein Pergament gebeugt an einem Holztisch saß.

Gedämpft drang das Grölen der drei Söldner durch die dicken Steinmauern. Der Mann an dem Tisch sah hoch und wandte dann langsam den Kopf.

Die Finger um den Griff des langen Dolches geschlossen, den er am Gürtel trug, starrte Nicholas in das verdutzte Gesicht von Hugh de Chavant. Kurz entschlossen trat er in den düsteren Raum.

»Was willst du hier?« fragte Chavant irritiert. »Für Häusler gibt es hier keine Schlafquartiere. Scher dich fort, Mann!«

Mit einem Satz war Nicholas bei ihm. Chavant blieb keine Zeit, sich auch nur zu erheben. Der Dolch blitzte auf, die glänzende Spitze fuhr an Chavants Hals, als dieser zurücktaumelte und beinahe hintüber von der Bank gefallen wäre. Nicholas beugte sich über ihn, eine große, furchteinflößende Gestalt, die ihn unter zotteligen Haarsträhnen aus glühenden Augen anfunkelte.

»Wer bist du?« keuchte Chavant. »Und was willst du von mir?«

»Wo ist sie?«

Chavant kniff die Augen zusammen. »Mein Gott!« keuchte er. »Jetzt erkenne ich dich – Black Thorne!«

Nicholas verstärkte den Druck der Klinge. »Sag mir, wo die Lady gefangengehalten wird. Der Dolch ist scharf, und deine Kehle ist so weich wie der Bauch eines Schweins«, zischte er. »Ruf nach den Wachen, und sie werden in deinem Blut schwimmen. Wo ist Lady Emlyn?«

»Heiliges Kreuz!« stieß Chavant plötzlich hervor. »Nicholas! Ich dachte, Ihr seid ...«

»Beantworte meine Frage, Hugh«, knurrte er.

»Eure Lady ist wohlauf, Mylord. Aber ich kann Euch nicht sagen, wo sie ist. Whitehawke würde mir den Kopf abreißen, wenn ich es Euch verriete.«

Langsam bohrte Nicholas die Dolchspitze in Chavants Kehle, bis kleine Blutstropfen die Klinge rot färbten. »Ich erwarte keine Gefälligkeiten von dir und teile auch keine aus. Du hast meine Frau und die Kinder abgefangen wie ein hinterhältiger Feigling. Gib sie mir zurück, oder meine Truppen reißen diese Mauern nieder.«

Chavant zuckte vor Schmerz zusammen und blähte die Nasenflügel. »Whitehawke hat sie eingesperrt, bis sie sagt, wo ...«

Plötzlich sog er scharf die Luft ein und musterte Nicholas mit zusammengekniffenen Augen. »Ah«, sagte er. »Beim Kreuz! Mir deucht, Thorne selbst ist gekommen, um sie zu holen. Ihr ...«

Nicholas packte Chavant an seinem Kettenhemd, zerrte ihn hoch und bohrte die Klinge noch tiefer. »Zum Teufel, am liebsten würde ich dir deine Rabenkehle gleich hier an Ort und Stelle aufschlitzen und die Lady selber suchen. Ich mache keine falschen Versprechungen. Raus mit der Sprache! Wo wird sie gefangengehalten?«

Chavant begann leise zu winseln. Auf seiner Stirn glänzten Schweißperlen. »Bitte ...«

Mit einer schnellen Bewegung drehte Nicholas Chavants Arm auf den Rücken und drückte ihm den Dolch hinters Ohr. »Führ mich zu ihr! Jetzt gleich.«

Chavant stolperte, als Nicholas ihn zur Tür stieß. »Herr im Himmel, Ihr seid Thorne! Euer Vater wird entsetzt sein, wenn er das erfährt.«

»Das wäre ein Fortschritt, was seine Meinung über mich anbelangt«, entgegnete Nicholas kalt, während er Chavant vor sich her die Treppe hinunterschob.

Unten angekommen machte Chavant die Tür auf und ging lammfromm vor Nicholas her über den Burghof. Mühsam stapften sie durch den kniehohen Schnee. Vor ihnen standen etliche völlig eingeschneite Karren, die aussahen wie riesige weiße Gespenster.

Die schneidende Kälte stach Nicholas in Nase und Ohren und füllte seine Lungen. Der Dolch in seiner Hand fühlte sich an wie Eis, und seine bloßen Finger verloren bald jegliches Gefühl.

»Verdammt!« fluchte Chavant. »Diese Kälte läßt sogar Teufelsmilch gefrieren. Bei so einem Wetter kann Eure Truppe niemals angreifen. Die Pferde würden es gar nicht übers Moor schaffen.«

»Keine Sorge, meine Männer warten ganz in der Nähe und sind zum Kampf bereit. Wenn sie nicht innerhalb einer bestimmten Zeit ein Signal von mir erhalten, werden sie Graymere stürmen.«

»Seid Ihr wahnsinnig? König John hält sich in der Burg auf.«

»Das ist mir bekannt. Aber die Anwesenheit des Königs ist kein großes Hindernis, da er wahrscheinlich ohnehin vorhat, von hier aus nach Hawksmoor zu reiten. Wo die Schlacht stattfindet, spielt demnach keine große Rolle, oder?«

Von irgendwoher kam etwas angeflogen und traf Chavant seitlich am Kopf. Er riß seinen freien Arm hoch, fiel auf die Knie und sank vornüber. Ein zweiter Schneeball zischte an seinem Kopf vorbei. Nicholas hatte alle Mühe, Chavant festzuhalten, der ihn mit sich zu Boden gerissen hatte. Das Lachen, das er eben noch vernommen hatte, verwandelte sich in Alarmschreie, und im nächsten Augenblick hörte Nicholas Schritte, die auf sie zukamen.

Schnell richtete er sich wieder auf und zerrte Chavant hoch.

»Steh auf!« befahl er.

»Wache!« schrie Chavant aus Leibeskräften. Nicholas warf den Dolch weg und hatte schon Peters Schwert aus der Scheide gerissen, als rechts und links von ihm zwei Bewaffnete auf ihn eindrangen. Blitzschnell ließ er sich auf die Knie fallen und holte mit dem Schwert zum Rundschlag aus. Mit einem lauten Aufschrei fiel einer der beiden Männer in den Schnee und hielt sich eine klaffende Fleischwunde am Oberschenkel.

Nicholas sprang auf und blieb in gegrätschter Stellung stehen. Der andere Söldner zog ebenfalls sein Schwert. Gewiß im Umgang mit dem Breitschwert geübt, aber längst nicht so geschickt wie sein Gegner, setzte er zum Angriff an. Selbst in der Dunkelheit erkannte Nicholas seine offene Deckung und rammte ihm das Schwert unter die ungeschützte Achselhöhle. Mit einem knirschenden Geräusch bohrte sich die Klinge zwischen die brechenden Rippen des Soldaten.

Bevor er noch einmal zustoßen konnte, erhielt er einen Schlag in den Nacken, der ihn wie einen Sack Mehl zu Boden warf. Etliche Männer hielten ihn fest; er konnte nicht sagen, wie viele sich auf ihn gestürzt hatten. Ihr Gewicht preßte seinen Körper und sein Gesicht flach in den Schnee. Nach Atem ringend wandte er den Kopf zur Seite. Jemand drehte ihm den Arm auf den Rücken und riß ihm das Schwert aus den steifgefrorenen Fingern. Von überall her hörte er Schritte auf sich zukommen und laute Schreie, während er sich vergeblich gegen das Gewicht zu wehren versuchte, das ihn niederhielt.

»Stellt ihn auf die Beine!« brüllte Chavant.

Nicholas wurde hochgezerrt. Er war jetzt von Bewaffneten umringt. Zwei Männer drehten ihm so ruckartig die Arme auf den Rücken, daß er glaubte, die Knochen würden ihm aus den Gelenken springen. Eine gepanzerte Hand griff in seine langen nassen Haare und riß ihm den Kopf in den Nacken. Ein anderer richtete die Spitze seines

Schwerts auf Nicholas' Kehlkopf, um sicherzugehen, daß er keine falsche Bewegung versuchte.

Chavant trat mit einem höhnischen Grinsen vor ihn hin. »Nun, mir scheint, ich habe hier fette Beute gemacht – Whitehawkes Beute«, schnarrte er und legte den Kopf schief. »Bringt ihn in den großen Saal und bewacht ihn gut. Und schickt jemanden, um den Graf zu wecken.«

Als Nicholas abgeführt wurde, vermeinte er, eine hohe, helle Stimme gehört zu haben, die seinen Namen rief. Doch der Klang der Stimme verlor sich im Rauschen des eiskalten Windes. Als er den Kopf drehte, um noch einmal zu lauschen, traf ihn die Breitseite einer Schwertklinge mit solcher Wucht am Jochbein, daß er nur noch Sterne sah.

»Emlyn!« schrie er in die dunkle Nacht hinaus, während ihn die Wachen fortzerrten. *»Emlyn«!*

Eine dünne, schlüpfrige Eisschicht bedeckte die Steinmauer. Emlyn stellte sich auf die Zehenspitzen und beugte sich so weit sie konnte durch die schmale, abschüssige Maueröffnung.

Schreie und der scheppernde Klang von Waffen hatten sie ans Fenster gelockt. Zunächst konnte sie nur erkennen, daß sich im Burghof unterhalb des Wohnturms etwas bewegte, ein undeutlicher Schatten, der sich kaum von den Schneemassen abhob, in dem sie aber schließlich zwei in einen Schwertkampf verwickelte Gestalten erkannte. Eine Schar Bewaffneter rannte durch den Burghof auf die beiden Kämpfenden zu.

Sie stürzten sich von hinten auf einen der beiden Männer, warfen ihn zu Boden und zerrten ihn dann wieder auf die Beine. Als einer der Bewaffneten ihm den Kopf in den Nacken riß, erhellte ein blasser Streifen Mondlicht sein Gesicht.

Emlyns Augen weiteten sich vor Schreck. »Nicholas!« schrie sie so laut sie konnte, doch der dichte Schnee und der Wind trugen ihre Stimme davon. »O Gott! Nicholas!« Dann zerrten die Wachen ihn aus dem Blickfeld der schmalen Schießscharte.

»Emlyn!« Der gellende Schrei fuhr ihr wie ein Messerstich ins Herz. Von Hilflosigkeit und Angst übermannt, sank sie zu Boden und barg schluchzend das Gesicht in den Händen. Die Tränen liefen ihr in Strömen über die Wangen, als sie kraftlos in sich zusammensackte.

Whitehawke würde bald herausfinden, überlegte sie voller Panik, daß sein Sohn der gesuchte Thorne war. Das schreckliche Schicksal, das Nicholas wieder und wieder herausgefordert hatte, ereilte ihn schließlich doch noch. Sie fürchtete, daß Whitehawke in seiner Wut Nicholas umbringen würde.

Von Weinkrämpfen geschüttelt, wurde ihr dann plötzlich klar, daß Nicholas seine ruhige, selbstsichere Gelassenheit bewahren würde, ganz gleich, was Whitehawke mit ihm vorhaben mochte. Auch sie durfte sich jetzt nicht gehenlassen.

Aber als sie sich energisch die Tränen abwischte, mußte sie feststellen, daß sie nicht einen Funken seiner Tapferkeit besaß. Die einzigen Anflüge von Mut, die sie jemals gezeigt hatte, konnte sie nicht so edlen Tugenden wie Charakterstärke zuschreiben. Nein, mutig war sie nur, wenn sie die Beherrschung verlor und in Wut geriet. Ansonsten war sie von Natur aus eher ängstlich.

Doch während sie jetzt an Nicholas dachte, glaubte sie mit einemmal zu spüren, wie seine Stärke in warmen, beinahe greifbaren Wellen ihren Körper durchflutete. Seufzend richtete sie sich auf und holte tief Luft. Das Bedürfnis, bei ihm zu sein, wurde mit jeder Sekunde stärker.

Sie mußte sich zusammenreißen, ermahnte sie sich und begann schniefend in dem kleinen Raum auf und ab zu gehen. Wenn Nicholas jetzt bei ihr wäre, hätte er ihr gesagt, sie solle erst einmal in Ruhe nachdenken und dann handeln. Nein, sie durfte nicht heulend in der Ecke hokken, während ihr Mann und ihre Familie in Gefahr waren.

Warum sollte sie nicht versuchen, sich aus ihrem Gefängnis zu befreien? Alles weitere mußte sie dann Gott und den Heiligen überlassen. Vertrauen, Ehre, Mut, Hoffnung, all dies, so hatte man sie gelehrt, waren Tugenden, die allein aus der inneren Stärke eines Menschen erwuchsen. Und genau diese Stärke war es, die sie stets an Nicholas bewundert hatte. Wenn auch sie diese Stärke besitzen sollte, dann bot sich jetzt die Gelegenheit dazu, selbige zu nutzen.

Sie ging zur Tür und ließ eine Hand über das flache, mit Bolzen in der Tür befestigte Eisenschloß wandern. Der ursprüngliche Schnappriegel war durch einen einfachen Eisenzapfen ersetzt worden, der sich mittels einer Lederschlaufe anheben ließ. Das Schloß mußte nachträglich eingebaut worden sein, als man beschlossen hatte, diesen Raum als Gefängnis zu benutzen.

Etliche Male schon hatte Emlyn an dem Riegel und dem eisernen Ring in der Mitte der Tür gezerrt und gezogen, bis ihr die Finger weh taten. Doch mit dem richtigen Werkzeug, dachte sie, mußte sich dieses Schloß öffnen lassen.

Sie war entschlossen, falls nötig das ganze Zimmer auf den Kopf zu stellen, um irgend etwas zu finden, womit sie das Schloß aufbrechen konnte. In der Hoffnung, in der hölzernen Truhe neben dem Bett auf eine Schere, ein Messer oder sonst einen metallenen Gegenstand zu stoßen, kniete sie sich davor nieder und rüttelte so lange an dem Deckel, bis sich die verrosteten Scharniere quietschend öffneten.

25. Kapitel

Eine schneidende, alles durchdringende Kälte, kalt wie der Tod, kroch ihm in die Glieder. Um ihn herum nichts als Dunkelheit und Stille. Das war sein Ende: Kälte, Dunkelheit, ewige Stille und absolute Hilflosigkeit.

Nicholas schreckte aus dem Schlaf hoch und schüttelte den Kopf, um die grauenvollen Bilder seines Traums loszuwerden. Ein Traum, der die Wirklichkeit widerspiegelte – pechschwarz und bitterkalt. Er befand sich in demselben Raum, aus dem er die Kinder befreit hatte, aber das Feuer im Kamin war inzwischen ausgegangen, und eine klirrende Kälte hatte sich breitgemacht. Durch die Fensterläden wehte ein eisiger Wind.

Er lag auf dem Fußboden, Hände und Füße mit dicken Seilen aneinandergefesselt, und sah sich blinzelnd um. Zwar hatte er keine Vorstellung, wie lange er hier schon lag, bezweifelte aber, daß Whitehawke, nachdem er von seiner Gefangennahme erfahren hatte, noch Stunden auf sich warten lassen würde. Das fahle Licht, das durch die Läden fiel, kündigte die Morgendämmerung an.

Natürlich hatte er sich nicht widerstandslos in dieses Zimmer schleppen lassen, und die Prozedur des Fesselns hatte ihm außer der Beule am Jochbein noch eine aufgeplatzte Lippe und einige geprellte Rippen eingebracht. Er lag auf der Seite, war nun völlig wach und atmete tief durch. Sein ganzer Körper tat ihm weh, und er hatte Hunger und Durst. Sein Mund fühlte sich an wie trockenes Stroh. Hätte er doch etwas gegessen, bevor er sich zu dieser Befreiungsaktion aufmachte, dachte er, und auch daran, daß ein Mantel nicht schlecht wäre.

Chavant hatte angeordnet, ihn in den einzigen Raum der überfüllten Burg bringen zu lassen, in dem keine Gäste untergebracht waren: den Raum, wo seiner Meinung nach die Kinder festgehalten wurden.

Nachdem er entdeckt hatte, daß dieser Raum leer war und daß der Wachposten ganz offensichtlich sturzbetrunken vor der Tür schnarchte, hatte Chavant Nicholas wutentbrannt die gepanzerte Hand ins Gesicht geschlagen. Dann war er aus dem Zimmer gestürmt, um Whitehawke zu suchen, den der König ungebührlich lange aufgehalten hatte, wie ihm einer der Soldaten zuraunte.

Nicholas zog die Beine an, um mit den Händen den kleinen Dolch erreichen zu können, den er in seinem Stiefel versteckt hatte, doch es gelang ihm nicht. Schließlich legte er sich auf den Rücken und strampelte so lange mit den Beinen in der Luft, bis der Dolch aus dem Stiefelschaft fiel und genau auf seiner Brust landete. Er drehte sich auf die Seite, ließ den Dolch auf den Boden rutschen und bekam so endlich mit den auf dem Rücken gefesselten Händen den hölzernen Griff zu fassen.

Es war äußerst mühsam, die scharfe Klinge an dem dikken Hanfseil auf und ab zu bewegen, und nachdem er sich geschnitten hatte, ließ er mehr Vorsicht walten, bis er spürte, daß sich die Fesseln zu lockern begannen. Doch noch war er nicht frei. Das Seil war mindestens dreimal um seine Handgelenke geschlungen.

Sobald er Hände und Füße gebrauchen konnte, würde er aus diesem Raum fliehen, selbst wenn er dazu nach der Wache rufen und von seinem Dolch Gebrauch machen müßte. Emlyn war irgendwo in der Nähe – wo nur? Am besten verschwand er, bevor Whitehawke kam und ihn noch länger aufhielt, dachte er zynisch.

Doch das Problem, das ihn in diese mißliche Lage gebracht hatte, war noch immer nicht gelöst: Wo hielt man Emlyn versteckt? Er hatte seine Kindheit auf Graymere verbracht, konnte sich jedoch an kein Verlies erinnern.

Unter großer Mühe und etlichen Verrenkungen gelang es ihm, sich aufzusetzen und ans Bett zu rutschen, um sich dort anzulehnen. Doch seine geprellten Rippen zahlten ihm seine Bemühungen mit so vehementen Schmerzen heim, daß er hinterher jede Bewegung bedauerte. Mit gerunzelter Stirn bearbeitete er weiter seine Handfesseln.

Wohin hatte Chavant ihn führen wollen? Sie waren über den Burghof in Richtung des alten Wohnturms gegangen ...

Plötzlich hielt Nicholas mit dem Schneiden inne und ließ beinahe den Dolch fallen. Der alte Wohnturm? Es gab dort einen Raum, den seine Mutter benutzt hatte, wenn sie allein sein wollte, das wußte er. Und in den sie von ihrem Mann eingesperrt wurde. Vielleicht nannte Whitehawke ihn das »Verlies«!

Heiliger Himmel! Emlyn war im alten Wohnturm.

Vom Korridor her näherten sich Stimmen und polternde Schritte. Nicholas blieb gerade noch Zeit, den Dolch unters Bett zu schieben, da wurde schon der eiserne Riegel hochgeschoben und die Tür aufgestoßen.

»Du bist nicht mein Sohn!« brüllte Whitehawke. Sein Gesicht war eine wutverzerrte Fratze, und sein schlohweißes Haar stand wild in alle Richtungen ab. Mit steifen Armen, die Hände in unkontrolliertem Zorn zu Fäusten geballt, kam er auf Nicholas zugestürmt. »Kein Sohn, den mein Samen gezeugt hat, würde mich auf derart hinterhältige Weise betrügen!«

Nicholas legte den Kopf in den Nacken und sah seinem Vater gelassen in die Augen. »Mylord«, sagte er. »Ich glaube zu unser beider Unglück doch, daß ich Euer leiblicher Sohn bin.«

Whitehawke versetzte ihm mit dem Handrücken einen Schlag ins Gesicht, der die aufgeplatzte Unterlippe von Nicholas traf. Vorsichtig fuhr er sich mit der Zunge über die Lippen und leckte das Blut ab. Whitehawke funkelte ihn wutentbrannt an; sein Atem ging schwer und pfeifend.

»Hoch mit ihm!« befahl er einer der Wachen. Zwei kräftige Arme zerrten Nicholas auf die Beine. Er verschränkte die Hände im Rücken und war jetzt froh, daß die lockeren Fesseln noch nicht ganz durchgeschnitten waren.

Whitehawke wandte sich ab und wischte sich mit einer nervösen Bewegung übers Gesicht und Haare. Jetzt kam auch Chavant herein, steuerte direkt auf Whitehawke zu und flüsterte ihm etwas ins Ohr.

»Wo sind die Kinder?« schnaubte Whitehawke.

»Die spielen draußen im Schnee, nehme ich an«, entgegnete Nicholas seelenruhig.

»Kein Zweifel, er hat sie da rausgeholt«, sagte Chavant. »Wie habt Ihr das gemacht? Wo sind sie jetzt und wo sind die Männer, die Euch dabei geholfen haben?«

Nicholas warf Chavant einen verächtlichen Blick zu. »Die Kinder sind in Sicherheit. Und ich wünschte, ich hätte zuerst Emlyn und dann erst dich gefunden.«

Whitehawke machte einen Schritt auf Nicholas zu. »Eins schwöre ich dir, Junge, in diesem Erdenleben wirst du deine Lady nicht mehr zu Gesicht bekommen. Wie viele Männer hast du außerhalb dieser Mauern postiert?«

Nicholas' Kiefermuskeln verkrampften sich. »Einige hundert. Der Rest kommt, sobald das Moor passierbar ist.«

»Nun, ohne Signal wird kein einziger kommen, glaube ich. Und du wirst in nächster Zeit keine Gelegenheit haben, irgendwelche Signale zu geben. Aber wahrscheinlich lügst du ohnehin, so wie du mich schon seit Jahren belügst. Heiliger Jesus! Ich habe in meinem eigenen Nest eine Natter großgezogen.«

»Ich habe nur wenige Jahre meines Lebens in Eurem Nest verbracht, Mylord.«

»Warum hast du das getan?« knurrte Whitehawke. »Beim Auge des Herrn! Du bist Thorne! Ich glaubte, einen Leibeigenen zu fassen, der den Galgen verdient – und statt dessen finde ich dich! Du hast den Namen de Hawkwood in den Dreck gezogen!«

»Jegliche Unehrenhaftigkeiten, die Ihr mir vorwerft, habe ich als Kind von meinem Vater gelernt, der meine eigene Mutter umgebracht hat.«

»Ich habe bewiesenermaßen für ihren Tod Buße getan. Sie hat mich betrogen. Und das vergesse ich nie.«

»Was Ihr meiner Mutter angetan habt, war nicht der einzige Grund, weshalb ich als Jüngling in den Wald ging«, entgegnete Nicholas und sah seinem Vater fest in die Augen.

»Nein? Was hat dich denn sonst noch dorthin getrieben?«

»Ein ganzes Tal mußte jahrelang unter Eurer Habgier leiden, Mylord. Höfe und Scheunen wurden niedergebrannt, die Ernte gestohlen. Und den Dörflern blieb keine andere Wahl, als sich Eurer Gewalt zu unterwerfen. Ihr habt damit begonnen, den Mönchen auf rücksichtsloseste Weise ihr Land streitig zu machen, als der König sich entschloß, die Mönche in York zu bedrängen. Und selbst der König gab seine Verfolgung auf, als der Papst ihm drohte, ihn aus der Kirche auszuschließen. Ihr jedoch nicht.« Er starrte seinen Vater an und spürte, wie ihm die Hitze den Nacken hinauf in die Wangen kroch. »Niemand konnte Euch zur Vernunft bringen. Ich habe es versucht, als ich noch nicht einmal ganz erwachsen war, und viele andere im Laufe der Jahre ebenfalls, darunter auch Rogier de Ashbourne.«

»Die Mönche hatten jahrelang keine Abgaben bezahlt«, knurrte Whitehawke. »König John befahl daraufhin, ihre Herden zu konfiszieren. Ich habe nur die Ausführung dieser Befehle angeordnet.«

»Der König hat seinen Vögten freie Hand gelassen, die Herden der Mönche ausfindig zu machen und diejenigen Bauern auszuplündern, die sie hüteten. Ihr aber habt Euch auf diesen Befehl gestürzt wie ein ausgehungerter Hund auf einen Knochen.«

»Ich hatte noch einen anderen triftigen Grund, diese Mönche zu verfolgen. Das Land, das sie zur Nutzung beanspruchen, gehörte zu Blanches Mitgift«, erklärte Whitehawke. »Und jetzt gehört es mir!«

»Seltsam, daß die Gerichte bisher noch keine Dokumente beigebracht haben, die Euer Anrecht auf dieses Land bestätigen«, gab Nicholas zynisch zurück. »Hätte dieses Land einem anderen Baron gehört, hättet Ihr mit Waffengewalt darum kämpfen müssen. Mönche aber können sich gegen Plünderungen und Brandschatzungen nicht wehren und auch nicht dagegen, daß man ihnen die Erträge raubt. Aus diesem Grund habe ich mich damals entschlossen, ihnen zu helfen.«

»Dazu hattest du kein Recht! Die Mönche hätten dieses Land schon vor Jahren abgeben müssen«, grollte Whitehawke. »Einst warst du sehr erfolgreich in deinen Bemühungen, mich aufzuhalten. Und dann hörten wir eines Tages von deinem Tod.«

»Als Eure Männer zum ersten Male die Herden und die Wagenladungen mit Fellen auf dem Weg zum Wollmarkt gestohlen haben, damit Ihr die Wolle als die Eure verkaufen konntet – damals, Mylord, habe ich mit meinen Überfällen im Wald begonnen. Doch bald schlossen sich mir etliche tapfere Männer aus den umliegenden Dörfern an. Wir überfielen Eure Warentransporte, wann immer wir konnten. Die so zurückeroberten Güter teilten wir gerecht zwischen den Dorfbewohnern wieder auf, den Rest sandten wir in Eurem Namen in die Klöster.«

»Einmal haben meine Wachen dich geschnappt, aber du bist ihnen entwischt.«

»Mit Hilfe eines Höllenhundes«, setzte Chavant mit wichtiger Miene hinzu.

Nicholas lächelte dünn. »Baron de Ashbourne wurde zugetragen, daß man Black Thorne gefangengenommen hatte und ihn nach Windsor bringen wollte, um ihn vors königliche Gericht zu stellen. Da sandte er den Hauptmann seiner Truppe aus, Sir Walter von Lydell, Mylord«, – er nickte Whitehawke zu, wissend, daß dieser Name ihm noch in Erinnerung war –, »um mich zu befreien.« Sein Lächeln verwandelte sich in ein Grinsen, das etwas schief und sehr schmerzhaft ausfiel. »Der Sohn und die Tochter des Barons halfen mir und auch ihr weißer Hund. Bei dieser Gelegenheit begegnete ich Emlyn zum erstenmal. Ich hielt beim Baron um ihre Hand an, um mich für die Hilfe in jener Nacht zu revanchieren.«

»Gütiger Himmel, ich bin von Verrätern umgeben«, knurrte Whitehawke verächtlich.

»Ja, sie tummeln sich direkt unter Eurer Nase, Mylord«, pflichtete Nicholas ihm bei.

Whitehawke machte noch einen Schritt auf ihn zu; Nicholas roch seinen fauligen Atem und konnte das leise Pfeifen in seinen Lungen hören. »Nachdem du ja anscheinend so enge Freundschaft mit diesen Dörflern geschlossen hast«, spuckte Whitehawke aus, »weißt du auch gewiß etwas über den Grünen Mann.«

»Das einzige, was ich mit Gewißheit weiß, Mylord, ist«, begann Nicholas langsam, »daß der Grüne Mann Eure Seele in die Hölle tragen würde, sobald Ihr versuchtet, Hand an ihn zu legen.«

Whitehawke wurde blaß und wich zurück. »Deine Taten sind ein Hohn auf jeden Ehrbegriff.«

»Ach«, sagte Nicholas, »da hätten wir ja den Beweis, daß in unseren Adern doch dasselbe Blut fließt. Der Vater besitzt kein Ehrgefühl, und der Sohn auch nicht.«

»Das reicht!« brüllte Whitehawke mit glutroten Wangen. »Ich lebe nach meinen eigenen Gesetzen, die du niemals verstehen wirst! Und, bei Gott, bald wird mir Hawksmoor wieder gehören, laß dir das gesagt sein! Dieses Land war ein Teil von Blanches Landbesitz und dazu bestimmt, später an meinen legitimen Erben überzugehen – der du höchstwahrscheinlich nicht bist.«

»Versucht nur, mir mein Land wegzunehmen, Mylord«, sagte Nicholas ruhig, »dann werdet Ihr erleben, welche Loyalität ein Sohn seinem Vater entgegenbringen kann.«

»Deine Loyalität kenne ich bereits. Leiblicher Sohn oder nicht, ich habe dir einen Namen gegeben und dafür Sorge getragen, daß du zum Ritter geschlagen wurdest. Und ich habe dir gestattet, das Erbe deiner Mutter anzutreten. Aber jetzt, da du enterbt bist, hast du jeglichen Anspruch darauf verloren!«

Nicholas' Finger verkrampften sich hinter seinem Rükken in maßloser Wut. Der Drang, seine Fesseln zu sprengen und seinen Vater hier an Ort und Stelle zu erwürgen, war so übermächtig, daß ihm der kalte Schweiß ausbrach.

»Hawksmoor ist das legitime Erbe meiner Mutter. Rührt es an, und ich habe einen Grund, Euch zu töten.«

»Wir werden die Entscheidung, was mit dir geschehen soll, dem König überlassen. Er könnte all unsere Schwierigkeiten beseitigen«, entgegnete Whitehawke und schüttelte dann energisch den Kopf. »Bah! Ich hätte dich – die Brut deiner Mutter – gleich nach der Geburt ersäufen sollen, dann hättest du gar nicht erst Gelegenheit gehabt, mich derart zu hintergehen.«

Mit bebenden Nasenflügeln um Beherrschung ringend, sog Nicholas die Luft ein. Er spürte, wie seine Wangen glühten. »Lady Julian schwört, daß meine Mutter niemals einen Liebhaber hatte. Und ich war beinahe sieben, als ihr meine Mutter des Ehebruchs bezichtigt und dafür umgebracht habt. Wie könnt Ihr immer noch darauf bestehen, daß ich nicht Euer leiblicher Sohn bin?«

Whitehawke streifte ihn mit einem harten Blick und trat einige Schritt zurück. »Frauen sind von Natur aus Verführerinnen, das lehren uns die Patriarchen. Selbst einer verheirateten Frau kann man nicht trauen, wenn sie mit einem Mann allein ist. Bevor du zur Welt kamst, war ich über zwei Monate mit König Henry unterwegs. Und als ich zurückkehrte, hatte deine Mutter eine, wie sie es nannte, harmlose Freundschaft mit einem jungen Baron geschlossen. Ich habe sie des Ehebruchs bezichtigt, aber sie stritt alles ab. Daraufhin beschloß ich, ihr zu glauben.«
Mit klopfendem Herzen wartete Nicholas. Obwohl er gefragt hatte, wollte er im Grunde von dem Haß und dem Unfrieden zwischen seinen Eltern nichts wissen. Ihm war hundeübel.

»Blanche war schwanger«, fuhr Whitehawke fort. »Sie sagte, das habe sie erst während meiner Abwesenheit festgestellt. Doch als du geboren wurdest, habe ich die Monate zurückgerechnet. Ich könne gar nicht der Vater sein, sagte ich, doch die Hebamme bestand darauf, daß das Kind eben weit vor der Zeit zur Welt gekommen sei.« Er zuckte die Schultern. »Trotzdem hatte ich gute Gründe, an den Worten deiner Mutter zu zweifeln.«

Nicholas erinnerte sich, gehört zu haben, wie klein und schwach er bei der Geburt gewesen war und daß ihm niemand eine Überlebenschance gegeben hatte, weil er viel zu früh geboren worden war. Er wandte einen Augenblick den Kopf ab und lauschte Whitehawkes pfeifendem Atem.

»Etliche Male im Laufe der folgenden Jahre traf ich sie in Begleitung dieses Mannes an«, fuhr der Graf fort. »Sie unterhielten sich, und bisweilen sangen sie zusammen, aber ich vermutete ein falsches Spiel dahinter. Jahrelang hielt deine Mutter diese Freundschaft aufrecht, selbst dann noch, als der Mann eine andere Frau heiratete. Irgendwann konnte ich diese Demütigung nicht mehr ertragen.« Er wirbelte herum und starrte Nicholas mit funkelnden Augen an. »Ich forderte ihn zu einem Turnier heraus, besiegte ihn und sperrte deine Mutter ein.« In einer seltsamen Faszination gefangen, lauschte Nicholas den Worten seines Vaters, wollte, daß er endlich schwieg und hoffte gleichzeitig, daß er weitersprechen würde.

»Sie wurde in ihrem Lieblingszimmer eingeschlossen – keine unbotmäßige Grausamkeit, denke ich. Ich wollte einfach nur, daß sie ihren Fehler eingestehen würde. Dann hätte ich sie in ein Kloster geschickt. Vielleicht hätte ich ihr sogar verziehen, wenn sie mich darum gebeten hätte. Aber das tat sie nicht. Sie sprach kein einziges Wort mit mir, ließ die meisten der Speisen, die man ihr brachte, unangetastet zurückgehen und aß jeden Tag weniger. Dann, nach einigen Wochen, bat sie darum, daß man ihr einen Priester schicken solle. Aber mit mir sprach sie kein Wort. Ihre Sturheit machte mich so rasend, daß ich Befehl gab, ihr kein Essen mehr zu bringen und keine Besucher vorzulassen, bis sie mich um Verzeihung bitten würde.«

»Und tat sie das?« fragte Nicholas mit belegter Stimme. Er senkte den Kopf.

»Nach einer Woche ging ich zu ihr.« Whitehawke machte eine lange Pause. »Und da war sie tot.«

Nicholas fühlte sich mit einemmal unendlich erschöpft. Am liebsten hätte er die Augen zugemacht und tagelang geschlafen. Sein Vater hatte seine Mutter verhungern lassen – und er war der Sproß dieser verfluchten Verbindung.

Tief im Innern wußte er, daß er Whitehawkes Sohn war, spürte es mit jeder Faser seines Körpers. Gegen dieses Erbteil anzukämpfen, hatte er sich schon immer verzweifelt bemüht. Und mußte ihm doch Tribut zollen.

Emlyn nippte vorsichtig an dem heißen Getränk und spürte, wie die Hitze in ihren leeren Magen rann. Den kleinen hölzernen Becher in beiden Händen haltend, sah sie sich in ihrem Gefängnis um. Gleich würde sie sich wieder an die Arbeit machen, doch zunächst wollte sie ihre Findigkeit ein wenig genießen. Sie hatte mit der Kerze, die Whitehawke zurückgelassen hatte, ein Feuer in der kleinen Feuerstelle entzündet; sie hatte etwas gefunden, um ihren knurrenden Magen zu beruhigen; und wenn sie das Schloß auch noch nicht geknackt hatte, so war sie diesbezüglich doch guten Muts.

Das Durcheinander, das in dem Zimmer herrschte, war der Beweis für ihre Geschäftigkeit. Als der Stand der Sonne die Mittagszeit ankündigte, hatte sie den Inhalt zweier Holztruhen und etlicher Kisten und Koffer um sich verteilt, emsig auf der Suche nach einem spitzen, scharfen Metallgegenstand, mit dem sich das Schloß aufbrechen ließ.

Seit Blanches Tod wurden deren Habseligkeiten in diesem Zimmer aufbewahrt. Alle Arten von Kleidungsstükken, wollene Kittel und seidene Gewänder, Hemden, Schleier und Hosen lagen in unordentlichen Haufen auf dem Fußboden herum. Zwischen Schuhen, silbernen Gürteln und Schnallen, goldenen Broschen und einem Rosenkranz aus Bernstein, drei Büchern, einem Psalter, einem Buch über Heilkräuter und einem Bestiarium, etlichen Kerzen und einem Lederetui, das Federkiele und ein Widderhorn enthielt, in dem die Tinte zu Staub vertrocknet war, türmte sich ein umgefallener Stapel Elfenbeindosen – alles von der Mittagssonne freundlich beleuchtet.

In einem Zinnkasten hatte sie etliche bemalte Tongefäße gefunden, alle mit Wachskugeln oder Korken verschlossen und mit sauberer Handschrift oder seltsamen Zeichen etikettiert. Neugierig, wie sie war, hatte Emlyn einige der Gefäße geöffnet, die mit verschiedenen, dem Geruch nach noch wirkungsvollen Kräutern gefüllt waren: Kamille, Minze und Rosmarin; Fenchel, Hagebutten und Brombeerblättern; Tollkirschwurzeln gegen Lungenleiden, Weidenrinde und Mädesüß gegen Schmerzen; Weißdorn und Fingerhut, letztere sehr wirkungsvolle Giftkräuter.

Zuvor hatte Emlyn bereits Schnee in einer kleinen Bronzedose aufgefangen. Diese fand jetzt als Topf Verwendung, den sie mitten in die Glut stellte. Als das Wasser darin kochte, gab sie Minzblätter und Hagebutten dazu, wissend, daß Kamillenblüten sie nur noch durstiger machen würden. Sehr befriedigt über ihren Erinnerungsgeist, hatte sie den heißen Becher vorsichtig aus dem Feuer geholt.

Der dampfende Kräutertee tat ihr wirklich gut. Sie trank ihn in kleinen Schlucken und behielt dabei das Feuer im Auge. Lady Blanches geschnitzter Stickrahmen war schon lange heruntergebrannt, gefolgt von den Beinen des Holzschemels, den sie auseinandergenommen hatte. Nicht ohne eine geflüsterte Entschuldigung an die Verstorbene zu richten, hatte sie anschließend eine Kollektion wunderschön geschnitzter Buchsbaumkämme, zwei Spinnrocken, einen Weidenkorb und ein Paar Holzschuhe den Flammen übergeben. Ein Stapel Holzschalen und etliche andere Dinge, die so aussahen, als ob sie gut brennen würden, lagen neben der Feuerstelle bereit.

Nachdem sie für Licht, Wärme und ein heißes Getränk gesorgt hatte, fühlte Emyln sich erheblich wohler und konnte wieder klarer denken. Bisher war ihre Gefangenschaft sehr viel angenehmer gewesen, als Whitehawke das offenbar geplant hatte. Wie es sein würde, wenn ihre kleinen Annehmlichkeiten zur Neige gingen, daran mochte sie gar nicht denken. Bis dahin war sie ohnehin schon geflohen, redete sie sich ein.

Doch bislang hatte das Schloß allen ihren Versuchen, es aufzubrechen, standgehalten. Die Schere, ein eiserner Kerzenhalter und eine Gürtelschnalle, mit denen sie stundenlang in dem Schloß herumgebohrt und herumgestochert hatte, waren leider nur untaugliche Werkzeuge gewesen.

Die Suche nach brennbarem Material und das Herumstöbern in dem Zimmer ließen die Zeit, über die sie reichlich verfügte, schneller vergehen. In Gedanken hatte sie Lady Blanche jedesmal um Verzeihung gebeten, wenn sie eine Schachtel öffnete, in ihrem Schmuck herumkramte oder in ihren Büchern blätterte. Eigentlich hatte sie erwartet, daß man auf den Rauch aufmerksam werden würde, der jetzt aus dem Schornstein des alten Wohnturms aufstieg, aber bislang hatte sie noch keine Schritte auf der Treppe vernommen.

Durch den schmalen Fensterschlitz konnte sie beobachten, wie Knechte mit Schaufeln und Besen versuchten, den Schneemassen im Burghof Herr zu werden, während Soldaten zwischen den verschiedenen Gebäuden hin und her rannten. Wobei ihr angesichts dieses geschäftigen Treibens noch einsamer zumute wurde.

Sie stellte den Holzbecher ab und kniete sich vor die Truhe mit der Absicht, Lady Blanches Sachen wieder zu verstauen und dabei noch einmal genau nach nützlichen Dingen Ausschau zu halten.

Als sie den schweren Holzdeckel hochstemmte, rutschte er ihr aus der Hand. Doch anstatt gegen die Wand zu schlagen, die mit einem großen Gobelin verkleidet war, fiel er gegen locker fallenden Stoff.

Verdutzt stand Emlyn auf, hob eine Ecke des Wandbehangs an und schaute dahinter. Anstelle der erwarteten Steinmauer tat sich eine tunnelartige Öffnung auf. Emlyn holte sich sofort eine Kerze, schlug den schweren Stoff beiseite und kroch aufgeregt in das dunkle Loch.

Feuchte Kälte und ein unangenehm modriger Geruch

schlugen ihr entgegen. Die unebene Oberfläche der Steine waren von einer glitschigen Reifschicht überzogen. Bibbernd vor Kälte tastete Emlyn sich in dem schmalen Gang vorwärts, der nach wenigen Metern nach links abbog.

Da dieses Turmzimmer einst Lady Blanches Privatgemach gewesen war, überraschte es Emyln nicht, daß es über einen eigenen Abort verfügte. Am Ende des Gangs traf sie denn auch auf einen runden Holzsitz mit einem Loch in der Mitte, der über einer schmalen Öffung lag. Ein kleines Fenster ließ einen Streifen Tageslicht und frische, kalte Luft herein.

Emlyn stellte ihre Kerze in einer Wandnische ab, in der das Wachs aus längst vergangenen Tagen ein verstaubtes Relief gebildet hatte. Dann kletterte sie auf den Sitz und lugte aus dem Fenster. Von hier aus konnte sie jetzt eine andere Ecke des Burghofs überblicken.

Aus der hellerleuchteten Waffenschmiede drang das metallene Scheppern eiserner Werkzeuge zu ihr herauf. Davor standen zwei große, bereits vom Schnee befreite Belagerungsmaschinen, und dahinter befanden sich die Pferdeställe, vor denen es nur so von Bewaffneten wimmelte. Die Glocke der Kapelle läutete gerade zum Mittagsoffizium. Der helle, reine Glockenklang und die Aussicht auf den nahen und doch so unerreichbaren Burghof trieben ihr Tränen der Verzweiflung in die Augen.

Sie schloß für einen Moment die Augen und murmelte ein Gebet: »Lieber Gott, bitte hilf mir. Nicholas ist noch am Leben, das spüre ich. Laß mich zu ihm und zu den Kindern gelangen ...«

Seufzend hob sie die Lider und sah sich das Fenster noch einmal genauer an. Es war eine schmale Öffnung von der Größe zweier Mauersteine, gerade weit genug, um einen Arm oder den Kopf durchzustecken. Wäre die Öffnung größer gewesen, hätte sie versucht, hinauszuklettern. In Büchern hatte sie schon von etlichen solcher waghalsigen Fluchtversuche gelesen. Doch zu ihrer Enttäuschung konnte sie mit ihrer neuen Entdeckung nicht mehr anfangen, als den Abort zum vorgesehenen Zweck zu benutzen. Ein wenig entmutigt wandte sie sich ab und stieg von dem Holzsitz herunter.

Ohne hinzusehen tastete sie nach der Kerze in der Nische und blieb mit den Fingern an dem heißen Wachs kleben. Die Kerze fiel herunter, genau auf den Abortsitz, und rollte in das Loch.

Leise fluchend beugte sich Emlyn über den Abtritt. Sie sah gerade noch, wie die Flamme erlosch, und hörte das leise Poltern, als die Kerze in der Tiefe verschwand.

Wie gebannt starrte Emlyn in den schwarzen Schacht.

Ja, das war der Fluchtweg, nach dem sie gesucht hatte.

Achte stets darauf, was du betest, hatte Tibbie immer gesagt; du könntest bekommen, um was du bittest. Aufgeregt lief Emlyn vor der Feuerstelle auf und ab. Ihr Gebet war erhört worden, doch sie war sich nicht sicher, ob ihr die angebotene Lösung so unbedingt behagte.

Abtritte, das wußte sie, waren für gewöhnlich lange Schächte, die zu den Jauchegruben unter dem jeweiligen Gebäude führten. Manchmal verliefen diese Schächte nicht senkrecht, sondern schräg wie in Ashbourne, und waren mit den Aborten der verschiedenen Etagen verbunden. Auf Ashbourne und Hawksmoor wurde wie auf den meisten Burgen das Waschwasser in die Aborte gekippt, um die Schächte sauberzuhalten. Mehrmals jährlich heuerte man Arbeiter an, die die Jauchegruben entleerten, und die unverschämt hohen Löhne, die sie forderten, wurden stets gerne bezahlt.

Mit Erleichterung kam Emlyn zu dem Schluß, daß diese Jauchegrube einigermaßen sauber sein mußte, da das Gebäude nur noch als Lagerraum genutzt wurde. Und was sich noch an Unrat darin befinden mochte, lag jetzt unter einer dicken Schneeschicht verborgen.

Bevor die Kerze ausgegangen war, hatte sie noch erkennen können, daß der Schacht kaum breiter als ihre Schultern war und senkrecht nach unten führte. Aber da sie sehr schlank war, sollte es ihr gelingen, sich nach unten hindurchzuzwängen.

»Gaillard«, murmelte sie halblaut vor sich hin und verschränkte vor Aufregung ihre Finger ineinander, während sie weiterhin vor der Feuerstelle auf und ab ging. »Genauso haben sie es damals in Chateau Gaillard gemacht. Und es waren Bewaffnete in Rüstungen gewesen, ausgewachsene Männer.« Sie erinnerte sich jetzt wieder genau an die Geschichte über die Eroberung von König Richards uneinnehmbarer Festung, Chateau Gaillard in Frankreich, die eingenommen wurde, nachdem eine Gruppe französischer Soldaten durch die Abtritte in die Burg eingedrungen war. Dieser schlaue Trick hatte zur Schleifung einer der prächtigsten Burgen geführt, die jemals gebaut worden waren.

Aufgeregt wirbelte Emlyn herum. Lieber durch den Abtritt klettern, als hier zu verhungern, dachte sie. Ja, lieber diesen unangenehmen Weg wählen, als die Gelegenheit ungenutzt lassen, Nicholas und die Kinder zu finden.

Voller Tatendrang kniete sie sich vor den Kleiderhaufen und begann darin nach brauchbaren Stoffetzen zu wühlen. Sie verscheuchte die Gedanken an eventuelle Gefahren, die ihre Unternehmung in sich barg, und konzentrierte sich ganz darauf, was sie benötigte, um ihren Plan auszuführen.

26. *Kapitel*

»Seid gegrüßt, Baron de Hawkwood«, sagte der König, als er auf ihn zukam. Whitehawke und Chavant folgten ihm mit einem Dutzend Bewaffneter. Jemand schlug die Tür zu.

»Meine Verehrung«, entgegnete Nicholas und versuchte, trotz seiner Beinfesseln aufrecht zu stehen und das Gleichgewicht zu halten.

Der König, der gut einen Kopf kleiner war als Nicholas, musterte ihn aus hinterlistigen, dunklen Knopfaugen. Sein kastanienbraunes Haar war kurz geschnitten, der sorgfältig getrimmte Backenbart gab seinem quadratischen Unterkiefer eine etwas gefälligere Form, was man von dem massigen Körper darunter mit den dünnen Gliedmaßen nicht sagen konnte. Er erinnerte Nicholas an einen Affen, den er einmal gesehen hatte; schlau, stets auf der Hut und mit wachsamen Äuglein nervös um sich blickend.

»Graf Whitehawke hat uns von Euren Indiskretionen berichtet. Äußerst kurios, in der Tat.« Der König wandte sich grinsend an Whitehawke. »Euer Nachwuchs macht Euch ganz schönen Ärger, bei Gott. Schlecht erzogen, wie?« Whitehawke antwortete mit einem eiskalten Blick, den John nicht weiter beachtete. Er drehte sich zu Nicholas um. »Gebt Ihr zu, dieser Abtrünnige zu sein, den man Black Thorne, den Schwarzen Dorn nennt?«

»Ja, Sire, das gebe ich zu.«

»Und dürfen wir Euch auch zu den rebellischen Baronen rechnen, die gegen die Krone aufbegehren?«

»Jawohl, Sire«, sagte Nicholas, ohne dem Blick des Königs auszuweichen.

»Dann habt Ihr Euch zweier Verbrechen schuldig gemacht. Aber unser Mißfallen kann korrigiert werden, zumindest in einem Fall.«

»Sire?« Nicholas wußte genau, worauf der König hinauswollte.

»Ein kleiner Beweis für Euren guten Willen könnte da sehr hilfreich sein.« Der König neigte den Kopf ein wenig und legte erwartungsvoll die Fingerspitzen aneinander.

»Sire«, sagte Nicholas, »wie ihr ohne Zweifel bemerkt haben werdet, befinde ich mich augenblicklich in höchster Lebensgefahr. In Gefangenschaft, Ihr versteht?«

»Tatsächlich?« Der König sah verwirrt aus.

»Sire, meine Taschen sind leer«, fügte Nicholas achselzuckend hinzu.

John warf den Kopf in den Nacken und stimmte ein polterndes Lachen an. »Ein Mann, der seinen eigenen Vater angreift, ist entweder verrückt oder außergewöhnlich mutig. Und da Euer Vater Whitehawke heißt« – er hob bedeutungsvoll die Schultern –, »seid Ihr zweifelsohne mutig. In Anerkennung Eurer Tapferkeit werden wir Euch die Wahl überlassen, ob Ihr lieber als Vogelfreier hingerichtet werden wollt oder als Rebell wegen Hochverrats.«

»Als Vogelfreier, Sire.« In Nicholas glomm ein Hoffnungsschimmer auf.

»Nun gut. So sei es denn.«

»Mein hochverehrter König . . .«, fuhr Nicholas fort. Der König runzelte die Stirn. »Es gibt ein Gesetz, Sire, Outlaws betreffend, die sich ihrer Festnahme mindestens ein Jahr und einen Tag entzogen haben.«

»Beim heiligen Kreuz, das stimmt«, meinte der König und zog die Brauen hoch. »Ein höchst obskures Gesetz, das unter Wilhelm dem Eroberer erlassen wurde; es bestimmt, daß solch ein Mann begnadigt wird.« Er warf Whitehawke einen raschen Seitenblick zu. »Wieviel Zeit ist vergangen, seit Ihr diesen Mann zum ersten Male gefangengenommen habt?«

Whitehawke biß die Zähne zusammen. »Acht Jahre, Sire.«

John grinste übers ganze Gesicht; es war ein dämonisches Grinsen. »Bei Gott, Whitehawke, dieses Gespräch ist besser als jede Mummenschanztruppe, mit der Ihr uns unseren wetterbedingten Aufenthalt hier versüßen könntet. Nachdem wir für jeden Spaß zu haben sind, werden wir das Spiel also fortsetzen.« Damit wandte er sich wieder an Nicholas. »Sehr schön, Baron. Hiermit sprechen wir Euch von den Verbrechen, die Ihr als Outlaw verübt habt, frei.«

»Ich danke Euch, mein König«, sagte Nicholas und holte tief Atem. Nimm, was man dir anbietet, und kümmere dich um den Rest später, dachte er im stillen.

»Da wir Euch die Wahl gelassen haben, scheint es, als ob Ihr noch einmal mit dem Leben davongekommen seid.« Johns Blick fiel wieder auf Whitehawke. »Beim Zahn des Herrn! Das ist gut, sehr gut! Ihr tut uns mit Eurem Familienkrieg wirklich einen großen Gefallen. Es wird sich schnell herumsprechen, daß wir heute einem rebellischen Baron gegenüber grenzenlose Milde haben walten lassen.« Er warf Nicholas einen boshaften Blick zu. »Dabei wollen wir jedoch nicht vergessen, daß Ihr Euch außerdem des Hochverrats strafbar gemacht habt.«

Aha, da kam er schon, der Rest, um den er sich später kümmern wollte. »Selbstverständlich, Sire.«

Johns Blick war dunkel und kalt wie eine Mördergrube. Von Gnade war darin nichts mehr zu entdecken, aber auch nichts, das auf sonderliches Interesse hingedeutet hätte. Der König wandte sich ab. »Whitehawke, sobald es das Wetter zuläßt, werden wir Graymere verlassen. Dieser Mann sollte wegen Hochverrats inhaftiert bleiben. Wie Ihr darüber hinaus mit Eurem rebellischen Sprößling verfahrt, soll unsere Sorge nicht mehr sein.«

»Jawohl, mein König.« Whitehawke verbeugte sich. Sein Gesicht unter den schlohweißen Haaren leuchtete purpurn. Der König drehte sich abrupt um und stolzierte dicht gefolgt von seinen Wachen aus dem Raum. Mit einem giftigen Blick auf Nicholas machte sich auch Chavant davon.

Whitehawke wartete, bis alle gegangen waren, und ergriff dann das Wort. »Du bist mit dem König überaus raffiniert umgesprungen. Daß er hier wegen des Schneesturms festsitzt, muß sich nachteilig auf seinen Verstand ausgewirkt haben. Wie du dich da rausgemogelt hast, hat mich wirklich beeindruckt – zumal mich das Wohlwollen unseres Königs gestern abend einen dicken Sack Goldmünzen gekostet hat. Und dir erweist er seine Güte ganz umsonst.«

Nicholas war ehrlich überrascht über die Reaktion seines Vaters. Er hatte mit einer ganz anderen Tirade gerechnet. »Nun, John hat unser kleines Spiel offensichtlich sehr genossen, wie er schon sagte.«

Whitehawke starrte ihn aus Augen an, die in dem düsteren Licht wie farblose Quarzsteine leuchteten. »Auch wenn du gerade der Todesstrafe entronnen bist, haben wir beide noch eine ganze Menge zu besprechen.«

»Ja, das glaube ich auch.« Nicholas erwiderte den Blick seines Vaters unbewegt.

»Ich habe den König gebeten, dir deine Rechte an Hawksmoor aufgrund deiner Verbrechen abzuerkennen. Die Burg und alle dazugehörigen Ländereien gehen hiermit wieder in meinen Besitz über.« Whitehawke hob leicht das Kinn und sah ihn unter gesenkten Lidern an. »Und ich denke, ich werde dieses Besitztum meinem neuen Erben vermachen.«

»Mylord?« Nicholas beschlich plötzlich ein ungutes Gefühl.

»Was willst du? Chavant ist schließlich mein Neffe. Du bist enterbt und wirst die nächsten Jahre hinter Gittern verbringen. Und wenn ich dem König noch ein paar Goldstücke mehr zukommen lasse, kann ich es gewiß arrangieren, daß man dich in die Kerker von Windsor überführt. Bislang ist dort niemand lebendig und bei geistiger Gesundheit wieder rausgekommen.«

»Hugh auf Hawksmoor?« Nicholas ließ ein trockenes Lachen hören. »Meine Garnison würde ihm niemals gehorchen oder Eure Entscheidung akzeptieren. Hawksmoor wird weder Euch noch ihm gehören. Genau wie das Tal bisher nicht in Eure Hände gefallen ist, ganz gleich, wie lange oder wie sehr Ihr Euch darum bemüht habt.«

Whitehawke sah ihn eine Weile schweigend an und holte dann tief und pfeifend Luft. »Ich schwöre«, sagte er dann leise, »daß es Zeiten gegeben hat, da ich mir wünschte, du wärest mein leiblicher Sohn. Welchen Mangel an Urteilsfähigkeit dir auch immer dieses Schicksal beschert haben mag, du hast ein Herz aus Stahl. Einen Rückzieher machst du wohl niemals. Das verlangt Mut und Verstand.«

»Ganz recht, Mylord«, entgegnete Nicholas. »Was Euch betrifft, werde ich niemals klein beigeben.«

Mit einem energischen Ruck zog Emlyn den letzten Knoten fest. Das provisorisch zusammengeknüpfte Seil war stabil und sah aus, als würde es halten. Ob es auch lang genug war, mußte sich noch erweisen. Sie schob den kunterbunten Stoffhaufen vom Schoß, stand auf und massierte sich die Finger, die vom Knotenmachen ganz steif geworden waren.

Wieder hatte sie sich verpflichtet gefühlt, sich bei Lady Blanche zu entschuldigen, als sie deren seidene Gewänder, Hemden, Wollhosen und bestickte Gürtel zu einem langen, farbenprächtigen Seil zusammengeknotet hatte. Auch die staubigen Bettücher hatten Verwendung gefunden.

Emlyn schleppte den unförmigen Stoffballen durch den dunklen Gang zum Abtritt, hob den schweren Holzsitz an und knotete das eine Ende des Seils daran fest. Als sie dann das Bündel durch das Loch warf, rollte es wie eine bunte Schlange hinunter in den dunklen Schacht. Zur Vorsicht zog sie noch einmal fest an dem Knoten, um sicherzugehen, daß er halten würde.

Nachdem ihre Vorbereitungen zur Flucht soweit abgeschlossen waren, ging sie zurück ins Turmzimmer, um die Dunkelheit abzuwarten. Sie war nicht erpicht darauf, vor Hunderten von Soldaten aus dem Abtrittschacht zu purzeln. Mit einem zufriedenen Lächeln auf den Lippen erhitzte sie den letzten Rest Schneewasser und fügte noch eine Prise Minze hinzu. Nicholas hätte es nicht besser machen können, dachte sie, wenn er in diesem Turm festgesessen hätte.

Der Gedanke an diese wahrhaft tollkühne Flucht wirkte ungeheuer belebend; Emlyn fühlte sich wie eine dieser sagenumwobenen Amazonen. Sie straffte die Schultern und kostete diesen Vergleich gebührend aus. Das erregende Gefühl von Macht, von dem sie bisher nur hatte reden hören, erfüllte sie mit Selbstvertrauen.

Das stümperhafte Mädchen, das versehentlich einen Baron angeschossen hatte, wäre niemals in der Lage gewesen, diesen Plan auszuhecken. Bei ihrem Verkleidungs- und Versteckspiel hatte sie sich auf die Hilfe von Thorne und Godwin verlassen können; jetzt aber agierte sie aus völlig eigenem Antrieb, mutig und zielstrebig.

Nachdem sie den heißen Tee in einen Holzbecher gegossen hatte, setzte sie sich neben die Feuerstelle und langte nach einem kleinen Büchlein, das sie unter Blanches persönlichen Habseligkeiten entdeckt hatte.

Froh, eine Ablenkung gefunden zu haben, die ihr die Stunden bis zum Einbruch der Dunkelheit verkürzen würde, blätterte sie langsam die wunderschön dekorierten Seiten mit den kleinen Zeichnungen durch. Das Buch enthielt eine Sammlung kurzer Gebete und Psalmen, sowie einen Kalender der Heiligentage. Auf der letzten Seite entdeckte sie eine Widmung, gerichtet an Blanche und datiert im Jahre 1180, also noch vor Nicholas' Geburt.

Ein Bild in einem großen, farbig hervorgehobenen B, dem Anfangsbuchstaben eines lateinischen Verses, erregte ihre Aufmerksamkeit. Es zeigte eine winzige, kniende Frauengestalt mit zum Gebet gefalteten Händen. Obgleich es sicherlich kein exaktes Porträt sein sollte, waren die feinen Gesichtszüge und rosigen Wangen dieser Frau, deren lange schwarze Zöpfe in weichen Wellen über ihr blaues Gewand fielen, sehr naturgetreu wiedergegeben. Neben ihr saß ein weißer Falke auf einem Ast, eine indirekte Bezugnahme auf Bertran de Hawkwood.

Emlyn studierte das kleine Bildnis von Blanche de Hawkwood eine ganze Weile. Als sie sich dann vorbeugte, um einen Schluck Tee zu trinken, rutschte ihr das Buch vom Schoß. Beim Aufheben bemerkte sie, daß der Einband sich gelockert hatte und daß der hintere Buchdeckel, der aus einer dünnen, mit vergoldetem Leder bezogenen Holzplatte bestand, an einer Stelle aufklaffte.

Neugierig besah sie sich den Spalt zwischen Ledereinband und Holzdeckel und fuhr mit dem Fingernagel hinein. Unter dem Leder steckte ein zusammengefaltetes Stück Pergament, das sie vorsichtig herauszog. Die Vorderseite zeigte einen in Französisch abgefaßten Text in sehr feiner Handschrift und darunter ein rundes, rotes Siegel. Die Rückseite war ebenfalls beschrieben, jedoch in einer unregelmäßigen Schrift und mit brauner Tinte, die beinahe ganz verblaßt war. Emlyn erkannte sofort, daß die Signatur über dem Siegel, das die Jahreszahl 1178 trug, von König Henry stammte. Mit zusammengekniffenen Augen arbeitete sie sich durch den komplizierten französischen Text. Einige Namen fesselten ihre Aufmerksamkeit in höchstem Maße: Baron Robert von Thorneton, Burgherr auf Wilcott in Cumberland, und dessen Töchter Julian und Blanche wurden erwähnt.

Das Dokument betraf die Parzellierung des Landbesitzes von Baron Robert. Gewisse Ländereien wurden hierin offiziell zwei Abteien in York übereignet, zum Andenken an Graf Roberts verstorbene Gemahlin. Andere Parzellen, deren Lage detailliert beschrieben wurden, gingen an Blanche und Julian über, und zwar in deren selbständigen Besitz, welcher ausdrücklich nicht zur Mitgift gerechnet werden sollte.

Mit klopfendem Herzen und zitternden Fingern strich Emlyn das brüchige Pergament glatt. Vor ihr lag die Urkunde, die die Besitzverhältnisse des Tals genau regelten, auf das Whitehawke so vehement Anspruch erhob. Blanche mußte sie absichtlich versteckt haben.

Neben dem Siegel entdeckte Emlyn einige hingekritzelte Worte, die der Schrift und der verblaßten braunen

Tinte nach aus derselben Feder stammten wie der Text auf der Rückseite. Mit leiser Stimme wiederholte Emlyn, was sie dort las:

»Meinen rechtmäßigen Landbesitz vermache ich meinem Sohn Nicholas. Gräfin Blanche.« Die winzige Signatur unter diesem Satz entzifferte sie als »Wil. Priester und Sekretär.«

Verblüfft lehnte sich Emlyn zurück. Lady Blanche hatte ihr Vermächtnis sogar von einem Priester beglaubigen lassen. Damit war dieses Dokument ohne jeden Zweifel rechtskräftig. Nicholas und Lady Julian waren demnach gemeinsam mit den Mönchen die rechtmäßigen Eigentümer des Tals – und nicht Graf Whitehawke.

Wie betäubt drehte sie das Schriftstück um.

»*Mi chere soune Nichls*«, las Emlyn. Sie mußte sich sehr konzentrieren, um die Handschrift entziffern und das, was da in vermischtem Englisch und Französisch geschrieben stand, verstehen zu können. Üblicherweise waren die meisten Texte in lateinischer oder französischer Sprache abgefaßt, die ihr keine Schwierigkeiten beim Lesen bereitete. Nur selten wurde etwas in der Mundart niedergeschrieben, die sie und die meisten Adeligen sprachen, eine Mischung aus normannischem Französisch und Englisch.

»Mein lieber Sohn Nicholas«, übersetzte sie laut. »Ich habe erfahren, daß Du jetzt bei Julian und John lebst. Das zu hören freut mich sehr.

Heute habe ich nach einem Priester schicken lassen, denn ich fühle, daß meine Tage gezählt sind. Die Schmerzen in meiner Brust plagen und schwächen mich immer mehr. Bertran glaubt, daß mein Wille genauso stark ist wie der seine. Doch er hat sich getäuscht. Morgen werde ich ihn um Verzeihung für eine Sünde bitten, die ich nie begangen habe. Das tue ich, um Dich noch einmal wiederzusehen, mein geliebter Sohn.

Aber ich werde nicht mehr lange genug leben, um Dich zum Mann heranwachsen zu sehen. Ich bete darum, daß Bertran Dich in seiner maßlosen Eifersucht nicht schlecht behandeln wird. Möge der Herr immer mit Dir sein.

Bewahre dieses kleine Buch zu meinem Andenken auf.

Blanche, Comtesse.«

Emlyns Augen waren von Tränen verschleiert. Lady Blanche war also keine Ehebrecherin gewesen. Der Brief bewies ganz eindeutig, daß sie leben wollte, selbst wenn sie ein falsches Geständnis ablegen mußte, um ihrem kleinen Sohn nahe sein zu können. Mehr noch, Emlyn vermutete, daß Lady Blanche auch nicht den Hungertod gestorben war.

In den glasierten Tongefäßen, aus denen sich Emlyn bedient hatte, um sich einen Tee zuzubereiten, hatten sich Weidenrinde und Mädesüß befunden, die gegen Schmerzen verwendet wurden, sowie Weißdorn und Fingerhutblüten, ein bekanntes Heilmittel gegen Herzbeschwerden.

Geschwächt durch Hunger und ein gebrochenes Herz, war es ebenso denkbar, daß Lady Blanche an einer Dosis Weißdorn und Fingerhut gestorben war, Heilkräuter, die eine außerordentlich starke Wirkung besaßen. Das kleine Gefäß mit den roten getrockneten Fingerhutblüten war beinahe leer gewesen, erinnerte sie sich jetzt wieder.

Emlyn faltete das Pergament sorgsam zusammen und schob es wieder in sein Versteck zurück. Während ihres Herumstöberns hatte sie einen weichen, mit Seide verbrämten Beutel aus Sämischleder gefunden. In den steckte sie jetzt das kleine Büchlein und band ihn mit der seidenen Kordel an ihrem Gürtel fest.

Durch die Schießscharte drang immer noch dämmriges Licht und ein eiskalter Wind herein. In der Absicht, sich noch ein bißchen auszuruhen, legte sich Emlyn auf das staubige, unordentliche Bett und deckte sich mit ihrem Umhang zu.

Das Donnern von Pferdehufen riß sie aus tiefstem Schlaf. Augenreibend eilte sie ans Fenster und mußte feststellen, daß sie die ganze Nacht durchgeschlafen hatte.

Das goldene Morgenlicht auf dem glitzernden, hartgefrorenen Schnee und die rotgoldenen Waffenröcke der Bewaffneten in vollem Harnisch fügten sich zu einem farbenprächtigen Bild zusammen. Die Truppe des Königs, die mehrere hundert Mann zählte, strömte wie ein breiter Fluß über den verschneiten Burghof in Richtung Burgtor und weiter unter den hochgezogenen Fallgittern hindurch. Wappenträger ritten mit den königlichen Bannern voraus, als der König mit wehendem Umhang das Burgtor passierte. Er drehte sich noch einmal um, hob den rechten Arm und ließ ihn wieder sinken. Doch das war, wie Emlyn bemerkte, kein Abschiedswinken, sondern ein Signal.

Als sich die dichtgedrängte Masse aus Pferdeleibern und klirrenden Rüstungen durch das Burgtor gezwängt hatte und die letzten Reiter in halsbrecherischem Galopp über die Holzplanken der Zugbrücke gedonnert waren, lösten sich unauffällig zwanzig oder dreißig Soldaten aus der Gruppe. Jeder von ihnen hielt eine brennende Fackel in der Hand.

Mit Entsetzen beobachtete Emlyn, wie diese Reiter jetzt durch den Burghof preschten und ihre Fackeln auf die Strohdächer der kleineren Gebäude warfen, die sich an der Burgmauer aufreihten. Wie goldene Sterne schwirrten die züngelnden Fackeln durch die Luft und setzten die Dächer in Brand.

»O Gott«, keuchte Emlyn mit angehaltenem Atem. König John hatte den Befehl gegeben, die Burg anzuzünden. Und gerade in dem Augenblick, als sie völlig schockiert begriff, was da eigentlich geschah, kam einer der Soldaten auf den alten Wohnturm zugeritten und schleuderte seine Fackel in hohem Bogen in Richtung des Turms. Emlyn spähte durch den schmalen Fensterspalt, konnte aber nicht sehen, wo die Fackel gelandet war.

Die Reiter ritten kreuz und quer durch den Burghof, bis sie alle ihre Brandsätze losgeworden waren, und preschten dann in gestrecktem Galopp unter dem Fallgitter hindurch und über die Brücke davon. Das grauenvolle Szenario hatte nur wenige Augenblicke gedauert, dann waren der König und seine Söldner verschwunden.

Eingehüllt in dicke schwarze Rauchwolken züngelten jetzt orangerote Flammen an mehreren Orten zugleich in den Himmel. Obgleich die Strohdächer vom Schnee feucht waren, fanden die Flammen genügend Nahrung und fraßen sich bereits in die Gebäude hinein. Über dem ganzen Burghof lag ein beißender, scharfer Brandgeruch.

Da die offenen Feuerstellen in den Küchen eine allgemein bekannte Gefahrenquelle in Burgen darstellten, befanden sich gewöhnlich in deren Nähe eigens dafür bestimmte Brunnen. Emlyn hörte die Schreie und Rufe des Gesindes, das bereits mit randvollen Wassereimern zwischen den Brunnen und dem Burghof hin und her lief. Andere hatten sich Schaufeln geschnappt und warfen Schnee auf die Brandstellen, um die Flammen zu erstikken.

Jetzt konnte auch Emlyn in dem Turmzimmer den ätzenden Qualm riechen. Von Panik ergriffen, rannte sie an die Tür und preßte ihre Nase an den Türspalt. Der strenge Rauchgeruch kam vom Treppenhaus.

Der Wohnturm stand in Flammen. Natürlich, dachte Emlyn, die Söldner hatten es darauf angelegt, Whitehawkes gesamte Vorräte zu vernichten, die hier lagerten. Und schlagartig wurde ihr klar, daß sie in höchster Gefahr war. Hunderte prallgefüllter Säcke und Körbe mit Korn und Mehl und sonstigen trockenen Gütern warteten nur darauf, in Flammen aufzugehen.

Ohne auch nur eine weitere Sekunde nachzudenken, rannte sie in den Abtritt, griff nach dem dicken Kleiderseil und ließ sich mit einem rasch gemurmelten Stoßgebet auf den Lippen in das dunkle Loch gleiten. Sie stützte sich mit den Füßen an der Schachtmauer ab, atmete tief ein und hielt die Luft an, als ob sie tauchen wollte; am liebsten hätte sie sich auch noch die Nase zugehalten.

Das provisorische Seil zwischen die Beine geklemmt, wie sie es als Kind auf Ashbourne gelernt hatte, als sie mit Guy auf die Heuböden über den Pferdeställen geklettert war, rutschte sie langsam nach unten. Die pechschwarze Dunkelheit um sie herum war bedrückend. Es stank fürchterlich, aber gottlob nicht nach Rauch. Es war ein fauliger Geruch, der sich im Laufe der Jahre in den Mauersteinen und dem Mörtel festgesetzt hatte. Der kalte Luftzug, der von unten heraufzog, war jedoch frisch. Sie hangelte sich weiter abwärts.

Mit ihren Bewegungen schwang das Seil in dem schmalen Schacht hin und her. Ihr Rücken strich an der feuchten Wand entlang, immer wieder blieben ihre Zöpfe in den Mauerritzen hängen, und ihre langen Kleider behinderten sie bei dieser verwegenen Klettertour erheblich.

Womit sie nicht gerechnet hatte, war der schleimige Belag an den Wänden. Je tiefer sie sich hangelte, desto ekelhafter roch der schlickrige Moder, der an den Steinen klebte, wo immer sie mit der Schachtmauer in Berührung kam. Dieser unappetitliche Gestank verstopfte ihr die Nase und reizte sie zum Würgen. Wenn sie mit dem Kopf an etwas Schwammiges stieß, zuckte sie jedesmal angeekelt zurück.

Nach einer Weile begannen ihre Schultern und Handgelenke lahm zu werden und zu schmerzen. Das Ledervetui mit dem Buch schlug rhythmisch gegen ihre Hüften, und das Gewicht ihres schweren Wollumhangs zog noch zusätzlich an ihren Schultern.

Mit den Füßen an der Mauer abgestützt, legte sie eine kurze Verschnaufpause ein und dachte daran, wie sie mit Thorne den halsbrecherischen Abstieg in die Schlucht gemeistert hatte. Damals war sie vor Angst beinahe gelähmt gewesen, doch jetzt, allein in dem engen, stinkenden Schacht, fühlte sie sich erstaunlich ruhig. Die Notwendigkeit ihrer Unternehmung und der Gedanke an das Ziel, das sie erreichen wollte, befähigten sie, erst gar keine Angstgefühle aufkommen zu lassen. Die körperliche Anstrengung ließ ihren Atem schneller gehen, während sie an die Kinder und an Betrys dachte, die in dem anderen Gebäude eingesperrt waren. Wenn das Feuer sich bis dorthin ausbreitete, wer würde dann dafür sorgen, daß man sie aus ihrem Gefängnis befreite? Sie wollte zu ihnen, wollte Nicholas finden, dachte sie, und dieser Gedanke spornte sie an und gab ihr neue Kraft. Die Truppen aus Hawksmoor mußten eigentlich jeden Augenblick eintreffen, doch war es gut möglich, daß der Schneesturm über den Mooren sie aufgehalten hatte. Zum Zeitpunkt ihrer Ankunft würde Graymere nur noch eine schwarze, ausgebrannte Ruine sein.

Von dem Modergeruch, der die Luft immer mehr verpestete, wurde ihr übler und übler. Sie mußte die halbe Strecke schon hinter sich haben, dachte sie noch, als ihre Beine, die an dem Seil nach unten glitten, plötzlich im Leeren baumelten.

Ihr Herz machte einen erschrockenen Satz. Das Seil war nicht lang genug! Es reichte nicht bis auf den Grund! Sie ruderte eine Weile hilflos mit den Beinen und zog sich dann in ihrer Verzweiflung wieder ein Stück am Seil hinauf.

Auf einem der letzten dicken Knoten hockend, spähte sie vorsichtig nach unten in die schwarze Tiefe und stellte zu ihrer Erleichterung fest, daß sie den Boden der Jauchegrube erkennen konnte. Ein schmaler Streifen staubigen Sonnenlichts fiel durch eine seitliche Öffnung am Boden des Schachts und schnitt wie ein Messer durch die dichten Schatten.

Ihre Hände und Schultern brannten wie Feuer. Lange würde sie sich nicht mehr halten können. Ein hastiges Gebet, nur aus Gedanken und Bildern bestehend, ging ihr durch den Kopf. Dann ließ sie sich fallen.

Den Bruchteil einer Sekunde glitt sie durch die Dunkelheit, schlug dann mit Händen und Knien auf festem Grund auf und kullerte eine Schräge hinunter. Eine lange Zeit blieb sie bewegungslos liegen, bis sich ihre Lungen wieder mit Luft füllten und das Karussell in ihrem Kopf zum Stehen kam. Beim nächsten tiefen Luftholen nahm sie den Rauchgeruch wahr, der die übelriechende Mischung aus Kompost und getrocknetem Dung überlagerte. Der Untergrund, auf dem sie lag, war hart gefroren und knirschte leicht; ein runder Haufen von etwas Undefinierbarem. Sie setzte sich rasch auf.

Einige Schritte von ihr entfernt leuchteten die Umrisse einer schief in den Angeln hängenden Tür, durch deren verwitterte Holzlatten schmale Lichtstreifen hereinfielen. Emlyn zitterte immer noch am ganzen Leib, als sie vorsichtig die kleine Tür öffnete, sich die Kapuze ins Gesicht zog und in den Burghof hinaustrat.

Das gleißende Schneelicht, der Qualm und die eiskalte Luft trieben ihr Tränen in die Augen. Wie festgewurzelt blieb sie stehen und starrte blinzelnd auf das Getümmel, das um sie herum herrschte. Dienstboten, Soldaten, Frauen und Kinder rannten kreuz und quer über den Burghof, schleppten Wassereimer oder Schaufeln und brüllten sich gegenseitig Anweisungen zu. Andere flohen schreiend, ihre Habseligkeiten oder Kleinkinder auf dem Arm, aus der Burganlage.

In der Nähe der Fallgitter sah Emlyn Graf Whitehawke, der auf seinem weißen Streitroß saß. Obzwar sich ihr Magen vor Angst verkrampfte, wußte sie, daß er sie inmitten dieses Tumultes nicht erkennen würde. Er trug seine Rüstung, aber keinen Helm, und rief den Soldaten, die sich um ihn geschart hatten, scharfe Befehle zu. Neben ihm und ebenfalls hoch zu Roß dirigierte Chavant eine Gruppe von Bewaffneten und Pferdeknechten zu den Stallungen.

Knisternd fraßen sich die Flammen durch die Reetdächer der Ställe und Küchengebäude, und auch die Schmiede hatte mittlerweile Feuer gefangen. Häßliche, dicke Rauchschwaden wanden sich spiralförmig in den Himmel; überall flogen Asche und glühende Strohhalme durch die Luft und entzündeten dort, wo sie niederfielen, neue Feuer.

Aus den Schießscharten des alten Wohnturms quoll jetzt ebenfalls dichter Rauch. Emlyn machte erschrocken einen Schritt zurück und stieß beinahe mit zwei Männern zusammen, die mit Wassereimern in den Händen hinter ihr vorbeihasteten.

Nun setzte sich auch Emlyn in Bewegung. die Kinder waren in dem neuen Wohngebäude eingesperrt. Sie mußte sie schnellstens dort rausholen und dann Nicholas finden.

Sie rannte an hohen Schneehaufen vorbei, die im Schein des Morgenlichts und des Feuers schimmerten, als wären sie aus purem Gold. Oben standen Dienstboten und warfen Schaufeln voll Schnee auf die kleineren Brandstellen. Weiter hinten hatten glühende Funken den kleinen Garten neben dem neuen Gebäude in Brand gesetzt, aus dem jetzt nur noch die schwarzen Gerippe der Obstbäume wie brennende Fackeln in den Himmel ragten.

So schnell sie konnte, rannte Emlyn auf den Wohnbau zu, rieb sich dabei Ascheflocken aus den Augen und hustete heftig.

Der Qualm, der Nicholas in die Nase stieg, wurde immer stechender, aber er konnte die Ursache dafür nicht ausmachen. Gleichzeitig nahm er entfernte Rufe wahr und das Trampeln schwerer Stiefel im Gang vor seiner Tür. Aus dem Lärm, der am frühen Morgen aus dem großen Saal zu ihm heraufgedrungen war, hatte er bereits geschlossen, daß der König und seine Söldnertruppen abgezogen waren.

Doch im Augenblick ging hier noch etwas anderes vor. Nicholas überlegte, ob Peter und Eustace sich entschlossen hatten, die Burg anzugreifen, dann kam ihm jedoch ein anderer Gedanke, der ihm eine Gänsehaut über den Rücken jagte: Möglicherweise hatte König John die Burg angezündet, bevor er sie verlassen hatte.

Nachdem er wieder allein gewesen war, hatte er sich sofort seiner Fesseln entledigt, und seitdem war niemand mehr zu ihm gekommen. Da es ihm trotz seiner gewonnenen Bewegungsfreiheit nicht gelungen war, einen Fluchtweg aus seinem Gefängnis zu finden, hatte er sich für den Rest der Nacht schlafen gelegt. Jetzt war er schon seit Stunden wach, ging unruhig in dem kleinen Raum auf und ab, untersuchte alle Nischen und Winkel, kramte in den Truhen und lauschte dem immer lauter werdenden Tumult vor seiner Tür.

Nachdem er einen Blick aus dem Fenster geworfen und die schwarzen Rauchsäulen gesehen hatte, beschloß er, daß es allmählich höchste Zeit wurde, von hier zu verschwinden.

Da er es vorzog, der nächsten Wache, die zu ihm kam, eins über den Schädel zu geben, anstatt sich an Bettüchern aus dem Fenster abzuseilen, hatte er sich bereits einen schweren eisernen Kerzenständer ausgesucht, dessen wuchtiger Fuß und dessen spitze Zinken, auf die die Kerzen gesteckt wurden, eine vorzügliche Waffe abgaben.

Jetzt wog er ihn in der Hand, wirbelte ihn herum wie ein Schwert und hieb damit auf einen imaginären Gegner ein, um sich an die Gewichtsverteilung und die Form dieser ungewöhnlichen Waffe zu gewöhnen. Es war nur eine Frage der Zeit, bis jemand seine Tür öffnen würde. Den Kerzenleuchter in der Faust stand er da und wartete.

Emlyn huschte so zielsicher durch die Flure des neuen Wohngebäudes, als habe sie darin ihr ganzes Leben verbracht. Kaum einer der Soldaten oder Dienstboten, denen sie auf ihrem Weg begegnete, beachtete sie oder schenkte ihr mehr als einen schnellen Blick. Im großen Saal roch es nach Rauch, aber soweit sie sehen konnte, brannte es noch nirgends. Die Kapuze tief ins Gesicht gezogen, schlüpfte sie die Treppe hinauf.

Langsam und so unauffällig wie möglich ging sie über die Galerie auf die Schlafkammer zu und stellte zu ihrer großen Erleichterung fest, daß weit und breit keine Wache zu sehen war. Der schwere Holzriegel klemmte in der Verankerung, und sie mußte alle Kraft einsetzen, um ihn in der Führungsschiene zur Seite zu bewegen. Dann schob sie die Tür auf, machte einen Schritt in den düsteren Raum . . .

Und geriet mitten in die Arme einer rasenden Windmühle. Instinktiv duckte sie sich und warf die Hände hoch, um sich gegen die unsichtbare Gefahr zu schützen, die aus den Schatten auf sie zugewirbelt kam. Ein Schrei voller Panik entrang sich ihrer Kehle.

Irgend etwas Schweres fiel polternd zu Boden und schlug dabei an ihr Bein. Dann zogen sie zwei kräftige Hände hoch, und sie fand sich in Nicholas' Armen wieder.

»Mein Gott, Emlyn!« keuchte er atemlos. »Emlyn! Wie...«

»Nicholas!« rief sie und klammerte sich an ihn. »Dem Himmel sei Dank, du bist hier und wohlauf!« Seine Arme umschlossen sie, seufzend ließ sie den Kopf an seine Brust sinken und lauschte einige Augenblicke dem gleichmäßigen Schlag seines Herzens.

Doch kaum hob sie den Kopf, preßten sich seine Lippen auf ihren Mund, rauh und trocken vor Durst, dabei aber zärtlich und leidenschaftlich. Emlyn schlang jetzt ebenfalls ihre Arme um ihn und strich mit den Händen über seinen Rücken, begierig, ihn zu spüren und seine Stimme zu hören, um ganz sicherzugehen, daß er lebte und unverletzt war.

»Wo ist die Wache?« fragte er an ihrer Wange.

»Vor der Tür war niemand«, sagte sie.

»Oh, Nicholas, die Burg brennt lichterloh. Draußen herrscht das reinste Chaos. König Johns Söldner haben im Morgengrauen die Burg angezündet. Sie haben brennende Fackeln auf die Dächer geschleudert...«

Hastig erzählte sie ihm, was sie gesehen hatte.

»Da ist Whitehawke aber schändlich betrogen worden, zumal er sich unter den Günstlingen des Königs wähnte.«

Emlyn lugte an ihm vorbei und sah, daß der Raum leer war. »Nicholas«, sagte sie langsam, »wo sind die Kinder?«

»In Sicherheit, Liebes.« Kurz faßte jetzt er die Geschehnisse zusammen.

Emlyn fiel Nicholasso stürmisch um den Hals, um

ihm Dankesworte ins Ohr zu flüstern, daß ihr die Kapuze in den Nacken rutschte.

»Sie müßten bereits in Hawksmoor angekommen sein«, sagte er und wollte eben sein Gesicht an ihr Haar schmiegen, als er mit einem Schreckensruf zurückwich.

»Bei allen Heiligen!« rief er.

»Aus welcher Jauchegrube kommst du denn gekrochen?« Er hielt sich die Hand vor den Mund, ließ sie aber angesichts ihres bestürzten Blicks wieder sinken. »Wo haben diese Bastarde dich eingesperrt? Ich dachte, du wärst im alten Wohnturm?«

Sie sah zu ihm hoch, ein wenig gekränkt, wie es schien. Eine übelriechende Duftwolke umwehte sie, als sie einen Schritt auf ihn zumachte. »Ja«, begann sie gedehnt, »da war ich auch. In einem der oberen Zimmer, aber sie hatten die Tür abgesperrt. Ich mußte durch den Abortschacht klettern, um rauszukommen.«

»Du hast was getan?«

Sie grinste ihm stolz ins Gesicht. »Ich bin durch den Abtritt geflohen.«

Nicholas fuhr sich mit den Händen durchs Haar. »Jesus«, flüsterte er. »Du bist wirklich eine Überraschung.« Er streckte die Arme nach ihr aus, zog sie an sich und brachte sein Gesicht jetzt ganz nahe an das ihre. »Eine etwas strengriechende, wunderbare Überraschung. Komm her, meine Geliebte.« Sie störten sich nicht daran, daß sein Atem sauer roch und sie auch nicht gerade nach Rosen duftete, sondern überließen sich ganz der vertrauten Zärtlichkeit ihrer Küsse.

Unvermittelt machte er sich los, um sie anzusehen; seine Augen glitzerten wie silberner Stahl. In dem düsteren Licht sah er mit dem Stoppelbart, den zerzausten Haaren, den violetten Schürfwunden und blauen Flecken wild und stark und seltsamerweise gleichzeitig verwundbar aus. Behutsam strich ihm Emlyn mit einem Finger über die Wange.

»Du bist verletzt«, sagte sie.

»Nicht so schlimm«, meinte er und zuckte unmerklich unter ihrer Berührung zusammen. Sein schiefes Lächeln verriet ihr, daß er sich, wo und wie auch immer er sich diese Verletzungen zugezogen haben mochte, nicht allzuviel daraus machte.

Liebevoll legte er seine Hand unter ihr Kinn. »In den letzten Tagen habe ich manchmal daran gezweifelt, daß ich dich jemals wiedersehen würde.« Sein Körper berührte den ihren, und sofort spürte Emlyn wieder diese süße Hitze in sich aufsteigen.

»Mir ging es nicht anders, mein Geliebter«, wisperte sie und legte eine Hand an seine Brust. Wie gut es tat, seinen regelmäßigen Herzschlag zu spüren.

Plötzlich hob er den Kopf und schnüffelte mit gerunzelter Stirn in die Luft.

»Wir sollten demnächst von hier verschwinden. Der Rauchgeruch wird stärker.«

»Auf meinem Weg hierher hat mich niemand aufgehalten. Mit etwas Vorsicht können wir bis ans Tor gelangen und uns den anderen Flüchtenden anschließen«, sagte sie und ließ dabei ihre Hand über seine Brust kreisen.

Nicholas lächelte und beugte sich zu ihr hinunter. »Am besten machen wir uns gleich auf den Weg, bevor ich einer verführerischen Versuchung anheimfalle und von dieser Bettstatt hier Gebrauch mache.«

Er legte einen Arm um ihre Taille, drückte seine Hüften gegen die ihren, und Emlyn glaubte, an seinem Körper zu zerschmelzen. Als sie seine harte Männlichkeit spürte, mußte Emlyn sich an seinen Schultern festkrallen, denn die lustvolle Begierde, die wie eine Woge über sie hereinbrach, ließ ihr die Beine schwach werden.

»Liebling«, stöhnte er an ihrem Hals, »ich sage es zwar nur sehr widerwillig, aber ich glaube, wir sollten uns das für später aufheben.«

Er faßte sie am Ellbogen und schob sie sachte von sich weg. Dabei rümpfte er kurz die Nase.

»Und um bei der Wahrheit zu bleiben, meine liebste Gattin, du stinkst wie die Pest.«

»Nicholas«, sagte sie und hielt ihn fest, »da ist noch etwas, das ich dir berichten . . .«

»Später, Liebling. Wir müssen hier weg. Schnell!« Er öffnete die Tür und zog sie mit sich hinaus in den bereits völlig verqualmten Korridor.

27. Kapitel

Die Burganlage lag da wie ein gigantischer, feuerspeiender Glutofen, über den pechschwarze Rauchwolken hinwegrollten. Als Emlyn und Nicholas über den Burghof rannten, schlug ihnen sengende Hitze entgegen, so als hätte die eisige Winterkälte innerhalb der hohen Steinmauern niemals existiert.

Die Pferdeställe waren eingestürzt und glichen einer riesigen Feuerstelle. Dahinter fielen die verkohlten Dachbalken des Küchenhauses in sich zusammen und rissen große Teile der geschwächten Seitenmauern mit sich.

»Himmel und Hölle! Sieh nur, die Kapelle!« schrie Nicholas.

Das Dach der Kapelle war nur noch eine einzige glühende, wirbelnde Masse, die in allen Regenbogenfarben schillerte.

»Was ist das?«

»Das Dach bestand aus Zinnplatten. Und die schmelzen in der Hitze.«

»Jesus!« keuchte sie und hastete weiter.

Sie stolperten auf die Menschenmenge zu, die sich wie ein zuckender Wurm auf das Burgtor zuwälzte. Graymere hatte Hunderte von Soldaten, Dienstboten und Handwerkern nebst deren Familien beherbergt, und die zwängten sich jetzt alle gleichzeitig schreiend und schubsend durch das Tor.

Inmitten dieser brodelnden Masse und von ihr mitgerissen wie Treibholz in einem Fluß streckte Emlyn die Hand nach Nicholas aus, um ihn nicht zu verlieren. Auf Zehenspitzen hüpfte sie in die Höhe, um über die Köpfe und Schultern der hochgewachsenen Männer vor ihr hinwegsehen zu können.

Whitehawke, dessen schlohweißes Haar wie ein Banner im Wind wehte, trieb sein Streitroß vor einer Gruppe bewaffneter Ritter durch die Falltore, die den Exodus der hinter ihnen herdrängenden Flüchtenden behinderten. Emlyn sah sich nach Chavant um, den sie inmitten der Soldaten entdeckte. Sie gab Nicholas ein Handzeichen, und er nickte.

»Schau nur, der Burgherr und seine Ritter verlassen das sinkende Schiff zuerst, wie die Ratten!« rief er ihr zu. »Das einfache Volk kann selbst zusehen, wie es seine Haut rettet.« Jemand stolperte vor Nicholas' Füße, und er bückte sich, um einen verängstigten und völlig rußverschmierten kleinen Jungen aufzuheben.

Beruhigend sprach Nicholas auf den schluchzenden Buben ein, den er auf den Arm genommen hatte, und versicherte ihm, daß sie seine Familie wiederfinden würden. Langsam schob sich die Masse durch den Torbogen, um sich dahinter sogleich in kleinere Gruppen aufzuspalten.

Dörfler aus der Umgebung strömten aus allen Richtungen auf die weite, schneebedeckte Wiese vor der Burganlage zu. Sie kamen mit Ochsenwagen, Eseln, Handkarren oder zu Fuß herbeigeeilt, um zu sehen, inwieweit sie helfen konnten oder um nach Familienmitgliedern Ausschau zu halten. Mehrere Frauen standen um eine improvisierte Feuerstelle herum, über der ein großer Kessel mit dampfender Suppe hing. Andere schenkten süßen Most aus großen Holzfässern aus, die sie eilig herbeigekarrt hatten.

Hungrig, wie sie war, lief Emlyn angesichts des Suppenkessels das Wasser im Mund zusammen, doch als sie dann in die andere Richtung schaute, schnürte es ihr vor Entsetzen die Kehle zu. Die Wiese war übersät mit Verwundeten, die teilweise auf dem nackten Schnee, teilweise auf Decken oder Mänteln lagen. Einige krümmten sich unter ihren entsetzlichen Brandwunden oder wimmerten vor Schmerzen, andere wiederum lagen bewegungslos da wie Stoffpuppen. Zwischen ihnen knieten Frauen, die Schnee auf die Wunden legten oder Salben auftrugen und den Verletzten zu trinken gaben.

Als sie sich wieder umdrehte, sah sie Nicholas mit dem

Jungen auf einen der überfüllten Wagen zulaufen. Eine Frau streckte ihre Hände aus, er hob den kleinen Jungen hoch und übergab ihn seiner glücklichen Mutter.

Angesichts dieser rührenden Szene spürte Emlyn, wie eine Woge der Liebe sie vom Kopf bis zu den Zehenspitzen durchströmte, ein warmer, kraftspendender Regen tiefster Dankbarkeit, daß Nicholas unverletzt und in Sicherheit war. Mit einer plötzlichen Klarheit bewunderte sie die Grazie und Kraft seiner schlichten Bewegungen, als er eine Decke fand und sie dem kleinen Jungen um die Schultern legte.

Emlyn stand da und starrte ihn an, als sei er das einzige menschliche Wesen auf dieser großen, verschneiten Wiese. Dann drehte er sich um, und ihre Blicke trafen sich über die kurze Entfernung hinweg. Er hob einen Arm, und sie rannte auf ihn zu.

Liebevoll schloß er sie in die Arme, streichelte über ihr Haar, und so standen sie eine ganze Weile zusammen, selbstvergessen, ohne die Verwirrung und den Tumult um sich herum wahrzunehmen. Schließlich drehten sie sich beide um und betrachteten die brennende Burg. Obwohl das Feuer an einigen Stellen erloschen war, quollen noch immer dicke schwarze Rauchwolken aus den Gebäuden. Bis zum Einbruch der Nacht würde Graymere sich in eine Ruine verwandelt haben.

»Mylord«, sagte eine Stimme hinter ihnen. Emlyn wirbelte herum.

»Peter!« rief sie erfreut aus.

»Mylady.« Er machte eine Verbeugung und meinte dann mit einem Blick auf Nicholas: »Mein Gott, bin ich froh, daß Ihr beide diesem Chaos wohlbehalten entronnen seid.« Obgleich seine Stimme ruhig klang, bemerkte Emlyn doch die tiefen Falten der Erschöpfung, die sich um seine blauen Augen eingegraben hatten. Kupferne Bartstoppeln glänzten im Sonnenlicht auf seinen Wangen, als er sich das Kinn rieb und zur Burg hinübersah.

»Ihr seid noch einmal dem Rachen der Hölle entflohen, Herr.«

»Ja, so kann man es nennen«, gab Nicholas nachdenklich zurück.

»Was ist mit den Kindern?« fragte Emlyn.

»Die sitzen gemütlich auf Hawksmoor und werden im Augenblick gewiß verhätschelt wie Heilige, die geradewegs dem Himmel entstiegen sind«, sagte Peter und deutete auf eine Baumgruppe, unter der Hawksmoors berittene Garnison in einer langen Reihe Aufstellung genommen hatte. »Wir haben uns die größten Sorgen um Eure Sicherheit gemacht und den günstigsten Zeitpunkt für eine Befreiungsaktion überlegt. Im Augenblick sind die meisten Eurer Soldaten damit beschäftigt, den Leuten hier zu helfen.«

Jetzt erst bemerkte Emlyn etliche Soldaten mit grünen Waffenröcken in der Menge, die auf den bereits überfüllten Karren noch Platz für Flüchtlinge schafften, andere auf Pferde hoben und deren Habseligkeiten festzurrten. Stolz erfüllte ihr Herz, und Nicholas neben ihr nickte Peter anerkennend zu.

»Whitehawke und seine Männer haben sich davongemacht, als seien die Höllenhunde hinter ihnen her«, meinte Peter zu Nickolas.

»Ja, um sich Hawskmoor unter den Nagel zu reißen, damit Hugh sein Erbe antreten kann. Zumal sie ja jetzt kein Dach mehr über dem Kopf haben.«

»Donner und Doria«, murmelte Peter, worauf Emlyn hochsah und den wortlosen Blick bemerkte, den die beiden gerade tauschten.

»Ich komme mit dir!« erklärte sie im Brustton der Überzeugung. »Immerhin kann ich mit einem Bogen umgehen!« Das Erfolgserlebnis ihrer amazonenhaften Flucht erfüllte sie noch derartig, daß sie Peters unterdrückten Seufzer gar nicht wahrnahm.

Nicholas warf ihr einen strengen Blick zu. Seine Augen hatten die Farbe von Zinn. »Gnädigste werden sich wie besprochen nach Evincourt begeben, da niemand vorhersagen kann, was unser König als nächstes im Schilde führt. Das Abenteuer hat hiermit ein Ende, Emlyn. Ich will dich sicher aufgehoben wissen. Eine Sticknadel macht sich in deinen zarten Fingern auf alle Fälle besser als eine Waffe.«

Emlyn starrte Nicholas mit offenem Mund an, der sich ihr verblüfftes Schweigen sogleich zunutze machte. »Mylady«, nickte er bekräftigend, »in wenigen Wochen sehen wir uns wieder. Ich werde dir eine Eskorte zur Begleitung schicken.« Damit wandte er sich ohne ein weiteres Wort ab und ging auf die Bäume zu, unter denen seine Soldaten warteten.

Perplex, wie sie war, zögerte Emlyn eine Sekunde zu lange, bis sie hinter ihm herrannte. Und als sie ihn erreichte, hatte er sich schon in Sylvanus' Sattel geschwungen.

»Nicholas!« schrie sie, als ihr das kleine Gebetbuch wieder einfiel, das an ihrem Gürtel hing. »Ich muß dir noch etwas sagen!«

Jemand warf Nicholas einen grünen Umhang zu, den er hastig überwarf. Und während er sein nervös tänzelndes Streitroß zur Ruhe zwang, sah er zu Emlyn hinunter. Seine Augen, in denen sich jetzt die Farbe seines Waffenrockes spiegelte, leuchteten wie grünes Flaschenglas. Sie wollte nach seinem Stiefel greifen, um ihn am Losreiten zu hindern, aber sein unnachgiebiger Blick hielt sie davon ab.

»Sorge dafür, daß meine Gemahlin eine Eskorte erhält!« rief er einem der Bewaffneten zu. »Der Rest reitet mit mir!«

»Wo willst du denn hin?« schrie Emlyn verzweifelt.

»Da sind noch einige Dinge zu erledigen, Lady«, erwiderte er. Damit wendete er sein Pferd, gab den Männern ein Zeichen und preschte davon.

Wirbelnde Schneewolken stoben hinter der Truppe auf, als die Pferde mit donnernden Hufschlägen über das gefrorene Moor galoppierten. Mit gebauschtem Umhang und wehendem Haar verschwand Nicholas in der weiten Schneelandschaft. Sie ritten nach Westen, Richtung Hawksmoor.

Vor Wut und Angst zitternd, verfolgte Emlyn die immer kleiner werdende Gestalt, bis sie sich hinter einer Hügelkuppe ihren Blicken entzog.

»Mylady!« William, der sie vor wenigen Tagen so tapfer verteidigt hatte, kam auf sie zugeritten. »Wir sind zum Aufbruch bereit«, meldete er.

Emlyn, die nun ebenfalls in einen der dicken grünen Waffenröcke gehüllt auf einem grauen Hengst saß, hatte sich die Zeit genommen, einen Becher heißen Most zu trinken und einen Kanten Brot und eine Schale Suppe zu essen. Derart gestärkt, fühlte sie sich um einiges klarer und entschlußkräftiger, als sie zu den zwanzig Bewaffneten hinübersah, die auf sie warteten.

Angesichts dieser neuen Eskorte, die sie wieder einmal von Nicholas wegführen sollte, stieß sie einen tiefen Seufzer aus. Sie war schon viel zu viele Tage von ihm getrennt gewesen, stellte sie mißmutig fest. Und der Befehl, den er soeben erteilt hatte, verurteilte sie zu wochenlangem, einsamem Warten, zwar beschützt vor des Königs Willkür, doch weit weg von Nicholas und möglicherweise abgeschnitten von jeglichen Nachrichten über sein Schicksal.

Eine weise Frau gehorcht den Entscheidungen ihres Ehemannes, so lehrte es die Kirche, und sie wußte, daß sie sich zu den anderen Ladys und den Kindern gesellen sollte, die demnächst ebenfalls in Evincourt eintreffen würden. Nicholas wollte sie nicht bei sich haben, das hatte er ihr deutlich zu verstehen gegeben. Bei den wenigen Frauen, die ihren Männern in die Schlacht gefolgt waren, hatte es sich entweder um Königinnen oder Fürstinnen gehandelt – oder um Freudenmädchen. Und was sie in jüngster Zeit vom Kriegsgeschäft der Männer miterlebt hatte, verstärkte eigentlich nur ihren Wunsch nach den Annehmlichkeiten eines friedlichen Heims.

William, den ihr Schweigen offensichtlich irritierte, saß abwartend auf seinem Pferd. Unruhig rutschte Emlyn im Sattel hin und her und spürte dabei, wie der lederne Beutel an ihre Hüfte schlug. Und das beharrliche Gewicht des

Büchleins, das darin steckte, gab schließlich den Ausschlag. Ihr Entschluß stand fest: Nicholas mußte so schnell wie möglich über diese Urkunde informiert werden.

Ein Zug an den Zügeln, ein beherzter Druck mit den Fersen in die Flanken, und der graue Hengst wirbelte herum, fiel beinahe aus dem Stand in einen gestreckten Galopp und trug Emlyn in westlicher Richtung über die Hügel davon.

»Mylady!« schrie William ihr hinterher.

Eisige Schneeflocken fingen sich an ihren Wimpern und blieben an ihrem wollenen Umhang hängen. Emlyn wischte sich mit dem Handrücken über die Augen und trieb neben William ihren kräftigen grauen Hengst voran. Sie war am Ende ihrer Kräfte und sehnte sich nach einem flackernden Feuer, einem weichen, gemütlichen Bett mit heißen Backsteinen am Fußende und einer Schüssel warmer Suppe. Nachdem ihre Finger so steifgefroren waren, daß sie die Zügel nicht mehr spürte, hatte sie sich ein Paar Lederhandschuhe von einem der Bewaffneten ausgeborgt, die ihr zwar viel zu groß, dafür aber wenigstens warm waren. Weiße Dampfwölkchen begleiteten jeden ihrer erschöpften Atemzüge, als die Eskorte abermals ein schneebedecktes Moor in weitem Bogen umritt.

Allein von der spontanen Idee gedrängt, so schnell wie möglich nach Hawksmoor zu gelangen, hatte sie keinen weiteren Gedanken daran verschwendet, daß dieses Unterfangen mit einem stundenlangen Ritt durch Eis und Schnee verbunden war. Und als es wieder zu schneien begonnen hatte, wünschte sie beinahe, sie hätte Nicholas das Büchlein durch einen Kurier zukommen lassen. Aber sie mußte und wollte ihm die Wahrheit persönlich überbringen. Und nachdem sie selbst das Tempo und die Richtung dieses Ritts bestimmte, konnte sie sich schlecht über die schneidende Kälte, die unsägliche Erschöpfung und den quälenden Hunger beklagen, die sie quälten.

Gefolgt von den donnernden Hufschlägen von zwanzig Streitrössern flog sie über die karge, weiße, einsame Moorlandschaft dahin, bis sie zu einem breiten Fluß kamen, den es zu durchqueren galt. Nachdem sie die Pferde vorsichtig über die vereisten Steine des Flußbettes dirigiert und das andere Ufer erreicht hatten, änderte die Reiterschar ihre Richtung und bog nach Hawksmoor ab.

Jetzt führte sie der Weg einen langgezogenen Abhang hinab, über den ein bitterkalter Wind dahinfegte. Um sich vor den Schneeflocken zu schützen, die ihr wie Eisnadeln ins Gesicht stachen, zog Emlyn den Kopf zwischen die Schultern, preßte das Kinn auf die Brust und wickelte sich tiefer in ihren grünen Umhang. Es war nicht nur die Kälte, die ihr zu schaffen machte, sondern auch der Gedanke an die bevorstehende Dämmerung, die sich bereits durch ein trübes graues Licht ankündigte.

Endlich tauchten vor ihnen in der Ferne, aber trotz des dichten Schneetreibens bereits kenntlich, die mit Zinnen bewehrten Mauern von Hawksmoor auf, die sich auf der Kuppe eines weißen Hügels erhoben. Dichte Wälder bedeckten den Abhang und erstreckten sich wie lange schwarze Arme weit in die ebene Heidelandschaft.

An den Ästen der schneebeladenen Bäume, die eine große Lichtung säumten, hingen lange Eiszapfen. Weiter unten, am Fuß des abfallenden Geländes, entdeckte Emlyn jetzt Nicholas, der mit seiner Truppe auf diese Lichtung zuhielt. Ihre grünen Waffenröcke waren unverkennbar.

Und jenseits des Moors sah sie Whitehawke und seine Männer über das flach auslaufende Hügelland reiten, das sich um die Burg erstreckte. Wie Herbstblätter, die der Wind über den Schnee blies, galoppierte der Trupp in den rostroten Waffenröcken auf Hawksmoor zu. Emlyn gab ihrem Grauen die Sporen und jagte den Hügel hinunter.

In diesem Augenblick kam eine andere Reiterschar aus dem Wald geprescht, geradewegs über das verschneite Moor auf Emlyn und ihre Eskorte zu. Emlyn und William zügelten gleichzeitig ihre Pferde.

»Wer ist das?« fragte sie William, den Blick ängstlich auf die kleine Truppe gerichtet.

»Das sind Männer von Hawksmoor, Mylady. Doch die beiden Anführer in den roten Umhängen kenne ich nicht.«

Emlyn kniff kurz die Augen zusammen, um besser sehen zu können, dann gab sie ihrem Pferd die Sporen und stürmte davon. »Guy!« schrie sie und trieb den Grauen vorwärts. »Guy!«

Vor lauter Freude warf sich Emlyn ihrem Bruder so stürmisch in die Arme, daß sie um ein Haar vom Pferd gefallen wäre. Guy fing sie auf, drückte sie an sich und setzte sie dann wieder in den Sattel.

»Emlyn! Was machst du denn hier?« rief er überrascht.

Noch völlig außer Atem lächelte sie Guy an und dann Wat, der sein Pferd neben ihnen zum Stehen gebracht hatte und sie mit gerunzelter Stirn anstarrte. »Ihr solltet nicht hiersein, Mylady. Das hier ist kein Ort für eine junge Dame. Der Baron beabsichtigt, Whitehawke zu stellen, bevor dieser Hawksmoor erreicht«, erklärte er mit vorwurfsvoller Stimme.

»Aber wie kommt es, daß ihr beide hier seid?« wollte sie wissen, ohne auf Wats Frage einzugehen.

»Als die Kinder zurückgebracht wurden – sie sind wohlauf, Mylady, und mächtig stolz auf ihr überstandenes Abenteuer –, haben wir die Wachen auf den Burgwällen verstärken lassen. Vor nicht allzulanger Zeit haben diese Whitehawkes Männer gesichtet und auch Nicholas und seine Truppe, die ihnen folgten. Wir sind sofort losgeritten und haben die Abkürzung durch den Wald genommen, um dem Baron gegebenenfalls Hilfe zu leisten. Ich für meinen Teil kann es kaum erwarten, diesen Herrschaften, die kleine Kinder entführen, mein Schwert unter die Nase zu halten.«

»Emlyn«, schaltete sich Guy jetzt in tadelndem Tonfall ein. »Du solltest doch eigentlich auf dem Weg nach Evincourt sein, habe ich recht? Lady Julian und die anderen sind ebenfalls schon zur Abreise bereit, obwohl Whitehawkes Auftauchen diese nun eine Weile verzögern wird.«

»Ich muß erst mit Nicholas sprechen«, erklärte Emlyn. »Das ist ungeheuer wichtig.«

»Nun, das kannst du gleich erledigen«, entgegnete Guy trocken und reckte den Hals.

Emlyn wirbelte herum und sah Nicholas auf sie zugaloppieren. Sein Gesicht war eine einzige Gewitterwolke.

»Emlyn!« brüllte er und brachte Sylvanus neben ihr zum Stehen. »Mach, daß du hier wegkommst! Weißt du nicht, in welcher Gefahr du dich befindest?«

»Nicholas, ich . . .«

»William!« Er wandte sich ungeduldig von ihr ab.

»Mylord, sie ist Euch einfach hinterhergeritten!« rief William und zuckte mit den Schultern. »Hätte ich Eure Lady vielleicht fesseln sollen?«

Nicholas stieß einen Ton aus, der dem grollenden Brummen eines Bären näherkam als jedes andere Geräusch, das Emlyn je aus dem Munde eines Menschen vernommen hatte. Dunkelrote Flecken leuchteten auf seinen bärtigen Wangen. Trotzig schob sie das Kinn vor und begegnete seinem wütenden Blick.

»Meine Schwester hat sich anscheinend sehr verändert, Mylord«, meinte Guy nachdenklich. »Früher war sie ein stilles Mädchen, das sich mit Malen und Stickereien beschäftigte. Zugegeben, ein wenig hitzköpfig war sie schon immer, aber so rebellisch kenne ich sie nicht.«

»Rebellion ist ein Handwerk, das ich von einem Meister gelernt habe«, zischte Emlyn zwischen zusammengebissenen Zähnen hervor und warf dabei Nicholas einen bedeutungsvollen Blick zu.

Seine graugrünen Augen durchbohrten sie förmlich, als er, ohne Guy anzusehen, zurückgab: »Die Ehe hat Eure Schwester in eine Löwin verwandelt«.

»Dann sei Gott mit Euch, Mylord«, entgegnete Guy grinsend. »Besonders, wenn sie einmal Junge hat.« Der hitzige Blick, den Emlyn ihrem Bruder auf diese Bemerkung hin zuwarf, hätte seine Rüstung zum Schmelzen bringen können. Guy hob abwehrend beide Hände über den Kopf.

»Die einzige Möglichkeit, mit einer Löwin fertig zu werden, ist die, sich nicht von ihren Launen beeindrukken zu lassen«, meinte Nicholas trocken. »Emlyn, meine Männer werden dich augenblicklich von hier wegbringen, und das, wenn es sein muß, gefesselt und geknebelt.« Damit nickte er Guy und Wat zu. »Kommt.« Ohne Emlyn noch eines Blickes zu würdigen, nahm er die Zügel auf und wendete sein Pferd.

»Nicholas!« Emlyn war nun wirklich außer sich. »Ich muß mit dir reden!«

»Später«, knurrte er über die Schulter. »Jetzt sieh zu, daß du hier wegkommst! Sofort!« Er drückte Sylvanus die Knie in die Seiten und ritt davon.

Emlyn holte tief Luft und stieß sie ruckartig aus. Tränen brannten ihr in den Augen; seine scharfen Worte kränkten sie, obwohl sie gleichzeitig vor Wut hätte platzen können. Ihre Unterlippe zitterte. Müdigkeit, Hunger und Enttäuschung drohten ihren so hart erkämpften Entschluß ins Wanken zu bringen. Sie mußte stark bleiben, ermahnte sie sich und sog noch einmal die eiskalte Luft ein.

Schwer und tröstend legte sich eine Hand auf ihre Schulter. »Deine Anwesenheit hat ihm einen fürchterlichen Schrecken eingejagt«, sagte Guy. »Er muß dich sehr lieben, wenn er so wütend werden kann. Und was immer du ihm auch zu berichten hast, wird einstweilen warten müssen. Dein Mann muß dich in Sicherheit wissen, sonst kann er sich der Aufgabe, die vor ihm steht, nicht mit ganzer Konzentration widmen. Geh mit deiner Eskorte, Emlyn, und bring dich nicht in Gefahr.«

Sie nickte schweigend. Guy lächelte ihr aufmunternd zu und ritt dann mit Wat und den anderen hinter Nicholas her. Schniefend dirigierte Emlyn ihr Pferd auf das höhergelegene Moor zu, wo ihre Eskorte wartete.

»Mylady«, sagte William. »Wir werden Euch jetzt nach Evincourt bringen.«

»Dann muß ich darum bitten, daß einer der Männer meinem Gatten dies hier gibt.« Sie griff nach dem kleinen Beutel an ihrem Gürtel. »Es ist sehr . . .« Sie hielt inne. »William, was ist denn?«

Der Hauptmann starrte an ihr vorbei, und gleichzeitig hörte sie die anderen Bewaffneten aufgeregt miteinander tuscheln. »Seht dort«, sagte William und deutete mit dem Finger.

Whitehawkes Truppe hatte mitten auf der ausgedehnten Moorfläche angehalten. Durch das dichte Schneegestöber konnte sie erkennen, wie Whitehawke sich langsam auf seinem Pferd von der Truppe entfernte. Nicholas' Männer zügelten ihre Pferde, formierten sich zu einem weiten Halbkreis und blieben abwartend stehen.

Dann ritt Nicholas alleine vor. Verwirrt dirigierte Emlyn ihren Hengst ein Stück den Abhang hinunter. Sie beobachtete, wie Nicholas neben seinem Vater stehenblieb und anscheinend mit ihm sprach. Dann hob Whitehawke einen Arm und deutete auf die Bäume.

Auf den ersten Blick sah der Reiter, der sich aus dem erdbraunen Dickicht des Waldes löste, wie einer von Hawksmoors Soldaten aus. Doch das Grün, das er trug, war ein sattes, schimmerndes Grün und schien sowohl Roß als auch Reiter einzuhüllen. Emlyn stieß einen unterdrückten Schrei aus und preßte die behandschuhte Hand vor den Mund.

William kam hinter ihr hergeritten. »Mylady . . .«

»Geh, William, man wird dich dort brauchen«, sagte sie. »Laß zwei Männer bei mir. Und, William, bitte . . . gib mir eine Waffe. Ich kann mit einem Bogen oder einem Dolch umgehen, falls ich mich verteidigen müßte.«

William zögerte einen Moment, gab dann aber einem der Bewaffneten ein Zeichen, ihr einen Bogen und einen Köcher mit Pfeilen auszuhändigen. »Besser wäre es, Ihr würdet Euch ins nächste Mauseloch verkriechen, Mylady. Mein Gott, der Baron reißt mir den Kopf ab, wenn er davon erfährt.«

Sie schulterte den Bogen und hängte die Riemen des Köchers über den Sattelknopf. Der Graue scharrte nervös mit den Hufen im Schnee. »Das ist meine eigene Entscheidung, William. Ich muß wissen, was mit meinem Mann und meinem Bruder passiert, bevor ich von hier wegreite. Soviel Zeit muß sein.«

»Na gut, Mylady«, entgegnete William zögernd und ritt dann gefolgt von der übrigen Eskorte den Abhang hinunter.

Emlyn kniff die Augen zusammen und beugte sich vor, um die Szene besser beobachten zu können. Dabei merkte sie kaum, daß ihr Hengst sich langsam in Bewegung setzte und den anderen Pferden folgte. Was sich da vor ihren Augen abspielte, nahm ihre ganze Aufmerksamkeit in Anspruch.

Wie von einem Magneten angezogen, ritt sie weiter. Die Männer von Hawksmoor und Graymere wichen zurück, als wollten sie sich von dem Grünen Reiter distanzieren. Langsam ritt Emlyn durch das dichte Schweigen, hörte nur das leise Knirschen der Pferdehufe unter sich und das eisige Säuseln des Windes in den verschneiten Baumwipfeln.

Unbemerkt von Nicholas brachte sie den Hengst eine Bogenschußweite hinter ihm zum Stehen. Ihre weit aufgerissenen Augen waren starr auf den Grünen Mann geheftet, der langsam aus dem Wald geritten kam.

28. Kapitel

»Verdammt noch mal!« keuchte Whitehawke.

Nicholas hatte Sylvanus neben Whitehawkes Streitroß zum Stehen gebracht und beobachtete schweigend den Grünen Ritter, der wie ein riesenhaftes Ungeheuer aus dem Schneegestöber auftauchte und ganz langsam auf sie zugeritten kam. Das Pferd, auf dem er saß, war größer und massiger als jedes Schlachtroß, das Nicholas je gesehen hatte, und glänzte gespenstisch in einem etwas helleren Grün als sein Reiter.

»Du bist das nicht...«, sagte Whitehawke zögernd. »Zum Teufel, der da ist echt!«

Nicholas warf seinem Vater einen kurzen Seitenblick zu und sah dann wieder zu dem Reiter hin, der unaufhörlich näher kam. Die Männer hinter ihnen gaben keinen Laut von sich.

Der schneidende Wind trieb Nicholas eisige Schneeflocken ins Gesicht. Er kniff die Augen zusammen. Das konnte nur Aelric sein, dachte er. Irgendwie mußte sein Freund erfahren haben, was sich auf diesem Moorfeld abspielen sollte.

Als der dämonische Reiter nur noch wenige Schritte von ihnen entfernt war, hob er einen Arm, dick wie der Ast einer Eiche. Eine riesige Streitaxt funkelte zwischen seinen langen, knotigen Fingern.

Nicholas blinzelte und rieb sich den Schnee aus den Augen. Diese Kreatur sah so unheimlich aus, so urgewaltig, daß er beinahe an seinem Verstand zweifelte. Kein Wunder, daß sich jedermann von diesem Ungeheuer in Angst und Schrecken versetzen ließ; der Teufel selbst hätte in keiner schauerlicheren Erscheinungsform auftreten können.

Zu seiner Beruhigung erkannte er jetzt einige Ausstaffierungsstücke wieder, die nur aus der verschlossenen Eichentruhe in Thornes Wohnhöhle stammen konnten: das smaragdgrüne Panzerhemd, die Kettenhosen und den grünen, gewobenen Blätterumhang.

Doch auf dem Kopf des Höllenwesens schien echtes Moos zu wachsen, das genauso grün schimmerte wie sein zotteliger Bart und seine Haut. An jeder verfügbaren Stelle seines Gewandes war grünes Laub eingewoben, eine wahrhaft sommerliche Farbenpracht in dieser öden Winterlandschaft.

Bei jedem Schritt, den das furchteinflößende Schlachtroß näher kam, lösten sich Blätter, kleine Beeren und weiße Blüten aus dem Gewand des Ungeheuers und blieben als grüner Teppich auf dem weißen Schnee liegen. Die Blätter und Blüten, in die diese Gestalt gehüllt war, glänzten so frisch und saftig wie im Mai. Die Erscheinung des Grünen Ritters schien einer anderen Welt zu entstammen, die neues, sprießendes Leben in diese düstere Winterzeit brachte und die Macht besaß, den Rhythmus der Jahreszeiten außer Kraft zu setzen.

Jetzt blieb das Ungetüm stehen, noch immer weit genug entfernt, daß Einzelheiten seiner Erscheinung im dichten Schneefall und dem schwindenden Licht der Dämmerung verborgen blieben. Mit einer eisigen Windbö wehte kurzzeitig der frische Duft von jungem Grün zu Nicholas und Whitehawke herüber. Der Grüne Reiter setzte sich wieder in Bewegung und ritt in einem weiten Kreis um sie herum, und zwar so langsam, als verstriche keine Zeit, als dehne sich diese unendlich in der nebelhaften Stille der hereinbrechenden Dämmerung.

Nicholas hatte den Grünen Mann noch nie so gesehen, wie er Whitehawke bisher erschienen war. Die Wirkung, die er mit seiner schauerlichen Aufmachung erzielte, war die eines gleißenden Blitzschlags in einem Schneegewitter, faszinierend und schrecklich zugleich. Er sah zu seinem Vater hinüber. Whitehawke starrte mit weit aufgerissenen Augen auf dieses schauerliche Spektakel. Aus seinem Blick sprach pures Entsetzen, sein Gesicht war kalkweiß, und seine grauen Augen hatten die Farbe von schmutzigem Eis angenommen.

Was immer Aelric hier mit diesem Schauspiel bezwekken mochte, es war genial inszeniert und konnte ihn das Leben kosten, dachte Nicholas und ließ den Blick über die Lichtung schweifen. So bewegungslos, wie die Bewaffneten auf ihren Streitrössern saßen, konnte man meinen, es handle sich um eine Armee von Steinfiguren. Ohne auch nur einen Wimpernschlag zu wagen, starrten sie den Grünen Mann an, als sei dieser soeben der Hölle entstiegen. Selbst Chavant saß wie gelähmt und mit starrem Blick auf seinem Pferd.

Als sich Nicholas in die andere Richtung umwandte, entdeckte er Emlyn hinter sich. Er stieß einen leisen Fluch aus und sah wieder weg. Seine Gedanken überschlugen sich. Doch dann drehte er sich noch einmal um und bedeutete ihr, näher zu kommen. Wenn sie schon unbedingt hier sein mußte, dann wollte er sie wenigstens an seiner Seite wissen, wo er sie beschützen konnte.

Sein Bedürfnis, sie vor jeglicher Gefahr zu bewahren, entsprang dem Wissen, daß sie etwas sehr Wertvolles in sich barg: Sie liebte ihn. Aus Angst und Sorge um ihn hatte sie spontan und unglaublich mutig gehandelt; zuerst bei ihrer abenteuerlichen Flucht aus dem Turmzimmer, und dann, indem sie ihm hierher gefolgt war. Er war sich nicht sicher, ob er diese Treue, diese selbstlose Ergebenheit überhaupt verdient hatte, wußte aber, daß er ihr diese Liebe tausendfach vergelten konnte und dann immer noch Liebe zu geben hatte.

Sollte es ihm nicht gelingen, diese Lichtung lebend zu verlassen, würde der Teil von ihm, der gut und rein war, den diese Liebe geprägt hatte, in ihrer Erinnerung fortleben, dachte er, oder, so Gott es wollte, in dem Samen, den er in sie gepflanzt hatte. Nicholas de Hawkwood würde dann als besserer Mensch in einem Sohn oder einer Tochter weiterleben. Ja, Emlyn durfte nichts geschehen, er mußte ihr Leben schützen und damit auch einen Teil des seinen.

Gelassen dirigierte Emlyn ihren grauen Hengst zwischen Whitehawkes helles Schlachtroß und Sylvanus. Nicholas sah, daß sie keine Angst hatte; sie kannte den Grünen Mann. Ihre Schönheit, in der sich Reinheit, Stärke und eine Zuversichtlichkeit vereinigten, die jegliche Furcht ausschloß, raubte ihm in diesem Augenblick beinahe den Atem. Aufrecht saß sie auf dem grauen Hengst, die eisige Kälte hatte ihre Wangen gerötet, und ihr langes Haar ergoß sich wie eine goldene Kaskade über den grünen Umhang. Als sie seinen Blick auffing, lächelte sie schüchtern und streckte ihm die Hand entgegen.

Darin lag das Büchlein. Mit fragend erhobenen Brauen nahm er es entgegen.

Der Grüne Mann zog weiterhin seinen Kreis um sie, in einem so bemessenen Abstand, daß Whitehawke, Nicholas und Emlyn den Mittelpunkt bildeten. Der schwerfällige Rhythmus der Pferdehufe legte eine neue Spur aus Blüten und Blättern in den unberührten Schnee.

Plötzlich stöhnte Whitehawke auf und holte keuchend Luft. Nicholas sah zu ihm hinüber. Das Gesicht des alten Mannes hatte die Farbe des fahlen Dämmerlichts angenommen, das sich wie ein Schleier über die Lichtung legte: ein kaltes, bläuliches Grau, ähnlich der Farbe des Todes. Nicholas runzelte besorgt die Stirn.

Drei Kreise hatte der Grüne Reiter inzwischen um sie beschrieben. Und die Faszination, die diese Zirkel auf die gebannten Zuschauer des gespenstischen Spektakels ausübte, hielt lange genug an, daß er ausscheren und genauso unvermittelt verschwinden konnte, wie er kurz zuvor aus dem Wald aufgetaucht war.

Gleich darauf zerriß ein gellender Schrei die tranceartige Stille: »Tötet ihn, ihr Feiglinge!« Chavant kam im gestreckten Galopp über die Lichtung gejagt. »Tötet ihn! Er ist sterblich!«

Einige Reiter rissen ihre Pferde herum und folgten ihm, die meisten jedoch schienen weiterhin in dieser seltsamen Lethargie der letzten Minuten gefangen zu sein oder warteten auf einen Befehl von Whitehawke.

»Emlyn! Reite zurück zu meinen Leuten!« rief Nicholas ihr über die Schulter zu, während er seinen Vater im Auge behielt. Der Graf saß bewegungslos im Sattel und starrte mit großen Augen in den Wald, in dem der Grüne Ritter soeben verschwunden war. Nicholas gab seinem Pferd die Sporen und setzte Chavant nach.

Gefolgt von etlichen seiner Männer, darunter auch Guy und Peter, jagte er über die Lichtung. Chavant trieb sein Pferd, ohne das Tempo zu zügeln, mitten ins Unterholz hinein und brüllte dem Grünen Reiter lauthals Verwünschungen hinterher.

Als Nicholas sich ihm näherte, fuhr Chavant mit einem Schrei herum und riß sein Schwert in die Höhe. Guy, Peter und einige andere blieben in der Nähe stehen, bereit, ihren Herrn zu verteidigen. Chavants Männer, die wieder aus dem Dickicht auftauchten, wurden von den Soldaten Hawksmoors in ein Handgemenge verwickelt.

Chavant wog das Schwert in seiner gepanzerten Hand und versuchte mit der anderen, sein unruhiges Pferd zu zügeln. »Tretet an, Mylord«, sagte er. »Ein Schwertkampf zu Pferde ist eine ehrenhafte Sache. Von Angesicht zu Angesicht, Hand an Hand. Nicht wie mit diesem Langbogen, den ihr in letzter Zeit benutzt habt.«

Nicholas erinnerte sich, wie er früher mit Hugh de Chavant geübt hatte, als sie beide noch Knappen waren. Da Chavants schielendes Auge Bewegungen oft falsch aufnahm, war er nie ein besonders guter Schwertkämpfer oder Bogenschütze gewesen. Doch war er schlau wie ein Fuchs und gebrauchte seinen Verstand, um seine mangelnde Sehkraft auszugleichen. Nicholas erinnerte sich außerdem, daß Chavant sich noch nie als fairer Kämpfer gezeigt hatte.

Weder Zeit noch Erfahrung hatten Chavants Geschicklichkeit steigern können. Er holte zum ersten Schlag aus, schwang aber das Schwert zu weit herum. Nicholas parierte den Angriff mühelos, wehrte den Abwärtshieb ab und galoppierte an Chavant vorbei.

Sie wendeten die Pferde zum zweiten Angriff. Als Nicholas auf Chavant zuritt, prallte sein kraftvoller Hieb mit lautem Klirren an Chavants Schwertklinge ab. Gleichzeitig trat Chavant mit seinem schweren, eisenbeschlagenen Stiefel nach dem Bein seines Gegners. Mit leichtem Schenkeldruck ließ Nicholas sein Pferd um Chavant herumtänzeln, als sei das Tier ein Teil von ihm selbst, trabte dann wieder auf ihn zu, und diesmal fand seine schnelle Klinge Chavants Schulter und eine schwache Stelle in seiner Rüstung. Auf dem rostroten Umhang seines Gegners erschien ein dunkler Blutfleck.

Chavants Lächeln war nur mehr ein grimassenhaftes, dünnes Grinsen, als er den nächsten Schlag von Nicholas abwehrte. »Ich bin jetzt Whitehawkes Erbe«, preßte er hervor.

»Du wirst Hawksmoor nie bekommen!« knurrte Nicholas zurück.

»Doch, das werde ich! Ihr habt uns alle an der Nase herumgeführt. Thorne!« Während er den Namen ausspuckte wie eine giftige Frucht, wirbelte er sein Schwert durch die Luft, ohne Nicholas jedoch zu treffen.

Die zwei Streitrösser drängten sich nun Seite an Seite. Chavants Grimassen warnten Nicholas vor dem nächsten Schlag, der auch sogleich auf ihn niedersauste. Es kostete Nicholas kaum Mühe, die Klinge zur Seite zu schlagen, doch der Bogen, den sein Langschwert dabei beschrieb, war so groß, daß es mit der Spitze in einem Baumstamm steckenblieb.

Während er die schwere Waffe aus dem Holz zog, schwang er gleichzeitig herum, während Chavant, der sein Schwert nun mit beiden Händen umfaßt hatte, mit der ganzen Kraft seiner Wut auf ihn einhieb.

Nicholas duckte sich, trieb sein Pferd unter dem herabsausenden Schwert vorwärts und holte zum Gegenschlag aus. Der wirbelnde Schwerthieb traf Chavants erhobenen Arm und glitt mühelos durch den schweren Kettenpanzer. Brüllend wie ein Stier stürzte sich Chavant auf Nicholas, riß ihn mit sich zu Boden und fiel mit dem ganzen

Gewicht seiner schweren Eisenrüstung auf ihn. Der massive Eisenhelm bohrte sich wie ein Rammbock in Nicholas' Brust und preßte alle Luft aus seinen Lungen. Während er sich aufrappelte und nach seinem Schwert tastete, sah er, daß Chavant bereits wieder über ihm stand, das Schwert in der Hand, mit dem er zum vernichtenden Schlag ausholte.

Mit einem leisen Aufschrei trieb Emlyn ihr Pferd auf den Waldrand zu. Sie hatte das häßliche Klirren von aufeinanderschlagendem Metall gehört und sah jetzt, daß Nicholas und Chavant in einen erbitterten Zweikampf verwikkelt waren und mit ihren Schwertern aufeinander einhieben wie zwei Ritter bei einem Turnier. Und sie stellte erschrocken fest, daß Nicholas ohne Helm und Rüstung gegenüber Chavant im Nachteil war.

Dann stürzte sich Chavant auf Nicholas, riß ihn vom Pferd mit sich zu Boden und hob sein Schwert ... Emlyn schrie auf und gab ihrem Hengst die Sporen. Niemand war nahe genug bei Nicholas, um ihm zu helfen, und einer instinktiven Eingebung folgend, riß sie den Bogen hoch und legte sekundenschnell einen Pfeil ein, spannte die Sehne, atmete aus und ließ den Pfeil fliegen. Er zischte durch die Luft und traf sein Ziel.

Langsam entglitt das erhobene Schwert Chavants Hand, dann stürzte er mit einem stummen Schrei auf den Lippen zu Boden. Nicholas sprang auf, starrte erst Chavant an und blickte sich dann verwundert um. Im gleichen Moment war Guy mit Sylvanus am Halfter neben ihm.

»Donnerwetter«, sagte jemand hinter Emlyn, »ich glaube, der ist tot, Mylady.«

Emlyn fuhr herum. Hinter ihr stand William; die Eskorte hatte sich inzwischen zu einem Schutzkreis um sie formiert. »Er ist zusammengebrochen«, flüsterte sie schockiert.

»Euer Pfeil hat ihn genau im Nacken getroffen. Ich kenne keinen Mann, der einen prächtigeren Schuß hätte abgeben können«, meinte William mit einem lobenden Nicken.

Emlyn holte tief Luft und wendete ihr Pferd. Sie wollte nur noch weg von hier. Ihr war hundeübel.

Wenige Meter vor sich sah sie Whitehawke mit seltsam gekrümmten Schultern im Sattel sitzen. Als sie näher zu ihm heranritt, lief ihr plötzlich ein Angstschauer über den Rücken. Warum hatte er nicht reagiert? Warum hatte er nicht Befehl gegeben, die Verfolgung aufzunehmen oder anzugreifen?

»Mylord?« redete sie ihn vorsichtig an.

Er wandte sich um und warf ihr aus matten, glanzlosen Augen einen Blick zu. Dann sank er langsam vornüber.

Nicholas preschte auf Sylvanus an ihr vorbei. Sein plötzliches Auftauchen erschreckte sie; ihr war nicht klargeworden, daß der kurze Kampf mit Chavants Tod ein Ende gefunden hatte.

»Helft mir, ihn runterzuheben!« brüllte er und sprang aus dem Sattel.

William und einer seiner Männer rannten herbei, um ihrem Herrn dabei zu helfen, Whitehawke vom Pferd zu heben und ihn auf den Boden zu legen. Emlyn kam gleichfalls angelaufen und warf sich neben Whitehawke auf die Knie.

»Schnürt die Rüstung auf!« schrie sie, streifte ihre Handschuhe ab und begann, die Riemen zu lösen, die Helm und Brustpanzer verbanden. Nicholas fuhr mit der Hand unter die ihre, um das schwere Kettenhemd von Whitehawkes muskulösem Hals wegzuziehen.

Ein seltsam hohes Pfeifen, das wie das Surren eines Pfeils klang, wechselte sich mit einem gurgelnden Geräusch ab, wenn Whitehawke ein- und ausatmete. Er schien nach Luft zu ringen und sich dabei an seinem eigenen Atem zu verschlucken.

»Was hat er denn?« rief sie erschrocken. Als sie seinen Kopf anhob, fiel sein weißes Haar wie eiskalte Seide über ihre Hände. Behutsam zog sie seinen Kopf auf ihre Oberschenkel, um ihm so das Atmen zu erleichtern.

»Seine Lungen. Er ist krank«, antwortete Nicholas.

»Schick einen der Männer los, um Maisry zu holen!« schrie sie.

»Dazu ist keine Zeit«. Nicholas riß sich den grünen Umhang von den Schultern und breitete ihn über Whitehawke aus. »Wir müssen ihn warm halten«, murmelte er. »Die kalte Luft macht es noch schlimmer. Peter!« rief er, während er die Falten von Whitehawkes Waffenrock durchstöberte und den schwarzen Überwurf abklopfte, als suche er etwas Bestimmtes.

»Was tust du denn?« fragte Emlyn.

»Er hat immer eine Arznei dabei. Eine Phiole oder ein Päckchen mit Kräutern. Schau in seinen Satteltaschen nach.« Nickend rannte Peter zu Whitehawkes Pferd.

»Meine Mutter hat damals eine Kräutermixtur gegen sein Lungenleiden zusammengestellt«, erklärte Nicholas Emlyn. »Und er läßt sich immer noch regelmäßig einen Absud davon zubereiten.«

Whitehawkes Lippen, die die Farbe von Kieselsteinen angenommen hatten, versuchten mühsam, ein Wort zu formen.

Emlyn beugte sich näher zu ihm hin. »Priester – er möchte einen Priester«, wiederholte sie laut.

Nicholas holte das kleine Gebetbuch aus seiner Tunika, das Emlyn ihm gegeben hatte, und reichte es seinem Vater.

Als Whitehawke danach greifen wollte, wurde er von einem Hustenanfall geschüttelt, und aus seinem mächtigen Brustkorb drang ein grauenvolles Wimmern, das durch die Kehle nach oben stieg.

»O Gott«, wisperte Emlyn. »Kann man ihm denn nicht irgendwie helfen?«

»Warte«, sagte Nicholas und fing die kleine Flasche auf, die Peter ihm zuwarf. Nachdem er den Wachspfropfen gelöst hatte, hielt er Whitehawke das Fläschchen an die Lippen und tropfte ihm etwas von der zähen Flüssigkeit in den Mund. Der alte Mann schluckte, hustete und schluckte abermals.

Der Anblick dieses Hünen, dieses großen, starken, wilden Mannes, der jetzt wie ein hilfloses Menschenbündel vor ihr lag, trieb Emlyn die Tränen in die Augen. Mein Gott, er wird doch nicht sterben, schoß es ihr durch den Kopf. »Mylord«, begann sie hastig. »Mylord, da ist etwas, das Ihr wissen solltet.«

»Was?« mischte sich Nicholas ein. Emlyn bedeutete ihm mit einer Handbewegung zu schweigen.

Whitehawke richtete seine trüben Augen auf sie. »Lady Blanche starb nicht den Hungertod«, erklärte sie ihm. »Ich fand einen Brief, Mylord, im Turm. Sie litt an einer Herzschwäche und hat regelmäßig eine Arznei aus Kräutern eingenommen. Wie sie in diesem Brief schrieb, hatte sie vorgehabt, sich mit Euch auszusöhnen, Mylord. Ich vermute daher, daß sie unwissentlich eine zu starke Dosis dieser Kräuter zu sich genommen oder daß ihr Herz einfach aufgehört hat zu schlagen.«

Emlyn nahm Whitehawkes Hand und hielt sie fest. »Sie wollte nicht absichtlich sterben, Mylord. Und Ihr habt sie auch nicht getötet. Ihr Herz war sehr schwach, und das wußte sie. Sie wollte noch so lange wie möglich leben.«

»Wenn das wahr ist, dann seid Ihr frei von jeglicher Schuld an ihrem Tod«, sagte Nicholas leise.

Whitehawke holte tief Luft, ein zischender, gurgelnder Atemzug, und warf Nicholas einen grimmigen Blick zu.

Emlyn beugte sich vor. »Mylord«, flüsterte sie, »die Lady schrieb außerdem, daß Nicholas Euer Sohn ist. Er ist ein mutiger, zielstrebiger Mann. Ein guter Mann, Mylord.«

Sie schaute zu Nicholas hoch, dessen Wangen sich mit einer purpurnen Röte überzogen.

Whitehawke hustete wieder. Das häßliche Gurgeln hatte ein wenig nachgelassen. Das Gebetbuch an die Brust gedrückt, warf er Nicholas einen schnellen Blick zu und öffnete den Mund, als wollte er etwas sagen. Doch dann schlossen sich seine Lippen wieder und blieben bewegungslos.

»Ich habe oft aus meiner Wut heraus gehandelt, Mylord«, murmelte Nicholas. »Ja, und ohne Ehrgefühl. Ich bitte Euch dafür um Verzeihung.«

»Mein Temperament«, krächzte Whitehawke. »Du hast mein aufbrausendes Temperament geerbt . . .«

Mit zitternden Fingern strich Emlyn dem Grafen das feuchte Haar aus der Stirn. Das Zischen in seiner Brust wurde allmählich leiser. Whitehawke atmete schon wesentlich leichter.

»Die Kräuter helfen«, sagte sie.

»Wenn er sich jetzt kräftig genug fühlt, sollten wir ihn an einen wärmeren Platz bringen«, sagte Nicholas. »Peter! Laß eine Trage anfertigen!«

Da fuhr Whitehawke hoch. »Nein. Ich lasse mich nicht tragen«, bellte er heiser. »Bringt mir mein Pferd.«

»Aber, Mylord«, protestierte Emlyn.

»Wie Ihr wünscht«, sagte Nicholas. Er half Whitehawke, sich aufzusetzen und dann beim Aufstehen. Mit einer unwilligen Handbewegung schubste er Nicholas zur Seite und stapfte mit steifen Beinen auf sein Schlachtroß zu. Zwei seiner Männer halfen ihm in den Sattel.

Kaum saß er aufrecht auf seinem Pferd, warf er Emlyn und Nicholas, die jetzt neben ihm standen, von oben einen wütenden Blick zu. In seinen blaßblauen Augen glomm noch immer diese Wildheit, wenn auch jetzt ein wenig abgeschwächt.

Wortlos hielt er Emlyn das Gebetbuch hin. Sie nahm es und beobachtete ihn dabei mit großen, fragenden Augen. Und plötzlich wußte sie, daß der Sanftmut und die Freundlichkeit, die der Graf soeben hatte erkennen lassen, echt gewesen waren. Was auch immer noch geschehen mochte, sobald Whitehawke den Inhalt des Dokuments, das die Besitzrechte an dem Tal festlegte, zur Kenntnis genommen hatte, würde ein gewisses Maß an Frieden möglich sein. Daran glaubte sie ganz fest.

»Mylady«, sagte Whitehawke unvermittelt, »ich habe Euch nicht die Höflichkeit entgegengebracht, die Ihr verdient. Dafür möchte ich mich entschuldigen.«

»Ich nehme Eure Entschuldigung gerne an«, erwiderte sie. »Ihr seid noch schwach, Mylord, und benötigt die Hilfe eines Heilkundigen. Bis Graymere ist es ein langer Weg, und dort werdet Ihr kein Dach mehr über dem Kopf vorfinden.«

»Kommt mit nach Hawksmoor«, sagte Nicholas leichthin.

Whitehawke starrte ihn verwundert an. »Ich bin dort willkommen?«

Nicholas streichelte abwesend den Hals des Schimmels. »Ich habe Euch einst gesagt, daß Versöhnlichkeit zu den Tugenden zählte, die ich von Euch nicht habe lernen können«, entgegnete er. »Aber meine Gemahlin hat versucht, mir zu zeigen, so glaube ich, daß die Familie das wertvollste Geschenk ist, das wir bei unserer Geburt erhalten. Wenn wir schon in der glücklichen Lage sind, solche Bindungen zu besitzen, dann sollten wir diese respektieren, Mylord, anstatt sie zu zerstören.«

Verwundert sah Emlyn zu Nicholas hoch und legte ihre Hand auf seinen Arm. Den Blick auf seinen Vater gerichtet, zog er sie an sich.

»Deine Frau ist dir treu ergeben und besitzt einen starken Willen«, sagte Whitehawke mit rauher Stimme. »Deine Mutter war genauso, das wird mir jetzt klar. Ach, wären Blanche und ich nur nicht so starrköpfig gewesen. Wir haben uns gegenseitig zerstört.«

»Ihr seid uns auf Hawksmoor herzlich willkommen, Sire«, sagte Nicholas. »Außerdem haben wir beide einiges miteinander zu besprechen, sobald Ihr wieder ganz hergestellt seid.«

Whitehawke nickte. »Ich möchte diesen Brief, von dem Ihr gesprochen habt, Mylady, gern einmal lesen.«

»Gewiß, Mylord«, entgegnete Emlyn freundlich, »Ihr werdet ihn zu lesen bekommen.«

Whitehawke nickte noch einmal, wendete dann sein Pferd und ritt in verhaltenem Tempo in Richtung Hawksmoor los. Seine Männer folgten ihm schweigend.

Nicholas nahm Emlyn das Buch aus der Hand und

blätterte es durch. »Ich glaube, ich erinnere mich an dieses Büchlein.«

»Es war für dich bestimmt«, sagte sie, worauf Nicholas sie fragend anblickte.

»Lady Blanche hat darin die Besitzurkunde des Tals versteckt«, erklärte sie und zeigte ihm den aufgeschlitzten Einband. Er zog das Pergament hervor und las es im verlöschenden Dämmerlicht flüchtig durch.

»Das Tal gehört den Mönchen, Lady Julian und dir.«

»Ja, so habe ich das auch verstanden.« Er faltete die Urkunde zusammen und schob sie wieder in das Buch. »Am besten wäre es, wenn die Mönche alle Parzellen bekämen. Ich glaube, Lady Julian wäre damit einverstanden.«

Emlyn nickte. »Ja, ganz bestimmt. Nicholas, sag, war das Aelric, den wir heute gesehen haben? Was wird denn nun aus dem Grünen Mann?«

»Ja, das war Aelric. Er hat uns mit seiner Magie das Leben gerettet, soviel ist sicher. Und wenn diese Urkunde echt und rechtsgültig ist, was ich annehme, dann werden wir den Grünen Mann nur noch am Ersten Mai brauchen, für die Kinder, die auch in Zukunft nicht auf ihre Süßigkeiten verzichten wollen.«

Lächelnd wandte Emlyn den Kopf und sah Whitehawke weit voraus über das Moor reiten. Es gab ihr einen leichten Stich im Herzen, als sie daran dachte, wie rasch sein Anflug von Freundlichkeit verschwunden war. »Weißt du, ich habe Angst, daß dein Vater sterben könnte, bevor er die ganze Wahrheit über Blanche beziehungsweise dich erfährt«, sagte sie. »Was immer er auch getan haben mag, er sorgt sich jedenfalls sehr um sein Seelenheil.«

»Nein, so bald stirbt er nicht, dazu ist er noch viel zu wütend. Schließlich wurde er heute morgen vom König, dem er so treu ergeben war, aufs allerschändlichste betrogen. Wenn Gott ihn hätte sterben lassen wollen, dann wäre er jetzt schon tot.« Nicholas fuhr sich mit den Händen durch seine windzerzauste Haarmähne und sah auf einmal sehr müde aus. Emlyn lehnte ihre Stirn an seine Brust, und er streichelte ihr zärtlich über den Kopf.

»Emlyn«, sagte er nach einer Weile. »Warst du es, die auf Chavant geschossen hat?«

Sie nickte kleinlaut. »Jetzt bin ich diejenige, die sich einer schrecklichen Sünde schuldig gemacht hat. Ich werde nie wieder einen Bogen in die Hand nehmen«, wisperte sie und vergrub ihr Gesicht in seinem Umhang. »Ich wollte dir doch nur helfen.«

»Das hast du auch, mein Liebling«, sagte er. »Aber sieh nur, dort . . .«

Sie folgte seinem Finger, der auf zwei Hawksmoor-Soldaten deutete, die neben Chavants Körper knieten. »O Gott«, stöhnte sie und hielt sich die Augen zu.

»Emlyn«, sagte Nicholas noch einmal nachdrücklicher. »Nun sieh doch hin.«

Zögernd nahm sie die Hand von den Augen. Chavant saß aufrecht im Schnee und rieb sich den Nacken.

»Dein Pfeil hat ihn nur verwundet«, meinte Nicholas lächelnd. »Er hat nur einen häßlichen Kratzer davongetragen.«

Emlyn besah sich die Szene genauer und atmete erleichtert auf. »Dann war das doch kein so zielsicherer Schuß – Gott sei Dank.«

Nicholas zog sie in die Arme und drückte seinen Mund auf ihren Scheitel. Sein grüner Umhang bauschte sich schützend um sie. »So ist es mir auch lieber«, murmelte er in ihr Haar. »Denn auch ich trage die Narbe eines deiner verirrten Pfeile am Körper.«

Emlyns Kehle entrang sich leises Schluchzen, in das sich ein erleichtertes Lachen mischte. Sie hob den Kopf und sah zu, wie die Männer Chavant auf die Beine halfen. »Was wird jetzt wohl aus Chavant? Du wirst Hawksmoor behalten, das ist sicher, aber wird dein Vater dich wieder als Erben einsetzen?«

»Chavant wird entweder in Whitehawkes Diensten bleiben, oder sich auf sein eigenes Gut zurückziehen. Vielleicht schließt er sich auch den Truppen des Königs an; wie man sich erzählt, kann man es heutzutage unter König John sehr schnell zu Ruhm und Reichtum bringen«, sagte Nicholas und zuckte die Schultern. »Im übrigen ist es mir gleichgültig, wen mein Vater zu seinem Erben ernennt. Wenn es Hugh ist, soll mir das recht sein. Ich habe dich, meine geliebte Frau, und Hawksmoor. Damit bin ich glücklich und zufrieden.«

»Oh, Nicholas«, seufzte sie. Eine Welle des Glücks durchströmte sie, und ihr Herz begann schneller zu schlagen. Unter dem grünen Umhang schlang sie die Arme um ihn und drückte ihn liebevoll an sich. »Ich liebe dich von ganzem Herzen. Und das schon seit vielen Jahren, seit ich zum ersten Male mit dir auf einem Baum gesessen habe. In keiner der vielen Rittersagen gibt es auch nur einen Helden, der sich mit dir messen könnte.«

Sein Lachen klang ein bißchen verlegen, als er sie an sich zog und einen Moment lang schwieg. »Mein Drachen ist mein eigener Vater gewesen«, sinnierte er dann. »Ehret Eure Väter, predigt die Kirche. Nun, das habe ich wohl nicht getan, Emlyn. Gebe es Gott, daß mein Vater und ich uns irgendwann einmal verstehen werden. Aber ihn zu ehren, dafür ist es zu spät, fürchte ich.«

»Nein«, widersprach Emlyn. »Dafür ist es gewiß nicht zu spät. Die Ehre wächst im Herzen. Du hast Mut, und dein Herz ist voller Liebe, wenn du es vielleicht auch nicht weißt. Ja, in dir ist auch ein wenig Liebe für deinen Vater, Mylord.«

»Emlyn, du hast einen Rebellen gelehrt, was wahre Ehre ist«, murmelte er. »Du und deine Familie, die nun auch die meine geworden ist. Weißt du eigentlich, daß mir die Kinder mehr wert sind als alles Gold der Erde?«

»Dabei geschah es ganz zufällig, daß der König dir den Befehl gab, kleine Kinder als Geiseln zu nehmen.«

»Hm, ja. Und dich...« Er hob ihr Kinn mit zwei Fingern an und sah ihr tief in die Augen. »Dich, meine geliebte Frau, dich liebe ich mehr als mein eigenes Leben.« Seine Augen leuchteten jetzt in einem wunderschönen Graugrün, als hätten sich Winter und Frühling zu einer

Farbe vereinigt. Dann senkten sich seine Lider. Sein Kuß war so zart wie die Schneeflocken, die auf ihren Wangen schmolzen, seine Lippen warm wie die Sommersonne.

»Da der König seinen schrecklichen Raubzug durch England offensichtlich noch nicht beendet hat, muß ich meine geliebte Frau noch einmal fragen, ob sie jetzt bereit ist, sich in die schützenden Mauern von Evincourt zu begeben?«

Noch einmal von diesem Mann getrennt zu sein, das würde sie nicht ertragen, fuhr es ihr durch den Kopf, während sie sich tief in die Augen sahen. »Ja, gewiß doch«, antwortete sie. »Aber nicht ohne dich.«

EPILOG

Oktober, 1216

»Beeilt Euch ein bißchen, Bruder Godwin. In dem Tempo werdet Ihr es nicht rechtzeitig schaffen«, keuchte Tibbie, während sie im Laufschritt vor Godwin her durch den Korridor rannte. »Meine Herrin wird nicht mehr lange warten können. Ach, du meiner Seel, daß es soweit hatte kommen müssen«, murmelte sie und schlug im Laufen ein Kreuzzeichen über ihrem wogenden Busen. Sie wurden von Nicholas erwartet, der ungeduldig vor der Tür seines Schlafgemachs stand und dabei nervös von einem Fuß auf den anderen trat.

»Mylord, Mylord«, stieß sie atemlos hervor. »Der ehrwürdige Bruder ist soeben angekommen. Endlich.«

»Hier entlang«, dirigierte Nicholas, stieß die Tür auf und trat hinter den beiden ein. Tibbie zerrte den schnaufenden Godwin ans Bett, der mit einer Hand nach dem kleinen Kreuz angelte, das an seinem Gürtel baumelte.

Hinter den geöffneten Vorhängen lag Emlyn. Sie lehnte an einem hohen Kissenberg, ihr Gesicht war gerötet, schweißnasse Haarsträhnen, die sich aus ihrem dicken, locker geflochtenen Zopf gelöst hatten, klebten ihr auf der Stirn. Mit langsamen, kreisförmigen Bewegungen strichen ihre Hände über den gewölbten Leib, der sich unter der zerwühlten roten Samtdecke im Rhythmus ihrer tiefen Atemzüge hob und senkte.

Als sie die Schritte hörte, blickte sie auf und runzelte dabei die Stirn. »Beim heiligen Kreuz, nicht noch mehr Besucher«, stöhnte sie unwillig. »Ich führe hier keinen Mummenschanz auf. Es gibt nichts zu begaffen.«

»Du liebe Güte«, seufzte Tibbie und rang die Hände. »Das arme Kind ist schon ganz verwirrt. Wir haben nicht mehr viel Zeit.«

»Überhaupt keine«, berichtete Maisry, die soeben mit einem Stoß frischer Leintücher ins Zimmer kam. Sie warf den Packen auf einen kleinen Tisch, kniete sich dann vor Emlyn ans Bett und begann, ihren kugelrunden, verspannten Bauch zu massieren.

»Entspannt Euch, meine Liebe«, murmelte sie. »Ganz ruhig.«

»Das ist leichter gesagt als getan«, keuchte Emlyn. Ihre Wangen glühten jetzt in einem dunklen Rot, das sich nicht mehr allzusehr von der Farbe der Bettdecke unterschied. Mit verzerrtem Gesicht holte sie tief Luft.

Nicholas kniete sich neben Maisry auf den Boden und nahm Emlyns Hand. Sie griff danach wie eine Ertrinkende und drückte sie so fest, daß Nicholas' Fingerknöchel hörbar knackten. »Es dauert nicht mehr lange, Liebes«, sagte er leise und spürte, wie seine Handfläche in der ihren feucht wurde.

»Verdammt noch mal, du hast gut reden«, murmelte Emlyn und machte ein Auge auf.

Nicholas warf Maisry einen nervösen Blick zu, die ihm dafür ein strahlendes Lächeln schenkte. Er kannte eine Vielzahl von Gründen für dieses Lächeln. Zum einen war Maisry überglücklich gewesen, als sie vor Monaten von Nicholas' wahrer Identität und seiner Vermählung mit Emlyn erfahren hatte. Den Rest des Lächelns schob Nicholas auf die ihm unverständliche Tatsache, daß Frauen von Natur aus ein mächtiges Vergnügen an Geburten zu finden schienen. Seine Nerven hingegen waren zum Zerreißen gespannt.

Als man Maisry im frühen Morgengrauen benachrichtigt hatte, daß bei Emlyn die Wehen einsetzen würden, hatte sie alles stehen und liegen lassen und sich sofort auf den Weg gemacht. Nachdem sie ihre beiden Söhne bei Christien und Harry im Kinderzimmer abgeliefert hatte, war sie sogleich an Emlyns Bett geeilt. Tibbie und Maisry waren sich zur Begrüßung in die Arme gefallen wie zwei Schwestern, die sich jahrelang nicht gesehen hatten.

Nicholas, der die wissenden Blicke bemerkte, die Tibbie und Maisry jetzt pausenlos tauschten, wäre am liebsten aus dem Zimmer geflüchtet, weg von den schnatternden Frauen, die ihm seine Ohnmacht nur noch deutlicher vor Augen führten. Neiderfüllt dachte er an Peter und Guy und Wat, die zwar ebenfalls der Geburt entgegenfieberten, dabei aber gemütlich im großen Saal am Feuer saßen und sich einen Krug Bier schmecken ließen.

Emlyn holte wieder tief Luft. »Es tut mir leid, wenn ich unhöflich war, Onkel«, sagte sie mit gepreßter Stimme und warf Nicholas gleich darauf einen angsterfüllten Blick zu. »Warum ist Godwin gekommen? Ist irgend etwas nicht in Ordnung? Das Baby . . .«

»Dem Baby geht es bestimmt gut, es ist gesund und kräftig«, beruhigte sie Maisry. »Genau wie Ihr.«

»Der Herr Baron möchte Euch noch einmal heiraten, bevor das Baby kommt, das ist alles«, ergänzte Tibbie. »Ihr und Euer Gemahl habt es Lady Julian versprochen, und da die Exkommunikation inzwischen aufgehoben wurde, hat sie nach Bruder Godwin geschickt, damit er Euch noch vor der Geburt Eures Kindes den kirchlichen Segen geben kann. Ich hoffe nur, daß es dazu nicht schon zu spät.«

»Also dann beeilt euch, wenn es denn sein muß«, murrte Emlyn.

Mit ängstlich geröteten Wangen trat Godwin ans Bett und schlug hastig das Kreuzzeichen über Emlyn und dann über Nicholas. Emlyn tat wieder einen schweren Atemzug, und die Laute, die sie dabei ausstieß, ein langgezogenes, gutturales Stöhnen, jagten Nicholas eisige Schauer über den Rücken. Als sie nach seiner Hand griff, staunte er, über wieviel Kraft ihre zarten Finger verfügten.

»Nun macht schon, Bruder«, zischte Tibbie, fuhr gleichzeitig mit einer Hand unter die Bettdecke und tastete sich zwischen Emlyns aufgestellte Knie.

»Tibbie«, keuchte Emlyn ungehalten, »ich bin doch schon verheiratet!« Nicholas sah sie an und bemerkte, daß ihre Augen plötzlich in einer intensiven Schönheit erstrahlten, blau wie ein See, in dem sich die goldene Morgensonne spiegelt. Sie ballte die Finger zur Faust und begann wieder zu stöhnen.

Tibbie, die Hand immer noch unter der Bettdecke, kniff die Lippen zusammen und nickte zufrieden. Dann zog sie ihre Hand zurück und wischte sie an einem Tuch ab.

»Der Kopf ist da«, murmelte sie Maisry zu, die ihr mit einem kundigen Nicken antwortete und Emlyn die Arme unter den Rücken schob.

»Jetzt ganz fest pressen«, forderte sie Emlyn auf.

»Meine lieben Kinder . . .«, begann Godwin.

»Amen, und gelobt sei der Herr!« rief Tibbie dazwischen und zog Godwin vom Bett weg. »Sie wird die nächsten Minuten keinen Atemzug für Eure Ehesakramente erübrigen können, Bruder«, beschied sie ihn und schob den verdutzten Godwin zur Tür. »Sagt Lady Julian, daß Ihr Euer Bestes versucht habt. Ich denke, unser lieber Herr im Himmel wird einstweilen lächelnd mit ihrem im Wald getauschten Eheversprechen vorlieb nehmen.«

Nachdem Tibbie mit einer entschlossenen Geste die Tür hinter Godwin zugeknallt hatte, wandte sie sich an Nicholas. »Nun, Mylord«, sagte sie, »Ihr geht jetzt am besten auch. Ihr seid ja schon ganz grün im Gesicht. Das beißt sich direkt mit Eurer Augenfarbe.«

Eine Stunde später saß Nicholas neben Emlyn auf dem Bett und hielt unsicher ein kleines, zappelndes Bündel im Arm. Immer wieder heftete sich sein Blick fasziniert auf das winzige, wohlgeformte Gesicht seiner Tochter, und immer wieder hob er ihn, um Emlyn anzusehen.

Sie lächelte. Ihre Wangen waren rosig getönt, auf ihrer Haut schimmerten winzige Schweißperlen. Feuchte goldene Locken ringelten sich um ihr Gesicht. »Ja«, sagte sie mit sanfter Stimme. »Jetzt bist du Vater.«

»Sie ist eine Schönheit«, flüsterte er mit belegter Stimme, die nur einen Teil seiner Ergriffenheit und seiner fassungslosen Verwunderung preisgab. Behutsam schob er die seidenen Tücher zurück und bestaunte noch einmal den hellen, weichen Haarflaum, der dieses kleine Köpfchen umrahmte wie ein Heiligenschein.

»Ihr Haar ist beinahe weiß«, sagte Emlyn.

»Stimmt«, murmelte Nicholas und hüllte den kleinen Kopf wieder in die Tücher. Seine Tochter drehte und wandte sich in seinen Armen; ihr zartes, warmes Gewicht zu spüren schien ihm das größte Glück, das er je empfunden hatte. »Und so soll sie auch heißen, denke ich.«

»Gewiß«, murmelte Emlyn und legte ihre Hand auf Nicholas' Arm. »Blanche. Das paßt wunderbar zu ihr.« Eine Weile blieb ihre Hand bewegungslos liegen, dann begann sie nachdenklich mit den Fingern zu trommeln. »Whitehawke ...«

»Wird sich ganz bestimmt freuen«, beruhigte er sie. »Er ist in diesen letzten Monaten butterweich geworden, unter deiner liebevollen Fürsorge. Bisweilen läßt er direkt menschliche Züge erkennen.« Er machte eine Pause und legte die Stirn in Falten. »Emlyn, Godwin hat wichtige Neuigkeiten mitgebracht.«

»Erzähl«, drängte sie.

»König John ist tot.« Er warf ihr einen schnellen Blick zu. »Er starb vor ein oder zwei Tagen an einem Magenleiden in der Nähe von Lincoln. Nachdem er, wie man hört, den größten Teil seines Vermögens in der Wellstream-Bucht, in der Nähe von Swineshead Abbey, verloren hat.«

»Heiliger Jesus«, wisperte sie. »Gott sei seiner Seele gnädig. Dann ist Henry jetzt König, nicht wahr? Er ist kaum älter als Christien.«

»Neun ist er, soviel ich weiß. Er wird in ein paar Tagen gekrönt. Whitehawke hat dem Jungen seine Unterstützung zugesichert, und das werden die meisten anderen Barone ebenfalls tun. Marshall William wird man bitten, Henry bei den Amtsgeschäften zu vertreten, bis dieser alt genug ist, selbst zu regieren.«

Emlyn blickte zu Nicholas hoch. In ihren tränenfeuchten Augen spiegelten sich ihre ganze Freude und ihr tiefes Glück über das segensreiche Geschenk, das leise greinend in Nicholas' Armen lag. Und noch etwas anderes sah er darin – Hoffnung.

»England hat jetzt die Chance erhalten, ganz neu zu beginnen«, sagte sie.

»Ja, meine Liebe«, murmelte Nicholas und nahm ihre Hand. Das Baby stieß mit seinen winzigen Beinchen gegen seine Brust. Lächelnd beugte er sich zu Emlyn, hauchte ihr einen Kuß auf die Augen und ließ seine Lippen dann zu ihrem Mund wandern.

»Wie auch wir neu beginnen wollen«, flüsterte er.